姜亮夫　著

楚辭通故
（二）

荆楚文庫

荆楚文庫編纂出版委員會

長江文藝出版社

本册目録

史部第四

伏羲

《楚辭》多作戲。《大招》"伏戲駕辯，楚勞商只"。王逸注"伏戲，古王者也，始作瑟。駕辯、勞商，皆曲名也。言伏戲氏作瑟，造駕辯之曲；楚人因之，作勞商之歌，皆要妙之音，可樂聽也。或曰伏戲駕辯，皆要妙歌曲也"。《哀時命》"上同鑿枘於伏戲兮"。王逸注"戲，一作羲。言己德能純美，宜上輔伏戲，與同制量"。按伏戲事跡，司馬貞補《三皇本紀》、馬驌《繹史》卷三及梁玉繩《人表考》引用材料，合而觀之，大體已可略知，無庸輯録。《楚辭》只此兩見，《哀時命》羌無故實，不足一説，惟《大招》"伏戲駕辯"一詞，似有精蘊存乎其中，自近世考古發掘發現至多之漢代故事畫後，博古傳説，以極新之含義，此可得而言者。

按伏羲爲古傳説中之聖王，儒家典籍不甚語怪力亂神，必欲上代神話變爲安雅之故事，而原型遂不可見。伏羲號曰太昊，又作太暭，又曰皇羲，又曰東方之帝，亦曰春皇，亦曰泰帝，其名大半有大明光耀之義（余意羲當是曦之本字，作犧者別有故事附會而成）。考重慶近時發漢石棺石闕，有伏羲奉日輪之像（見常任俠氏《漢畫藝術研究》七頁），聞一多有長文論之極詳。武梁室石刻伏羲女媧畫像作人首鱗身蛇尾，兩尾相交。題云"伏羲倉精，初造王業"云云。一九五四年，成都楊子山出土漢畫像磚，殘存一人首蛇身像，捧日輪，與重慶石闕同。一九五三年，新繁縣清白鄉東漢墓後，東西壁側室壁上有西王母磚一塊，而左右夾以日月神（圖片見一九六〇年六月《文物參考資料》三十六頁），是三事者，殊有義蘊。伏羲皆奉日輪，此三事雖出自四川，實當戰國楚地，或與楚接壤之區，則謂蜀楚兩地民間傳說之伏羲，爲日神無疑。在北土則分化爲日官之羲和，在南土或即與太一神爲一事之分化（伏羲一名泰帝、一名東帝可證）。古説華胥孕子十二年而生伏羲，蓋歲星十二年一周天，又叶以天時矣。則《離騷》"吾令羲和弭節兮，望崦嵫而勿迫"，則固以羲和爲日神，曰弭節則有車馬之飾，與日輪之説全合。《大招》以伏羲造駕辯之曲者，當即與此日神之傳説同出一源。曰駕者，日輪以象車駕也。曰辯者，辯即變，日行一日而小變，一年爲大變，與月配，則三十日爲一變，而陰晴風雨無在不變。大衍之數五十，故又造爲五十弦之瑟之説，無在不與日神有關。此非好爲奇説，稍習古神話、古民俗者，類能知之。屈宋言伏羲僅此一見，而其事又只此一爲駕辯之曲，故即就此事而推論之如此。別詳羲和條下。

雖然屈宋賦，詞面用伏羲者只一見，而蘊含與此有關者至多。凡日月光明之古説，胥于此發脈。如羲和、女媧、常儀、扶桑、若木，乃至晨曦、昧爽，自其語根、語族論之，似皆與此有關，故應一二申述之。

考伏羲一詞古音當與 Buxi 相近，伏字又以雙聲之變爲宓、爲庖，羲字以雙聲之變爲戲、爲胥，漢語複輔音後世多蜕變遺失，故得曰皇羲（或羲皇）。皇者，三皇大君之號，如帝嚳、帝堯、帝舜、后羿、后禹，乃至于王亥、王恒、伯昌之比也。語音之分化、繁變，即從此始。而羲音保存不變，遺而爲 Xi。更就伏羲與羲和兩詞所傳故事，則無一不與日月光明相涉。則羲者，蓋曦之借字。曦者，晨光曦微，日初升于東方之象。漢語發展以單音爲歸，故遺而爲曦字。就其複音論之，則伏羲之變爲赫胥（脱去 P 音變爲 Her si），赫胥即伏羲之變矣，故亦得"氏"稱。音義變爲華胥，其在日光，則曰赫戲，見《離騷》。

曦與赫戲，即春秋以來所謂昧爽。伏昧羲爽，各爲雙聲之變。《書·牧誓》"時甲子昧爽，王朝至于商郊牧野乃誓"。爽字作朝旦解，不甚可知。按金文《免段》云"昧爽王格于太廟"。字形作🔥，依字形定之，從日、從䵼，䵼亦聲（其形并象扶桑上十日也），與喪從吅䵼聲，而讀爲喪（Song），當爲爽之本字，與曦義類相同，而仍存其複音作用者，曰扶桑。扶桑者，十日所據之處也。詳扶桑條下。字或作榑桑，或以桑爲木名，遂又有榑木之稱。亦曰若華、若木。均詳扶桑、若木諸條。

古傳伏羲與女媧以兄妹爲夫婦，此血緣婚時代之遺蛻也。合而爲羲和。羲和者，《離騷》以爲日御，《尚書》以爲官名，《山海經》以爲帝俊妻而生十日者也。其實古神話分合之迹，亦各自有根株。別詳羲和條下。

總上各義，自語音之源變，與古傳說之相因相成，及其離和諸端論之，可作下表以統之。

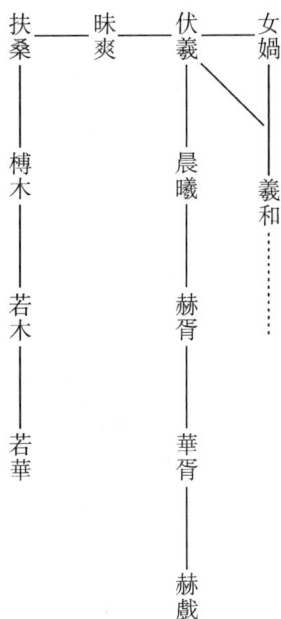

```
扶桑 ── 昧爽 ── 伏羲 ── 女媧
                  │ ＼    │
 │                │   ＼  │
 │                │     ＼│
榑木             晨曦    義和
 │                │      ┊
 │                │      ┊
若木             赫胥    ┊
 │                │
 │                │
若華             華胥
                  │
                  │
                 赫戲
```

餘參羲和女媧諸條。故友聞一多有《從人首蛇身像談龍與圖騰》一文（見《人文科學學報》），説此事有特解可參考。今兹所論，與聞君大殊，世人亦多主伏羲女媧爲夫婦，事爲東漢以後之增益。其實每一故事之發展至定型，固非短時間事也。

皇羲

皇羲，形名複合詞，古帝王名號也，即伏羲。曰皇者，美之也。

《九思·疾世》"紛載驅兮高馳，將諮詢兮皇羲"。舊注"皇羲，羲皇也。一云羲、伏羲。伏羲稱皇也"。伏羲，古三皇。《白虎通·名號篇》"皇者，何謂也？亦號也。皇，君也，美也，大也，天之揔美大稱也，時質，故揔之也。號之爲皇者，煌煌人莫違也"。古以伏羲爲三皇之一。《白虎通》、鄭康成、譙周、孔安國諸家言三皇各異，而皆有伏羲，則皇羲之稱自有其源，而伏字本爲此詞結構上不甚重要之部分，故文家遂省伏而以皇大崇飾之，此漢語變化之端也。羲字又作戲。作戲，亦即華胥之胥。皆詳伏羲條下。

堯

堯、舜皆有史時代初期之帝王，亦春秋戰國以來傳說中有聖德之帝王。事詳《尚書·帝典》、《史記·五帝紀》，更參與梁玉繩《古今人表考》、馬氏《繹史》。其傳說全貌，大略可知矣。堯名放勛，帝嚳之子，號曰堯，封唐侯，故號陶唐氏，都平陽，爲中國有史時代之第一王者（此據《尚書》爲説，不用《易·繫辭》語）。組織地方政府與中央分治，選任賢能，協和萬邦人民，初定四時，安排農作。後選舜而禪以位，以二女妻舜。其事蹟之重要者，可以説明《楚辭》者，有如此。

《楚辭》言堯凡九見，除《天問》"堯不姚告"一語外，皆與舜合言，其中五見于屈宋賦，四見于漢人賦，茲羅列之，以便分析。

（一）"彼堯舜之耿介兮，既遵道而得路"（《離騷》）。

（二）"舜閔在家，父何以鱞？堯不姚告，二女何親？"（《天問》）

（三）"堯舜之抗行兮，瞭杳杳而薄天"（《九章·哀郢》）。

（四）"堯舜之抗行兮，瞭冥冥而薄天"（《九辯·八章》）。

（五）“堯舜皆有所舉任兮，故高枕而自適”（《九辯·九章》）。

以上屈宋賦。

（六）“堯舜聖已没兮，孰爲忠直？”（《七諫·初放》）

（七）“堯舜聖而慈仁兮，後世稱而弗忘”（《七諫·沈江》）。

（八）“思堯舜兮襲興，幸咎繇兮獲謀”（《九懷·陶壅》）。

（九）“聖舜攝兮，昭堯緒”（《九懷·亂辭》）。

以上漢賦。

此中有事實可指者在屈賦有（二）之姚告、（五）之舉任，在漢賦有（八）之襲興、（九）之舜攝，其餘則大體懿美之辭。然九則皆可於今《帝典》見之。“耿介”云云，王叔師訓爲光大，當即“允恭克讓，光被四表格于上下”之義。“抗行”當指堯命“若時登庸”、“揚側陋”、“巽朕位”及所傳禪讓大事。此在家天下之周代社會，固應爲抗行也。至（六）（七）兩則之忠直慈仁，則“克明俊德，以親九族……黎民於變時雍”之事，而慈仁忠直，更漢人所以讚歎不置，最爲具體之儒家道德之發展。至“姚告二女”即《帝典》“釐降二女于嬀汭，嬪于虞”之説，此戰國不告而娶之所由。孟子言舜不告而娶，而萬章又言：“帝之妻舜而不告，何也？”孟子爲之辭曰“帝亦知告焉，則不得妻也”。則戰國婚姻觀念與制度之一種反映，依古事而爲新説矣。至《九辯》言舉任與舜攝云云，則堯之舉舜，舜之舉禹，舉無大于是也。皆詳《帝典》。故總而觀之，《楚辭》所舉堯事與其聖德，不僅漢師之説上同于《帝典》，及屈各説亦顯襲用《尚書》無可疑。《尚書》本古史官之所記，儒家之所辯，《墨子》、《莊子》曾一再引用，而南楚之屈宋亦習聞，其説至深切著明，則屈子思想中有承襲儒家成分，即此而可見矣。故堯舜在《楚辭》中成爲一種理想之政治人物。

不僅此也，堯舜在屈子文中，皆合言之。而所舉德業，皆不出《帝典》範圍。則今本《帝典》之分爲二者，非古本之舊，亦得自屈宋之文內證之矣。參舜一條。又自《楚辭》中屈宋所稱道與漢賦義有出入，《離騷》言“彼堯舜之耿介兮”，王逸訓“耿，光。介，大”。而《七諫》則言堯舜聖而仁慈，形容益切合于儒言。又《天問》"堯不姚告，二女何親?"至戰國乃有不告而娶之傳，《天問》而外，又見《孟子》（洪補引之詳矣）。然屈言堯不告，而諸家言舜不告，此其異也。又《楚辭》往往稱堯爲帝，而不名，此與《尚書》全合（參余《尚書新證》如稱二女曰帝子之類，參帝字下）。凡言堯多與舜對舉，參舜字下。

唐虞

《七諫·怨世》"唐虞點灼而毀議"，王逸注"言堯舜至聖，道德擴被，尚點灸謗毀，言有不慈之過，卑父之累也"。又《九懷·蓄英》"唐虞兮不存"，王逸注"堯舜已過，難追逐也"。按唐即堯封國陶唐之省，虞即舜之封國有虞氏之省。陶唐，《左傳》襄二十四年宣子曰"昔匄之祖自虞以上爲陶唐氏"。杜注"陶唐，堯所治地，太原晋陽縣也"。《帝王世紀》"帝堯陶唐氏……年十五而佐帝摯，受封于唐，爲諸侯"。《史記·五帝紀》正義徐廣云"號陶唐"。《帝王世紀》云"堯都平陽，於《詩》爲唐國"。徐才《宗國都城記》云"唐國……漢曰太原郡，在古冀州太行恒山之西，其南有晋水"。虞之稱，見上引《左傳》襄二十四年，又見《國語》、《禮記》。或言堯封舜于虞（見《尚書·堯典》疏），或言其先國于虞（《路史·後記》）。《史記·五帝本紀》索隱云"虞，國名，在河東大陽縣"。《正義》引《括地志》云"故虞城在陝州河北縣東北五十里虞山之上"。酈元注《水經》云"幹橋東北有虞城，堯以女嬪于虞之地也"。

虞唐

《哀時命》"上同鑿枘于伏羲兮，下合矩矱於虞唐"。王逸注"言己德能純美，宜上輔伏羲，與同制量；下佐堯舜，與合法度，而共治也"。按虞唐即唐虞之倒言，以求與上文桑、行，下文湯、方韻叶而倒之也，詳唐虞條下。

舜

　　堯、舜皆有史時代初期之帝王，亦春秋戰國以來傳說中有聖德之帝王。事跡詳《尚書·帝典》、《史記·五帝本紀》。更參梁玉繩《古今人表考》、馬氏《繹史》，其傳說全貌大略可知。據《史記》稱"虞舜者名曰重華。重華父曰瞽叟……（黃帝之孫爲顓頊、高陽。舜爲顓頊六世孫，顓頊子窮蟬。）自從窮蟬以至帝舜皆微爲庶人。舜父瞽叟盲，而舜母死，瞽叟更娶妻而生象"。"象傲而舜克諧，以孝烝烝，乂不格姦"。堯時爲衆臣所舉，時舜"鰥在下，堯乃觀厥刑于二女，釐降二女于嬀汭，嬪于虞"。堯試諸職皆治，遂受堯禪，"乃覲四嶽群牧，巡守天下，肇十有二州，封十有二山"。立刑法，流放四凶。堯卒，乃咨四岳，舉賢任能。于是"命禹作司空，棄爲后稷，契作司徒，皋陶爲士，垂作共工，益作虞，伯夷作秩宗，夔爲典樂，龍作納言，四海之內，咸載舜之功"。"舜年二十，以孝聞，年三十徵用，攝天子位"。"五十八堯崩，年六十一踐帝位"。踐帝位三十九年，"南巡狩陟方。乃死蒼梧之野，葬于江南九疑山"（九疑山或即《尚書》方山，但非今之九疑）。"是爲雷陵，封弟象爲有庳諸侯"。《孟子》"薦禹于天，三年喪畢，禹亦讓舜子，如舜讓堯子，諸侯歸之，乃踐天子位"（以上雜集《尚書》、《史記》、《孟子》之言）。依《尚書》所載，則（一）舜時政治制度設官分職，疆理天下，大體已完備，當爲中國有史以來之第一次（自農田、山林、水利、教育、工業、司法以及社會組織與管理儀禮等）。（二）禪讓帝位。(三) 命禹治洪水。(四) 放四凶。(五) 娶帝二女。(六) 南巡死于蒼梧。其品質之優良，其孝弟之行，皆其犖然大者。凡此諸事，亦即屈宋賦中所最稱道之事也。

　　《楚辭》中言舜事者凡十二事，除與堯合言諸事已見堯字條下，茲分列之。

"舜閔在家，父何以鰥"（《天問》）。此即《尚書》"有鰥在下"數語也。言舜孝父母，愛弟象，何以父乃使之鰥在下。"舜服厥弟，終然爲害"（《天問》）。此即《尚書》之"象傲以孝烝烝，乂不格姦"也。

"眩弟并淫，危害厥兄。何變化以作詐，後嗣逢長"（《天問》）。即《孟子》所傳舜讓弟事。

他如：

"就重華而陳辭"（《離騷》）。

"吾與重華遊兮瑤之圃"（《九章·涉江》）。

"重華不可遻兮"（《九章·懷沙》）。

"九疑濱其并迎"（《離騷》）。

"二女御九韶歌"（《遠遊》）。（《史記》"四海之内，咸戴帝舜之功。於是禹乃興九招之樂，致異物鳳皇來翔"。九招即九韶。）

"湘君"、"湘夫人"（《九歌》）。

以上七事，與舜有關之事合上八事，共十五事，此爲屈宋所曾言者。

"奏虞舜於蒼梧"（《九歎·遠遊》）。

漢賦言舜事者一則，合言堯舜者四則，共五則。綜合以上資料論之，除漢人所傳不計外，凡十一事，皆與篇首所採之《尚書》、《史記》、《孟子》所言舜事吻合，其狀舜之品質、德行，亦無一不合，則謂屈宋所傳舜事皆上同北土諸儒無不可。惟二女故事，則《楚辭》中頗有發展。《遠遊》之二女御九韶歌，仍在《史記》中可得之。而二女與九招連文，則文學描寫内容情實已有所發展。蓋《遠遊》乃浪漫色彩之作也。至《九歌》中湘君與湘夫人之戀愛故事，當爲南楚民間之傳説，此傳説蓋附有地方神（即湘水神）之成分，北土水神不盡女性（如洛神），而雲夢、洞庭、湘水諸神皆以女性充之。舜死江南，二妃不從，固古説之舊，《墨子·節葬》、《吕覽·安死》并言葬紀市，《孟子》謂"卒鳴條"，《路史·後記》及《發揮》、《舜冢》篇皆言"葬安邑鳴條紀市"，羅蘋以爲即冀是也。則戰國以前人皆言葬北土。至《史記》而言葬蒼梧，《山海經》乃言舜葬蒼梧之陽，丹朱葬陰，《禮記》遂言"舜葬蒼梧，二姚不從",則南土之所傳也。至《皇覽》(《史記集解》引)遂以爲舜冢在零陵營浦縣,其山谿皆相似,故曰九疑,則兩者牽合爲一。于是以二妃故事衍爲民間摯愛,此固人民之所心儀。舜本東夷之族而南下者,江介遺風,本楚先南下第一站。夏民族與殷夷兩族自周以後漸融,引東夷兄弟之族以同其性習,而舜與二妃事在南楚,遂有此堅固之基礎,此固民族交融之常例也。故屈賦言舜事,自父頑、弟傲、婚姻、死葬涉論所及,舉舜一生大事,無不載之筆墨,民間所樂亦盡情歌之,發舒其至高至深之情而已。有所忿懥,則"就重華而陳詞",設遐想亦終之以二女。九招有遠行亦慮及九疑之神。《楚辭》引用古帝王事蹟者莫詳于舜,而贊嘆欣賞亦莫高于舜。試更擴而論之,則《離騷》求女,徵及有虞二姚與宓妃,有娀同其景仰,雖屬寓言,然紀認宗親,必不以舜爲同祖至明,是則《史記》傳舜與顓頊同祖黃帝之説,在楚人必不如是,由此可推矣。

次復舜娶二女事,戰國諸家不盡相同。《天問》云"舜閔在家,父何以鰥?"即《尚書‧堯典》"有鰥在下曰虞舜"。及帝降二女于嬀汭一事,此言堯不以二女妻舜之事告于舜之父母,二女何能成親,此戰國娶妻必告父母一倫理觀念之基礎,乃戰國時學人因時代思潮所在以求解釋古史不同之事象而設之詞。《孟子》以舜不告而娶,而屈子則以堯不告而妻之,各自從一面立説(萬章曾問孟子,以堯妻舜而不告,此反激之辭,或亦當時人有此説,而屈子用之也。程伊川可能有見于此,故曰舜雖不告,堯固告之爾,堯之告也,以君治之而已云云。大約亦知萬章之言爲反詰之辭,爲孟子作解脱語耳)。

此外《離騷》曾言"就重華而陳辭",亦舜事也。詳重華下。其有關舜事者,如二女、九韶、蒼梧等皆各詳本條下。

又按屈宋舉舜故實,皆合于儒家言,然《山海經》、《竹書》則異説較多。具與殷商甲骨文字所傳甚合,此中是非固不爲屈宋作解者所必需,而讀書則不可偏廢,兹略陳之如次。

帝俊,《山海經》"大荒之中,有中容之國,帝俊生中容"。郭注

"俊亦舜字借假音也"。《大荒東經》云"帝俊妻娥皇生此三身之國，姚姓"。娥皇舜妃，姚舜姓也。故景純以帝俊爲帝舜。《山海經》又云"帝俊生晏龍，生黑齒，生季釐，生后稷。郭注俊宜爲嚳，嚳第二妃生后稷也。生禹號者，皆帝嚳也。其云帝舜生戲，生無淫者，乃舜也"。考《帝王世紀》帝嚳高辛氏"少昊之孫，蟜極之子"，"生而神異，自言其名曰夋"。則帝俊之爲帝嚳也明矣。或疑帝俊妻娥皇，當作舜。然《海内經》又云"帝俊生三身，三身生義均，義均是始爲巧倕，是始作下民百巧"。則又不合娥皇即常儀耳。按夋之爲舜，王國維氏舉甲文資料以明之，夋或又爲帝嚳，則近人多有論之者，皆可參云。

二妃故事與《九歌·二湘》相涉，其中心關鍵乃在舜陟方南巡與死葬蒼梧二説，若此二説不能成立，則二妃故事無著，兩湘當別解矣。古今論此事者當有以明之。姑取王鏊《震澤長語》與都穆《聽雨記談》二文，以見一斑。

王曰"史載舜南巡崩于蒼梧之野，葬于九疑。《禮記》亦云'舜葬蒼梧之野，二妃未之從也'。元次山嘗謂'九疑深險，舜時年一百一十二歲，何爲來此'，司馬光亦云'虞舜倦勤，薦禹爲天子，豈復南巡，遠渡湘水'，韓昌黎謂'《書》言陟方乃死。地勢東南下，若蒼梧不得言陟方也'，其見卓矣。又謂《竹書紀年》，凡帝王之歿曰陟。而後言方乃死，所以明陟之爲死，語何贅也！或謂陟方猶升遐也，下云乃死亦贅。孟子謂舜卒于鳴條，固當以爲正。湯與桀戰于鳴條，則去中原不遠，《家語·五帝德》篇曰'舜陟方岳，死于蒼梧之野而葬焉'。何孟春注《家語》謂陳留縣平邱有鳴條亭，海州東海縣有蒼梧山，去鳴條不遠。乃知所謂蒼梧，非九疑之蒼梧也。以《家語》方岳言之《書》或遺岳字也。其説足袪千古之惑"。

都穆謂舜塚云"《書·舜典》言'歲五月南巡守，至於南嶽'，史言舜南巡狩，崩於蒼梧之野，今舜塚乃在零陵之九疑山。按九疑去南岳千有餘里，蒼梧在廣西域内，去九疑又數百里。《孟子》言舜卒于鳴條，鳴條在東方夷服，今亦不聞其有舜塚。孟子去古未遠，而傳聞猶未免若此，況後代乎？意者舜南巡至於南岳。其或又幸九疑，遂崩而葬其地歟”。

關於舜陵問題，吳省蘭《江南叢談》亦有詳考可參。

徐昂發《思瞾筆記》言舜姓壹可爲多徵之助。《左傳》孔疏云：《世本》帝舜姚姓，哀元年傳稱虞思妻少康以二姚，是自舜以下猶姓姚，至胡公乃賜姓媯。《史記》以爲胡公之前已姓媯，非也。《史記》吳廣内其女娃嬴孟姚也。《索隱》云孟姚，廣女，舜後。上文云余思虞舜之勳，故命其胄女孟姚以配，而七代之孫是也。然後封虞在河東太陽山，西有上虞城，亦曰吳城。吳、虞音近，故舜後亦姓吳，非獨泰伯、虞仲之裔也。愚案吳廣女仍曰孟姚，則獨姓姚矣。

虞舜

《九歎·遠遊》“旋車逝於崇山兮，奏虞舜於蒼梧”。王逸注“言己從崇山，見驩兜以佞，故因至蒼梧，告愬聖舜，己行忠直而遇斥棄，冀蒙異謀也。虞，一作帝”。按虞舜者，舜始封虞，故又稱虞舜，如堯始封唐，曰唐堯也。詳舜字條下。漢人傳說舜死葬蒼梧，故至蒼梧進奏也。詳蒼梧條下。

細爲籀繹，以新説定之，則虞爲舜圖騰，乃仁獸騶虞也。虞團與唐團定居不遠，春秋時虞國即舜舊地。虞係姚姓之支圖騰，姚當以桃爲圖騰，其所居之地曰洮。見《水經·澡水》篇。《後漢·郡國志》“聞喜邑爲洮水”。洮水在汾水左右，故姚圖勢力在山西。

重華

按重華一詞，屈賦三見，《離騷》“就重華而陳詞”，《九章·涉江》“吾與重華遊兮瑤之圃”，《懷沙》“重華不可遌兮”（原作遻，從洪慶善校正），叔師前二注皆云"重華，舜名"，《懷沙》無注。《離騷》引《帝繫》曰"瞽叟生重華，是爲帝舜，葬於九疑山，在沅湘之南"云云。洪興祖補注曰"先儒以重華爲舜名。按《書》云'有鰥在下曰虞舜'，與帝之咨禹一也，則舜非謚也，名也。又'曰若稽古帝舜曰重華'，與堯爲放勳一也，則重華非名也，號也。羣臣稱帝不稱堯，則堯爲名。帝稱禹不稱文命，則文命爲號。伊尹稱尹躬暨湯，則湯號也。湯自稱予小子履，則履名也。《楚辭》屢言堯、舜、禹、湯，今辨於此"云。按重華之名亦見于《舜典》、《大戴禮·五帝德》、《史記·五帝紀》。亦作重華，見《路史注》。上世無謚質直死後亦以其名爲號（《白虎通》名號）。則舜蓋其名，重華則其字也。上世亦未必有字號之別，俱後人追益虛增。舜本化名，故曰重華，無關宏旨，不爲詳辯。屈子心中之重華，蓋以爲個人之典型，或就之以決疑，或歎其不遇，或冀能同遊。《離騷》于忠耿不容，中情耿察之後，乃就以陳詞，以求得此"中正"。其稽疑之決，以'義可用，善可服'爲歸。于其將死，《懷沙》"重仁襲義兮，謹厚以爲豐"，而"衆不知其所有"，使遇重華，則自能知其舉動。至《涉江》，則思與聖帝升清朝而共游，其于舜之景慕，直以爲師保君王，己所欲得而事者，蓋對懷王、頃襄王之庸暗荒唐，對此爲一反面之映照耳。《離騷》洪補以爲"天下明德，皆自虞帝始，其于君臣之際詳矣。故原欲就之而陳詞也"，略能仿佛其情。故朱熹亦有取于其言。參舜字條。

倕

《九章·懷沙》"巧倕不斲兮"。王逸注"倕，堯巧工也"。洪興祖補云"倕音垂。《書》曰'垂汝共工'，《莊子》曰'工倕旋而蓋規矩'，《淮南》曰'周鼎著倕，使銜其指'"。按洪引《書·堯典》字作垂，曰"帝曰疇若予工，僉曰垂哉。帝曰俞咨垂，汝共工。垂拜稽首，讓于殳斨暨伯與。帝曰俞，往哉汝諧!"段玉裁云"二垂字他書皆作倕"。《山海經》南方"不距之山巧倕葬其西"。郭云"倕，堯巧工也"。《莊子·胠篋》篇云"攦工倕之指，而天下始人有其巧矣"。《荀子·解蔽》、《呂覽·重己》亦作倕，《墨子·非儒》下又作巧垂。高誘注《淮南·説山》"倕讀如惴惴其栗之惴"。郭注《山海經》音瑞。《尚書》、《莊子》釋文音睡。《七諫·謬諫》云"滅巧倕之繩墨"。義與《懷沙》無別。陳倬《敤經筆記》有虞垂條可參，兹附之。

虞之垂，垂亦作倕。《呂氏春秋·離世》篇、《淮南子·本經》篇、《道應》篇，皆云"周鼎著倕，而齕其指"。高誘注並云"倕，堯之巧工也"。《明堂位》鄭注引《世本·作篇》云"垂作鐘"。《初學記》引《世本》作倕。《詩·臣工》篇《正義》引《世本》云"垂作銚"，《御覽》引作倕。《集韻》五寘"倕，樹偽切，人名。堯時有工倕，未得遄也"。《漢書·楊雄傳》"般倕棄其剴剟"，顏注"倕，共工也"。《甘泉賦》李善注引《尚書》"咨倕，汝共工"。故名倕。倕、垂古今字。

高辛

《離騷》"鳳皇既受詒兮，恐高辛之先我"。王逸注"高辛，帝嚳有天下號也。《帝繫》曰高辛氏爲帝嚳。帝嚳次妃有娀氏女生契"。按高辛一名，《楚辭》二見。《九章·思美人》亦云"高辛之靈盛兮，遭玄鳥而致詒"。高辛即帝嚳，帝嚳一名亦見《天問》"簡狄在臺嚳何宜？玄鳥致貽女何喜？"合屈原所用史事，皆言高辛與次妃簡狄事，此外無他事可說。與簡狄事詳"簡狄在臺嚳何宜"二句一條。又《九章·思美人》曰"高辛之靈盛兮，遭玄鳥而致詒"。同。

高辛事跡，詳《史記·五帝本紀》。蓋黃帝之曾孫，玄囂之孫，而蟜極之子，于顓頊高陽爲族子，代高陽氏立爲帝，在位七十年（《易》疏），都亳殷。《水經·穀水注》元妃有邰氏女曰姜嫄，生后稷，是爲周之始。次妃有娀氏女曰簡狄，生契，爲商之始。三妃陳豐（《史記》作鋒）氏女曰慶都，生放勛，是爲堯。四妃娵訾氏女曰常儀，生帝摯。高辛崩，帝摯承其位（雜見《史記・五帝紀》、《帝王世紀》、《世本》等書）。五帝三王世系諸家説，與此皆不合。或以爲嚳，伏羲後；堯，神農後；舜，黄帝後；禹，少昊後；湯，顓頊後。或以爲堯、稷、契非嚳親生，或以爲顓頊、舜、禹又出黄帝。此中糾紛極多。高辛在《楚辭》只兩見。史實僅此一事，無需詳辨。五三之説，大體多春秋戰國以來齊魯之傳説。而儒家以其政治倫理之理想，加以安排，最爲系統，寖假而諸子各以其地神話爲其政治理想，別成一説。漢儒雜采又各有發展，於是而古史傳説愈古而益彰，益彰而益雜矣。凡與楚故關係較小者，皆不詳辨。讀此條時，合參簡狄、嚳與“簡狄在臺嚳何宜”三條。

高辛之名，《集解》引張晏説，以爲“少昊之前，天下之號象其德；顓頊以來，天下之號因其名，高陽、高辛皆所興之地名”云云。《帝王世紀》亦載帝摯服唐侯（虞）之義乃……故禪焉……唐侯乃封摯於高辛。摯爲高辛四妃所生，益承其祀也。

又按高辛傳説，有不能不一申説者，以其與諸史事相涉者鉅。按高辛爲帝嚳有天下之號，而高辛乃所興之地，則帝嚳乃其真號。考嚳又作俈，皆從告，此奇詭，與顓頊略相仿佛，與堯、舜、軒轅等疑皆古某一氏族之圖騰符號。依字義定之，其牛圖騰之人先歟？此可説者一。帝嚳依《五帝紀》所言有四妃，生四子，各爲三代以前帝系之所出，豈不成爲夏、商、周各代之共祖，實即四個民族之人先，此其二。又甲文中夋即高祖夋，夋、俈同聲之變，其事又與舜通，此其三。舜、夋亦韻近之字，而舜有服牛之傳，則其人亦與牛相涉，此可説者四。舜爲東偏北之民族，傳説中心爲殷之祖（王國維説），則河北服牛事，又殷之一大事。殷先公先王世守之，此其可説者五。集此諸端，則俈也（嚳）、舜也皆東偏北之牧牛民族。在農業初興時又得與農業相涉，至周有天下，其國勢政治始爲三代最強大之民族，故以元妃所生之后稷爲始祖。曰元妃，所以尊貴於次、三、四以下各妃也。此事亦合于畜牧時代之社會組織、婚姻關係，皆爲吾人所不能不特加注意者也，其應申説者尚多。有此足以明屈賦中之所言矣。

四佞

或稱四凶，或稱四罪，即《尚書》所指共工、驩兜、三苗與鯀也。
《九懷》亂辭“四佞放兮後得禹”。王逸注“驩、共、苗、鯀竄四荒
也，乃獲文命治江河也”。按《尚書·舜典》“群后四朝，敷奏以言，明
試以功，車服以庸，肇十有二州，封十有二山，濬川”。在此文之後，
乃立各種刑法，“象以典刑，流宥五刑”等，遂流共工于幽州，放驩兜
于崇山，竄三苗于三危，殛鯀于羽山，四罪而天下咸服。依《舜典》文
理，放四凶在先德教而後刑罰，故鄭注云“禹治水既畢，乃流四凶”。
王肅云“若待禹治水功成，而後以鯀爲無功而殛之，是爲舜用人子之
功，而流放其父，則爲禹之勤勞適足使父致殛。舜失五典克從之義，禹
陷三千莫大之罪，進退無據，迂亦甚哉”。劉逢祿云“舜流四凶，蓋在
詢事考言三載之中。《左氏》所謂‘四門穆穆，無凶人也’。史臣類紀在
攝位之末，所謂先德教而後刑罰，非順事。《洪範》亦言‘鯀則殛死，
禹乃嗣興’”云云。案《九懷》“四佞放兮後得禹，聖舜攝兮昭堯緒”
云云，則漢儒悉已從《洪範》殛鯀而後得禹之義。王肅蓋即本之此耳，
雖詞賦家之言，而與經義不乖也。

羿

《屈賦》言羿凡兩人，一指堯時射官之羿，即《天問》“羿焉彈日”
之羿也。其詳參“羿焉彈日”條。其一指有窮后羿，凡兩見，一見于
《離騷》“羿淫游以佚田兮，又好射乎封狐，固亂流其鮮終兮，浞又貪夫
厥家”及《天問》“帝降夷羿，革孽夏民，胡躲夫河伯，而妻彼雒嬪？
馮珧利決，封狶是躲，何獻蒸肉之膏，而后帝不若？浞娶純狐，眩妻爰
謀，何羿之躲革，而交吞揆之”之羿，分詳“羿淫田兮”二句一條，及

"帝降夷羿"等十二句一條,兹不詳説。

羿之傳説與倕、臬、蚩尤四人皆戰國時所傳古特技之人。倕、臬、蚩尤當別詳。《荀子》、《孟子》、《韓非子》、《吕氏春秋》無不傳羿事跡,故以《荀子》爲證。

《儒效》"羿者天下之善射者也。無弓矢,則無所見其巧……弓調矢直矣而不能以射遠中微,則非羿也"。

《君道》"羿之法非亡也,而羿不世中……射遠中微者縣貴爵重賞以招致之"。

《王霸》"羿蠭門者,善射者也……故人主欲得善射射遠中微,則莫若羿蠭門者矣"。

倕作弓,而羿精于射。

然以諸書總述之史跡,則其中糾紛至多,驟難條理,説者或以爲神話而廢置之。其實細爲籀繹,凡得三説,一爲帝嚳射官,一爲堯時射十日之羿,一爲夏相之有窮后羿,皆以善射傳。自實質性立義,則與文字結構相關涉,何以言之?

考羿之事跡,當以堯時射十日之羿爲最璞實之坯胎。史言堯時十日并出,羿以大弓射之,墜其九日。日中有金烏,金烏墜死,而羽皆解散。其字有二:一爲《説文·弓部》之"䠶",一爲《説文·羽部》之"翳"。䠶以弓表其事,此引弓之義也,當爲漁獵時代之所傳説,當爲最初古文。至翳則解羽,乃射十日,墜金烏,金烏解羽説,爲其根柢。則䠶爲人間世之傳,翳則上天之傳也。

從羽即表射烏事,從廾則爲漢字益演之一例。凡于名詞下加手足形者,皆以表其動作。則在羽之下加廾,謂羽之動作耳。䠶爲初文寫事物之象,翳爲變文寫事物之意識者也,則從羽亦猶從弓耳。兹分説之。

(一)帝嚳射官之羿,字作䠶。見《説文·弓部》"䠶,帝嚳射官"云云。其事跡,許未嘗言之,他書亦不見的證,疑此爲漢儒增益之説。蓋自戰國以來,堯、舜爲帝王之最高準則,可能有大水、大火之難。其大水以禹治之,而大火亦必有其人,則羿爲之撲滅,此十日并出之説所由來。羿射十日而人民乂安，上無天災；禹治洪水，而九州低平，下無地災，此光明崇拜時期之異狀。然伯禹復鮌，則羿不能特異，遂創爲上世帝嚳之射官之説，以見其爲非常之人。故堯得命羲和授時，十日之説，言不雅馴，故只流傳于齊民，而不能入帝典謨矣。其爲增累，亦非空無故實也。

（二）爲堯時射十日之羿，此當爲羿故事傳説之中心，此傳説最爲樸野，合于原始人類稱説天地之象。事具《天問》，余疏之詳矣（參《重訂天問校注》）。又爲堯唐時爲諸侯，河伯溺殺人，羿射其左目。風伯壞人屋室，羿射中其膝，又誅九嬰，殺窫窳之屬，有功于天下，死託祀于宗社（略采方濬師《蕉軒隨録》卷三之説）。其事之可考者，又有《論語》之"羿善射，奡盪舟"。此即棄稷所謂無若丹朱傲之傲，陸氏《釋文》于益稷文云"傲一作奡"。古人論人必時地相值，南宮正以羿、奡、禹、稷同時爲堯臣，故取以衡量，必非夏朝時之羿澆也（《左傳》載有窮事，并無澆能盪舟之言）。且《論語》所云盪舟與善射比。蓋謂奡善用舟師，正以多力能出奇，雖少水處亦縱盪自如，故書以爲岡水行舟，奡之非澆，《説文》亦甚明。《兂部》奡下云"《虞書》曰：若丹朱奡，讀若傲。《論語》奡盪舟"。此以證《論語》之奡，與丹朱竝時，非澆可知。近人新記鄒叔績引《管子》若傲之在堯也。《莊子》堯伐叢枝胥敖，又"堯攻宗膾胥敖國為虚厲"。謂即《虞書》之傲，《論語》之奡，是也。金壇段氏注許書，最稱精覈，而於芎羿，則以爲夏時夷羿，乃帝嚳射官之裔；於奡澆（《説文》嶤下，引《左傳》生敖及嶤）則以爲一人，可謂明有所不瞭矣。又《孟子》所稱，逢蒙學射于羿，亦堯時羿也（羿爲蒙所殺，故南宮适云不得其死）。後人或誤以爲夏相之羿澆。注《論語》者見羿名偶同，奡、澆亦音近，遂誤爲夏相之羿澆矣。

注中云"羿即伯益"，《淮南》言十日并出……堯使羿射九日而落之，《楚辭·天問》"羿彈日"，此羿即伯益也。益爲虞正，佐禹治水、焚山澤，逐禽獸，後人寵神之。

《史記·秦本紀》"女華生大費，與禹平水土……佐舜調馴鳥獸，鳥獸多馴服，是爲柏翳"。柏翳即伯益也。益，《漢書·百官》作 ，形似翳，又轉爲羿，實一字也。按 蓋即羿字之倒書，誤羽作 ，而又誤 爲益（參余《天問校注》重訂本）。

（三）有窮后羿。《説文》"羿，古諸侯"，謂夏之有窮后羿也。此即《天問》之夷羿，亦即《離騷》淫遊之羿。參《天問》"帝降夷羿"一十二句，及《離騷》"羿淫遊以佚畋兮"四句，所言是也。均詳《離騷》、《天問校注》。其事又見于《左傳》，《山海經》、《淮南》皆有之。賈景伯言"羿之先祖，世爲先王射官"，於是郭璞則以爲"羿慕羿射，故予此名"。孔穎達則以爲羿是善射之號，非人名字。

陳倬《敳經筆記》言虞之倕、夏之羿皆以古人之名爲名，蓋倕善巧，故以黃帝時巧人名之；羿善躲，故以堯時善射人名之，其説至允（按此説實本《淮南》曰"古有善射者羿，夷羿慕之，乃亦名曰羿"，是也）。惟南楚所傳之羿與北土不全合。《論語》稱"羿善射，奡盪舟"之羿，與孟子所稱逢蒙學射于羿之羿，皆堯時射十日之羿，而與奡盪舟之奡連言，此奡即益稷所謂"無若丹朱傲"之傲，與禹稷同時，非夏時之羿。而《左傳》載有窮后羿事甚詳，并無澆盪舟之説。則顯與《楚辭》違異。此南楚之言，不能與儒説參互者矣。又《説文·弓部》"𢏺，帝嚳射官，夏少康滅之"。又《羽部》"羿，亦古諸侯也，一曰射師"。又《邑部》"𨛜，夏后時諸侯夷羿國也"。段注以爲夏時夷羿乃帝嚳射官之裔，恐非是。李慈銘謂"（夏少康五家）蓋是後人羼人，既云帝嚳射官，則𢏺非諸侯國名，亦非氏族名，何得云少康滅之"。其説至允當。故陳氏以爲後人取前人名名之者，説最平實。

彭鏗

即彭祖，南楚所傳古道行之士，老壽之人也。

《天問》"彭鏗斟雉，帝何饗？"王逸注"彭鏗，彭祖也。好和滋味，善斟雉羹，能事帝堯。堯美而饗食之"。又曰"言彭祖進雉羹於堯，堯饗食之，以壽考，彭祖至八百歲猶自悔不壽，恨枕高而唾遠也"。洪補曰"鏗，可衡切。《神仙傳》云'彭祖，姓籛名鏗，帝顓頊之玄孫，善養性，能調鼎，進雉羹於堯，堯封於彭城，歷夏經殷至周，年七百六十七歲而不衰。籛音翦'"。又曰"《莊子》曰'彭祖得之，上及有虞，下及五伯'"。又曰"吹呴呼吸，吐故納新，熊經鳥伸為壽而已矣。此道引之士、養形之人、彭祖壽考者之所好也"。按彭祖事蹟與祝融南楚祖先相涉，當為祝融集團之彭團圖騰，《楚世家》陸終生子六人，三曰彭祖是也。《索隱》引《系本》"晋籛鏗是爲彭祖"，其在南楚則《天問》言其善調羹，長壽，且曾事帝（叔師以爲帝堯與戰國稱帝習相同，惟稱堯曰帝，乃北土故習。楚人似不如是也）。飲羹爲壽，固長生之一術，則叔師以指彭祖是也。惟古今言彭祖者，多與《論語》之"竊比于我老彭"之老彭，及與《離騷》、《九章》諸文之彭咸混言之。《論語釋文》引鄭康成、《論語疏》引王弼説，老彭爲老聃、彭祖，于是而清儒有以老聃亦即彭祖之説（文廷式言之最爲雄奇博辯，然特堆輯各家書爲混合言之，乃搦扯非考古也。彭鏗、彭咸、彭祖、老彭、老聃混而一之，道不可理矣）。俞正燮《癸巳類稿》彭祖長年論考之極詳，可參。按彭鏗之爲彭祖似無可疑（詳後），然老壽之説，只見于南楚諸書。他如《鄭語》、《帝繫》、《世本》皆無此類傳説。《天問》所説與《莊子》合，則又楚史之獨傳也。考《莊子》凡三言彭祖，《逍遥遊》云"楚之南有冥靈者，以五百歲爲春，五百歲爲秋；上古有大椿者，以八千歲爲春，八千歲爲秋，而彭祖乃今以久特聞"（今以久特即《大宗師》之下及五伯也）。言彭祖以久特聞，比于冥靈、大椿之草木也。《大宗師》云"彭祖得之，上及有虞，下及五伯"。此言上及有虞，下及五伯，凡五百年也。《刻意》篇曰"吹呴呼吸，吐故納新，熊經鳥申，爲壽而已矣。此道引之士、養形之人、彭祖壽考者之所好也"。此言彭祖修煉之術，而又謚之曰道引之士。先秦以前，言彭祖壽考者無詳于此。而《天問》亦言之，且有"何所不死，長人何守"之間，則長生永壽之説，亦屈子文中所牽涉者，則彭祖老壽蓋爲楚人之故傳無疑。荀子爲蘭陵令，故亦言

"扁善之度以治氣養生，則身後彭祖"。《修身》篇之説，大約戰國之世，生產關係轉變，剥削情況更嚴，戰争更多，人逃死不得，世事變化更大，舊制已爛壞，不可常守，于是而有否定制度，否定政治，超然物外，遁世求生之思想。此種思想，以楚南爲最甚，而三齊次之，此老莊之在南，神仙諸説之在北，蓋有由也。歷世諸儒喜雜集諸書而辯之，故凡有一鱗一爪相似之故事，皆欲求其萬般包羅，一綱打盡，于是而古史益荒昧不可理矣。崔述《考信録》，其方法思理，尚不失爲有標準之一技。他則益瞶瞶不足觀矣。

《天問》言"帝何饗"與《莊子》言"上及有虞"之言類。《鄭語》以爲即陸終氏妃女嬇所生第三子，其史影亦與《天問》帝饗之義近。

至彭祖與彭鏗之爲一爲二，歷世亦有辯説，似難爲斷。然彭祖言壽考，與此彭鏗亦言壽考，屈子之彭鏗，固與莊周之彭祖爲一矣。按《水經·獲水注》云"城即殷大夫彭祖之國也"（彭祖二字，宋本作老彭二字。楊守敬云"彭祖是三代上人，老彭是殷人"。《漢書·人表》列彭祖第二，老彭第三，明爲二人。而高誘《吕覽》注云"彭祖，殷賢臣"。《論語》所謂老彭，則合二人爲一。鄭氏于此言殷大夫彭祖，後文又據《世本》稱陸終之子。三曰彭祖。亦以老彭、彭祖爲一人）。……孟康曰"舊名江陵爲南楚，吴爲東楚，彭城爲西楚"。詳《史記正義》引《貨殖傳》文穎曰"彭城，故東楚也。項羽都焉，謂之西楚"。《漢書·高帝紀》注引"……城之東北角起層樓於上，號曰彭祖樓"。《地理志》曰"彭城縣，古彭祖國也"。《世本》曰"陸終之子其三曰錢，是爲彭祖。彭祖者，彭城是也"。《史記·楚世家》集解引《世本》同。《索隱》引《世系本》曰"錢鏗是爲彭祖，彭祖者，彭城是也"。楊守敬曰"《索隱》錢下衍鏗字，蓋後人惑于《列仙傳》、《神仙傳》姓錢名鏗之謬説妄增，據《帝繫》三曰錢與此同，知錢是名非號"。按楊説鏗字衍，又以錢是名非姓，皆碻不可易，惟鏗字或後人旁注于錢側，而誤入正文者。錢當即鏗字，兩字雙聲又同韻，非别爲二人也。

下曰彭祖冢，彭祖長年八百（守敬案"彭祖之年群書歧異，或言七百，或言八百，或言八百餘。梁玉繩《人表考》從七百，俞正燮則從八百，餘詳《癸巳類稿》十五"。又俞氏《彭祖長年論》一文，論點至可商，其考老聃、彭祖一人，爲千古最詳最辯之説，亦至可商。然徵集資料頗廣泛全面，是其所長。趙翼《陔餘叢考》有彭祖即老聃一文）。又俞樾有文論彭咸非水死，又有一文論彭祖即咸，咸、鏗一聲，亦即老聃，可作觀省之用，故附之（《俞樓雜纂》卷二十四）。

（附）"按彭祖名鏗，鏗從堅聲，《廣韻》堅音古賢切。而從咸得聲之字，緘、緘、瑊、鹹、鰔，並音古咸切。則咸與堅亦雙聲也。《廣韻》緘字下注云悭悋，是緘即悭矣。彭咸或即彭鏗乎？《論語》'竊比於吾老彭'，包注'老彭，殷賢大夫'。邢《疏》以爲即彭祖，而王逸解彭咸亦云殷賢大夫。其投水而死之事，因屈子附會。至殷賢大夫四字，則必有所受之。《離騷》之彭咸，《論語》之老彭，同爲殷賢大夫，或一人與？《尚書》'巫咸乂王家'，而《山海經·大荒西經》言巫咸又言巫彭。《海内西經》言巫彭不言巫咸，疑本一人。巫者，其官也。繫氏言之曰巫彭，繫名言之曰巫咸耳。然則《離騷》之彭咸，或又即《尚書》之巫咸，與古事無徵，不可質言，姑存其説如此"。

桑扈

《九章·涉江》"接輿髡首兮，桑扈贏行"。王逸注"桑扈，隱士也，去衣裸裎，效夷狄也"。洪補曰"《莊子》曰嗟來桑户乎"。朱熹《集注》"桑扈"即或疑《論語》所謂子桑伯亦是此人，蓋夫子所以稱其簡。《家語》又云"伯子不衣冠而處，夫子譏其欲同人道于牛馬，即此裸形之證也"。按此事早見于《説苑·修文篇》，《家語》襲用其説，亦皆漢人之説，于古無徵。惟子政多習往事，當有所本，則以桑伯子爲桑户，或亦一解。

澆

寒浞之子，其事僅見于《離騷》、《天問》兩篇。《離騷》云"澆身被服强圉兮，縱欲而不忍。日康娛而自忘兮，厥首用夫顛隕"一段。又《天問》云"惟澆在户，何求于嫂？何少康逐犬，而顛隕厥首？女歧縫裳，而館同爰止，何顛易厥首，而親以逢殆？湯謀易旅，何以厚之？覆舟斟尋，何道取之"。

此兩段所記，以《天問》爲最詳，其事至爲明白。約言之，澆孔武有力，然好畋獵（何求于嫂之嫂，讀爲薂之形誤），以獵爲少康，嗾犬（逐讀如嗾）而遂顛隕其首。少康先使女歧（即《左傳》哀元年之女艾，艾、歧雙聲，泰支韻轉）爲諜，與澆爲淫亂，故得以嗾犬而顛隕其首也。至澆曾大謀（湯謀）治其衆以滅二斟，天何以如是厚之。覆舟二句言澆伐斟尋大戰于濰，覆其舟一事，言其勇也。此例叙澆事爾。依《騷》、《問》兩文譯之，澆事大約可知，惟尚有二事當辯者。

（一）則注家以澆有覆舟傳説，又以澆音近羿，遂以澆即羿。從六臣注五吊反，洪、朱及錢杲之集傳音同。洪、朱、錢三家皆引一本作羿。洪、朱亦同音羿，爲五殺反。按此以《論語》羿盪舟，附會此澆，與《左傳》、《竹書》皆不合。《論語》之羿，自是與丹朱同惡之傲，與此夏時之澆非一，舊説皆非，李慈銘已辯之。《天問》亦載釋舟陵行之説，言在澆前。然并未出主名，可能論一般傳説，古固有陵地行舟之説也（釋舟陵行二句，王、洪皆就鼈戴山忬立説，不言羿，更不言澆也，較爲謹嚴。以釋舟二句指澆事，實始俞樾。非也）。

（二）則女歧爲澆嫂，亦至訛亂。《天問》言"女歧縫裳，館同爰止"云云。以女歧爲澆嫂，實始叔師之注。蓋叔師探上文"惟澆在户，何求于嫂"云云，而以想像出之。沈休文于《竹書紀年》附注，又造爲寒浞前妻長子之婦曰女歧之説以實之，遂蠭午旁出，不可理喻矣。上文嫂字，乃今蒐字之誤。此言澆畋獵事，因其田獵，故少康得嗾犬殺之。

若澆無淫荒畋獵之行，而家居在戶，何由而犬能殺之也。女歧當即《左傳》哀元年之少康"使女艾諜澆"（《紀年》作汝艾），館同爰止者，以女色敗此孔武有力之澆，此又少康策之一。蓋少康以澆勇而多力，先使女艾事澆，以敗其力。後嗾猛犬以殺傷其身，如此而已。後世紛雜，皆誤于一嫂字也。

三王

《大招》"以比三王"，又"魂乎徠歸，尚三王只"。王逸注"尚，上也。三王，禹、湯、文王也。言魂急徠歸，楚國舉士，上法夏、殷、周，衆賢並進，無有遺失也"。朱熹注"言此以招屈原之魂，欲其徠歸，而尚此三王之道，以矯衰世之失也。不特此耳，其他若云察幽隱，存孤寡，治田邑，阜人民，禁苛暴，流德澤，舉賢能，退罷劣，亦三王之政也"。按三王，叔師釋禹、湯、文王，本《禮記·郊特牲》"周弁，殷冔，夏收，三王共皮弁素積"，及《内則》、《學記》、《樂記》，又《孟子》"五霸者，三王之罪人也"。趙注同。

九首

凡兩義，一爲古代怪獸之名，一爲古代怪人之象。三見，一見《天問》"雄虺九首，儵忽焉在?"一見《招魂》"雄虺九首，往來儵忽"。又一見《招魂》"一夫九首，拔木九千些"。王逸皆以爲大蛇，或一夫有九首，于《招魂》尚可解，而文理亦不甚順適，于《天問》則大誤。《天問》此二句即與下文"靡蓱九衢，枲華安居……黑水玄趾，三危安在"皆以下句三四兩言爲上三事之問。黑水、玄趾與三危安在，則雄虺與九首、儵忽焉在也。叔師未通句法，故以九首屬之雄虺，誤甚。九首即《山海經·海外北經》之相柳。《外北經》云"共工之臣曰相柳氏，九首，以食于九山"。又云"柔利之東相柳者九首，人面蛇身而青"。食于九土，所抵爲澤谿，禹殺之。又《大荒北經》作相繇，《廣雅·釋地》同。云"九首蛇身自環"。按九首之説，與共工、禹及夏民族有關，至可注意，此一傳説之素質，此處不能多論。郝氏謂此所云雄虺，疑指此也。又桂氏《札樸》云《爾雅·釋地》中有軹首蛇焉。郭注歧頭蛇也……《顔氏家訓》云"吾初讀《莊子》'蚿二首'，《韓非子》'蟲有蚿者，一身兩口，爭食相齕，遂相殺也'"。《古今字譜》云"蚿亦古之虺字，此岐首之蟲也"。《招魂》所言此雄虺虺字，亦即蚿字之借，而言九首之蟲，則不當。《山海經》不直指爲蛇，則别是一物可知。如奇鶬有九頭，民間亦有九頭鳥之傳，則"相柳九首"雖不必求其實，知古代民習自有此等傳説耳。觀《廣東新語》説蛇之類甚衆，有兩頭蛇，又有九首蛇，此其證矣（略本朱珔《文選集釋》卷十九説。又葉樹藩亦以相柳氏當九首）。又按古傳説，相柳有九首，共工氏亦有九首，雄虺音與庸回相當，則雄虺九首，或即指共工。蓋共工亦人面蛇身也。古史傳説之紛拏有至可附會，又不能附會者，此類是也。然果細爲分理，則此中于古昔民族風習大有啟發于吾人者在。因而共工即鮌之緩言。鮌子禹，禹即從蟲從九，劇數之不能終其物，釋古書之難有十百倍于他事者。《招魂》"一夫九首，拔木九千些"。王逸注"言有丈夫，一身九頭，强梁多力，從朝至暮，拔大木九千枚也"。按九首九尾，古神話中所在多有，龍、蛇、鳳皆有之，此原始民族對涉神怪之物以爲濬智威力，過其同類者，多被以此名，不必定以數字求之。又九即古糾字，凡物糾曲者亦得曰九。龍蛇糾曲，故多得九名云。

離婁

《九章》"離婁微睇兮"。王逸注"離婁，古明目者也。《孟子》曰'離婁之明'"。洪補曰"《淮南》曰'離朱之明'，即離婁也。黄帝時人，明目，能見百步之外、秋毫之末"。按離婁見《孟子·離婁》上。聲轉爲離朱，《莊子·天地》篇"黄帝游乎赤水之北，登乎崑崙之丘，而南望還歸，遺其玄珠，使知索之而不得，使離朱索之”。洪引《淮南》未得其朔。離婁別有交疏玲瓏一義，則爲玲瓏之聲轉。

乘戈

《九思·傷時》“使素女兮鼓簧，乘戈龢兮謳謠”。王注“乘戈，仙人也，和素女而歌也”。補曰“張晏云，玉女、青要、乘弋等也”。戈字作弋。

直贏

《大招》“直贏在位，近禹麾只”。注云“贏餘”。“禹，聖王，明於知人。麾，舉手也。言忠直之人，皆在顯位，復有贏餘賢俊，以爲儲副，誠近夏禹，指麾取士，一國之人悉進之也”。案王説鉤擘不可通，古今亦少發明。徐文靖《管城碩記》卷十七及孫詒讓《札迻》卷十二，皆以爲人名，其説與文理較爲相應，惟兩家所指不同。徐氏云“贏與嬴同。直贏謂皋陶、伯益，劉向《列女傳》‘皋子五歲而贊禹’。注曰‘皋陶之子，伯益也’。此言直贏在位，而贊禹、舜，賜以皂游黑色，與禹麾爲近也”。贊禹云云。大略得之。而以直贏指皋陶、益，不成理據。孫氏云“《荀子·成相篇》云，禹傅土，平天下，躬親爲民行勞苦，得益、皋陶、橫革、直成爲輔。直成，《呂氏春秋·求人篇》又作真窺，此直贏疑即直成也”。以直贏當直成，指爲禹輔五人之一，于古爲有據。《呂氏春秋》卷二十二《求人》篇云“禹……憂其黔首，顏色黎黑，竅藏不通，步不相過，以求賢人，欲盡地利，至勞也。得陶、化益、真窺、橫革、之交五人佐禹，故功績銘乎金石，著於盤盂”云云，説與《荀子》同一來源。王應麟《困學紀聞》云“陶即皋陶也，化益即伯益也，真窺即直成也。併橫革、之交二人皆禹輔佐之名”云云。盧文弨謂“窺與窺形近，窺與成音同。疑《呂覽》本作直窺，傳寫誤耳。直與真亦形似”。

合兩書觀之，則《大招》"直赢在位"兩語，即指以直成之徒爲輔一事，特直成、横革、之交之名，戰國以前學者少所稱道，故叔師遂無以徵成其義云。

鮌

屈賦言鮌，《離騷》一見，《天問》四見，《九章》一見，合其行事，則凡十許事，以《天問》爲最詳切。按《虞書》字作鯀。《禮記·祭法》釋文又作骸，《列子·楊朱》張注又作鮌。《廣韻》又作鯀，封爲崇伯爵，《周語》注。《墨子》稱爲伯鯀，《尚書》、《竹書》。《周語》則稱曰崇伯鯀，《竹書》則曰崇伯。據春秋以來南北諸家傳説，言佐堯治水，儒家以爲無功而被放，舜誅之；《吕覽》、《韓非》則傳與舜争帝而被誅；南楚則謂治水非毫無所成，以性婞直而被放流，爲伯禹之父，夏之所宗祀者也。其傳説在《山海經》、《吕覽》、《左氏傳》諸書者，多與水族事物有關，而尤與能（後誤爲熊、鼈）有關，故東海人祀禹不用熊與鼈。夏本以禹爲宗神，其圖騰爲龍。則鼈能亦總圖騰之一支。楚先多以熊名，可能與鮌族系有關。故屈子于鮌一生事，多恕詞、惜詞，恐不僅傳説異辭關係也。兹分疏其見于《楚辭》各條于下。

《離騷》"鮌婞直以亾身兮，終焉殀乎羽之野"。

《九章·惜誦》"行婞直而不豫兮，鮌功用而不就"。

上二條言鮌性婞直，至功不就，以至殀遏放于羽山。婞即悻之別構，婞直即後世所謂剛愎自用，并不如北土指其爲頑凶小人。故女嬃以之戒屈子，勿剛愎也。若真頑凶，則女嬃豈忍以頑凶詛咒其親人者與？所謂亾身，即《堯典》之所謂方命（詳亾身一條）。《天問》言"不任汨鴻，師何以尚之？僉曰何憂，何不課而行之？"此即《尚書》岳牧舉鮌治水一段也。又曰"鴟龜曳銜，鮌何聽焉？順欲（川谷二字之形衍）成功，帝何刑焉？"、"咸播秬黍，莆雚（當作雚蒲）是營"。此言鮌治水川谷有成，雚蒲曾爲良田，惜其功之有所就，而帝何刑焉也？《離騷》、《天問》

又云"終然殀乎羽之野","帝何刑焉？永遏在羽山。夫何三年不施？"、"何由并投，而鯀疾修盈"。此言鯀之見放見殺事實也。帝"何刑"、"何由并投"，皆所以惜之者爾。《天問》又云"阻窮西征，巖何越焉？"此與《呂覽·行論》所傳鯀不服堯讓舜天下，而欲爭帝，終至于西征不得越巖至于死也。《天問》又云"化爲黃熊，巫何活焉？"此言鯀死化爲黃熊，而爲夏及三代郊祀之説，與楚之宗性有關之事。《天問》又云"伯禹愎（當作後）鯀，夫何以變化？纂就前緒，遂成考功。何續初繼業，而厥謀不同"。"鯀何所營？禹何所成？"言鯀死而子禹繼其業，至于有成，天下乂安，則鯀所以營惑及禹所以成功之故，不可得知。蓋傷之而又惜之。此《墨子》言鯀治水與禹不同之言，與屈子爲同調矣。舉鯀一生大事及身世，較北土所傳爲詳盡，而治水非決無功者，使此一段故事存留于依稀仿佛之中，一以存南土所傳鯀事之實，一以見北土諸儒之偏觭，不可盡信，亦且使吾人得知古代民族變衍交午之跡者，其功亦爲不可没。又古籍言鯀與共工事極類，細考之，共工即鯀之分化也。此可舉五證以明之。鯀即共工之合音。此其一也。爭帝云云，《呂覽》亦載鯀爭帝事（《行論》）。此其二也。《山海經·海內經》"帝令祝融，殺鯀於羽郊，鯀腹生禹，帝乃命禹，卒布土，以定九州"。與《史記·楚世家》之"重黎爲帝嚳高辛居火正……名曰祝融；共工氏作亂，帝嚳使重黎誅之"。及共工氏子句龍，能平九土，爲社神之説同（《國語·魯語上》，《左氏傳》昭二十九年"禹即句龍"。別詳余所撰《夏民族與九》一文）。此其三。《墨子·尚賢中》"昔者伯鯀帝之元子，廢帝之德庸"，即《堯典》之"静言庸違"。此其四也。《左氏傳》記晉平公夢黃熊入寢門，子產以爲鯀爲祟，《汲冢瑣語》同記此事，鯀作共工之卿浮遊。此其五。

禹

按禹，上古最宏偉、最早治理洪水之工程師，亦夏朝之創始人，當爲中土西北集團之領袖。其所創王朝，父子相傳，爲堯舜以來選舉禪讓君主制度之第一個變更者。使中土政治進於君主世襲制度之爲首第一人，其事跡見于《史記·夏本紀》。而周秦諸子所載又各各相異，《墨子》、《莊子》、《韓非子》之說與孔孟《竹書》、《世本》、《戴記》皆各自異。其詳除《尚書》之《虞夏書》、《史記·五帝紀》、《夏紀》外，馬宛斯《繹史》、梁玉繩《古今人表考》引之極詳，可作參考。夏、商、周三代，三王，禹爲三王之首。禹字又作命，又曰夏禹、伯禹、神禹、大禹、湯禹（亦猶大禹，屈賦用之），據古說，姒姓，《周語》。父鯀，《夏紀》。生石紐《史正義》引《蜀王本紀》、《水經·沫水注》、《華陽國志》等。或曰生西羌《春秋繁露》、《後漢·戴良傳》、《路史》等。皆西北之地也。舜命鯀治水無功，放之羽山，使禹繼父之業，“禹敷土，隨山刊木，奠高山大川”。“九州攸同，四隩既宅，四海會同，六府孔修”。“東漸于海，西被于流沙，朔南”。聲教訖于四海，告厥成功，娶塗山（《書》作塗山），“辛壬癸甲”（《呂氏春秋》謂禹不以私害公，自辛壬癸甲四日復往治水），生啟。“啟呱呱而泣，弗子，惟荒度土功”。八年在外，三過其門而不入，在位八年，《竹書》云都安邑（以上節刪《尚書·禹貢》、《皋陶謨》并采《竹書》、《孟子》而成，皆北土諸說也。照以屈賦各篇所載，禹一生事蹟，稍有詳略之辨，無本質上之差殊，則南楚所傳禹事，蓋與北土略不相異也）。考屈宋言禹事，有下列諸條。

“湯禹儼而祇敬兮，周論道而莫差”（《離騷》）。

“湯禹儼而求合兮，摯咎繇而能調”（《離騷》）。

“伯禹愎鯀，夫何以變化。纂就前緒，遂成考功。何續初繼業，而厥謀不同”。

“洪泉極深，何以寘之？地方九則，何以墳之？何海應龍，何盡何歷？鯀何所營，禹何所成？”

“禹之力獻功，降省下土四方，焉得彼塗山女，而通之于台桑”。

“閔妃匹合，厥身是繼，胡維嗜不同味，而快鼌飽”。

“何后益作革，而禹播降”。以上五則見《天問》。

“湯禹久遠兮，邈而不可慕”（《九章·懷沙》）。

　　此八則，有湯禹、伯禹、禹三稱，伯禹、禹兩名恒見，湯禹見《離騷》，王無注。又見《九章》王注“言殷湯、夏禹聖德之君”云云，則以湯爲人名，大誤。湯禹猶言伯禹、大禹耳。湯，《尚書》“洪水湯湯”，孔《傳》“湯，大也”。是其證。別詳湯字條下。其中《天問》五條，皆陳事爲問，其事除“后益作革”外，皆與前段所言合。后益作革，讀爲“后益祚革”。言后益不得繼禹爲天子，即《國策·燕策》、《韓非·外儲》所傳啟代益作后之事也。別詳啟代益作后四句，此出戰國諸子之説。

　　總觀八例，大體與北土所傳儒言及諸子説皆合。惟屈子所取，則在“儼而祗敬”、“舉賢授能”、“周論道”、“循繩墨”，引用“咎繇”（摯引也），皆從其政績之重且大者爲言，以見君臣相與之際。至論禹父子水功，則惜鮌之情爲重，故曰“續初繼業，而厥謀不同”。而于娶盍山之女事，則以“快一朝之飽”論之，則似論禹尚貪戀情慾，其心目中之聖君賢相，固當不爲情慾所牽，或對此辛壬癸甲之傳説，若有嫌嫌然于心者，皆不可知。此固戰代男女淫昏之事，誤人誤國者至多，屈賦固多貶豔妻惑婦，而子文穿社，篇終奏之，其于懷、襄父子燕暱之情、鄭袖秦女之悲，蓋有不能言、不可言而又不得不言者矣。

禹麾

　　《大招》“直贏在位，近禹麾只”。《章句》云“麾，舉手也。誠近夏禹，指麾取士，一國之人悉進之也”。按《章句》大增字句，以釋兩句，至鉤擊，恐非是。洪、朱皆無説，孫詒讓《札迻》云“麾當爲戲。古字音近通用。《史記·項羽本紀》麾下，《正義》云麾亦作戲。禹麾，言禹與伏戲也。《荀子》又云‘文武之道同伏戲’，語意亦與此略同，注義並穿鑿不足據”。按孫氏改麾爲戲，于文字變革之例雖可通，于《大招》此句仍覺不甚明晰。徐文靖《管城碩記》別立新證，不無啟發。其言云“按《國語》曰‘嬴，伯翳之後也’。《秦本紀》曰‘大費與禹平水土，

帝錫元圭，禹受曰，非予能成，亦大費爲輔。帝曰，咨爾費，贊禹功，
其賜爾皂游。是爲柏翳，舜賜姓嬴氏'。《索隱》音旒，謂皂色旌斾之
旒，又《禮·大傳》'殊徽號'，注曰'徽號，旌斾之名也'，疏曰
'殊，別也。周大赤，殷大白，夏大麾，各有別，是禹之旌斾，名麾，色
尚黑也'云云。引《大傳》禹旌名大麾，是古説有徵。惟引《秦紀》大
費受賜皂游，似稍泛濫，其實以證禹朝有旌斾之例，亦不爲無用。考麾
字本義，用以爲指揮。蓋《周禮·春官·巾車》'建大麾，以田以封蕃
國'。注'大麾，其色黑，夏后氏所建，以四時田臘者也'。則夏曰麾，
亦一徵矣。故麾者行軍行事之旌也。引申則指動向而言，《書·牧誓》
'左秉白旄以麾'。此即《荀子·成相》篇所謂'呂尚招麾，殷民懷同'
一事之寫法，此麾字，皆作指撝解，即撝也，以手指麾也。故引申得曰
招麾，《大招》此麾字，不必作旌斾解，即以招麾之義言。近讀《洪範》
'是訓是行，以近天子之光'。近，附也，親近也，言直嬴之徒在位，則
附輔親近。禹之指撝，聽禹之指揮也"。餘説皆比附不足據。

啟

　　夏禹之子，即禹娶于塗山之女所生。據《史記》所載"禹東巡狩，
至會稽而崩。以天下授益，三年之喪畢，益讓帝禹之子啟，啟賢，天下
屬意焉……故百姓皆去益而朝啟……於是啟遂即天子之位……有扈氏不
服，啟伐之"。今本《尚書》尚存《甘誓》一篇。然據三晉之《紀年》，
《山海經》及南楚諸説，則益干啟位，啟殺之而自立。立九年，舞九韶。
《天問》又傳其生時之母難，皆爲儒書所不載。而《天問》又言益、啟
皆賢，與史公爲佐禹踐天下未洽之説，及啟之淫樂，無一言及之，皆成
粉飾矣。

　　屈賦言啟事凡六見。

　　"啟九辯與九歌兮，夏康娛以自縱，不顧難以圖後兮，五子用失乎
家巷"（《離騷》）。

"啟代益作后，卒然離蠥，何啟惟憂，而能拘是達？"《天問》此段言啟被益所囚，而啟得逃出，興兵滅益之事。

"皆歸軑籍，而無害厥躬，何后益作革，而禹播降"。《天問》此段言益啟皆謹敬于事，何以益不永其祚，而禹之後乃能藩滋。

"啟棘賓商，九辯九歌"。《天問》此段言啟淫樂事。

"何勤子屠母，而死分竟地"。《天問》此段言啟本賢子，何或以有破母脅而生之傳説。

合以上五則觀之，則（一）啟生而破母，至于母死。（二）父死傳位于益，而啟與益爭至被囚禁，啟能自獄中軼出，興兵滅益。（三）啟大爲淫樂，舞韶九歌（各詳該條下）。《離騷》推言啟淫樂而至五子家鬭，所以引爲戒也。雖不即身而亡，而禍害遺于子姓。《天問》之爲問凡三，一則啟何能軼獄，此對其事之疑也。二者啟、益皆賢，而一則永其先人之祚，一則即身而滅，此問天道之不可解也。三者啟既爲賢子，或以其生有屠母之惡，當在事理與天道之間。

五子

《離騷》"啟九辯與九歌兮……五子用失乎家巷"。王逸注"言太康……失國，兄弟五人，家居閭巷，失尊位也"。按《楚語》上士亹曰"堯有丹朱，舜有商均，啟有五觀，湯有太甲，文王有管蔡，是五王者，皆有元德也，而有姦子"。韋昭注"五觀，啟子，太康昆弟也。觀，洛汭之地"。士亹所言之五觀，與《尚書·五子之歌》序所謂"太康失邦，昆弟五人，須於洛汭"之五子，當爲兩事。《五子之歌》述大禹之戒，作歌，仁義之人，其言藹如，非朱、均、管、蔡之比也。此事惠定宇、趙紹祖《讀書偶記》及諸解經之士，皆有異説，至爲紛雜，古今來辯説極多。清儒全祖望、翁元圻皆有綜較之論，較爲得實。翁氏注曰"元圻案，全謝山《經史問答》二，以有扈氏與觀並稱，見於《春秋》內傳，以朱、均、管、蔡並稱，見於外傳，而東郡之縣，名畔觀，則其不良，亦復何説！惟是以五觀遂指爲太康之五弟，而因指洛汭之地爲觀，則古人亦已疑之。厚齋曰，五子述大禹之戒，仁義之言藹如也，豈若世所云乎？但厚齋亦但以《尚書》詰之，而即韋郢之説，其自相悖者，未盡抉也。夫東郡之畔觀，非洛汭也。觀既爲侯國，則五觀者，五國乎？抑一國乎？五國則不聚於一方，一國則不可以容五子，況五觀據國以逆王命，又何須於洛汭之栖栖也，是按之地與事而不合者也。蓋五觀特國名，猶之三朡，今以太康之弟適有五，而以配之，則誣矣。然內傳尚無此語，外傳始以爲夏殷之姦子，夫以追隨太康之弟，而反曰姦、曰畔，則必其從羿而後可矣。蓋嘗讀《續漢書·郡國志》曰‘衛故觀國，姚姓’，乃恍然曰畔觀非夏之宗室也。而況以爲太康之同母乎？是足以輔厚齋之説者也。愚謂《左傳》‘夏有觀扈’，杜注止云觀國，今頓邱衛縣，並不言爲啟子。且趙孟舉三苗，姒、邳、徐、奄皆指畔國而言，見諸侯之向背不常，以諷楚之免叔孫耳。不應於叛國之中，忽雜以姦子。今證以全氏之説信矣。然外傳以‘五觀’與朱、均、管、蔡並言，而明曰‘五王皆有姦子’，則韋注未可全非也。竊謂內傳之觀扈是二國名，外傳之五觀是啟子，而非作歌以述大禹之戒者也。案《竹書紀年》‘帝啟十一年，放王季子武觀於西河，武觀以西河畔，彭伯壽帥師征西河，武觀來歸’。則即楚語之五觀也。然《竹書》曰‘王季子武觀’明是一人，不得爲五，或武、五聲相近而誤，否則以其爲季子而以五系之歟？《書》曰母弟，則必有不同母者，其武觀是歟？或武觀是五子之一，必來歸之後，能率德改行，如太甲之悔過也”。按翁説得之。而又言來歸改過，仍欲調停五子歌也。按董退周《吹景集》亦言“按《書》五子歌惓惓先訓，此五子者，啟賢胤也，何得以商、均、管、蔡況之？王伯厚已有辨。考《竹書》‘帝啟十一年，放王季子武觀’。沈約注‘武觀，即五觀也’。‘十五年武觀復叛，彭伯壽征之，乃來歸’。觀誠朱、均之亞矣。按漢東郡有畔觀縣，當由據觀以畔而名之耶？”周嬰《卮林》卷七又申董氏説同。“韓子亦曰啟有五觀云云。五王所誅者，皆父子兄弟之親，以其害國傷民，敗法圮類也。《古今人表》太康兄弟五人，號五觀，夫此五觀者，由歌詩考之則賢，由史傳求之則不肖，且五人中，固應有一人狥義守正者，而胡淪胥以逝耶？《竹書》'啟十一年放王季子武觀于西河'，謂之季子，則武觀一人耳。善長巨《洋水注》，以五觀爲啟子名，曰名則非五人矣。且未有五人而并封一邑者也。啟十五年，武觀來歸，間一年，太康畋于洛表。《五子之歌》應在此時，豈三年之內，五人乍悖而乍賢邪？《墨子·非樂》引《武觀》曰'啟乃淫溢康樂，野於飲食，將將銘，莧磬以力，湛濁於酒，渝食于野，萬舞翼翼，章聞于天，天用弗式'。此逸《書》也，不知何指矣！"按周氏所論《五子之歌》與武觀，略與全、翁、董氏之說同。其引《墨子》，以爲逸《書》，大約可信。然《墨子》所言乃啟事，非五子事，或者啟淫遊于武觀爾，故亦可通，非不能指也。總之《五子之歌》之"五子"，與此失家閧之"五子"，當是兩事。此"五子"當是王季子武之誤。則春秋以來載籍，皆無矛盾矣。此事自《史記·夏紀》以來皆誤。經生雖有今古之爭，而結合左、屈以說之者，必欲爲之調停，終至兩失，不知此自古史傳說之異，不必求其同者也。

少康

《離騷》"及少康之未家兮，留有虞之二姚"。王逸注"少康，夏后相之子也。昔寒浞使澆殺夏后相，少康逃奔有虞，虞因妻以二女……"按《左傳》哀元年即紀此事爲最詳（見後）。少康，《楚辭·天問》又別載曰"何少康逐犬，而顛隕厥首？"王逸注"言夏少康因田獵放犬逐獸，遂襲殺澆，而斷其頭"。按少康事蹟以失國復國事爲最詳。《左傳》襄四年魏絳所言，與《離騷》、《天問》所傳略近，惟言滅澆者爲夏遺臣靡，自有鬲氏收過、戈二國，而滅澆，屈子所傳則少康使犬逐而殺之，此或本兩事，而魏絳合言之耳。《左傳》哀元年載伍員言之尤悉，曰"昔有過澆殺斟灌以伐斟鄩，滅夏后相，后緡方娠，逃出自竇，歸于有仍，生少康焉，爲仍牧正。惎澆，能戒之，澆使椒求之，逃奔有虞，爲之庖正，以除其害。虞思于是妻之以二姚，而邑諸綸。有田一成，有衆一旅，能布其德，而兆其謀，以收夏衆，撫其官職。使女艾諜澆，使季杼誘豷，遂滅過戈，復禹之績"。女艾諜澆即《天問》之女歧（詳女歧縫裳四句一條及女歧一條，説與《天問》近），則魏絳以靡滅過、戈之言，與楚説異矣。此本楚人故説與屈子同也。

桀

桀、紂，先秦以前無道之君，爲周秦諸子所甚稱引以爲戒鑑者。事蹟皆見《史記》。桀見《夏本紀》，即帝履癸也，名桀。桀不務德，諸侯多叛，商湯遂率兵伐桀，桀走鳴條，遂放而死。《史記》所載不過如是。《楚辭》言桀事僅兩處，一見于《離騷》"何桀紂之猖披兮"，及《天問》"桀伐蒙山，何所得焉？妹喜何肆，湯何殛焉"。《離騷》通言桀之惡爲猖披，五臣注云"昌披，謂亂也"。錢杲之謂猖披，行不正貌。皆通言不具事實，亂也，行不正也，當即《史記》所謂不務德或傷百姓之類。至《天問》所言末喜事亦見《國語·晋語》：昔夏桀伐有施，有施人以妹嬉女焉"。伐國取其少女以爲嬪御，固古常事，"妹喜何肆"，即肆情末喜，正楚史所傳如是也。《竹書》有言"桀命扁伐岷山，岷山女於桀二人，曰琬、曰琰。后愛二人而棄其元妃于洛，曰癸，末喜氏以與伊尹交，遂以亡夏"云云，則末喜乃桀元妃，不得于桀，憤而佐湯以伐桀者，此固三晋所傳之古史，與楚人異者也。別詳妹嬉、蒙山等條下。又《天問》尚載"湯伐桀"事，即"湯出重泉"四句，別見湯一詞下。

湯

《楚辭》湯字十六見，約得五義，一爲大皃，二爲熱水，三爲蕩之借，四爲湯谷字，五則殷商之始祖也。

（一）湯訓大者。《離騷》"湯禹儼而祗敬兮"，"湯禹嚴而求合兮"，

《九章・懷沙》"湯禹久遠兮"。諸湯字與禹連文者，皆作大字解，即後世所謂大禹或伯禹之稱也。諸家作成湯者非也。又《天問》"湯謀易旅，何以厚之"。王逸亦訓湯爲商湯，亦非。此四句乃指少康與過澆之事，與湯無涉，諸湯字之訓大者，猶言湯湯。《尚書》"湯湯洪水"，《傳》"湯，大也"，是其義。又《七諫・初放》"水流湯湯"，王訓流兒，就文順釋，其實湯湯亦水大兒，與上句高山崔巍對文。

（二）熱水也。《九章・悲回風》"存髣髴而不見兮，心踊躍其若湯"。王注"中心沸熱若湯也"。《説文・水部》"湯，熱水也，從水易聲"。大徐"土郎切"。《孟子》"冬日則飲湯"。《論語・季氏》"見不善如探湯"。又《九歌・雲中君》"浴蘭湯兮沐芳"，蘭湯謂以蘭煮湯也，則湯亦熱水矣。

（三）借爲蕩。《七諫・自悲》"疾風過之湯湯"，湯一作蕩，一云"疾風舒之蕩蕩"，詳湯湯條下。

（四）湯谷，地名。見《離騷》、《天問》、《大招》等篇，詳湯谷條下。

（五）殷商之始祖也。

湯事見《史記》卷三《殷本紀》、馬氏《繹史》卷十四，及梁玉繩《人表考》引用材料已略可用。其名始見于《商書》。名履，見《論語》又名天乙，甲骨文及《荀子・成相》、《史記》。或曰成湯，《天問》、《商書》、《周書》、《商頌》。子姓，契之後，父主癸，自契十四代，凡八遷其居，湯都于亳，聘伊尹。當是時，夏桀爲虐政，荒淫，湯乃興師率諸侯，伊尹從湯伐桀，桀敗於有娀之虛，桀奔鳴條，乃踐天子位。平定海内，還亳。在位十三年（在位年數從皇甫謐）崩。

《楚辭》言湯事不多，共五則，大體只兩事，一爲用伊尹，一爲誅桀，皆與各家説合，蓋中土史事，殷商時已有詳載，故帝王事跡出入不大也。兹羅列之以便申言。

"妹嬉何肆，湯何殛焉？"（《天問》）

言不肆情于妹嬉，湯又何能放逐之（桀）也。

"初湯臣摯"（《天問》）。

此言湯得伊尹而官之也。

"成湯東巡，有莘爰極"（《天問》）。

此言湯之東征而得伊尹也。

"湯出重泉，夫何皋尤?"（《天問》）

此言湯之被囚而復得出，以至伐桀也。

"何卒官湯"（《天問》）。

言伊尹何以足能爲湯之官也。

"不逢湯武與桓繆兮"（《九章·惜往日》）。

言伊尹不逢商湯，吕望不逢武王也。

其有不明言湯而確知其爲湯事者有：

"帝乃降觀，下逢伊摯，何條放致罰，而黎服大説?"（《天問》）

此言湯東巡，而得伊尹事也。

綜合上七則而論，則（一）以史事言，不出選賢佐伊尹與致天罰而討桀兩事。選賢一事，史載兩説，一言伊尹負鼎干湯，一言湯使人聘之，五反然後就。依屈賦定之，則負鼎所干者，乃桀而非湯。若伊尹而以鼎俎干賢君之湯，則湯爲饕餮之屬，其君其臣必有一非，何能就大事？則干湯乃沾附之説，不足信。從《天問》干桀是也。史又言五反而後就，此湯固好賢，而伊尹則失前恭而後倨，亦不相調。《天問》以爲東巡得小臣，又得吉妃，於事理爲最順，足正史家雜説之非。賢人政治一事，本戰國一代列國同有之風習，而亦諸子所言之要政。于是凡興國之君，必有賢佐，而殷周爲最盛。湯之于伊尹，武丁之傅巖，周之吕尚，諸子莫不極言之。而"聖君"之必親選，必夢寐以求，又成爲故事敷衍成篇之一種方法，傅巖如是，吕尚如是，而伊尹亦如是。《墨子》以御彭發問，而湯告以良藥善藥形之。《吕覽》以爲湯得伊尹，祓之于廟，韓非則以爲伊尹七十説，而湯用之。用意雖與墨、吕殊，而欲固神其事之義則同。屈子選賢以佐楚之意，《離騷》一篇固一再言之，《九章》同于《離騷》，即《卜居》、《漁父》、《天問》莫不如是。雖《九歌》亦未嘗一時忘懷。湯于伊尹如是，武丁于傅巖，周于呂尚，乃至甯戚、介子，莫不有此義，其謀國之誠，于戰國一代爲最耿直（見後）。此其一也。紂桀之惡，以淫亂爲中心。故言妹嬉，言湯之被放重泉一則，湯曾被囚，必明治國不可失賢，放廢賢達，必至于亡；淫于女色，亦必至于亡，故舉桀紂爲戒（紂事別見）。度當時楚之被逐者，必不僅屈子一人，正直與讒佞必不相容，則逐者必至多。而懷王鄭袖之惑，頃襄秦女之配，使失地喪國，遷都失民，胥由此而起。則《天問》以此爲問，而一再言之者，不僅存天命之戒，《黍離》之悲，而其所以寄望于故都之權貴，寄望于淫昏之國主者，不更深且重歟？（二）然細繹諸文，對征誅之成湯、武王，不無微詞。曰“妹嬉何肆，湯何殛焉”，曰“武發殺殷何所悒？載尸集戰何所急”，曰“驚帝切激”，曰“到擊紂躬”云云，則以臣代君，固亦心所不安，此與《孟子》革命之説違異。蓋戰國末期，政治上以世家而奪國祚者，齊田三晉，固已不論，其風肆散，則何國又能自保。而吾民之荼毒甚矣，君臣之大義乖矣。自今日視之，固屈子思想落後之一面，而當時憂世之懷，亦歷史上所受制約而然者也。

成湯

《天問》“成湯東巡，有莘爰極”。王逸無注，按即殷商開國之湯也。其名又見于《商書》、《周書》。《詩·商頌，殷武》亦言“昔有成湯，自彼氐羌，莫敢不來享”。《路史·發揮》注謂“成湯，猶言成周”。按成乃發語詞，猶夏曰有夏，周曰有周。《書·仲虺之誥》傳“湯伐桀武功成，故以爲號”。《商頌》疏引《謚法》“安民立政爲成，除殘去虐曰湯”云云，則成周又將作何解？餘詳湯字條。

湯武

《九章·惜往日》“不逢湯武與桓繆兮，世孰云而知之”。王逸無注。

按上文言"伊尹烹於庖厨，吕望屠於朝歌兮"，則湯指商湯舉伊尹。吕望不逢商湯武王，則老死田野，無人知之也。惟古籍皆言文王得吕望，此以指武王，則修飾上之習用。蓋湯武連文，春秋以來習用，而文與湯連至生澀，故從習用武，且文王雖得望，而用之者實武王也。參伊尹、吕望諸條。

巫咸

《離騷》"巫咸將夕降兮，懷椒糈而要之"。王逸注"巫咸古神巫也。當殷中宗之世"。洪補曰"《書序》云'伊陟贊于巫咸'。《前漢·郊祀志》'巫咸之興自此始，說者曰，巫咸殷賢臣，一云名咸，殷之巫也'。《說文》曰'巫，祝也，古者巫咸初作巫'。《山海經》曰'巫咸國在女丑北'。又曰'大荒之中，有靈山，巫咸、巫即、巫盼、巫彭、巫姑、巫真、巫孔、巫抵、巫謝、巫羅十巫，從此升降'。《淮南子》曰'軒轅丘在西方，巫咸在其北'。注云'巫咸知天道，明吉凶'。據此，則巫咸之興尚矣。商時又有巫咸也。《莊子》曰'鄭有神巫曰季咸，又有巫咸祒，皆取此名'"。按洪氏所引諸巫咸說，可謂集大成矣。此中有天官之巫咸，有卜筮之巫咸，有巫史之巫咸，有鬼神之巫咸，有始作筮之巫咸。說至紛紜，或以爲古人，或以爲殷賢臣，或以爲國名，或以爲在軒轅時，而春秋時之鄭亦有之。《歸藏》以爲黄帝時人，郭璞《巫咸山賦序》又以爲堯時人，《路史·後記》三言神農使巫咸，巫陽主筮。星象家又有甘石巫咸三家。古之言巫咸者至繁夥，大抵皆各家各業，依神奇以托之者。叔師以古神巫說之。又曰當殷中宗之世，則解《楚辭》而牽合儒家言之也。考《尚書·君奭》曰"在太戊，時則有若伊陟、臣扈，格于上帝。巫咸乂王家。在祖乙，時則有若巫賢"。孔安國傳"賢，咸子"。則父子并爲殷之大臣，蓋以巫爲氏者也（從孔安國說）。《史記·殷本紀》正義謂"巫咸及子賢冢，皆在蘇州常熟縣西海虞山上，蓋二子本吴人也"。此自是殷賢臣之名，而爲叔師之所附益者也。至《離騷》

之巫咸，則爲天神，可以決人疑者。故《離騷》于靈氛一占之後，仍不能決，而更求巫咸。此巫咸即《詛楚文》之所謂不顯大神巫咸者是也。參余《詛楚文考》一文，此巫咸乃南楚所傳之大神。屈賦之外，惟見于《莊子》書。《天運篇》云"天其運乎？地其處乎？日月其爭於所乎？孰主張是，孰維綱是，孰居無事推而行是？意者其有機緘而不得已邪，意者其運轉而不能自止邪？……敢問何故，巫咸袑曰，來！吾語汝，天有六極五常。帝王順之則治，逆之則凶。九洛之事，治成德備，監照下土，天下載之，此謂上皇"。此所謂九洛之事，治成德備，監照下土者，成玄英疏所謂"九州聚落之事也……治定功成，八荒夷狄之邦，道圓德備"。巫咸所言此義，正屈子輔君救國之道，亦即《離騷》下文勉屈子以陞降上下，求榘矱之同，而以大禹咎繇聖君賢臣之事相勉，并極言傅說、呂望、審戚一大段文字，皆自巫咸夕降而來。則巫咸之所勉者，與《莊子》巫咸之袑（即詔字之借）正同。是則南楚巫咸之爲道，實即殷賢巫咸"乂王家"之道，而在殷爲賢臣者，在楚爲在天之神。南楚多神鬼傳說，與此甚相應也。傅說在天爲星神，則巫咸在天爲天神。本亦南人善說之一法耳，又不僅此也。《招魂》之巫陽亦言上帝，即《莊子》之上皇；亦言上下四方，即《莊子》六極；亦言飲食、居處、匹偶，亦《莊子》五常之事也。則巫陽又即巫咸之化身矣。別詳巫陽條下（王應麟《困學紀聞》九、顧亭林《日知錄》卷二十五，皆有巫咸詳說，可參）。夏殷之際，乃中土政治上逐漸脫離宗教統帥政治，而仍未離宗教之過渡時期，因而諸事存有宗教色彩，固甚正常，巫官即其一也。管禮耕《巫咸說》云"《書序》'伊陟贊于巫咸，作《咸乂》四篇'。又《君奭》'巫咸乂王家'。馬子長曰'巫，男巫也，名咸，殷之巫也'。鄭康成曰'巫咸，巫官'。此舊說也，至偽孔《傳》乃云'巫，氏也'。孔《疏》申之，案《君奭》'咸子賢'。父子并大臣，必不世作巫官，言巫氏是也。不知巫官在周以前并非細職，蓋即是重黎之流。故《史記·天官書》'昔之傳天數者，高辛之前重黎，於唐虞羲和，于夏昆吾，殷商巫咸'。則巫之爲官甚明。《呂氏春秋·勿躬覽》云'巫咸作筮'亦可爲巫官之證。他若《南華逸篇》之'黔首多疾，黄帝立巫咸以通九竅'。郭璞《巫咸山賦序》云'巫咸以鴻術爲帝堯之醫'。此巫咸雖非即《書》之巫咸，而巫醫事相類近，亦可知巫之爲官，而非氏。顓頊遏絕苗民，迺命重黎絕地天通；唐堯協和萬邦，首命羲和欽若昊天，何獨于巫咸疑其非大臣，而謂不可以治王家哉！余按屈子《離騷》之'巫咸將夕降兮'，又《淮南子·地形訓》'巫咸在北方'，高誘注'巫咸知天道，明吉凶'。楊雄《反騷》云'選巫咸兮糾帝閽'，疑巫咸以人名爲官名，唐虞之羲和即殷時之巫咸矣"。

按北土所傳，大體魯學，多實質，少神祕，不甚言神奇。故《尚書》以巫咸爲賢相，孔安國宗之。然三晋、南楚本多奇僻之説，而楚俗好鬼，崇機祥之説，故《莊子》、《山經》、《吕覽》，乃至詆楚各文，皆以巫咸爲靈巫。觀射父之言，則楚先世對巫固甚崇敬，蓋康成之説，與此相合。巫本原始民族之祭司長。楚人特保其故言而已。全祖望謂"周以前巫官非細職，蓋重黎之類，周以後乃賤之"。其言至允當，不可易。吾人讀古書，但當以文理辭氣爲主，不必拘于故言之如何爾。《漢書》本多楚學，故自史遷、許慎及諸緯書所載，言天官者宗焉，言卜筮者宗焉，言鬼神者宗焉。《竹書》亦三晋人書，言太戊十一年命巫咸禱于山川。見《日知錄》卷二十五。言藥醫者宗之，言休咎者宗之，且自神農、黄帝、堯、舜、夏禹、殷、周乃至春秋之鄭國，莫不有其人，不足怪也。參《容齋隨筆》、《困學紀聞》、徐文靖《管城碩記》、朱琦《文選集釋》。尤以《困學紀聞》翁注録舊説最具，《日知錄》分析最細。考《離騷》上言"命靈氛爲余占之"占而不足取信，則"巫咸將夕降兮"儼然一祭司長之身分。讀《騷》文細體之，自能有得。則巫咸在南楚，固一往來上帝人間之靈巫，不可否認，《莊子·天運》篇載巫咸之詔，其言與屈宋若合符節。文廷式常論之。"《莊子·天運》篇'巫咸詔即《招魂》曰，來！吾語汝，天有六極五常，帝王順之則治，逆之則凶，九洛之事，治成德備，監照下土，天下載之，此謂上皇'。《楚辭》'帝告巫陽曰，有人在下，我欲輔之'。王逸注云'帝，謂天也'。又曰'上帝其命難從'。按《楚辭》言帝與上帝，即《莊子》所謂上皇；言欲輔下人，即《莊子》

所謂監照下土。又《招魂》‘於四方上下’，即《莊子》所謂天有六極（《釋文》引司馬彪注云‘六極，四方上下也’），此巫家之古說……”

《楚辭》又言魂魄離散，招其來歸。此亦巫者職守之事，傳于南楚者也。又《大招》“察篤夭隱”以下即《莊子》所謂“治成德備”也，朱子以爲署知體國，經野之術矣。“《晏子春秋·內篇·諫上》曰‘祝直言情則謗吾君也，隱匿過則欺上帝也’。上帝神，則不可欺；上帝不神，祝亦無益，是祝亦稱上帝。又楚巫微見景公曰‘請致五帝以明君德’。孫淵如曰‘五帝，五方之帝’。愚按此即《莊子》所謂天有五常也。《呂氏春秋·順民》篇‘湯禱桑拜曰，無以一人之不敏，使上帝鬼神傷民之命’。高誘注曰‘上帝，天也’。此巫禱稱上帝之證”。見文廷式《常純子枝語》卷十三。

以上所言在明南楚言巫最晰，以明證《楚辭》所言之巫咸，與北土諸家所說，雖同一姓氏，而各以地域風習或存古或變古，皆各有據。且南楚之言巫咸，尤可證之于《詛楚文》，其言曰“有秦嗣王，敢用吉玉、宣璧，使其宗祝邵鼖，祗告于丕顯大神巫咸，已底楚王熊相之多辜”。下言穆公與楚成王兩君親質之巫咸，無相爲不利云云，此秦使其宗祝遠禱于楚之大神，則巫咸固南楚之所宗祀，至兩國君要盟而求爲之質。其宗教信仰之强，固無庸多釋。則屈子于靈氛之占，不足解其疑，而求之于巫咸，雖不似《詛楚文》謂之爲大神，固以神而視之矣。則本爲人間之格人——霸巫——而升爲上天之大神。此固政治宗教交融之後自然産生之現象，吾人得自其發展變遷而可知之者矣。

由此可見，南土巫咸之靈，實爲保存古說真像之傳說，而北土以《尚書》巫咸父子爲大臣，而不爲巫官，乃漢以後學人對政治上以儒家學說修改以牽就時政之說，故康成爲不可及矣。至漢以後發展則異彩雜色極多，參《日知錄》、《困學紀聞》即知。

《史記正義》謂巫咸及子賢冢皆在蘇州常熟縣西海虞山，蓋二子本吳人矣。《越絕書》亦云“虞山者，巫咸所出也”。然諸書又載巫咸國，《海外西經》言巫咸國在女丑北，在登葆山。採藥往來之，靈山十巫，見《山海經·大荒西經》。巫咸山，《水經·洭水篇注》。谷口嶺上有巫咸祠。《莊》、《列》言鄭有神巫曰季巫，不一而足。雖與屈賦不相涉，而其說固甚多也。

彭咸

《離騷》"雖不周於今之人兮，願依彭咸之遺則"。注"彭咸，殷賢大夫，諫其君不聽，自投水而死。遺，餘也。則，法也。言己所行忠信，雖不合乎今之世，願依古之賢者彭咸餘法以自率厲也"。洪興祖曰"屈原死於頃襄之世，當懷王時作《離騷》，已云'願依彭咸之遺則'，又曰'吾將從彭咸之所居'，蓋其志先定，非一時忿懟而自沈也。《反離騷》曰'棄由聃之所珍兮，摭彭咸之所遺'。豈知屈子之心哉"。按張雲璈《選學膠言》云"此論未允，太史公稱'平雖放流，睠顧楚國，繫心懷王，冀幸君之一悟，俗之一改也'。如此豈先有致死之心哉！迨懷王不反，頃襄復聽上官之讒，怒而遷之，然後作《懷沙》之賦，以沈於汨羅。彭咸云者，止自傷諫君不聽，與之相同，其後投水而死，適符其跡，非志先定也"。按張駁洪說至當。洪氏之誤，在解"遺則"二字，即投水之則，其實叔師不如是說也。故其言曰'依彭咸餘法以自率厲"，則非謂投水爲遺則矣。然說彭咸投水死，則亦自叔師發之。顏師古從之，而千古遂成定案矣。然細考屈子全部作品，則固無此義也。俞樾《俞樓雜纂‧讀楚辭》云"愚按彭咸事實無可考，特以屈子云'願依彭咸之遺則'，而屈子固投水而死者，故謂彭咸亦投水而死。竊恐其誣古人矣。上文云'謇吾法夫前修兮，非世俗之所服'，此云'雖不周於今之人兮，願依彭咸之遺則'，四句相承而言，'不周於今之人'即所云'非世俗之所服'也。'願依彭咸之遺則'……即所云'謇吾法夫前修'也。王解法前修爲上法前世遠賢，然則彭咸必古之賢人，屈子素所師法者，豈必法其投水而死乎？當屈子之作《離騷》尚在懷王時，及懷王死，頃襄王立，屈子尚冀幸君之一悟、俗之一改，豈在懷王時早有死志乎？即謂死志早定，然死亦多術矣，何必定取一投水而死之古人以爲法乎？至其後爲襄王遷之江南，乃投汨羅而死，去作《離騷》時遠矣。今按《楚辭》

言彭咸者非一，《離騷》末云‘既莫足與爲美政兮，吾將從彭咸之所居’。此言今人不足與有爲，吾將從古人，非必從之死也。《抽思》篇曰‘望三五以爲象兮，指彭咸以爲儀’。王注解上句曰‘三王五伯，可修法也’。蓋言三五古之賢君，彭咸古之賢臣，可象可儀耳，若儀彭咸是效其投水而死，然則象三五又何所取乎？他如《思美人》篇曰‘獨煢煢而南行兮，思彭咸之故也’。《悲回風》篇曰‘夫何彭咸之造思兮，暨志介而不忘’。又曰‘孰能思而不應兮，照彭咸之所聞’。皆無從之投水之意。惟其下又曰‘凌大波而流風兮，託彭咸之所居’。意似近之。然其下即曰‘上高巖之峭岸兮，處雌蜺之標顛’。既思投水，何又思登山乎？蓋登山涉水，皆是從彭咸之所居，於水言彭咸而於山則舉雌蜺以儷之，此古人文法之不拘，猶云‘伯夷、叔齊雖賢，得夫子而名益彰。顏淵雖篤學，附驥尾而行益顯’。上句言夫子，下句變言驥尾，顧亭林所謂回避假借之法也。屈子之從彭咸，止是取法前賢，即夫子竊比老彭之意。乃因屈子是投水而死之人，遂謂其所效法者亦必投水而死，固矣夫，高叟之爲詩也！其下又云‘求介子之所存，見伯夷之放迹’。此二子亦豈投水而死者乎？太史公曰‘乃作《懷沙》之賦，遂自投汨羅以死’。《懷沙》篇末云‘知死不可讓，願勿愛兮’。然則《懷沙》一賦殆其絕筆，史公之言，必有所據，而篇中無一語及彭咸，是其平時之效法彭咸，非效法其死，亦可見矣。然則屈子何以惓惓於彭咸也？彭咸疑彭祖之後，與屈子同出高陽，故一再言之，親切而有味也”。屈子全書說彭咸者，俞氏已全解之無遺策，亦全通之無遺義，固當以此說爲斷。

伊尹

《九章·惜往日》“聞百里之爲虜兮，伊尹烹于庖廚”。王逸注云“見《天問》”。按《天問》明言、暗言伊尹者凡六見，或曰伊摯，或曰摯，或曰伊，或曰小臣，或曰小子，或曰緣鵠飾玉，皆伊尹一人也。詳後總校。《楚辭》共六見，爲屈原稱述古人最多之一。

考《尚書·商書》，伊尹爲商家立法制禮，精文事，所作有《汝鳩》、《汝方》、《咸有一德》、《伊訓》、《肆命》、《徂后》、《太甲》三篇，諸文共九篇，商之文獻得十之七八，可爲大臣也矣。文篇雖多亡佚，就《孟子》、《墨子》諸書所引殘語繹之，固有殷一代政治大家。漢世傳道家《伊尹》一篇，又小説《伊尹説》二十七篇（見《漢·藝文志》），雖不足訓，而史影必存，則其思想文事必大有可觀矣；而忠誠于國于民，亦足爲百世師保，屈子記其事纖悉皆具，有由來矣。

考伊尹事跡，不僅見于周秦以後文獻，即在甲骨、吉金中亦累言不一，且多可證屈子之説者，兹先徵之如次。

其見于卜辭者如：

癸巳卜，來☑伊尹。《前》八卷一頁

癸丑子卜，來丁酚伊尹。《菁》

丙寅貞，又勺歲于伊尹二牢。《後》上二

癸巳卜，又勺，伐于伊，其□大乙肜☑。《後》上二

其射三牢更伊。《戩》九頁

己未王□貞：伊☑羊衆牛☑日。九頁

金文《齊侯鎛鐘》云：

虩成唐，又嚴在帝所，尃受天命，劖伐覿司，敗乃靈師，伊小臣佳輔，咸有九州，處禹之堵。

王國維曰"卜辭有伊尹，亦單稱伊。《齊侯鎛鐘》述成湯事，而伊小臣惟輔"。孫氏詒讓曰"古書多稱伊尹爲小臣，《墨子·尚賢下》'湯有小臣'。《楚辭·天問》'成湯東巡，有莘爰極，何乞彼小臣，而吉妃是得'。王逸注'小臣，謂伊尹也'。《吕氏春秋·尊師》篇'湯師小臣'。高誘注'小臣，謂伊尹'。齊鎛稱伊小臣，其爲伊尹無疑，是伊尹可單稱伊也。又卜辭人名中屢見寅尹，古讀寅如伊，故陸法言《切韻》寅兼脂、真二均，而《唐韻》以降仍之。疑亦謂伊尹也"。

試就載籍所論證之，可略作一小結曰：

伊尹乃成湯之臣，名摯（《史記》名阿衡，誤。按阿衡乃大甲以後

之名，阿衡乃官號。索隱辨之詳矣。此從《墨子·尚賢》與《天問》）。有莘（又作侁）氏女採桑得嬰兒于空桑，母居伊水，命曰伊尹（本《呂氏春秋·本味》篇，參摯字條）。其異名至多，《詩》、《書》稱阿衡（《書·太甲》、《詩·長發》）、保衡，《書·君奭》、《說命》、《墨子》、《天問》、《呂覽·尊師》等則曰小臣，亦曰小子，爲殷家佐成湯開國大功之臣，且事外丙、中壬、太甲三世，曾作《伊訓》、《肆命》、《徂后》、《太甲訓》等有關政治之文。今《尚書》晚出古文有其文（其《伊訓》、《太甲》等四篇僞作也。又《逸周書》有《伊尹朝獻》一文，當即《伊尹四方令》也）。伊尹事，屈賦中凡六見（《離騷》"湯禹儼而求合兮，摯咎繇而能調"之摯，王逸亦指伊尹，其實甚誤。湯字訓大，非成湯也。摯當訓引，全句乃通，別詳）。其五見于《天問》，其一見于《九章》，茲羅列之，以便申釋。

"聞百里之爲虜兮，伊尹烹于庖廚。呂望屠於朝歌兮，甯戚歌而飯牛。不逢湯武與桓繆兮，世孰云而知之"（《九章·惜往日》）。

"帝乃降觀，下逢伊摯"（《天問》）。

此言湯乃下訪求之也。

"初湯臣摯，後茲承輔，何卒官湯，尊食宗緒？"（《天問》）

其不見伊尹之名，而實言伊尹故事者有：

"緣鵠飾玉，后帝是饗，何承謀夏桀，終以滅喪"。

此言以鼎俎干桀，而桀卒亡也（見《天問》）。

"成湯東巡，有莘爰極，何乞彼小臣，而吉妃是得？"（《天問》）

此言湯東巡，本欲求伊尹小臣也。

"水濱之木，得彼小子，夫何惡之？媵有莘之婦？"（《天問》）

此言伊尹生于空桑之中，母溺死，爲有莘之女所得，而以媵有莘之婦也。

依上列諸句細審之，伊尹一生事蹟大體包涵在其中。惟有數事，當加以辨析者。一則水濱之木一段言伊尹之生。二則烹庖一段言伊尹之出仕，而緣鵠飾玉爲其出仕之方法，爲古今說者之所忽視。三則伊尹死後之榮哀盛典，雖曾詳見于甲文，而甲文出土不過數十年，亦千古之所忽也。故余即就此三事，爲之一辯。

一、辯伊尹生之傳説

《天問》言“水濱之木，得彼小子，夫何惡之，媵有莘之婦”。按《史記·殷本紀》索隱引《吕覽》“有侁氏女採桑，得嬰兒于空桑，母居伊水，命曰伊尹”云云，王逸《章句》及《列子》注更言母夢神告語白黿生黿，及母化爲空桑之木云云，此出後世增益，屈子蓋即見此説，故不多詳，惟生子而有異，異而有人收養，此本古初社會極通常之傳説。凡古有異人之人，多符以神祕性，其在人君，則形成感生之説；其在人臣，則亦必有靈異傳説。吕望以靈異而仕，與伊尹之以靈異而生，其原始意識皆所以贊嘆偉人事蹟、功德、智慧、武功等等靈異而已。感生説與此等靈異故事蓋同出一源。憶兒時讀《説岳精忠傳》，亦有與伊尹生而靈異之傳説相類之故事。自漢以後之小説中，乃至于近史之五行志中，此等傳説蓋無時無代無之。惟屈子問何以惡之而媵有莘之婦云云，王叔師爲解曰“有莘惡伊尹從木中生，因以送女”云云。屈子蓋以生木爲不祥，而不以靈異視之。蓋此種異説施于屈子心目中所崇敬之賢人，以爲世俗應以此惡之，而聖君不然，故得相湯定天下，與楚之令尹子文以虎乳而爲賢相者歟？借古以喻今之言也（參後）。

二、辯庖厨與緣鵠飾玉解

伊尹起于庖厨，蓋漢以前舊説，屈子明言之（《九章·惜往日》）。《孟子·萬章上》“吾聞其以堯舜之道要湯，未聞以割烹也”云云，洪補已是正之矣。負鼎俎以干湯，猶傳説中之傅説以築夫、太公以屠釣之類，蓋皆有其事理可解説。伊尹鼎俎事，可能爲湯與伊尹之陰謀（詳後載章太炎先生説）。且古初社會發展，人民生活爲至上無可比倫之大事，以衣食居處得爲聖君賢臣者，必爲人民所愛戴，而傳説之興即由此。燧人、有巢雖近飄緲，而神農、黄帝、夏禹、后稷其功業皆不過使人民生活有所改進，則食事固不可輕于否認，此爲人類普遍具有之現象。故伊尹以烹割，太公以屠釣，自在傳説中矣。此等反映于制度中之現象，大足以説明人類生活之實際要求，《孟子》以堯舜道德論之，實爲衎言矣。

烹割事，《天問》尤有一當釋者，即"緣鵠飾玉"一段是也。王逸注云"言伊尹始仕，因緣烹鵠鳥之羹，脩玉鼎以事于湯"云云，以事于湯義誤。"何承謀夏桀，終以滅喪"。兩語言爲夏桀謀而終以滅喪，其意若曰，爲桀謀而桀終喪亡，爲湯謀而湯以得天下也。逸誤以謀夏桀爲湯謀伐夏桀，于文理實乖戾不訓矣。然言緣鵠飾玉，則較有理致。《招魂》言"鵠酸臇鳧，煎鴻鶬些"。《大招》言"内鶬鴿鵠"，古人固以鵠爲美食，緣者猶《大招》"和致芳只"之和致，因其性而順其味，爲調羹必具條件，至玉則彝鼎以玉飾者，固彝器中恒見之事。殷之初期是否即能如周以來彝器之發達，固爲應考慮之一問題，而後之記事者因緣時會而説之，固亦恒情，《商書》中因有玉食之載也（余舊説以鵠爲器上之飾亦可通）。

三、尊食宗緒辯

《天問》言"初湯臣摯，後兹承輔，何卒官湯，尊食宗緒？"王逸釋"何卒官湯，尊食宗緒"兩語，一無是處，此段用"初"、"後"、"何卒"爲言，此文章理性前進發展之一法，言初爲湯小臣，後爲宰輔，卒之乃由相而至于尊食宗緒也。宗緒指配食于湯言。古史多蒙昧，伊尹尊食配湯之説，戰國以來已少人知，故王逸不得其解也。考今本《竹書》沃丁八年祠保衡。《史記正義》引《帝王世紀》云"伊尹年百歲卒，大霧三日，沃丁以天子禮葬之"云云，不知何據。但必爲采之古傳説，非皇甫氏所能虚構者也。爲古籍所載尊食宗緒惟一之證，因出今本，當再有他證。按《殷虚書契前編》二十二頁兩言伊尹從祀成湯，又本文篇前引甲文六條，其中有"酌伊尹"（即肜伊尹）、"歲于伊尹"、"伐于伊"等條，皆言祀伊尹事，則尚不止于配享。所謂尊食宗緒者，正此等祀禮。伊尹非殷之宗親，而又爲湯孫外丙、仲壬、太甲四世輔臣，則得天子之享，故曰尊食。如此解釋，不僅文理叙然，而屈子之所以反復申説之義亦可明矣。又《詩·商頌·長發》一篇乃大帝之詩，全詩皆叙成湯征誅及上帝命湯之事，並及三正賓服及韋顧昆吾與夏桀俱伐之事，而文尾結之以"實維阿衡，實左右商王"。稱伊尹之功伐而曰左右商王，則伊尹配享于湯，蓋殷之子孫所盛稱道者矣。

綜合上六事而言之，則伊尹乃伊水婦人所生，生而母死，爲有莘女子所長養成人，後曾以庖厨爲事，後即以烹飪之能干桀，桀不能用，成湯聞其名，東巡之時求之，有莘君以女歸湯，而使伊尹爲媵臣，遂佐湯開國定天下，足能配食成湯也，其事蹟大略如此。

然伊尹事十九見于《天問》，則（一）干桀而桀亡，事湯而殷興。同一賢能，則存亡之機在于賢君與暗主之別。故《九章·惜往日》"不逢湯武與桓繆兮，世孰云而知之"。則賢臣在得賢君相與之際，如車之兩輔，則屈子所感于懷襄者固至切，而楚國興亡之機亦在于是。"天道無親，常與善人"，豈不昭昭！（二）則伊尹貧賤孤兒，小子媵臣，乃能佐賢君爲開國良相，則人之賢否，固不以貴胄興臺而別。是以傅嚴之築夫，東海之屠者，有莘之媵臣，飯牛之甯戚，皆以下賤而爲一世俊傑。貴賤豈有種哉！則滋蘭樹蕙，終化爲茅。貴胄無能，原深知之。此所以贊古賢者起于貧賤，不生于富貴。則屈子胸中，本不以階級定人等，此固非北土世閥之思，亦非南土逃世之想。此其所以能忠貞謀國而爲百世所敬仰也。

惟戰國以來，諸家所傳伊尹事蹟有至可怪者，尤以兵家所言爲最，似不易解。即以《天問》所傳五問有至可怪者，水濱之木，猶得曰神話分子，古今同然。然"緣鵠飾玉，后帝是饗，何承謀夏桀，終以滅喪"一段及"妹嬉何肆，湯何殛焉"一條爲最不易解。緣飾可能爲庖厨干夏事，然夏桀終以滅喪，而妹嬉與伊尹比而滅桀等，余疑此與《書序》女鳩、女方事有關，其言曰"伊尹去亳適夏，既醜有夏，復歸于亳，入自北門，乃遇女鳩、女方，作《女鳩》、《女方》"。太炎先生《尚書定本拾遺》云"孫子《用間》篇云，昔殷之興也，伊摯在夏；周之興也，呂牙在殷，故明君賢將能以上智爲間者，必成大功。兵家言固非典要。然據《晉語》'昔夏桀伐有施，有施人以妹喜女之。妹喜有寵，於是乎與伊尹比而亡夏'。是伊尹爲間，實有其事（韋解比之功也，伊尹欲亡夏，妹喜爲之作禍，其功同也。此不得已而爲之説。彼文下言褒姒有寵，於是乎與虢石父比，逐太子宜臼而立伯服，何功之可比邪）。序云‘醜有夏者’，亦伊尹本情，非先迷後覺之謂，伏生《大傳》及《韓詩外傳》、《新序》皆載伊尹讓桀事，正使有是，亦以察桀之情，藉決成敗，固非與龍逢同心也。然則伊尹聖相，乃爲間諜者，亦猶張良于楚，馬援于隗囂，溫嶠于王敦爾。權譎之事，儒者不談。及其徵之史策，先後一也，亦何多怪。雖然援之于囂，終爲負友，伊尹、張、溫無負矣”。

按章先生説至有理致，既可協調戰國以來諸家之異同，足以解釋若干存在之奇説。夏殷之際爲兩個民族（或部族聯盟）政治鬪爭已趨尖鋭之時，政治上之一切鬪爭方式方法已大量出現，以間諜女寵使對方政治失靈而致于崩潰，因而奪其土地人民，本爲古初社會常見之事。即以《天問》一篇所載古代用間諜以爭之事，亦屢不一見。《管子》、《韓非》、《吕覽》亦常言之，兵家書所載尤多。章先生所言與夏殷史實亦不相悖，則“緣鵠飾玉”以干桀或且爲湯之所使云，史言既醜有夏云。則儒家者流援聖賢治平修齊之德以論古史者，固不足信矣。

伊摯

伊尹名（見《墨子·尚賢中》、《孫子·用間》、《楚辭·天問》、孔安國《尚書傳》），成湯臣，《天問》“帝乃降觀，下逢伊摯”，又“初湯臣摯”，皆是（《離騷》“湯禹嚴而求合兮，摯咎繇而能調”之摯，王逸誤爲伊尹，説見前）。《吕氏春秋·本味》篇云“有侁氏（即莘氏）女子採桑得嬰兒于空桑之中，獻之其君，其君令烰（猶庖也）人養之，察其所以然，曰其母居伊水之上，孕，夢有神告之曰，臼出水而東走，毋顧。明日，視臼出水，告其鄰，東走十里而顧，其邑盡爲水，身因化爲空桑，故命之曰伊尹……長而賢。湯聞伊尹，使人請之有侁氏，有侁氏不可。伊尹亦欲歸湯，湯於是請取婦爲婚，有侁氏喜，以伊尹媵女”云云，與王逸《天問》“水濱之木，得彼小子”注小異，與洪補引《列子》説同。

後佐湯伐桀爲相。湯死又輔外丙、中壬、太甲三世，殷以配食湯廟，餘詳伊尹條。

附

《後漢書·馮衍顯志賦》“昔伊尹之干湯兮，七十説而乃信。皋陶釣于靁澤兮，賴虞舜而後親”。章懷太子注“伊尹名摯，負鼎俎以干湯，七十説而乃信。謂年七十，説湯乃得信也。信音申”。《韓詩外傳》“伊尹，故有莘氏僮也，負鼎操俎，調五味而立爲相”。又《楚辭·天問》“緣鵠飾玉，后帝是饗”。王逸注“后帝，謂殷湯。言伊尹始仕緣烹鵠鳥之羹，修玉鼎以事于湯，湯賢之遂以爲相”。凡此等説皆近不經。然尹語云“甘而不飴，肥而不鑊”一語精極，千古知味者，莫如尹（傅奕《瓜賦》“食之不餇”用尹語也）。

伊皐

《九歎》“伊皐之倫以充廬”。王逸注“伊，伊尹也。皐，皐陶也”。詳伊尹、皐陶兩條。

武丁

殷高宗也。

《離騷》“説操築于傅巖兮，武丁用而不疑”。王逸注“武丁，殷之高宗也”。按《史記》武丁，小乙子。《詩·商頌·玄鳥》稱爲殷武，名昭（本《竹書》）。小乙崩，武丁立，思復興殷，而未得其佐，三年不言……夜夢得聖人，名説，説役于傅巖（《史》作險），舉以爲相，殷國大治，修政行德，天下咸驩，殷道復興。子祖庚立，祖己（高宗賢臣）嘉武丁之以祥雉爲德，立其廟爲高宗云。參説（傅）字條。

丁

武丁也。

《楚辭·九思·逢尤》云"思丁文兮聖明哲，哀平差兮迷謬愚。呂傅舉兮殷周興，忌嚭專兮郢吳虚"。舊注云"丁，當也。文，文王也"。顧亭林云"此援古賢不肖君臣，各二，丁謂商宗武丁，舉傅説者也。注以丁爲當非"。徐文靖《管城碩記》云"按《離騷》經'説操築於傅巖兮，武丁用而不疑。呂望之鼓刀兮，遭周文而得舉'。豈非丁文之證乎？今云呂傅舉兮殷周興，豈非武丁舉傅，文王舉呂乎？平，楚平；差，夫差；忌、嚭，皆吳、楚佞臣，詞意甚明，以丁爲當蓋誤也"。按叔師訓丁爲當，其誤甚顯，諸家説之皆是。今謂丁爲武丁，武丁得傅説，文王得呂望，故對舉以成文，本篇上言呂傅舉之文，亦可爲證。詳武丁、伯昌、傅説、呂望諸條。自顧亭林《日知録》以後，徐文靖、王紹蘭（《讀書雜記》）、杭世駿（《訂譌類編續上》）及俞樾，其義皆同。俞氏因以證《九思章句》非叔師自爲，此有關《楚辭》全書大體，故附之如次。

俞樾《俞樓雜纂》卷二十四云"《九思》'思丁文兮聖明哲'。注'丁，當也。文，文王也。心志不明，願遇文王時也'。愚按《九思》本王逸所作，而逸即自爲之注，自作自注，殊屬可疑，今以此注考之，則知其決非逸所注也。按此文云'思丁文兮聖明哲，哀平差兮迷謬愚。呂傅舉兮殷周興，忌嚭專兮郢吳虚'。四句中每句有兩古人，而四句實止兩事。丁者武丁也，文者文王也，呂者呂尚也，傅者傅説也，忌者費無忌也，嚭者宰嚭也。武丁舉傅説，而殷興；文王舉呂尚，而周興。故'思丁文兮聖明哲'也。平，平王，用費無忌，而楚爲虚；夫差用宰嚭，而吳爲虚。故'哀平差兮迷謬愚'也。文義甚明，而注者乃不知丁爲武丁，以當釋之。使逸自作自注，何至有此謬乎？"

梅伯

《天問》有"梅伯受醢"，王逸注"梅伯，紂諸侯也。……數諫紂，紂怒乃殺之，菹醢其身"。《惜誓》"梅伯數諫而至醢兮"，洪補曰"梅，音浼"。《離騷》云"后辛之菹醢兮，殷宗用而不長"。王逸注"言紂爲無道，殺比干，醢梅伯，武王杖黄鉞，行天罰，殷宗遂絶，不得久長也"。洪興祖補注"《禮記》云，昔殷紂亂天下，脯鬼侯以饗諸侯"。《史記》曰"紂醢九侯，脯鄂侯"。《淮南子·俶真訓》"醢鬼侯之女，菹梅伯之骸"。按洪引紂脯醢資料略備，而醢梅伯，惟見《淮南》。劉安本楚人，則與《天問》之所傳爲一源。賈生雖洛陽少年，而又長沙王太傅，且習楚賦者也。故所徵故事，當亦得之屈賦，則謂醢梅伯乃南楚所傳，而鬼侯、鄂侯之事則當爲北土之説也。

箕子

《天問》"梅伯受醢，箕子詳狂"。王逸注"言梅伯忠直，而數諫紂，紂怒，乃殺之，菹醢其身，箕子見之，則被髮詳狂也"。洪興祖補曰"《史記》曰，箕子，紂親戚也。紂爲滛泆，箕子諫不聽，或曰'可以去矣！'箕子曰'爲人臣，諫不聽而去，是彰君之惡，而自説於民，吾不忍爲也'。乃被髮詳狂而爲奴，遂隱而鼓琴以自悲，故傳之曰《箕子操》"（按《史記》言微子數諫不聽，比干强諫，紂怒，剖比干，觀其心，箕子恐，乃詳狂爲奴，紂又囚之云云，與洪所引説略異）。《惜誓》"比干忠諫而剖心兮，箕子被髮而佯狂"。《七諫·沈江》"箕子寤而佯狂"。王逸注"箕子，紂之庶兄，見比干諫而被誅，則披髮佯狂，以脱其難也"。按箕子見屈賦者一，漢賦者二，其本事皆謂佯狂，義無大殊也。其一生事蹟，見《書·武成》（今晚出古文也，不可信）。《書·微

子》篇稱曰父師，紂之諸父，《論語注》爲紂太師，《史記·宋世家》名
胥餘，《莊子·大宗師》釋文或以爲比干名，武王勝殷，殺紂，立武庚，
以箕子歸，箕子爲武王陳《洪範》，爲中國古代最重要政典之一，今存
《尚書》中，武王封之朝鮮（《書大傳》）。《水經》以爲葬梁國蒙縣北意
城（《汶水注》）。

比干

《天問》"彼王紂之躬……比干何逆而抑沈之"。王逸注"比干，聖
人，紂諸父也，諫紂，紂怒，乃殺之，剖其心也"。又《九章·涉江》
"伍子逢殃兮，比干菹醢"。王逸注"比干，紂之諸父也。紂惑妲己，作
糟丘酒池，長夜之飲，斷斮朝涉，刳剔孕婦，比干正諫，紂怒曰'吾聞
聖人心有七孔'。於是乃殺比干，剖其心而觀之，故言菹醢也"（《史記》
言微子數諫不聽，乃與太師、少師謀遂去，比干曰"爲人臣者不得不以
死爭"。迺强諫紂云云。王逸説乃省文耳）。按屈宋賦言比干，只此兩
處，合爲一事，比干諫而紂殺之。此北土諸儒之所傳，與屈子無異也。
事蹟見《書·武成》、《微子》、《泰誓》、《論語》及《史記·殷本紀》、
《宋世家》。孟子稱爲王子比干，《水經·清水注》謂比干死葬朝歌南牧
野，《武成》言武王封其墓，漢人賦如《惜誓》等，本事亦不外此，不
更徵録矣。《七諫·沈江》曰"周……修往古以行恩兮，封比干之丘
壟"。本《武成》説也。《史記》言"武王誅紂，乃封比干之墓"。墓在
朝歌縣南牧野，在汲冢縣北十里（《史記·周紀》正義）。

偃王

徐偃王也，周時封國之君。

《七諫·沈江》"偃王行其仁義兮，荆文寤而徐亡"。王逸注"徐偃
王，國名也，周宣王之舅申伯所封也。《詩》曰'申伯番番，既入于

徐'。周衰，其後僭號稱王也。偃，諡也，言徐偃王修行仁義，諸侯朝之，三十餘國，而無武備。楚文王見諸侯朝徐者衆，心中覺悟，恐爲所并，因興兵擊之，而滅徐也。故《司馬法》曰國雖強大，忘戰必危，蓋謂此也"。洪補"《史記》周穆王西巡狩，徐偃王作亂，造父爲穆王御，長驅歸周，以救亂'。《淮南子》云'徐偃王被服慈惠，身行仁義，然而身死國亡，子孫無類'。注云'偃王於衰亂之世，修行仁義。不設武備，楚文王滅之。徐國今下邳徐僮是也'。又曰'徐偃王好行仁義，陸地而朝者三十二國。王孫厲謂楚莊王曰"王不伐徐，必反朝徐"。乃舉兵伐徐，遂滅之'。《後漢書》曰'徐夷僭號，率九夷以伐宗周，西至河上，穆王畏其方熾，乃分東方諸侯，命徐偃王主之。偃王行仁義，陸地而朝者三十六國。穆王後得驥騄之乘，乃使造父御以告楚，令伐徐，一日而至，於是楚文王大舉兵而滅之'。《博物志》云'偃王既治其國，仁義著聞，江淮諸侯服從者三十六國，穆王聞之，遣使乘駟，一日至楚，使伐之。偃王仁，不忍鬥其民，爲楚所敗'。《元和姓纂》云'伯益之子，夏時受封於徐，至偃王，爲楚所滅'。按徐偃王當周穆王時，楚文王乃春秋時，相去甚遠，豈春秋時自有一徐偃王邪？然諸書稱偃王，多云穆王時人，唯《博物志》、《姓纂》但云爲楚敗滅，不指文王，其説近之。《後漢書》乃以穆王與楚文王同時，大謬"。按偃王事，除洪引諸書外，《荀子‧非相》、《韓非子‧五蠹》、《世本》、左昭元年注引。《竹書》、《山海經‧大荒北經》、《禮記‧檀弓》皆載之。《史記‧秦本紀》、《淮南‧説山》、《後漢書‧東夷傳》諸漢人書亦載之。出入至大，或指周穆王時，或指楚文王時，或指爲楚之莊王時，或言穆王使楚文王伐之，大約爲古東方小國能行仁義者。其時代傳世，皆不可確。《楚辭》惟東方此文一見，謂楚文王伐之（説本《韓非子‧五蠹》篇），而叔師注則本《淮南‧人間訓》以爲楚莊王，與周穆王相去二三百年，皆不可信。考徐偃王當即與伯禽爭鬥而作《費誓》之東夷群舒，或徐戎（《孟子‧滕文公》下），穆王亦屢征之，詳載古本《紀年》，大約在穆王三十七年至四十四年之間。如《御覽》三百五引"周穆王四十七年，伐紆，大起九師，東至于九江”。《春秋》莊公二十六年，會宋人伐徐，自周惠王二十年，徐人取舒，至僖公十七年，齊人、徐人伐英北，至宣八年，楚人滅舒蓼，爲楚莊王八年，此後徐遂不見于載記。則所謂周穆王、楚文王滅之，皆不可信。穆王、文王皆曾與徐有戰争，而終滅之者，乃楚莊王時。則《淮南》所言似較可信，東方爲漢人，其言文王者，亦當時習聞之談也。

昬微

昬微，即《史記·殷本紀》之上甲微也，即王亥、王恒之子姓。《魯語》“或曰上甲”。《竹書》曰“殷侯微，以甲日生，故曰上甲”。商家以生日爲名，不自微始，所謂“上甲微，能師契者，商人報焉”者也。《史記》至不能詳其事。王國維《殷先公先生考》有甲微一條可參。《天問》言昬微事有：

“昬微遵迹”，此遵循該、恒求得服牛之報也，迹承上文而言。

“有狄不寧”，有狄即有易，言報復殺該與奪服牛之事，因而有易不得寧處也。昬微以河伯之師伐有易，殺其君綿臣。郭璞注《山海經·大荒東經》引《竹書》云“殷上甲微假師于河伯，以伐有易，滅之，遂殺其君綿臣也”。“有狄不寧”句下又云“何繁鳥萃棘，負子肆情”，此亦當爲微事。王逸别出爲晋大夫解居父事，洪引《列女傳》以申之，皆不合文理。

《天問》文例凡四句一韻，而第三句用何字作問者，前後二句必爲正反兩義，決無例外，則何繁鳥二句，必與上二句相反。上言微爲先人服仇，爲微之善行，則此二句必爲微之諒德无疑。繁鳥者，鴞也。此當爲喻辭，言如鴞之集于棘也。或亦即“墓門有棘，有鴞萃止”之義乎？至“負子肆情”，負當爲媍之濫文，或上甲晚年或有新臺之行乎？《書》缺有間，不可考矣。《天問》負子句以下，尚有四句。而後入成湯事，其言曰“眩弟并淫，危害厥兄，何變化以作詐，後嗣而逢長”云云，王逸以屬之舜弟象害舜事。考上下文皆殷商史事，此處不得突插入舜弟事。

且前此已言象害厥兄，肆其犬豕矣，何得更重言之？此亦指上甲以後事
爲是。殷人之繼統法，以弟及爲主，而子繼輔之，無弟然後傳子。其以
子繼者，多爲弟之子，而非兄之子。上甲晚年荒亂，或爲諸弟入室烝淫
相殺之故。諸弟既以盜嫂弑兄，爭立之後，其子孫又因家法傳之于子，
而不傳之上甲之子，是元凶之後嗣續正統，故下文言變化祚（誤爲作）
詐，後嗣隆（借逢爲之）長也。此義既明，《天問》文從字順，事理明
白，而義顯鑿矣。

該

該字《楚辭》三見。其一爲殷先公先王之名，即王子亥，字又作
胲，作核，作冰，別詳。其二則皆訓備也。

《離騷》"齊桓聞以該輔"。王逸注"該，備也"。言齊桓聞甯戚飯牛
之歌，知其賢而以該備輔佐之人也。《招魂》云"招具該備，永嘯呼
些"。王注"該，亦備也"。言撰設其美招魂之具，靡不畢備也。

《天問》言王該事僅"該秉季德，厥父是臧，胡終弊于有扈，牧夫
牛羊？干協時舞，何以懷之？平脅曼膚，何以肥之？有扈牧豎，云何而
逢？擊牀先出，其命何從"此一段文字，蓋包孕（一）牧牛羊于有扈。
（二）與有扈之女淫而妃之。（三）則有扈之女之君綿臣殺王亥事，皆能
與史所記相協。而王逸以來，多不解此，茲得一一説之。

（一）釋該。該即《竹書》之殷侯子亥，《世本》作核。而《史
記·殷本紀》字誤作振。《漢書·古今人表》帝嚳妃簡逖生卨，卨五世孫
冥，冥子垓。師古曰"垓，音該"。《吕覽》作冰，《勿躬》篇云"王冰
作服牛"。冰篆文作仌，與亥字形近，即《世本》之"胲作服牛也"。

（二）"該秉季德"至"恒秉季德，焉得夫朴牛"云云，言亥、恒兩
世與有扈爭奪服牛事也，詳後。該秉四句，言王亥秉承父季之德，爲父
所善。然以服牛牧羊之事，何以既爲父所嘉尚，而又見弊于有易（即有
扈），爲之牧牛羊之説乎？以下即釋所以見弊之由，文中言舞、言懷、

言曼膚、言肥（即妃之借），皆爲王亥所以見弊之由，《山海經》郭璞注引《竹書》“殷王子亥賓于有易而淫焉，有易之君綿臣殺而放之”是也。“干協時舞”，言武舞大舞，亦即萬舞。《公羊》莊二十八年“楚令尹子元欲蠱文夫人，爲館于宮側，而振萬焉。夫人聞之，泣曰‘先君以是舞也，習戎備。令尹不尋諸仇讎，而于未亡人之側，不亦異乎？’”此以萬舞蠱惑女人，皆古貴族之風習。王亥所用以蠱有易之女者，蓋同此類。故“干協時舞，何以懷之”者，以問句爲判斷句耳，蓋以干協時舞挑之也。“平脅曼膚”者，言有易氏之女之美，形體曼澤也。肥即嬰之借字，亦即妃字，言王亥遂匹妃有易之女也。此即見弊之由。至“有扈牧竪”以下四句，言其見弊之經過也，言有易之女與牧竪之人，如何而相逢會。“擊床”二句，當爲綿臣殺王亥事，言王亥于見殺之時，未得先事逃出，遂死于床第也（參《山海經·大荒東經》及郭注引《竹書》言有易害王亥事，與《天問》全合）。合參恒、昏微、朴牛諸條。

恒

恒字，《楚辭》三用。一恒山，山名。一則殷先公先王之王恒也。皆別詳。其三則，《哀時命》之“舉世以爲恒俗兮”，王逸注“恒，常”。此爲通詁，無庸析說者也。

《天問》“恒秉季德，焉得夫朴牛……”按恒爲殷先王，王國維先生曰“卜辭人名于王亥外，又有王亙，其文曰‘貞之于王亙’。《鐵云藏龜》一百九十九頁及《書契後篇》卷上第九頁。又曰‘貞亙之于王亙’。（字又作王亙。）曰‘貞王亙□’。案亙即恒字……卜辭亙字從二從月，其爲亙互二字，或恒字之省無疑”。以下證《天問》簡狄以下二十韻皆殷事云云。恒蓋該弟，與該同秉父季之德，復得該所失之服牛也。下承以“何往營班祿，不但還來”。其語義不甚可解。王、洪皆失其義。按王恒爲商侯，于有易或有頒賜爵祿之事，恒或因假之而往使以求王該所失之服牛，仍未得而還也，故下文曰“昏微遵跡”也。

季冥

《天問》"該秉季德，厥父是臧，胡終弊于有扈，牧夫牛羊?"又"恒秉季德，焉得夫朴牛……"等等，按王逸以來，説"該秉季德"等語，皆失其真。自甲骨文發現後，海寧王國維先生《先公先王考》一文，論殷之先公先王亥、季、恒、昬微諸王事蹟名位，皆如發蒙，可一一徵之，以與《史記·殷本紀》相校。季者，王先生云"卜辭人名中又有季之名，其文曰'辛亥卜□貞季□求王'。《前編》卷五第四十頁兩見。又曰'癸巳卜之于季'。同上卷七第四十一頁。又曰'貞之于季'。《後編》卷上第九頁。季亦殷之先公，即冥是也。《楚辭·天問》曰'該秉季德，厥父是臧'。又曰'恒秉季德'。則該與恒皆季之子。該即王亥，恒即王恒，皆見于卜辭，則卜辭之季，亦當是王亥之父冥矣"。自"該秉季德"至"後嗣逢長"二十四句言殷先公自季至昬微四世事蹟，其中以河伯服牛一事爲中心，而考論其得失是非。各詳該、恒、昬微諸條下。季事之可説者，唯該、恒之父而已。

朴牛

《天問》"恒秉季德，焉得夫朴牛"。按朴牛即服牛，服牛事爲殷之先世一大故事。其事蓋始于王亥之牧牛羊，遂因與有易氏爭得服牛，終之而爲三世之仇，然其事似不甚可解。《天問》作朴牛。《世本·作篇》云"胲作服牛"。《吕覽·勿躬》篇云"王冰作服牛"。冰篆文作仌，與亥形近而誤。服牛亦即《大荒東經》之僕牛。是則《吕覽》、《山海經》、《世本》、《天問》皆以王亥爲作服牛之人。至服牛之事，則王國維以爲"蓋夏初奚仲作車，或尚以人挽之，至相土作乘馬，王亥作服牛，而車之用益廣"。此言服牛以牛架車也。考《管子·輕重篇》云"殷人王立、帛牢服牛馬以爲民利而天下化之"。則以牛駕之言，蓋可想像，王立即王亥亥字形誤。帛牢不可解，恐帛字是綿字之譌。王亥爲有易牧牛羊，與其君綿臣相涉。則帛爲綿誤，明矣。《天問》作朴，當即《山海經》僕之變，僕牛即役使牛之義。而僕之誤朴，亦由僕之誤仆也。服則直指事狀而言，謂以牛爲事也。然服牛是否只能解爲駕車，則頗可商。舜爲東方宗神，又爲殷人所事之先人，有牛耕傳説，則使牛爲耕種，亦社會發展之一大事。大約河北山東平原一帶，古宜稼藝，而赤野千里，陸行乘車，則牛用蓋廣。或且耕稼爲用牛之主要服勞，故近世出土殷虛墓葬車馬殉爲主，而從未見牛車，牛車蓋在田而不在市郊矣。大約王亥爲馴服牛性而使用之人。以其爲有易牧牛羊，而性知牛性，故創爲服牛。其事在古初或非易爲。故有易與之爭，得服牛，終至于殺王亥。而昏微必報此仇，而奪之牛，遂成殷先世一大事。其事蓋吻合于東方夷族之社會發展者也。又服牛與乘馬，相土作乘馬。亦見《易·繫詞》。《説文》引《易》作"犕牛乘馬"。《後漢書·皇甫嵩傳》"義真犕未乎?"章懷注"犕，即古服字也"。今河南人有此言。《左傳》僖二十四年"王使伯服游孫伯如鄭請滑"。《史記·鄭世家》作伯犕。《淮南子·氾論訓》"作駕馬服牛……"然駕馬亦有用犕字者。《釋名·釋車》"游環在服馬背上……脅驅在服馬外脅也"。犕字今俗言備馬，即犕之音稍變者也。今西南滇川黔之間，尚存是語矣。

説　附胥靡通説

傅説也。《楚辭》凡四見，一作説，一作傅，二作傅説，各參該條目下。其義凡分爲二。一指殷高宗武丁所得賢臣，名傅説，爲殷世大賢之一，起自平民，爲築夫，大爲春秋戰國諸史家子家所稱道，爲中國古代政治史上理想賢臣之一。其二爲天文上之星宿名，亦由傅説賢臣，得道登天。爲中土反映人事在天文上之具體人物之神話，其本蓋出于一源耳。茲各分目述之如次。

《離騷》"説操築於傅巖兮，武丁用而不疑"。按傅説爲先秦諸家所樂道而漢人經傳注釋，古史集說，動多增益，茲先臚先秦重要傳說，然後指明漢以後增益，以定然否。

最早見於《書·説命》。其言曰"王宅憂，亮陰三年……夢帝賚予良弼，其代予言"。按此乃僞書不可信，其最可徵信者爲《國語·楚語上》，其言曰"如是而又使以象夢，旁求四方之賢，得傅説以來，升以爲公，而使朝夕規諫"。其餘如《墨子》"傅説被褐帶索，庸築乎傅巖，武丁得之，舉以爲三公"（《尚賢中》），"昔者傅説居北海之洲，圜土之上，衣褐帶索，庸築於傅巖之城，武丁得而舉之，立爲三公"（《尚賢下》）；《吕氏春秋·求人篇》亦曰"傅説，殷之胥靡也"；《孟子》亦言"膠鬲舉于魚鹽之中，傅説舉于板築之間"云云，舉先秦材料，不過如是。漢初如賈誼《鵬鳥賦》亦不過"傅説胥靡，乃相武丁"。至漢而説益詳，如《尚書序》云"高宗夢得傅説，使百工營求諸野，得諸傅巖，作《説命》三篇"。《史記·殷本紀》更發揮之云"武丁夜夢得聖人，名曰説，以夢所見，視群臣百吏，皆非也。于是乃使百工營求之野，得説于傅巖中……舉以爲相，殷國大治"。他如劉向《説苑》《善説》篇云，傅説衣褐帶劍，而築于秕傳之城，武丁夕夢，旦得之。《潛夫論》、《論榮篇》"得傅説胥靡而井曰，處虜也"。《五德志篇》"傅説方以胥靡築于傅巖"。馬融賦、《廣成頌》"營傅説于胥靡"。《帝王世紀》武丁夢天賜賢人，姓傅名説，乃使百工寫象。求諸天下，見築者胥靡，衣褐帶索，執役于虞虢之間。等，皆就舊説，各有理解，亦各有發展之説，此中土古史傳説之常例，至王逸、洪興祖注説操築兩語，遂集諸語之大成。總而言之，先秦諸説，大體皆推衍《書·説命》之文，則謂皆本于《尚書》可也。至漢以後，異説雖起，而母型固亦未大變也。茲録王、洪兩家説如次。

王逸注"説，傅説也。傅巖，地名。武丁，殷之高宗也。言傅説抱道懷德，而遭遇刑罰，操築作於傅巖，武丁思想賢者，夢得聖人，以其形象求之，因得傅説，登以爲公，道用大興，爲殷高宗也。《書序》曰高宗夢得説，使百工營求諸野，得諸傅巖，作《説命》，是佚篇也"。補曰"《孟子》曰'傅説舉于版築之間'。《史記》云'説爲胥靡，築於傅險，見於武丁，武丁曰是也。遂以傅險姓之，號曰傅説'"。洪氏更引徐廣引《尸子》説傅巖所在地，詳傅巖條下。

試更綜合各家所示材料，似甚貧乏，不足以説明此一偉大之哲人，對殷之政治、歷史最大之作用。而《尚書·説命》三篇已佚，使吾人無可爲説，見後。而更不能不體認其重要，因得探討其一切材料，以接近其是非真偽之跡，吾人欲提出（一）夢得傅説。（二）姓氏辯。（三）傅説事業。此外尚有"胥靡"一詞，所關至巨，亦當附辯，至傅巖、操築兩詞，別有專條，不再詳説矣。

一、辯夢得一事

《莊子》云"文王知臧文人賢，欲以爲相，恐羣臣衆庶之不服也，乃假諸夢，而稱先王之命，以臨之"云云，借此以解釋殷高宗夢説故事，初似相契，而歷代學人確有依此義以説之者，其實殷之初年，其政治上之舉措，尚帶有若干宗教色彩，與周世政治上之組織一切措施更爲政治化者不同。更詞言之，殷初以夢得人之傳説，不必純爲政治陰計。殷得賢臣至多，如伊尹、甘盤、伊摯等不必論，及如巫咸父子之"乂王家"伊陟臣扈之格于上帝，其帶宗教色彩，豈尚有可疑哉！故夢説事，爲殷史所盛傳。《殷虛書契精華》中，有三卜辭云：

癸酉卜，㱿貞，旬亾囚，王曰㞢，王固曰俞！㞢求㞢瘳父，五日丁丑，王嬪中丁，示降在客阜，十月。菁三

吾友丁山《説冀》有云見《史語集》一本二分。"夢父應作人名解，《尚書序》言高宗夢得傅説，使百工營求諸野，得諸傅巖，作《説命》三篇。今僞《説命》曰'王宅憂，亮陰三年，夢帝賚予良弼，其代予言'。《殷本紀》亦謂'武丁夜夢得聖人，名曰説，以夢所見，視群臣百吏，皆非也。于是乃使百工營求之野，得説于傅巖中，舉以爲相，殷國大治'。瘳父豈猶伊尹之稱保衡，師保之稱保父，亦傅説之尊稱"。

按丁君所據，或爲僞書，或漢人集累之説，如《史記》。然甲文卜夢之事，至爲繁多，丁君曾舉二十餘例，某君曾舉十餘例，余別舉十餘例。則卜夢乃殷人日常生活中必有之事。高宗卜夢，當然在此歷史階段中，必爲實

際存在之事。《君奭》所傳周公告召公，殷之六賢，其見于甲文中者，如伊尹、詳伊尹條下。巫咸及甘盤之言，則甲文有説事，必不虛妄。然《墨》、《孟》、《騷》、《韓》所言，至爲單簡，而《史記》以後，敷衍成爲浪漫性故事。此本史事傳衍之一例，不足怪。吾人但當于其中辯別其本事，孰爲母型，孰爲累集可也！

二、辯傅説姓氏

甲文有夢父，而無傅説，傅説姓氏，有數説。《帝王世紀》以爲"武丁夢天賜賢人，姓傅名説"，此一也。《史記》云"説爲胥靡，築于傅險，見于武丁，武丁曰是也⋯⋯遂以傅險姓之，號曰傅説"，此二也。《漢書·叙傳》稱曰"殷説不知舊爲何氏，高宗夢使百工求得之傅巖，遂以傅爲姓"云云，此三也。凡此諸説，皆反映傅説本無姓氏，因得之傅巖而姓傅，古今似皆無異説，甲文但言夢父，不出姓名，與舊説相符。殷初姓氏之制，尚未甚定，此以説明殷初尚保有較原始時代人本無姓之真像，則無姓之説是也。因得于傅，遂因而傅之，此當爲周以後之制，故甲文仍保存其得之于夢而名之曰夢父。夢父猶太公之稱尚父，蓋對長老之尊稱。至以傅冠説之上，則近人有説傅爲傅師之傅，此説亦至爲有據。《墨子》稱武丁舉以爲三公，古稱師、傅、保爲三公，甘盤既爲師盤，伊尹又稱保衡，則説在尹、盤之間，而曰傅，適成其爲三公，與説之地位，似甚相適。甘盤爲武丁舊師（見前引僞《説命》文），則以傅尊説，于事爲最順適。故傅字非説姓，乃説官爵也。後人以官爲氏，則舉此以當説姓，亦周以後之所許，然非原有之姓，至明白。

又説字又作"兑"。僞《説命》古文作兑命，見《説命釋文》。

三、身世事蹟諸端

（甲）辯傅巖與北海。諸家傅説皆言起于傅巖，而《墨子》獨稱傅説居北海之洲，又言庸于傅巖，則傅巖特其庸作之地，當以北海爲其生地。《尸子》亦襲其説，然北海之人，或以能南至傅巖庸築。傅巖在虞虢之界，從《書正義》引孔《傳》之説，詳傅巖條。去北海絶遠，故孫詒讓《墨子閒詁》乃創爲"《墨子》、《尸子》説蓋與漢晋以后地理家異"云云，欲爲調和爾，古今對此無説。余疑戰國以來人，以燕齊繞今渤海之地，皆通言北海，此固與殷人興發之地相當，則説蓋亦燕齊間人，則遷流而至虞虢，于勢至順。《墨子》非不知地理者，若果如漢以後所指，《墨子》必無誤用之理，此説雖創，留心古地理者，必能知之，試以近世學人喜稱東西方者釋之，説蓋亦東方之傑也。至傅巖所在之地，則別詳傅巖條下。

（乙）辯版築與胥靡。按高宗得説時，正庸築于傅巖。庸築爲墨家説，與《孟子》版築相同。庸爲雇傭，築爲版築，版築者，春秋以來所謂堵牆，今農村建屋，尚多用之。此説似無可多辯（別參操築條）。惟《吕覽》、《賈誼傳》及漢人諸説，則言胥靡，而不言築，與《墨》、《孟》之但言築，而不言胥靡者相對，遂以啟後人之疑。《莊子》亦言胥靡，其意象乃近登高爲築情事，遂以啟近人牟廷相以爲泥工之説。其説似不爲無據，且足以解《墨》、《孟》及《吕覽》、賈誼之異。然自史公言，是時説爲胥靡，築于傅險云云，於是顯分爲兩事，胥靡指説身分，築指其功事。今説胥靡一詞，實含多義，其音各有所本。《莊子》言登高不懼，非唐虛寓言，則胥靡亦自有泥工之稱之可能。然依先秦諸家論説事蹟者，以《墨子·尚賢》言最爲篤實，所謂"衣褐帶索，圜土之上"云云，譯之，則史公集古説之言，曰爲胥靡、曰築傅險者，當爲事實，其餘辯見胥靡條下。

（丙）辯刑人與胥靡。先秦以前論説事，《吕覽》以前無言爲胥靡者。胥靡一詞，除《莊子》所言，約近泥工外，漢人無不以罪刑論之。詳胥靡條下。《墨子·天志下》亦言"丈夫以爲僕圉胥靡，婦人以爲舂酋"。胥靡與僕圉連文，與舂酋對文，則《墨子》固亦以胥靡爲罪人，特于傅説不言，然曰"衣褐帶索，居于圜土"。衣褐帶索，固古罪人之服也。居於圜土，圜土者，《周禮·大司寇》"凡害人者，置之圜土，而施職事焉"。注"施職事，以所能役使之"。又引鄭注云"圜土，謂獄也"。又注云"圜土者，獄城也"。《釋名·釋宫室》云"獄又謂之圜土，築其表牆，其形圜也"。《月令》孔疏引《鄭記·崇精問》曰"獄周曰圜土，殷曰羑里，夏曰均臺"。則周以圜土爲繫治罷民之獄，《墨子》依今制說之耳。則《墨子》雖不明言胥靡，而指陳說爲罪人，固亦戰國以來舊說。故或就正式之形名，如《墨子》褐帶圜土之說者；或就形容之飾語，如《吕覽》言胥靡之說者。至史公誤以形頌之胥靡，當正式之定名，而兩合之，遂使古義差池。余固不惜費詞而考論之如此，至此吾得作一結論曰，傅說或以氏族成員，因輕罪而被羈轙，或以戰俘而爲罪囚，故衣褐帶索，而爲築夫，王叔師注屈賦曰"言傅說抱道懷德而遭遇刑罰，操築作于傅巖，武丁思想賢者，夢得聖人，以其形象，求之，因得說，登以爲公，道用大興"云云，與史公所結集古說，毫無二致，大約亦本之《史記》耳。然說爲胥靡之說，古今尚有別解。《說命》孔傳云"傅氏之巖……有澗水，壞道，常使胥靡刑人築護此道，說賢而隱，代胥靡築之，以供食"云云，後人又引《史記》"說爲胥靡，築于傅險"之語，讀爲字作去聲，以更成之，恐皆過爲離析，與《墨子》說相連，與《孟子》之說亦不類，皆不可從。漢之申公，先被胥靡，而後以安車迎之者，其事蓋相仿佛，不必以說爲賢人，遂不得有罪刑說之。稍習古史者，定能知之。

（丁）先秦古籍，關于說事，其重要者已記錄論辯如上，他已無有。《荀子·非相篇》有記說形貌之說曰"傅說之狀，身如植鰭"。楊倞注云"植，立也，如魚之立也"。郝蘭皋申之曰"鰭在魚之背，立而上見，駝背人似之，然則傅說亦背僂與"。先秦傳說古聖賢形貌之異者，自堯、舜、禹、湯、伊尹、文、武、周公、吕望、孔子，無不戴之，古聖賢有事功德行之在人者，則十口相傳，未必無據，一命而僂，則傅說固不以貌陋而不賢也。

（戊）《說命》遺文輯述。商多賢臣，且盛有文采。《尚書》所載，誼伯、仲伯二臣作《典寶》，咎單作《明居》，沃丁、巫咸作《咸乂》，伊摯作《伊摯》、《原命》，而伊尹傅說最爲鉅子。尹有《汝鳩》、《汝方》、《咸有一德》、《伊訓》、《肆命》、《徂后》、《太甲》三篇等篇，傅爲《說命》三篇，其文疑與《太甲》三篇同其宏偉。甚矣，商之多士也！《説命》三篇，已亡于秦之火。然其佚文遺説，往往見于先秦諸書所引，今存而論之，亦説蹟業之鉅者。

《禮記・緇衣》引《兑命》曰"惟口起羞，惟甲胄起兵，惟衣裳在笥，惟干戈省厥躬"。又同上書引"爵無及惡德"。又同書引"祭祀是謂不敬，事煩則亂，事神則難"。《禮記・學記》引《兑命》曰"敬孫務時敏，厥修乃來"。又"學學半"。又"念終始典于學"。

以上諸文，大致皆言爲政之道，精金美玉，雖片斷不全，亦彌足珍貴，爲中土政治學理中有所發現發明之言，而細案之，又皆殷商社會發展所必有之思想，未必爲後人所能全僞。余讀《國語・楚語》載白公子張諫楚靈王，引"昔殷武丁能聳其德至于神明"，既得説而命之曰夢父，使以象夢，"旁求四方之賢，得傅説以來，升以爲公，而使朝夕規諫，曰若金用女作礪，若津水用女作舟，若天旱用女作霖雨，啟乃心，沃朕心，若藥不瞑眩，厥疾不瘳，若跣不視地，厥足用傷……"云云，置以爲弼輔，而戒以規諫之事，固儼然師傅之尊，而所求于説者，亦巨臣之當務矣。則吾人謂説一生事蹟，白公之言盡之矣。

甲文中言夢父者，已見上引。此外尚有二則，亦可爲上説之證，其言曰：

癸丑卜爭貞旬無𡆥王固曰有祟有夢父甲寅允有來媢左告曰有往쬞自⿰㝵⿱一一十人又二　　一三七

王固曰有祟有夢父其有來媢七日己丑允有來媢自……戈化呼……方征于我……　　一三七反

此二片與前引一片，皆有"允有來媢"一語，"言其有戌人來"之意。前引一片中，有王固曰俞一語，俞乃命臣下之詞，如《堯典》"帝曰俞，予聞如何"之例，俞下即接稱寢父，當是命寢父之語。一三七一片，有"左告曰"一語，當是寢父來媢所告。而一三七反一片，允爲寢父來媢報告征伐之事。由上諸片，可知一命寢父從王祭祀于丁，在十月，丁丑日，其地在客阜，二爲寢父來媢報告有十有二人，從⿱一一立往쬞之事，三爲寢父來媢，報告鄰國征伐之事。總三事論之，一爲祭祀，二爲征伐

（芻牧人屬征伐），所謂國之大事，爲祭與戎，則説所參與者，正三公傅師行内事矣。

《楚辭》所見傅説事蹟，最詳無過《離騷》"説操築于傅巖兮"兩語。然其崇仰之忱，則與北土諸家所説無殊。此爲中土上古政治上之典範人物，而所遺事蹟，又皆合於殷初社會情實，甲文材料爲最可貴之發現，此吾人研究中土文化者，所不可不詳考而細説之者也。故論次如，別參操築、傅巖兩條，及附録之胥靡通説一文。

附胥靡通説

《離騷》"説操築於傅巖兮，武丁用而不疑"。《孟子》亦言"傅説起於版築之間"。古書説傅説事，以此兩處爲最徑直，至《吕覽·求人篇》乃言"傅説，殷之胥靡也"。賈生亦云"傅説胥靡乃相武丁"。至《史記》乃云"是時説爲胥靡，築於傅險"。于是而漢以後人，言説事者，莫不用胥靡，王逸注屈原賦，劉向《説苑》，王符《潛夫論·論榮篇》、《五德篇》，馬融《廣成頌》，《傅子·舉賢篇》皆是。後世亦莫不從之。根據此一歷史發展，似不無後人層累之嫌。此一語有關説出仕前身份，果如《騷》、《孟》之言，則説初仕時，乃一泥工。殷時工業之分工，是否已如是詳盡？傅説之操築，是築路，抑是築室？古今解者不一，殷代已進入奴隸社會，此種工作，一般應由俘虜或罪人爲之（農民亦可能自築），則傅説不可能爲純粹之泥工甚明。參以《墨子》衣褐帶索，居圜土之上之説，則傅説至少輕罪之囚徒，或遭受縲絏之人，似不無理由。果爾則説不僅爲一平民，且爲一罪人，則當時用人選賢，不僅無後世資歷世家等身份之限，亦且可自輕罪囚徒中選用人材。此與中土歷史社會發展關係極大，故不能不詳論之。又以《君奭篇》周公告召公，殷之諸賢，先自民間者，亦固大有其人，伊尹起自小臣，小臣者牧馬牽牛之徒，與春作相去不甚遠。巫咸、巫賢起自巫（殷時巫之地位，已非原始社會崇高在統制地位之人），伊摯、臣扈之流，度亦非起自統制階級，則傅説得自版築之囚繫罪人，當無疑問，則《呂覽》直用胥靡，蓋非向壁虛構之説矣。

然胥靡一詞，古義實甚叢雜，細爲考論，亦皆各有其語義之族類根源，而漢以來諸家紛雜之解説，其是非得失似亦不能不爲之料理，以清義類，而漢語發展之途徑亦得因之以爲解説，故不惜費詞而道之。

考胥靡一詞，自先秦以來，其義類已非一，而後世影響之談亦多彼此相靡漫交融而成。今爲之説曰，胥靡一詞凡四義，一爲胥糜，爲貧苦之人；二爲緤紲勞役之刑徒；三爲泥工；四爲地名，大抵分見《左傳》、《墨》、《呂》、《荀》、《莊》與《國策》六家之書。

一、胥靡爲貧苦人

考《荀子·儒效》"鄉也胥靡之人，俄而治天下之大器，舉在此，豈不貧而富矣哉"。楊倞注以爲刑徒人，按此襲漢儒説傅説胥靡舊説，非也。此與上文"鄉也混然涂之人"、"鄉也效門室之辨，混然曾不能決也"兩則，並舉成篇，則胥靡當與"涂之人"、"不能決之人"相稱。涂人者，一般市民，不能決之人，愚人也。則此不得突以罪人相雜厠，至明。以語義定之，此蓋指貧苦之人言。王引之謂"此胥靡爲空無所有之謂。胥之言疏也；疏，空也。靡，無也。胥靡，猶胥無。《春秋》齊有'賓胥無'，蓋取此義。《漢書·楊雄傳·答客難》曰'胥靡爲宰，寂寞爲尸'。胥靡與寂寞相對爲文，是胥靡爲空無所有之義"。按王説得《荀》旨。其實胥即疏古字，古疏作疋，胥則後起分別文，此胥靡爲義近複合詞，乃因兩字義相近似而組合者也。自語言學立場論之，此當爲本詞最原始之詞組。從表現方法論之，此詞無實質性，乃用以疏狀一種狀態，以詞品論之，爲一種形容詞（adjective），由此轉成較實體之義，則與虛無貧乏諸義爲同族。

二、胥靡爲有輕罪繫縲之罰徒

《荀子》以胥靡爲空無所有之貧者，此戰國社會正常理解之意義，而《墨子》、《呂覽》及漢以後各家以此指爲罪刑之語。貧者多得罪，此亦自語言之引申而可得之義，常人未必盡能理解，而諸家以指殷代之傳說，則其情勢有不同者，故余不能無說。蓋殷代社會，雖已形成一種較正式之政治制度，當時之氏族組織或部族聯盟尚存在，或且爲社會之基本組織。此時之氏族或部族成員（人），生活於集體經濟之下，各依其勞力以爲生。私有財産之制，只在萌芽階段，不應有所謂空無所有之人。然有兩種人可能失去其生産工具，如農之耒耜，工之斧、斤、錐、鑿等，一則爲氏族或部族成員之有犯罪行爲者，二則爲戰爭所得俘虜，其工具或已自然失去，或已遭没收，因而傳說之空無所有，係氏部成員得罪抑爲戰俘，雖不可知（王符《潛夫論·論榮》云“傅說胥靡，而并臼，處虜也”云云，是漢人已作此解），而必居其一，皆合于殷初社會形勢。凡空無所有之人，必爲罪囚無疑，因而空無所有之義，引申爲囚徒，爲殷人所易體會。此義既立，則傅說爲一刑人，自有其社會歷史發展之背影。而曰胥靡（專字則爲縃縻）之徒，亦得於語言中得其俞脈，非《墨》、《吕》諸家之證，則余爲向壁虚造之言矣。

然胥靡云云，必非重刑，故亦不成其爲刑名（詳後）。姑就周秦兩漢故言以證之。《國策·衛策》衛嗣君時胥靡逃之魏，衛贖之不與，乃請以左氏（《韓非·内儲説上》“逃之魏”下，有“因爲襄王之后治病，衛嗣君聞之，使人請以五十金買之，五反而魏王不予，乃以左氏易之，群臣左右諫曰，夫以一都買胥靡，可乎”云云）以一小城（下言三百之城，三百户也）而贖胥靡，故群臣諫，其爲輕刑無疑。《墨子·天志下》言“不格者則係虆（從王引之校）而歸，大夫以爲僕圉胥靡，婦人以爲舂酋”。不格之民，其罪輕，故係虆而歸，使爲僕圉，胥靡與婦人舂酋等平，則先秦皆以爲輕罰也。《漢書·楚元王傳》申公白公諫王戊不聽，“胥靡之，衣之赭衣，使杵臼雅舂于市”。此與傅說事極類，而史言“胥靡之”，猶後世言“羈縻之”耳。其爲輕刑亦無疑。此胥靡作動詞用，非謂以胥靡之刑加之也。則漢人猶以此輕辱賢者，蓋依相傳故事爲之也。

漢以後經傳注釋諸家則頗有異説，《史記·賈誼傳》索隱引徐廣云"胥靡，腐刑也"。晉灼云"胥，相也；靡，隨也。古者相隨坐輕刑之名"。《莊子·庚桑楚》釋文引司馬彪云"胥靡，刑徒人也"。崔譔云"腐刑也"。《荀子·儒效》楊倞注云"胥靡，刑徒人也，胥相靡繫也，謂以鏁相聯相繫，《漢書》所謂鉗鑑者也。顏師古曰，聯繫使相隨而服役之，猶今囚徒，以鏁連枷也"。高誘注《淮南》云"胥靡，刑罪之名"云云，歷世諸家，大略不外此數説，然腐刑之義過重，不必更辯，而以爲刑名，則亦非是。考古書決無以胥靡爲一種罪名，至《漢·楚元王傳》，猶曰"胥靡之"，以爲動詞，《墨子》雖以之與僕圉相連，亦不以爲一種罪罰之名，則徐廣、高誘、晉灼諸家，以爲刑名者，非正名之道。徧讀先秦兩漢諸書之涉及胥靡者，皆空作形頌之詞，不爲實指刑名之言，此爲吾人所不可不知者也。今謂胥靡者，蓋如後世徭役、兵役之類，至多當不過如漢人城旦杵舂之類。城旦者，起治城，舂者，婦人不豫外徭但舂作耳。大約晉灼所謂相隨作輕刑之説，最爲得之。凡有刑者，必赭其衣，而相繫則以索，此《墨子》所謂衣褐帶索之人，以言傅説，極有合于社會歷史發展之秩序云。聲變則爲胥餘。《尸子》"箕子胥餘"，即箕子爲囚一説也。

自漢語語言學論之，則此一詞之本字，當作縎繆，見《漢書·楚元王傳》。《補注》引劉敞曰"胥靡，《説文》作縎繆，謂拘縛之也"。按今《説文》無此語，然漢逄盛碑有"學有縎熙"，借爲縎字，則今本蓋偶佚。繆，《説文》訓牛繮，然《漢書·匈奴傳》有"羈縻不純之言"，羈縻即他書言羈靡也。古縻、靡字通，《易·中孚》"吾與爾靡之"。《釋文》"靡，本又作縻，同散也"。由此形容詞轉成若干名詞、狀詞、動詞者，歷歷可數。雙聲之變，則爲羈靡、羈縻、羈縻，見《漢書·匈奴傳》及《西南夷》、《西域傳》等。《後漢書·南蠻傳》亦云"羈縻而綏撫之"。《淮南·説山訓》則以劙靡爲之，音義變爲羈屬，《史記·大宛》"因羈屬之，不大攻"。

聲又變爲係緤,《漢書·賈誼傳》"若夫束縛之,係緤之"。聲又變爲羈羈,《離騷》"余雖好脩姱以羈羈兮"。王逸《章句》"言爲人所係累也"。係累之音亦通。係、胥雙聲,累與靡古合部最近。係累又作繫纍,《管子·國蓄》"列陳繫纍,獲虜"。《説苑·尊賢》"秦穆公親舉五羖大夫於係縲之中"。係累或又變作係虜,蓋戰國以來史人,多以係累爲囚,係綏虜之刑,故又轉以訓詁字代之,詳見《孟子》,《荀子·大略》,《禮·檀弓》,《國策·秦策》,《韓非·姦劫》,《史記》項羽、高祖兩紀,《漢書》尤多,不勝舉。縲之例言則曰縲絏,《論語·公冶長》"雖在縲絏之中,非其罪也"。《漢·司馬遷傳》作纍紲,世傳稱罪人曰纍臣,《左》僖三十三年"不以纍臣釁鼓",注"纍,囚繫也"。凡上舉詞組,幾無一不可以胥靡代之,吾人果欲就其字形變易孳乳,及聲音通轉,詳徵之,是百名亦未必能盡其詞,此但足以説明而已。

三、胥靡爲泥工之稱

胥靡爲瓦工之説,創之自清末山左牟廷相氏《雪泥書屋雜志》中,論傅説胥靡一詞,與《孟子》版築一詞相糾合而爲此,其言曰"《孟子》稱傅説版築,版築即今瓦工也。《吕氏春秋·求人篇》'傅説,殷之胥靡也'。胥靡當誤爲須眉,古字假借,蓋古人有刑罪,則髡而役作之,無刑罪而役作者,其須眉完,因而版築之人,名爲胥靡。《莊子·庚桑楚》曰'胥靡登高而不懼'。言版築之人,習慣升高,遺死生而不懼,今瓦工能登屋騎危是也。據此知胥靡亦瓦工之名也。《韓非》云'傅説轉鬻'者,謂胥靡非役作于官,而自以版築之事,轉次鬻力于人也。辨證諸書,知傅説古之瓦工也"。

按牟氏以胥靡爲瓦工,蓋南土方音有此,除《莊子·庚桑楚》一證外,《則陽篇》亦云"築十仞之城者,既十仞矣,則又壞之,此胥靡之所苦也"。胥靡以昔築十仞之城,已復壞之,當然爲築者之所苦,合兩文觀之,寫築者之精神面貌,固已俱足,則以胥靡指築夫,蓋非虛構之詞,惟此義僅見于《莊子》,不見于他家書,尤以北土諸儒無一言似之者，故余謂當係南土方俗之言。

按胥古讀與相同，此固恒訓，而《公羊》桓三年傳云"胥命者何？相命也"。注云"胥，相也，相與胥音別義通"（按此注言音別實誤，胥相雙聲，古文支與陽唐合韻最近）。相者，《曲禮上》"鄰有喪，舂不相"。注"相者，聲以相助，歌以助舂，猶引重者呼邪許也"云云，簡言之，即杵者以聲相杵，所以助力也。此舂築者之長法。靡者讀爲切劘之劘，《廣韻》音莫婆切。《集韻》又收忙皮切一音，則讀劘爲靡也。切劘，唐宋以後語，即《易·繫辭》之所謂切摩。摩字，《釋文》云"本又作磨，末何反，京云相磋切也"。磋，即方言之隥異字，江南呼梯爲隥，則磋切者，謂甃階也。切字，《説文》訓刊，《玉篇》訓切，珠不可切，蓋䂎之借字，而切則一般削治之義，孳乳則爲砌。《説文》"砌，階甃也"。轉爲名詞，此即《吕覽·先識》所謂"男女切倚，固無休息"，注"切，磨；倚，近也"。階甃爲砌，仰塗爲墍（見《説文》），音并同，治削牆階，皆可謂之切，亦可謂之磨，其器則雙聲之變爲墁，墁者牆壁之飾也。《孟子》"毀瓦畫墁"，固築夫之所事矣。墁或作鏝，或別構作墍，當即《説文》之堩，"塗也"。《左氏》襄三十一年傳"圬人以時塓館宫室"，轉成名詞，則所以塓爲鏝。《説文·金部》"鏝，鐵杇也，或從木"。《爾雅·釋宫》"鏝謂之杇"，注"泥鏝"。《疏》"鏝者，泥鏝也，一名杇，塗工之作具也"。近世泥工所用，尚有之。凡築牆既畢，則加墍以冒之，謂之墁牆，其主要用具，即鏝也。至此吾人得曰，凡築夫汲人，築時相助而歌，築就而又墁之，皆泥作主要活動，狀其意象則曰胥靡，相磨礱其器則曰磨、曰鏝，取證今世，固皆相合也。胥靡蓋南楚之方言，故淮南與楚之莊生能言之。

惟鏝之形製如何，是否與今世所見從同，文獻不足徵，考古上亦尚未發現或發現而不爲人之所確知，是有待于世之爲考古工作者。

四、胥靡爲古地名

胥靡爲春秋周鄭之地，見于《左氏傳》者，凡五，兹録如次。

（一）襄十八年傳"胥靡獻于雍梁"，注"皆鄭邑"。梁履純《左通補釋》曰"今河南府偃師縣東南四十里有胥靡城"。

（二）昭二十六年"庚辰王入于胥靡"，注"本鄭邑"。

（三）定六年"二月，公侵鄭，取匡，爲晉討鄭之伐胥靡也"，注"胥靡，周地也"。

（四）又"鄭于是乎伐馮滑、胥靡、負黍、狐人、闕外"，注"鄭伐周六邑，在魯伐鄭取匡前，於此見者，爲戍周起也"。

（五）又"晉閻没戍周，且城胥靡"。

來革

《惜誓》"來革順志而用國"。王逸注"來革，紂佞臣也。言來革佞諛，從順紂意，故得顯用，持國權也"。按來革即《墨子》之惡來，《所染篇》云"殷紂染于崇侯、惡來"。高誘注《呂覽》"惡來，嬴姓，飛廉之子，紂之諛臣"。又《明鬼篇》云"武王……與殷人戰乎牧之野，王乎禽費中、惡來，衆畔而走，武王逐奔入宮……（紂有）勇力之人，費中、惡來、崇侯虎，指寡（畫）殺人"。《史記·秦本紀》云"蜚廉生惡來，惡來有力，蜚廉善走，父子俱以材力事殷紂。周武王之伐紂，並殺惡來"。惡來名革（《東方朔傳》），亦曰來革。

龍逢

《九歎·怨思》"若龍逢之沈首兮"，即關龍逢，其名雜見《莊子·人間世》"昔者桀殺關龍逢"。《呂氏春秋·必己》"龍逢誅，比干戮，箕子狂，惡來死，桀紂亡"。《慎大》"殺彼龍逢，以服群凶"。《荀子·解蔽》"桀蔽于末喜斯觀，而不知關龍逢，以惑其心，而亂其行"。《宥坐》"女以忠者爲必用邪，關龍逢不見刑乎"。其他則戰國以前書，皆不可考，就諸書論之，則桀時賢臣也，傅桀而桀殺（《必己》注）之。

師延

《九歎·離世》"惜師延之浮渚兮"。王逸注"師延，殷紂之臣也。爲紂作新聲北里之樂。紂失天下，師延抱其樂器，自投濮水而死也"。洪補曰"《史記》衛靈公至於濮水之上，夜半聞鼓琴聲，召師涓聽而寫之。乃之晋，見晋平公，令師涓援琴鼓之，師曠曰，此亡國之聲，師延所作也。與紂爲靡靡之樂，武王伐紂，師延東走，自投濮水之中"。按《水經注》卷八《濟水》二"濮水又東，逕濮陽縣故城南，昔師延爲紂作靡靡之樂，武王伐紂，師延東走，自投濮水而死矣。後衛靈公將之晋，而設舍于濮水之上，夜聞新聲，召師涓受之于是水也"。洪補所引爲《史記·樂書》文，與《韓非·十過》所載同。《水經注》文亦取韓、馬之書也。《寰宇記》曰"師延邱在韋城縣南東二十里，武王投師延于濮水，故葬於此，在今滑縣東南"。

伯夷

《九章·橘頌》"行比伯夷，置以爲像兮"。王逸注"伯夷，孤竹君之子也。父欲立伯夷，伯夷讓弟叔齊，叔齊不肯受，兄弟棄國，俱去之首陽山下。周武王伐紂，伯夷、叔齊扣馬諫之，曰'父死不葬，謀及干戈，可謂孝乎？以臣弑君，可謂忠乎？'左右欲殺之，太公曰不可，引而去之，遂不食周粟而餓死。屈原亦自以脩飾潔白之行，不容于世，將餓餒而終，故曰以伯夷爲法也"。朱熹《集注》云"橘之高潔，可比伯夷，宜立以爲像，而效法之，亦因以自託也"。《九章·悲回風》"求介子之所存兮，見伯夷之放迹"。王逸注"伯夷，叔齊兄也。放，遠也。迹，行也"。朱熹云"以求子推，伯夷之故迹是也"。此屈賦所言如是，至餓死首陽事，見漢賦，數言之，東方《七諫·沈江》云"伯夷餓於首陽"，又《哀時命》"伯夷死于首陽兮"。屈賦未曾顯言，然《莊子·駢拇篇》已有此語。則南楚亦傳之矣。又案叔師所注，略本《史記·伯夷列傳》，孔子稱之。《莊子》亦言“伯夷死名于首陽之下，盜跖死利于東陵之上”。《天問》有“鸞女采薇”之説，其事不過如此。自史公爲之立傳，後世遂多渲染之説，大抵設想之辭，不足據。張萱《疑耀》、俞文豹《吹網録》、朱亦棟《群書札記》卷十一、俞樾《茶香室叢鈔》卷二，皆有考。梁玉繩據《論語釋文》、《韓非子》、《三國志》、劉澄《水經注》、《路史·後記》、《史記索隱》、《列士傳》等補其名字、謚、始封、世系、父名、葬禮等甚詳，皆无當于考史。《困學紀聞》、《日知録》所言爲切近，當參。

　　夷齊事可能有之，然諸書附會者至多，論其姓名則張萱《疑耀》曰“《論語正義》引《春秋·少陽篇》‘伯夷姓墨名允，字公信；叔齊名致，或曰智，字公達。夷、齊者，謚也。伯、叔者，少長之稱也’。《少陽篇》不知何人所著，其書已亡。一父名初，字子朝。或曰即殷湯三月丙寅日所封者。孤竹，地名，産孤生之竹，可作管。孤或作觚。《地道記》在肥如南二十里，秦爲離支縣，漢爲令支。春秋時齊桓公嘗至其地，今山海關北十里有孤竹君之墓在焉。《姓纂》墨氏子，即墨台氏，墨音眉，孤竹君之後。鄭樵亦從其説，遂以孤竹君爲姓墨名台。余按《國名記》墨台即禹之師墨，一曰默怡，怡音台，炎帝之後，姜姓國也。則墨台又孤竹君之先矣。《虞書》‘伯夷降典析民’。注疏云‘姜姓’。不知即此墨台氏否？則孤竹君之子伯夷也。少陽《姓纂》鄭樵皆誤矣。《山海經》又有‘伯夷父者，生西岳，爲氏羌所自出’。郭璞注‘伯夷父，顓頊師’。亦不知與墨台同否”。是古今名伯夷者凡四。世代綿邈，後世增益，混淆莫考，大抵出自杜撰者多，皆不足據。《孔叢子注》“孤竹君又有子名伯遼”。周曇《詠史詩》注“伯當作仲，孤竹君之次子也”。是孤竹君有三子，遼既是名，則夷、齊又似名而非謚矣。其登首陽餓死事，亦至不一，參《天問》“鸞女采薇”條。

叔齊

《七諫·沉江》"獨廉潔而不容兮,叔齊久而逾明"。王逸注"叔齊,伯夷弟也。言己獨行廉潔,不容於世,雖飢餓而死,幸若叔齊,久而有榮名也"。按上文云"世俗更而變化兮,伯夷餓於首陽"與此"獨廉潔而不容兮,叔齊久而逾明",蓋用伯夷、叔齊兄弟事,而引兩事以明兩義,其實則上二句中有叔齊,此二句中有伯夷,此亦文家修辭之一法也。事詳伯夷條下。

稷

《天問》"稷維元子,帝何竺之"。洪興祖補注"《詩》曰'厥初生民,時維姜嫄,生民如何,克禋克祀,以弗無子,履帝武敏歆。攸介攸止,載震載夙,載生載育,時維后稷'。注云'姜嫄之生后稷,乃禋祀上帝於郊禖而得其福'"。詳《疏》。按《史·周本紀》曰,"周后稷名棄,其母有邰氏女,曰姜原,姜原爲帝嚳元妃。姜原出野,見巨人迹,心忻然說,欲踐之,踐之而身動如孕者。居期而生子,以爲不祥,棄之隘巷,馬牛過者皆辟不踐;徙置之林中,適會山林多人,遷之,而棄渠中冰上,飛鳥以其翼覆薦之。姜原以爲神,遂收養長之。初欲棄之,因名曰棄。棄爲兒時屹如巨人之志,其游戲好種樹麻菽,麻菽美。及爲成人,遂好耕農,相地之宜,宜穀者稼穡焉。民皆法則之。帝堯聞之,舉棄爲農師。天下得其利,有功。帝舜曰'棄黎民始飢,爾后稷播時百穀'。封棄於邰,號曰后稷,別姓姬氏"云云。集古說略盡,大約周民族知耕種農業之利,故推尊其始祖爲農事之神,曰稷。農事有功德於民,故稷雖不在帝位,而有感生之說也。此與有巢爲巢居,熟食爲燧人,嘗百草爲神農,牛耕爲帝倍帝舜,蓋皆知一事而爲一族管領此一事之專職成員,即後世之職官矣。

周文

《離騷》"呂望之鼓刀兮，遭周文而得舉"。王逸注"言太公避紂，居東海之濱……文王夢得聖人，於是出獵而遇之，遂載以歸"云云……此即《天問》"師望在肆昌何識，鼓刀揚聲后何喜"一事也，《天問》以文王名昌言之，此以周文王省稱言之，詳伯昌一條。

伯昌

《天問》"伯昌號衰，秉鞭作牧"。王逸注"伯昌，謂文王也。秉，執也。鞭以喻政。言紂號令既衰，文王執鞭持政，爲雍州之牧也"。又"師望在肆昌何識"。王逸注"昌，文王名也"。按屈賦言文王昌者，只兩事，一言封西伯爲六州之牧，一則舉賢太師望也。《離騷》亦言"呂望之鼓刀兮，遭周文而得舉"。三分天下有其二，以服事殷，及爲六州牧，引呂望以爲佐等事，皆見《詩經》、《論語》、《周書》、《墨子》、《呂氏春秋》、《韓非子》、《禮記》，皆戰國時人所最傳誦之事。馬氏《繹史》卷十九《文王受命》一章，引之詳矣。《史記·周本紀》于此二事，亦已足徵。《史記》謂文王爲古公亶父長孫，古公妃太姜，"生少子季歷，季歷娶太任，皆賢婦人。（太任）生昌……古公卒，季歷立，是爲公季。公季卒，子昌立，是爲西伯。西伯曰文王，遵后稷公劉之業，則古公、公季之法，篤仁，敬老慈少，禮下賢者，日中不暇，食以待士，士以此多歸之……崇侯虎譖西伯于紂……紂乃囚西伯于羑里，閎夭之徒患之，乃求有莘氏美女、驪戎之文馬、有熊九駟，他奇怪物獻之……紂大喜，乃赦西伯，賜之弓矢、斧鉞，使西伯得征伐……明年伐犬戎，明年伐密須，明年敗耆國……明年伐崇侯虎，而作豐邑，自岐下而徙都豐。明年西伯崩，太子發立，是爲武王"。至選呂望事，別詳呂望條下。

三后

《離騷》"昔三后之純粹兮"。王逸注"后，君也，謂禹、湯、文王也"。《文選》六臣注、朱熹《集注》同王説。錢杲之《集傳》以爲三代之王，蔣驥以爲即《吕刑》之伯夷、禹、稷，朱駿聲以爲軒轅、顓頊、帝嚳，諸家皆就三代聖君賢相言之，文中前後，皆無所依據，恐不能成説。自王夫之《通釋》乃以三后指"楚之先君，以爲或鬻熊、熊繹、莊王"。戴震曰"三后，即下'前王'，謂楚之先君，賢而昭顯者，故徑省其辭以國人共知之也。今未聞"。又云"王注指禹、湯、文，朱子又疑爲三皇或少皥、顓頊、高辛。余以下前王證之，屈子所言當先及本國，其但云三后者，猶周家言'三后在天'，即指太王、王季、文王。在楚言楚，其熊繹、若敖、蚡冒三君乎"。雖有論證不敢肯定，而説理自較歷來諸家爲翔實，可通。又屈子於古帝王，無總統言之者，三王自不當以三皇五帝論，指楚之先王言，於屈説爲順適。

叔旦

《天問》"到擊紂躬，叔旦不嘉"。王逸注"旦，周公名也"。按《史記·魯世家》"周公旦者，周武王弟也，自文王在時，旦爲子孝，篤仁異於群子。及武王即位，旦常輔翼武王，用事居多……武王十一年，伐紂，至牧野。周公佐武王，作《牧誓》。破殷……徧封功臣同姓戚者，封周公旦於少昊之墟曲阜，是爲魯公"……武王有疾……周公作《金縢》請以己代，武王崩，成王立，周公乃踐祚代攝行政事，二叔流言於國，周公東征，作《大誥》。東土既平，乃爲詩貽王，曰《鴟鴞》。成王七年，營成周，遂國之。成王長大，乃歸政于成王，作《多士》、《毋逸》。卒葬成周。

周邵

《九歎·愍命》"廢周邵於遐夷"。又《九思·悼亂》"周邵兮負芻"。《章句》皆云"周,周公旦也。邵,邵公奭也"。周公旦詳"叔旦"一條。召公名奭,與周同姓。武王滅紂,封召公于北燕,成王時,召公爲三公。自陝以西,召公主之;自陝以東,周公主之……召公之治西方,甚得兆民和,召公巡行鄉邑,有棠樹,決獄政事其下,自侯至庶人,各得其所,無失職者。召公卒,民人思之,懷棠樹不敢伐,歌詠之,即《詩·召南》之《甘棠》也。事蹟散見於《詩·召南》、《尚書·君奭》、《伊訓》、《顧命》。死謚康,亦曰召伯,《詩·甘棠》亦曰太保,《書·旅獒》、《召誥》、《康王之誥》、《顧命》亦曰保召公,《呂覽·誠廉》亦曰君奭、保奭,《書·君奭》亦曰召康公。《九歎》又云"燕公操於馬圉"。王逸注亦以爲邵公也。《史記·燕世家》載其事雖簡略,以説《楚辭》各篇,差足明矣。

燕公

《九歎·思古》"烏獲戚而驂乘兮,燕公操于馬圉"。王逸注"燕公,邵公也,封于燕,故曰燕公也"。參周邵一條。

呂望

呂望事跡,《楚辭》凡九見,其四見于屈宋賦,其五見于漢人賦,而其名則有呂望、師望、太公,或省言呂,茲列于次。

《離騷》"呂望之鼓刀兮,遭周文而得舉"。

《天問》"師望在肆昌何識?鼓刀揚聲后何喜?"

《九章·惜往日》"呂望屠於朝歌兮"。

《九辯》“太公九十乃顯榮兮”。

《哀時命》“太公不遇文王兮，身至死而不得逞”。

《七諫·沈江》“紂暴虐以失位兮，周得佐乎吕望”。

又《怨世》“吕望窮困而不聊生兮，遭周文而舒志”。

《九歎·愍命》“刜讒賊於中廇兮，選吕管於榛薄”。

《九思·逢尤》“吕傅舉兮殷周興”。

此中牽涉問題極多，尤以漢師説爲最，孰爲近真之史實，孰爲後世之增益，不容不辯。

按王叔師《章句》與洪《補》兩家所列，綜合先秦典籍，可謂全備，亦有參考之價值，兹並列如下。

“吕，太公之氏姓也。鼓，鳴也。或言吕望，太公姜姓也。未遇之時，鼓刀屠于朝歌也”。又云“太公避紂居東海之濱，聞文王作興，盍往歸之，至于朝歌，道窮困，自鼓刀而屠，遂西釣于渭濱。文王夢得聖人，於是出獵而遇之，遂載以歸，用以爲師，言吾先公望子久矣，因號爲太公望。或言周文王夢天帝立令狐之津，太公立其後，帝曰‘昌！賜汝名師’。文王再拜，太公亦再拜。太公夢亦如此。文王出田，見識所夢，載與俱歸，以爲太師也”。洪氏補注曰“《史記》云太公望吕尚者，東海上人，本姓姜氏，從其封姓，故曰吕尚’。《戰國策》云‘太公望老婦之逐夫，朝歌之廢屠，文王用之而王’。注云‘吕尚爲老婦之所逐，賣肉於朝歌，肉上生臭不售，故曰廢屠’。《淮南子》云‘太公之鼓刀’，注云‘太公河内汲人，有屠釣之困’”。又《天問》“師望在肆昌何識？鼓刀揚聲后何喜？”王逸注云“吕望鼓刀在列肆，文王親往問之，吕望對曰，下屠屠牛，上屠屠國”云云，《楚辭》所傳，大體如是，益以周秦諸子，及文史各家，則異説至爲紛歧，《楚辭》舉上世大臣，無若吕望之多，而名號乖詭，亦以望爲最紛絮，兹得分別論之。

一、釋姓名氏族

《史記·齊世家》云“太公望吕尚者，東海上人，其先祖嘗爲四岳，佐禹平水土，甚有功，虞夏之際封於吕，或封于申，姓姜氏……本姓姜氏，從其封姓，故曰吕尚"。

春秋戰國以來，或曰姜尚，又曰吕尚，屈賦曰吕望，已紛雜，至史公之言出，而益使人疑。按古人姓與氏各有所本，故必分言之，至史公而其傳已失，故曰姓姜氏，其實至不可通。顧亭林正《史記》之非。惟古來無理解之者，古籍雖多姜、吕雜用，而以吕爲多，此中糾紛，蓋緣古初社會制度，至戰國以後，已漸變，而興廢更替，不可究詰也。按周以前帝王將相姓名，多有兩稱，如舜曰有虞氏，姓姚；禹曰夏后氏，姒姓，此古代一人既有氏又有姓，其證至多，不遑枚舉。姜蓋以羊爲圖騰之大族，此一大族所在之地，亦曰姜水，《水經注·渭水二》"歧水又東逕姜氏城南，爲姜水"。當爲西北羌族之始。此一圖騰之中，又分爲若干"團"，吕團即其一（申亦爲姜族之一團），故姜尚亦稱吕尚，吕當即間之借字。《山海經·北山經》"縣雍之山，其獸多間"。注"即羭也……一名山驢"。蓋爲羊之别種，姜與姬周關係，當爲一部落中之兩部。《國語·晉語》四"少典娶于有蟜氏，生黃帝、炎帝，黃帝以姬水成，炎帝以姜水成，成而異德，故黃帝爲姬，炎帝爲姜"。姬以茞爲圖騰，茞，蘼也。《説文》"蘼，楚謂之離"。晉謂之蘼，齊謂之茞，則吕望一人，既有姓又有氏，後世已不知姓氏之分。一切"氏"皆謂之姓，姓專得以行，氏廢亡，而姓氏之制微矣。姜尚得曰吕尚，即此之故。則姓者，以生身之地言；氏者，以氏族徽識言。其理至簡而易明。此中土姓氏區分之總則，亦一切氏族古初社會普遍存在之事實，無庸懷疑者也（别詳余《釋姓氏》《三代異同考》中）。至太公之名，或曰望、曰尚，漢以後又别出牙，或子牙（牙見《孫子·用間》，《史記索隱》引譙周《古史考》。子牙見《路史·後記》，以爲字子牙）。《路史》又云"名涓"，注引《符子》"方外作太公涓"。然秦以前則以望、尚兩文爲限，則牙、涓等，又出漢人付會，可不必論。至尚、望兩名，則相雜用。《詩疏》辯望爲變名，亦一偏之見。《孟子》、《吕氏春秋·長見》、《戰國·秦策》、《荀子·解蔽》、《天問》、《離騷》皆用望字。《史記》則尚、望同用。《荀子·王霸》、《成相》兩篇又用尚字，似無所區分，則孰爲名、爲字，固不易區分也。孰且以諸書使用，與其相對之語句、人物，如《離騷》與審戚對文，《九章》與伊尹、審戚對文，上下皆舉名，此不得獨舉字號，且其名上冠太公、師諸稱號者，不用尚字，而只用望字。諸此稱說論之，則《詩疏》以望爲變名之說，顯不足信。

《詩·大明》言"維師尚父，實維鷹揚"。稱師尚父，按《大明》爲周人頌其先世功德，聖君、聖母生聖子，而有天下。其尾插入滅殷一段"牧野洋洋"云云，寫望"凉彼武王，肆伐大商，會朝清明"。使與周非懿親，何不稱周公而獨頌太公？則所謂師尚父者，其果如劉向《別錄》所謂"師之、尚之、父之"者歟？《史記·齊世家》集解引，按殷高宗夢得傅說，尊曰夢父（詳傅說條下），齊桓尊管夷吾曰仲父，乃至伊尹之稱阿衡，則夢、仲、尚皆由尊而名之，則變名其當爲尚乎（微子亦稱父師，見《書·微子》）？子州支父之稱支父（見《莊子·讓王》）等，皆其類也。至《史記》所謂"吾先君望子久矣，因名曰太公望"則亦非是（詳下文）。今得斷之曰太公，本名望，變名則曰尚爾。

二、辯太公爲魯稱其祖之詞

《史記·齊世家》"西伯獵，果遇太公於渭之陽，與語，大說，曰，自吾先君太公曰，當有聖人適周……吾太公望子久矣，故號之曰太公望"云云，此史公望文生訓之說，不足信。文王先君之稱太公者，當何所指？于史亦無據，後之言周史言，亦無所聞見。如以指周王業之始祖古公，則應曰太王，不得曰太公，然漢以後信司馬氏之說而無疑。至近代俞樾乃以爲"太公者，始之君，又有大功，故尊之太公"云云，于說爲最平實。別參太公條。則太公者，特魯人尊其建國始祖有大功德于國于宗主國之稱耳。

然周人亦得稱之爲太公者，姬、姜本世爲婚姻。即以見于春秋以來，周室與各國之夫人而論，則桓王、定王、靈王皆姜氏，魯則載夫人者十公，其中桓、莊、僖、文、宣、成六公，皆姜氏。此外則凡姬姓諸侯，其配亦多姜氏，如晉之獻公、文公、平公三人（六君而三夫人姜氏），衛則七公而莊、宣（夷姜與宣姜）、定、襄及莊夫人之呂姜，鄭凡五公，而有武、文二公。其他諸侯，則如秦、楚、宋、陳無一公之夫人爲姜氏，而姜齊則取姬姓女者，有襄、僖（妃）、桓、昭、靈、景、懿及景公母之穆孟姬，桓夫人尚有蔡姬、共姬、少衛姬、鄭姬、密姬，靈公夫人尚有覉聲姬，景夫人尚有鬻姬，十人而娶于姬者凡十六人，則姬、姜兩姓，世爲婚姻之證，不容更有所疑矣。則甥舅之親，周初去古未遠。甥之事舅如事父，或且重于事父，則以舅家尊祖之稱稱其舅，于古社會風習不相背。望又以脫文王于羑里，放夏桀于鳴條，"實維鷹揚"，則尊之如父祖，亦建國之恒有（傅説亦稱太公，見《路史·後記》十一）。

三、師爲三公之稱

《天問》"師望在肆"，即指吕望也。師即三公，太師、大傅、大保也。自殷周以來，皆設之，伊尹爲保衡，傅説爲傅，吕望爲師，或以爲文王師。《史記·齊世家》言"載與俱歸，立爲師"。又曰"要之爲文武師"。《史記》下文已連言師尚父，此皆漢以後之新説，三代皆以君爲師，故君師合一，此中機微于《荀子·禮論》見之，其言云"禮有三本，天地者生之本也，先祖者類之本也，君師者治之本也……故禮上事天，下事地，尊先祖而隆君師"。君師連言，此政治上君統思想之齊一，君師又或稱師尹，尹即君之初文，故君而外，不得有師一等級。三公之師，不過爲一官名，此師者爲君分理其衆之義（師本衆義，《周禮》以師名之官，大體爲執事官，亦一證）。此雖周制，蓋相延襲者也，史公于此，已不甚了了，故强爲之説而曰師事之也。蓋不可從（師在古代，當爲祭司長之分化，祭司長與軍政大酋，分主一氏族或部族大事者也。周以後此等事分在執事官中，故《周禮》執事官不可以師名，而名爲師者，大體職位皆卑矣）。

四、吕望顯榮與入仕之年

吕望仕年，自《九辯》明言"太公九十乃顯榮"之語，《荀子·君道》亦稱"則夫人行年七十有二，齷然而齒墜矣，然而用之者夫文王，欲立貴道，欲白貴名以惠天下"。《説苑》云"吕望年七十，釣于渭渚"。《韓詩外傳》亦同。東方朔云"太公體行仁義，七十有二，乃設用于文武"云云。世俗有太公八十遇文王之説，余初以爲望有師父、太公之稱，後世因爲虛構七十、八十、九十之説，蓋不足信，繼復細思諸書言顯榮之時，非言登仕板之年也。使無救文王于羑里，佐武王取天下，則老死牖戶，不過爲一懿親，無赫赫之名可表現，則姓氏且不必能保，故諸說雖有七十、八十、九十之差，而其事必非虛委，今得舉證以明之。按武王于滅殷後六年而崩（《逸周書·明堂解》、《管子·小問》作七年，所差極微，惟《封禪書》作二年，《淮南·要略》作三年，不可信，《豳風譜》疏謂鄭氏以武王疾"瘳後二年崩"。是在位四年，亦與六年說合，故今從之也）。以後太公似亦無重要事蹟，故考其業績，僅于文武兩朝見之。《世家》稱其"年且百餘歲"。計自佐文武時期，自救文王于羑里，至此不過廿年，則其得力時，亦即其顯榮之期，當已老耄，此其一。武王崩，成王立，《逸周書》載呂伋擁立成王故事，仍以舅氏之親，爲一朝之重，此時太公已或東歸，而伋得以舅家重任，參與國家大事，史雖未明言伋年，而能提兵以衛王朝，必非冲幼可知，此其二。《九辯》言"太公九十乃顯榮"一語，至有斟酌，九十顯榮者，非謂九十入仕也，至劉向、東方之倫，乃以九十顯榮之事跡，與鼓刀揚聲之傳說相結構，遂成耄年乃遇文王云云，至史公而又增益爲"得之屠市，載歸立爲父師，尊曰太公"云云，此固古史凝結吸收衆說而組合之常態，而爲吾人所不能不辯者耳。

太公暮年乃顯榮，如上所證，似可成立，而九十、八十、七十之差，似亦有可爲吾人辯解者，證有二。一則武王爲太公女邑姜之壻，生成王誦，武王卒時年只六十七歲，則當生于文王卒年前後，此時武王年四十六七。

按《文王世子》，以爲武王年九十三，則文王十四而生武王，已不可信。成王幼冲，若武王年九十三，則八十六七乃生成王，亦事理之不可解者，此其一。《逸周書·度邑》武王自稱"王小子"，《世俘解》武王自稱"冲子"，若年近九十，尚自稱小子，似亦不可解，此其二。又《逸周書·明堂解》言"武王將崩時，武王曰，嗚呼！旦，維天不享于殷。發子未生，至今六十年，夷羊在牧"云云，則克商時年四十八，爲最可信，此其三。

則言武王年五十四而崩者，至足爲據，是邑姜歸武王而生成王，年與武王相距，不得過遠，故太公幼女，得配文王晚子，最合事理，則太公年不當在九十乃從武王定殷商也。又《逸周書·克殷》云"周車三百五十乘，陳于牧野，帝辛從，武王使尚父與伯夫致師"。《世俘解》云

"……二月既死魄，越五日，甲子，朝至接於商，則咸劉，商王紂執天，惡臣百人，太公望命禦方來，丁卯，望至，告以馘俘"云云，此尤見師尚父"鷹揚"之氣，若已七十以上，則何能致師？此時太公望并非不能任力之老邁至明。其證尚多，玆不欲更繁，則太公顯榮之時，當不過五六十歲，此時尚健旺，固亦人世所恒見，此後封於齊，治齊爲大國。又當若干年，女爲后，子爲公，己爲開國太公，顯榮甚矣。

又《竹書》載康王六年，齊太公薨，按此説亦至不可信。紂三十一年，文王得呂尚，以爲師（詳後），至是凡六十六年，若得望年已七十以上，則此時當得年百四十至百六十歲，恐無此理。則疑康王六年或當是成王六年之誤，餘詳後。

諸上所陳，義在證戰國末年諸言太公老耄乃事文王之非，然屈子并不及此，《九辯》以爲顯榮之年，最爲斟酌，然猶當詳者，則顯榮與入仕不同，而入仕立即顯榮，遂爲文王師之説，亦未必可信，何以言之？按史載文王得望，傳説頗雜神祕，與伊尹傳説略相仿彿。此中神祕，可能有一種政治上之宣傳作用在其中。望受文王之特知，當是事實。而渭濱釣叟，朝歌屠夫，傳説又自紛歧。考文王囚羑里，散宜生、閎夭兩人，陰謀脱文王之險，史以爲散宜生與閎夭素知，則脱險功不在望，何以文王歸後，即與望陰謀以傾商？恐文王不素知其能，無以解此疑。余謂望之隱于東海，恐係文王所遣，以窺紂之政行。如伊尹之諜夏桀，至文王釋囚，而傾紂之念已堅，太公陰謀之效已著，則望固久已事文王矣。然其功業未大著，如子房之于漢高，不能驟貴之，則假託神異，以爲張皇"非熊非羆"（不過一羊），而爲王霸之輔，假神異以鎮人心，固三代以來政治上自神權轉化爲王權時之過渡形態。太公雖爲周親，不如仁人，此所以姻婭之親尚不得無功而受禄，此古之制也。既得之，則師之。文王已老，故命子事之，更有婚姻之好，遂得以舅氏之尊，爲周室開國元勳，與周公旦同爲重臣，則太公之入，疑其早在文王被囚之前矣。余此説似近詭異，可能有駭俗之嫌，而欲窺破先秦經典，爲儒家哲理所修飾者，似較得實，與世人以修齊治平之道以解説古史者，翳障似較少云。

五、鼓刀屠夫與釣叟

《離騷》、《天問》言呂望鼓刀，《九章》言屠，鼓刀即屠也，詳鼓刀條下。今屠人尚存此習，鼓其刀而聲自揚，則買者紛集矣。凡市集以購肉食爲最盛，呂望以文王之諜，隱于市廛，識人宜多，則屠沽之市，最易得人，亦最易探知隱祕。則朝歌紂都，民間豪俊之所集，望多所結交，此漢以來中土社會之常態，周之所以傾紂者，此事萬不可忽視。他書又載望釣于渭濱，詳《史記·齊世家》及《索隱》、《集解》所引各家之説。當爲傳聞異詞之説，爲南土諸家所不言云。

呂管

《九歎·愍命》"刜讒賊於中廇兮，選呂管於榛薄"。王逸注"呂，呂尚也。管，管仲也"。又《九思·逢尤》"呂傅舉兮殷周興"。舊注"呂，呂望也"。此言周文王選呂望于屠鼓也。分詳呂望、管仲兩條下。

昭后

《天問》"昭后成遊，南土爰底"。王逸注云"昭王背成王之制而出遊"。劉師培云"案據注，后疑作倍"。此申王義是也。然關鍵在解成爲成王，則不得不解后爲倍也。其實成當作盛（詳"昭后成遊"四句條），盛游蓋以兵車從遊也。昭后當即昭王，后者繼體君也，故得通言。《史記·周本紀》載昭王瑕立，"昭王之時，王道微缺，昭王南巡狩不返，卒于江上"云云，王逸注所引是也。其事洪補引《左傳》言之詳矣。蓋成王之孫、康王之子而武王之曾孫也，名瑕。

穆王

《天問》"穆王巧梅，夫何爲周流？"周傳世諸王之一，昭王之子，成王曾孫也。《史記·周本紀》言穆王征犬戎，“得四白狼、四白鹿以歸，自是荒服者不至，立五十五年崩”。《左傳》昭十二年“穆王欲肆其心，周行天下，將必有車轍馬跡焉，祭公謀父作《祈招》之詩，以止王心”。《史記》卷四十三《趙世家》又載“造父幸於周穆（作繆）王，取驥之乘匹與桃林、盜驪、驊騮、騄耳，獻之穆王，穆王使造父御，西巡狩，見西王母，樂之忘歸”。世傳汲冢《穆天子傳》所記，即穆王西遊事也。其事又見《列子》、《後漢書》、《說苑》，其他可參考者《尚書》有《君牙》、《冏命》、《呂刑》（上兩文亡），《周書》又載作祭公，《國語》載祭公謀父諫伐犬戎等。

齊桓

《離騷》“甯戚之謳歌兮，齊桓聞以該輔”。《天問》“齊桓九會，卒然身殺”。又《九章·惜往日》“伊尹烹於庖厨。呂望屠於朝歌兮，甯戚歌而飯牛。不逢湯武與桓繆兮”。又《九辯》“甯戚謳於車下兮，桓公聞而知之”。屈宋言齊桓者，凡此四條，僅得兩事，一則桓公舉甯戚於飯牛，一則桓公死于非命。舉甯戚事，詳“甯戚之謳兮”一條。至九會枉死事，洪補引之至詳，皆不必更説。桓公一生事蹟，皆載在《春秋》，《史記·齊世家》，馬氏《繹史》卷四十四《齊桓公霸業》一、二兩段，皆可參。襄公弟，衛姬之子，亦曰公子小白，在位四十三年，葬齊城南二十里，女水西，在臨淄縣東南二十三里鼎足山上。《七諫·怨世》事蹟即舉甯戚事，不贅。《七諫·沈江》言“齊桓失于專任兮”。指管仲死，桓公專任竪刁、易牙，其事亦與屈子所言同。

紂

紂與桀，皆先秦以前無道之君，爲周秦諸子所甚稱，引以爲鑑戒者，事蹟詳見《史記·殷本紀》。帝乙之子，名辛，因其殘義損善，《集解》裴覲引《謚法》。天下謂之紂，資辨捷疾，聞見甚敏，材力過人，知足以距諫，言足以飾非，矜人臣以能，高天下以聲，以爲皆出己下，好酒淫樂，嬖于婦人，愛妲己，厚賦稅，以實鹿台之錢，盈鉅橋之粟，大最樂于沙丘，以酒爲池，縣肉爲林，爲長夜之飲，重辟刑，有炮烙之法，親信惡讒，周武王伐而誅之于牧野，殷遂亡。《楚辭》言紂事，與《史記》略同，一見於《離騷》"何桀紂之猖披兮"。已詳桀字下。二見于《天問》"彼王紂之躬，孰使亂惑？何惡輔弼，讒詔是服"。朱熹曰"惑紂者内則妲己，外則飛廉、惡來之徒也"。王逸曰"言紂憎輔弼，不用忠直之言，而事用詔讒之人也"。其事皆見于《史記》。南楚所傳紂事，與儒言相近。《天問》言紂事尚有"比干何逆"四事。"雷開阿順"、"梅伯受醢"、"箕子佯狂"、"殷有惑婦"、"受賜兹醢"及武王伐紂一事之詳載（即"會鼂争盟"四句。"到擊紂躬"四句，"伯昌號衰"四句），皆于《史記》中有所記載（各詳該詞下），惟"受賜兹醢，西伯上告，何親就上帝罰，殷之命以不救"一事，爲他家所不載。此事言受（紂字）烹文王長子伯邑考爲羹，以賜文王，西伯乃上愬于帝，帝罰之，而殷命遂以不救，此南楚獨傳之事也。《七諫·沈江》亦言"紂暴虐以失位兮"，皆新義新事可補。

桓公

《九辯》"桓公聞而知之"。又《七諫·怨世》"桓公聞而弗置"。即齊桓公。參齊桓條下。

管

《哀時命》"釋管晏而任臧獲兮，何權衡之能稱"。王逸注"言君欲爲政，反置管仲、晏嬰，任用敗軍賤辱係獲之士，何能稱權衡，興至治乎"。按《史記》卷六十二《管晏列傳》云"管仲夷吾者，潁上人也，少時常與鮑叔牙遊……及小白立爲桓公，鮑叔遂進管仲……既任政相齊……通貨積財，富國强兵……倉廩實而知禮節，衣食足而知榮辱……諸侯由是歸齊……管仲卒，齊國遵其政，常疆於諸侯”。其相桓稱霸事，俱見《史記·管晏列傳》。馬氏《繹史》卷四十四《齊桓公霸業》一、二、三、四節，尤以總記管仲事功一段最扼要。餘參夷吾條。又《九思·傷時》“管束縛兮桎梏”。舊注“管仲爲魯所囚，齊桓釋而任之”。

夷吾

《七諫·沈江》“齊桓失于專任兮，夷吾忠而名彰”。王逸注“夷吾，管仲名也。管仲將死，戒桓公曰‘竪刁自割，易牙烹子，此二臣者，不愛其身，不慈其子，不可任也’。桓公不從，使專國政。桓公卒，二子各欲立其所傅公子，諸公子並争，國亂無主，而桓公不棺，積六十日，蟲流出户，故曰失於專任，夷吾忠而名著也”。按管仲字夷吾，事齊桓公，霸諸侯，《史記》有《管晏列傳》、《齊世家》，詳之齊桓專任事，叔師輯《左氏傳》爲説，《史記》記此事爲詳。齊桓公“四十一年，管仲病，桓公問曰‘群臣誰可相者？’管仲曰‘知臣莫如君’。公曰‘易牙如何？’對曰‘殺子以適君，非人情，不可’。公曰‘開方如何？’對曰‘倍親以適君，非人情，難近’。公曰‘竪刁如何？’對曰‘自宫以適君，非人情，難親’。管仲死，而桓公不用管仲言，卒近用三子，三子專權……桓公卒（五公子争立），易牙入，與竪刁因内寵殺群吏……五公子……遂相攻，以故宫中空，莫敢棺，桓公尸在床上，六十七日，尸蟲出户”。

甯戚

《離騷》“甯戚之謳歌兮，齊桓聞以該輔”。王逸注云“甯戚修德不用，退而商賈，宿齊東門外。桓公夜出，甯戚方飯牛，叩角而商歌，桓公聞之，知其賢，舉用爲客卿，備輔佐也”。洪補引《淮南》説以申之。

按《管子·小匡》舉隰朋、甯戚、王子城父、賓胥无、東郭牙爲桓公五大夫，《齊策》言桓公五大夫，則有管夷吾、鮑叔牙而无王子城父、東郭牙等二人，爲異。《小匡》言管仲告桓公，言"墾草入邑，辟土聚粟，多衆盡地之利，臣不如甯戚"。其事功之可考者，大略如此。戚字，《吕覽·勿躬篇》又作遫，聲近字也。《韓非子·外儲説》文誤爲甯武，漢人或誤爲甯越，《淮南·道應》或誤爲籍，《亢倉子·賢道篇》、《漢書·叙傳》稱爲齊甯。《寰宇記》卷二十言萊州膠水縣西鳴角埠爲其葬地。《史記·孟荀列傳》又以飯牛一事，爲"百里奚飯牛車下，而繆公用霸"。則史公記憶之偶誤也。

按《九章·惜往日》"甯戚歌而飯牛"，《九辯》"甯戚謳于車下"，與此即一事也。則此謳歌，即指飯牛之歌（《吕氏春秋·舉難篇》高誘注以爲歌《碩鼠》，見今《詩經》。按此説本之《説苑》，今本《説苑·善説篇》誤作顧見二字）。《三齊記》載"南山矸，白不爛，生不遭堯與舜禪"一詩，以爲是戚飯牛歌。《藝文類聚》所載一篇又與《三齊記》小異。《文選》成公綏《嘯賦》李善注引又小異。《史記·鄒陽傳》集解引應劭同，蓋出後人臆造。又按飯牛一事，亦古今所艷稱，除屈賦外，如《管子·小稱篇》云"使甯戚毋忘飯牛車下也"。此賢人之風，桓公舉以爲大夫。《吕氏春秋·舉難篇》言之尤詳盡，洪補引《淮南》説大約即本此，而有所節删，此不具引。甯戚謳歌，與飯牛、叩角、商歌爲同一事，則或曰謳歌，或曰飯牛，或曰歌而飯牛，皆一也。"該"者，王逸注"該，備也，用爲客卿，備輔佐也"。又《七諫·怨世》云"桓公聞而弗置"，弗讀如弼，或輔也，義亦同。

晉獻

《七諫·沈江》"晉獻惑於驪姬兮"。按晉獻公，武公子。晉唐叔虞，武王子，成王弟所封，武公卒，子獻公詭諸立。獻公娶于賈，无子，烝於齊姜，生秦穆夫人，及太子申生。又娶二女於戎，大戎狐姬生重耳，小戎生夷吾。晋五年，伐驪戎。驪戎男女以驪姬歸，生奚齊，其娣生卓子。驪姬嬖，欲立其子（以上《左氏》莊二十八年傳）。獻公有意廢太子，乃使太子申生居曲沃，公子重耳居蒲，公子夷吾居屈，獻公與驪姬子奚齊居絳……獻公子八人，而太子申生、重耳、夷吾皆有賢行，及得驪姬，乃遠此三子（節《史記·晋世家》與《國語·晋語》，晋獻惑于驪姬，事見《晋語》一、二卷，全屬此事之記載）。《左》莊二十八年，閔元年、二年，僖四年、五年、六年、九年，及《禮記·檀弓》皆記之。馬氏《繹史》卷五十一《晋文公霸業之一》全載驪姬之亂，可參。

申生

《九章·惜誦》"晋申生之孝子兮，父信讒而不好"。王逸注"申生，晋獻公太子也，體性慈孝。獻公娶後妻驪姬，生子奚齊，立爲太子，因誤（疑惡字之譌）申生，使祭其母於曲沃，歸胙於獻公。驪姬於酒肉置鴆其中，因言曰'胙從外來，不可信'。乃以酒賜小臣，以肉食犬，皆斃。姬乃泣曰'賊由太子'。於是申生遂自殺，故曰父信讒而不愛也"。洪補云"《禮記》曰晋獻公將殺其世子申生，公子重耳謂之曰'子蓋言子之志於公乎？'世子曰'不可，君安驪姬，是我傷公之心也'。'然則蓋行乎？'曰'不可，君謂我欲弑君也。天下豈有無父之國哉！吾何行如之'。使人辭於狐突，曰'申生有罪，不念伯氏之言也，以至於死。申生不敢愛其死，雖然吾君老矣，子少，國家多難……伯氏苟出而圖吾君，申生受賜而死'。再拜，稽首，乃卒。是以爲恭世子也"。又《七諫·沈江》"晋獻惑于驪姬兮，申生孝而被殃"。又《九歎·惜賢》"晋申生之離殃兮"。殃，一作讒。按春秋時晋獻公驪姬媒殺太子申生事，《國語·晋語》卷二及卷三之獻公三十三年前諸段，委曲言之最悉。叔師節《左氏傳》莊廿八年文，洪又引《檀弓》説，已足説明問題，不再詳。申生孝子事，亦戰國諸子所甚傳，《莊子·盜跖》亦言之。《檀弓》、《晋語》三稱爲恭世子，恭即共，蓋死謚也，亦曰共太子（《左》僖十年傳），亦曰申子，《莊子·盜跖》母姬姜（莊廿八年），自縊于新城，葬曲沃縣西門内。

文君

《九章·惜往日》"文君寤而追求"。王逸注"文君，晋文公也。寤，覺也"。昔文公被驪姬之譖，出奔齊楚，介子推從行，道乏糧，割股肉以食文公，文公得國，賞諸從行者，失忘子推，子推遂逃介山隱。文公覺寤，追而求之，子推遂不肯出。文公因燒其山，子推抱樹燒而死。《七諫》"推自割而食君"。亦解此也。文君寤求介子事，見介子推條下。文君即晋文公，獻公子，大戎女所生，名重耳，事詳《左氏傳》、《國語·晋語》、《史記·晋世家》。馬氏《繹史》卷五十一《晋文公霸業》綜録各書，極完備可參。餘合參"介子"條。

介子推

《九歎·惜賢》"若由夷之純美兮，介子推之隱山"。王逸注"言己又有清高之行如許由，堯讓以天下，辭而不肯受，伯夷、叔齊讓國而餓死，介子推逃晋文公之賞，隱身深山，無爵位而有顯名也"。介子推或作介之推（《左傳》僖二十四年）。《九章》省言介子，詳介子條。

介子

《九章·惜往日》"介子忠而立枯兮，文君寤而追求。封介山而爲之禁兮，報大德之優游"。王逸注"介子，介子推也。昔文公被驪姬之譖，出奔齊楚，介子推從行，道乏糧，割股肉以食文公。文公得國，賞諸從行者，失忘子推，子推遂逃介山隱。文公覺寤，追而求之，子推遂不肯出。文公因燒其山，子推抱樹燒而死。故言立枯也。《七諫》中推自割而食君，亦解此也"。又曰"文公遂以介山之民封子推，使祭祀之。又禁民不得有言燒死，以報其德，優遊其靈魂也"。又《九章·悲回風》曰"求介子之所存兮，見伯夷之放迹"。王逸注"介子推也"。按叔師徵介子事，蓋取之《春秋左氏傳》僖公二十四年。《呂氏春秋·介立篇》、《莊子·盜跖》與《史記·晉世家》（《世家》亦取《呂覽》、《左氏傳》僖二十四年），與屈賦所載事蹟，大致能相合，而无溢辭。惟《左氏傳》子推作之推，杜預注云"介推，文公微臣。之，語助"。則杜預作介推，此與《史記·晉世家》同。史公與齊魯之説合。然《莊子》、《呂覽》、《淮南·説山》則作介子推。易"之"爲"子"，固南土之所同。《大戴禮·衛將軍文子篇》作介山、子推，《荆楚歲時記》引《琴操》作介子綏。作子爲衆。惟割股與燔死兩端，亦只莊、屈言之。《左氏》、《呂覽》既無割股事，亦但曰隱而死。一以節烈傳，一以高隱傳，此亦齊魯三晉與南土異解之一也。惟《莊子·盜跖》以爲"文公後背之，子推怒而去，抱木而燔死"云云，屈賦確无怒去之言，此莊生之放説矣。《七諫》、《丙吉傳》、劉向《説苑》、《新序》皆因之，此顧亭林所以有於是瑰奇之行彰，而廉靖之心没矣（《日知錄》卷二十五介子推條）。

然子推事蹟，在當時固曾振撼一世，後世遂有寒食、禁食之節，與屈子五月競渡之傳，同其爲民間愛戴之忱之表現，則又讀史者不可不知也。《琴操》云"介子推抱木而燒死，文公令民五月五日不得發火"。《汝南先賢傳》則云"太原舊俗，以介子推焚骸，一月寒食"。《鄴中記》又載"并州寒食，魏武令言，太原、上黨、西河、雁門亦有寒食"。則幾偏于黃河流域，皆舊三晉之地也。惟寒食有言三月三日、五月五日者，有言冬至後百五日者，《初學記》四有辯，洪邁《容齋三筆》卷二考之，云"《汝南先賢傳》則云太原舊俗以介子推焚骸一月寒食，《鄴中記》云并州俗冬至後一百五日爲子推斷火，冷食三日"。魏武帝以太原、上黨、西河、雁門皆沍寒之地，令人不得寒食，亦爲冬至後百有五日也。按《後漢·周舉傳》云"太原一郡，舊俗以介子推焚骸，有龍忌之禁。至其亡月，咸言神靈不樂舉火。由是士民每冬中，輒一月寒食，莫敢煙爨。

（舉爲并州刺史，）乃作弔書以置子推之廟，言‘盛冬去火，殘損民命，非賢者之意。以宣示愚民，使還溫食’。于是衆惑稍解，風俗頗革”。然則所謂寒食，乃是冬中，非令節令二、三月間也。

子推

《七諫·怨思》“子推自割而飤君兮”。一云“推自割而食君兮”。按此指介子推割股肉以食晉文公事，有子字是也。餘詳介子條下。

鄒炳泰《舞風堂集》論子推被焚事可參。

鄒炳泰《舞風堂集·介子推》“《左傳》不載介子推被焚事，惟《晉乘》云，介子推去而之介，至之上，文公待之不肯出，求之不能得，以爲焚其山，宜出。及焚其山，遂不出而焚死。今太原土民，於冬輒寒食一月，蓋文公以魯僖公二十四年二月返國，周之二月，今之冬令，土俗必有所本。而并州俗又以子推五月五日焚死，乃不舉餉寒食，未知何說。《太平御覽》載文公焚林，白鵶萬翼，扇滅煙焰，子推得不死，晉人爲築思煙之台，恐不足據”。

晏

《哀時命》“釋管晏而任臧獲兮，何權衡之能稱”。王逸注“言君欲爲政，反置管仲、晏嬰，任用敗軍賤辱係獲之士”。……按《史記》卷六十二《管晏列傳》“晏平仲嬰者，萊之夷維人也，事齊靈公、莊公、景公，以節儉力行重於齊”云。按晏子相齊事，馬氏《繹史》卷七十七、七十八二卷，録《晏子春秋》充之，其實多戰國以後附益之詞。

繆

《九章·惜往日》“不逢湯武與桓繆兮”。即秦繆公。字又作穆。德公子，繼成公而立，名任好，五年而得百里奚，以爲大夫（餘詳百里奚條）。後信杞子之言，伐鄭，蹇叔諫不聽，晉襄公敗諸崤，歸作《秦誓》，《尚書》最末一篇。後卒復崤之恥，廣地益國，東服强晉，西霸戎夷，雖不爲諸侯盟主，而亦戰國霸王也。事詳《史記》卷五《秦本紀》。又《九思·傷時》"遭桓繆兮識舉"。舊注云"管仲爲魯所囚，齊桓釋而任之，百里奚晉徒役，秦繆以五羖之皮贖之爲相也"。言百里與穆公事，義亦相同。

平差

《九思·逢尤》"哀平差兮迷謬愚"。舊注"平，楚平王；差，吳王夫差也。平王殺忠臣伍奢，奢子員仕吳以破楚，夫差不用子胥，而爲越所滅也"。按此釋至謬，下明言"忌嚭專兮鄖吳虛"。忌者費无忌，嚭者太宰嚭，楚平王用費无忌而鄖在楚伐，至平王遭鞭尸之慘；夫差用太宰，不聽子胥之諫，至遭越之覆亡，不得以屬之子胥也。餘詳費無極、忌與嚭等條。

子胥

《九章·惜往日》"子胥死而後憂"。又《悲回風》"浮江淮而入海兮，從子胥而自適"。王逸注"竟爲越國所誅滅也"。洪補"《越絕書》曰子胥死，王使捐於大江，乃發憤馳騰，氣若奔馬，乃歸神大海，自適謂順適己志也"。

按《屈賦》用子胥典實，《涉江》與《惜往日》言吳之不能用賢，所謂"子胥死而後憂"者，謂子胥既死，而吳遂爲越所滅也。至《悲回風》"浮江淮而入海兮，從子胥而自適"者，王无釋，洪補引《越絕書》以爲歸神大海，順適己志"云云，至誤。上文言"怨往昔之所冀兮，悼來者之愁愁"。今古同悲，遂欲遠放江海，以求自適。自適者，屈子自適也。引子胥、申徒兩人逃江海、死大河之故事，以舒己志，非謂即欲從死。故下文曰"重任石之何益"，曰"心絓結而不解兮，思蹇産而不釋"。洪注既未深體屈子之用心，而引詭説以壯子胥，于子胥无所益，而于屈子則大損矣。

伍字或作五。

按《呂覽·孟冬紀》"五員亡，荆急求之，登太行而望鄭"。可補史之缺。又此言太行當爲太山之誤。《越絶書·荆平王內傳》"王知子胥之不入也，殺子奢而并殺子尚。子胥聞之，即從橫嶺上太山，北望齊晋"。則太行在晋，五員未至晋境，時在鄭，由鄭奔吳，无行太行理，太山之誤也。

伍胥

《九懷·尊嘉》"伍胥兮浮江，屈子兮沈湘"。王逸注"吳王弃之於江濱也"。按伍胥即伍子胥。《莊子·外物》"伍員流於江"。又《盜跖》"子胥沉江"。事詳《史記·伍子胥傳》及《吳語》。此言思往古之時，賢人亦多遭殃患，如伍子胥有弃尸于江濱，屈原自沈于湘水也。參伍子、吳申胥兩條。

伍子

《九章·涉江》"伍子逢殃兮"。王逸注"伍子，伍子胥也。爲吳王夫差臣，諫令伐越，夫差不聽，遂賜劍而自殺。後越竟滅吳，故言逢殃"。洪興祖補注"子胥，伍員也。《史記》'越王勾踐率其衆以朝吳，吳王喜，惟子胥懼曰"是弃吳也"。諫不聽，賜子胥屬鏤之劍以死，將死曰"抉吾眼置吳東門之上，以觀越之滅吳也"'。《莊子》曰'伍員流于江'。鄒陽曰'子胥鴟夷'"。按伍員字子胥，伍奢之子，父兄被譖遭殺，子胥奔吳，爲吳王闔廬夫差臣，後以吳兵入郢報父讐，鞭平王之尸，事詳《左傳》、《國語・吳語》，《史記》卷六十六有《伍子胥列傳》，綜合春秋戰國資料爲之，詳盡可參考。入吳後，吳與之申地，故曰申胥（《吳語》及《越絶書》），亦曰伍胥，《涉江》省稱伍子，《七諫》別稱申子，《吕氏春秋・異寶》篇作五員，《藝文志》作五子胥。伍、五古字通用也。

　　屈賦但言其逢殃，及浮江淮而入海，即《史記》所謂鴟夷革之説所由來。詳子胥條下。至屈子對用子胥故事之大義，則皆就吳不能用其忠立言，曰"忠不必用兮，賢不必以。伍子逢殃兮，比干菹醢"。曰"吳信讒而弗昧兮，子胥死而後憂"兩端，而浮江入海，則以喻己有浮江入海之思。以子胥與申徒對舉，并非有贊賞之意也。漢儒用此事凡三見，《七諫・沈江》"痛忠言之逆耳兮，恨申子之沉江"。《九歎・遠遊》言"濟楊舟於會稽兮，就申胥於五湖"二處而已，與屈子用義不相遠。而《九歎・惜賢》之"吳申胥之抉眼兮"云云，事雖有徵，而抉眼以暴子胥之剛戾忍詢，既與屈子之義相遠，而與行文大義亦不相調，則體認屈子爲不真矣。

申胥

　　《九歎・遠遊》"濟楊舟於會稽兮，就申胥於五湖"。王逸注"湖，大池也。言己復乘楊木之輕舟，就伍子胥於五湖之中，問志行之見者也。一本楫大禹於江濱，一注伍子胥作申包胥。然上文有申子，注云子胥也"。按申胥即伍子胥。詳伍子條下。

吳申胥

　　《九歎・惜賢》"吳申胥之抉眼兮"，一作子胥。按《史記・伍子胥列傳》謂子胥諫吳王不可伐齊，爲太宰嚭所讒毁，吳王"乃使使賜伍子胥屬鏤之劍，曰'子以此死'。伍子胥仰天歎曰'嗟乎！讒臣嚭爲亂矣，王乃反誅我。我令若父霸，自若未立時，諸公子争立，我以死争之於先王，幾不得立。若既得立，欲分吴國予我，我顧不敢望也。然今若聽諛臣言，以殺長者'。乃告其舍人曰'必樹吾墓上以梓，令可以爲器；而抉吾眼，懸吴東門之上，以觀越寇之入滅吴也'。乃自到死。吴王聞之大怒，乃取子胥尸盛以鴟夷革，浮之江中。吴人憐之，爲立祠于江上，因命曰胥山"。……餘參伍子條。

申子

《七諫·沈江》"痛忠言之逆耳兮，恨申子之沈江"。王逸注"申子，伍子胥也。吴封之於申，故號爲申子也。哀痛忠直之言，忤逆君耳，使之恚怒，若申胥諫吴，王殺而沈之江流也"。按申子即伍子胥，初入吴，吴王以申地予之，故曰申胥。此言申子者，尊之之意也。詳伍子、子胥、吴申胥諸條。

申包胥

《九辯》六"竊美申包胥之氣盛兮，恐時世之不固"。王逸注"申包胥，楚大夫也。昔伍子胥得罪於楚，將適於吴，見申包胥謂曰'我必亡郢'。申包胥答曰'子能亡之，我能存之'。遂出奔吴，爲吴王闔閭臣，興兵而伐楚，破郢，昭王出奔。於是申包胥乃之秦，請救兵，鶴立於秦庭，啼呼悲泣，七日七夜不絶聲，勺飲不入於口，秦伯哀之，爲發兵救楚。昭王復國，故言氣盛也。古本盛皆作晟"。按此事見《春秋》定公四年《左氏傳》、《國語·吴語》、《戰國策·楚策》，而《國策》詳其旅途之苦，《左傳》詳其進見之辭，及秦師與吴鏖戰之況，皆淋漓詳瞻，可爲參考，文長不具。惟《吴語》作王孫包胥，《楚策》作棼冒勃蘇，鮑注云"棼冒，即蚡冒。勃蘇，即包胥。聲近，豈蚡冒之裔歟？"按鮑説是也。故《吴語》稱爲王孫包胥也。《史記集解》引服虔亦曰"楚大夫王孫包胥"（錢大昕以爲焚爲楚之誤，冒爲申之誤，專從字形以求其合。恐亦未必得。又朱亦棟以焚冒即包字切音，勃蘇即胥之切音，此亦一説也，故附之）。《史記·秦紀》謂封于申，故曰申包胥。或然也。舉族姓則曰蚡冒勃蘇，言封地申則曰申包胥。或又省言申胥，則與伍子胥同名。《漢書·叙傳》亦單稱曰申。《困學紀聞》卷六有申包胥一段，并翁注皆可參考。

《九辯》此篇全文，以耿介不隨，處窮守高爲主旨，而篇首以申包胥事發論者，定五年謂楚君俱入而逃賞。《新序》卷七亦言"（包胥）遂逃賞終身不見"。其有取于此乎？特以氣盛發其端，則言謀國則氣盛如此，而謀己則耿介如是也。包字，或《鶡冠子》作廳，《集韻》作鮑，丁泰《术廬雅記》論之簡潔可參，兹附之。

申包胥（包《鶡冠子》作廳，《集韻》作鮑）。《國策》楚莫敖子華曰"昔吳與楚戰于柏舉，三戰入郢，蚡冒勃蘇，贏糧潛行（《文選》注引《國策》作樊冒勃蘇，即蚡之轉）。蹠穿膝暴，七日而薄秦朝，崔立不轉，晝吟宵哭，七日不得告，水漿無入口。秦遂出革車千乘，卒萬人，屬之子滿（《左氏》作蒲）與子虎，下塞以東，與吳人戰于濁水，大敗之。"《困學紀聞》曰"蚡冒勃蘇即申包胥也。豈蚡冒之裔，楚之同姓與（莊氏述祖云，申包胥楚之公族，蚡冒即楚之先蚡冒，其後爲蚡冒氏。黄氏丕烈《國策札記》曰申包胥爲蚡冒氏，猶鬬子文之言若敖氏也）？"按秦廷乞師，《左氏》定四年傳及《淮南子·脩務訓》俱作申包胥，則勃蘇即包胥矣。《史記集解》引服虔曰"楚大夫王孫包胥"。惟包胥爲蚡冒後，故服氏以王孫稱之。申是其封邑（《史記·秦紀》正義以爲封于申），包胥與勃蘇音近，可以通借，包之爲勃，猶庖羲之庖轉爲宓也；胥之爲蘇，猶姑胥之胥轉爲蘇也。至梁氏《人表考》引錢宮詹説，謂冒乃篆文申字之誤，蚡字疑後人妄加，洪氏《左傳詁》謂蚡與申同音，包字急讀即爲冒勃，似俱未確。

百

《九思·傷時》"管束縛兮桎梏，百貿易兮傳（原作傅，非也，從一本作傳）賣。遭桓繆兮識舉，才德用兮列施"。王逸注"百，百里奚也"。又曰"百里奚，晋徒役，秦繆以五羖之皮贖之爲相也"。補曰"《淮南》云'伯里奚轉鬻'。注云'伯里奚知虞公不可諫，轉行自賣於秦，爲穆公相'"。百里奚貿易轉鬻，自是漢人説，惟省百里奚只用一百字，此體自戰國已有之。叔師沿用舊習，以管指管仲。百里之省，亦同此例，餘詳百里奚條下。顧亭林《日知録》卷二十三云"百里奚止用一百字，此體後漢人已開之矣。《吕氏春秋》'干木光乎德'。去'段'字（今本有段字）。《惜誓》'來革順志而用國'。去惡字，此爲剪截名字之祖"。

百里

《惜往日》"聞百里之爲虜兮"。《史記》卷五《秦本紀》成公立四年卒，弟繆公立。繆公任好五年，"晋獻公滅虞虢，虜虞君與其大夫百里傒……以百里傒爲秦繆公夫人媵於秦，百里傒亡秦，走宛，楚鄙人執之。繆公聞百里傒賢，欲重贖之，恐楚人不與，乃……以五羖羊皮贖之……當是時，百里傒年已七十餘。繆公釋其囚，與語國事……繆公大説，授之國政，號曰五羖大夫"。《孟子·萬章上》"百里奚自鬻於秦養牲者，五羊之皮，食牛，以要秦繆公"。《莊子》曰"秦穆公以五羊之皮，籠百里傒"。説小異。舉蹇叔，繆公以爲上大夫……十二年，晋旱來請粟……以問百里傒。傒曰"夷吾得罪于君，其百姓何罪？"于是用百里傒言，卒與之粟……三十二年，諫伐鄭，不聽，遂爲晋師所敗，因思不用蹇叔、百里傒之謀，而作《秦誓》。子孟明亦事繆公。後爲繆公所殺，而非其罪（見《史·蒙恬傳》）。百字又作伯（見《韓非子·難言》），傒又作奚（見《孟子》），又作傒（見《管子·小問》），亦稱百里（見本書及《荀子·成相》篇），亦單稱百（見《九思》）。

申徒

《九章·悲回風》"望大河之洲渚兮，悲申徒之抗迹"。王逸注"申徒，狄也。遇闇君，遁世離俗，自擁石赴河，故言抗迹也"。洪補曰"《莊子》云'申徒狄諫而不聽，負石自投於河'。《淮南注》云'申徒狄，殷末人也。不忍見紂亂，自沈於淵'"。按申徒狄，屈賦只此一見。劉向《九歎·惜賢》亦云"驅子僑之犇走兮，申徒狄之赴淵"。王逸注"申徒狄，賢者，避世不仕，自沈赴河也"。用事與屈子不異。按上句"驅子僑"云，王注"驅，馳也"。則申徒狄之申，乃動字，非名詞。以驅申同位，不得不爾也。然事則未誤，俞樾讀驅爲舟，則王注申徒狄不誤，而注驅子僑誤矣。

申徒狄，先秦典籍只《九章》一見，《莊子》兩見，他家无言之者。《莊子·外物篇》云"堯與許由天下，許由逃之。湯與務光，務光怒之。紀他聞之，帥弟子而踆于窾水，諸侯弔之，三年，申徒狄因以踣河"。《盗跖》篇云"申徒狄諫而不聽，負石自投于河，爲魚鼈所食"。《釋文》云"申徒將投於河，崔嘉止之曰'吾聞聖人仁士民之父母，若濡足故，不救溺人，可乎?'申徒狄曰'不然，昔桀殺龍逢，紂殺比干，而亡天下；吴殺子胥，陳殺泄冶，而滅其國。非聖人不仁，不用故也'。遂沈河而死"。考《釋文》所舉，與《莊子》兩文異。《外物》以爲湯時人，《釋文》以爲春秋之宋人，《淮南》以爲殷末人，則秦漢人所傳已參差如此，古之不可考者多矣。依文爲斷，則《惜往日》以介子、伯夷、子胥、申徒連言，則介子、伯夷隱而死，子胥、申徒赴江流而死，故曰"浮江淮而入海"（指子胥尸入于海），"望大河之洲渚"也。蓋亦古之賢者，爲南人所甚稱道之士。依《莊子》斷之，則亦賢士失志而赴河者。論證當只於此，則《淮南》、《釋文》兩説皆不足據。又《韓詩外傳》卷一有云"申徒狄非其世，將自投於河，崔嘉聞而止之曰'吾聞聖人仁士之于天地之間也，民之父母也，今爲儒雅之故，濡足不救，溺人可乎？'申徒曰'不然，桀殺龍逢，紂殺王子比干而亡天下；吳殺子胥，陳殺泄冶，而滅其國……非無聖智也，不用故也'。遂抱石而沉於河"。韋昭曰"六國時人"。

申徒狄

《九歎·惜賢》"申徒狄之赴淵"。王逸注"申徒狄賢者，避世不仕，自沉赴河也。言己修善，不見進用，意欲驅馳，待王子僑，隨之奔走，以學道真。又見申徒狄避世赴河，意中紛亂，不知所行也"。按申徒狄事見《莊子·外物》與《盜跖》兩篇。《九章·悲回風》亦云"望大河之洲渚兮，悲申徒之抗迹"。與此説同。餘詳申徒一條。

嚭

《九思·逢尤》"忌嚭專兮郢吳虛"。舊注"忌，楚大夫費無忌。嚭，吳大夫宰嚭。虛，空也。忌嚭佞僞，惑其君而敗二國，空虛郢楚都也。嚭，一作噽"。按太宰嚭，始見哀元年。《史記》言楚誅其大臣郤宛、伯州犁，伯州犁之孫伯嚭亡奔吳，吳亦以爲大夫（《左》定四年）。州犁，伯宗子（見成十五年，及《晉語》五）。《史記集解》引徐廣曰"伯州犁之子曰郤宛，郤宛之子曰伯嚭。宛亦姓伯，又別氏郤。《楚世家》云'殺郤宛。宛之宗姓伯氏，子曰嚭'。《吳世家》云'楚誅伯州犁，其孫伯嚭奔吳也'"。按伯嚭爲郤宛子説，見《吳越春秋》五，《左傳》、《史記》、《越絕書》皆不言。越滅吳殺嚭（《左》哀廿二年越滅吳，然廿四年，尚有太宰嚭，則非滅時殺之），事詳《史·伍子胥傳》。嚭，《呂氏春秋·重言》篇作噽，不作白喜，《吳越春秋》又作帛否伯喜，哀八年作太宰子餘。

八師

《七諫·怨世》"誰使正其真是兮，雖有八師而不可爲"。王注曰"八師謂禹、稷、咼、皋陶、伯夷、倕、益、夔也"。俞樾《讀楚辭》（《俞樓襍纂》第二十四）曰"愚按雜舉唐虞之臣，以當八師之數，最爲無理。《韓非子·顯學》篇云，孔子之後，儒分爲八，有子張之儒，有子思之儒，有顏氏之儒，有孟氏之儒，有漆雕氏之儒，有仲良氏之儒，有孫氏之儒，有樂正氏之儒。八師疑即謂此八儒。蓋此八家，皆儒者所宗，故謂之八師也。佞人妄論，以善爲惡，真僞難明，雖使此八儒復生，亦莫能定之，故曰雖有八師而不可爲"。按八師一詞，古今惟此一用，而解者亦惟王逸與俞氏兩説。王説就上高唐虞句立言，似亦有據，然上文尚有"周道蕪穢"、"高陽委塵"二語，則八師不免當有周世與高陽之賢臣在内，故王説亦偏頗不合文理。俞氏以八儒當八師，則誰使正其真正，雖有八師而不可爲兩句，成爲原則性之議論，于文理言，雖无不可，曼倩崇儒，未必如此之强，而以儒分爲八言八師，恐亦過泥于字面。按《尚書·咸有一德》"德無常師，主善爲師"。《論語·子張》亦言"賢者識其大者，不賢者識其小者……夫子焉不學，而亦何常師之有"。此齊魯之言。《莊子·外物》云"嬰兒生无石師而能言"。《釋文》石又作碩，則南土言碩師。此八師，疑當爲常師或碩師之類。漢人最重師法，故東方以時習而稱師也。按俞以八師爲儒分爲八，恐亦未確，古言八儒，不言八師也。此當即《論語·微子》"周有八士伯達、伯适、仲突、仲忽、叔夜、叔夏、季隨、季騧"。《逸周書·和寤解》云"王乃屬翼于尹氏八士惟固允讓"。《武寤解》亦云"尹氏八士，太師三公，咸作有續，神无不饗"。士、師古聲相同，不論其所指爲《論語》八士，爲《周書》八士，皆可。士師之職，皆所以理民事者也。故叔師以爲"正其真是"。士本理官。《周礼》多以士師連稱。且自春秋至魏晉間，言多士都數以八，如高辛八元、高陽八愷、淮南八公，東漢尤多，八顏、八厨、八俊、八達，而和樂之士亦稱八能，叔師受時代影響，而亦稱八士師，當本之《論語》。或記憶偶誤，或自鑄新詞，皆无不可，斷不能以指八儒。其實王逸雜舉八人，固多事也。

仲尼

《九思·悼亂》"仲尼分困厄"。舊注"仲尼，聖人，而厄於陳蔡也"。《史記·孔子世家》"魯襄公二十二年，而孔子生，生而首上圩頂，故因名曰丘云，字仲尼，姓孔氏"。仲尼困厄事，舊注舉陳蔡是也。《史記》載之極詳。定公十四年，孔子年五十六，由大司寇攝行相事……齊人歸女樂，而孔子適衛，居十月去衛適陳，以……孔子狀類陽虎……（一）匡人拘孔子……定公卒。孔子適宋，適鄭……遂至陳，居陳三歲……去陳，過蒲……（二）蒲人止孔子……遂適衛……哀公三年，孔子年六十……在陳……明年自陳遷蔡……孔子遷于蔡，三歲吳伐陳，楚救陳，聞孔子在陳蔡之間，楚使人聘孔子。孔子用於楚，則陳蔡用事大夫危矣。於是（三）乃相與發徒，圍孔子於野，不得行，絕糧，從者病，莫能興。凡此皆孔子困厄之大者。詳《史記·世家》。後世撰《孔子年譜》皆羅列之，參《歷代人物年里碑傳綜表》孔丘下。

鄭詹尹

《卜居》"乃往見太卜鄭詹尹"。王逸注"工姓名也"。方苞《望溪文集·史記注補正》云"古卜筮之官，名詹尹，似有占驗符合之義"。按詹與占同。《文選》古詩"四五詹兔缺"。注"詹與占同，古字通"。則詹尹可能即占尹。按就文義論之，上言乃往見太卜，則太卜自是卜官，不當重出更曰占尹也。考下文云"詹尹曰"，"詹尹乃釋策而謝"，則叔師以爲工名者是也。考《穀梁》莊十七年"春，齊人執鄭詹……鄭詹，鄭之佞人也……秋，鄭詹自齊逃來，逃義曰逃"。則鄭詹尹，正是鄭人，名詹尹者也。然屈子所指，未必即《穀梁》所言。恐春秋戰國以來，鄭人善卜者，皆稱曰鄭詹尹爾。錢氏枚云"疑是鄭之詹氏尹于楚者"。《左傳》鄭有叔詹，亦一據。

和氏

《七諫·怨世》"悲楚人之和氏兮，獻寶玉以爲石。遇厲武之不察兮，羌兩足以畢斮"。又《謬諫》"和抱璞而泣血兮，安得良工而剖之"。《九懷·株昭》"瓦礫進寶兮，捐棄隨和"。《九歎·惜賢》"荆和氏之泣血"。皆同一事也。王逸注綜合諸家説以就《七諫》，洪引《新序》、《淮南子》、《琴操》諸家説，其事雖一，而所獻之王不同。洪據《史記·楚世家》武王卒，文王立；文王卒，子熊囏立，是爲杜敖；其弟弒杜敖以自立，是爲成王，則《淮南子》注爲是。《新序》説與朔同。按和氏獻璧事，亦見于《韓非子·和氏》篇，其所獻爲厲、武，與《七諫》全同，當爲朔所本，洪氏失引。其文云"楚人和氏，得玉璞楚山中，奉而獻之厲王。厲王使玉人相之，玉人曰石也，王以和爲誑而刖其左足⋯⋯武王即位⋯⋯復獻之，武王使玉人相之，又曰石也，王又⋯⋯而刖其右足⋯⋯文王即位，和乃抱其璞而哭于楚山之下，三日三夜，泣盡而繼之以血，王聞之，使人問其故⋯⋯和曰'吾非悲刖也，悲夫寶玉而題之以石，貞士而名之以誑，此吾所以悲也'。王乃使人理其璞，而得寶焉，遂命曰和氏之璧"云云。《墨子·耕柱》篇亦云"和氏之璧，隋侯之珠"。參獻寶玉、遇厲武句條。

荆和

《九歎·怨思》"破荆和以繼築"。王逸注"言破和氏之璧，以繼築杵"。荆和，即荆之和氏也。詳和氏條下。又《惜賢》"晋申生之離殃兮，荆和氏之泣血"同。

隋和

《九懷·株昭》"瓦礫進寶兮，捐棄隋和"。王无注。洪補云"隋侯之珠，和氏之璧"。按洪説是也。詳隋侯與和氏二條。

驅子僑

《九歎·惜賢》"驅子僑之犇走兮，申徒狄之赴淵"。王逸注"驅，馳也；子僑，王子僑也"。按下句言申徒狄三字皆名詞，此句驅字，不得爲動詞。且下已有犇走，與下句之有赴淵同其語法，申徒狄乃完整之人名，申字不得作動詞用，則驅字疑有誤。俞樾《俞樓雜纂》曰"愚按下文'晋申生之離殃兮，荆和氏之泣血。吴申胥之抉眼兮，王子比干之横廢'，皆兩人並舉，此亦當同之。王子僑與申徒狄，則不倫矣。驅字又無義，王注謂意欲驅馳待王子僑，隨之奔走，誠曲説也。驅子僑當爲人名，疑即舟之僑也。閔二年《左傳》號公敗犬戎于渭汭，舟之僑曰'無德而禄，殃也。殃將至矣'。遂奔晋。此即所謂舟之僑之奔走也。舟之僑爲驅子僑聲之誤耳。《左傳》豆區之區，僕區之區，《釋文》並音烏侯反，故得與舟音相混。若子與之，則更易混矣"。

師曠

《九歎·離世》"立師曠俾端詞兮"。王逸注"師曠，聖人也，字子壄，生無目，而善聽，當晋太公時。端，正也"。按《左傳》襄十四年，師曠侍於晋侯，晋侯問衞人出君（經云"己未，衞侯出奔齊"），師曠以"天之愛民甚矣，豈其使一人肆於民上，以從其淫，而棄天地之性？必不然矣"。《晋語》八載，晋平公説新聲，師曠論樂風諸端論之，足以爲端詞之徵矣。師曠，晋平公主樂大師，字子野（昭八年《左傳》，又襄十年杜注同），冀州南和人，生而无目（《莊子·駢拇》釋文），故自稱瞑臣（《逸周書·太子晉解》）。

伯牙

《七諫·謬諫》“伯牙之絶弦兮，無鍾子期而聽之”。王逸注“伯牙工鼓琴也。言鍾子期死，伯牙破琴絶弦，不肯復鼓，以世無知音也。言己不遇明君識忠直者，亦宜鉗口而不語言也”。又《九歎·愍命》“破伯牙之號鍾兮”，王逸注“號鍾，琴名。號，一作号”。按伯牙、鍾子期事最早見于《吕氏春秋》，《荀子·勸學》言之，“昔者伯牙鼓琴，而六馬仰秣”。《吕氏春秋·本味》“伯牙鼓琴，鍾子期聽之，方鼓琴，而志在泰山，鍾子期曰‘善哉乎鼓琴，巍巍乎若泰山’。……志在流水，鍾子期又曰‘善哉乎鼓琴，湯湯乎若流水’。鍾子期死，伯牙破琴絶絃，終身不復鼓琴，以爲世無足復爲鼓琴者也”。漢以後，推益其説，代有增益，如僞《列子》、僞《孔子家語》、《大周正樂》、《樂府解題》、《琴操》等皆言之。此説《荀子》、《吕覽》以前書无載之者，當起于戰國末葉。《楚辭》中惟漢賦家用之。伯牙事无可考，楊倞注《荀子》，但言古之善鼓琴者，亦不知何代人。清儒江都汪中《漢上琴臺銘》附《伯牙事蹟考》云“古籍載伯牙事，所連及者，《琴操》有成連、方子春，《吕氏春秋》有鍾子期，成連、方子春无所考。《吕氏春秋·本味》篇‘伯牙鼓琴，鍾子期聽之’。高誘注云‘伯姓，牙名，或作雅；鍾氏，期名，子皆通稱，悉楚人也’。又《精通篇》云‘鍾子期夜聞擊磬者而悲’。高誘注云‘鍾，姓也；子，通稱；期，名也，楚人鍾儀之族’。誘受學於盧尚書，立言不苟。其時故書雅記存者尚多，必有所本。期爲鍾儀之族，則是世官而宿業也。其知音也固宜。又鍾建亦爲樂尹，不知與期何别也。《荀子·勸學》篇‘伯牙鼓琴，而六馬仰秣’。楊倞注‘伯牙亦不知何代人’。今檢《史記·魏世家》昭釐王十一年，當秦昭王四十一年，昭王問左右，今日韓魏孰與始强如耳，魏齊孰與孟嘗、芒卯賢？中旗馮琴而對。中旗，《秦策》又作中期，而《韓非子·難勢》篇正作鍾期。以馮琴事準之，則爲鍾子期無疑也。昭之十年楚懷王入秦，二十九年，白起攻楚郢爲南郡。鍾期之自楚入秦，固有因也。然則伯牙爲楚懷、頃襄王時人明矣。《列子》與鄭子陽同時，而《湯問》亦載其事者，劉向謂《穆王》、《湯問》二篇迂誕恢怪，非君子之言，以今考之，正他書誤入之駁文也……"

鍾子期

《七諫·謬諫》"無鍾子期而聽之"。王逸注"鍾子期，識音者也。言鍾子期死，伯牙破琴絕絃，不肯復鼓，以世無知音也。言己不遇明君識忠直者，亦宜鉗口而不語言也"。按事詳《吕覽》。《家語》、《列子》諸書亦載之。詳伯牙條下。《春秋左氏傳》有"晋侯觀軍府，見鍾儀，問其族，曰伶人也。與之琴，操南音……"云云，不知是子期何等人，則鍾姓蓋世在伶官者矣。其得姓之由，亦當以擊鍾爲姓，如擊磬，則曰磬氏也。鍾即今鐘字。

鍾牙

《九歎·思古》"鍾牙已死，誰爲聲兮"。王逸注"鍾，鍾子期；牙，伯牙也。言二子曉音，今皆已死，無知音者，誰爲作善聲也。以言君不曉忠信，亦不可爲竭謀盡誠也"。詳伯牙、鍾子期二條。

赤松

《遠游》"聞赤松之清塵兮"。王逸注"想聽真人之徽美也"。洪興祖補注"《列仙傳》，赤松子神農時爲雨師，服水玉，教神農能入火自燒，至崑山上，常止西王母石室，隨風雨上下，炎帝少女追之，亦得仙俱去。

張良欲從赤松子遊，即此也"。又《惜誓》"赤松、王喬皆在旁"。王逸注"言遂至衆仙所居，而見赤松子與王喬也"。洪補"《淮南》云'王喬、赤松去塵埃之間，離群慝之紛，吸陰陽之和，食天地之精，蹀虛輕舉，乘雲游霧'。"又《哀時命》"與赤松而結友兮，比王喬而爲耦"。赤松事惟見漢人《列仙傳》，洪補已引之。《史記·留侯世家》亦云"留侯曰'願棄人間事，欲從赤松子游耳'。乃學辟穀，道引輕身"。《索隱》即節《列仙傳》文，无他説，則赤松之道乃求長生之術也。大抵戰國末，齊魯間神仙方士之流所爲附會傳説之人也。

王喬

《遠遊》"吾將從王喬而娛戲"。王逸注"上從真人，與戲娛也"。洪興祖補注"《列仙傳》'王子喬，周靈王太子晋也。好吹笙，作鳳鳴。游伊洛間，道士浮丘公接上嵩高山。三十餘年後，來於山上，見桓良曰"告我家，七月七日，待我緱氏山頭"。果乘白鵠住山巔。望之不得到，舉手謝時人，數日去。'《淮南》云'王喬、赤松去塵埃之間，離群慝之紛，吸陰陽之和，食天地之精，呼而出故，吸而求新，蹀虛輕舉，乘雲游霧，可謂養性矣'"。又《惜誓》"赤松、王喬皆在旁"。王逸注"言遂至衆仙所居，而見赤松子與王喬也。喬，一作僑"。洪補注引《淮南》同上。又《哀時命》"與赤松而結友兮，比王僑而爲耦"。王逸注"言己執守清潔，遂與二子爲群黨也"。又《九歎·遠遊》"譬若王僑之乘雲兮，載赤霄而凌太清"。王逸注"言己志意高大，上切於天，譬若仙人王僑乘浮雲"。按王子僑事，漢以後言者極多，皆至飄眇不可究理。大約戰國末期，逃死求生與失志不申者，多以爲羨欣之理想人生，漢人則以此以作遁逃之借口者耳。而詰者或以此亂惑人心。如王莽以殿中土山仙人掌旁白頭公青衣爲叔父子僑等。自《列仙傳》以後，歷世皆有新王子僑出現。王觀國《學林》卷四已駁靈王太子晋之説。又引《後漢書·王喬傳》"姓王名喬也，既曰河東人也"。又言近世有《王氏神仙傳》言得仙之"王喬凡三人"、"今渾州醴陵縣東有王喬仙觀"等，已發其隱。楊慎、王元美定王僑有二。胡元端《玉壺遐覽》別考得三人，周嬰《巵言》八考之尤悉。或又曰伯喬，見《大人賦》。或又言王子乃晉爲王子，王非姓，喬當是晉別名。又或言葉令王喬與仙人王喬是二人。千奇百怪，皆神仙污枉之説，不足信。喬字又作僑。叔師但言"古之真人象仙"，蓋其慎也。洪補引《列仙傳》説之，"子政多習往故，所説何有所本"。然先秦書无具體言之者，屈賦只見于《遠遊》，故无詳考之必要，學者參王觀國《學林》與周氏《巵言》、《後漢·方術傳·王喬》。又《九歎》別有驅子喬，即舟之僑，別詳。

王子

《遠遊》"見王子而宿之兮"。王逸注"屯車留止，遇子喬也"。參王喬條。

由

《九歎·惜賢》"若由夷之純美兮，介子推之隱山"。王逸注"由，許由也。言己又有清高之行如許由，堯讓以天下辭而不肯受"云云。許由讓王事，戰國諸家多傳之，而《莊子》言之尤悉。堯讓天下于許由，由不受（非虚讓也），故娛于潁陽（見《讓王》、《盜跖》兩篇）。《逍遙遊》"堯讓天下於許由……許由曰'子治天下，天下既已治也，而我猶代子，吾將爲名乎？名者，實之賓也，吾將爲賓乎？鷦鷯巢于深林，不過一枝，偃鼠飲河，不過滿腹，歸休乎君，予无所用天下爲'"云云。《國策·趙策》亦載此事。《路史·後記》四《餘論》有《評由》篇，《困學紀聞》亦有論列，《高士傳》輯其事最詳。

務光

《哀時命》"務光自投於深淵兮，不獲世之塵垢"。王逸注"務光古清白之士也，言古有賢士務光，憎惡濁世，言不見從，自投深淵而死，不爲讒佞所塵汙，己慕其行也"。按務光讓國事，《莊子》言之最詳。《讓王篇》曰"舜以天下讓其友北人无擇……（无擇）因自投清泠之淵……湯遂與伊尹謀伐桀剋之，以讓卞隨……卞隨乃自投稠水而死。湯又讓瞀光（即務光）曰'智者謀之，武者遂之，仁者居之，古之道也，吾子胡不立乎？'瞀光辭曰'廢上非義也，殺民非仁也。人犯其難，我享其利，非廉也。吾聞之曰非其義者不受其禄，无道之世不踐基，況尊我乎？吾不忍久見也'。乃負石而自沉于廬水"。則光之自沉，以讓天下爲汙己，非爲言不見從，自投深淵，免爲讒佞所污也。叔師申説，殊背文義，當從莊生所言。務可作瞀，見上。又作牟，《荀子·成相》讓卞隨，舉牟光是也。

接輿

《九章·涉江》"接輿髡首兮，桑扈臝行"。王逸注"接輿，楚狂接輿也。髡，剔也。首，頭也。自刑身體，避世不仕也"。洪興祖補注"《論語》曰'楚狂接輿歌而過孔子'。楊子曰'狂接輿之被其髮也'。髡，音坤，去髮也"。朱注"接輿，楚狂也。被髮佯狂，後乃自髡"。按接輿又見《論語》。歷世爲傳疏者，言之至多，大體爭其姓氏，无甚味也（參徐文靖《管城碩記》、劉寶楠《論語正義》）。凌揚藻《蠡勺編》卷三十五有接輿楚狂之名一篇。顧麟士云"接輿必是不知姓名，因其迎車而歌，彊名之以記其人。王草堂謂《論語》只云楚狂，其名氏原不傳。又云，自莊子以接輿爲名，又稱爲狂接輿。演其歌詞，至二十八句，多不用韻，此何足信。閻氏《釋地》、江氏《圖考》皆遵用之"。姜樟圃曰"《莊子》三十三篇，以内七篇爲主，先儒稱莊子手定之文。接輿之名，一見《逍遥遊》，有肩吾問于連叔曰'吾聞之于接輿'等語；再見于《人間世》，有孔子適楚，狂接輿游其門曰'鳳兮鳳兮'等辭；三見于《應帝王》，有'肩吾見狂接輿'及接輿曰'是欺德也'等語，均在内篇。若以《論語》六句，莊子演之爲疑，莊子楚人，記之宜詳，孔子聞歌，略紀大概。亦情勢之自然者。且二十八句，何嘗不用韻乎？況以接輿爲人名，不獨《莊子》，亦不始《莊子》，《楚辭·涉江》'接輿髡首兮，桑扈臝行。伍子逢殃兮，比干菹醢'。《戰國策》范雎説秦昭王曰，箕子接輿，漆身而爲厲，被髮而狂，以干殷楚。夫范雎魏人，以接輿、箕子並數于秦廷，屈子以接輿、桑扈、伍子、比干援爲同侶，是天下皆知接輿之名也。莊不足信，豈《國策》、《楚辭》亦皆不足信邪！至皇甫士安《高士傳》又謂接輿姓陸名通，抑知自齊宣王封少子季達于平陸，其後以陸爲氏，當接輿時無陸姓也"。按姜氏所説，雖仍以辯姓氏爲主，而徵引材料較全，故用之。

惟接輿在我國諸子中，傳説亦至重要，且爲楚人，又三見《莊子》書，一見屈賦，又見《國策》、《荀子》等書，似不容不辯。梁玉繩《人表考》曰"案《評林》載明胡纘宗謂接輿是與夫子之輿相接，妄也。《莊子·逍遥遊》、《人間世》、《應帝王》、《戰國·秦策》、《荀子·堯問》、《楚辭·涉江》、《韓詩外傳》、《史記·鄒陽傳》、《法言》并稱接輿，胡孝思豈俱未寓目乎？乃近時有仍其説者，謂前云楚狂接輿，後云孔子下，有輿字在前，不復用車字，見《論語》書法之妙。《莊子》以爲名不足信，見閻氏《四書釋地之續》。毛氏奇齡《西河集·答柴陛升論子貢弟子書》亦謂接輿與'孔子下'爲文，不是人名"。按，徐文靖《管城碩記》亦同此義，且云"接輿猶荷蕢，非楚狂字也。蓋是時楚狂趨避，焉知其字哉"云云，亦不可從。錢塘馮景《解春集》又謂"接其姓，輿其名，引齊有接子爲證，余皆未敢然之"云云，引《莊》、《策》、《荀》、《韓》以證接輿非接孔子之輿，于義爲得，與姜説合參，思過半矣。惟《楚辭》言髡首事，尚無確證。

韓衆

《遠遊》"羨韓衆之得一"。王逸注"喻古先聖獲道純也"。洪興祖補注"《列仙傳》，齊人韓終，爲王採藥，不肯服，終自服之，遂得仙也"。又《七諫·自悲》"見韓衆而宿之兮，聞天道之所在"。王逸注"韓衆，仙人也。衆，一作終"。按韓衆只此二見，古籍无言之者。《遠遊》在屈子全部作品中較突梧，則其所載多後世遺亡者矣，不足異也。《史記·始皇本紀》云"始皇使韓終、侯公、石生求仙人不死藥"。又云"韓衆去不報"。是果一韓衆歟？則信能長生不死矣。衆蓋古之仙者，《本紀》所載必迂怪之士，因始皇好神仙，而假托其名，以肆欺誕耳，未必屈原所指之韓衆也。若《列仙傳》載韓衆乘白鹿，從玉女，則意好事者所傅會，不足爲據（本鄭瑗《井觀瑣言》卷二）。

兩男子

《天問》"勳期去斯，得兩男子"。王逸注"古公有少子曰王季，而生聖子文王，古公欲立王季，令天命及文王，長子太伯及弟仲雍去而之吳，吳立以爲君。誰與期會，而得兩男子。兩男子謂太伯、仲雍也"。餘詳"吳獲迄古，南嶽是止"四句一條。

孫陽

《七諫·怨世》"驥躊躇於弊輦兮，遇孫陽而得代"。王逸注"孫陽，伯樂姓名也。言衆人不識騏驥，以駕敗車，則不肯進，遇伯樂知其才力，以車代之，則至千里，流名德也。以言俗人不識己志，亦將遇明君，建道流，垂功業也"。按孫陽即伯樂，見《莊子·馬蹄》篇，《釋文》云"伯樂姓孫，名陽，善馭馬。石氏《星經》云伯樂，天星名，主典天馬，孫陽善馭，故以爲名”云云，戰國以前書，不見此説，疑漢人新説也。
參伯樂條。

伯樂

《九章·懷沙》“伯樂既没，驥焉程兮”。王逸注“伯樂，善相馬也。
程，量也。言騏驥不遇伯樂，則無所程量其才力也。以言賢臣不遇明君，
則無所施其智能也。《史記》没作歾，焉上有將字”。洪補曰“《戰國策》
云‘昔騏驥駕鹽車，上吳坂，遷延負轅，而不能進，遭伯樂，仰而鳴
之，知伯樂之知己也’。《淮南子》曰‘造父不能爲伯樂’。注云‘伯樂
善相馬，事秦穆公’。又王逸云‘孫陽，伯樂姓名’。而張晏云‘王良字
伯樂’非也。王良善馭，事趙簡子”。《九辯》“無伯樂之善相兮”。按
《韓非·説林下》載伯樂相馬，之趙簡子厩。又言“伯樂教其所憎者相
千里之馬”。其他已見《顯學》。《韓非》又善言王良、造父故事，見王
良、造父兩條。皆顯分伯樂、王良、造父爲三人。至《莊子》乃言伯樂
不善治馬，見《馬蹄篇》，其言最詳。“馬蹄可以踐霜雪，毛可以禦風
寒，齕草飲水，翹足而陸，此馬之真性也。雖有義臺路寢，无所用之。
及至伯樂曰，我善治馬，燒之，剔之，刻之，雒之，連之以羈馽，編之
以皁棧，馬之死者十二三矣”。……又曰“夫馬陸居則食草飲水，喜則
交頸相靡，怒則分背相踶，馬知已此矣。夫加之以衡扼，齊之以月題，
而馬知介倪，闉扼鷙曼，詭銜竊轡，故馬之知而態至盜者，伯樂之罪
也”。此言其治馬、而未言御馬。至《左傳》杜預注，乃以伯樂與王良
混爲一人。至于伯樂之時代，則韓子以爲趙簡子時人，《列子》載伯樂
與秦穆公言相馬之術。戰國以前書，《吕覽》、《荀子》或以爲周穆王時
人，或以爲秦穆時人。《吕覽·觀表》“趙之王良，秦之伯樂”。按伯樂
蓋古善相馬治馬者之號，猶羿爲善射者之號，而堯時羿，夏時羿，皆可
用也。《莊子釋文》以爲姓孫，名陽，不知所據。《左氏傳》“以爲晋炎
鄔無卹，字伯樂”。則又與王良相混。屈賦凡兩用伯樂，皆言其相馬，

不言其治馬，御馬也。《呂氏春秋·精通》"伯樂學相馬，所見無非馬者"。蓋即此也。世傳《伯樂相馬經》，漢以後人爲之也。

造父

《九章·思美人》"造公爲我操之"。王逸注"御民以道，須明君也"。《史記·秦本紀》"（秦之先）造父，以善御幸於周繆王，得驥、温驪、驊騮、騄耳之駟，西巡狩，樂而忘歸"。父，音甫。操，七刀切。《穆天子傳》曰"天子命駕八駿之乘，右服華騮，而左綠耳；右驂赤驥，而左白義，天子主車，造父爲御"。《呂覽》"不得造父之道，而徒得其威，無益於御"。大略起于戰國末期。故《荀子》（《王霸》、《儒效》、《議兵》）、《韓非子》（《説林》、《喻老》）等言之最多，戰國以前則少見，而多見漢人書。《淮南·覽冥訓》言之爲悉，曰"聖人之治，猶造父之御"。又曰"王良造父之御也，上車攝轡……投足調均，勞逸若一"。又曰"戎翟之馬，皆可以馳驅，或近或遠，唯造父能盡其力"。《呂覽》、《穆傳》皆三晉人書，屈子、劉安皆南楚之族，則此詞大約爲三晉南楚之傳也。《水經·河水四注》"武王伐紂，天下既定，放馬華陽，散牛桃林，其中多野馬，造父于此得驊騮、綠耳、盜驪之乘，以獻周穆王，使之馭以見西王母"。此《史記·趙世家》文，則造父在周穆王時，餘皆漢人增屢之言也。參王良、伯樂兩條。

王良

《七諫·謬諫》"誠無王良之善馭"。洪興祖補云"許慎云，王良，晋大夫御無恤子良也（伯樂亦字郵無邮），所謂御良也。一名孫無政（伯樂亦姓孫名陽），爲趙簡子御，死而託精於天駟星"。洪所引許慎説見《呂覽·嗇分篇》。按王良事蹟，除洪引許説外，又見《孟子》。趙簡子御"王良"。《荀子·正論》"王梁、造父者，天下之善馭者也"。《淮南子·覽冥訓》言之最詳，云"王良，造父之御也，上車攝轡……投足調勻，勞逸若一……世皆以爲巧，然未見其貴者也"。此皆漢人説，此外則荀卿、韓非、吕不韋書與《國策》皆言之。而戰國以前書，惟見《左氏傳》。參伯樂、造父兩條。良字又作梁，見上引《荀子·正論》。

蒯聵

《九歎·思古》"蒯聵登於清府兮"。王逸注"蒯聵，衛靈公太子也。不順其親，欲害其後母。清府，猶清廟也。言使蒯聵無義之人，登於清廟，而執綱紀，放棄聖人咎繇於外野，政必亂，身必危殆也"。按烏獲與蒯聵四句，言武士貴盛，而賢臣見輕也。王注未允。王念孫《讀書雜志》云"烏獲戚而驂乘兮，燕公操於馬圉。蒯聵登於清府兮，咎繇棄而在樊。王注云'燕公，邵公也，封於燕，故曰燕公也。蒯聵，衛靈公太子也'。念孫案，邵公、咎繇皆古之賢臣，而衛蒯聵與烏獲行不相類。蒯聵謂趙之蒯聵也。《史記·太史公自序》曰'司馬氏在趙者以傳劍論顯，蒯聵其後也'。《漢書·司馬遷傳》與此同。如淳曰'《刺客傳》之蒯聵也'。《淮南·主術》篇曰'故握劍鋒以今本此下脱一字，下雖字譌作離。雖北宮子司馬蒯蕢不便應敵。蕢與聵通，高注曰，司馬蒯蕢，在趙以善擊劍聞。操其觚，招其末，則庸人能以制勝，今使烏獲、藉蕃從後牽牛尾，尾絶而不從者，逆也。若指之桑條，以貫其鼻，則五尺童子牽而周四海者，順也'。然則趙之蒯聵以傳劍聞，故與烏獲並舉之，《淮南》稱北宮子蒯聵，而并及於烏獲、藉蕃，可以互證矣。自烏獲以下四句，皆謂貴武士而賤賢臣也"。

九旬

《九思·怨上》"進惡兮九旬，復顧兮彭務"。舊注"紂爲九旬之飲，而不聽政。惡，一作思。進惡，一作集慕。九旬，一作仇旬。一注云，紂爲長夜之飲。復，一作退”。洪興祖補注“仇荀，謂仇牧、荀息”。按孫詒讓《札迻》卷十二曰“案此文當從別本，惡作思，九旬作仇荀，即仇牧、荀息，與下句彭務爲彭咸、務光，正相對，故下文總承之曰二蹤也。復當作彶，彶退古今字，故一本作退，退與進，文亦正相對，以進退無主，故下承之云未知所投也。尋文究義，不當如今本甚明。《九思》爲王逸自作，注不知何人所補，疑出魏晋以後，此釋九旬爲紂爲九旬之飲，蓋所據已是誤本，洪興祖疑注爲叔師子延壽所作，則不宜有此巨謬，殆不然矣”。按孫説極允。

烏獲

《九歎·思古》“烏獲戚而驂乘兮”。王逸注“烏獲，多力士也。言與多力烏獲同車驂乘，令仁賢邵公，執役養馬，失其宜也”。洪興祖補云“《孟子》曰‘舉烏獲之任’。許慎云‘秦武王之力士’”。按烏獲除洪氏引《孟子》外，戰國以前書，尚見于《荀子·富國》及《秦策》、《燕策》。《富國》篇云“上下一心，三軍同力……譬之是猶烏獲與焦僥搏也”。楊倞注“烏獲，秦之力人，舉千鈞者；焦僥，短人，長三尺者”。《世紀》載烏獲于洛陽舉周鼎，兩目出血，《孟子疏》引。“舉千鈞之重，行年八十而求抉扶”（《燕策》）。又《吕覽·重己》“使烏獲疾引牛尾，尾絶，力勯而牛不可逆也”。高誘注“烏獲，秦武王力士也，能舉千鈞”。

督萬

《九思》“督萬兮侍宴”。舊注“華督、宋萬二人，宋大夫，皆弑其君者也”。宋萬，別詳宋萬條。華督，《史記·宋微子世家》“宋殤公九年，大司馬孔父嘉妻好，出道，遇太宰華督，督説，目而觀之。督利孔父妻，乃使人宣言國中曰，殤公即位十年耳而十一戰，民苦不堪，皆孔父爲之，我且殺孔父，以寧民……十年，華督攻殺孔父，取其妻。殤公怒，遂弒殤公，而……立莊公，華督爲相……"湣公立，華督为宋萬所殺。《集解》引服虔曰"督戴公之孫"。

慶忌

《九歎·愍命》"慶忌囚於阱室兮"。王逸注"慶忌，吳之公子，勇而有力。阱，深陷也"。洪補云"《淮南》云'王子慶忌，死於劍'。注云'吳王僚之弟子闔閭殺僚，慶忌勇健，亡在鄭，闔閭畏之，使要離刺慶忌也'"。慶忌事見《吳越春秋》卷四《闔閭內傳》二年，大意謂闔閭憂慶忌在鄰國，伍子胥獻勇士要離，離請殺之。吳王曰，慶忌之勇，世所聞也，筋骨果勁，萬人莫當，走追奔獸，手接飛鳥，骨騰肉飛，拊膝數百里。吾嘗追之於江，馴馬馳不及，射之闇接，矢不可中……云云。愍命言關於阱室，言勇士被囚，與陳不占怯夫而赴圍對舉也。

忌

《九思·逢尤》"忌嚵嚵兮郢吳虛"。舊注"忌，楚大夫費無忌，佞偽惑其君，而敗二國，空虛郢楚都也"。按費無忌即費无極（《楚世家》、《子胥傳》、《呂覽·慎行》）。《左傳》昭十五年"楚費无極害朝吳之在蔡也，欲去之，乃謂之曰'王唯信子，故處子於蔡。子亦長矣，而在下位，辱，必求之，吾助子請'。又謂其上之人曰'王唯信吳，故處諸蔡，二三子莫之如也，而在其上，不亦難乎？弗圖，必及于難'。夏，蔡人逐朝吳，朝吳出奔鄭。王怒曰'余唯信吳，故寘諸蔡。且微吳，吾不及此，女何故去之？'无極對曰'臣豈不欲吳？然而前知其爲人之異也。吳在蔡，蔡必速飛。去吳，所以翦其翼也'"。至昭廿七年，令尹子常乃殺之。餘詳《楚世家》、《子胥傳》、《吳越春秋》又載无忌害郤宛事，參伯嚭條。

宋萬

《九歎·愍命》"戚宋萬於兩楹兮"。王逸注"宋萬，宋閔公之臣也，與閔公博，爭道，以手搏之，絕其脰"。按《史記·宋微子世家》"湣公十年夏，宋伐魯，戰於乘丘，魯生虜宋南宮萬。宋人請萬，萬歸宋。十一年秋，湣公與南宮萬獵，因博，爭行，湣公怒，辱之曰'始吾敬若，今若魯虜也'。萬有力，病此言，遂以局殺湣公于蒙澤……乃更立公子游爲君"……冬，諸公子共擊弒新君游，而立湣公弟禦説，是爲桓公。宋萬奔陳。宋人請以賂陳，陳人使婦人飲之醇酒。以革裹之歸宋，宋人醢萬也"。《集解》引賈逵曰"南宮氏，萬名，宋卿"。

安期

《九思·傷時》"從安期兮蓬萊"。舊注"蓬萊，海中山名也。安期生，仙人名也。言欲往求仙也"。皇甫士安《高士傳》引《列仙傳》曰"安期先生者，瑯玡人，受學河上丈人，賣藥海邊，老而不仕，時人謂之千歲公。秦始皇東游，請與語，三夜，賜金碧值數千萬。出置阜鄉亭而去，赤玉舄爲報，留書與始皇曰'後數十年，求我於蓬萊山下'。及秦敗，安期先生與其友蒯通往見項羽，羽欲封之，卒不肯受"云云。始皇欲求長生，此必有之事。帝王驕淫，享盡榮樂，必將求所以永其年，以臨辱萬民者，秦皇、漢武乃至梁武，皆莫不然，後世遂以神仙之説附之。

方外

《遠遊》"指炎神而直馳兮，吾將往乎南疑。覽方外之荒忽兮，沛罔象而自浮"。按方外一詞，亦見于《莊子·大宗師》"孔子曰，彼遊方之

外者也"。《疏》"方，區域也。彼不爲教跡所拘，故遊心寰宇之外"云，
此就心理現象立言，爲後世出世僧道之士所由，惟此言方外，則直以爲
區域之外也。楚在南疑之北，炎神所在之地，楚視之爲方外，則方外猶
言楚一方國之外也。楚南爲大海，故曰方外荒忽，王逸注此爲"遂究率
土，窮海嵎也"。又緣下句"沛罔象"而釋之曰"水與天合"，蓋得詩人
之旨矣。此方外，如《漢書·路温舒傳》之"暴骨方外，以盡臣節"，
同義。

惟屈宋賦内外字之用，十九指内心精神之境界言，分詳内外兩條。
故古今釋此者，遂有直以僧道之義爲説，蓋有由來。然《招魂》云"幸
而得脱，其外曠宇些"，王逸注"言從雷淵雖得免脱，其外復有曠遠之
野，無人之土也"。則屈子亦以外指方域言矣（惟與外對言之内字，屈
宋文中皆以内爲心理内在之熟語。參内字一條自明。故屈宋无不以内指
人心之狀態言者，則内之義直屈子一系之特殊用語）。亦无以内指事物
之内質言者，與外字之用異趣，而在北土諸家則皆不以爲心理内在之
義云。

鄒衍

《九思·悼亂》"鄒衍兮幽囚"。舊注云"鄒衍，賢人，而爲佞邪所
攝，齊遂執之"。按《漢書·藝文志》陰陽家《鄒子》四十九篇。班注
云"名衍，齊人，爲燕昭王師，居稷下，号談天衍"。《史記·燕世家》
"昭王卑身厚幣，以招賢者……樂毅自魏往，鄒衍自齊往……"《史記·
孟荀列傳》"齊有三鄒子，其前鄒忌……其次鄒衍……鄒奭"。又云鄒衍
至梁，梁惠王郊迎；適趙，平原君側行撇席；至燕，燕昭王擁篲先驅。
至舊注以幽囚爲"齊遂執之"。按《御覽》十四引《淮南》云"鄒衍事
燕惠王盡忠，左右譖之王，王繫之獄，仰天哭，夏五月，天爲之下霜"
云云，當指此。

陳不占

《九歎·愍命》"陳不占戰而赴圍"。王逸注"陳不占，齊臣，有義而怯，聞其君戰，將赴之。飯則失匕，上車失軾。既至，聞鐘鼓之聲，因怖而死。言乃囚勇猛之士，若吳慶忌於阱陷之中，使陳不占赴圍而戰，軍必敗也。以言君用臣顛倒，失其人也"。按《御覽》四百九十九引《韓詩外傳》曰"崔杼殺莊公。陳不占東觀漁者，聞君有難，將往死之，湌則失哺，上車失軾，僕曰'敵在數百里外，今食則失哺，上車失軾。雖往，其有益乎？'陳不占曰'死君，義也；無勇，私也'。遂驅車，比至門，聞鐘鼓之音、鬭戰之聲，遂駭而薨，君子聞之曰'陳不占可謂志士矣。無勇而能行義，天下鮮矣'"。其事又見《新序·義勇》，所陳事與《韓詩》同，按《愍命》此文，不以義勇論陳氏，與《新序》殊方，蓋此但言用舍之不當。慶忌當用于戰爭，而在阱室；陳不占无勇而有義，乃使戰而赴圍也。

高陽

《楚辭》四見，其義皆顓頊有天下之號。《離騷》"帝高陽之苗裔兮，朕皇考曰伯庸"。王逸以爲"屈原自道本與君同祖，俱出顓頊"。劉向《九歎·逢紛》曰"伊伯庸之末胄兮，諒皇直之屈原。云余肇祖于高陽兮，惟楚懷之嬋連"。又《遠遊》"高陽邈以遠兮"。此三處皆因叙屈子身世而遠及始祖。《七諫·怨世》"高陽無故而委塵兮"。則泛言古聖賢也。高陽爲楚之先世，事見《史記》、《世本》等書。王逸注引之極悉，兹參合諸書，述之如下。

儒書言高陽，顓頊有天下之號，佐少昊有功，受封于高陽，蓋始封于帝丘（王應麟《地理通釋》自注），後乃徙高陽（《通鑑外紀》故城在汴州雍丘縣。帝丘即商丘，見《寰宇記》），亦即《續漢書·郡國志》

之濮陽，于周爲衛國也。《左傳》昭十七年"衛，顓頊之墟也"。杜預注"（帝丘，昆吾氏因之，故曰昆吾之墟）其城内有顓頊冢"是也。儒説大體皆就黄河流域以定古帝宅京，其實恐未必如是。考顓頊乃南楚所奉之至上神，亦即南楚民族之地方神，其加入黄帝、堯、舜世系，可能爲楚人强大以後之事，則當在春秋中葉以後。大體中土堯舜以前之帝王，往往因地方部族加入中原體系，而有所增益。高陽之爲南楚大神，吾人得以下列諸事證之。

（一）抗戰中，在長沙東郊杜家坡戰國墓出土繪帛書。

日故川羴霏堇出白火需亿干躃

據諸家考釋此文，可釋曰故☒能（熊）電虘（祖）出自喘（顓）需（項）居于敲☒。此文大意，謂熊電，其祖出自顓需，居于敲。下文言顓需有四孫，各分巡四方，并掌四季，以成一年，經過千年，始生日月與帝夋。此時九州交通斷決，天下動摇，青、黄、赤、白、黑五木之精炎帝，遂命祝融定居四神，命帝夋運行日月，于是而四時調和。此爲戰國楚人所書，未曾爲後世篡亂之第一手材料。此文與《史記·五帝紀》、《離騷》等所言皆同。而出自民間習用之歲時災祥乞佑之書，必爲民間習傳之民族來源舊説無疑。其義推至日月未生之時，其説且較《史》、《騷》爲詳審。則其足以爲一民族之宗神，蓋無可疑。

（二）《史記·五帝紀》所載顓頊傳記，只一百一十字，除首尾叙生卒、子嗣三十九字外，其中七十一字，皆羌無故實，然讀下文，實有可得而疏説之者，曰"靜淵以有謀，疏通而知事，養材以任地，載時以象天，依鬼神以制義，治氣以教化，絜誠以祭祀……動静之物，大小之神，日月所照，莫不砥屬"。此其氣象，較《堯典》大不相似。《堯典》以人倫立言，此則儼然天神之氣象也。其中尤以"任地"、"象天"、"依鬼神"、"治氣"、"祭祀"諸詞及"動静之物，大小之神，日月所照，莫不砥屬"諸語，言之最爲神祕，確有至上神風味，其必不爲人王（前此之神農、伏義、黄帝等无一帝能有顓頊神通），可以斷言。他書所載顓頊事，又皆无可徵實，禮家祖祭之説（見《魯語上》），亦不能信其必有（甲文金文中皆无之），則其以至上神之身份，而加入中土古史，必無可疑。且顓頊一名，至爲難解，此則當属于方域性之語詞，而爲擬摹雙音節之方音，亦无可疑；其不爲外來術語，亦无可疑；必不爲北土恒言，亦無可疑；則其必不爲黄河流域以北之民族用語，亦无可疑。若安排在南土，則既有長沙繒帛可證，且又合于下列諸情實，故顓頊之爲南方至上神，而後加入堯舜系統之言，不爲虛構矣。請更端再證之（帝嚳似北土至上神，因與此无關，故不論）。

（三）次則顓頊與楚之人先祝融之關係最密。顓頊、祝融、陸終、燭龍、重等名號皆聲音可相通轉之詞，蓋皆源于一也。《左傳》謂顓頊有子曰犁，爲祝融。《史記·楚世家》以爲顓頊之曾孫曰重黎，爲火正；弟吳回，亦爲祝融。合以《吕覽·孟夏紀》、《國語·周語》、《竹書紀年》、《管子·五行》，祝融乃南方主火之神（参祝融條下），南方本近赤道，當有神主之，《山海經》稱之曰“燭龍”，楚人自稱之曰陸終，或曰祝融，爲其人先，是爲楚之宗神。至顓頊一生最重要事蹟，莫若“命重黎絕地通天”，則顓頊者乃使命祝融之天神，或爲一族之宗教主。故即爲一方之主神，其與祝融之關係，當即《吕覽》、《月令》合諸書所謂“東方之神其帝曰某某，其神曰某某”是也。試以《吕覽》、《月令》説之，則和稱曰“其日丙丁，其帝炎帝，其神祝融”（其詳参祝融條下）。顓頊之宜爲南土至上神，似已無可疑。至此吾人可依儒家神祭之例，而爲之説曰，楚人禘高陽而祖陸終。然其向人王轉化之跡，則有三事。

（四）顓頊又曰高陽。《索隱》引宋衷謂顓頊名，高陽有天下之號，張晏則以高陽爲所興之地，其實一也。而張説爲最具體，古史蓋亦如是。顓頊之義不明，則以所興之地名之。中土地名之源，多以山水系統爲據，而以陰陽高下左右南北東西諸字狀之。高陽之名，似甚虛懸，姑就古説以推論之。

古説顓頊佐少昊有功，受封于高陽，論者謂蓋始封于帝丘（皇甫謐説），後乃徙高陽（《通鑑外紀》），注家以爲故城在汴州雍丘縣，帝丘即商丘（《寰宇記》），亦即《續漢書·郡國志》之濮陽（皇甫謐曰，帝丘今東郡濮陽是也）。于周爲衛地。《春秋左氏傳》云“衛，顓頊之墟”。杜預注“（帝丘，昆吾氏因之，故曰昆吾之墟）其城内有顓頊冢”。然古書于此，其説至紛雜，王應麟《通鑑地理通釋》引《郡縣志》“高陽故城在汴州雍丘縣西南二十九里”。自注云“顓頊佐少昊有功，受封於此”。《通鑑外紀》“顓頊都衛，故稱帝丘，後徙高陽，稱高陽氏”。則高陽在河南杞縣西南，則自濮陽南徙雍丘矣。然高陽之名，史所載至多。《地理志》“徐水出北平東，至高陽入于博”。又曰“博水自望都東至高陽，入于河”。《水經》渭水有高陽原（《長安志》高陽原在長安西南二十里）。《水經》濟水有高陽亭，韓城亦有高陽宮。此等稱名，去帝丘、雍丘至遠，去楚更遠，且不論。即在雍丘南，陳留亦有高陽。《水經注》睢水所謂“睢水又東逕高陽故亭北”者，即《續漢志》之“圉有高陽亭”也，俗謂之陳留北城。蘇林曰“高陽者，陳留北城也”。考《高祖紀》“（沛公）西過高陽”。文穎曰“聚邑名也。屬陳留圉縣”。臣瓚曰“《陳留傳》在雍丘西南”。又《史記·酈生傳》“陳留，高陽人”。徐廣曰“今在圉縣”。《索隱》引《故耆舊傳》“食其，高陽鄉人”。是高陽者，鄉聚之名，屬圉，圉在陳留南。此亦當是高陽故地，至漢以降爲聚落。故《寰宇記》于雍丘開封，並載高陽城也。雖然，雍丘、陳留皆屬楚望，則高陽本爲南土至上神，而轉化爲南土之人王，此自宅京而可知者也。

（五）今奉節、江陵之間，亦有高陽地名，且與楚先人故陵爲一地，此亦可證知高陽一名之移置于南土。此亦當爲楚族歷史之一大事。凡一民族之遷徙，往往以舊地或重要之宗族長以名新地，或新人，此自古史之一常例。顓頊之爲高陽，故楚望之内，亦有高陽之名。按《水經·江水注一》云“又江水又東右合陽元水，水出陽口縣西南，高陽山東”。楊守敬云“縣在今奉節西南，注言高陽山在西南，則亦在奉節西南”。《水經》又云“丙水發縣東南柏枝山……其水北流，入高陽溪，溪水又東北流注于江，謂之陽元口”。則陽元水即高陽溪之水，入江之處名陽元。陽亦即高陽也（即今奉節之老馬溪）。吾雖不欲即證此高陽即顓頊之墟，然固楚之先人傳說所最重要之一據也。不僅此也，奉節左右即楚先人叢葬之所。又丹陽熊繹始封之居，亦在此地。

按《水經注》江水又逕魚復縣之故陵（魚復之名，《水經注》以爲"魚至佳且多"，恐非，此當即《大荒北經》互人國之魚婦也，詳下）。舊郡治故陵溪西二里，故陵村，又東爲落牛灘，逕故陵北，江側有六大墳。庾仲雍曰"楚都丹陽所葬"。楊守敬云"後漢興平時，因以魚復爲故陵郡。據酈說，則郡本治此。及改郡爲巴東，則治白帝，故以此爲舊郡也。溪村皆在今奉節縣西"。又《水經·江水二》云"又江水東過秭歸縣之南"。注"又東逕一城北，其城枕江北對，據山跨阜，周八里……信天固也。楚子熊繹始封丹陽之所都也……又楚之先王陵墓在其間"。熊會貞《水經注參疏》曰"又《括地志》熊繹墓在歸州秭歸縣，又《劍南詩藁》歸州光孝寺後，有楚冢，近歲或發之，得寶玉劍佩之類"。熊氏所引得劍佩，余雖未見，必不欺人。則奉節、江陵之間，爲楚先人東來第一發祥之地，而有此等虛跡，則高陽已轉化爲南土人先，自宅京及其流衍而可知。此蓋楚族歷史上之一大事。而依民習之慣性，流遺於楚地者也。

（六）高陽降生若水，爲崑崙山麓民族説。雖然熊繹而後之楚地，固足以明高陽與楚關係，因而得定顓頊爲南土至上神，然其遷移之根據，又何在？此吾人所不可忽者也。此事與屈賦之關係至大，《離騷》兩上崑崙，而每上必對故鄉故宇而生悲感。《離騷》非純浪漫寫法，每事必有其至深之含義，蓋崑崙爲顓頊降生發祥之所，故憬憧如是也。請得一二證之。

按《山海經·海內經》"流沙之東，黑水之西，有司彘之國，黃帝妻雷祖生昌意，昌意降居若水，生韓流，韓流擢首謹耳（郭注，擢首，長咽；謹耳，未聞），人面豕喙，麟身渠股（郭注，渠，車輞，言駢腳也），豚止（郭注，止，足），取淖子曰阿女，生帝顓頊"。按此傳說，與諸北地書大同而小異。"昌意降處若水"與《帝繫篇》同，若水者，

《水經》曰"若水出蜀郡旄牛徼外，東南至故關爲若水也"。《後漢書注》"瀘水一名若水，出旄牛徼外"。按即今鴉龍江也，源出西番裏塘，城西北匝，巴顔喀拉山東，南流直清溪縣西南，至今會理南，入金沙江。經言昌意降若水，《史記》同。《索隱》"降，下也。言帝子爲諸侯，降居若水在蜀，即所封國也"。經言生韓流，按《竹書》云"昌意降居若水，産帝乾荒"。乾荒，即韓流也，字形近之譌。經言韓流取淖子曰阿女，生帝顓頊，郭注云"《世本》云，顓頊母濁山氏女之子，名昌僕"。按《史記·五帝紀》及《大戴禮·帝繫篇》皆云昌意娶于蜀山氏之子，謂之昌僕，生高陽。《山經》以爲昌意孫與《大戴禮》皆不合，傳聞異詞耳。顓頊母《世本》以爲濁山氏女，即《史》與《帝繫》之蜀山氏也。濁、蜀同聲，經作淖者，古淖、蜀聲通義近也。阿女者，《初學記》九卷，引《帝王世紀》云"（顓頊）母曰景僕，蜀山氏女……謂之女樞"是也。景僕即昌僕之誤。

依上來之説考之，則顓頊生于西繳若水，在崑崙之麓，其爲西方民族傳説之人先，蓋已无可疑。考《山海經》言顓頊者，始第八卷《海外北經》，八卷以前絶未一見，自《海外北經》至第十八卷《海內經》，凡十四見，其中《海外北經》死葬務隅山、《海內東經》死葬鮒魚山、《大荒北經》"河水之間附禺之山，帝顓頊與九嬪葬焉"三則，與地望有關外，詳下。其餘《大荒東經》"少昊孺帝顓頊于此棄其琴瑟"；《大荒南經》之"有季禺之國，顓頊之子食黍"；《大荒西經》之"有國名曰淑士，顓頊之子"；又以顓頊生老童，老童生祝融；又云"日月山顓頊生老童，老童生重及黎"；又云"大荒之山有人焉，三面，是顓頊之子"；又曰"有互人之國，有魚偏枯，名曰魚婦，顓頊死，即復蘇"；《大荒北經》"附禺之山"；又云"丘西有沈淵，顓頊所浴"；又云"流沙之東有國，曰中輻，顓頊之子食黍"；又云"黑水水北有人，有翼，名曰苗民。顓頊生驩頭，驩頭生苗民"，及上引《海內經》"昌意降居若水"一段，細繹諸説，以《大荒西經》與《大荒北經》爲最詳。其中與《史記》、《帝繫》合者有之，不合者有之。而可注意者，則《大荒東經》乃言

"少昊孺帝顓頊"，則不必爲東人可知。《北經》又云"苗民爲顓頊孫"，皆爲至可注意之材料。而互人之魚婦，或即顓頊死葬鮒魚山一事之分化，此事亦在《大荒西經》之中。則西北爲顓頊傳説之中心點无疑，是顓頊之爲楚人先，而發祥自崑崙若水之間，了無疑義矣。

（七）高陽葬處。《山海經·西山經》"蟠冢之山，漢水出焉"。又《海內東經》漢水條"漢水出鮒魚之山，帝顓頊葬于陽，九嬪葬于陰，四蛇衛之"。又《海外北經》"務隅之山，帝顓頊葬于陽，九嬪葬于陰"。務隅即《海內東經》之鮒魚也。《大荒北經》又作附禺。《史記·五帝本紀》索隱引《山海經》亦作鮒魚。《北堂書鈔》九十二引又作附隅，皆聲近字也。是顓頊葬地，在漢水之源，楚之分也。顏魯公《吳興地記》言"烏程縣境有顓頊冢"。《圖經》云"晋初衡山見顓頊冢"。此衡山即楚伐吳，吳克丘茲之衡山也，是南土亦傳高陽葬處矣（儒流則以顓頊葬濮陽，杜注《左氏傳》言濮陽，顓頊居之，城內有顓頊冢。《皇覽》亦云"顓頊冢在濮陽頓邱城外"。或又言葬頓丘城南，見《水經·淇水經注》。務使顓頊生死居體，皆在北土，此并三晋齊魯之士之旨也）。又《大荒西經》"有互人之國，有魚偏枯，名曰魚婦，顓頊死，即復蘇"。"蛇乃化爲魚，是爲魚婦，顓頊死即復蘇"。此事真義不可曉，然鮒魚、附禺皆當與此事有關，或爲一傳説之分化，江水經魚復縣曰魚復，疑亦魚婦之聲變，如秭歸之變爲姊歸。荊州至漢陽間，多有以魚名地者，當亦與此事有因緣。總之，楚左史倚相之書已盡亡，无由定其是非矣。

（八）次復《山海經·大荒西經》注引《世本》"顓頊娶于滕墳氏"，《帝繫》"顓頊娶于騰隍氏而生老童，是爲楚先"，字當以滕爲正。朱學浩云"滕字從水，以河墳淮瀆例之，當亦水名，而《説文》以爲'水起涌也'者。許君又云'涌，滕也，一曰涌水，在楚國'。段玉裁云'《左傳》莊十八年閻敖遊涌而逸，楚子殺之。杜曰，涌水在南群華容縣，今湖北荆州府監利地，涌水在今江陵縣東南，自監利縣流入夏水之支流也'。高陽爲楚之先，娶于涌墳，地望亦合矣"。按朱説至眇合，若上來五證，足以成立，則此説正足以爲佳證。

夫生于若水（見《帝繫》），君于陳留，娶于華容，皆此至上神已人化後，後世人爲之安排家世者也。安排家世，不能全出僞造成分，而其與所以爲主之民族傳説，必不容全廢。合此諸事，以與一、二、三三項之純屬神話性質之傳説結合，則其與楚南民族關係之重且大，較之傳説極其稀少之北土故説，則吾人定高陽爲南楚至上神，當无可疑者矣。且即以後四、五、六三事而論，取證皆與《山海經》爲主要材料。《山海經》者，決非北土齊魯之故傳，乃以南土傳説爲主，而略附益三晋遠古之説者也。較《世紀》、《世本》諸書之或出後人編輯，或多後人僞説，自更可信，故即以第六説"曲"成之證，亦勝皇甫諸人之説也。

此説既立，則屈原作品第一句方能解釋。"帝高陽之苗裔"者，謂吾楚族之始祖高陽，而吾人乃其苗裔。高陽非屈姓一宗之主，乃整個楚族之祖。如是一則合于戰國以前稱道世系之習慣；二則適合于一宗族長身份之屈子口吻；三則屈子全部作品所表現之愛國戀宗思想，乃至于不得不死之結局，方有可説；四則三戶亡秦之民族品德，在戰國紛爭險詐寡廉鮮恥之社會，及楚君臣朽腐之政治，乃有所蘊蓄而發之。

劉知幾以"帝高陽"二句爲自序之始，就文體言諒矣。然屈子之自序，與後世炫曜先世之自序，有本質上之差別，請得自其歷史發展之情況以明之。

中土自氏族部族社會進入一種共性的政治組織以後，凡中央或別國之主要政權，皆集中在站統制階級之"世"族手中。由原本戰争俘虜，轉化爲農奴或平民，根本無參與政治之機會。此等平民中，材能之士大體只能作地方事業，其中賢能，或有個別爲統制階級或地方領主所契重。偶或亦漸變而成爲貴族之一成員。如傳説之于湯，吕望之于文、武，而爲量極少，只能以特例視之。然平民之材具，依于對社會之深切了解與多方之訓練，其才智實較貴族爲勝。故寖假而成爲統制階級與領主之"功臣"，於是功臣與"世族"間，現形成兩個政治上之主要對立面。春秋戰國以來，選賢與能之風，即此鬪爭中賢能之平民勝利之表現。于是選賢與能，成爲春秋戰國政治上之一種進退較量制度。然此時世族與統制者領主之宗親關係，并未因而削減。換言之，即政治體制漸從家族制度中分出，而氏族部族成員，對其宗族之責任，與應盡之義務，仍極艱重，故賢能之士，可以擇地而仕，擇人而仕，楚之高材，多散在四方，而不必即責以對宗之忠誠，此伍員鞭尸而屈仍惜其才。至於宗子宗親，則對宗國，必須保抱扶持，不可或踰。屈子既以三閭大夫之職，事懷王，入議出使，以宗老而兼國老，則義當死社稷，忠大宗，此其所以不能不以一死以報"宗"國者也。此稱高陽以自序之義，不過欲明其爲"世"族，爲其宗邦而非比於功臣之爲其仕主而已。

自戰國以後，私有財産之制漸興，下自臺輿之流，上至"功臣"、"宗親"、"天子"，凡有才力體力者，皆可躍爲富豪。經濟上之發展，改變社會上各階級之舊制，政治不必爲一切才能之惟一出路。而宗法制度，實質上已不復成爲社會結構之最高階層，實質已變，僅在士大夫心目中尚存在一種影子。姓氏舊制已不能分，於是只存在一種血緣的宗親關係。此時政治上之實力，皆操于功臣之手。功臣一方面變爲統制階級，一方面又擁有大量資源，或成爲大地主，人人皆可能求得經濟上之自主，于是人人皆思能在此傳統的宗法制度下，自表其優越性。而四夷之加入中國者，自有一番混合現象，賜姓、別姓、冒姓之情，日益複雜，姓氏遂至于壞爛。感生帝，姓生帝，及一切神異降生之説，已不能維持其威信，于是而以地望代始祖方法日益有勢，而賢能功臣之子孫亦得稱祖功業，平民遂亦有高據閥閱之機會，寖假而形成六朝門閥之制。益增郡望之勢，稱祖之功德，以爲之光寵。此時之門閥中，有兩種成分，一爲統制階級之宗親，一爲功臣之親屬，而天子可起自齊民，聖裔可降爲胥吏，天子不足貴，而聖裔不爲賤，至有爲天子之所不能臣之世閥，直至唐而不衰。五代以後，姓氏之制全廢，而政治上重點全移于賢能之功臣。將相无種，宗法實質已全部破滅，然而宗法之遺風仍然存在。故宋以後之爲世系者，純爲對傳主、譜主個人之炫曜，已不對國家民族歷史負任何責任。稱王必曰瑯玡，言崔必曰博陵，板板扎扎，淪爲一種個人主義之遺物，虛妄可笑，一至於此。吾故曰與屈子之稱高陽，皆有本質之差別者，此也。

此衡論屈子必不可忽之一基本問題，故不嫌瑣碎而爲之辭。

又得總結之曰，屈子之稱，非稱世閥，但紀宗親云爾（高陽下即接"皇考"，不曰高曾祖某某，以其无稱頌世閥之念，故无詳世系之必要也）。有如吾人自稱曰黃帝子孫，重其種性之義云爾（略近于稱國，如近人稱曰中華兒女，以國稱不以宗稱。雖有異，而不以私家氏閥稱則同）。

又高陽又爲地名，《史記》言酈食其爲高陽酒徒，其地當在陳留（參黃朝英《靖康湘素雜記》）。又《世説》載石季倫稱習郁池爲高陽池，劉義慶以爲在襄陽。

厲武

《七諫·怨世》"遇厲武之不察兮"。王逸注"厲，（楚）厲王。武，（楚）武王。昔卞和得寶玉之璞，而獻之楚厲王，或毀之以爲石。王怒，斷其左足。武王即位，和復獻之，武王不察視，又斷其右足"。餘詳"和氏"條下。

伯庸

伯庸一辭，《楚辭》凡二見。《離騷》"朕皇考曰伯庸"。劉向《九歎·逢紛》"伊伯庸之未冑兮"是也。細繹《九歎》文義，蓋以伯庸爲屈原先祖。王逸《離騷》注"屈原言我父伯庸"。則以爲原父。按《離騷》上句言"皇考曰伯庸"，下言"皇覽揆余初度兮"，兩皇字相承，則命名之皇，與此皇考之伯庸，爲一人無疑。果釋爲先祖，于義不得相及，王説是也。又王逸注"伯庸，字也"。《文選》六臣注則以爲名。洪興祖以爲"原爲人子，忍斥其父名乎"，按古人斥父之説，不足爲據。司馬遷稱父談，班固號父彪，臨文不諱，此序先世，非同指斥也。然春秋以來，以伯仲爲字，不以伯仲爲名，故朱熹集注亦同王説，于事爲有據，惟此蓋亦化名也。

荆文

《七諫·沈江》“偃王行其仁義兮，荆文寤而徐亡”。楚武王子，亦稱荆文王，《吕氏春秋·直諫》名熊貲。《楚世家》或又作頵，《淮南·説山訓》在位十三年，始都郢，事蹟在《楚世家》，《春秋左氏傳》莊六年、十年、十四年、十八年、二十一年、僖五年，《吕氏春秋·真諫》，《説苑》。《列女傳》亦載其事，餘參偃王條下。

夢

《天問》“勳闔夢生”。王逸注“夢闔廬祖父，壽夢也”。壽夢，去齊之子。去齊卒，立，而吴益大，自稱王。自大伯入吴，至壽夢，凡十九世。壽夢以下，始有年紀。楚申公巫臣入吴，教吴用兵乘車，吴于是始通中國。立二十五年而卒。壽夢有子四人，長曰諸樊，次曰餘祭，次曰餘眛，次曰季札。諸樊卒，弟餘祭、餘眛相繼立。餘眛卒，子王僚立。公子光者，諸樊長子，使專諸刺僚而自立，是爲闔廬，光于壽夢爲長子之子。

吴光

《天問》“吴光争國，久余是勝”。王逸注“光，闔廬名也。言吴與楚相伐，至於闔廬之時，吴兵入郢都，昭王出奔，故曰吴光争國。久余是勝，言大勝我也”。吴光争國事，詳吴光争國四句一條。吴光即《史記》之公子光也。刺殺王僚後，自立爲吴王，曰闔廬，即《天問》“勳闔夢生”之闔，詳勳闔一詞。王僚五年，楚亡臣伍子胥來奔，公子光客之。子胥知光有他志，乃求勇士專諸，見之光。十三年，光告專諸曰“我真王嗣，當立，吾欲求之”。專諸曰“王僚可殺也”。遂弑王僚，公子光竟立爲王，是爲闔廬。舉伍子胥爲行人，而與謀國事。楚誅伯州犁，犁之孫伯嚭亡奔吳，以爲大夫。九年，伐楚，楚兵大敗，縱兵追之，比至郢，楚昭王出奔鄖，吳兵入郢，子胥、伯嚭鞭平王之尸，以報父讐。十一年，吳使太子夫差伐楚，楚恐而去郢，徙都。十九年，爲越王勾踐所敗，吳王傷而死。

勳闔

《天問》"勳闔夢生，少離散亡"。王逸注"闔，吳王闔廬也。夢，闔廬祖父壽夢也。壽夢卒，太子諸樊立。諸樊卒，傳弟餘祭。餘祭卒，傳弟夷未。夷未卒，太子王僚立。闔廬，諸樊之長子也。次不得爲王，少離散亡放在外，乃使專設諸刺王僚，代爲吳王，子孫世盛，以伍子胥爲將，大有功勳也"。按吳自闔廬始强大，北則大交中原，西則拒楚，東取越，故曰勳闔也。餘詳吳光一條。

堵敖

《天問》"吾告堵敖以不長"。王逸以爲楚賢臣，洪興祖引爲成王之兄，《史記》作杜敖，《左》昭十三年杜注"不成君，無號諡者，楚謂之敖"。日本柏木刊殘本《玉篇》放部下引杜預注同。莊十四年疏亦引之。王注非也。

子文

《天問》"何環穿自閭社丘陵，爰出子文"。王逸注"子文，楚令尹也。子文之母，鄖公之女，長而有賢仁之才也"。洪補云"《左傳》，初若敖娶於鄖，生鬬伯比，若敖卒，從其母畜於鄖，淫于邧子之女，生子文焉，以其女妻伯比，實爲令尹子文"。按王叔師以環穿閭社丘陵，爲鬭伯比淫鄖女生子文事，大謬。詳吳光争國四句一條。按子文，鬭伯比之子。《左》宣四年，子文初生，棄夢中，而虎乳之。楚謂乳穀，謂虎於菟，故命之曰鬭穀（《釋文》引作縠）於菟（於，《玉篇》作烏；菟，《漢書·叙傳》作檡，《廣韻》作烏麤）。《左傳》莊三十年亦曰鬭子文（《楚語》）。事詳《左氏傳》僖廿三年，《左》宣四年、莊三十年。孔子稱其仁。《天問》"爰出子文"者，言吳入郢處王宮，掘楚墓，鞭王尸時，昭王自郢入處于鄖。鄖即邧，爲子文出生之地。此言子文生于楚極衰亂之世，幾至亡國，而楚足賴之以興，故曰於是而出子文也。按史稱"子文申廷理之法，逃朝設之禄，喜怒不形于色，物我無間"。其品質之高，春秋諸國，皆少其匹。楚成王六年，公子元歸自伐鄭，而王宮鬭射師諫，則執而梏之。申公鬭班於是殺子元，子文爲令尹，自毀其家，以紓楚國之難。故其爲令尹八年，而春秋始書楚，嗣是而盟齊桓于召陵，執宋公于鹿上，滅弦，滅黄，焚許男之興櫬，取陳之焦夷，納頓子于頓，敗徐人于婁林，朝諸侯，長齊晋，至莊王而遂霸中原。其大有功于楚國，故尼父稱其爲忠也（略本周聖楷説）。

靈皇

《哀時命》"靈皇其不寤知兮，焉陳詞而效忠"。王逸注"言懷王闇蔽，心不覺寤，安所陳詞，效己之忠信乎"。按《離騷》諸篇，以靈修指懷王，此變言靈皇者，義亦同也。參靈字與靈修一詞兩條下。

宋玉

宋玉，楚鄢郢人，其事蹟極難考，一般以爲屈原弟子，蓋慕屈原之人之文者，《史記》所謂屈原之徒，祖屈原之辭令是也。曾事楚懷王、襄王，王以爲小臣，或謂爲大夫。玉初以其友人進，而王待之無以異，因讓其友，然終不得志，作《九辯》等賦十六篇，其事蹟及作品，散見

《史記·屈原傳》、《韓詩外傳》、《新序》、《襄陽耆舊記》、《北堂書鈔》引《宋玉集序》、《楚辭章句》，參閲今人陸侃如《屈原與宋玉》（商務印書館出版）、郭沫若《關於宋玉》（見《楚辭研究論文集》）。

列子

《七諫·謬諫》"列子隱身而窮處兮"。王逸注"列子，古賢士也"。洪補"列子，名禦寇，其書曰《子列子》。窮，容貌有飢色。居鄭圃四十年，人無識者"。按列子名禦寇，《莊子·讓王》、《列子·黄帝》、《仲尼》又作御寇，《莊子·列御寇》又作圄，《國策·楚策》、劉向《列子序》以爲鄭人，其事跡雜見《莊子·逍遥遊》、《讓王》、《列御寇》。今傳世《列子》一書記載尤詳，然爲魏晉人僞書。雖不足據，采獲亦多古説，古言不可輕棄也。

臧獲

《哀時命》"釋管晏而任臧獲兮"。王逸注"臧，爲人所賤繫也。獲，爲人所係得也。賤繫，一作殘擊"。或曰臧，守藏者也；獲，生禽者也。皆卑賤無知之人。洪興祖補云"《方言》云，臧獲，奴婢賤稱也"。"荆淮海岱雜齊之間，罵奴曰臧，罵婢曰獲；齊之北鄙，燕之北郊，凡民男而聟婢曰臧，女而婦奴曰獲；亡奴謂之臧，亡婢謂之獲"。《莊子·駢拇》"臧與穀二人相與牧羊而俱亡其羊"。崔撰注引張揖曰"聟婢之子謂之臧，婦奴之子爲之獲"。《墨子·小取》"獲，人也；愛獲，愛人也。臧，人也；愛臧，愛人也"。《荀子·禮論》"君子以倍叛之心，接臧獲，猶且羞之"。與《莊子》俱作臧穀。臧穀亦臧獲一聲之轉也。惟二字何以訓奴婢賤稱，錢繹曰"案臧之本訓爲善，穀之義亦訓爲善，又爲生，獲訓爲得，義取相反，故爲醜惡死亡之稱"云云，恐未必確。依《方言》所記，則此語偏于海、岱、荆、淮、齊、燕諸地，則爲先秦南北通語。見于《墨》、《莊》、《荀》三書，其用至廣，而其義蓋不可確知。

鄭衛

《招魂》"鄭衛妖玩"。王逸注"鄭、衛，國名也。妖玩，好女也"。洪補曰"許慎云，鄭、衛，新聲所出國也"。妖玩兼聲色，言鄭衛之美女也。鄭，國名，周宣王弟鄭桓公邑，《詩·鄭風》、《衛風》皆有士女遊樂之詩，《論語·衛靈公》"放鄭聲，遠佞人"。按古説鄭地曰"右雒左泲，食溱洧焉。土陿而險，山居谷汲，男女亟聚會，故其俗淫"云云。《鄭詩》曰"出其東門，有女如雲"。又曰"溱與洧，方渙渙兮。士與女，方秉蕳兮……洵訏且樂，維士與女，伊其相謔"。此其風也。衛者，《漢書·地理志》"河内本殷之舊都，周既滅殷，分其畿内爲三國。《詩》邶、鄘、衛國是也……衛蔡叔尹之……三監叛，周公誅之，盡以其地封弟康叔……至十六世懿公，亡道，爲狄所滅……而河内殷虛更屬于晋……衛地有桑間濮上之阻，男女亦亟聚會，聲色生焉，故俗稱鄭衛之音"。

韓信

《九歎》"韓信蒙於介胄兮"。王逸注"韓信，漢名將也。介，鎧也。胄，兜鍪也。言使韓信猛將，被鎧兜鍪，守於屯陣，藏其智謀"。按《史記》卷九十二《淮陰侯列傳》"淮陰侯韓信者，淮陰人也。始爲布衣，時貧无行……又不能治生商賈，常從人寄食飲，人多厭之者……淮陰屠中少年，有侮信者……出袴下。蒲伏，一市人皆笑信，以爲怯……（仗劍從項梁）……亡楚歸漢……以蕭何薦，拜大將……佐高祖定天下，後以謀反誅"。此言以韓信服介胄之服，爲臨陣之將，不用其智謀，而以行伍之夫爲將軍，以攻城略地，蓋謂用不得其當，叔師以爲以韓信猛將，被鎧兜鍪云云，猛將二字大非，依信傳，不足言猛勇也。

賈誼

《惜誓序》"或曰賈誼，疑不能明也"。王逸注"《漢書》，賈誼，洛陽人，文帝召爲博士，議以誼任公卿。絳、灌之屬毀誼，天子亦疏之，以誼爲長沙王太傅，意不自得，及度湘水，爲賦以弔屈原"。朱集注"誼，洛陽人，漢文帝聞其名，召爲博士，超遷至太中大夫，納用其言，議以任公卿之位。絳、灌之屬毀誼年少初學，顓欲擅權，紛亂諸事，於是天子亦疏之，以誼爲長沙王太傅。三年，復召以爲梁太傅。數問以得失，多欲有所匡建。數年，梁王騎，墮馬死，誼自傷爲傅無狀，哭泣，歲餘亦死，死時年三十三矣"。寅按《漢書》有傳。按《風俗通》載劉向對成帝曰"（賈）誼與鄧通俱侍中，同位。誼又惡通爲人，數廷譏之，由是疏遠。遷爲長沙太傅……及渡湘水投弔書曰，闒茸尊顯，佞諛得意，以哀屈原……亦因自傷，爲鄧通等所愬也"云云，應説取之子政，其論至切真。《史記》以爲絳、灌間之者猶未盡。

淮南小山

《招隱士》者，淮南小山之作也。王逸《招隱士序》云"昔淮南王安，博雅好古，招懷天下俊偉之士，自八公之徒，咸慕其德，而歸其仁，各竭才智，著作篇章，分造辭賦，目類相從，故或稱小山，或稱大山，其義猶《詩》有《小雅》、《大雅》也"。朱熹注"淮南王安，好古愛士，招致賓客，客有八公之徒，分造詞賦，以類相從，或稱大山，或稱小山，如《詩》之有大小雅焉"。按《漢書》卷四十四《淮南王安傳》"爲人好書，鼓琴……招致賓客、方術之士數千人，作内書二十一篇，外書甚衆。又有中篇八卷，言神仙黄白之術，亦二十餘萬言……初安入朝，獻所作内篇新出，上愛祕之，使爲《離騷傳》，旦受詔，日食時上"。依《漢書》説，則淮南諸書，皆賓客、方術之士所爲，如吕不韋之于《吕氏春秋》也。《招隱士》爲淮南小山之所傳，小山之義，依王逸説，如《詩》之有大小雅，則大小山乃文體分類之一種，而非實指其人，似與題淮南小山之義不相中，題小山，當出劉向續屈宋之作。屈宋之作輯録爲一書，當出淮南王安，即《安傳》所謂之《離騷傳》也。別詳《離騷傳》一條。自賈誼而後，至王褒諸篇，與屈宋諸作，皆題作者之名，无以文體定名者，向本安後，則所知安賓客之事，必至詳悉，則題淮南小山，義謂淮南諸客之名小山者。故高似孫《子略》，乃以小山、大山與《淮南要略》所謂蘇飛、李尚、左吳、田由、雷被、毛被、伍被、晋昌（原奪此人今補）等所謂八公者駢列，不爲無識。高誘序《淮南》，言八公、不言二山者，二山以《楚辭》名，所謂各以才智辯謀，出奇馳隽，則淮南一時所延，又豈能以蘇飛等所謂八公者相限耶？且即以八公而論，亦惟左吳、雷被、伍被三人見傳中（伍被，《漢書》已別立傳。雷被巧于用劍，爲安郎中，因戲劍誤中安太子，元朔五年，亡之長安，上書自明。洪邁論曰“雷被者，蓋爲安所斥而亡之長安，上書者，疑不得爲賓客之賢也”，甚是）。左吳，即《安傳》所謂安日與左吳等按輿地圖部署兵所出入者。餘人皆不見姓名，吾人又豈能一一徵之哉！《史記·安傳》又言“左吳、趙賢、朱驕如皆以爲有福，十事九成”。又言“今我令樓緩先要成皋之口，周被下潁川，兵塞轘轅、伊闕之道”。則史尚可考名姓者，亦復不少。則小山之或見或不見，蓋偶然之事爾，故高似孫《子略》四以爲“《淮南》之奇，出於《離騷》；《淮南》之放，得於《莊》、《列》；《淮南》之議論，錯於不韋之流”。……是又非獨出于淮南所謂蘇飛、李尚……諸人，蓋至審也。且漢人以山名者，史中亦可一二數。顧亭林《日知録》載《梁書》何允二兄，求、點并棲遯，求先卒，至是允又隱。世号點爲大山，允爲小山（《日知録》卷二十五）。則小山、大山之爲人名，又得自歷史上得其旁證。《古今注》中亦言“《淮南王》，淮南小山之作也。王服食求仙，遍禮方士，遂以八公相携，俱去，莫知所往，小山之徒，思戀不已，乃作《淮南王》之曲焉”（按《史》、《漢》皆言淮南自頸死，後世傳自頸爲與八公相携既亡，亦人情之所有。《水經·肥水注》八公山有淮南王劉安廟，載安昇仙事，"而葛洪明其得道，事備《抱朴子》及《神仙傳》"云。《夢溪筆談》廿一卷載於八公山得淮南王金藥，可見其事不虛）。則其流傳，廣被後世者，又如此，則小山之爲人名，諒矣。惟大山恐是後人附益，而以比擬大小雅，更附會之者耳，不可從。顧亭林《日知錄》曰"梁昭明太子《十二月啟》乃曰'桂吐花于小山之上，梨翻於大谷之中'。庾肩吾詩'梨紅大谷晚，桂白小山秋'。庾信《枯樹賦》'小山則叢桂留人，扶風則長松繫馬'。是以山爲山谷之山，失其旨矣"。六朝辭賦撏撦之説，固不足論，而小山一義之不明，蓋亦文士之所以致誤者也。故亦附論之。然《招隱士》首句即云"桂樹叢生兮山之幽"，則諸人詩或取之此。稱淮南小山者，或其人之姓不明，故以淮南冠之也。

女歧

《天問》"女歧無合，夫焉取九子"。王逸注"女歧，神女，無夫而生九子也"。又《天問》"女歧縫裳，而館同爰止"。王注"女歧，澆嫂也"。按洪、朱兩本歧、歧互譌，又各引一本作歧、歧。《柳集》"九子之女歧"正作歧，則作歧是也。王注兩説大異，其實一源之詞也（詳後）。王逸以此女歧爲神女，无夫而生子，洪、朱諸家无異説非也。詳"女歧無合夫焉取九子"四句一條。女歧即月神之常儀，請舉六證以明之。女歧二字即常儀儀字之合音，此以音理語根言之也。此其一。古稱羿妻奔月爲常儀，羿有射十日而墜其九之傳説（別詳後）。日月爲配偶神，而月爲女，羿可以射日（古以射狀男女之合，則射日猶言射精而得日也。墜九日者，降九日于地之義也），月神當然有生九子之可能。此以神話傳説衍變之方式言之也。此其二。《山海經·大荒南經》"羲和者，帝俊之妻，生十日"。按《大荒西經》以常儀爲帝俊妻，生十又二月。《吕覽·勿躬》言"羲和作占日，尚儀作占月"。以羲和、常儀相配，此與羿相并爲説者，同一作用（羲和、常儀，爲日月神，而舜爲之主,詳下文)。又天文家言九道,《漢書·天文志》"黑道二,出黃道北;赤道二,出黃道南;白道二,出黃道西;青道二,出黃道東。立春、春分,月東從青道;立秋、秋分,西從白道;立冬、冬至,北從黑道;立夏、夏至,南從赤道。然用之一決房中道,青、赤出陽道,白、黑出陰道"云云。周秦諸子,多以天文比附人事,則月行九道,以配九子。此以天文言,可得相變者矣。此其三。又據《呂覽》以天子之九野配二十八宿,此謂古說之可徵者,大約月行朔望對太陽言,每三日强而移動其位置,一月九移,而歷二十八宿,故以每一移動,以當一子,此亦以天文比附人事之又一例也。此其四(此與印度古天文二十七宿以三個爲一組者同)。又《天文志》東宮青帝七宿,尾星云"尾爲九子"。則星宿中亦有九子之說,更可爲旁證者矣。此其五。又《山海經·大荒西經》"帝俊妻常義,生月十有二"。此即《呂覽·去私》舜九子之說(見上文)。此言十二,指年有十二月。同源異流,此又可自傳說相異而相因之處而得者矣。此其六。余疑女歧即常儀,蓋非向壁虛造之說,惟此九子母與漢人所傳來源不同,不得混爲一談也。至澆嫂之女歧,當爲女艾之聲轉,詳"女歧縫裳"四句。《呂氏春秋·勿躬》篇載"羲和作占日,尚儀作占月"。注"尚儀,即常儀"。此爲齊晋諸子所說,蓋取之《山海經·大荒西經》者也(有女子方浴月,帝俊妻常義生月十有二。此始浴之注,義與羲和浴日同)。北土諸儒,只言日神、日御、日官,曰羲和;南土則《山海》言尚儀,《天問》言女歧。至淮南王安生息楚故地,記民間之說,而有恒娥奔月(《覽冥訓》羿請不死之藥于西王母,恒娥竊以奔月)之傳。於是浪漫故事由之而起。《天問》之問,與《山海經》之浴,本爲神話設想,不意降在人間,遂成美娥嬌娘之別稱。于是而帝嚳次妃亦曰常儀。《史記·五帝紀》正義引《世本》而舜正妃亦曰娥(楊慎、方以智、杭世駿、袁枚皆有《嫦娥考》,陳口相因,了无足觀)。參《卜辭通纂》羲我字條。

至儀、娥諸字之別,皆語音文字之差殊,《周禮注》義、儀二字古皆音蛾,故《詩》以"樂且有儀"叶"在彼中阿",《柏舟》以"實爲我儀"叶"在彼中阿"，漢碑凡蓼莪皆作蓼儀，蓋儀、娥二字皆從我得聲也。至漢人或作姮娥，則以避漢帝諱耳。餘參楊慎《升庵全集》七十四及《學齋佔畢》卷三。後來袁枚、杭世駿又擷録楊慎、方以智之説，以爲己説，小説家言皆抄襲者矣。

峗山女

《天問》"焉得彼峗山女，而通之於台桑"。王逸注"言禹治水，道娶峗山氏之女，而通夫婦之道於台桑之地焉"。塗，《釋文》作涂，洪興祖補注"峗，音塗，《説文》云'會稽山也'。一曰九江當峗也。《書》曰'娶於塗山，辛、壬、癸、甲'。《蘇鶚演義》引《文字音義》'峗山，古國名，夏禹娶之，今宣州當塗縣也'。塗山氏女，即女嬌也"。按字又作𡷈。始見《書·益稷》、《大戴禮·帝繫》諸書。字又誤作女娲（《史·夏本紀》索隱引《世本》）。峗字，諸書皆作塗，作峗者南楚異文也。生夏后啟（《續郡國志》引《世紀》）。葬潁陽城，《太康地紀》"塗山，西南台桑地也"。與《天問》説合。今懷遠縣東南八里，在淮之東岸（戴震説），其事洪補引之詳矣。此亦姑依舊説條之，恐亦未必確，別詳峗山一條。

妹嬉

《天問》"桀伐蒙山，何所得焉? 妹嬉何肆，湯何殛焉?"王逸注"言桀得妹嬉也。妹，一作末"。又"征伐蒙山之國，而得妹嬉也"。洪補云"妹音未，嬉音喜"。桀伐蒙山之國，而得妹嬉。按妹嬉，桀妃，《晋語》一作妹喜，《吕氏春秋·慎大覽》作末嬉，《荀子·解蔽》作末喜，《天問》作妹嬉，《晋語》一以爲昔夏桀伐有施，有施人以妹喜女焉"。韋注"有施，喜姓之國"。《竹書》"桀十四年，伐岷山，進女於桀二人，曰琬、曰琰。后愛二人，女无子，刻其名于苕華之玉；苕是琬，華是琰。而棄其元妃于洛，曰末喜氏"。《御覽》一百三十五。《韓非子·難四》"桀索岷山之女"。《呂覽》言桀迷惑於末嬉，好彼琬琰，則（一）妹喜出有施之國，非蒙山氏之女。（二）末喜或得盛寵，或又見棄，異說至紛，不可料理，乃至末喜與伊尹交，遂以間夏。《御覽》一百三十五。（三）岷山又或作岐山，莊王女于桀二女。《類聚》又或作山民女于桀二女。《御覽》八十二。例不違經，則謂岷山即蒙山一聲之轉。有施，喜姓之國，故曰末喜，其他則方俗傳聞之異辭矣。《呂覽》之言，與屈子相應。三晉說最奇僻。《竹書》參桀字條下。《列女傳》載末喜事甚悉，乃漢人說也，故不取。又按諸書異體字甚多，而《說文·女部》无嬉字，金文亦未見，唯甲文有𡥀字，從女、從壴，蓋即嬉字。又《說文·心部》，喜，古文作𢝫，又《兂部》歖字，甲文作𧯨，並喜爲壴，又與娪字互證，據甲文，則古固有此字，可據以補《說文》之闕。《文選·洞簫賦》李善注引《說文》"嬉，樂也"。疑今本蛻之（本《名原》說）。

宓妃

《離騷》"吾令豐隆乘雲兮，求宓妃之所在"。王逸注"宓妃，神女。宓，一作虙"。五臣本《文選》正作虙。洪補曰"《漢書·古今人表》有宓羲氏，宓音伏，字本作虙，《顏氏家訓》云'虙字從虍，宓字從宀，下俱爲必，孔子弟子宓子賤即虙羲之後，俗字以爲宓，或復加山'。《子賤碑》云'濟南伏生，即子賤之後'。是知虙之與伏，古來通用，誤以爲密，較可知矣。《洛神賦注》云'宓妃，伏羲氏女，溺洛水而死，遂爲河神'"。云云。錢杲之《離騷集傳》本之，明清儒者多從其說。此亦比勘字義而爲是言也。其人與事，他書不戴，未必可信。然《離騷》有數言，可以仿佛得之，一則"吾令蹇修以爲理"。王叔師注"蹇修，伏羲氏之臣也"。洪引之曰"宓妃，伏羲氏之女，故使其臣以爲理也"。然蹇修乃媒理之專稱，叔師以爲伏羲臣者，羌无所據，不足信（參蹇修條）。《離騷》又云"夕歸次于窮石兮，朝濯髮乎洧盤。保厥美以驕傲兮，曰康娛以淫游"。窮石洀盤，淫游无禮，顧似有其人，呼之欲出者，然則宓妃與窮石洀盤有關。窮石，據《左傳》后羿自鉏遷于窮石；洀盤，王逸注引《禹大傳》言"洀盤之水，出崦嵫之山"。考《天問》"帝降夷羿，革孽夏民。胡射夫河伯，而妻彼雒嬪？"王逸注"雒嬪，水神，謂宓妃也"。則宓妃即雒嬪也。依屈子文義定之，則宓妃不得言伏羲氏之女，乃有窮后羿射河伯，豪奪之于河伯者也。經儒以其用宓字，而附會爲伏羲女，不可從。然此爲北土諸儒所不言，蓋亦楚左史倚相之徒所傳古事歟？合參雒嬪條。《遠遊》亦云"騰告鸞鳥迎宓妃"。叔師以爲"迎貞女，如洛水之神"。洛水之神是也，曰貞女，則非屈子義矣。

有狄

《天問》"昏微遵迹，有狄不寧"。王逸釋有狄爲夷狄之行者，誤也。此四句承上文而言，指該、恒、昏微收復河伯服牛事，此有狄即上文之有扈，亦即《山海經》、《竹書》之有易（詳該秉季德條）。古狄、易二字同音，故互相通假。《說文》辵部，逖之古文作逷。《書·牧誓》"逖矣西土之人"。《爾雅》郭注引作"逷矣西土之人"。《書·多方》"離逖爾土"。《詩·大雅·抑》"用逷蠻方"。《魯頌·泮水》"狄彼東南"。逖、逷、狄三字異文同義。《史記·殷本紀》之簡狄，《索隱》曰舊本作易，《漢書·古今人表》作簡逷，《白虎通·禮樂》篇"狄者，易也"。是古狄、易二字通用也。餘參有扈條。

雒嬪

《天問》"帝降夷羿，革孽夏民。胡射夫河伯，而妻彼雒嬪？"王逸注"雒嬪，水神，謂宓妃也"。下引傳說，河伯化爲龍，游于水旁，羿射之，眇其左目，河伯上訴于天帝。此故事不見于先秦他書，尤以北土諸儒无一言之者。不知叔師所本（按劉向《九歎·愍命》亦云"逐下袟于後堂兮，迎宓妃于伊雒"。則漢人所傳皆同也）。但《淮南》略載其事，安與叔師同南楚世家，則其所傳，蓋亦得之方俗之傳也。《離騷》言羿射封狐，浞貪其家；《天問》言"封豨是射"、"妻彼雒嬪"；又言浞貪其家，"眩妻爰謀"，皆與后羿事相合。《離騷》言夕宿窮石，朝濯洧盤，亦與有窮地理相當，則羿妻雒嬪，固先足怪。而《天問》又言"浞娶純狐，眩妻爰謀"，當即指此雒嬪。《左傳》又傳羿滅伯封，伯封之母亦曰玄妻（《左》昭二十八年），則羿更有一玄妻歟？其來源與南楚所傳不同。而洪注"封豨"云"伯封實有豕心"，則伯封之爲封豨，更无可疑。一事而南北分化，亦古事傳説恒有之例，則雒嬪、洛水之神、眩妻、純狐、宓妃，皆由一母型傳説分化而成。各有其地理背景，必欲實指此等飄渺之故事而一一爲之徵信，則古書幾不可理，考古之事窮矣。合參宓妃一條自知。

有娀

《離騷》"望瑤臺之偃蹇兮，見有娀之佚女"。王逸注"有娀，國名。佚，美也。謂帝嚳之妃，契母簡狄也"。按有娀佚女，即簡狄，詳簡狄條下。有娀國，娀，洪音嵩，引《淮南》曰"在不周之北"。徐文靖《管城碩記》十四云"按《楚辭辯證》曰，舊説有娀國在不周之北，恐其不應絕遠如此，今案《殷本紀》曰，桀敗於有娀之虛，桀奔於鳴條，夏師敗績。《括地志》曰，高涯原在蒲州安邑縣北三十里南坂口，即古鳴條陌也。《正義》曰，有娀當在蒲州，謂此也。《張掖記》曰，黑水出縣，界雞山。有娀氏女簡狄浴于纟工之水，即黑水也，亦非"。

《吕氏春秋》"有娀氏有美女爲之高臺而飲食之"。又《山海經·海內北經》有帝嚳臺與帝堯、帝舜臺，并在昆侖東北，亦《海外北經》所稱衆帝臺也，帝嚳臺或當即此瑤臺也。

褒姒

《天問》"周幽誰誅，焉得夫褒姒"。

王逸注"褒姒，周幽王后也"。《史記·周本紀》詳記之曰"周太史伯陽，讀史記曰'周亡矣'。昔自夏后氏之衰也，有二神龍止於夏帝庭，而言曰'余褒之二君'。夏帝卜，殺之，與去之，與止之，莫吉。卜請其漦，而藏之，乃吉。於是布幣而策，告之，龍亡而漦在，櫝而藏之，夏亡，傳此器殷。殷亡，又傳此器周。比三代，莫敢發之。至厲王之末，發而觀之，漦流于庭，不可除。厲王使婦人裸而譟之，漦化爲玄黿，以入王後宮。後宮之童妾，既齓而遭之，既笄而孕，無夫而生子，懼而棄之。宣王之時，童女謠曰'檿弧箕服，實亡周國'。於是宣王聞之，有夫婦賣是器者，宣王使執而戮之。逃於道，而見鄉者後宮童妾所棄妖子，出於路者，聞其夜啼，哀而收入，夫婦遂亡，奔於褒。褒人有罪，請入童妾所棄女子者於王，以贖罪。棄女子出于褒，是爲褒姒。當幽王三年，王之後宮，見而愛之，生子伯服，竟廢申后及太子，以褒姒爲后，伯服爲太子。……褒姒不好笑，幽王欲其笑，萬方故不笑。幽王爲烽燧大鼓，有寇至，則舉烽火，諸侯悉至，至而无寇，褒姒乃大笑。幽王説之……又廢申后，去太子也。申侯怒，與繒、西夷犬戎攻幽王。幽王舉烽火徵兵，兵莫至，遂殺幽王驪山下。虜褒姒，盡取周賂而去"。此故事渲染最甚。大約即出太史伯陽之徒。依傳説，褒姒乃玄黿之子，寄童女而生者，是爲人妖。而其出生之關鍵，在厲王使婦人裸譟之。叔師録用全文，獨省此語，蓋由未知裸譟一義，在古巫術中之特殊作用，龍涎之神秘性，既被啟櫝流于地，而又裸譟之，故涎化爲玄黿，而寄童女以生，則謂厲王有漫神之罪。宣王不修德，而又欲鎮妖，故兩世皆枉死。而幽王更以淫亂亡。然何以太史伯陽之徒傳此奇説？余疑周本夏后，夏以龍爲圖騰，褒本夏后（《索隱》説），故其神爲二龍，褒姒乃龍涎生，亦夏之裔也。而幽王亡之，則厲、宣、幽三世，皆有瀆龍之事。三世不修德，其亡必矣。太史多明故事，故此種戒鑑，自有其宗教上之根源云。

二女

二女指舜妃，堯之二女娥皇、女英也。一見《天問》，一見《遠遊》。《天問》言"堯不姚告，二女何親？"王逸注"言堯不告舜父母而妻之，如令告之，則不聽，堯女當何所親附乎"。洪補曰"《書》云女于時觀厥刑于二女，釐降二女于媯汭，嬪于虞。二女，娥皇、女英也"。又《遠遊》"二女御，九韶歌，使湘靈鼓瑟兮，令海若舞馮夷"。王逸注"美堯二女，助成化也。屈原美舜遭值於堯，妻以二女，以治天下，内之大麓，任之以職。……遂禪以位，升爲天子。乃作韶樂，鍾鼓鏗鏘，九奏乃成。……"補曰"御，侍也。《孟子》所謂二女婐也。《書》曰簫韶九成，鳳皇來儀。……"按屈賦言二女者，只此二處。《天問》"二女何親"，爲堯女、舜妃，千古無疑問。《遠遊》二女指舜妃，王逸注言之。後之論騷者，或是或非（如王夫之、戴震）。其實叔師注并無誤，何以言之？九韶爲舜樂，《書·皋陶謨》言之最悉，《史記》亦本之。"二女御"句緊接下文，則自以舜妃爲是。且上文言"張咸池，奏承雲"，雖堯與黄帝樂名，而舜亦兼用之。則"騰告鸞鳥迎宓妃"以下數句，皆與舜事相涉，二女句在其間，則不得更有他二女甚明（參九韶條下）。叔師注語至爲允當無誤，當從之无疑。徐文靖以二女指舜三妃癸比氏所生宵明、燭光二女云云，所謂好爲解事者矣。然細繹《楚辭》，則二女之説，不只此也。按《九歌·湘君》"蹇誰留兮中洲"。王逸注"以爲堯用二女妻舜，有苗不服，舜往征之。二女從而不返，道死于沅湘之中，因爲湘夫人也，所留蓋謂此堯之二女也"。洪興祖補注曰"逸以湘君爲湘水神，而謂留湘君於中洲者二女也。韓退之則以湘君爲娥皇，湘夫人爲女英"。又《湘夫人》"帝子降兮北渚"句，王逸注"帝子謂堯女也。言堯二女，娥皇、女英，隨舜不反，没於湘水之渚，因爲湘夫人"云云，是叔師以湘君爲湘水之神，而以湘夫人指舜二女。《史記》

載秦始皇至湘山，問博士“湘君何人？博士對曰，聞之堯女，舜之妻，而葬此”。劉向《列女傳》“有虞氏二妃者，帝堯之二女也。長娥皇，次女英……舜陟方死於蒼梧……二妃死於江湘之間，俗爲之湘君”。鄭注《禮記》“舜葬蒼梧，二女未從”句。以爲“《離騷》所歌湘夫人舜妃也”。張華《博物志》亦以湘夫人當二妃（堯之二女，舜之二妃，曰湘夫人，帝崩，二妃啼以涕揮竹，竹盡斑）。郭璞注《山海經·中山經》、《中次十二經》洞庭山，帝之二女居之，引河圖玉版，鄭司農諸説，而以二女湘君湘夫人，自是二神，不得爲堯二女，顧亭林韙之。又引《遠遊》中“二女御”下有“湘靈鼓瑟”句，是二女與湘靈固判然爲二，云云（見《日知錄》卷二十五）。按此説亦非（見湘靈條下）。至唐人沈亞之、韓愈，乃以湘君、湘夫人分配二女（沈説見湘中怨詞）。而昌黎《黃陵廟碑》糾郭注之失，最爲人稱頌（此説實始酈道元《水經注》卷三十八，湘水下云“湘水又北，逕黃陵亭西，右合黃陵水口，其水上承大湖，湖水西流，逕二妃廟南，世謂之黃陵廟也。言大舜之陟方也，二妃從征，溺於湘江，神游洞庭之淵，出入瀟湘之浦”云云，特未援《九歌》爾）。洪興祖、朱熹亦從之。黃伯思《東觀餘論》卷上論黃陵碑二女，極贊郭説，而論昌黎説之非，以爲《山經》言帝，皆指上帝。其言帝俊、帝顓頊則各兼稱其號，不但曰帝也。其説至精，恐諸家不能辯也。羅泌《路史》卷九黃陵湘妃條云“岳之黃陵，癸北氏之墓，湘之二女，虞帝子也。歷世以爲堯女舜妃者，由秦博士之妄對，癸北氏舜之第三妃。而二女者，癸北之所出……見諸汲簡《世紀》……若《九歌》之湘君、湘夫人則又洞庭山之神乎？而羅含度尚之徒，遽斷以爲堯之二女、舜之二妃，而以黃陵爲二妃之墓”云云。則昌黎之説，宋亦多非之者矣。沈氏《夢溪筆談》亦以“黃陵二女堯女舜妃，舜陟方時已百歲”云云，亦於昌黎説微非之。自王夫之《通釋》以湘君爲湘之水神，而夫人其配者，此説出而新義又生，清儒各以所見論二女與《九歌》，然範圍固不能外此也。徐文靖《管城碩記》卷十四，朱珔《文選集釋》卷十四，又卷十九，杭世駿《訂譌類編》卷五，又《續編》卷下，朱亦棟《群書札記》卷十、又卷十一，顧亭林《日知錄》卷二十五，梁章鉅《文選旁證》，張雲璈《選學膠言》卷十四，孫志祖《文選理學權輿》卷七，郝懿行《山海經箋疏》卷五，皆有辯，皆可參。

總上諸説論之，古今言二女與兩湘者，約得三派，一爲全同，二爲半同，三爲全不同。一、三兩端，各有義蘊，惟第二説最爲支離，然細繹證驗，皆就古事牽合，或就古説叛離，其結果皆只古書支節之爭論，有篤信儒家經典以禮制體系分解之者，有綜合戰代以來各家説素爲之調合分解者，有就一義一字之肯定而決全部資料者，大體皆偏而不全，或雖全而多附會，皆專就本質加以分析。夫《九歌》乃南楚民間歌樂，民歌各有其地理歷史因素、生產關係，以決定其社會意識習慣，以差別其愛惡喜憎之情，非統制階級之法權政令之所能約束，亦非某一學派之勢力所能包辦，或某一先生之私説所能影響。反觀數千年論二女兩湘者，似皆未重視民歌所具本質之特點，與南楚故習之特點，大者必欲依禮制以説之，小者必欲依一書（如郭璞之依《山海經》）、一先生（如後世之依韓愈《黃陵廟碑》）之語以成之。遂使其基本立場，陷于不可收拾，而又對兩湘原文，不深加體會，創通文義，支離破碎，拘牽附會，以滿足其狂妄之考論而已。即以王叔師之精審，其注《九歌》，則最爲掩陋，亦正坐此之不講也。既以湘夫人當二女，而以湘君爲水神，豈有以舜之聖妃，戀配小瀆之神？禮家必不爲此。民歌亦至有分寸，亦必不爲此，故其説最爲支離無當。即如郭璞引《山經》二女非堯女，以論兩湘，籐葛全清，自勝一籌。然研其實，則僅爲古書作辯解。顧亭林以爲其辯甚正者，亦坐對民歌一念之有所扞格。至昌黎以二女當兩湘，而君、夫人之正次，爲洪、朱諸家所本，亦對兩湘本文，未能細讀，而于古代歌舞形式，茫無所知，使男女酬對之詞，爲二女相將之語，亦不成話説。舜爲南楚所愛戴之人（可能與征三苗有關），而二妃不從，其故事至爲悽楚，湘水之民，以湘江一水爲生息，不可須臾離之故地，則奉其所愛戴之人以爲神靈，而又必爲之配，則湘江之有湘君、湘夫人固無可疑，而必以舜與二妃當之，亦正足以見其民情之真摯，其神雖小，民情則摯，合以兩湘文詞，悱惻哀傷，終不得合之意。景固與舜遠葬蒼梧，二妃不從之故事基調不遠（詳解見湘君、湘夫人一條）。則以二女指湘夫人，于屈賦全書，皆可暢通矣。

江漢之間，傳男女愛情之事，于古爲最多，《漢廣》詠江水之永（見《詩·周南·漢廣》），交甫感二女之珮（見《韓詩外傳》，及李善《文選南都賦注》，孫壁文《考古錄》卷六有詳考可參），孔子適楚有瑱珮之女（見《韓詩外傳》），子胥渡江有一飯之女，何南楚之多情與！

薛季宣以二女爲屈原女，趙翼《陔餘叢考》有湘君、湘夫人非堯女，杭世駿以爲二女是江神，非堯女，吳省蘭只以湘水所祀爲二女（二妃）與黃陵廟所祀爲二妃之女（見《江漢叢談》），惟朱亦棟、徐文靖亦申舊，各詳湘君、湘夫人二篇。

孋姬

《七諫·沈江》"晋獻惑于孋姬兮，申生孝而被殃"。又《九歎·怨思》"若青蠅之僞質兮，晋孋姬之反情"。王逸注"言讒人若青蠅，變轉其語，以善爲惡，若晋孋姬，以申生之孝反爲悖逆也"。按孋姬，驪戎君之女，晋獻公妾也。獻公五年伐驪戎，得驪姬及其娣，愛幸之，生奚齊，欲立之。獻公夫人齊姜，生太子申生，大戎狐姬生重耳，小戎生夷吾，皆賢行。驪姬通于優施，懼其子不得立。乃與嬖人梁玉與東關嬖五謀，使太子申生處曲沃，重耳處蒲，夷吾處屈，群公子皆處之邊鄙，惟二姬之子在絳。二五卒與驪姬譖群公子，而太子申生死，重耳亡，足立奚齊，爲晋國史上之一大事。《左傳》、《國語》、《晋語》、《禮記》皆詳載之。馬驌《繹史》卷五十一晋文公霸業之一，即記驪姬亂晋之事，徵錄諸書，略備可參（合參晋獻申生諸條）。

西施

《九章·惜往日》"雖有西施之美容兮"。王逸注"世有好女之異貌也"。洪補云"西施，越之美女，《越絶書》曰，越王勾踐，得採薪二女，西施、鄭旦，以獻吳王"。《七諫·怨世》"西施媞媞而不得見兮"。王逸注云"西施，美女也。媞媞，好貌也"。洪補曰"《淮南》云，嫫母有所美，西施有所醜，又曰曼頰皓齒，形夸骨佳，不待脂粉芳澤，而性可説者，西施、陽文也"。《九歎·思古》"西施斥於北宫兮"。王逸注"西施，美女也。言西施美好，棄於後宫，不見進御"。按西施，古之美人。宋玉《神女賦》"西施掩面比之無色"。李善注引《慎子》作先施。其名亦見《莊子》。司馬彪以爲夏姬。又云勾踐所獻吳王美女，戰國以來傳者極多。俞樾《曲園雜纂》有考較平實。"古書言美人，多曰毛嬙、西施，毛嬙究何人也？余曰《莊子·齊物論》篇，《釋文》引司馬彪曰，毛嬙，古美人。一云越王美姬也。毛嬙無事蹟可考，固不足論。惟西施事蹟甚著，而亦有可疑者。《管子·小稱》篇曰'毛嬙、西施，天下之美人也'。考《管子》在吳王夫差前幾二百年，而其書已有西施，何歟？然猶可解曰'《管子》之書，多後人附益，或非其本文也'。乃《莊子·齊物》篇'厲與西施'，《釋文》出西施字，而引司馬曰'夏姬也'。夫司馬彪乃晉祕書監，西施事昭然在載籍中，已數百年，彪豈不知之，而顧以爲夏姬歟？此真不可解矣。或者司馬原文，本云吳王美姬也，與毛嬙稱越王美姬一例，傳寫脱誤耳。至扁舟五湖，古今艷稱之，而《墨子·親士》篇云'比干之殪，其抗也；孟賁之殺，其勇也；西施之沈，其美也'。西子又似不得其死者。《丹鉛總録》曰'《修文御覽》引《吳越春秋·逸篇》云，吳亡後，越浮西施於江，令隨鴟夷以終，且爲之説，曰浮沈也。反言耳。隨鴟夷者，子胥之譖死，西施有力焉。胥死，盛以鴟夷，今沈西施，所以報子胥之忠。故云隨鴟夷以終。范蠡去越，亦號鴟夷子，杜牧之遂以子胥之鴟夷爲范蠡之鴟夷，乃墮後人於疑網'。

以上並升庵説。升庵多臆説，未知可據否？然范蠡事亦有異辭。《吕氏春秋・悔過》篇云‘箕子窮于商，范蠡流於江’。《離謂》篇云‘范蠡、子胥以此流’。是范蠡之死，與子胥同。賈子《新書・耳痺》篇曰‘范蠡負石而蹈五湖，大夫種絷領謝室，渠如處車裂回泉，自此之後，勾踐不樂，憂悲薦至，内崩而死’。可知越之君臣，皆不令終，疑吴亡之後，西子仍歸范蠡，及范蠡負石蹈湖，越人亦沈西施於江，使從范蠡，故曰令隨鴟夷以終。此鴟夷仍謂范蠡。若是子胥，當云浮西施於江，以謝鴟夷，豈得云從鴟夷以終乎？終對始而言，西施始未嘗從子胥，又何終之有！升庵此解，殆失指矣。要之，范蠡、西施事，不妨兩説並存。如《吴越春秋》所云，乃乘扁舟，出三江，入五湖，人莫知其所適，則西子亦從范蠡而去，杜牧之詩云‘西子下姑蘇，一舸逐鴟夷’是也。如《吕覽》、賈誼所言，則西子亦從范蠡而死，《吴越春秋・逸篇》云‘越浮西施於江，令隨鴟夷以終’是也。二者孰是，固不可考矣”。俞説自較升庵爲辯，然徵采古説下及唐宋以後，最爲詳盡者，則不如孫璧文《考古録》卷六西施條爲最詳，然斷治无甚發明，故不復贅。

湘靈

《遠遊》“使湘靈鼓瑟兮”。王逸注“百川之神，皆謠歌也”。洪補云“上言二女，則此湘靈乃湘水之神，非湘夫人也”。朱熹注“湘靈，湘水之神也”。按洪、朱二説，皆未允。“使湘靈鼓瑟兮”，蒙下二女御言。按聞君一多《楚辭校補》云“此文當作張咸池，奏承雲兮，令海若舞馮夷，使湘靈鼓瑟兮，二女御，九韶歌，夷與上文妃韻，歌與下文蛇韻也。今本令海若句與二女御句誤倒，則失韻矣”。按聞説是也。蓋使侍而鼓瑟也，變文湘靈，取與海若作對耳。補注援此證屈子不以二女爲湘君、夫人，亦膚見也。如以理言，則與洛水宓妃均屬悠謬，奚獨于此置辯乎？（以上用蔣驥《楚辭餘論》文。）

嫫母

《九章·惜往日》"妒佳冶之芬芳兮，嫫母姣而自好"。王逸注"醜嫗自飾以粉黛也"。洪補"嫫，音謨。《説文》云，嫫母，都醜也。一曰黄帝妻，貌甚醜也"。《七諫·怨世》"西施媞媞而不得見兮，嫫母勃屑而日侍"。王逸注"嫫母，醜女也。勃屑，猶躄姍，膝行貌。嫫母醜惡，反得躄姍而侍左右也"。洪補"嫫，音謨"。

女嬃

《離騷》"女嬃之嬋媛兮，申申其詈予"。王逸注"女嬃，屈原姊也。嬋媛，猶牽引也"。洪興祖補注曰"《説文》云，嬃，女字也，音須。賈侍中説，楚人謂女曰嬃，前漢有吕須，取此爲名。《水經》引袁山松云，屈原有賢姊，聞原放逐，亦來歸，喻令自寬全。鄉人冀其見從，因名曰姊歸。縣北有原故宅，宅之東北有女嬃廟，搗衣石猶存。秭與姊同。觀女嬃之意，蓋欲原爲寧武子之愚，不欲爲史魚之直耳，非責其不能爲上官椒蘭也，而王逸謂女嬃罵原，以不與衆合，不承君意，誤矣"。按女嬃一説，自王逸後，頗有爭論。大抵不外兩事，一則女嬃之爲原姊與否；二則下文申申詈予之言，是否詈辭，洪補所引各説，已開其端，而下文申申之言，是否詈辭，細讀自能知之。一則以"鮌婞直"而至于大過爲此，則以婞直爲戒也。"博謇而好修"、"獨有婞節"，則以博謇、好修、婞節爲戒也。"世并舉而好朋兮，夫何煢獨而不予聽"。則不必煢獨，與世爲朋也。原若有姊，則期其弟爲壬佞，爲不修，爲无婞節，爲結黨以自營，爲判離不服，此无識尾瑣婦人之言，使原有此不明大義之姊，原又豈忍彰之"報章"，騰諸口説，以爲快哉！且下文總結時，有閨中邃遠之詞，何得以閨中指斥姊氏？本節冒語有申申詈予之語，何得以詈語言及姊氏？且嬋媛一詞，王訓牽引，以今語譯之，有面柔體柔，婉轉作

媚之義（《九歌》"女嬋媛兮爲余太息"。亦此義。王逸注亦以指原姊女
嬃），又安能以此等絕不莊嚴之詞形及同懷？則就詞氣論之，此不宜爲
姊氏，而當爲小妻。則情態既調，而詞氣順遂矣。欲論女嬃之爲何等樣
人，當深體此數語詞氣。然鄭玄或以爲妹，義亦同此。《説文》訓嬃爲
女字，世或引吕后女弟名吕須以證之，許氏又引賈侍中説爲原姊，似與
戰國漢初南楚一帶之恒語相合。按果如此説，則屈原直斥其姊之名而言
之，戰國以前諱事雖不如後世之重，原名其姊，似亦无防。然上冠以
"女"字，則斥姊曰"女"，亦非修辭立誠之態。按《周易·歸妹》"歸
妹以須"。鄭注云"須有才智之稱"。此説不甚可解。《説文》有諝字，
訓才智，豈謂須即諝之借乎？按此須，蓋即漢人所用之嬃字。《七諫·
怨世》云"親讒諛而疏賢聖兮，訟謂閭嬃爲醜惡"。王注云"閭嬃，好
女也"。《補注》引《荀子·倨詩》"閭嬃（今本或誤姝，聲近字也）子
奢，莫知媒兮"。韋昭注梁王魏瞿之美女嬃，音鄒。《集韻》音須。又
《哀時命》"隴廉與孟嬃同宫"。王逸注"孟嬃，好女也"。洪補音須，又
音鄒，是須當即嬃之異文，嬃訓好女，鄭玄以爲才智，義得通也。則女
嬃、閭嬃、孟嬃，皆謂女之娟好者也。須、嬃古雙聲同韻，蓋一音之變
也。參"閭嬃"條下。魏王美女曰閭嬃，則吕后弱妹亦得吕須，廣陵厲
王有女巫曰李女須，此用須字名女娟美幼小者，後人名女曰婭、曰娥、
曰娟、曰秀而已（朱亦棟《群書札記》以女嬃二字爲姊字切音，非原姊
名嬃云云。非原姊名嬃是也，而以女嬃爲姊字切音，則大謬）。則女嬃
者，戰代以來婦女幼小者娟好者之詞耳。

雖然，不論其爲嬃，爲嬃，爲美女，爲才智之女，而女嬃一詞，萬
不可以爲姊妹之稱，則甚明。明末諸生吳景旭《歷代詩話》曰"賈侍中
説楚人謂姊爲嬃，非也。彼以高陽之苗裔，伯庸之皇考，其家世何等也！
名曰正則，字曰靈均，蓋其肇錫誠嘉，而女嬃之所詈者，乃以判獨離爲
其病，豈賢姊哉！《水經注》原有賢姊，聞原放逐來歸，諭令自寬。夫
諭令自寬之人，而反申申詈之邪？則女嬃之決非原姊矣。按《易經》
'歸妹以須'。《本義》云'須，女之賤者'。《天官書》'須女四星'。陸

震云‘織女三星貴，須女賤’。蓋須即嬃字，《集解》亦云‘嬃者，賤妾之稱，比黨人也’。彼資菉施，即其朋耳”。其後施愚山《矩齊雜記》亦有此説，且云“須女星，主管布帛嫁娶，人間使女，謂之須女”，又曰“古人多以賤名名子女，祈其易養，生女名嬃，猶生男名奴耳。屈所謂女嬃，明從上文美生端，女嬃謂美人之下輩”云云。于説爲創，而于義則與《離騷》詞氣正合。故張雲璈、朱駿聲（其説云，據《漢書・天文志》皆借嬃爲嬬，媵妾也）皆從其説，然仍有未盡。按須本出聲借，而嬃則後起分別字，自借字又轉化爲專字也。其字當爲嬬字。按《易》“歸妹以須”，《釋文》引陸績本作嬬，注“妾也”。《廣雅・釋親》“妻謂之嬬”。《説文》訓嬬爲弱，“從女，需亦聲”。凡今從需之字，皆有弱小與美好二義。襦訓短衣，懦訓駑弱者，儒乃柔而有術之士，繻訓繪彩色，醹訓厚酒，皆是。古妾必幼于妻，别稱小妻，故可曰嬬，亦如嬬子之爲幼子矣（古女子亦有名孺者，季桓子妻南孺是也。餘詳下文）。小妻見《漢・佞幸傳》，曰小妻，曰細君，曰小婦；《漢書・元后傳》，曰嬬，亦曰姬，曰側室，曰簉室，曰次室，曰如夫人，曰如君，曰小夫人；《易・兑》，爲少女，爲妾，亦自稱曰小童。秦穆公夫人自稱婢子，其中或有自謙之辭，而恒稱爲多，故以妾釋嬬者，謂其幼小也。又天文北方宿女四星，亦曰須，光微小，天市恒織女三星，明大，故織女星爲貴，須女爲賤，亦假須爲嬬之一證。嬬本弱小美麗之稱，《漢書・藝文志》中山王孺子哀歌注云“孺子，王妾之有品號者也”。《齊策》云“王有七孺子”。《韓非》作十孺子，又《韓非・八姦篇》云，一曰在床貴夫人，愛孺子是也。《秦策》亦云“某夕某孺子納某士”。《漢書・王子侯表》“東城侯遺爲孺子所殺”。則王公至士民妾通名孺子，孺蓋即嬬字，孺者通用于男女之稱，嬬則專用于女。儒、嬬、孺三字依漢字構造之方式論，同也而有其異，異即在于别男女長幼而已。又或以“姁”爲之。《漢書・義縱傳》“縱有姊姁”。《吕后記》“名雉，字娥姁”是。虞支旁轉，則爲姨。《爾雅》以爲妻姊妹，古之嫁女者，以娣姪從，故亦得視爲小妻矣。漢以後則直以姨稱妾，支對轉清，則爲媵。《儀禮・士昏禮》“媵御餕"。注"古者嫁女必娣侄從，謂之媵"。莊十九年《公羊傳》"媵者何？諸侯娶一國，則二國往媵之，以侄娣從"。字或作"俕"，《吕覽·本味》"有侁氏喜以伊尹俕女"。即《天問》之"媵有莘之婦"。

近世有以女嬃爲侍女者，恐亦未必得，故不辯。

閭娵

《七諫·怨世》"訟謂閭娵爲醜惡"。王逸注"讙謹爲訟；閭娵，好女也"。洪補曰"《荀子》曰'閭娵子奢，莫知媒兮'。亦作閭娵。韋昭云'梁王魏瞿之美女'。娵音鄒，《集韻》娶音須，人名。引《荀子》'閭娶子奢'"。《文選·七發》亦云"閭娵傅予之徒"。皆東方一人所用也。按洪引《荀子》在卷十八《小歌》，楊倞注"閭娵，梁王魏瞿之美女。子奢，當爲子都，鄭之美人。《詩》曰'不見子都'。莫人之媒者，無人爲之媒也"（今本之誤作謀）。至娵字音，當讀如須。《韓詩外傳》亦云"閭娵子都，莫之能媒"。崔駰文曰"閭娵之子，既麗且閑，紫唇素齒，雪白玉暉"。字當作嬃，《漢書·楊雄傳》"娵娃"，韋昭曰，娵當作嬃，梁王魏嬰之美人，曰閭娵，又省作須。《戰國策·魏策》二"左白台而右閭須，南威之美也"。注"白台、閭須，皆美人字"。又誤作嬃。《廣韻》虞韻娶字注"荀卿子曰'閭娶之媒'"。《集韻》十虞"娶，音須，人名"。《荀子》云"閭娶子奢"。按今《荀子》作娵，寫者移其偏旁于下，遂成娶也。然音則未變也。聲變則作閭姝。《楚策》"閭姝子奢，莫知媒兮"。注引《荀子》作"閭娵"。字又繁衍作"嬦"。《文選》王褒《四子講德論》"嬦姆倭傀，善譽者不能掩其醜"。李注引《荀子》曰"閭嬦子奢，莫之媒也"。變詞則作孟娵，詳孟娵條下。

由上來諸證觀之，則閭娵蓋即女嬃一聲之轉也。"閭女"、"娵嬃"皆雙聲同韻，則南楚言好女曰嬃，他方或言娵也。詳女嬃條下。

孟娵

　　孟娵，美女，亦即閭娵，女㛮之變。

　　《哀時命》"隴廉與孟娵同宮"。王逸注"隴廉，醜婦也。孟娵，好女也"。洪補曰"娵，女名，音鄒，一音須"。孟娵當即閭娵，詳閭娵條下。按《荀子·儗詩》"閭娵子奢"。楊倞注"古之美女"。後語作明娵。則孟娵亦明娵一聲之轉。娵讀爲須，孟娵即閭娵之異詞，亦即女㛮之㛮。參閭娵、女㛮兩條下。

蔡女

　　《九歎·愍命》"蔡女黜而出帷兮"。王逸注"蔡女，蔡國賢女也。黜，貶也。言蔡女美好，反見貶黜，而去離帷幄"。按《淮南子·脩务訓》云"蔡之幼女，衛之稚質，纂組雜奇綵，抑黑質，揚赤文，禹湯之智，不能逮也"。

戎婦

　　《九歎·愍命》"蔡女黜而出帷兮，戎婦入而綵繡服"。王逸注"戎，戎狄也。言蔡女美好，反見貶黜，而去帷幄，戎狄醜婦，反入椒房，被五綵之繡，衣夫人之服也"。按蔡女爲中夏之婦，理當在帷幄；戎婦爲夷狄之婦，不當入椒房，古以爲夫婦匹敵，不使蠻夷猾夏。今戎婦入而綵繡服，當后夫人之位，則是以夷亂華矣。叔師以醜婦釋戎婦，尚間一隙。子政用《春秋》義也。

隴廉

《哀時命》“璋珪雜於甑窒兮，隴廉與孟娵同宫”。王逸注“隴廉，醜婦也。孟娵，好女也。言世人不識善惡，乃以甑窒之土雜厠圭玉，又使醜婦與好女同室也，以言君闇惑不別賢愚也”。按隴廉句與璋瑶句皆對舉美惡同器，以見義也。固知隴廉爲醜女，孟娵爲美婦人也。惟隴廉于古无徵。《莊子》言厲人夜半生子，其父取火視之，恐其似己也。注以厲人爲醜人，《莊子·大宗師》言支離疏者，“頤隱于臍，肩高于頂”。荀卿《非相》“衛靈公有臣，曰公孫吕……面長三尺，焉廣三寸”。《莊子》亦載魯哀公問孔子，衛有惡人哀駘他。疑與公孫吕有關，其名甚怪，疑爲衛方言，言醜曰哀駘他也，曰厲、曰支離、曰吕，與隴廉皆雙聲，豈南楚謂醜曰隴廉邪？不可考矣。按今烏蒙、牂牁之間，有方言，音同婁，或曰婁濫，婁音專指醜惡外形而言，不問男女老幼，皆可用。而婦人之醜者，則曰婁濫，或曰婁貨。濫貨，貨者指物言，猶言貨色也。婁當即陋字之音變。指婦人曰醜陋，固唐以來通俗語也。至婁濫一音，雖亦以詛咒醜惡婦女，而含義擴大爲一切醜惡事物，極言之，則曰婁婁濫濫，事狀較婁濫爲輕者，則母音如裸連，言事物不精美、无條理或黏霑不可收拾，皆用之。其實即縷㴭之變也。隴廉與婁濫、裸連，皆雙聲之變，因時、因地、與内情之強弱輕重而有異，而恒言之陋字，亦同一語根之變矣，倒言之，則曰㴭縷云。

吾鄉有特指醜婦之詞曰“老賴”。故老傳言，有賴姓婦，禿頭，大眉，紅眼，塌鼻，邪口，縱肩，傴背，曲脛（即所謂 x 脚也），跛足，而性行悍猛，世人呼爲老賴，此由語言變爲故實之例，此老賴當亦隴廉一聲之變也。

獻寶玉

《七諫·怨世》"獻寶玉以爲石，遇厲武之不察"。王逸注"昔卞和得寶玉之璞，而獻之楚厲王，或毀之以爲石，王怒，斷其左足。武王即位，和復獻之，武王不察視，又斷其右足。和乃抱寶泣於荆山之下，悲極血出，於是暨成王乃使工人攻之，果得美玉，世所謂和氏之璧也"。洪興祖補曰"劉向《新序》云荆人卞和得玉璞而獻之荆厲王，使工尹相之，曰，石也。王以和爲謾而斷其左足。厲王薨，武王即位，和復奉玉璞而獻之武王，王使工尹相之，曰，石也。又以爲謾，而斷其右足。武王薨，共王即位，和乃奉玉璞而哭於荆山中，三日三夜，泣盡而繼之以血，共王聞之，乃使人理其璞而得寶焉。又《淮南子》注云'楚人卞和得美玉璞於荆山之下，以獻武王，王以示玉人，玉人以爲石，刖其左足。文王即位，復獻之，以爲石，刖其右足，抱璞不釋而泣血。及成王即位，又獻之，成王曰，先君輕刖而重剖石。遂剖視之，果得美玉，以爲璧，蓋純白夜光，故曰和氏之璧'。又《琴操》曰'卞和得玉璞，以獻楚懷王，使樂正子占之，言非玉，以其欺謾，斬其一足。懷王死，子平王立，和復抱其璞而獻之，平王復以爲欺，斬其一足。平王死，和欲獻，恐復見斷，乃抱其玉而哭荆山之中'。諸説不同，按《史記·楚世家》，武王卒，子文王立，文王卒，子熊囏立，是爲杜敖。其弟弒杜敖自立爲成王，則《淮南子》注爲是。《新序》之説與朔同，然與《史記》不合，今並存之"。餘參和氏條下。

隨和又作隨咼，卞和又作弁和，咼、和同韻，卞、弁形近而譌也。

按卞和得玉荆山，戰國以來皆傳之，然荆山當在郢，周聖楷《楚寶》曰"按荆山在襄陽南漳縣西北八十里，三面險絶，惟西南一隅通人行，其上有抱玉巖、仙女洞。《荆州記》曰縣西北三十里有清谿，谿北即荆州，首曰景山，即卞和抱玉之處。然又考《漢·地理志》有二荆山，其一禹貢北條荆山，在馮翊懷德縣南，今鳳陽懷遠縣是也。其一南

條荆山，在南郡臨沮縣東南。臨沮即南漳，地近于郢，和氏泣玉，固應
在此，若鳳陽在戰國時始屬楚，安得有獻玉荆厲王之事？《廣輿》諸記
作懷王，此又緣琴操之妄傳耳。江淹《望荆山詩》云‘奉詔至江漢，始
知楚塞長。南關繞桐栢，西途出魯陽。寒郊無留影，秋日懸清光。悲風
撓重林，雲霞肅川漲。歲晏君如何，零淚沾衣裳。玉柱空掩露，金樽坐
含霜。一聞苦寒奏，再使豔歌傷’”。方以智《通雅》十三卷之壽春有
荆山，因遷郢而名也，條云“楚自昭王之後，又歷十一傳，至考烈王，
始徙都壽春。《韓非子》所載卞和獻玉事，乃在厲、武、文三王之際。
昭王上接武王，已越十世。當三王時，鍾離何嘗屬楚，而強謂卞和至此
山邪？《新序》又謂抱玉而泣，在共王時，《雜記》又謂在懷王及其子平
王時，平王乃昭王父，下距懷王九世，共王上至武王六世，差矣！陳霆
尚以懷遠荆山爲卞和獲璧處，更誤”。

黃棘枉策

《九章·悲回風》“施黃棘之枉策”。王逸注“黃棘，棘刺也。枉，
曲也。言己願借神光電景，飛注往來，施黃棘之刺，以爲馬策，言其利
用急疾也”。洪興祖《補注》：言己所以假延日月，往來天地之間，無以
自處者，以其君施黃棘之枉策故也。初懷王二十五年入與秦昭王盟約於
黃棘，其後爲秦所欺，卒客死於秦。今頃襄信任姦回，將至亡國，是復
施行黃棘之枉策也。黃棘，地名”。朱熹《集注》曰“黃棘，棘刺也。
枉，曲也。以棘爲策，既有芒刺，而又不直，則馬傷深而行速。舊注以
爲願借神光電景，飛注往來，施黃棘之刺以爲策，以求子推、伯夷之故
迹是也”。

按黃棘枉策，洪興祖《補注》破叔師之説，雖有據于地理史跡，而
无當于文義辭氣，故朱熹仍本王説而申之是也。施黃棘之枉策，以求介
子，何以必施枉策？則光景不可久留，不枉策則不能及介子、見伯夷也。
蓋自“託彭咸之所居”以下，至“聽潮水之相擊”以上，皆從彭咸所居

之境叙入，即其既寤炎氣煙液之理，不能永久浮游天地，而必返于霜雪潮水之悲，遂欲棄彭咸之所而去。故借上天之光與景，以往來于上下。光景喻其速，黄棘枉策喻其欲速，欲以求賢人者之自處，則求介子、伯夷之往迹者，求介子之立枯、伯夷之餓死也。若洪説，則文理上下隔閡。

哀江南

《招魂》"魂兮歸來哀江南"。王注"言魂魄當急來歸，江南土地僻遠，山林嶮阻，誠可哀傷不足處也"。五臣云"欲使原復歸於郢，故言江南之地，可哀如此，皆諷君之詞"。按此一句自王逸以來説無不異，其實以文義體之，恐王解、五臣注皆不足據。"哀江南"，聞一多讀哀爲依，亦不合詞理。蔣驥以哀江爲地名，在今湘陰縣有大哀、小哀二洲。舊傳舜南征，二妃從之不及，哭於此，故名。斯路已漸，江楓彌望……回首春時傷心欲絶……亦惟往哀江之南，以誓死而已。説至新穎，而于義亦允當。

南征

《招魂》"汩吾南征"。王逸注"征，行也。言歲始來進，春氣奮揚，萬物皆感氣而生，自傷放逐，獨南行也"。五臣云"汩，疾也，亦代原爲詞"。洪補"汩，于筆切。《文選》自此至'白芷生'句末，皆有些字，一本至'誘騁先'有些字"。朱注"汩，于筆反，征下一有些字，芷生下同，一至騁先下皆同。汩，去貌"。《九歎·遠遊》"橫飛谷以南征"。王逸注"飛谷，日所行道也。言乃旋我車軫，橫度飛泉之谷以南行也。軫，一作車"。寅按南征、南行等詞，在屈原賦中，別有深義。或則放逐南行，入荒裔之地。此個人情感上可傷之言。或則秦人入侵，南行避寇，則國是已非，南征非得已之情，有國破之感。《招魂》南征，叔師以自傷放逐，獨南行也釋之，深得詩人之旨，此與"邈南渡之焉入”同義。借此詞以發義，其他无須一一爲之説，讀者參上下文自能體會。至漢人擬作諸篇，有用此義者，亦有各就己見，依文義解之可也。如《九辯》之“南遊”，指鴈言；《九歎·遠遊》之南道、南渡，指放流遵行江南之道。“乘隆波而南渡兮”，言至神遊天濟，與二《招》諸所用西逝、南濟、東行諸詞，或寓言，或託詞，或文脈中自有四方之説，各各細繹之可也。餘參南人條。

鼓刀

《楚辭》二見，皆在屈賦中。一、《離騷》“吕望之鼓刀兮，遭周文而得舉”。二、《天問》“師望在肆昌何識，鼓刀揚聲后何喜”。王逸《離騷章句》“鼓，鳴也。吕望未遇之時，鼓刀屠於朝歌也”。洪補引《戰國策》云“‘太公望老婦之逐夫，朝歌之廢屠，文王用之而王’。注云‘吕尚爲老婦之所逐，賣肉于朝歌，肉上生臭不售，故曰廢屠’。《淮南子》云‘太公之鼓刀’”。按鼓刀，諸家皆以爲爲屠而鳴其刀也。王訓鼓爲鳴，言其擊刀而得聲，故曰鳴也。今市朝屠案切肉，用一刀，裂骨則左持刀，準骨際，而右刀剁切之，鉎鉎有聲，即鼓刀也，義至明，無庸申説。周初已用鐵，故鼓之則鳴。

《離騷》“吕望之鼓刀兮，遭周文而得舉”。王逸注“吕，太公之氏姓也。鼓，鳴也。或言吕望太公，姜姓也，未遇之時，鼓刀屠于朝歌也”。又云“太公避紂居東海之濱，聞文王作興，盍往歸之。至于朝歌，道窮困，自鼓刀而屠，遂西釣于渭濱。文王夢得聖人，於是出獵而遇之，遂載以歸，用以爲師。言吾先公望子久矣，因號爲太公望。或言周文王夢天帝立令狐之津，太公立其後，帝曰‘昌，賜汝名師’。文王再拜，太公亦再拜。太公夢亦如此，文王出田，見識所夢，載與俱歸，以爲太師也”。

按吕望鼓刀，文王舉賢事，屈宋、兩漢人皆喜引之。《九章·惜往日》“吕望屠于朝歌兮，甯戚歌而飯牛。不逢湯武以桓繆兮，世孰云而知之”（此言湯武而不言文王，非謂武王舉之，以湯武連文，春秋戰國以來習誤。易爲湯文，反覺生硬，此固爲用事上之小誤，不足較也）；《天問》言“師望在肆昌何識？鼓刀揚聲后何喜”（王叔師《離騷注》引文王舉望兩説，即《天問》所問之“昌何識”之一種解説也。參“師望在”二句條下）；《九辯》亦云“太公九十乃顯榮兮，誠未遇其匹合”。皆屈宋師弟之言也。至嚴忌《哀時命》言“太公不遇文王兮，身至死而不得逞”，《九歎·愍命》云“斮讒賊於中廇兮，選吕管于榛薄”，《九思·逢尤》言“吕傅舉兮殷周興”等，漢人説本事雖同于屈、宋，而用義則或浮而不切（劉、王兩文），或遠失屈旨（如嚴）矣。

《離騷》、《天問》言鼓刀，而《九章》言屠于朝歌，屠、鼓固一事，而朝歌一地，爲他文所不見。叔師乃綜合爲自東海歸西伯，途行至朝歌而困，乃屠刀，則與文王相見在朝歌也。此當爲南土所遺傳説。至《史記·齊世家》所載以魚釣奸周西伯，蓋本之三晋遺説（詳見《吕氏春秋》並《正義》引《括地志》、《吕覽》、《水經注》、《説苑》等書）。《墨子·尚賢上》“文王舉閎夭、泰顛于罝網之中，授之政西土服”云云，則漁釣事，非僅一人，此又宋地別一異説也。又謂“太公嘗事紂，紂無道，去之，游説諸侯，卒歸西伯，或曰吕尚處士，隱海濱，西伯囚羑里，散宜生閎夭素知而招之，三人爲求美女異物，西伯得出反國”。此當爲不語怪力亂神之齊魯舊説。司馬遷云“言吕尚所以事周雖異，然要之爲文武師”。則説之紛紜，恐尚不僅於此，合參“師望在肆”二句一條。大約古時一代開國之君，多有感生傳説，其主要輔佐，亦多神異之傳説，此或出後人附會，或亦當時起于屠沽版築棄兒之功臣，固文飾以取崇敬，如後世劉伯温之類矣。又視其地之所在而有所差別也。

操築

《離騷》“説操築于傅巖兮，武丁用而不疑”。此言殷高宗武丁，舉傅于傅巖之傳説。王逸注“築，擣也”。洪補引《孟子》“傅説舉于板築之間”。《史記》云“説爲胥靡，築于傅險”云云。按傅説操築事，具見

《墨子》、《孟子》、《吕覽》諸書。操築即《孟子》所謂版築也。版築本爲中土古代基本建築之一種工程，李濟氏在安陽發掘報告中言“坂築的土基，大都作長方形，四周多有大石卵，石卵與石卵之間，雖不十分正確相對，總保持相當距離，我們可以想像，石卵之柱礎上面，安柱……彼時既無磚瓦，必用茅草編成，古人所謂茅茨土階，近於真實……安陽坂築的遺跡，與山東歷城的相同，可是殷虛的版築，非用以造城，用以建房屋的基土的”。又云“在坑土下層，又發現長方坎有十公尺大小，有階可上下，足證坂築以前，還有穴居遺跡，坎的周圍，用硬土築成，鐵一般的堅固”云云，此自實地發掘中所得真實材料，可見版築工作，乃中土夏殷以來常制，于實物有徵矣。《孟子》言版築，指其事類言；《離騷》言操築，指其工作言，其實一也。版築之法，至今猶存，爲吾土吾民，日常生活中之最普遍最簡單建築法，此自指築室言也。孔《傳》以爲築道，自是異說，惟築道未必爲較原始社會恒見之事，不足信。至宋《蔡氏書傳》，又爲異說，以爲築居也。今言所居猶謂之卜築，則不讀墨、屈、呂、淮、賈氏之書，陋儒之見，胡侍《真珠船》卷一已有駁論，兹附于下，以佐參證。

“說築傅巖。《說命》曰‘說築傅巖之野’。孔氏《傳》云‘傅氏之巖，有澗水坏道，常使胥靡刑人，築護此道，說賢而隱，代胥靡築之，以供食’。至蔡氏不從其說乃云‘築，居也，今言所居猶謂之卜築’。余按孔子語子路云‘傅說負壤土，釋板築，而立佐天子’。《孟子》云‘傅說舉于板築之間’。《莊子》曰……《墨子》云‘傅說被褐帶索，庸築傅巖……’賈誼《鵩賦》云‘傅說胥靡兮，乃相武丁’。班固《公孫弘贊》云‘版築飯牛之朋’。崔駰《達旨》云‘役夫發夢于王公’。張衡《應問》云‘委市築而据文軒’。夏侯湛《抵疑》云‘傅說操築以寤主’。羊祜《讓開府表》云‘有道德于版築之下’。郭璞《三蒼解詁》云‘板牆上下，板築杵頭鐵沓也’。王子年《拾遺》云‘傅說賃爲赭衣，舂于深巖，以自給’。蕭綺《序錄》云‘傅說去其舂築，釋彼傭賃，應翹旌而來相’。沈約《恩倖傳論》云‘板築，賤役也，傅說去爲殷相’。

右諸説皆遠出蔡氏前，并同孔《傳》，且孔、孟、莊、墨去殷皆未大遠，言必有據。不知蔡氏何所見而不之從也"。其駁蔡氏雖多魏晋以後之説，而引《墨》、《孟》、《吕》之説則確然爲三大遺説，不得多疑也。

"説操築於傅巖兮，武丁用而不疑"。王逸注"説，傅説也。傅巖，地名。武丁，殷之高宗也。言傅説抱道懷德，而遭遇刑罰，操築作於傅巖，武丁思想賢者，夢得聖人，以其形像求之，因得傅説，登以爲公，道用大興，爲殷高宗也"。《書序》曰"高宗夢得説，使百工營求諸野，得諸傅巖，作《説命》，是佚篇也"。補曰"《孟子》曰'傅説舉于版築之間'。《史記》云'説爲胥靡，築於傅險，見於武丁，武丁曰是也。遂以傅險姓之，號曰傅説'"。洪氏更引徐廣引《尸子》説傅巖所在地，詳傅巖條下。

按《墨子·尚賢下》云"昔者傅説，居北海之洲，圜土之上，衣褐帶索，庸築于傅巖之城，武丁得而舉之，立爲三公"。《莊子·大宗師》亦云"傅説得之以相武丁"。屈子所傳，與《書》無異。《墨》、《莊》亦同，皆本之于《書》者也。餘參傅説、傅巖兩條下。

"操築"即《孟子》之所謂版築，與《墨》"衣褐帶索，庸築于傅巖"之説同。叔師乃言説遭遇刑罰，大出《騷》賦操築之義。按《吕氏春秋·求人篇》亦言傅説殷之胥靡，《史記》亦言"是時説爲胥靡"，《漢書·賈誼傳》"傅説胥靡乃相武丁"，馬融《廣成頌》云"營傅説于胥靡"，《帝王世紀》云"武丁夢天賜賢人……求諸天下，果見築者胥靡，衣褐帶索，执役于虞虢之間"。叔師蓋即用諸家胥靡一詞之義而説之也。其實此兩漢經師誤説（高誘云"胥靡，腐刑也"。張晏云"胥靡，刑名"。晋灼云"胥，相也。靡，隨也。相隨坐輕刑之名"。釋胥靡三家不同）。按《莊子·庚桑楚》曰"胥靡登高而不懼"。此版築之人所素習，故登高不懼，則《吕氏》之"胥靡"與屈子、孟子之版築固无異也。《韓非》云"傅説轉鬻"。謂胥靡非役作于官，而自以版築之事，轉次鬻力于人也。牟庭相《雪泥書屋雜志》以爲"胥靡當讀爲須眉，古字假借，蓋古人有罪刑，則髡而役作之。无刑罪而役作者，其須眉完好，因而版築之人，名爲胥靡”云云。附會有趣，則叔師未考先秦之義，而襲用漢師之説而已，其實誤也。朱熹説用孔《傳》説，謂説賢而隱，代胥靡築之，以供食，則紐於叔師舊説，既不能正，又覺其未安，遂爲此説，以調停之，實自陷于誤而不覺者矣（《荀子·儒效》曰“鄉也胥靡之人，俄而治天下之大器”。亦非言其爲刑罰之人也）。又鄭樵《通志·殷紀》以築爲依巖築室以居，謂説爲隱者，蔡氏《集傳》從之，以築爲居，與《離騷》不合，宋人瞀説也（胡侍《真珠船》卷一已駁蔡所説）。

南行

南行一語，《楚辭》三見。《九歎·忧苦》“獨熒熒而南行”，又《思古》“魂狟狟而南行兮”，皆擬屈之辭，无深義可求。屈作僅見于《九章·思美人》“獨熒熒而南行兮，思彭咸之故也”。王逸無注，此二語在篇末，上文言“登高吾不説兮，入下吾不能……命則處幽……願及白日之未暮，獨熒熒而南行兮”云云，則亦涉江初時所爲也。惟此篇文義，似不甚條理，即以遊蹤論之。篇首既言造父操駕，指幡冢之西隈，至開春發歲後，忽又遵江夏以娛憂，篇末又言登高不説，命則處幽，似爲情緒紛亂時語，與《涉江》之悲而有節，《懷沙》之沉痛而不亂，情致皆殊。則其爲初涉江時，將入南土，心懷憂恐，又悲索漠（故曰“命則處幽，吾將罷兮”），故思即西土發祥之幡冢，亦念即平日遊處之江夏，則其凌亂，正其可傷之處也。此南土，必指辰溆蒼梧以南之地言，无疑。至思彭咸遺則者，其永作隱匿之義乎？參高陽、南夷、彭咸諸條。

屈子沈湘

《九懷·尊嘉》“屈子兮沈湘”。王逸注“懷沙負石，赴汨淵也”。按屈子沈湘，湘即汨羅淵也。汨羅入湘，故亦得曰沉湘也。參屈原、汨羅、懷沙諸條，子胥沈江事詳《史記·伍員傳》與《吳越春秋》卷五。

家鬨

《離騷》“五子用失乎家鬨”。王注“兄弟五人，家居閭巷，失尊位也。《尚書序》曰‘太康失國，昆弟五人，須于洛汭，作《五子之歌》，此佚篇也。巷，一作居’”。洪補更引《尚書》以申王說。按王念孫《讀書雜志》曰“楊雄《宗正箴》曰‘昔在夏時，太康不恭，有仍二女，五子家降’。降與巷古同聲而通用……巷讀《孟子》‘鄒與魯鬨’之鬨，劉熙曰‘鬨，構也，構兵以鬬也’。五子作亂，故云家鬨。家，猶内也。若《詩》云‘蟊賊内訌’矣，鬨字亦作鬨鬬也。私鬨猶言家鬨，鬨之為鬨，猶鬨之為巷。法言《學行》篇‘一鬨之市’。鬨即巷字。《宗正箴》‘作五子家降’。降亦鬨也。《吕氏春秋·察微》篇‘……吴楚以此大隆’，大隆謂大鬬也。隆與降通，《書大傳》隆谷鄭注‘隆讀如龎降之降’。《逸周書·嘗麥篇》曰‘其在殷之五子。殷當作夏。忘伯禹之命，假國無正，用胥興作亂……所謂家鬨也’。五子即五觀也。《楚語》‘堯有丹朱，舜有商均，啟有五觀，湯有太甲，文王有管蔡，是五王者皆元德也。而有姦子五觀’（或曰武觀）。《竹書》帝啟十年，帝巡狩，舞九招于大麦之野，十一年‘放王季子武觀於西河’，十五年‘武觀以西河叛’……《墨子》引武觀亦言‘啟淫溢康樂于野’，是五觀之作亂，實啟之康娱自縱有以開之（故屈子作是語也）。王注以家巷為家居閭巷失之矣，五子家巷即當啟之世，揚雄《宗正箴》及王注以為太康時，亦失之矣”。又馮景《解春集》云“五子者，是太康之子。故曰圖後，非弟也。後果太康之弟仲康立。五子用失家巷，確然可證。此蓋以今《書》所稱‘厥弟五人’乃晚出古文。不足信也”。説亦可通。

南夷

《涉江》“哀南夷之莫吾知兮，且余濟乎江湘”。王逸注“屈原怨毒楚俗嫉害忠貞，乃曰哀哉南夷之人，無知我賢也"。補曰"《國語》云，楚爲荊蠻"。朱熹義略同，後世多因而不改，果如王、洪之説，則是屈子指斥宗國，豈即班孟堅所謂"忿懟亡身"者邪？然《涉江》全篇，既无怨毒楚國之意，屈賦全文，亦无蔑視宗邦之情，其釋顯爲不當。宋末王伯厚似已知其誤，其所爲《困學紀聞》，特以《春秋》大義爲之解説，其言曰"'哀南夷之莫吾知'，是以楚俗爲夷也。陰邪之類，讒害君子，變于夷矣"云云，殊爲比附。全謝山注《紀聞》云"屈子豈肯以楚爲夷？曰南夷者，指放逐之地言之也。蓋近乎苗疆矣，故曰夷"云云，其義至爲精微，然證驗未備，人莫得而徵之。考《涉江》一篇，爲《哀郢》後南放江南之作，蓋自哀郢東遷，至于陵陽，涉江則自陵陽沿江而入洞庭，濟江、湘，乘鄂陼，步馬山皋，邸車方林，上沅而回水，發枉渚，宿辰陽，入溆浦，終至于幽處山中，則涉江而往者，乃辰沅之西，蓋楚之西極，苗夷之所雜居也。則此語，乃將西入辰溆，逃避幽篁之始，知其本不可居而居，故曰哀南夷。則南夷蓋即指辰溆以西之異俗言，必不爲楚國明矣。此"莫吾知"，蓋上指南夷荒遠无知我之人，非謂朝堂之无知者也。考之張守節《史記正義》，據吴起之言，"昔三苗氏，左洞庭，右彭蠡，今江州、鄭州、岳州，三苗之地也"。《通典》則以"潭州、岳州、衡州皆古三苗之地"云云，其説雖略異，而大要則屈子南放，遊于辰溆，即古三苗所在之地，楚之先自得國後，累世南侵，三苗則漸西南遠徙，終且至于三危，今康藏滇西之地。其不能遠徙者，自洞庭、彭蠡漸西南移，辰溆、湘江之間，屈子所放流者，正苗民之居也。其地已改土，故曰南土。而其民則仍舊居異族，故曰南夷。无能助己以興國。故曰"哀"，曰"莫吾知"，如是則與《涉江》全文義理相合，而與屈子忠愛之忱亦調遂矣（合參"南"、"南人"、"三苗"諸條）。又《戰國策·秦策》三"齊有東國之地，方千里，楚苞九夷，又方千里"。是楚境，固得有諸夷矣。又《史記·吴起列傳》"楚悼王素聞起（吴起）賢，至則相楚……於是南平百越"。《後漢書·南蠻列傳》"及吴起相悼王，南并蠻越，遂有洞庭、蒼梧"。所謂諸夷，蓋即此等拓土開疆之地。

起之楚，在悼王之末，而洞庭、蒼梧已入土歸流，以迄懷王，蓋五十餘年，而其俗未變，原以南放入辰溆，自在蒼梧諸地也。又按春秋以來，南北之釁甚劇。《左氏傳》成九年"南冠而繫者誰也"。杜注"南冠，楚冠"。襄十八年"晋人聞有楚師，師曠曰……南風不競，多死聲，楚必無功"。又成七年"蠻夷屬于楚者，吳盡取之"。襄十三年"赫赫楚國，撫有蠻夷，奄征南海"。又《國策》、《秦策》、《魏策》言"楚之九夷"。詳《史記·李斯傳》九夷《索隱》。

附

　　《九章·涉江》"哀南夷之莫吾知兮"。王逸注"屈原怨毒楚俗嫉害忠貞，乃曰哀哉南夷之人，無知我賢也"。洪補《國語》云"楚爲荆蠻"。朱熹《集注》"南夷，謂楚國也"。王應麟《困學紀聞》云"屈原，楚人，而《涉江》曰'哀南夷之莫吾知'。是以楚俗爲夷也。陰邪之類，讒害君子，變於夷矣"。全注云"屈子豈肯以楚爲夷？曰南夷者，指放逐之地言之也。蓋近於苗疆矣。故曰夷"。張雲璈《選學膠言》卷十四曰"且深寧曾以《離騷》之稱哲王，謂楚君之闇，而猶曰哲。蓋屈子以堯舜之耿介，禹湯之祗敬，望其君，不敢謂之不明也。太史公曰'王之不明，豈足福哉'。此非屈子之意，審是。則更無以夷稱其本國之理，深寧之言，自相矛盾矣"。按王應麟説南夷爲楚變于夷，全注張釋皆駁之是也。按《涉江》爲屈子晚年放逐之作。在《離騷》之後，已存"高馳不顧"之思。哀南夷句，在登崑崙、食玉英之後，將濟江湘而南之前，其目的地在溆浦以南，近蒼梧、九嶷之間，則於其初發軔時，而有"哀南夷之不吾知"之嘆者，意謂此去，更無人知也。《涉江》全篇毫無怨毒楚國之意，屈賦全文亦无蔑視宗邦之情，王、洪之説，顯爲不當。朱熹亦但言楚國，亦未深體文情，按下言濟江湘，乘鄂渚，步馬山皋，邸車方林，過洞庭而上沅，入回水，發枉渚，宿辰陽，入溆浦，終至于幽處山中，則《涉江》而往者，乃辰沅西南，蓋苗夷所雜之地，則此句，乃將西行，逃避幽篁之始，知其本不可居而居之，故曰"哀"。"哀"其去國，至无人知之地，則南夷全氏以爲指辰溆西南苗疆之地，説最可信。此莫吾知，蓋亦指南夷荒遠，无相知之人也。非謂故國无知，更何有于變夷！叔師又以爲怨毒楚俗，而解下句"旦余濟乎江湘"爲"紀時明刺君之不明"云云，非惟否定屈子愛國精神，而附會奇離，更甚于深寧矣。按楚自悼王後，南疆所達至遠，《國策·秦策》三所謂"楚苞九夷又方千里"。吳起相楚，南平百粵（詳《史記·吳起傳》），則蒼梧之入楚疆，至屈子時已五六十年矣。此亦知人論世者所當知。

南人

《九章·思美人》"吾且儃佪以娱憂兮，觀南人之變態"。王逸云"覽察楚俗，化改易也"。是叔師以南人即指楚人，或以爲原居漢北，故云然。按蔣驥以爲指郢都，恐非。楚與郢都，皆屈子宗邦，豈得斥爲南人？按楚本夏後，沿河水而南，居息于江夏洞庭沅湘之間，而君臨其地，其民固三苗之後也。自春秋以來，在朝執政之士，已不盡爲楚之宗親。上官、靳尚、鄭袖之倫，交遍以責屈子者，或均爲土著之彦。屈子以宗親而不見容，此時放居漢北，國難私讎，皆由異姓，則以南人指斥群流，謂其郢都以南之人云爾，於理似較可解。則忖度其心，而竊快者，謂快己之被逐；揚厥怒者，謂修舊怨，而不稍俟也。説雖近創，而義得四會。細讀屈子全書，自能體此。合參"南"、"南夷"、"三苗"諸條。

三苗

《九歎·愍命》"叢林之下無怨士兮，江河之畔無隱夫。三苗之徒以放逐兮，伊皋之倫以充廬"。王逸注"三苗，堯之佞臣也。《尚書》曰'竄三苗于三危'。言放逐佞諛之徒若三苗者，置之四裔"。補曰"自此以上，皆言皇考之美；自此以下，言今之不然也"。按三苗一名，《楚辭》只此一見，子政蓋襲用《尚書·帝典》"竄三苗于三危"之説，但以指佞臣而言，非指三苗之族，悉如叔師所釋，與《帝典》"分北三苗"之三苗異義。舜有征三苗之傳説，死葬九疑，二妃不從，此楚民族所至崇敬之人。故屈《騷》于九嶷重華一再致其折衷至當之懷，子政无此思想，故但以三苗爲一佞臣而已，此漢儒與屈子異義者也。三苗爲佞臣者，西漢儒家皆主之。《漢書·鮑宣傳》"昔堯放四罪而天下服"。《息夫躬傳贊》"《書》放四罪"。《劉向傳》云"故舜有四放之罰"。皆《尚書·舜典》"四罪而天下服"之説。至馬融乃以三苗爲國名，以爲緒雲氏之後，《書》所謂四罪，共工、驩兜、鯀皆一時佞臣，而三苗獨爲國族，既與《書》義相違，復不盡同于西漢諸師之説，且《舜典》文末又有"分北三苗"之文，若四罪之三苗，爲國名，則帝典爲重文矣。蓋三苗一詞，先秦本有二義，而若出一源。其一則舜佞臣中四罪之一人，其二則南方之一民族或部族，而此部族或民族之得名，亦承襲舜臣之三苗而得也，此如後世之姓氏然。始得之祖姓，爲子孫所承襲，本南疆一最大之民族。舜驅而使之西南移，有流竄至于薩爾温河者，故傳説遂有竄三危之説（詳三危條）。一事分化，或數事結集，皆古史恒有之事。三苗一詞，既有分化，又有結集，故古今雜説至多，然《楚辭》用之惟見漢人之作，與楚風、楚地、楚族、楚習无重大關係，故不詳究矣。古今辯之者極多，即在《尚書》注解中，已復不少，學者欲詳之，自可詳參。

周道

周王朝立國安民之道也，詳見《詩經》。《七諫·怨世》"何周道之平易兮"。王逸注"言周家建立德化，其道平直公方，所履無失，而言蕪穢傾危者心惑意異也。以平直爲傾危，則以忠正爲邪枉也。《詩》曰'周道如砥，其直如矢'"。按周道一詞，《詩經》用之最多，凡四見。"周道如砥"，見《小雅·谷風之什》。《大東》篇"周道如砥，其直如矢"。毛《傳》"如砥，貢賦平均也。如矢，賞罰不偏也"。此傳顯非訓周道二字本義，乃探詞底之義蘊而爲之釋，與二章"佻佻公子，行彼周行"同意。唯鄭《箋》就首章毛義而申之，乃有周行周之列位之言，遂使詁字與索義兩不分明矣。曼倩此文，即用毛、鄭之義，以爲義如砥如矢，即文中所謂平易也。而叔師亦依毛、鄭之義，以解詁，此讀者所當知也。

殷

殷字《楚辭》七見，皆指殷商言。《離騷》"殷宗用而不長"，《天問》"授殷天下，其位安施"，又"命有殷國"，又"殷有惑婦何所譏"，又"殷之命以不救"，又"武發殺殷何所悒"，王逸《九思·逢尤》"吕傅舉兮殷周興"，皆是。諸字雖同指殷商，而與文句相連，各有史事，就當句釋之可也。殷史事，詳見《尚書·商書》所載有三十八篇，今存可信者，有《湯誓》、《盤庚》三篇，《高宗肜日》、《西伯勘黎》、《微子》等七篇，其餘則魏晋間人雜采古逸説而附益以成，已非原書，然其中亦有若干史影存在，要在讀者之善于利用。此外殷青銅器之有銘文，記者亦復不少，至今尚時時在出土中，未能統計。而司馬遷《史記·殷本紀》、《竹書紀年》、《世本》等書，載之益有條理，至近世安陽殷虚發現甲骨文字後，其史實益明，大體《史記》所載十九可信。南土所傳殷事，與儒書時有抵牾，然自甲文發現後，《天問》所載殷先公先王事跡，爲數千年遺墜者，于是而得復活，足以補史之缺文者，亦遂於千餘年墜緒中得其的證。試就屈賦中所涉及之殷世次，與《史記》較，則出入較大；與甲文較，則出入反少，故兹附《校定史記·殷世次表》于後。

殷代先公先王世系圖

帝嚳 —— 契 虞兒
昭明 —— 相土 —— 昌若 —— 曹圉 ①
冥 ②
核 ③
徵 上甲 ④
報乙 —— 報丙 —— 報丁

示壬 示癸
主壬 主癸 —— 大乙 湯唐 ⑤ 十三年
中壬 外丙 大丁 —— 大甲 二年 卅三年
南壬四年
沃丁 虎祖丁 ⑥ 二九年
大庚 二五年 七五年
小甲 大戊 十七年
雍己 二年 外壬 中丁 —— 祖乙 十五年 十三年 十九年
河亶甲 中己十二年 開甲九年
沃甲 虎甲二五年 祖辛 十六年
南庚 二五年 祖丁 三二年
陽甲 羌甲 ⑦ 七年
庚 盤庚 二八年
小辛 二一年
小乙 二八年

武丁 祖 ⑧ 五九年
祖庚 七年 祖甲 三三年
兄辛六年 ⑨
康丁 康祖丁三年 武乙 四年 文丁 文武丁 ⑩ 三年 帝乙 三七年 帝辛 三三年
前1123年 自焚

自湯建國至帝辛自焚共歷六百四十四年

一、昭明、昌若、曹圉三世甲文無徵。

二、冥，甲文作季，王君説。

三、核、恒二世，核，《史記》作振；恒，史無徵，而徵之於《天問》。

四、報乙、報丙、報丁，《史記》作報丁、報乙、報丙。

五、大乙，《史記》作天乙。

六、沃丁、大庚,《史記》作大庚、沃丁,沃丁,甲文作虎祖丁。下沃甲之沃,亦作虎。

七、陽甲、盤庚、小辛、小乙,《史記》次序全倒,作小乙、小辛、盤庚、陽甲。陽,甲文作羌。

八、祖己、祖庚、祖甲,《史記》無祖己,又祖甲、祖庚,次與甲文異。

九、廩辛、康丁,《史記》次互易,又甲文廩作兄,康丁作康祖丁。

十、文丁,《史記》作太丁,甲文作文武丁。

然殷乃盤庚所遷之地,遂爲天下号。在鄴南。《正義》引《括地志》云,"相州安陽本盤庚所都,即北蒙殷虛,南去朝歌城百四十六里,城西南去洹水南岸三里,有安陽城"。又云"今按洹水在相州北四里,安陽城即湘州外城也"。然堯始封契于商,《詩·商頌》亦云"帝立子生商"。《史記正義》引《括地志》云"商州東八十里商洛縣,本商邑,古之商國,帝嚳之子离所封也"云云。故殷亦稱商,或曰殷商(亦見《詩》)。而屈賦中,絶无言商者,即言盤庚以前諸帝,及諸先公先王,亦不一言及商,蓋南楚左史倚相所傳,皆就盤庚以後史稱立言也。此事《楚辭》關係不大,故不詳説之矣。

唐

《九思》亂詞"配稷契兮恢唐功"。舊注"配,匹也。恢,大唐堯也。稷契,堯佐也。言遇明君,則當與稷契恢大堯舜之善也"。按《史記·五帝本紀》"帝堯",《正義》引徐廣曰"號陶唐"。《帝王紀》云"堯都平陽,於詩爲唐國"。徐才《宗國都城記》云"唐國,帝堯之裔子所封,其北帝夏禹都,漢曰太原郡,在古冀州太行恒山之西,其南有晋水"。《括地志》云"今晋州所理平陽故城是也"。餘參堯字條下。

有虞

《離騷》"及少康之未家兮，留有虞之二姚"。王逸注"有虞國名，姚姓，舜後也"。按有虞二姚事，見《左傳》哀元年（詳少康條下）杜預注云"虞舜後，諸侯也"。梁國有虞縣，洪《補》引皇甫謐云"今河東大陽西山上有虞城"。

夏

夏字見于《楚辭》十四次，約分五類，一爲四季之夏季，二訓大，三爲屋名，四爲朝代名，五爲地名、水名等。茲分述如次。

（一）四季之夏。

《天問》"何所冬暖？何所夏寒？"冬暖夏寒對言。故王逸注此二句曰"言天地之氣，何所有冬溫而夏寒者乎？"餘詳"夏寒"一條下。又《招魂》"冬有突廈，夏室寒些"。王注"盛夏暑熱，則有洞達陰堂，其內寒涼也"。此二句亦冬夏對言，夏室謂盛夏避暑之室也。餘詳"夏室"條下。

（二）訓大。

《離騷》"啟九辯與九歌兮，夏康娛以自縱"。王逸注讀夏康連文，因言"夏康，啟子太康。言太康不遵禹啟之樂，而更作淫聲"云云，實不合詞氣"夏康娛"句，即指啟作九辯、九歌之樂，以自縱，不得牽引太康事也。詳"啟九辯與九歌兮"四句一條。此夏字，作大字解。《爾雅·釋詁》"夏，大也"。《周頌·時邁》毛傳同。《樂記》"夏，大也"。《方言》一"秦晉之間，凡物壯大謂之嘏，或謂之夏"。又云"凡物之壯大者而愛偉之，謂之夏"。皆其證。其例至多，不必枚舉。

（三）夏爲屋名。

《大招》"夏屋廣大，沙堂秀只"。王逸注"言乃爲魂造作高殿峻屋，其中廣大"。按夏即西之借聲字。夏屋連文，已成戰國以來建築成語，見於《詩》、《法言》等書，詳"夏屋"條下。其本字當爲西，詳《小學答問》，又《九章·哀郢》"曾不知夏之爲丘兮"。王逸注"夏，大殿也"。洪《補》"揚子曰，震風凌雨，然後知夏屋之爲帡幪也"。以夏爲大殿，於文意詞氣，皆不順，非也。此指江夏言，見後。

（四）朝代名。

《離騷》"夏桀之常違兮，乃遂焉而逢殃"。又《天問》"革孽夏民"。又"何乘謀夏桀"。諸夏字，皆是也。夏本禹封國號，《史記·夏本紀》正義引《帝王紀》：云"禹受封爲夏伯，在豫州外方之南，今河南陽翟是也"。凡十七傳，至桀爲成湯所伐，國亡，中間在少康時，曾爲有窮后羿所篡，至羿子寒浞爲少康所敗，夏乃復國。餘參"禹"、"桀"、"少康"諸條。《史記》有《夏本紀》，《尚書·禹貢》、《甘誓》、《胤征》爲《夏書》，《大禹謨》亦禹之典籍。別有《五子之歌》，僞作也。禹本姒姓，其後分封，用國爲姓，有夏后氏、有扈氏、妃氏等，至周封其後于杞，號東樓公，在今河南雍丘縣。屈賦所傳夏事，與《夏紀》出入不大，其爲量較多，已分詳之矣。

（五）地名、水名等。

夏作地名、水名用者，有江夏、夏首、夏浦、夏汭等名，皆各詳該條下。然《楚辭》以夏名之地，亦就夏水立名，故此夏水，實爲諸名之總統。《哀郢》"遵江夏以流亡"。又云"江與夏之不可涉"。而言江夏，即江水與夏水也。王逸注"江夏，水名也，言己東行循江夏之水而遂流亡，無還鄉之期也"。又注"江與夏不可涉"句云"分隔兩水，無以渡也"云云。江即大江，夏即夏水。《水經》云"夏水出江津，于江陵縣東南"。《注》云"江津豫章口東，有中夏口是夏水之首，江之汜也。屈原所謂過夏首而西浮，顧龍門而不見也"。又云"又東至江夏雲林縣入於沔"。《注》云"應劭《十三州記》曰'江別入沔爲夏水'（按《漢志》于江夏縣郡下引應劭曰"沔水自江別至南郡華容爲夏水"云云，與此別，是應有二説）。源夫夏之爲名，始于分江，冬竭夏流，故納厥稱。

既有中夏之目，亦苞大夏之名矣。當其決入之所，謂之堵口焉……自堵口下沔水，通兼夏目，而會于江，謂之夏沔也"。按《水經》及《注》說，則夏水自今江陵縣東南，分江水，東南流，經石首縣北，過監利縣北，北行過沔陽西北，入漢水，與屈子《哀郢》行徑相合。惟此水今已不復存在，此古今之變也。夏之名，酈道元以爲冬竭夏水，《寰宇記》引《荆州圖副》亦曰"夏水既非山流，有若川潴，冬斷夏通故名"。義與酈同。惟江永曰"自楚莊王討陳夏氏鄉，取一人以歸，謂之夏州。地近漢水，於是漢水遂成夏名。凡夏沔、夏口、夏首、夏侯及漢之江夏郡縣皆以此立名"云云，恐非。今江陵、石首、監利、沔陽之間，沼澤極多，其大者如長湖、三湖、白鷺湖、洪湖、排湖、沉湖、大沙湖等，皆當爲後世潴澤。其地低下，則夏時江汛，出爲一流。委移于諸湖沼之間，正以成其爲煙雨緲綿之地，即酈氏所謂雲夢之藪矣。則酈氏説爲有據矣。餘詳各專條（參《楚疆域及屈子行踪圖》）。

又江夏三角洲之地，亦得省稱曰夏。《九章·哀郢》"曾不知夏之爲丘兮"。王逸注"夏，大殿也。《詩》云'於我乎夏屋渠渠'"。洪興祖補注"夏，大屋。楊子曰'震風凌雨，然後知夏屋之爲帡幪也'"。朱熹集注"夏，大屋也"。按古籍從未見以一夏字作大殿解者，《詩》曰"夏屋"，夏乃訓大，不訓屋也。徧檢古書，皆莫得的證。叔師此注顯誤。後人或以爲厦字借字。厦字起于漢以後，又非曲説曲校不能成義。按細繹"曾不知夏之爲丘兮，孰兩東門之可蕪"兩語，蓋已至陵陽，不更前進，居停日久，而有故國之思。兩句後承以"心不怡之長久兮"，以至"九年不復"云云，義尤明白。則此二句，直爲故國之悲調，不作浮泛之飾言。蔣驥云"夏，即夏水也，在江之北。丘，丘陵也……言己擯逐陵陽，不得越江而北，雖夏水化爲丘陵，且不能知"云云，較舊説爲允。按夏水自江出，北流入于漢。江、夏、漢三水，形成三角洲，於是此三角洲地帶，多有夏名，此蓋楚家世生息之地。夏之爲丘，意謂故國恐有滄桑之變也。故緊接之曰，東門可蕪，果如王説，則廟堂之變，言何切激，恐未必爲屈子本旨。

又夏爲大俎名，屈宋不用此義。

楚

《大招》"自恣荆楚，安以定只"。王逸注"言四方多害，不可以游，獨荆楚饒樂，可以恣意居之，安定无危殆也"。按楚國周所封國。《史記·楚世家》"楚之先祖，出自帝顓頊高陽……高陽生稱，稱生卷章，卷章生重黎。重黎爲帝嚳高辛居火正，甚有功能，光融天下，帝嚳命曰祝融……以其弟吳回爲重黎後，復居火正，爲祝融。吳回生陸終，陸終生子六人……六曰季連，芈姓，楚其後也……季連生附沮，附沮生穴熊，其後中微，或在中國，或在蠻夷……周文王之時，季連之苗裔曰鬻熊。鬻熊子事文王，蚤卒，其子曰熊麗，熊麗生熊狂，熊狂生熊繹，熊繹當周成王之時，舉文武勤勞之後嗣，而封熊繹於楚蠻……姓芈氏，居丹陽……"（顧棟高謂"楚始封在歸州，遷於枝江，春秋初楚尚都此，再遷郢，在江陵"。此明楚始居在漢，後乃居于江，逮國之既強，然後由秭歸而枝江，而江陵，以漸食漢川諸姬）繹以後世系及族姓，皆可考，參程公説、《春秋分紀》及馬氏《繹史》。兹采馬圖之與《楚辭》有關者列之，而加數號以系之，其有重要事蹟，于表後注之。

（一）熊繹……　　（六）熊渠……　　（一四）若敖①……

（一七）武王②……　　（一八）文王③……　　（一九）堵敖……

（二〇）成王④……　　（二二）莊王⑤……　　（二八）平王⑥……

（二九）昭王⑦……　　（三六）威王……　　（三七）懷王……

---

① 若敖，楚君多以"敖"稱。始若敖，令尹子文其孫也。

② 武王自立爲武王，屈姓爲武王後，始屈瑕。餘詳"屈原"條下。

③ 始遷都于郢，楚始大。

④ 周賜胙，楚地千里，與齊晋争霸。

⑤ 問鼎大小。

⑥ 殺伍奢子，子胥奔吳。

⑦ 徙都鄀，不祀河。

（三八）襄王……　　（三九）考烈王……　　（四〇）幽王……

（四一）哀王……　　（四二）負芻①

以上所言，爲楚自周以後有史可考之世系，然周以前情況如何，不甚可知，近世諸家説楚族來源，多所推論，有以爲東夷之分化者，有以爲炎黄之後者，大體後説證據較確。《國語·晋語》四，司空季子言“昔少典娶于有嬌氏，生黄帝、炎帝。黄帝以姬水成，炎帝以姜水成，成而異德。故黄帝爲姬，炎帝爲姜”。依諸書略定之，姜水流域，大略在今河套以南，渭水之北。炎族東南遷移，東遷者與東夷犬牙交錯，南遷者沿漢水而下，至於大江，而止于洞庭、江介之間。先後蓋兩次，最早爲三苗民族，亦炎帝後也（詳“三苗”下）。第二次即顓頊一系之子孫，自顓頊傳重黎、吴回，而至陸終、季連、穴熊，大約與北系諸炎黄之族漸疏，即《史記》所謂“其後中微，或在中國，或在蠻夷”者也。至鬻熊子事文王，至成王封熊繹于荆蠻，乃漸與中原交往，遂儼然爲南土大國。此吾人得自古傳説中，摸索而得其仿佛者。要而言之，楚族起自姜水，在西極流沙之間。此屈子《離騷》所以以西海爲一篇最後神遊之所，而屯車弭節，高馳邈邈，奏九歌，而舞韶（皆夏樂），其樂无極，而斗然結以臨睨“舊鄉”，舊鄉者，先人發祥之地，雖僕馬，亦蜷顧不行，其寄意之深遠愷切，豈復有可疑者乎？而亂曰結語，以何懷“故都”爲言，故都者，新君所失之郢也。君上荒唐，至故都不保，而國盡讒佞，又莫能己知，則緬懷故都，正所以悲先人勳業之不可保，恫痛无極之言，宗子惟城，分所當爾也。關于楚民族自西南遷之説，在《楚辭》中只屈賦一二處用之。義雖至重，而事不必多考，學者欲詳知，細讀《史記·五帝紀》、《楚世家》自能得之，兹不詳説。余舊有文《夏殷民族考》論楚爲夏後，亦與此義同，雖至簡略，亦可一參。

以上明楚之統制階級之源變，然南人非盡楚之裔也。考古湘鄂之地，東至彭蠡大别山，西至今湘西貴州，北至淮水以南，皆古三苗之地，歷

---

① 爲秦所滅。

夏殷至周，爲北土諸族所侵。漸南或西南移，至楚之先，封丹陽東至于江陵，而三苗之勢益弱。然江介間之民，未必即盡楚裔，可能三苗舊攘之族之未南者，漸與楚族相同化，然三苗本亦夏後，亦來自西北，則亦楚之舊族也。當即屈子文中所稱之"南夷"、"南人"、"南土"、"南州"、"南國"、"南娭"矣（詳南人條下）。在春秋時，楚所吞滅諸國，凡四十有二，皆在漢川一帶，所謂江漢諸姬者是。而南土始終未越洞庭湖（顧棟高謂長沙府以南，爲南蠻地，服屬于楚）。按楚武王時，蠻與羅子共敗楚師，殺其將屈瑕。莊王時，復爲所寇，楚師既振，後乃服，自是遂屬于楚矣。戰國以後，楚漸南征，而後有長沙以南之地。是春秋戰國以來，楚除與江漢諸姬雜處外，復與三苗同處。至戰國以後，諸姬已盡，而三苗亦南遷，楚之疆域爲最大。而其民族之綜合同化，亦日益複雜矣。以與《楚辭》關係較小，故不詳論。

楚地古昔民情風習，《漢書·地理志》言之至詳，爲今史料之至可寶者，與楚文學與學術思想關係甚切，其言曰"楚有江漢川澤山林之饒，江南地廣，或火耕水耨，民食魚稻，以漁獵山伐爲業，果蓏蠃蛤，食物常足。故呰窳媮生而亡積聚，飲食還給，不憂凍餓，亦亡千金之家，信巫鬼，重淫祀，而漢中淫失枝柱與巴蜀同俗。汝南之別，皆急疾有氣勢，江陵故郢都，西通巫巴，東有雲夢之饒，亦一都會也"。所言雖漢時情況，而以屈宋賦所表現材料照之，无大殊也。

楚或複稱荆楚，詳荆字條下。

又或稱三楚，則異解頗多，蓋以時以事而異也。

《文選》"三楚多秀士"，注以楚文王都郢，昭王都鄀（按是爲西郢）。考烈王都壽春（按是東郢），爲三楚。又《寰宇記》蘄州下楚，文王徙都郢，故江陵，是爲西楚。漢封元王處于彭城，是爲東楚。後封屬王于廣陵，是爲南楚（按此爲漢三楚）。又《水經注·獲水》引孟康曰"舊名江陵爲南楚，陳爲東楚，彭城爲西楚"（按此説見《漢書·高祖紀》）。又引文穎曰"彭城故東楚也，項羽都焉，謂之西楚"（此説亦見《高祖紀》顏注，兩説皆有節略，兹不詳校。《史記·貨殖傳》"淮南爲西楚，彭城以東之海，吳廣陵爲東楚，衡山、九江、江南豫章、長沙爲南楚"。孟康曰"舊名江陵爲南楚，吳爲東楚，彭城爲西楚"云云，皆指漢人所言。方以智《通雅》言西楚包淮北、沛、陳、汝南二郡，言之更詳）。大抵東西楚有異説，而南楚指江陵无異詞。惟南楚一詞，漢以後又爲通説，以楚在中原之南，故南楚亦得爲楚之全稱。本書各文所用南楚一詞，蓋即用此義也。

楚之疆域，不甚可考，秦漢間人論之者，見于《國策》、《荀子》、《史記》、《淮南》諸書，皆有可參考，兹列其至重要者如下。

（一）《荀子·議兵》曰"汝潁以爲險，江漢以爲池。限之以鄧林，緣之以方城。然而秦師至而鄢郢舉，若振槁然，是豈無固塞隘阻也哉？其所以統之者，非其道故也"。

（二）《戰國策·秦策》三曰"楚苞九夷，又方千里，南有符離之塞，北有甘魚之口"。

（三）《史記》蘇秦説楚威王曰"楚天下之彊國也……西有黔中巫郡，東有夏州海陽，南有洞庭蒼梧，北有陘塞郇陽，地方五千餘里"。又曰"大王不從，秦必起兩軍，一軍出武關，一軍下黔中，則鄢郢動矣"。

（四）《史記》"張儀説楚王曰'秦西有巴蜀，大船積粟，起於汶山，浮江已下，不至十日，而距扞關。扞關驚，則從境以東，盡城守矣。黔中、巫郡，非王之有，秦舉甲出武關，南面而伐，則北地絶。秦兵之攻楚也，危難在三月之内；而楚待諸侯之救，在半歲之外，此其势不相及也'"（又蘇代同燕王所説與此略同）。

（五）《淮南子·兵略訓》曰"楚人地南卷沅湘，北繞潁泗，西包巴蜀，東裹郯邳，潁汝以爲洫，江漢以爲池，垣之以鄧林，縣之以方城，山高尋雲，谿肆無景"。

上所言皆不完整，而提供線索至重要。兹更就諸書所載楚地，詳爲分析，綜合以定楚國最大疆域如下。

楚本古荊州之地，《禹貢》"荊及衡陽惟荊州，江漢朝宗于海，九江孔殷，沱潛既道，雲土夢作乂……浮于江沱潛漢，逾于洛，至于南河"。《周禮·職方》"正南曰荆州，其境北接汝潁，南接衡湘，西連巴東，並吳，方城帶其內，長江梗其中，漢水、淮水、沅、湘之屬迄其上下。漢東江南之境，小國鱗次，介于其間，楚皆滅之"。其最大疆域，北界秦、韓、鄭、宋、薛、郯、莒等，東界越，南界越及百越群蠻，西界秦蠻巴等。其最大時期，以今地準之，約有今四川之奉節、巫溪、巫山、秀山、酉陽，於陝西有紫陽、漢陰、臨汝、魯山、石泉、寧陝、鎮南、柞水、商南、商山陽，河南則有淅川、伊陽、臨汝、寶豐、內沛、南召、臨潁、扶溝、襄城、通許、大康、柘城以南，於湖北有今全省，於湖南有茶陵、攸、醴陵、湘潭、湘鄉、安化、桃源、常德、華容、東北，於江西有修水、奉新、新建、豐城、進賢、鄱陽、浮梁以北，於安徽則有蕪湖、當塗，江北則舍壽、鳳臺、宿餘皆有之，於江蘇則有六合、睢寧、宿遷、泗陽、沭陽、漣水等，於山東則有莒、嶧縣、沂水、日照、諸城、安丘，于廣東則有陽山、英德、翁源、曲江、仁化，廣西則有古化、永福、陽朔，其地跨今十一省之多，爲戰國最大之國。其中于吳起暫時所得地，肅王、寧王、懷王、襄王各代時復有得有失，不能一一備載矣。餘參卷首所附《楚疆域圖》。其中熊繹始封之丹陽，在今湖北歸州東南七里（用顧棟高說）。武王始都郢，在今湖北江陵縣北十里紀南城。平王所城之郢，則在今江陵縣東北三里（或說即紀南城）。昭王遷都，在今宜城縣西南九十里（《括地志》卷四"楚昭王故城，在襄州樂鄉縣東北三十二里"。其地有都鄉，在都水旁。《水經注》以爲即鄢郢，然鄢在宜城縣西南九里，楚嘗自都徙鄢，踰年而復，非都即鄢也）。襄王保陳城，即故陳國，在今河南陳州。考烈王遷鉅陽，即今安徽潁州西北四十里細陽城。又徙壽春，在今壽州。凡此皆《楚辭》中所未曾言，而考世論人，所不可不知者，故于此著之。餘參戰國輿圖一幅。

楚之民族與土著，及其疆域、地理、傳世史蹟已如上述。然尤有進者，則楚之南疆，實與我國文化史傳播交流最重要地區，而其事大抵與戰國時代最大。莊蹻王滇，雖從其俗，而楚風亦必有播于西南者。中國與南洋印度交通，史書所載，雖始自漢，然以今日考古發掘所得資料觀之，則在新石器時代。大理喜洲一帶文化遺物，與中原大體上相一致，則中原一帶民族固久已播遷西南无疑。以古代交通至難，遂與中原隔絕。至蹻王滇而又通，今騰越片馬以西，與緬甸原壤相接，與印度必久有交通可言。佛典載雞足，今點蒼，亦爲古佛教聖地之一，必非虛構之詞，則中土與南洋印度及今日之所謂西南亞者，戰國以前有交通關係，可推理而得之。自蹻王滇後，其風俗地理之傳說，入南楚者，所在多有。故崑崙以南，如黑水（即今入滇之怒江）、三危（即今之薩爾溫江之異譯）、玄趾（即交趾之誤），入于《天問》爲屈子發疑之地理問題，雕題、黑齒爲《招魂》傳誤之民族，則中印南洋之史跡，雖在漢乃采入正史，而在民間如南楚者，則久已傳之矣。此不僅爲研究《楚辭》者之所當知，亦中土與西南亞各國接觸最早之史影也。若更以《山海經》中所言諸“南經”證之，則此一文化交流，固早爲吾先民所重視矣。

秦

《九歌・國殤》“帶長劍兮挾秦弓”。又《大招》“代、秦、鄭、衛，鳴竽張只”。王逸注“言代、秦之國”。按秦，周國名，後統一中國，分天下爲三十六郡，爲中國之中央集權制之政體開創者，事詳《史記》卷五、卷六。初封地在今甘肅天水縣。周平王賜襄公岐豐之地，始列爲諸侯。其後屢遷其居，至孝公始都咸陽。故城在今陝西咸縣縣東三十里。餘參秦弓條。

衛

《楚辭》衛字凡分兩義，一爲保衛，一爲國名。

（一）《遠遊》云“左雨師使徑侍兮，右雷公而爲衛”。《說文》“衛，宿衛也”。《易・大畜》曰“日閑輿衛”。注“護也”。《左傳》文七年"文公之入也無衛"。服注"從兵也"。此以雷公爲衛，亦指兵衛言也。其字當即韋，甲文韋作，若韋，象方國有所守衛者。借爲韋革字，衛則其後起增益字。以韋借作革，其義廢而後有衛字也。詳韋下。

（二）《招魂》"鄭衛妖玩，來雜陳些"。王逸注"鄭、衛，國名也"。洪補"許慎云，鄭、衛，新聲所出國也"。又《大招》"代秦鄭衛，鳴竽張只"。王注"言代、秦、鄭、衛之國，工作妙音"。衛始封康叔，名叔，周武王同母少弟，周公既誅管、蔡，以成王命，以武庚殷餘民封康叔爲衛君（《索隱》曰"康畿內國"。宋忠曰"今定昌"。按在今河南淇縣東北朝歌城是也）。傳十九世至文公，遷于楚邱（今河南滑縣東），成公又遷于帝丘（今河南濮陽縣西南，參"高陽"條下）。成公十九傳至平侯子立，五年貶號曰君，獨有濮陽。秦初置東郡，更徙衛野王縣，而并濮陽爲東郡。秦二世廢衛君角爲庶人，詳《史記》卷三十七《衛康叔世家》。

鄭

《招魂》"鄭衛妖玩，來雜陳些"。王逸注"鄭、衛，國名也"。又《大招》"代秦鄭衛，鳴竽張只"。王逸言"代、秦、鄭、衛之國，工作妙音，使吹鳴竽簫，作爲衆樂，以樂君也"。按周宣王封庶弟友于鄭，因以爲封國之號，是爲桓公。傳子武公、孫莊公，皆爲平王卿士。傳二十四世，至康公而亡。初封之鄭，據《史記·鄭世家》索隱引《世本》在棫林（鄭康成《詩譜》、韋昭《國語注》皆作咸林，在今陝西華縣西北）。幽王之難，友寄帑于虢鄶之間，子武公因取二國之地，在濟西路東河南潁北四水之間，謂新鄭（今河南新鄭是也）。至繻公爲其相子陽之黨所弒，立繻公弟幽公乙，是爲鄭君（《集解》引一本作康公）。鄭君乙廿一年，韓哀侯滅之，并其國。

《大招》之作，在戰國末期，此時鄭國亦已并于韓，則此鄭當緣舊鄭國之地而言，不指鄭國也。叔師以爲國名，未允，特通秦、衛言之爾。

徐

《七諫·沈江》"荊文寢而徐亡"。王逸注"徐，偃王國名也，周宣王之舅申伯所封也。《詩》曰'申伯番番，既入于徐'。周衰，其後僭號稱王也"。按叔師以爲周宣王舅申伯所封，不知所據，惟考之史，則徐即周初之東夷群舒，古或曰徐、曰紓、曰舒，皆一聲之轉。《左傳》僖三年杜注云"徐在下邳僮縣東南"。僮在今安徽泗縣東北。《漢書·地理志》"臨淮郡徐縣"。班固自注曰"故國，盈姓"。王先謙《補注》引《清一統志》"故城在舊沙州城西北，舊州城在今泗州城東南百八十里"。泗州即今泗縣。二說雖稍差，而相去不遠，皆在今泗縣境內，洪澤湖西北。

代

《大招》"代秦鄭衛，鳴竽張只"。王逸注"代、秦、鄭、衛之國，工作妙音，使吹鳴竽簧，作爲衆樂，以樂君也。代，一作岱"。按代，古國名。《史記·趙世家》"（趙）簡子出，有人當道……當道者曰……主君之子，將克二國於翟，皆子姓也"。《正義》"謂代及智氏也"。《世家》又曰簡子盡召諸子曰，"吾藏寶符于常山上，先得者賞……毋卹還曰，已得符矣。簡子曰，奏之。毋卹曰，從常山上臨代，代可取也……晉出公十七年，簡子卒，太子毋卹代立，是爲襄子，襄子姊前爲代王夫人。簡子既葬，未除服，北登夏屋（山名），請代王，使廚人操銅枓以食代王。及從者行斟陰令宰人各以枓擊殺代王及從官，遂興兵平代地"。《正義》引《地道記》曰"恒山在上曲陽西北百四十里，北行四百五十里得恒山岋，號飛狐口，北則代郡也"。又引《魏土地志》"代郡東南二十五里，有馬頭山。趙襄子既殺代王，使人迎其婦代王夫人……（其姊）摩笄自刺而死"。至戰國時，秦滅趙，趙諸臣奉公子嘉爲王，王代。

始皇二十五年，秦王賁攻代，得代王嘉，殺之。代地在今河北蔚縣。代事之可考者如此，《大招》言代之時，不後于始皇，始皇立，則此代必不得指趙之末王嘉，乃指古代國之地言也。

有扈

《天問》"胡終弊于有扈，牧夫牛羊"。又"有扈牧豎"。按有扈一辭，《天問》二見，王逸以爲澆國，滅夏后相，諸家皆因之。洪補且引《書》放與有扈戰于甘，作《甘誓》以實之。歷世大抵從其説。《甘誓》一文，問題至多，古今辯者已難分明（王應麟《困學紀聞》卷二有説，翁注引之亦詳）。然《天問》言"該秉季德，厥父是臧"以下十二句，及"恒秉季德"以下十二句，皆言殷之先王王亥、王恒、上甲微諸人事，不得以夏啓或相與戰于甘之有扈相涉，故"厥父是臧"。以下言"胡終弊于有扈，牧夫牛羊"，及下文"有扈牧豎，云何而逢"，兩"有扈"皆字形之異，此事即《竹書》"殷侯子亥賓于有易"之有易，事亦見《山海經·大荒東經》。扈本即户後起分別文，金文易字作"㲼"，從水，右形爲"𠃌"，與户形同，《天問》蓋當作㲼，損脱爲𠃌。因地名遂增邑作扈。注家于有扈習聞《甘誓》之有扈，遂以夏時有扈釋殷王子亥所賓之"有易"，于是《天問》遂多不可通之處矣（餘詳"該秉季德"四句條）。

又古狄、易二字同音通用，下文"昏微遵跡，有狄不寧"之狄，有易也。別詳。

斟鄩

《天問》"覆舟斟尋，何道取之？"王逸注"斟尋，國名也"。補曰"《左傳》云'有過澆，殺斟灌以伐斟尋，滅夏后相'。注云'二斟，夏同姓諸侯，相失國，依于二斟，爲澆所滅'。然則取斟尋者，乃有過澆，非少康也"。按《夏本紀》正義引臣瓚説，汲冢古文云"太康居斟鄩，羿亦居之，桀又居之"。《正義》引《括地志》云"故鄩城在洛州鞏縣西南五十八里，蓋桀所居也"。《水經注》洛水下，有鄩水、鄩城、上鄩、下鄩等。《左傳》昭公二十三年"二師圍郊……鄩潰"。杜注"河南鞏縣西南有地，名鄩中"。由諸書記之，則斟鄩當在今河南鞏縣。近世考古謂在鞏縣西南三十五里有村曰稍柴村，北臨伊洛河，塢羅河的村西南，注入伊洛河，與《逸周書·度邑》篇所謂"自洛汭延于伊汭，居陽無固其有夏之居"之説合，則斟鄩故當即在此無疑。

窮石

《離騷》"夕歸次於窮石兮"。注引《淮南》曰"弱水出于窮石，入于流沙也"。補曰"郭璞注《山海經》云'弱水出自窮石。窮石，今西郡刪丹，蓋其別流之原'。《淮南子》注云窮石，山名，在張掖也"。朱熹以爲即后羿之國也。案姚氏鼐云，宓妃蓋后羿之妻，《天問》所謂"妻彼洛嬪"者是也。下言"歸次窮石"，窮石是羿國，羿自鉏歸于窮石也。蓋此窮石乃《史記正義》引《括地志》所云合黎山一名窮石山者也。下句云"濯髮洧槃"，錢氏《集傳》既云宓妃伏羲氏之女，溺洛水而死，遂爲河神。而於窮石引《淮南》兼引《左傳》，直以爲一地。案王應麟《地理通釋》云"弱水出吐谷渾界，窮石山自刪丹縣西至合黎山，與張掖河合"。是窮石與合黎相近，而非即合黎。洪氏《圖志》云，窮石山在今甘州府山丹縣四南，一名蘭門山也。至后羿之國曰有窮，亦曰窮石，見昭四年《傳》。后羿自鉏遷於窮石，江氏《考實》云《水經注》"窮水出於安豐，昭二十七年，楚與吳師遇于窮，即此。今在英山縣境。或謂在霍邱縣"。此窮水窮地，偶與有窮同名耳，非羿國也。羿國自在西北方，與《楚辭》之——尤其是屈賦——窮石，乃能相合。洪、朱皆以指今張掖是也。《説文》"竆，夏后時諸侯；夷，羿國也"。窮與竆今古字，段氏亦云"左氏之窮石，杜不言其地所在，蓋非《山海經》、《離騷》、《淮南子》所云弱水所出之窮石也。《説文》'弱水出張掖山丹'，則距夏都安邑甚遠。然許郡善之下，即出竄字，固謂西北邊地"。此説極是。段氏雖未明指所在，而言在西北邊，固極得南楚傳所古史之遺義。

又按窮石與有窮國地理考之，似當爲兩地。王逸、朱熹説恐不足據。

按《淮南子》曰"弱水出窮石山"。《括地志》曰"蘭門山一名合黎山，一名窮石山"。《史記正義》曰"合黎山在張掖縣西北二百里"。未有以是爲有窮國者。據《竹書》太康元年癸未，帝即位，居斟鄩，畋于洛表，羿入居斟鄩。京相潘曰，今鞏洛渡北有尋谷，水東入洛，則羿之所居在河南而近洛也。襄四年《左傳》后羿自鉏遷于窮石，家衆殺而烹之，以食其子，其子不忍食，死于窮門。是羿雖據有夏都，而始終未嘗離窮國也。又哀二十六年《傳》"衛出公自城鉏使以弓問子贛"。《括地志》故鉏城在滑州衛城縣東十里，羿自鉏遷窮，地應相近，何由遠引張掖之窮石以爲即羿國乎？《水經注》窮水出六安國安豐縣窮谷，《春秋》吳救灊，沈尹戌與吳師遇于窮是也。吳氏以爲即有窮國也。又按定七年《左傳》敗尹氏于窮谷，《晉地道記》曰，河南有窮谷，蓋本有窮氏所遷也。或此爲得其實矣。又洈盤，水名。《山海經》"崦嵫之山苕水出焉"。郭注曰，《禹大傳》曰洈盤之水，出崦嵫山。《十道志》昧谷在秦州西南，亦謂之兌山，亦曰崦嵫。

鮮卑

《大招》"小腰秀頸，若鮮卑只"。王逸注"鮮卑，袞帶頭也。言好女之狀，腰支細小，頸鋭秀長，靖然而特異，若以鮮卑之帶，約而束之也"。洪興祖補注"《前漢·匈奴傳》'黃金犀毗'。孟康曰'要中大帶也'。張晏曰'鮮卑郭洛帶，瑞獸名也。東胡好服之'。師古曰'犀毗胡帶之鉤，亦曰鮮卑'。《魏書》曰'鮮卑，東胡之餘也，別保鮮卑山，因號焉'"。朱熹《集注》"鮮卑，袞帶頭也。言腰支細小，頸鋭秀長，若以鮮卑之帶，約而束之也"。諸家以鮮卑爲帶，洪引《匈奴傳》證之。按《戰國策·趙策二》言"趙武靈王胡服，賜周紹黃金師比"。即《匈奴傳》之"黃金胥紕"也。《集解》引徐廣云，武作胥毗。《索隱》云《漢書》現作犀毗，延篤云"胡革帶鉤"。班固與竇憲《書牋》云"賜犀比金頭帶"是也。然依《大招》原文定之，恐不得如王、洪之説。文曰"小腰秀頸，若鮮卑只"。言若鮮卑之小腰秀頸也。則鮮卑當指烏桓、鮮卑，東胡人種也。李調元《卐齋纆録》以鮮卑山在柳州，"謂帶爲鮮卑者，或以山形相似得名"云云，説似有體會，而結語則大謬。《後漢書》謂鮮卑與烏桓同種，習其俗，"計謀從用婦人"，"至嫁時乃養髮，分爲髻，著勾決，飾以金碧，猶中國有篦步瑤，婦人能刺韋作文繡"。則鮮卑女子，固亦善修飾。東胡早起于三代之世，則其習俗爲中土所稱，春秋以來，列國之娶四夷女子者，固不僅晉獻之安驪姬，鮮卑之盛，固不自東漢始也。則此鮮卑，當作鮮卑婦人解無疑，于文義爲順遂。

梁孝王

漢梁孝王劉武，文帝次子。文帝竇皇后生景帝，及梁孝王，武初立爲代王，徙爲淮陽王，又徙梁。景帝立，七國之亂，吳、楚破，梁最有功。孝王，太后少子，愛之，賞賜不可勝道，於是孝王築東苑，方三百餘里，廣睢陽城七十里，招延四方豪傑，自山東游士，莫不至。既朝，上疏，因留，以太后故，入則侍帝同輦，出則同車。帝廢栗太子，太后心欲以梁王爲嗣，大臣及爰盎等關説於帝。太后議格，王使人刺殺盎等，帝因此怨望於梁王。後王入朝，上疏，欲留，帝勿許。歸國意忽忽不樂，旋卒，謚曰孝王。見《漢書》卷四十七《文三王傳》、《史記》卷五十八《梁孝王世家》。

司馬相如

綜表《史記》卷一百十七、《漢書》本傳云，卒五歲，上始祭后土。按此元鼎元年也，故推得此。

司馬相如，字長卿，漢成都人，少時好讀書，學擊劍，名犬子。相如既學，慕藺相如之爲人，更名相如。以貲爲郎，嘗事景帝，爲武騎常侍。病免，客游梁，得與諸侯游士居數歲，乃著子虛之賦。會梁孝王卒，相如歸，而家貧，素與臨邛令王吉相善。臨邛多富人，卓王孫家僮八百人。卓王孫有女文君，新寡，好音，相如以琴心挑之，文君夜亡奔相如，相如與馳歸成都，家徒四壁立。久之，與俱之臨邛，買酒舍，令文君當爐。卓王孫耻之，分與文君僮百人，錢百萬。文君乃與相如歸成都，爲富人。蜀人楊得意爲狗監，侍武帝，帝讀《子虛賦》而善之。得意言其邑人司馬相如爲之。帝召相如，給筆札，相如續《子虛賦》爲《上林賦》（《史記》、《漢書》合《子虛》、《上林》爲一篇），奏之，帝大悦，以爲郎。相如爲郎，數歲，拜爲中郎將，通西南夷。卓王孫喟然而嘆，自以得使女尚司馬長卿晚，乃厚分與其女財與男等。相如口吃而善著書，常有消渴病，饒於財，常稱疾，閑居，不慕官爵。嘗從帝至長楊獵，因上疏諫（文載《史記》、《漢書》本傳），相如既病免，家居茂陵，使使者取其書，而相如已死，得所著《封禪書》（見《史記》、《漢書》），他所著《喻巴蜀檄》及《難蜀父》者二文（皆見《史記》、《漢書》）。又陳皇后別在長門宮，聞相如工爲文，奉黃金百斤，相如爲作《長門賦》。文奏，陳皇后復得幸（見《文選》）。事蹟詳《漢書》卷五十七《司馬相如傳》、《史記》卷一百十七。

劉安

劉安，淮南屬王長之子，嗣爲淮南王。爲人好書，招致賓客方術之士，作爲《内書》二十一篇，《外書》甚衆，又有中篇八卷，言神仙黄白之術，亦二十餘萬言，名《淮南子》。時武帝方好藝文，以安屬爲諸父，辯博，善爲文辭，甚尊重之。初安入朝，獻所作《内篇》，上愛秘之，使爲《離騷》傳。旦受詔，日食時上。又獻《頌德》及《長安都國頌》。元朔二年賜几杖，不朝。其後有反謀，以宗正以符節治。王未至，自殺。《漢書》卷四十四有傳，附《淮南屬王長傳》。

東方朔

東方朔，字曼倩，漢平原厭次人。武帝初即位，徵舉方正賢良文學材力之士，朔少學書擊劍，上書高自稱譽，帝偉之，令待詔。朔常以滑稽舌辯，變詐鋒出。帝以爲常侍郎，遂得愛幸。朔雖詼笑，然時觀察顔色，直言切諫，帝常用之。自公卿在位，朔皆敖弄無所爲屈，久之，上書陳農戰强國之計。朔嘗至太中大夫，後常爲郎，固自訟獨不得大官，欲求試用，辭數萬言，終不見用。朔因著論《設客難》，已用位卑，以自慰諭。朔之文辭此二篇最善（指陳農戰强國之計及《設客難》）。其餘有《封泰山》、《責和氏璧》及《皇太子生禖》、《屏風》、《殿上柏柱》、《平樂觀賦》、《獵》、《八言·七言·上下》、《從公孫弘借車》（《漢書》卷六十五有《東方朔傳》），《楚辭》録其《七諫》七篇。

嚴忌

嚴忌，漢吳人，本姓莊，避明帝諱改。哀屈原忠貞，不遇明主，作《哀時命》。會景帝不好辭賦，時諸侯王皆自治民聘賢，忌與鄒陽、枚乘等，初仕於吳，皆以文辯著名。久之，吳王陰有邪謀，鄒陽諫不納，是時景帝少弟梁孝王貴盛，亦待士，於是嚴忌等皆去之梁，從梁王游，俱見尊重。忌子助，亦善賦頌，略見《漢書》卷六十四《嚴助傳》、卷五十七《司馬相如傳》、卷五十一《鄒陽傳》。

王褒

　　王褒，字子淵，漢蜀人。宣帝時修武帝故事，講論六藝羣書，博盡奇異之好，徵能爲《楚辭》者，九江被公，召見誦讀。褒與張子僑等並待詔。數從褒等放獵，所幸宮館，輒爲歌頌，第其高下，以差賜帛，議者多以爲淫靡不急，上曰"不有博奕者乎？爲之，猶賢乎已！"辭賦大者與古詩同義，小者辭辨麗可喜，辟如女工有綺縠，音樂有鄭衛，今世俗猶皆以此娛説耳目，辭賦比之，尚有仁義風諭，鳥獸草木多聞之觀，賢倡優博奕遠矣。《楚辭》録其《九懷》九首。

劉向

　　劉向，漢宗室，爲楚元王交四世孫。字子政，本名更生。初爲諫大夫，宣帝招選名儒俊材，向以通達能屬文與焉。信神仙造金之術。造黄金，不驗，獲罪當死。會初立《穀梁春秋》，徵更生受《穀梁》，講論五經於石渠，後拜郎中，遷散騎諫大夫給事中。元帝即位，頗見任用。中書宦官弘恭、石顯弄權，屢讒害更生。成帝時，顯等伏辜，更生復進用，改名向。帝命向領校中五經秘書。時外戚王氏專權，向集合上古以來符瑞災異之記，著其占驗，比類相從，凡十一篇，曰《洪範五行傳論》。又以爲王教由内及外，故採取《詩》、《書》所載賢妃貞婦，及孽嬖亂亡者，序次爲《列女傳》，凡八篇，以戒天子。及采傳記行事，著《新序》、《説苑》，凡五十篇。向爲人簡易無威儀，專積思於經術，晝誦書傳，夜觀星宿，或不寐達旦，常顯訟宗室，譏刺王氏，上封事，極諫，帝知其忠，然終不能奪王氏權，以向爲中壘校尉。雖數欲用向爲九卿，爲王氏及諸大臣所持，官終不遷，居列大夫官前後三十餘年。七十二卒。又著《列仙傳》，輯《楚辭》十六卷，其所撰《天問解》已佚。《漢》卷三十六有傳。

楊雄

楊雄，成都人，字子雲。少好學，博覽無所不見。爲人簡易佚蕩，口吃，不能劇談，好辭賦，常慕司馬相如。又以屈原文過相如，而悲其遇，作《反離騷》、《廣騷》、《畔牢愁》（《反離騷》載《漢書》本傳）。成帝時，召對承明殿，奏《甘泉》、《河東》、《校獵》（一作《羽獵》）、《長楊》諸賦，多仿司馬相如。既而以爲賦者，將以風焉，必推類而言，極麗靡之辭。相如上《大人賦》，欲以風帝，反縹縹有凌雲之志。由是言之，賦勸而不正明矣。又頗似俳優，於是輟而不爲。以爲經莫大於《易》，故作《太玄》。客有難《玄》大深，雄作《解難》。又以傳莫大於《論語》，象《論語》作《法言》；史篇莫善於《蒼頡》，作《訓纂》；箴莫善於《虞箴》，作《州箴》。皆斟酌其本，相於放依而馳騁云。時人皆忽之，惟劉歆、范逡敬焉。而桓譚以爲絶倫，言其書必傳。後仕於王莽，曾校書天禄閣。年七十一，天鳳五年卒。《漢書》卷八十七有傳。

劉歆

劉歆，向子，字子駿。河平中，與向領校秘書，集六藝羣書，種別爲《七略》。經籍目録之學，自歆始。歆及向始皆治《易》。及歆校秘書，見古文《春秋左氏傳》，大好之。初《左氏傳》多古字古言，學者傳訓故而已，及歆治《左傳》引傳文以解經，轉相發明，由是章句義理備焉。歆欲建立《左氏春秋》，及《毛詩》、《逸禮》、古文《尚書》，皆列於學官，忤執政大臣，爲衆儒所訕，乃出爲郡守。王莽少時，與歆俱爲黃門郎，甚重之。建平元年，改名秀，字穎叔。及莽篡位，歆爲國師，歆怨莽殺其三子，從王涉言謀誅莽。事泄，自殺。又輯《屈原賦》二十五篇。事蹟詳《漢書》卷三十六附向傳，及卷九十九《王莽傳》。

梁竦

《梁竦傳》，竦字叔敬，少習孟氏《易》。弱冠，能教授，後坐兄松事，與弟恭，俱徙九真。既徂南土，歷江湖，濟沅湘，感悼子胥、屈原以非辜沈身，乃作《悼騷賦》，繫玄石而沈之。《後漢書》卷三十四有傳。

賈逵

賈逵，字景伯，扶風平陵人，誼之後也。父徽，從劉歆受《左氏春秋》，兼習《國語》、《周官》，又受古文《尚書》於塗惲，學《毛詩》於謝曼卿。作《左氏條例》二十一篇。逵悉傳父業，弱冠，能誦《左傳》及五經本文，以大夏侯《尚書》教授，雖爲古學，兼通五家《穀梁》之説，尤明《左氏傳》、《國語》。永平中，獻《左氏傳解詁》三十篇，《國語解詁》二十一篇。明帝重其書，寫藏秘館。章帝立，特好古文《尚書》、《左氏傳》。建初元年，詔逵入講北宮白虎觀、南宮雲臺。又令逵自選公羊、嚴顔諸生高才者二十人，教以左氏。逵數爲帝言古文《尚書》，與經傳《爾雅》詁訓相應。詔令撰歐陽、大小夏侯《尚書》古文異同，逵集爲三卷。復令撰齊、魯、韓《詩》與毛氏異同，并作《周官解詁》。遷逵衛士令，八年詔諸儒各選高才生，受《左氏》、《穀梁春秋》、古文《尚書》、《毛詩》，由是四經遂行於世。和帝時，累官侍中，學者稱爲通儒。然不修小節，爲世所譏。永元十三年卒，時年七十二。所著經傳義詁及論難百餘萬言，又作《詩頌》、《誄書》、《連珠》、《酒令》凡九篇，又有《離騷章句》。《後漢書》卷三十六有傳。

馬皇后

《後漢書·明德馬皇后紀》，馬援女。后能誦《易》，好讀《春秋》、《楚辭》，尤善《周官》、董仲舒書。

班固

班固，字孟堅，扶風安陵人。九歲能屬文。及長，博貫載籍。欲續父彪所著《漢書》，既而有人上書明帝，告固私改國史，有詔下郡收固，繫京兆獄。弟超詣闕上書，而郡亦上其書，明帝甚奇之，召詣校書部，除蘭臺令史，後遷爲郎，典校秘書，乃復使終成前所著書。固自永平中受詔，積思二十餘年，至建初中乃成。後遷玄武司馬。帝會諸儒，講論五經，作《白虎通德論》，令固撰集其事。竇憲出征匈奴，以固爲中護軍，行中郎將事。憲敗，洛陽令種競以舊怨，捕繫固，死獄中，時年六十一。固既成《漢書》，又所著《典引》、《賓戲》、《應譏》、詩、賦、銘、誄、頌、書、文、記、論議、六言，在者凡四十一篇。《後漢書》卷四十有傳，附班彪。

馬融

馬融，茂陵人，字季長。美辭貌，有俊才，從京兆摯恂學，恂奇其才，妻以女。初應鄧騭召，拜爲校書郎中，校書東觀。時鄧太后臨朝，融上《廣成頌》以諷諫，忤鄧氏，遭禁錮。安帝時，召還郎署。帝東巡岱宗，融上《東巡頌》，復拜郎中。北鄉侯即位，拜議郎。重在東觀著述，以病去。融才高博洽，爲世通儒，教養諸生常千數，盧植、鄭玄皆爲其徒。善鼓琴，好吹笛，達生任性，不拘儒者之節。常坐高堂，施絳紗帳，前授生徒，後列女樂，弟子以次相傳，鮮有入其室者。嘗欲訓

《左氏春秋》，及見賈逵、鄭衆注，乃曰"賈君精而不博，鄭君博而不精，既精既博，吾何加焉"。但著《三傳異同説》，注《孝經》、《論語》、《詩》、《易》、《尚書》、三《禮》、《列女傳》、《老子》、《淮南子》、《離騷》。所著賦、頌、碑、誄、書、記、表、奏、七言、琴歌、對策、遺令凡二十一篇。初融憝於鄧氏，不敢復忤勢家，遂爲梁冀草《奏李固》，又作《大將軍西第頌》，以此頗爲正直所羞。年八十八，延熹九年卒於家。《後漢書》六十有傳。

王逸

王逸，字叔師，南郡宜城人。元初中，爲校書郎。順帝時，爲侍中。著《楚辭章句》十七卷，及賦、誄、書、論、襍文，凡二十一篇，又作《漢詩》百二十三篇。《後漢書》卷八十上《文苑》有傳。

徐邈

徐邈，東莞姑幕人，家京口。勤行勵學，孝武帝招延儒學，謝安舉以應選。年四十四，始補中書舍人。撰正《五經音訓》，學者宗之。累官驍騎將軍。晚遭父憂，先疾患，因哀毀，遂卒，年五十四，州里傷之。所注《穀梁傳》，見重於時。又有《楚辭音》一卷，今已佚。《晋書》卷九十一《儒林》有傳。

郭璞

郭璞，字景純，河東聞喜人。博學高才，詞賦爲東晋之冠。好古文奇字，妙於陰陽、算曆。有郭公者，客居河東，精於卜筮，璞從之受業，郭公以《青囊中書》九卷與之，由是洞知五行天文、卜筮之術，所占多奇驗。避地過江，元帝重之。璞作《江賦》、《南郊賦》，帝見而嘉之，以爲著作佐郎。璞既好卜筮，縉紳多笑之。又自以才高位卑，著《客傲文》，載本傳。王敦謀逆，使璞筮之，不吉。敦怒而殺之，年四十九。璞撰前後筮驗六十餘事，名爲《洞林》，又抄京、費諸家要最，更撰《新林》十篇、《卜韵》一篇，注釋《爾雅》，別爲《音義圖譜》，又注《三蒼》、《方言》、《穆天子傳》、《山海經》及《楚辭》、《子虚》、《上林賦》數十萬言。所作詩、賦、誄、頌亦數萬言。又有《葬書》及《玉照定真經》。《晋書》卷七十二有傳。

何偃

何偃，南朝廬江灊人，字仲弘。元嘉中，位太子中庶子。歷侍中，掌詔誥。時其父尚之爲司空尚書令，偃居門下，父子並處權要，曲得時譽。孝武時，遷吏部尚書，與竣有隙，竣權傾朝野，偃不自安，遂發悸病。孝武遇偃既深，備加治療，得瘥。大明二年卒官，時年四十六，謚靖。偃素好談玄，注《莊子·逍遥篇》，傳於時。《南史》卷三十、《宋書》卷五十九有傳。

諸葛璩

《隋志》有《楚辭音》一卷，宋諸葛民撰。《隋志》注云，宋處士。姚振宗曰，疑即諸葛璩。詳余《楚辭書目》。

諸葛璩，字幼玟，梁琅邪陽都人，世居京口。幼事關康之，博涉經史。復師臧榮緒，榮緒著《晋書》，稱璩有發摘之功。齊建武初，以璩爲議曹從事，辭不赴。天監中，舉秀才，不就。性勤於誨誘，學者日至。太守張友爲起講舍，旦夕孜孜講論不輟，卒於家。璩所著文章二十卷，門人集而録之。詳見《南史》卷七十六《隱逸傳》、《梁書》卷五十一《處士傳》。

劉杳

劉杳，平原人，字士深。好學，博綜羣書，沈約、任昉以下，有遺忘，皆訪問焉。約構新閣，杳爲贊二首。約命工書人題其贊於壁，報書贊賞。范岫撰《字書音訓》，又訪杳焉。尋佐周捨撰《國史》，入華林撰《編略》，著《林庭賦》，王僧孺見而歎賞。大通元年，爲步兵校尉，兼東宮通事舍人。俄而代裴子野知著作郎事。昭明太子薨，新宮建，舊人例無停者，敕特留杳焉。後官至尚書左丞。大同二年卒官，時年五十。有《要雅》五卷、《楚辭草木疏》一卷、《高士傳》二卷、《東宮新舊記》三十卷、《古今四部書目》五卷、《文集》十五卷。詳見《南史》卷四十九附《劉懷珍傳》、《梁書》卷五十《文學傳下》。

徐賢妃惠

《徐賢妃傳》太宗賢妃徐惠，湖州長城人。生五月能言，四歲通《論語》、《詩》，八歲自曉屬文。父孝德，嘗試使擬《離騷》，爲《小山》篇曰"仰幽岩而流盼，撫桂枝以凝想。將千齡兮此遇，荃何爲兮獨往"。孝德大驚，知不可掩，於是所論著，遂盛傳。太宗聞之，召爲才人。手未嘗釋卷，而辭致贍蔚，又無淹思，帝益禮顧。

李善

李善，唐揚州江都人。嘗注《文選》，分爲六十卷。表上之，詔藏於秘閣。除潞王府記室參軍，轉祕書郎，後出爲經城令。坐事，流姚州。遇赦，得還。以教授爲業，諸生多自遠至。又撰《漢書辯惑》三十卷。載初（唐武后年號）元年卒。見《舊唐書》卷一百八十九附《曹憲傳》。

沈括

沈括，錢塘人，字存中。嘉祐進士，編校昭文書籍，爲館閣校勘，删定三司條例。神宗時，遷太子中允，提舉司天監，置渾儀景表，五壺浮漏，招衛樸造新曆，募天下上《太史占書》襍用士人，分方技科爲五，後皆施用。加史館檢討，遷太常丞，擢知制誥。遼蕭禧來理河東黃嵬地，帝遣括往聘，凡六會契丹，知不可奪，遂舍黃嵬，括乃還。在道，圖其山川險易迂直，風俗之純龐，人情之向背，爲《使契丹圖抄》。拜翰林學士，後出知青州，未行，改延州。括議築石堡，以臨西夏，而給事中徐禧來，禧欲先城永樂，已而禧敗没，括以夏人襲綏德，先往救之，不能援永樂，坐謫均州團練副使。元祐初，徙秀州，繼以光禄少卿，分司，居潤八年卒，年六十五。括博學善文，於天文、方志、律曆、音樂、醫藥、卜算無所不通，皆有所論。著爲《筆談》，多載朝廷故實、耆舊出處，傳於世。又有《長興集》、《蘇沈良方》。《宋史》卷三百三十一有傳，附沈遘。

蘇軾

蘇軾，字子瞻，眉州眉山人。博通經史。嘉祐二年，試禮部，歐陽修擢置第二，曰"吾當避此人出一頭地"。以才識兼茂，薦之秘閣，除大理評事，簽書鳳翔判官。英宗時，召試，得直史館。王安石執政，惡其議論異己，使御史謝景温論奏其過，窮治無所得。軾遂請外。通判杭州，徙知密州，再徙知徐州，所在有聲。又徙知湖州，以事不便民者，不敢言，以詩託諷，御史李定、舒亶、何正言以爲訕謗，逮赴臺獄，欲置之死。鍛鍊久不決，以黃州團練副使安置。軾築室東坡，自號東坡居士。哲宗立，復朝奉郎，知登州，累官翰林學士，兼侍讀。以論事爲當軸者所恨，軾恐不容，請外。拜龍圖閣學士，知杭州，浚河、通漕、造堰，牐以爲湖水蓄泄之限。二十年間，兩蒞杭，有德於民，家有畫像，飲食必祝。召爲吏部尚書，改翰林承旨，歷端明殿翰林侍讀兩學士，爲禮部尚書。紹聖中，貶瓊州別駕。徽宗立，赦還。提舉玉局觀，復朝奉郎。建中靖國元年，卒於常州，年六十六，軾師父洵爲文，既而得之於天，嘗自謂作文如行雲流水，初無定質。其體渾涵光芒，雄視百代。軾繼父志，成《易傳》、《論語説》，後居海南作《書傳》，又有《東坡集》四十卷、《後集》二十卷、《奏議》十五卷、《内制》十卷、《外卷》三卷、《和陶詩》四卷。一時文人，如黃庭堅、晁補之、秦觀、張末、陳師道舉世末之識，軾待之如朋儔，未嘗以師資自予也。善書，工繪事。高宗時，謚文忠。《宋史》卷三百三十八有傳。

米芾

米芾，字元章，吳人，號海嶽外史。爲文奇險，特妙於翰墨，沈著飛翥，得王獻之筆意；畫山水物，自名一家，召爲書畫學博士。上其子友仁所作《楚山清曉圖》，擢禮部員外郎。出知淮陽軍，卒年四十九（張丑考定爲五十七歲，見《南滸梧語》。則本傳四十九歲爲非是。若作四十九歲，應是一〇五一—一〇五九，待詳查之）。又精於鑒裁，遇古器物書畫，竭力求取，必得乃已。有潔癖，至不與人同巾器。所爲譎異，時有可傳笑者，至於具衣冠，拜巨石，呼之爲兄。又不能與世俯仰，故從仕數困。有《寶晉英光集》，書、畫、硯諸史。《宋史》卷四百四十四《文苑》有傳。

晁補之

晁補之，字無咎，濟州鉅野人。聰明强記，纔解事，即善屬文。十七歲，從父官杭州，著《七述》，述錢塘山川風物之麗，以謁通判蘇軾。軾先欲有所賦，讀之，歎曰“吾可以閣筆矣”，由是知名。舉進士，試開封，及禮部別院，皆第一。徽宗時，以禮部郎中出知河中府，修河橋，以便民，民畫祠其象。徙湖州、密州、果州，主管鴻慶宮。還家，葺歸來園，自號歸來子。忘情仕進，慕陶潛爲人。大觀末起知達州，改泗州，卒，年五十八。補之才氣飄逸，嗜學不倦，文章溫潤典縟，其凌麗奇卓，出於天成。尤精《楚辭》，論集屈宋以來賦詠，爲《變離騷》等三書（有《重編楚辭》十六卷、《續楚辭》二十卷、《變離騷》二十卷）。安南用兵，著《皋言》一篇，大意欲擇仁厚勇略吏爲五管郡守及海上諸郡武備。《宋史》卷四百四十四《文苑》有傳。

黄伯思

黄伯思，字長睿，邵武人。自幼警敏，不好弄，日誦書千餘言。元符三年進士。性好古文奇字，洛下公卿家商、周、秦、漢彝器欵識，研究字畫體製，悉能辨正是非，道其本末，遂以古文名家。初，淳化中，博求古法書，命待詔王著續正法帖。伯思病其乖僞龐襍，考引載籍，咸有依據，作《刊誤》二卷。其篆、隸、正、行、草、飛白，皆至妙絶。爲秘書郎，縱觀冊府藏書，至忘寢食，自六經及歷代史書、諸子百家、天官、地理、律曆、卜筮之説，無不精詣。頗好道家，自號雲林子，別字霄賓。夢上帝命典司文翰，不踰月，以政和八年卒，年四十。伯思學問慕楊雄，詩慕李白，文慕柳宗元，有文集五十卷、《東觀餘論》三卷，又有《校定楚辭》十卷（附《翼騷》一卷）。《宋史》卷四百四十三《文苑》有傳。

吴説

吴説，宋錢塘人，字傅朋，號練塘。累官知信州。善書，嘗書九里松碑，高宗恨不逮焉。説書深入黄庭堅之室，時作鍾體，尤善游體書。見《宋史翼》卷二十八。（據《書史會要》參《洞天清録》、《貴耳録》、

《行都紀事》）。

洪興祖

洪興祖，鎮江丹陽人，字慶善。高宗時召試，授祕書省正字，出典州郡，興學闢荒，所至有治績。忤秦檜，編管昭州，卒年六十六。興祖好古博學，自少至老，未嘗一日去書。著《老莊本旨》、《周易通義》、《繫辭要旨》、《古文孝經序贊》、《楚辭補注》及《考異》。《宋史》卷四百三十三《儒林》有傳。

馬和之

馬和之，宋錢塘人。紹興中登第，官至工部侍郎。善山水人物，佛像。倣吳裝筆法，飄逸務去華藻，自成一家。高孝兩朝，最重其畫，嘗書《毛詩》三百篇，命和之篇畫一圖，會成巨帙。杭人嘗有存其散逸者。又有《九歌畫册》，其後有顧興裔者，專師之，但設色不逮耳。見《宋史翼》卷三十八、《南宋院畫錄》卷三。

楊萬里

楊萬里，字廷秀，吉州吉水人。中紹興二十四年進士，爲贛州司户，調永州零陵丞。時張浚謫永，杜門謝客，萬里三往不得見，以書力請，始見之。浚勉以正心誠意之學，萬里服其教終身，乃名讀書之室曰誠齋。浚入相，薦之朝，除臨安府教授，改知隆興府奉新縣，召爲國子博士。後以寶文閣待制致仕，升寶謨閣學士。卒年八十三。萬里爲人剛而褊，孝宗始愛其才，以問周必大，必大無善言，因此不見用。韓侂胄用事，欲網羅四方知名士相羽翼。嘗築南園，屬萬里爲之記，許以掖垣。萬里曰"官可棄，記不可作也"。侂胄專僭日甚，萬里憂憤，怏怏成疾，家人知其憂國也，凡邸吏之報時政者，皆不以告。忽族子自外至，遽言侂胄用兵事，萬里慟哭失聲，呼紙書曰"韓侂胄姦臣，專權無上，動兵殘民，謀危社稷，吾頭顱如許，報國無路"。又書十四言，別妻子，筆落而逝。萬里精於詩，嘗著《易傳》。光宗嘗爲書誠齋二字，學者稱誠齋先生。諡文節。又有《誠齋集》、《詩話》行世。《誠齋集》中有《天問天對解》一卷，至明始有單行本。《宋史》卷四百三十三《儒林》有傳。

朱熹

朱熹，婺源人，字元晦，一字仲晦。紹興十八年進士，歷事高、孝、光、寧四朝。熹性廉退，安貧守道。初屢召不起，既治州郡，興利除害，詣郡學引進士子，與之講論。訪白鹿洞書院遺址，復其舊，爲學規，俾守之。不便於民者，悉釐革之。鉤訪民隱，官吏憚其風采，所部肅然。嘗知潭州，所至興學校，明教化，四方學者畢至。累官轉運副使、煥章閣待制、祕閣修撰。寧宗之立，韓侂胄用事，熹憂其害政，數以爲言，不納，朝廷大權悉歸侂胄矣。熹自劾乞休，不許。監察御史沈繼祖，誣熹十罪。慶元五年，熹致仕，明年卒，年七十一。嘉泰二年，諡文。熹別署甚多，曰新安、曰紫陽、曰晦庵、曰雲谷老人、曰滄洲病叟、曰遯翁。晚卜築於建陽之考亭，爲講學之所，故人稱考亭學派。熹初從胡憲、劉勉之、劉子翬學，既博，徧交當世有識之士。延平李侗老矣，嘗學於羅從彥，熹不遠數百里，徒步往從之。其爲學大抵窮理以致其知，反躬以踐其實。所著有《易本義》、《啟蒙》、《蓍卦考誤》、《詩集傳》、《大學中庸章句或問》、《論語孟子集注》、《太極圖》、《通書西銘解》、《楚辭集注》、《辯證》、《韓文考異》、《晦庵集》，所編次有《論孟集義》、《孟子指要》、《中庸輯略》、《孝經刊誤》、《小學書》、《通鑑綱目》、《宋名臣言行錄》、《家禮》、《近思錄》、《河南程氏遺書》、《伊洛淵源錄》。《宋史》卷四百二十九有傳。

吴子良

吴子良，宋台州臨海人，字明輔，號荆溪。寶慶二年進士，官至湖南運使，太府少卿。忤史嵩之，罷職。幼從陳耆游，年二十四，登葉水心之門。水心極稱其文不止超越流輩而已。及卒，車玉峰挽以詩，有云"江右文章今四葉，水心氣脈近三台"。所著有《荆漢集》。見《宋史翼》卷二十九。參《人典》。

林至

林至，宋嘉興華亭人，字德久。淳熙四年，釋褐爲秘書郎，治《易》。嘉定元年，爲校書郎，後兼國史院編修官，又兼實錄院檢討官（見《館閣續錄》卷八、卷九）。有《楚辭故訓傳》六卷（佚）、《楚辭草木疏》一卷、《楚辭補音》一卷。詳《書目五種》。

吕祖謙

吕祖謙，字伯恭，其先壽州人，自其祖始居婺州。祖謙之學，本之家庭，有中原文獻之傳。長從林之奇、汪應辰、胡憲游，既又友張栻、朱熹，講索益精。初蔭補入官，後舉隆興進士，復中博學鴻詞科，官至直秘閣著作郎。先是書肆有書，曰《聖宋文海》，周必大言《文海》去取差謬，請委館職銓擇，孝宗以命祖謙，遂斷自中興以前，崇雅黜浮，類爲百五十卷，名《皇朝文鑑》。詔除直祕閣，尋主管冲祐觀，除著作郎，兼國史院編修官。卒年四十五，謚曰成。其學以關洛爲宗。少卞急，一日誦孔子"躬自厚而薄責於人"語，平時忿懥，渙然冰釋。朱熹嘗言"學如伯恭，方是能變化氣質"。其文詞閎肆辨博，凌屬無前。於《詩》、《書》、《春秋》多究古義，於十七史皆有詳節。故詞多根柢，學者稱東萊先生。晚年會友之地曰麗澤書院，在金華城中。修《讀書記》、《大事記》，皆未成。考定《古周易》、《書説》、《閫範》、《官箴》、《辨志録》、《歐陽公本末》，皆行於世。又著《春秋左氏傳説》、《東萊左氏博議》、《歷代制度詳説》、《少儀外傳》、《吕氏家塾讀書記》、《東萊集》等書，又有《離騷章句》一卷。《宋史》卷四百三十四《儒林》有傳。

傅子雲

傅子雲，宋金谿人，字季魯，號琴山，出陸九淵之門。九淵出守荆門，使居槐堂精舍，謂諸生曰"吾遠守小郡，不得與諸君掃清氛翳，幸有季魯在"。子雲嘗主甌寧簿，決訟必傅經義。有《易傳》、《論語集傳》、《學庸解》、《孟子指義》、《離騷經解》等書。見《宋史翼》卷三十六（原注《人物志》）。

王應麟

王應麟，字伯厚，號厚齋，慶元人。九歲通六經，淳祐元年舉進士。從王埜受學。調西安主簿，歷浙西安撫司幹辦公事。帝御集英殿策士，召應麟覆考，帝欲易第七卷，置其首，應麟讀之，乃頓首曰"是卷古誼若龜鑑，忠肝如鐵石，臣敢爲得士賀"。遂置首選，及唱名，乃文天祥也。度宗即位，應麟屢忤賈似道，及似道潰師江上，應麟疏陳十事，急征時，明政刑，厲廉耻，通下情，求將材，練軍實，備糧餉，舉實材，擇牧守，防海道，其目也。又因留夢炎用徐囊等私人，應麟上疏諫，不納。遂東歸，詔以翰林學士召，應麟力辭。後二十年卒。有《深寧集》一百卷、《玉堂類稿》二十三卷、《掖垣類稿》二十二卷、《詩考》五卷、《詩地理考》五卷、《漢藝文志考證》十卷、《通鑑地理考》一百卷、《通鑑地理通釋》十六卷、《通鑑問答》四卷、《困學紀聞》二十卷、《蒙訓》七十卷、《集解踐阼篇》、《補注急就篇》六卷、《補注王會篇》、

《小學紺珠》十卷、《玉海》二百卷、《詞學指南》四卷、《詞學題苑》四十卷、《筆海》四十卷、《姓氏急就篇》六卷、《漢制考》四卷、《六經天文編》六卷、《小學諷詠》四卷。《宋史》卷四百三十八《儒林》有傳。

劉莊孫

劉莊孫，宋寧海人（《新元史》作天台人），字正仲，號樗園，其文與舒嶽祥齊名，爲吳子良弟子，在大學五年，不獲釋褐。喜著書，著《書傳》上下篇二十卷、《易志》十卷、《詩傳音指補》二十卷、《周官集傳》二十卷、《春秋本義》二十卷，文集曰《芳潤稿》，共五十卷，《和陶詩》一卷。又有《論語章指》、《老子發微》、《楚辭補注（注或作旨）音釋》、《深衣考》等書。《新元史》卷一百三十有傳。

又袁桷《清容居士集》有《劉隱君墓誌銘》。

趙孟頫

趙孟頫，宋宗室，太祖子秦王德芳之後，自稱是太祖十一世孫，其先世賜第湖州，故爲湖州人。字子昂，號松雪道人，又號鷗波、水晶宮道人。至元間，程鉅夫奉詔搜訪遺逸，以孟頫入見，才氣英邁，神采煥發，如神仙中人，世祖顧之喜，使坐右丞葉李上。常進言興利除惡，帝屢欲大用，孟頫慮爲人所忌，力請補外，出同知濟南路總管府事。官事清簡，斷獄神明。仁宗即位，眷之甚厚，官至翰林學士承旨。英宗至治元年卒，年六十九，贈魏國公，謚文敏。著有《尚書注》、《琴原》、《樂原》得律呂不傳之妙，又著《松雪齋集》。詩文清邃奇逸，讀之使人有飄飄出塵之想。篆、籀、分、隸、真、行、草書，無不冠絶古今，遂以書名天下。天竺有僧數萬里來求其書，歸國寶之，其畫山水、木、石、花、竹、人、馬尤精緻。妻管氏亦以書畫知名。《元史》卷一百七十二有傳，關《楚辭》者有《九歌書畫册葉》凡三本，今存。參《楚辭書目》三七七頁。

吾邱衍

吾邱衍，字子行，號竹房，又號吾衍，又號竹素，又號貞白，由衢州徙家錢塘。性凌傲，家於委巷中，教小學，常數十人。兼通音律，工篆隸，以誤娶成訟蹈水死。遺文於後世，著《尚書要略》、《聽玄集》、《九歌譜》、《十二月樂譜》、《辭重正卦氣》、《楚史檮杌》、《晋文春秋》諸書。見《新元史》卷二百三十七本傳。又可參《元史類編》卷三十六、《元詩選》二集甲。

謝翱

謝翱，字皋羽，福建福州長溪人。後徙浦城（從《新元史》）。父鑰治《春秋》經傳，翱世其學。咸淳初，試進士，不第，棄舉業，慨然以古文名家，撰《皇宋鐃歌鼓吹曲》、《騎吹曲》，上本常樂工傳習之。德祐二年，元兵入臨安，文天祥亡走閩中，翱募鄉兵數百人，赴軍門，署諮議參軍。明年隨天祥引兵至漳州。天祥趨廣東，與翱別，後四年，聞天祥在燕京殉節，悲不自勝，遂遨遊紹興浙東之婺州，依浦江方鳳，與邀同志結汐社。居逾年，謁嚴光祠，登西臺，設天祥主，號而慟者三，以竹如意擊石，作楚歌招之，歌闋，竹石俱碎。年四十七，以肺疾卒。翱刻厲憤激，效屈平懷郢都，託興遠遊，自號晞髮子，著有《晞髮集》、《天地間集》、《浦陽先民傳》、《楚辭芳草補》、《浙東西游記》。詳《宋史翼》卷三十五、清徐沁《謝皋羽年譜》、鄧牧《伯牙琴謝皋父傳》、《新元史》卷二百四十一《隱逸傳》，又《福建通志》一百九十七。

吳萊

吳萊，浦陽人，字立夫。七歲能屬文。延祐中，以《春秋》舉，上禮部，不利，退居深裊山中，益窮諸書奧旨，著《尚書標說》六卷、《春秋世變圖》二卷、《春秋傳授譜》一卷、《古職方録》八卷、《孟子弟子列傳》二卷、《楚漢正聲》二卷、《樂府類編》一百卷、《唐律刪要》三十卷、《文集》六十卷。喜論文。萊同邑柳貫、與黃溍、虞集、揭傒斯齊名，號爲儒林四傑。年僅四十四卒（戴良《吳先生哀頌辭》作年四十一，生一三○○年），門人私謚淵穎先生。詳《元史》卷一百八十一附《黃溍傳》。

何喬新

何喬新，字廷秀，江西廣昌人。登景泰五年進士，官至刑部尚書，政績卓著。爲鄒魯所誣，乃致仕。喬新性廉介，博綜羣籍，聞異書，輒借鈔，積三萬餘帙，皆手校讐。著述甚富，有《元史臆見》、《周禮集注》、《策府羣玉》、《續編》、《勩賢琬琰集》、《椒丘集》。（明孝宗）弘治十五年卒，年七十六。正德間賜謚文肅。《明史》卷一百八十三有傳。

周用

周用，字行之，吳江人。弘治十五年進士，授行人，官至吏部尚書，端亮有節概，卒謚恭肅。有《周恭肅集》、《楚辭注略》。《明史》卷二百二有傳。

祝允明

祝允明，字希哲，長洲人。與徐禎卿、唐寅、文徵明齊名，號吳中四才子。弘治五年，舉於鄉。久之，不第，授廣東興寧知縣，遷應天通判，謝病歸。嘉靖五年卒。允明生而枝指，故自號枝山，又號枝指生。博覽羣集，文有奇氣，尤工書法，名動海内。後著有《詩文集》六十卷。書《離騷·九歌》傳於世，世稱有明法書之冠。事蹟詳《明史》卷二百八十六附《徐禎卿傳》。

文徵明

文徵明，長洲人，初名璧，以字行，更字徵仲，別號衡山。與祝允明、唐寅、徐禎卿輩相切靡，名日益著。正德末，以歲貢生詣吏部試，奏授翰林院待詔。致仕後，四方乞詩文書畫者，接踵於道，外國使者，道過吳門，望里肅拜，以不獲見爲恨。文筆徧天下，有《甫田集》。嘉靖三十八年卒，年九十，私謚貞獻先生。《明史》卷二百八十七有傳。有《離騷九歌書卷》傳於世。所繪《湘君湘夫人圖》仿趙孟頫筆意，行墨設色，皆極高明。

張之象

張之象，上海人，字月鹿。由諸生入國學，授浙江按察司知事，以吏隱自命，歸益務撰著，卒年八十一。有《太史史例》、《楚範》、《楚騷綺語》、《彤管新編》、《唐雅》、《唐詩類苑》、《古詩類苑》。事蹟見《明史》卷二百八十七《文苑》，附《文徵明傳》。《楚範》一書，乃論楚騷體裁，造句用韻，遺宗諸緒，蓋專論《楚辭》修詞書也。《綺語》略傳林樾《漢雋》、蘇易簡《文選雙字類要》之體。

黄省曾

黄省曾，字勉之。舉嘉靖鄉試，從王守仁、湛若水游，又學詩於李夢陽。所著有《五嶽山人集》、《西洋朝貢典録》、《擬詩外傳》、《客問》、《騷苑》，事蹟見《明史》卷二百八十七《文苑》，附《文徵明傳》。

馮惟訥

馮惟訥，字汝言，臨朐人，官江西布政使，加光禄卿，致仕。與兄惟重、惟健皆有文名，惟訥最著。有《風雅廣逸》、《楚辭旁注》、《選詩約注》、《文獻通考纂要》、《杜律删注》、《馮光禄詩集》、《古詩紀》。事蹟見《明史》卷二百十六，附《馮琦傳》。

高第

高第，明綿州人。字公次，正德進士。出宰長洲，累陞雲南副使。備兵臨安，致仕歸。居常趺坐一室，耽玩圖籍，貫串百家，率能舉其指要，嘗爲金爵輯落溪紀勝詩，爲《蓉溪詩屋續集》。曾刊王逸《楚辭章句》。

汪道昆

汪道昆，歙人，字伯玉。嘉靖二十六年進士。道昆晚年，官兵部侍郎。有《副墨》及《太函集》一百二十卷，事蹟見《明史》卷二百八十七《文苑》，附《王世貞傳》。有《高唐夢》劇本傳世，别有《楚辭品》，則行酒遊戲之作也。

焦竑

　　焦竑，字弱侯。爲諸生，有盛名，從督學御史耿定向學，後質疑於羅汝芳，定向遴十四郡名士，讀書崇正書院，以竑爲之長。萬曆十七年，以殿試第一人，官翰林修撰。竑既負重名，性復疏直，時事有不可，輒形之言論，政府惡之，謫福寧州同知。竑博極羣書，善爲古文，集名《澹園》，竑所自號也。萬曆四十八年，卒年八十。著有《易筌》、《禹貢解》、《遜國忠臣錄》、《支談》、《焦弱侯問答》、《焦氏筆乘》、《焦氏類林》、《玉堂叢語》、《老子翼》、《陰符經解》、《獻徵錄》、《熙朝名臣實錄》、《俗書刊誤》、《國史經籍志》、《中原文獻》。《明史》卷二百八十八有傳。其《筆乘》中有論《楚辭》若干則，皆有創色。

馮夢禎

　　馮夢禎，字開之。其先高郵人，徙嘉興之秀水，以漚麻起，富至鉅萬，祖父皆不知書。萬曆五年，會試第一，與沈懋學、屠隆以文章意氣相豪。旋拜南京國子監祭酒，文體士氣，歘然一變。後以讒去官，築快雪堂於孤山之麓，九年而卒。夢禎文章疏朗通脫，不以刻鏤爲工。有《快雪堂集》、《快雪堂漫錄》、《歷代貢舉志》。詳錢謙益《初學集》卷五十一《南京國子監祭酒馮公墓誌銘》。有《讀楚辭語》一卷，《楚辭集評》一卷，集劉安玉、汪瑗等廿四家。

董其昌

　　董其昌，字元宰，號思白，松江華亭人。舉萬曆十七年進士，改庶吉士，授編修。天啓初，擢本寺卿，兼侍讀學士。修《神宗實錄》，成三百本，又採留中之疏，切於國本、藩封、人才、風俗、河渠、食貨、吏治、邊防者，別爲四十卷，仿史贊例，每篇繫以筆斷。書成，宣付史館。崇禎間，屢疏乞休，詔加太子太保，致仕，卒年八十三，謚文敏。其昌天才俊逸，少負重名。初，華亭自沈度、沈粲以後，南安知府張弼、詹事陸深、布政莫如忠及子是龍，皆以善書稱。其昌後出，超越諸家，始以宋米芾爲宗，後自成一家，名聞外國。其畫集宋元諸家之長，行以己意，瀟灑生動，非人力所及也。人擬之米芾、趙孟頫云。精於品題，收藏家得片語隻字，以爲重。性和易，通禪理。有《畫禪室隨筆》、《容臺文集》等書。《明史》卷二百八十八《文苑》有傳。爲焦竑繪《九歌圖》，傳于世。

郭惟賢

郭惟賢，字哲卿，晋江人。萬曆二年進士，官至左副都御史，以憂歸。起户部左侍郎，未至，卒，謚恭定。有《楚辭》七卷。《明史》卷二百二十七有傳。《楚辭》七卷用朱熹《集注》本，合諸葛亮、岳飛三人書爲册，一名《三忠集》。

趙南星

趙南星，字夢白，高邑人。萬曆二年進士，除汝寧推官，歷文選員外郎，疏陳天下四大害。以病歸。再起，歷考功郎中。里居，名益高。光宗立，累拜左都御史，搜舉遺佚，高攀龍、楊漣、左光斗、魏大中等，一時皆在高位，中外忻忻望治。會劾魏忠賢，卒戍南星代州，竟卒於戍所。謚忠毅。著有《史韻》、《學庸正説》、《離騷經訂注》。《明史》卷二百四十三有傳。

歸有光

歸有光，崑山人，字熙甫。嘉靖十九年，舉鄉試，八上春官不第。徙居嘉定安亭江上，讀書談道，學徒常數百人，稱爲震川先生，嘉靖四十四年，成進士。授長興令，用古教化爲治。隆慶四年，爲南京太僕丞，修《世宗實錄》。卒官。有《震川集》、《三吳水利錄》。時王世貞主盟文壇，有光力相觝排，目爲妄庸巨子。世貞大憾，其後亦心折有光，爲之讚曰"千載有公，繼韓歐陽。余豈異趨，久而後傷"。其推重如此。《明史》卷二百八十七有傳。輯《諸子彙》，中有《玉虛子》，錄《屈賦》十三篇；又有《鹿溪子》，錄宋玉文十篇，皆有注解、眉語、總評。

蕭雲從

蕭雲從，字尺木，號無悶道人，蕪湖人（一作當塗人）。崇禎己卯副榜，不赴銓選。專以詩文自娛。工畫山水，得倪黃筆法。平生所畫《太平景》、《離騷圖》，好事者鏤版以傳。兼精六書六律，嘗作《杜律細》一卷，援據甚博。有《梅花堂遺稿》。見《國朝耆獻類徵》卷四百二十三。

毛晉

毛晉，江蘇常熟人。原名鳳苞，字子九，改名晉，字子晉，號潛在。明諸生，以布衣自處。父清以力田起家。晉好古博覽，構汲古閣、目耕樓，藏書數萬卷。延名士校勘，刻十三經、十七史、古今百家及從未梓行之書，刻《津逮祕書》十五集，亦刻書數百卷，詳《清史列傳》卷七十一《毛晉傳》。與戈汕同撰《楚辭參疑》，乃毛氏《綠君亭屈陶合刻》中《屈子七卷》之第六卷也。

戈汕

戈汕，明常熟人，字莊樂。善畫，鉤染細密，得北宋人風。能詩，善篆籀。與毛晉同撰《楚辭參疑》。

陳洪綬

陳洪綬，字章侯，浙江諸暨人。工詩，善畫，詩有逸致，爲畫所掩，與萊陽崔子忠齊名，號南陳北崔。師事劉宗周，講性命之學。崇禎末入貲爲國子生。尋歸里，既遭亂，混迹浮屠，縱酒自放，有求畫者，靳不與。及酒間召妓，即自索筆墨，小夫稚子無弗應也。其繪事本天縱，尤工人物，得李公麟法，論者謂在仇、唐之上。晚稱老蓮。著有《寶綸堂集》。見《清史列傳》卷七十附《李鄴嗣傳》、朱彝尊《崔子忠陳洪綬合傳》、毛西河《陳老蓮行傳》，又《清史稿》卷五百〇四、《國朝耆獻類徵初編》、《國朝先正事略》卷四十四、《文獻徵存錄》卷十、《清畫家詩史甲上》、《墨香居畫識》卷一、《國朝書人輯略》卷一等書。所作《九歌圖》及《屈子行吟圖》傳世。

錢澄之

錢澄之，安徽桐城人，原名秉鐙，字飲光，自號田間老人。明諸生。崇禎時貢京師，屢上書言時政得失。雲間陳子龍、夏允彝、嘉善魏學渠與相友善。又嘗問《易》於黃道周。國變後，杜門課耕，著《田間易學》十二卷，又著《田間詩學合詁》、《藏山閣稿》、《田間集》。康熙三十二年卒，年八十二。詳《清史列傳》卷六十八（又錢撝禄撰《田間府君年譜》、方苞《田間先生墓表》、全祖望《田間先生墓表》）。有《莊屈合詁》書行世。《清史稿》卷五百有傳。

顧炎武

顧炎武，初名絳，字寧人，江南崑山人，居亭林鎮，號亭林，自號蔣山傭。明諸生。性耿介絕俗，與同里歸莊，有歸奇顧怪之目。棄舉業，講求經世之學。炎武三世，俱爲顯官。母王氏，明亡，不食卒，嘗誡炎武勿事二姓。康熙十七年，詔舉博學鴻儒，大臣爭薦修《明史》，辭不赴。年七十卒。嘗因避仇之山東，墾田長白山下。後北歷關塞，墾田於雁門之北。最後至華陰，定居焉。生平精力絕人，自少至老，無一刻離書，所至之地，遇邊塞亭障，呼老兵卒，詢曲折，發書對勘。於同時人，苦節推孫奇逢、李容，經世之學推黃宗羲。炎武之學，主於斂華就實，凡國家典制、郡邑、掌故、天文、儀象、河漕、兵農之屬，莫不窮究原委，考正得失。撰《天下郡國利病書》百二十卷、《肇域志》一編。尤精韻學，撰《音論》三卷、《詩本音》十卷、《易音》三卷、《唐韻正》二十卷、《古音表》二卷、《韻補正》一卷，又撰《左傳杜解補正》、《金石文字記》、《求古錄》，而《日知錄》三十卷尤爲精詣之書。他著有《石經考》、《九經誤字》、《五經異同》、《二十一史年表》、《歷代帝王宅京記》、《營平二州地名記》、《昌平山水記》、《山東考古錄》、《京東考古錄》、《譎觚十事》、《菰中隨筆》、《救文格言》、《亭林文集》、《詩集》。詳《清史列傳》卷六十八本傳（《碑傳集》卷一百三十或作生四十一年）、全祖望《亭林先生神道表》、張穆《顧亭林先生年譜》、金吳瀾《顧亭林先生年譜》。《日知錄》中論屈賦諸文無不精當。《清史稿》卷四百八十一有傳。

黃文煥

黃文煥，福建永福人，字維章。天啟乙丑進士。崇禎中由山陽知縣擢翰林院編修，坐鉤黨，與黃道周同下詔獄，獲釋，流寓南都以終。有

《詩經考》、《陶詩析義》、《楚辭聽直》、《赭留集》。

尤侗

尤侗，字展成，或字侗人，更號展成，號悔庵，晚號艮齋，又號西堂老人，江蘇長洲人。以鄉貢除永平推官。康熙十八年，召試博學鴻儒，授翰林院檢討，分修《明史》，撰志傳多至三百篇。居三年，告歸。白首如垂髫，卒年八十七。其詩詞古文，才既富贍，復多新警之思，每一篇出，傳誦徧人口。著述甚富，《全集》五十卷，《餘集》七十卷，《鶴栖堂集》十卷（或稱《西堂褉俎》），《艮齋褉記》凡百餘卷，又有《讀離騷雜劇》（按本劇爲其《西堂樂府》六種之一）。子珍，亦工詩，與沈德潛交最善。詳《清史列傳》卷七十一本傳、朱彝尊《翰林院侍講尤先生墓誌銘》、尤侗自撰《悔庵年譜》。《清史稿》卷四百八十四有傳。

顧大申

顧大申，江蘇華亭人，本名鏞，字震雉，號見山。順治九年進士，官至工部郎中。留心經濟，嘗著《河渠論》十二則、《圖經》二十八篇。後濬劉河、吳淞江皆用其議。卒於官。大申博雅，喜文辭，工樂府，善書畫，尤工没骨山水。著有《堪齋詩存》八卷、《詩原》二十五卷、《鶴巢集》、《燕京倡和》及《泗亭》諸集，引有《楚辭鈔》三卷，詳《清史列傳》卷七十《顧大中傳》。王士禎《古夫于亭雜錄》謂"大申嘗刻詩三百篇及《楚辭選》，詩爲一卷，名曰《詩原》"云云，余未見其書。

丁澎

丁澎，字飛濤，仁和人。順治十二年進士。官刑部主事，調禮部，坐事謫塞上。與宋琬、施閏章、張譙明、周茂源、嚴沆、趙錦帆稱燕臺七子。澎天性愉爽，其詩蓋以自然勝，所作多忠愛，無怨誹意。著有《扶荔堂集》、《言美堂詩選》，又《演騷》一書，見《清史列傳》卷七十，附《柴紹炳傳》。《清史稿》卷四百八十四有傳。

王夫之

　　王夫之，字而農，號薑齋，湖南衡陽人。明崇禎舉人。張獻忠陷衡州，招夫之，夫之走匿，乃執其父爲質，夫之引刀自刺肢體，舁往易父，父子俱得脱。尋歸，居衡陽之石船山，築土室，曰觀生居，杜門著書。康熙間，吳三桂在衡湘，夫之又逃入深山。巡撫鄭端餽粟帛請見，以病辭，受粟反帛。康熙三十一年卒，年七十四。學者稱船山先生。時海内碩儒，惟餘姚黄宗羲、崑山顧炎武。夫之多聞博學，志節皎然，世謂相亞云。夫之論學，以漢儒爲門户，以宋五子爲堂奥，尤神契張載《正蒙》一書，精繹而暢衍之，爲《正蒙注》九卷、《思問録内外篇》一卷。所著諸經，有易、書、詩、春秋、稗疏，共十四卷，他著有《周易内外傳》、《大象解》、《尚書引義》、《詩廣傳》、《禮記章句》等，及注釋《老》、《莊》、《吕覽》、《淮南》、《楚辭》，《薑齋詩文集》，凡三百餘卷，後人彙刊之爲《船山遺書》。詳見《清史列傳》卷六十六《儒林·王夫之傳》，又《國朝耆獻類徵》卷四百三、《碑傳集》卷五百三十、劉毓崧《王船山年譜》。《清史稿》卷四百八十有傳。

賀貽孫

　　賀貽孫，字子翼，江西永新人，與陳弘緒、徐世溥等結社豫章。國變後，高蹈不出。御史笪重光欲具疏以博學鴻儒薦，貽孫變姓名而逃，剪髪衣緇，結茅深山，無復能蹤迹之者。初工詩，繼撰《史論》，識者擬之蘇軾。後又著《激書》四十一篇。晚年家益落，布衣蔬食，無愠色，惟日以著作自娱。所著又有《易觸》、《詩觸》、《詩筏》、《掌録》、

《水田居詩文集》、《騷筏》一卷。詳《清史列傳》卷七十，附《歐陽斌元傳》。

毛奇齡

毛奇齡，浙江蕭山人，字大可，一字齊于，本名甡，字初晴，學者稱西河先生。明季諸生。明亡，避兵縣之南山，築土室，讀書其中。康熙十八年，舉博學鴻儒科，授檢討，充明史館纂修官，後以病乞歸。康熙五十二年，卒於家（卒當爲康熙五十五年）。門人蔣樞編輯遺集，分經集、文集二部，凡二百三十四卷，著述之富，甲於近代。奇齡淹貫羣書，好爲駁辯，恃其縱橫辨博，肆爲排擊，漢以後人，俱不得免，而所最詆者，爲朱熹，故後人反詆之者亦多。全祖望嘗爲《蕭山毛氏糾繆》十卷。見《清史列傳》卷六十八，又阮元《毛奇齡傳》、全祖望《蕭山毛檢討別傳》。有《天問補注》一卷傳世。《清史稿》卷四百八十一有傳。

嵇永仁

嵇永仁，江蘇無錫人，字留山，號抱犢山農。廩善生，閩浙總督范承謨之幕客也。耿精忠叛，劫承謨，幽別室，脅永仁及承謨族弟幕僚等降，不從，繫獄三載，志氣彌厲，終不屈。後承謨被害，永仁自經死。詳《清史列傳》卷六十五本傳。著有《抱犢山房集》。《清史稿》卷四百八十八、《國朝耆獻類徵初編》卷三百四十二、《碑傳集》卷一百十九。有《續離騷》四雜劇，實與屈賦無涉，借古四事抒寫其愚昏日慘之遭遇，自叙所謂"續牢騷之遺意，未始非騷"云。

林雲銘

林雲銘，字西仲，福建侯官人。順治戊戌進士，官徽州府通判。有《挹奎樓集》，《吳山鷇音評選》，《古文析義》初集、二集，《莊子因》若干卷。見《國朝耆獻類徵》、吳修撰《昭代名人尺牘小傳》。又有《楚辭燈》四卷傳世，雖淺露而易讀。

汪師韓

汪師韓，字韓門，一字抒懷，浙江錢塘人。雍正十年進士，官編修。工詩。中年以後，壹意窮經，諸經皆有著述，於《易》尤邃。著有《觀象居易傳箋》十二卷、《孝經約義》一卷、《韓門輟學》五卷、《續編》一卷、《談詩錄》一卷、《纂聞》一卷、《上湖紀歲詩編》五卷、《上湖分類文編》十卷，又有《詩四家故訓》、《春秋三傳注解補正》、《文選理學權輿》等書。詳《清史列傳》卷七十一本傳、《碑傳集補》卷八。

李光地

李光地，福建安溪人，字晉卿，號厚庵。康熙九年進士，由庶吉士授編修，以省親乞假歸。官文淵閣大學士。在官謹慎清勤，得信任。卒於官，年七十七，謚文貞。其學篤信程朱，著有《周易通論》、《周易觀象大指》、《尚書解義》、《洪範説》、《詩所》、《孝經全注》、《古樂經》、《大學古本説》、《中庸章段》、《中庸餘論》、《論語孟子劄記》、《離騷經注》、《離騷經九歌解義》二卷、《陰符經注》、《曆象本要》、《二程遺書》、《朱子語類》、《榕村全集》。詳《清史列傳》，又《碑傳集》卷十三、方苞《安溪李相國逸事》、李清植撰《文貞公年譜》、李清馥撰《榕村先生譜錄合考》。

劉獻廷

　　劉獻廷，吳人（《清史》稱本爲吳中）。祖父官太醫，家順天大興。字繼莊，一字君賢，別號廣陽子。以布衣游名公卿之間。於書無所不讀，其學主經世，自象緯、律曆、邊塞、關要、財賦、軍政之屬，旁及岐黃、釋、道家言，無不留心，尤精於輿地、音韻，嘗作《新韻譜》，其悟自《華嚴》字母入，而參之以天竺陀羅尼、泰西臘丁話、小西天梵書，暨天方、蒙古、女真等音，頗多發明。後寓居於吳江，康熙三十四年卒，年四十八。弟子黃宗夏輯其遺書，爲《廣陽襍記》，又有《離騷經講錄》。詳見《清史列傳》卷七十，又全祖望《劉繼莊傳》、王源《劉處士墓表》、《碑傳集》卷一百三十。《清史稿》卷四百八十四有傳。

查慎行

　　查慎行，浙江海寧人，初名嗣璉，字夏重，後改今名，字悔餘，號初白，《清史列傳》作字初白，又號查田。少受學黃宗羲，治經，邃於《易》，尤工詩。方爲諸生，遊覽牂牁、夜郎，以及齊、魯、燕、趙、梁、宋，過洞庭，涉彭蠡，登匡廬峰，訪武夷九曲之勝，所得一託於吟詠，故篇什最富。康熙三十二年，舉順天鄉試。四十二年，特賜進士出身，授編修。後遭弟嗣庭案株繫，闔門就逮，世宗知其端謹，特放歸田里，卒年七十有八。浙人稱詩者，首推朱彝尊。慎行所著《敬業堂集》五十卷，黃宗羲比之陸游。曾補注蘇軾詩五十二卷，他著又有《周易玩辭集解》十卷，《陪獵筆記》、《黔中風土記》、《廬山游記》各一卷，《經史正譌》，《楚辭注》。詳《清史列傳》卷七十，又方苞《翰林院編修查君墓志銘》、全祖望撰《墓表》、陳敬璋編《查他山先生年譜》。《清史稿》卷四百八十四有傳。

龐塏

龐塏，直隸任邱人，字霽公，號雪崖。康熙十四年舉人，十八年舉鴻博，授翰林院檢討，遷工部主事，旋授福建建寧府知府、浦城令。塏少嗜吟詠，有《叢碧山房集》五十七卷，又《和陶詩》一卷、《歸田稿》一卷、《詩義固説》二卷、《楚辭新注》。詳《清史列傳》卷七十、《國朝耆獻類徵》卷二百二十二、《國朝先正事略》卷三十九、《國朝詩人徵略》卷十一。《清史稿》卷四百八十四有傳。

黃曰瑚

黃曰瑚，字宗夏，本歙人，家蘇州。嘗從劉繼莊獻廷游，執贄王崑繩門下，問學於李塨。塨舉顏習齋正學明示，於是悉剷後學浮文，求禮學倫物之實，日有所習，時有所勘，做塨立日譜，自考其學，大進。詳徐世昌《顏李師承記三》。劉獻廷《離騷經講録》、《曰瑚録》傳之。

陳九齡

陳九齡，字希江，福建福清人。初就學於張伯行，伯行授以濂洛關閩書，謹守不忘。乾隆元年成進士，授四川珙縣知縣，有政績。著有《易卦發明》二卷、《詩經發明》二卷、《左氏發明》四卷、《四書發明》十八卷、《小學發明》六卷、《綱目發明》二卷，又有《屈子文存》二卷、《屈子發明》一卷。卒年七十八。見《清史列傳》卷六十六，附《詹明章傳》。

張德純

張德純，字能一，號天農，別號松南，清長洲人，依外家黃氏，遷青浦，年二十七，舉於鄉。康熙庚辰成進士，官浙江常山知縣。少工詩，有《松南詩鈔》。晚年一意窮經，《儀禮》、《周禮》、《莊》、《騷》、《史記》皆有箋釋。有《詩經解頤》、《孔門易緒》，于楚騷有《離騷節解》一卷附《離騷本韻與正音》，今存。又究心音韻字學，著《六書統宗》一編。卒年六十九。詳《國朝耆獻類徵初編》卷二百二十五王昶撰傳及楊名時撰小傳。

王邦采

王邦采，江蘇無錫人，字貽六。邑諸生，中歲棄舉子業，覃精六經，淹該史學，好爲詩古文辭，尤工於畫，跌宕超逸，入古人妙境。精別金石縑素、南北宋雕鐫版本。又喜箋注前人遺編，而《離騷》更別有解會，有《離騷彙訂》四帙、《屈子褋文箋略》二帙，見《國朝耆獻類徵》卷四百二十四秦瀛撰傳。

徐文靖

徐文靖，字位山，安徽當塗人。雍正元年舉人。乾隆十五年薦舉經學，十六年授翰林院檢討，時年八十六矣。耄年猶健，低頭舉案，著書不輟。年九十餘卒。文靖家貧力學，考據經史，講求實學，黃叔琳主江南鄉試，歸曰"他人但以榜中有狀頭爲滿意耳。余得三人，曰任啟連、陳祖範、徐文靖，其學皆醇而博"。文靖所著《管城碩記》三十卷，全祖望服其考據精博，又著《山河兩戒考》，張鵬翀嘗取二書呈進。他著有《禹貢會箋》十二卷、《周易拾遺》十四卷、《竹書統箋》十二卷。詳

《清史列傳》卷六十八本傳，又《國朝耆獻類徵》卷一百二十七、《國朝先正事略》卷三十四、《文獻徵存録》卷五。《清史稿》卷四百八十五有傳。

方苞

方苞，安徽桐城人，寄籍上元。字靈皋，號望溪，學者稱望溪先生。康熙進士。初因戴名世《南山集》案坐爲名世作序，論斬，後得寬免。又以文學任用，編校御製諸書，爲武英殿修書總裁。累官禮部侍郎，以事落職者再，回籍卒。時乾隆十四年，年八十二。其學以宋儒爲宗，尤致力於《春秋》、三《禮》，文學韓、歐，爲桐城派之初祖。所著有《周官辨》、《周官集注》、《周官析疑》、《春秋通論》、《春秋直解》、《禮記析疑》、《喪禮或問》、《儀禮析疑》、《春秋比事目録》、《左傳義法舉要》、删定《管子》《荀子》、《史記注補正》、《離騷正義》、《望溪文集》。詳《清史列傳》卷十九、《碑傳集》卷二十五、《鮚埼亭集》、《清史稿》卷二百九十。

方粲如

方粲如，浙江淳安人，字若文，一字文輈，號樸山。康熙四十五年進士，官豐潤知縣。少受業於毛奇齡，博聞强記，經史百家，靡不淹貫。著有《周易通義》十四卷、《尚書通義》十四卷、《毛詩通義》十四卷、《鄭注拾瀋》一卷、《離騷經解》一卷、《集虛齊學古文》十二卷，又有《十三經集解》、《四書口義》、《四書考典》、《讀禮記》、《樸山存稿》、《續稿》。詳《清史列傳》卷七十一。

蔣驥

蔣驥，字涑塍，武進人。清諸生，生康熙時。有《山帶閣楚辭注》、《楚辭餘論》、《楚辭説韻》。明以來説《楚辭》者，此最翔實。

胡鳴玉

胡鳴玉，清青浦人，字廷佩，號吟鷗，廪生，著有《訂譌襍録》。又能詩。雍正乙卯（雍正十三年，即一七三五），詔舉鴻詞，召試以痁疾發歸。沈德潛嘗集唐人句贈之云“漢南詩老猶存社，魯國諸生半在門”。年八十三卒。詳見《鶴徵後録》卷十。

屈復

屈復，陝西蒲城人，字見心，號悔翁。年十九，試童子第一。忽棄去，走京師，以詩學教授弟子，與客講論詩文源流以及關河、扼塞、兵馬、漕鹽、天文、律曆，言之鑿鑿。嘗注《楚辭》，自以新意疏解之，頗得騷人言外之旨。常談論詩於賦、比、興之外，專以寄託爲主，鄭方坤、王昶甚稱之。乾隆元年，舉博學鴻詞，不赴試，舉主楊超曾未曾見復，復亦不謝，沈德潛謂復以布衣遨遊公侯間，不屈志節，固是有守之士。著有《楚辭新注》八卷、《李義山詩箋》、《弱水集》、《江東瑞草集》。事詳《清史列傳》卷七十一。

劉夢鵬

劉夢鵬，蘄水人，字雲翼，乾隆十八年進士，官饒陽知縣，有政聲。著《春秋義解》十二卷，大旨推本《公》、《穀》，又有《屈子章句》七卷，及《屈子紀略》。見《清史列傳》卷六十六，附曹本榮。《章句》多所發明，而疏證《天問》中史事尤見特長，行文亦雅潔有規。

謝濟世

謝濟世，廣西全州人，字石霖，號梅花。康熙五十一年進士，授檢討。雍正四年，轉浙江道監察御史，後坐事解任，以老病休致，家居十有二年卒。濟世在塞外九年，究心《易》理，著《易在》，又有《匭匨十經》、《史評纂言》、《離騷解》、《西北域記》。事詳《清史列傳》卷七十五、《碑傳集》卷八十三、《清史稿》卷二百九十三。

邱仰文

邱仰文，清滋陽人，字襄周，自號省齊。先世浙東人，後家兗州，父祖皆滋陽學生。雍正十一年進士，歷官四川定縣知縣、南充知縣、陝西保安知縣。著《碩松堂讀易記》、《易舉義別記》四卷，別有《楚辭韻集義》。年八十二卒。見《國朝耆獻類徵》卷二百三十一陸燿撰墓誌銘。

顧成天

顧成天，字良哉，號小崖，清上海人。康熙丁酉舉人。雍正七年，以文字籍其家，集中有輓康熙詞六章得免。官至少詹事。有《離騷解》、《九歌解》、《金管集》、《東浦草堂文集》。詳《國朝耆獻類徵》卷一百二十六。

姚範

姚範，字己銅，安徽桐城人，鼐世父。乾隆七年進士，官編修，充三禮舘纂修。後告歸，卒於里。範之學，一準程、朱，鄉後進咸師尊之。其曾孫瑩哀其遺集，爲《援鶉堂筆記》三十四卷、《古文集》五卷、《詩集》七卷。詳《清史列傳》卷七十二，吳德旋《姚薑塢先生墓誌》，包世臣、李兆洛撰《姚氏長嶺阡表》。

戴震

戴震，安徽休寧人，字東原，一字慎修，又字杲谿。少從婺源江永游，永精《禮經》制度及推步、鐘律、音聲、文字之學，震能得其全。與吳縣惠棟、吳江沈彤爲忘年友。以避讎入都，一時學者如紀昀、朱筠、錢大昕、王鳴盛、盧文弨、王昶皆折節與之交。乾隆三十八年，四庫舘開，薦充纂修。賜同進士出身，授庶吉士。舘中有奇文疑義，輒就諮訪，以積勞致疾，卒官，年五十五。其學由聲音、文字以求訓詁，由訓詁以求義理。每立一義，初若創獲，及參攷之，果不可易。大約有三，曰小學，曰測算，曰典章制度。震卒後，其小學則高郵王念孫、金壇段玉裁傳之；測算之學，則曲阜孔廣森傳之；制度之學，則興化任大椿傳之，皆其弟子也。震著有《詩經二南補注》二卷、《毛鄭詩考》四卷、《尚書義考》一卷、《儀禮考正》一卷、《考工記圖》二卷、《春秋即位改元考》一卷、《大學補注》一卷、《中庸補注》一卷、《孟子字義疏證》三卷、《爾雅文字考》十卷、《經說》四卷、《水地記》一卷、《水經注》四十卷、《九章補圖》一卷、《屈原賦注》七卷、《通釋》三卷、《原善》三卷、《緒言》三卷、《直隸河渠書》一百有三卷、《氣穴記》一卷、《藏府算經論》四卷、《葬法贅言》四卷、《文集》十卷，又有《原象句股割圜記策算》、《聲韻考》、《聲類表》、《古曆考》、《曆問》。所校《大戴禮記》、《水經注》尤精核。事詳《清史列傳》卷六十八、錢大昕《戴先生傳》、段玉裁《戴東原先生年譜》、魏建功《戴東原年譜》。《清史稿》卷四百八十一有傳。

桂馥

桂馥，字東卉，又字未谷，山東曲阜人。乾隆五十五年進士，選雲南永平縣知縣。居官多善政，後卒於任，年七十。馥博涉羣書，尤潛心小學，精通聲義，日取許氏《說文》與諸經之義相疏證，爲《說文義證》五十卷。馥與段玉裁生同時，同治《說文》，學者以桂、段並稱。又有《說文諧聲譜考證》，本欲與《義證》并行，殁後遇亂，散失數卷。又繪許慎以下及魏江式，唐李陽冰，南唐徐鉉、徐鍇，宋張有、吾邱衍之屬，爲《說文統系圖》。又有《札樸》十卷、《晚學集》十二卷、《繆篆分韻》五卷、《續三十五舉》一卷。詳《清史列傳》卷六十九、《碑傳集》卷一百九、《國朝耆獻類徵》卷二百四十四、《國朝漢學師承記》卷六、《國朝書畫家筆錄》卷二、《國朝詩人徵略》卷五十一。或作生乾隆元年，卒嘉慶十年。《清史稿》卷四百八十一有傳。

祝德麟

祝德麟，字止堂，一字芷塘，浙江海寧人。乾隆二十八年進士，官至御史。後以言事不合，鎸級歸里，僑居五湖三泖間，授徒自給，日以詩酒友朋之樂，宕漾其襟懷。有《悦親樓詩鈔》、《離騷草木疏辨證》四卷。見《國朝耆獻類徵初編》卷一百三十七。

孫志祖

孫志祖，字詒穀，浙江仁和人。乾隆三十一年進士，官至江南道監察御史，乞養歸，著《讀書脞録》七卷，又《家語疏證》六卷，又爲《孔叢子疏證》、《小爾雅疏證》以自文，並作爲《文選考異》四卷、《文選注補正》四卷、《文選理學權輿補》一卷，輯《風俗通逸文》一卷，補正姚之駰輯謝承《後漢書》五卷。嘉慶六年卒，年六十五。詳《清史列傳》卷六十八附《盧文弨傳》、阮元《孫頤谷傳》、孫星衍《清故江南道監察御史孫君志祖傳》、《清史稿》卷四百八十一。

陳本禮

陳本禮，清江都人，字嘉會，號素村。幼好學，家多藏書，收儲宏富，勤於考訂，著有《屈辭精義》、《漢樂府三歌注》、《協律鉤玄》、《急就探奇》，名《瓠室四種》。又著《焦氏易林考正》、《楊雄太玄靈曜》。子逢衡，喜治經，工詩，有《讀騷樓集》。光緒《江都縣續志》卷二十四下。

龔景瀚

龔景瀚，福建閩縣人，字惟廣，一字惟壽，號海峯。乾隆三十六年進士，官至蘭州知府。有《澹靜齋文鈔》、《離騷箋》二卷。事詳《清史列傳》卷七十四，附《龔其裕傳》，《國朝耆獻類徵》卷二百三十六，《文獻徵存錄》卷四，《經學博采》錄一。

陳昌齊

陳昌齊，清廣東海康人，字賓臣，又字觀樓，自號啖荔居士。乾隆三十六年進士，改庶吉士，散舘授編修，歷官河南道監察御史、浙江溫處道。後因事置部議，或語以辨之不可，竟投劾歸。在官諳練海疆，斷獄如神。初和坤欲羅致之，昌齊以爲非掌院無晋謁禮，卒不往。歸里後，修《雷州府志》、《海康縣志》。總督阮元修《廣東通志》，聘昌齊爲總纂，並主講粵秀書院。著有《吕氏春秋正誤》二卷、《淮南子考證》六卷、《楚辭辨韻》一卷（《楚辭辨韻》初刻名《楚辭音義》）、《測天約術》一卷、《賜書堂集》六卷。詳《清史列傳》卷七十二、《碑傳集》卷八十七、《經學博采録》卷二、《清史稿》卷三百六十二。

張雲璈

張雲璈,字仲雅,浙江錢塘人。乾隆三十五年舉人,選湖南安福知縣,調湘潭,尋謝病歸。博學雄才,尤長於詩。居官有惠政,治潭五載,人呼張佛子,亦呼張青天。歸後以著述自娛。年七十,猶步至湖上,或登吳山與文士賦詩談笑。嘉慶九年卒,年八十三。著有《簡松草堂詩集》二十卷、《蠟味小稿》五卷、《歸艎草》一卷、《知還草》四卷、《復丁老人草》二卷,又有《文集》十二卷、《金牛湖漁唱》一卷、《三影閣箏語》四卷、《選學膠言》二十卷、《選藻》八卷、《四寸學》六卷、《垂緌録》十卷。見《清史列傳》卷七十二,附《朱休度傳》。

卿彬

卿彬,字雅林,廣西灌陽人。歲貢生,早孤,性純孝,廬墓三十餘年。爲學嚴於律己,一言一行,未嘗自欺。邃深經學,晚尤嗜《易》,著《周易貫義》,又著《洪範參解》、《律吕參解》、《楚辭會真》、《古詩十九首注》等書。嘉慶十八年卒,年六十六。子祖培,能承其學。詳《清史列傳》卷六十七本傳。

方績

方績,清安徽桐城人,博學工文詞,著有《經史劄記》十二卷、《屈子正音》三卷、《詩文鈔》七卷。子東樹,幼承家範,著作甚富,有《昭昧詹言》等書。見《清史列傳》卷六十七《方東樹傳》。

周鎬

周鎬，字懷西，一字犢山，金匱人。乾隆四十四年舉人，官至漳州知府，兼攝汀漳龍巡道事。卒於官，年七十。性澹泊，束髮以至晚年，未曾廢學。所著《古文》六卷、《古近體詩》四卷、《課易存商》一卷、《讀書襍記》一卷、《隨筆襍記》一卷，總名曰《犢山類稿》十三卷。有《楚辭注》，未見。

牟庭相

牟庭，初名庭相，字默人，山東棲霞人。貢生。與郝懿行友善，同研樸學。庭少懿行二歲，懿行每有著述，輒與商榷。庭博通羣經，兼明算術，尤好今文《尚書》之學，所著書五十餘種，遭亂亡佚，獨《詩切》一書首尾完具。又《周公年表》、《投壺算草》、《兩句合與兩股較》及《帶縱和數》、《立方算草》各一卷，今尚存。余見其《雪泥鴻爪》一卷及《天問注》一卷。事見《清史列傳》卷六十九附《郝懿行傳》。

顧鳳毛

顧鳳毛，字超宗，江蘇興化人。乾隆五十三年副貢。父九苞，長於詩禮，母所教也。鳳毛亦受經於祖母，年十一，通五經。及長，傳九苞學。與焦循同學，循就鳳毛問難，始用力於經。撰《楚辭韻考》、《入聲韻考》、《毛詩韻考》，又撰《毛詩集解》、《董子求雨考》、《三代田制考》，未成而卒，年二十七。卒後，循理其喪，作《招亡友賦》哭之。詳焦循《顧小謝傳》、《清史列傳》卷六十九，附《焦循傳》。

俞正燮

俞正燮，字理初，安徽黟縣人。道光元年舉人。年二十餘，負其所業，北謁孫星衍於兖州。正燮作《邱明子孫姓氏論》，星衍多采其文，故其議論學術，與星衍恒相出入。治經，宗漢儒，尤善言天象暨日官法，以爲泰西法極精。手成官私鉅書，如《欽定左傳讀本》、《續行水金鑑》之類，不自名者甚多，自名者有《癸巳類稿》、《癸巳存稿》、《説文緯校補》、《海國紀聞》。卒年六十六。性孝友，祁寯藻嘗以經師人表稱之。詳《清史列傳》卷六十九、《碑傳集補集》卷四十九、王立中編《俞理初先生年譜》。《清史稿》卷四百八十六有傳。

朱駿聲

朱駿聲，江蘇吴縣人，字豐芑，號允倩。少從錢大昕游，嘉慶二十三年舉人，官黟縣訓導。咸豐元年進士。著《説文通訓定聲》。旋遷揚州府教授，引疾未至官，寓居黟卒，年七十一。著述甚博，兼長推步，明通象數。他著有《六十四卦經解》八卷、《尚書古注便讀》四卷、《詩傳箋補》十二卷、《儀禮經注一隅》二卷、《夏小正補傳》二卷、《大戴禮記校正》二卷、《左傳旁通》十卷、《左傳識小録》三卷、《論孟塙解》二卷、《懸解》四卷、《經史問答》二十六卷、《天算瑣記》四卷、《數度衍約》四卷、《離騷補注》一卷、《淮南書校正》六卷、《説解》十卷、《小學識餘》四卷、《説叢》十二卷。事詳《清史列傳》卷六十九、朱孔璋撰《行述》、《石隱山人自訂年譜》（程朝儀續、朱師轍注）、《清史稿》卷四百八十一。

丁晏

丁晏，字柘堂，一字儉卿，江蘇山陽人。性嗜典籍，勤學不輟，好學深思，爲當世冠。道光元年舉人。咸豐中以在籍辦團練有功，由內閣中書加三品銜。生平篤好鄭學，然治經不掊擊宋儒，嘗謂漢學、宋學之分，門户之見也。漢儒正其詁，詁正而義以顯；宋儒析其理，理明而詁以精，二者不可偏廢。著有《尚書餘論》二卷、《毛鄭詩釋》四卷、《鄭氏詩譜考正》一卷、《詩考補注》二卷、《補遺》一卷、《三禮釋注》八卷、《周易述傳》二卷、《孝經述注》一卷。輯《鄭康成年譜》，又輯《禹貢集釋》二卷。晏少多疾病，殆長，讀書養氣，日益强固，手校書籍極多。光緒元年卒，年八十二，所著書四十七種，凡一百三十六卷。其已刊者，爲《頤志齋叢書》二十二種。又有《天問箋》一卷。詳《清史列傳》卷六十九、《碑傳集》卷七十四。

陳瑒

陳瑒，字子瑮，江寧人，家小康，藏書甚富，讀書數過不忘。經史、小學、天文、輿地、詩古文辭，旁及詞曲、武備、方術靡所不習，而尤精於算學。年二十七，後以賊亂，挈家至吳，執弟子禮於馮桂芬，與馮氏共譯《西算新法直解》。卒年五十有八。生平著述甚多，皆燬。可知者，《西算新法直解》、《算學發明》二十四卷、《算學一得》十六卷（按以上兩書馮氏均未及見）、《礮規圖說》一首（已付刊）。于《楚辭》有《屈子生卒年月考》。見《碑傳集》卷四十二、馮桂芬撰《陳君傳》。

張文虎

張文虎，字孟彪，江蘇南匯人，又字嘯山，自號天目山樵。嗜古博覽，不求聞達，於名物、訓詁、六書、音韻、樂律、中西算術，靡不洞澈源流。尤深校勘之學。嘗寓西湖楊柳灣，校文瀾閣書八十餘種，鈔四百三十二卷。金陵書局初開，主校席十三年。舘金山錢熙祚家三十年。所校《守山閣叢書》、《小萬卷叢書》等，凡數百種，人稱善本。所著有《春秋朔閏考》，又作《周初歲朔考》、《古今樂律考》，又著《史記札記》五卷、《舒藝室隨筆》六卷、《讀筆》一卷、《餘筆》三卷、《襍著甲編》二卷、《乙編》二卷、《賸稿》一卷、《詩存》七卷、《索笑詞》二卷。詳《清史列傳》卷七十三、《續碑傳集》卷七十五。《舒藝室隨筆》有論《楚辭》者若干則，皆精審。《清史稿》卷四百八十二有傳。

陸增祥

陸增祥，字星農，一字魁仲，號莘農，江蘇太倉人。道光進士第一，授翰林院修撰。咸豐間，官廣西慶遠府知府，後以疾告歸。性好金石文字，踵王氏《金石萃編》，成《金石補正》百餘卷，名《八瓊軒金石補》。又有《三百甎錄》一卷。他所著有《吳氏筠清舘金石記目》六卷、《篆墨述詁》二十四卷、《楚辭疑義釋證》八卷、《紅鱗魚室詩話》二卷，晚作古今字表未成而卒，年六十七。詳《清史列傳》卷七十三附《瞿中溶傳》、俞樾《湖南辰水沅靖兵備道陸君墓志銘》。

陳大文

陳大文，浙江會稽人，原河南杞縣籍。乾隆三十七年進士，官至兵部尚書，後因病回籍。嘉慶二十年卒。著有《楚辭串解》。

徐鼒

徐鼒，字彝舟，江蘇六合人。道光二十五年進士，知福建福寧府。

同治元年卒於官。肅負經濟才，在籍辦團練禦盜，名聞天下。又爲《務本論》二卷，多廣前人所未備。生平博通經史，初入史館時，叙明福、唐、桂三王，及臺灣鄭氏事，爲《小腆紀年》二十卷。又著《讀書襍釋》，又有《未灰齋文集》八卷、《未灰齋外集》一卷、《周易舊注》十二卷、《禮記彙解》、《月令異同疏解》、《四書廣義補》、《毛詩爾雅注疏説》、《明史藝文志補遺》、《小腆紀傳》、《度支輯略》、《延平春秋》、《老子校勘記》、《淮南子校勘記》、《楚辭校注》、《未灰齋詩鈔》等書。詳《清史列傳》卷七十三本傳、《碑傳集補集》卷二十四、《㠺帚齋主人年譜》。

俞樾

俞樾，字蔭甫，號曲園，清德清人。幼承母教，有夙慧。道光庚戌進士，官編修。後僑居蘇州，一意治經，著書自娱，其學以高郵王氏爲宗。歷主蘇州紫陽、上海求志、德清清溪、歸安龍湖等書院，而主杭州詁經精舍至三十余年，爲東南大師，門人爲築俞樓於孤山之麓。晚年足跡不出江浙，聲名溢於海内，遠及日本。光緒三十二年，卒於蘇州。著書凡五百餘卷，有《群經平議》三十五卷、《諸子平議》三十五卷、《第一樓叢書》三十卷、《曲園、俞園襍纂》共一百卷、《茶香室經説》十六卷、《古書疑義舉例》七卷。事詳《續碑傳集》卷七十五繆荃孫撰《行狀》、周雲青編《俞曲園先生年譜》、陳乃乾撰《俞曲園先生年譜》。有《讀楚辭》、《楚辭人名考》諸作。《清史稿》卷四百八十二有傳。

蔣曰豫

蔣曰豫，字侑石，江蘇陽湖人。咸豐間官蔚州知州，擢直隸州。母死，哀毁卒。嘗謂陸繼輅作《離騷釋韻詩》，取秦漢子書詞賦晰著之，然屈原生楚懷王時，周韻未必與後人合，惟《詩經》爲韻文之祖，舉以相證，當可不謬，且居屈子前，如諸經老墨，皆可引而傳之，著《離騷釋韻》。持躬篤謹，去官之日，囊橐蕭然，有製頌功德者，峻拒之。他著有《詩經異文》四卷、《韓詩輯》一卷、《論語集解校補》一卷、《聞奇室詩集》一卷、《續集》一卷、《文集》一卷、《秋雅》一卷。詳《清史列傳》卷七十三本傳、《碑傳集補集》卷五十一。

王念孫

王念孫，字懷祖，江蘇高郵人。父安國。乾隆四十年進士。嘉慶四年劾和珅官永定河道，後永定河水溢，念孫引罪罷歸。年八十九。念孫既罷官，日以著述自娛，著《讀書襍誌》八十二卷，精於校讎，一字之證，博及萬卷。初從休寧戴震受聲音、文字、訓詁，手編《詩》、九經、《楚辭》之韻，分古音爲二十一部，又撰《廣雅疏證》，蓋藉張揖之書，以納諸說，而實多揖所未知，及同時惠棟、戴震所未及。子引之，能世其學，因推廣庭訓，成《經義述聞》十卷、《經傳釋詞》十卷。詳《清史列傳》卷六十八本傳、《續碑傳集》卷七十二阮元《石臞先生墓誌銘》、《碑傳集補集》卷三十九、劉盼遂《高郵王氏父子年譜》。《清史稿》卷四百八十一有傳。

王闓運

王闓運，字壬秋，湘潭人。咸豐三年舉人，幼好學，質魯，日誦不能及百言，發憤自責，所習不成誦，不食，夕所誦者，不得解不寢，遂通諸經，潛心著述，刻苦勵學，寒暑無間，經史百家，靡不誦習，箋注抄校，日有定課，嘗慨然自嘆曰"我非文人，乃學人也"。學成，出游，自負奇才，所如多不合，乃退息，無復用世之志。主成都尊經書院，成材甚眾。歸爲長沙思賢講舍、衡州船山書院山長。江西巡撫夏貰延爲高等學校總教。光緒三十四年，授檢討鄉試，重逢加侍讀。入民國，嘗一領使館，遂歸卒，年八十五。所著書以經學爲多，其已刊者，有《周易説》十一卷、《尚書義》三十卷、《尚書大傳》七卷、《詩經補箋》二十卷、《禮記箋》四十六卷、《春秋公羊傳箋》十一卷、《穀梁傳箋》十卷、《周官箋》六卷、《論語注》二卷、《爾雅集解》十六卷，又《墨子義解》、《莊子義解》、《鶡冠子義解》十一卷，《湘軍志》十六卷，《湘綺樓詩文集》，《日記》及《楚辭箋》等。子女並能通經，傳其家學。詳《清史稿》卷四百八十二、王代功撰《湘綺府君年譜》。

孫詒讓

孫詒讓，字中容，別作仲容，溫州府瑞安人。父衣言，詒讓承家學，博通經傳，壹意古學，精研三十年，抱經世之略，淡於仕進，著書終老。治經能淹有諸家之長，所著《周禮正義》、《墨子閒詁》盛行於世，治他經有《周書斠補》、《尚書駢枝》、《大戴禮斠補》、《經迻》、《札迻》，考鼎彝甲骨則有《古籀拾遺》、《名原》、《古籀餘論》、《契文舉例》，他如《廣韵姓氏刊誤》、《永嘉郡記》、《溫州經籍志》。晚年先主溫州師範學堂，後爲浙江教育學長。光緒三十四年五月，病中風卒，春秋六十有一。事詳《碑傳集補》卷四十一、章炳麟《孫詒讓傳》、朱芳圃撰《孫詒讓年譜》、孫延釗撰《孫徵君年譜》、薛鍾斗《孫仲容先生年譜》、宋慈抱撰《孫籀膏先生年譜》、洪煥春撰《孫籀公年譜》。《清史稿》卷四百八十二有傳。

江有誥

江有誥，字晉三，號古愚，徽州府歙縣人。恩貢生。年二十二，爲學官弟子，儕輩中多銳意爲科舉業，獨掉頭不屑，壹志古學，閉門著述。段茂堂先生深愛重之。所著書，已刻者有《詩經韵讀》、《楚辭韵讀》、《先秦韵讀》、《漢魏韵讀》、《唐韻四聲正》、《諧聲表》、《入聲表》；未刻者曰《廿一部韻譜》，曰《唐韵再正》，曰《唐韻更定部分》。晚歲著《説文六書録》、《説文分韻譜》、《説文質疑》、《説文更定部分》、《説文繫傳訂譌》，又著《經典正字》、《隸書糾繆》，後因不戒於火，所鎸板及未刻稿，皆爲煨燼。見《碑傳集補》卷四十、《清史稿》卷四百八十一《江晋三先生傳》。

端木埰

端木埰，字子疇，清江寧人。弱齡枕經葄史，尤愛《離騷》，旋以優行入貢。性兀傲，不與時俗諧，卒年七十三。著有《名文勖行録》、《賦源》、《楚辭啟蒙》，及詩文詞筆記若干卷。詳《續碑傳集》卷二十、陳作霖《端木侍讀傳》、《楚辭啟蒙》王氏所刊巾箱本《楚辭》書後。

劉熙載

劉熙載，字伯簡，一字融齋，晚年自號寤崖子，江蘇興化人。道光二十四年進士。官至左中允。督學廣東，未滿任乞歸，襆被篋書而已。生平於六經、子史、天文、算法、字學、韻學，下至詞曲，以及仙、釋家言，靡不通曉。自少至老，未嘗作一妄語。後主講上海龍門書院十四年，治經無漢宋門户之見。著有《持志塾言》二卷、《藝概》六卷、《四音定切》四卷、《説文雙聲》二卷、《説文疊韻》二卷、《昨非集》四卷，又有《讀書劄記》、《游藝約言》、《制藝書存》，又作《天元正負歌》，以明加減乘除相消開方諸法。卒年六十九。詳《清史列傳》卷六十七本傳及《續碑傳集》卷十八、七十五。《清史稿》卷四百八十。

劉師培

劉師培，字申叔，江蘇儀徵人。光緒壬寅舉人。曾祖文淇，祖毓崧，伯父壽曾，均以治《左傳春秋》名於清道、咸、同、光之世。父貴曾，亦以經術聞鄉里。師培早孤，母李夫人親授《詩》毛《傳》、鄭《箋》、《爾雅》、《説文》，未冠，即耽思著述，服膺漢學，以紹述先業，發揚揚州學派自任。旋遭黨錮，走東瀛，交餘杭章炳麟，學益進，名大震。歸國易金少甫，主皖江中學，已而教授三江師範學校。大江南北，英流才彥，多歸之。嗣入成都，主國學院，與蜀中今文大師廖季平角立。手訂《左庵集》，雕版行之。辛亥後，主講北京大學，女子高等師範。民國八年卒，年三十六。著述之富，並世罕見，有《左氏春秋傳例略》、《佚禮考》、《禮經舊説考》、《周禮古注集疏》、《駁太誓答問》、《周書補正》、《周書明説》、《老子斠補》、《莊子校義》、《荀子斠補》、《呂氏春秋斠補》、《楚辭考異》、《賈子新書斠補》、《春秋繁露斠補》、《左庵文集》，某氏解爲《劉申叔先生遺書》。又嘗主警鐘報，鍼砭時政；主《國粹學報》，提導古學；手編《國學教科書》五種，行世。生平手不釋卷，而無書不覽，内典道藏，旁及東西洋哲學，咸有造述。詳見《碑傳集補》卷末。

廖平

字季平，初名登廷、字學齋，四川井研人。王闓運主成都尊經書院，先生從之遊。初治古文經，至是專習今文之學。舉於鄉，乃易今名。張之洞于廣州啟廣雅書院聘爲分校，後成進士，以知縣即用，請改教授，選綏定府教授。後襄校尊經書院。成《經話》、《公羊論》、《王制考》、《周禮考》、《論語微》，而《穀梁義疏》亦早成。又以《毛詩》、《左氏傳》、《周禮》爲僞書，爲《古文僞經考》，以示康有爲，有爲謂“若此，則經廢其三，且得罪名教，不可刊”云云。越數年，有爲爲《新學僞經考》出，皆先生説也，然處之泰然。以有爲傳孔教于南洋，此爲儒門達摩。錫良督蜀，聘主講學堂。性坦直亢爽，不希世榮寵，以教授著述終其身。有《六譯舘叢書》。治屈賦，謂《離騷》爲秦始皇仙真人詩，遂以啟後生妄説。然先生學有統紀，非泛泛爲渾世之説者也。卒民國二十六年。章炳麟爲之誌墓，稱其懿德云。

馬其昶

字通伯，桐城人。少好文學，兼治諸經。其從兄弟多官直隸省，因居北省。以進呈所著書，清室褒之，畀以内閣中書，擢學部主事。官久不遷。民國後，公府聘爲顧問。其昶研求經訓，成《毛詩學》，頗紬今文，然亦鮮創獲。桐城固以文章鳴于時，古文家群推方、姚。當其昶時，言二姚一馬，望溪、惜抱之學爲之一振。然其昶爲文，或稍遜惜抱，而其學淹雅，實在方、姚之上。有《屈賦微》一書，于訓詁考證，亦得爲一時之選，體會文情，似在朱駿聲之上云。

意識部第五

道

《楚辭》道字三十六見，一作導之借，二作道路引申之義，三則普通道路字，四則以道爲一切事物內質外形運行變化之總原則。

（一）導之借字。

《離騷》"來吾道夫先路"。此言引導也，則道乃導之借字。《文選》即作導。五臣云"言君能任賢人，我得申展，則導引君入先王之道路"。

（二）道路之引申義。

《離騷》"既遵道而得路"。依詞氣言，則道與路連文。遵道猶言循道，循道則得路。一達謂之道，路則道之大者，此字面釋之者也。然依上下言之，此句在三后純粹之下，則所遵者三后之道，則以行事爲行道。用其引申義也。王注云"以循用天地之道"。"夫先三后者，據近以及遠，明道德同也"。貫穿文義，最爲深切。洪補申之曰"上言三后，下言堯舜，謂三后遵堯舜之道，以得路也"云云，說雖牽附，而可作爲體審文氣文脈之一助。而朱熹更結合下文，"桀紂之亂，若被衣不帶者，獨以不由正道，而所行蹙迫耳"，亦自有得。屈宋賦中用此義者爲最多，不即一一列舉之矣。

（三）作一般使用之道路解，而不必深求如第二說。如"遵吾道夫崑崙兮"，言轉回吾之行程，至于崑崙。按《説文》"道，所行道也。從辵、首。一達謂之道"。此訓《九歌》中爲較多，詳後。

（四）以道爲一切事物內質外態運行變化之總原則，乃一哲學或宗教性之概念。《遠遊》"道可受兮不可傳"，王逸注不甚明瞭，洪補曰"謂可受以心，不可傳以語言也"。按道可受句，見《莊子·大宗師》

"夫道有情有信，無爲無形，可傳而不可受，可得而不可見"。

道與路兩字爲考見屈子思想之重要用詞，故不能不探索而詳述之。按《離騷》言三后純粹，堯舜耿介，大禹祇敬，皆以道德規範爲王者行動之指導。與此相反，則桀紂猖披，夏桀常違，羿淫遊佃，澆縱欲不忍，則引爲大戒。而舉賢授能，繩墨不頗，乃爲政之大法。而以皇天無私，"夫維聖哲以茂行兮，苟得用此下土"，其歸根結蒂之點，則覽民德也。故屈子自身之所勉者，即以法前修，伏清白，以好修爲常，堅持其正義之所在，雖體解而不悔，與當時貪婪、嫉妒、競周容、背繩墨、干進務入之小人，作無情鬬爭。當時楚之風習，自《國策·楚策三》懷王二十八年衆顧觀克説蘇子告懷王"楚之大臣，傷賢爲資，厚斂百姓，播王過于民，賂諸侯以楚地，自令尹以下事王者以千數，至於無妒而進賢者，未見一人"一段，則楚之危亡在旦夕。而中心問題，在大臣自私，而王不能用賢，與屈賦所言，若合符節。此屈子所以憤世嫉俗，至無可奈何，則曰"皇天無私"，孰非善義而可服用。此自史、祝、世守之義，而悲切至不可量。故一生以培植壯青，尋求矩矱，上下求賢爲己志。然而黨人不諒，嫉妒抑之。孤忠之懷，與當時恰爲對立。此所以歎不能爲美政，而終之于汨羅永終。試讀諸文論道處，大抵不出余所陳範圍。

自然

《遠遊》"無滑而魂兮，彼將自然"。王逸注"應氣臻也"。王釋自上文"壹氣和德"諸義揆之，故曰應氣。此戰國修煉之説也。《老子》"道法自然"，王弼注"自然者无稱之言，窮極之辭也"。爲自然一術語最早見者。然《老子》言自然，與今世通言自然者義近，乃樸素之唯物論。以事物言，則不資于外而能生發變化；以作用言，則謂其不事而能運行，即《呂氏春秋·論人》篇所謂"事心乎自然之途"，注"自然，無爲"。《莊子·天運》亦云"調之以自然之命"，注"命之所有者，非爲也，皆自然耳"。引而申之，則《淮南·主術》有言"夫舟浮于水，車轉于陸，此勢之自然也"。屈子所謂"无滑而魂兮，彼將自然"。言无滑亂汝之魂霱，彼魂霱者，持其自然而然者也。用義與《老》、《莊》、《吕》、《淮》雖不同，而于物之自性則同。言自然者，多與無爲相系。《遠遊》亦言無爲矣。

精

《離騷》"精瓊廳以爲粮"，王逸注"精，鑿也，言我將行，精鑿玉屑，以爲儲粮"。五臣云"精，擣也"。洪補云"《反離騷》云'精廳與秋菊，芳將以延夫天年'。應劭云'精，細也；瓊，玉之華也'。《周禮》有食玉，注云'玉陽精之純者，食之以禦水氣'。精，細米也"。朱熹注"精，細米也"。寅清按：《廣韻》"子盈切"。《説文》"擇也"。《論語》"食不厭精"。與此精字義同。考精字從米，青聲，則其事必以米爲本義。從青之字，多有精華之義，則精當以擇米爲本義。叔重訓擇，尚間一層。此處作動詞用，即其本義矣。

精，靈也。《遠遊》"精皎皎以往來"，王逸注"神靈照曜，皎如星也"。寅清按：《易·繫詞》"精氣爲物"，疏"陰陽精靈之氣，氤氲積聚，而爲萬物也"。《左傳》昭七年"用物精多則魂魄強"，《老子道德經》"其中有精，其精甚真"，皆與《遠遊》此語義合。《遠遊》又云"精醇粹而始壯"，王逸注"我靈強健而茂盛也"，即《左傳》昭七年子產所謂"用物精多"之義。《莊子·德充符》"勞乎子之精"云云，近于今時所謂精神。劉向《九歎·逢紛》"精越裂而衰耄"，王逸注"言己欲進不得，中心憂愁，顏色黧黑，面目壞敗，精神越去，氣力衰老也"，義與《遠遊》同。

天命

屈宋賦中用天命一詞三見，其中兩見有附加語，即《哀郢》之"皇天之不純命"與《天問》之"皇天集命"。其一直言天命者,亦見于《天問》"天命反側,何罰何佑"是也。王逸注"天命反側"云"言天道神明,降與人之命,反側無常,善者佑之,惡者罰之"。注"皇天集命,惟何戒之"則曰"言皇天集祿命,而與王者,王者何不常畏慎而戒懼也"。洪補引"《詩》云'天鑒在下,有命既集'。此言何所戒慎而致天命之集也"。《哀郢》"皇天之不純命兮,何百姓之震愆",王注"言皇天不純一其施,則萬物夭傷。人君不純一其政,則百姓震動以觸罪也"。王注洪補皆不允當,且有文理詞氣全不順遂者。

按天命一詞,自殷周以來,爲一普遍使用之複合詞。甲文中雖無命字,但有令字,命、令實一字也。在《尚書》之《商書》各篇,固已大量使用之語。《尚書》中直用天命一詞者,凡三十二見。此外則或作上帝命,凡五見。若純以義例爲主,則其中有大量之命字,實即天命一詞之省。如《康誥》"肆汝小子封,惟命不于常"。共三十一見。或又變言"基命"、"大命"、"休命"、"降命"、"受命"、"永命"、"定命"等,綜覈觀之,凡百七十五條,皆此一複合詞之變態。女兒昆武云"命字之於《尚書》,凡百七十五,其用爲三,一用於天命,二用爲號令,三用指生命"。又云"《尚書》中命字最多用於天命。古初社會,人類尚處蒙昧狀態,於自然社會之種種現象,尚未能作科學之解釋,遂盡歸諸超人之天之所命,而其主觀行事,亦必務求合于天意。故《尚書》中凡言國祚、帝位、政事、征戰、災異、禍福、壽夭、刑賞等,凡人所不能預測者,皆稱天之所命。此即其遺痕也"。又云"天命一詞,於《尚書》中用法多種,其本義即天之所命,由此而轉化爲國祚而成爲成語。其他雖不明指國祚,實際亦直接或間接與國祚有關,此又由成語轉化爲通語者。天命一詞,以其特指國祚、帝位之義,獨立于《尚書》中爲成語,例凡百十一見。蓋初民社會中祭祀長與酋長分主人間事,酋長掌人權,祭祀長掌神權,並得支配酋長。此後隨政治社會組織之發展,人類知識於生產勞動中增長,科學知識亦漸增長,私有財產發生,於是上層建築之氏族社會動搖,至于逐步瓦解,神權漸縮小,而政權日趨發展,神權遂附庸于政權之下。此時政權發展，合許多小氏族以爲國。現既合若干小氏族以爲國，則某一氏族之酋長，已成爲最大之國家元首。則原氏族之祖宗爲小神權，則其固有之小神權之圖騰，已不足駕御於包含若干氏族之國家制度之上，故更求其上之更大之神權，所謂天或上帝者，以凌駕其上，取合于全民之心。《尚書》所反映者，即爲此轉變期之史實，故多用天命一詞，自其本義引申，專指國祚帝位而言" 云云。其百十一例證，皆已證明此一結論之無誤。

總之，天命一詞，就語言學立場論，有本義，有變義。而此本變之原因，則時代發展之使然，此固語言發展之常態。而天命一詞，則其歷史因力至爲顯豁，大體自殷周以來，乃特指統治階級之權力言。大體作受命于天之國祚、帝位，爲此詞之基本用法，應爲一成語。其後則演變爲普通術語，而非專用于統治者之國祚、壽命，寖假而一切齊民亦得用之矣。在戰國時期，則此詞仍保有其宗教上之蘊義。吾人試就《屈賦》各文，莫不順適安妥。更即此義以審實王注之當否，則吾人不能不是認，王注各句尚有可斟酌者。"天命反側，何罰何佑"，指上文諸史實與天命不相協，同善而異賞罰，同惡而異賞罰，王以爲天降明命，善者佑之，惡者罰之，則正屈子心目中之 "皇天無私" 矣，何用更有所疑而問之，義與屈子相反矣。下文即接齊桓有九合諸侯之功，而至於不得其死，蓋指受命爲侯，而不能保其國與壽，蓋國祚一義之引申。又下文比干、雷開之罰佑不一，梅伯、箕子之異方等史實，則就一般聖哲遭遇而言，雖不明指國祚，而亦政治上對賢能之得失，以反映其政治之得失，亦即反映天命之是非者也。以天道而論，皆不可解，故立爲問也。"皇天集命，惟何戒之" 者，言皇天既集命于殷，爲何不使之戒慎，至于紂理天下，又使周家代之也。此言殷之國祚爲周所代也，其指國祚甚明。王洪兩注雖尚隔一間，而大體近之。至《哀郢》"皇天之不純命" 句，王注以爲皇天不純其命，並牽及王政，于義則近，于文理詞氣及天命一詞之作用則非。此亦言天命之不可知，國祚之已危殆，百姓震愕，正國祚危殆之一例。此于言外雖亦旁擊王政，而敦厚之旨，愴極呼天之義，何暇更算王政之賑，此時無此餘時，亦無此餘情，但抒己不得已之情而已。若主言王政，不幾于譏切之甚乎？細考王注之失，蓋由未明純字在春秋戰國以來特殊之用法，而以一般性之訓詁義"純一"釋之也。考純即金文《尚書》之屯。若"純魯"或作屯魯……蓋爲一種上禱于天以求庇佑之專用術語，即含有若干宗教情感之作用。若此點不能深知，則屈子宗國之思與世掌天官之職，亦不能深知。而其悲痛深切之感，亦不可得矣。詳純字條下。故此句當言皇天之豈不屯佑，所命于楚國，使國祚久長，而遂使百姓震愆也。皇天句乃問句，而非陳述句（兮字作乎字解，故承以何字可證）。

總上三例而觀，則屈子天命一詞，大體承襲殷周舊義，以指受命于天之國祚，及與國運有關之事象言，蓋非向壁虛造之説矣。且不僅此也，屈宋賦單言命者，亦多指天命、國祚言，姑以《天問》一篇言之。如"周之命以咨嗟"、"命有殷國"、"殷之命以不救"，其爲天命，詞面已能知之。又如"擊牀先出，其命何從"之命，王注亦云"其先人失國之原，何所從出乎"云云，則關君國之事者矣。別詳命字條下。

又細繹春秋戰國以來諸言天命者，其義蓋與天道一詞同。天命者，即大道之動詞，天道即天命之稱名。天何所命？則以其道而命。其道爲何？即《離騷》所謂"皇天無私"也。然天命僅天道之一端，天道之顯示于事象者，言顯示于國祚、帝位及與此有關之事象而言，故"天命反側"，即"天道好還"之義。《湯誓》"天道福善禍淫"，《論語》"子罕言利與命與仁"，即子產所謂"天道遠，人道邇"也。《詩》所謂"假哉受命，有商孫子"，即《易》所謂"天道下濟而光明"也。惟天道含義較天命爲大，天命爲天道之一端，天道可包天命，有動靜大小之別而已。

昭

《楚辭》昭十四見，除昭昭（《雲中君》、《九辯》二見）爲疊詞，昭后（《天問》）、昭明（《九懷·株昭》、《九思·遭厄》）、昭華（《九思·疾世》）爲專名外，皆一義，或其變爾。《説文》"昭，日明也"。《堯典》"百姓昭明"，《詩·時邁》"明昭有周"，昭與明連文，則許説是也。《大招》云"白日昭只"，《九思·傷世》"惟皇天之昭霛"，亦明神之變語耳。此皆用其本義。詳考《詩》、《書》所用昭字，皆與日月光明相涉。字從日召，召者相召誶也。甲文金文皆象召人共酒事，此以日召，而曰日明，蓋其朔矣。猶言日明示于下，亦上天垂象之一也。此爲初民光明崇拜所用恒語。與明字略同（詳明字下）。因之其本質光明則曰"昭質"，《離騷》"唯昭質其猶未虧"是也，又《大招》言"昭質既設，大侯張只"，王注謂昭質爲明旦，洪補云"《記》云質明而始行事"。此昭質與《離騷》用法不同，此蓋言選士鄉射之儀，故下文言"執弓挾矢，揖辭讓只"也。質旦而設侯以待射儀也。其用雖異，而與昭爲明則同矣。此就品德本質立言。又《惜往日》言"惜壅君之不昭"，則就行事言，不昭則不光明矣。王逸《九思·怨上》言"用志之不昭"，則就表現已窺內心之活動者爾。《九章·惜往日》云"受命詔以昭時"（從朱熹本），屈原言昔日見信于君，曾受君王之命，以光明昭告于世，即下文"奉先功以照下，明法度之嫌疑"兩語。曰照下，即照臨下土也，亦即此昭世之義。先德照下，申明先人之德業也。明法度者，曾受命爲憲令也。此言明法度，亦直從昭義生出。故此句昭字，既解作光明，又當有以光明昭示之義，方于上下文義兩能照顧，缺一不可。王逸以典明文釋昭詩，尚不完具。

照

《楚辭》照字八用，略得兩義。一爲照字本義，即炤字，光明所昭也。一則但訓明，則昭之借也。按《説文》"照，明也，從火，昭聲"。字亦作炤，《詩·正月》"亦孔之炤"是也。《東君》"照吾檻兮扶桑"，《天問》"燭龍何照"，《大招》"名聲若日，照四海只"，《九辯》"彼日月之照明兮"，皆是，皆此一義。字又借爲昭。《説文》"昭，日明"。此言日之明，乃名詞或形容詞，而照則爲動字耳。《九歎·離世》"指日月使延照兮"，王注"照，知也"，乃引申義，其本義當即"昭，日明也"。又紹之借字。《悲回風》"照彭咸之所聞"言繼續彭咸之所聞也。

晨

《楚辭》晨字六見，皆作旦晨解。《説文》"早昧爽也，從臼從辰。辰，時也"。會意。朱駿聲曰"凡夕爲夙，臼辰爲晨，皆同意。經傳皆以晨爲之"。《詩·庭燎》"夜鄉晨"，箋"明也"。《曲禮》"昏定而晨省"，疏"旦也"。按許以昧爽釋之，昧爽者，即扶桑也，日將出之象，即今人所謂"麻薩眼時"也（參扶桑條）。蓋日未出而天色已灰白之候曰晨，故可釋爲早，爲明。《楚辭》六用。屈、宋與漢人皆同。《遠游》言"晨向風而舒情"，此言早朝之修煉時也。《大招》言"鵾鴻群晨"，言雞晨時動鳴也。《哀時命》言"晨降"，《九懷·思忠》言"微晨"（王注"靜夜也"。以微狀晨，故曰靜夜也），《九歎》言"晨鳴"，《九思·守志》言明晨，其義一也。

真

《楚辭》真字六用，除《遠遊》兩言"真人"外，皆以爲真假之真，即正之借字也。《説文》"真，仙人變形而登天也，從匕從目從乚。乚，隱也，引所乘載也"。朱駿聲云"六經无真字"。《莊子·大宗師》"而己反其真，而我猶爲人猗"。則真與人對舉，許説蓋自戰國神仙家得之。故《楚辭》兩言真人，"貴真人之修德"，則真人有修德；"隨真人兮翱翔"，則真人固能飛矣，故曰仙人。惟其字結構至奇詭，余不敢析言之矣。其引申則爲精誠（《漁父》注是也）。《莊子·刻意》亦云"能體純素謂之真"，皆誠正二字之訓。正、真同音。《卜居》"寧超然高舉以保真乎？"言保其真正誠信之質也。《七諫·怨世》言"誰使正其真是"，又《自悲》"夫人孰能不反其真情",《哀時命》云"除穢累而反真",與正、是、情同用,又與穢累、反真對舉,其義可知矣。

壹

壹字《楚辭》十六見,皆一義之變也。《説文》"壹,專壹也"。《九章·桔頌》"深固難徙,更壹志兮",王逸注"屈原見橘根深堅固,終不可徙,則專一己志,守忠信也",朱熹注"以其受命,獨生南國,故壹志而難徙"。又《惜誦》"壹心而不豫兮",言不猶豫也。《遠遊》"審壹氣之和德",又"壹氣孔神兮",王逸注"專己心也",洪補云"《列子》曰'心合於氣,氣合於神'。壹,專也"。又"壹氣之和德",猶言和德之壹氣也(參言氣條)。又《遠遊》"至南巢而壹息",按《禮記·檀弓》"壹似重有憂者",疏"壹者決是之辭也",壹息與此同。又《哀郢》"冀壹反之何時?"義同。又《七諫·怨思》"願壹往而徑逝兮",王逸注"壹或作一,言己思壹見君,盡忠言而遂徑去,障蔽於讒佞,而不得至也"。又《謬諫》"願壹見而陳辭",義同。《哀時命》亦有"願壹見"之言。又用為動詞,《哀時命》"壹斗斛而相量"。又別字詞也,《九歌·大司命》"壹陰兮壹陽",蓋借為一字也。

氣

按氣字《楚辭》十六見,而義可別為四:一指天地山川之氣;二指時令之氣,如今人言氣候;三指人之氣,中含屬心理學範圍之"氣質"心情,屬生物學範圍之"呼吸";四修煉家之所謂煉氣,及此第四義之引申。

(一)天地山川之氣。

《天問》"西北辟啟,何氣通焉",王逸注"豈元氣之所通"。又"伯強何處,惠氣安在?"王注"惠氣,和氣也"(詳惠氣條下)。《遠遊》"餐六氣而飲沆瀣兮，漱正陽而含朝霞"，王注引陵陽子《明經》言四時與天地之氣爲六氣，《左傳》昭元年以陰陽風雨晦明爲六氣。左氏爲古遺說，當從之，亦天地之氣之一說也。別詳六氣條下。餐六氣與食元氣同，詳本則第四條。又《九辯》"乘精氣之搏搏兮，騖諸神之湛湛"，王逸注"托載日月之光耀也"，詳精氣條下。又《招隱士》"山氣㟏嶵"，此指山川之氣言也。又《九懷·思忠》"連五宿兮建旄，揚氛氣兮爲旌"，王逸注"舉布霾霧作旗表也"，則氣指霾霧言。《九歌·大司命》"乘清氣兮御陰陽"，王逸注云"司命常乘天清明之氣，御持萬民死生之命也"，詳清氣條下。《遠遊》"因氣變而遂曾舉兮，忽神奔而鬼怪"，王逸注"乘風蹈霧，升皇庭也"。叔師以風霧釋氣字，本之舊說也。

（二）指四時之氣候言。

四時之氣候，以寒暖爲主要含義，而因時變化之風、雨、濕、燥亦附之。《九辯》"悲哉秋之爲氣也"，此指秋來風寒霖雨而言，非以指秋高氣爽之氣，故曰悲。氣之悲者，無過寒霖爾，故下文即承以"蕭瑟"、"憭慄"及"草木搖落而變衰"。又下文云"泬寥兮天高而氣清"，此氣指晴明蕭爽之高秋天氣言，故叔師注以"秋天高朗，體清明也"爲言。四時之氣，有邪正，故有邪惡之氣。《哀時命》"邪氣襲余之形體兮，疾憯怛而萌生"，王注"言己常恐邪惡之氣及我形體，疾病憯痛橫發而生"。此邪惡之氣，略如醫家所謂四時不正之氣，即寒、暑、燥、濕不時而發之氣，或溷濁惡臭氣也，與時令亦相關涉。

（三）指人之氣質心情及生理範圍之呼吸言。

《九章·惜往日》"信讒諛之溷濁兮，盛氣志而過之"，王叔師注"呵罵遷怒，妄誅戮也"。以呵罵遷怒釋氣志，則氣者人之怒氣，故以盛字狀之，後人言盛氣凌人，即此義也。又《悲回風》"傷太息之愍憐兮，氣於邑而不可止"，王注"氣逆憤懣，結不下也"，此即後世言心情不快曰生氣之氣。《九辯》"竊美申包胥之氣盛兮"，王注以"申包胥鶴立於秦庭，啼呼悲泣，七日七夜不絕聲，勺飲不入於口，故言氣盛也"。此

氣盛與《惜往日》之盛氣，用詞同而義稍別：《惜往日》之盛氣，猶言
武怒之氣；此氣盛，則言精神强盛堅貞不拔之義也。《哀時命》"愁修夜
而宛轉兮，氣縮蠻其若波"，王注"愁夜之長，氣爲縮蠻若水之波也"。
此氣字指心情狀態言，雖可通，而以屬于生理範圍之呼吸狀態解之，更
易使文義明白通暢也。《九思·逢尤》云"仰長歎兮氣餉結"，長歎而至
氣餉結，呼吸迫促，則氣不通利矣。

（四）修煉家所謂之氣，指納新吐故之呼吸言者。又上義之引申也。

《遠遊》"精氣入而麤穢除"，王注"納新吐故，垢濁清也"。則所謂
精氣者，即清氣也。詳精氣、清氣兩條。又《遠遊》又云"審壹氣之和
德"，又曰"壹氣孔神"。所謂壹氣者，專一其氣，亦即清精之氣，言壹
者，使之壹也。指動作言，曰壹氣；指其氣言，曰精氣、清氣，其實一
也。別詳壹氣條下。

考《説文》氣乃餼之本字。餼者廩氣，而後世皆借氣爲餼。气部，
雲气也，象形。金文作ᅭ，小篆作气，此蓋象雲氣之形。朱駿聲云"按雲
者地面之氣，溼熱之气升而爲雨，其色白；乾熱之氣散而爲風，其色黑。
古文云ᕯ，象雲氣，此象天地氤氳之氣也"。則天地山川之氣爲氣之本
氣，引申則爲四時之氣，而借以指人之呼吸所出入爲氣者，亦以形似而
借，聲義亦兩通也。故人氣多與形質對言。在人體結構中之骨架血肉謂
之形，而呼吸之氣所以占人之生死者曰氣。義遂漸近于神祕之形上狀態，
故導引家煉氣之所由神祕也。別詳壹氣、精氣、和氣諸條。又《九思·
守志》"食元氣兮長存"與"餐六氣"同。王注以元氣指天氣，漢人通
説也。詳元氣條下。

失氣

謂呼吸迫促，氣若有所短失也。《九思》"惶悸兮失氣"，《章句》
"悸，懼也。失氣，晻然而將絶"。按上言高山有猴猿，深谷有虺蛇，左
鳴鵙而右呼梟，故至可惶悸而至于失氣也。失氣謂呼吸迫促，氣若有所

短失，故以唵然而將絕釋之。参氣字條。

降

　　降字《楚辭》十五見，分兩義：一訓下降，爲後世通義；一訓降生，爲較原始本義。字從阜，從夅。蓋古酋長大君，皆宅高山而居，因以自高山而行下。在原始宗教信仰，以爲大酋與天通，故凡自天下者，皆曰降，與陟爲對舉字。《離騷》"惟庚寅吾以降"，王逸"降，下也。《孝經》曰：故親生之膝下。寅爲陽正，故男始生而立于寅。庚爲陰正，故女始生而立于庚。言己以太歲在寅，正月始春，庚寅之日，下母之體而生，得陰陽之正中也"。洪補"降，乎攻切，下也，見《集韻》。《説文》曰：元氣起于子，男左行三十，女右行二十，俱立于巳。爲夫婦，裹妊于巳，巳爲子，十月而生，男起巳至寅，女起巳至申，故男年始寅，女年始申也。《淮南子》注同"。朱熹曰"降，下也"。

　　按歷世釋此降字，皆言下也。以通言釋之，于文固無扞格。然非綜覈古今而立説也。考降字用爲降生義，猶自天而降也。春秋以前，惟帝王大酋之受天命以統方國者用之，在一定意義上，含有甚深厚之宗教的感生意識。至戰國時，用此字爲降生之義，其神祕性仍保持未墜，或僅稍及于有地位之重臣、巨人，即《孟子》所謂"天之將降大任"之大任者用之。自《尚書》、《詩經》、《墨子》諸書，皆可考見。故此字在一定的歷史條件下，不易爲一般人所使用。即以屈子作品論，用降字凡十二見，其用爲普通上下意者，除一陟降外，僅《遠遊》之"上至列缺兮降望大壑"，與上字配言，然已不能作一般下降義解。他如《九章·惜往日》之"微霜降而下戒"，《遠遊》之"微霜降而下淪兮"，上天之事也；《東君》"操余弧兮反淪降"，此東君自唱之辭，神也，固可用之。其餘《離騷》之"百神翳其備降"，《雲中君》之"靈皇皇兮既降"，兩降字人神也；《九歌》"帝子降兮北渚"，帝下降也；《天問》中四降字"禹播降"、"帝降"、"夷羿降"、"降省下土四方"、"帝乃降觀"，非上帝，即神王。《離騷》又有"巫咸將夕降"，卜辭巫咸者通上下之郵之神靈，亦含有豐厚之宗教性。此十二字中，無一而不與上帝神靈有關，此決非偶然現象，此足以説明屈子選詞之斟酌允當。又不僅此也。《屈賦》中更不以生帝王將相之生爲降生，言女媧，言神禹，言夏啟，伊尹，舉聖賢無不有之。而不言降，則屈子亦不盡以感生之意義，隨施之于古，而今乃自命爲天之降生，此在吾人今日爲之，必爲狂誇無疑。然吾人當知古人忌諱事簡，孔子自稱"天生德於予"、"文不在兹"，以一齊民，或破敗之世家子，而曰"天生德"，曰"文在兹"，屈子以王所甚任之宗子，則立言稍侈，本不足怪。篇首標始祖，爲上世神帝，楚爲之後，則己即此神帝"似續祖妣"，而"康禋祀"（今世人間生子尚曰接香禋後代，亦用此義）之苗裔，則己即與高陽同其性能之子姓，蓋亦天之受與屈氏者也。且初度之美與生辰之吉，一切條件畢具（參内美與攝提、庚寅諸篇），則使用降字，以比于世之大任，蓋當之而無愧者也。吾人必需體會祖先之宗神（圖騰）對子姓關係之要義，與知生在上世之宗教的傳説，與時日（殷人以甲子命名，尤見時日之重）及戰代相人術之勃興三端，會合而定之，則降之大義明，而《離騷》一篇之情思蘊釀，亦得有更深之體驗。

至此則王逸以來諸家，多就攝提、孟陬、庚寅以釋降字，即下文皇覽、錫名諸句，尤有未能盡其蘊者，得余此説，方爲具足。

考降與陟爲對舉字，皆從自，從屮，若屮。自者，山阜陵嶽之類。古豪酋大長（巫）之所居，且得與上天通其意者也。上下于山陵爲本義，引申則爲上下于天。《詩》所謂"文王陟降，在帝左右"，是其確解。陟者，上升，故甲文金文從屮，兩屮亦步亦趨，趾向上，表升義；降者從屮，亦兩足下降，亦步亦趨之象也。古宅京必于丘墟，故帝王所在，皆曰丘（詳丘字條）。先秦典籍用陟降字皆有天神宗教之義。又古凡言自天降，或上升者，亦曰陟降。《詩》"天命玄鳥，降而生商"，孔氏曰"謂之降者，重之，若曰天降也"。又《夏小正》"二月來降燕乃睇"，又言"陟玄鳥蟄"，言"燕來降而睇"，"玄鳥上升以去而蟄也"，則亦言玄鳥若自天而降，上升于天而去也。至漢以後，乃多作通義解，此漢字進化發展一例也。《屈賦》降字凡十二見，亦大體如此。

降通義所言之下也，此在屈原作品中已漸有之（見前）。而漢賦三見，則皆指霜霧等天象言，《七諫·沈江》"微霜下而夜降"，又《七諫·自悲》"微霜降之蒙蒙"，《哀時命》"霧露濛濛其晨降兮"，是也，然亦皆以指自天而降者言。則降之義，以從天而降爲其朔義，未爲不可。

有

《楚辭》有字八十一見，除有扈、有啟、有伏、有莘（皆見《天問》）、有娀、有虞（見《離騷》）諸有字，皆作固有名詞前之發聲詞，別无他義，其餘皆一義之變也。《說文》訓有爲"不宜有"者，用《穀梁》義（莊二十八年傳，一有一亡曰有）。此自爲說經，非必解字義也。甲文則以ㄨ，若ㅂ爲之（ㄨ作又、右、祐、姷、有諸字解），ㄨ之爲有，別有"ㄨ雨"、"ㄨ田"、"ㄨ老"、"ㄨ子"、"日月ㄨ食"、"ㄨ鹿"諸詞可爲證。蓋又、有同聲也。又當爲左右本字，則此時又在語言中，已大使用，而未造專字甚明。然別有一系形體，亦作有字用。如ㅂㅂㅂ，此與牛頭之形極相似，牛、又亦同韻。或某一時期，又借ㅂ爲之，終不能明。然皆未製專字之證也。即後乃就ㄨ加月爲之，其用意亦不得詳，以手取月不成其義，姑闕以待通人。考《孟鼎》、《毛公鼎》有字皆從肉，謂手持肉也，其本義皆爲侑食之侑，後誤爲從月，許氏乃以此爲據，而自日有食之一義立說，乃有不宜有之說。惟先秦以來載籍，皆以此爲有無之有。有之義引申之可得取、質（《廣雅》）、藏（《毛傳》）、富、專、保諸義。《楚辭》所用，皆不外是矣。文繁，姑舉例以說明之。《騷》"紛吾既有此內美"，保有也。"民生各有所樂"，各取所樂。"豈其有他故兮"，藏有他故也。"覽冀州兮有餘"，多餘也。"固人命兮有當"，質有所當也。"有招禍之道也"，有招禍之道也。"有志極而无旁"，專有極志。"莫知余之所有"，不知其所富有之爲何等也。"淑離不淫，梗其有理”，梗然其有文理。“恐禍殃之有再”，禍殃之又再也。“物有微而隕性”，物質存精微，而不得永其性也。《卜居》言有所者七，皆存有之義。“願一見而有明”，願一見而得明也。“心繚悷而有哀”，興哀也。《招魂》言“有柘漿”、“有餦餭”、“有瓊漿”、“有六簙”皆言備也。其他皆通詁，不繁一一，漢儒同例。

有，育之誤字。《天問》“女媧有體”，言女媧生育，孰制匠之。有、育音近，又以形近而誤。詳見《重訂天問校注》。

厚

厚字《楚辭》七用，皆一義之變。《説文》“厚，山陵之厚也，從𩫖，從厂。𡑫古文厚，從后、土，后聲（作𡊅）”。本義爲山陵厚，而字從𩫖，𩫖者厚也。是厚乃轉注字。引申之，則訓大、訓重、訓豐、訓強。《楚辭》所用，不外是矣。《離騷》“伏清白以死直兮，因前聖之所厚”，言清白爲前聖之所重視。王逸云“言士有伏清白之志，以死忠直之節者，固乃前世聖王之所厚哀也。故武王伐紂，封比干之墓，表商容之閭也”。釋義甚允。而解厚爲厚哀，則非。厚，重也。自在上言之則曰厚德，見《九辯》十五，“賴皇天之厚德”、“竊不敢忘初之厚德”（《七諫·謬諫》言“嘗被君之厚德”同）。從內心立説，則曰謹厚，《懷沙》“謹厚以爲豐”（王逸釋謹厚爲謹善，乃申説，非訓詁也）、“內厚質正”是也。《天問》言“湯謀易旅，何以厚之”，亦言施厚德耳。

量

《楚辭》量字七見，皆作度量衡量解。《説文》“量，稱輕重也，從重省，曏省聲，𤲃，古文量”云云，説字義无誤。《孔子家語·五帝德》“設五量”，注“權衡、升斛、尺丈、里步、十百也”。朱駿聲説“五量，其理相因，其法相輔，權衡謂之衡，尺丈謂之度，升斛謂之量”。是量有類名、私名之別。五量總度量衡者，類名也；斗斛謂之量者，私名也。其字從重，起于秬，絫銖二十四銖爲兩，十六兩爲斤，三十斤爲鈞，四鈞爲石，即權衡也。《虞書》"同律度量衡"。按秦量近世所見至多，形與量近，恐初爲象形字，後乃製爲從重，古以類名者，其例至多。朱駿聲云"《論語》'謹權量'，《考工》'㮚氏爲量'，此皆言斗斛。又《周禮·夏官·量人》注'度也'，《周語》'鑒制量'，又'於是量資幣'，此皆言尺寸也。《惜誓》'苦稱量之不審'，此似言權衡"云云，説至碻。《楚辭》諸量字，用法全同此義。如"不量鑿而正枘"、"羌内恕己以量人"、《悲回風》"藐蔓蔓之不可量"三句，言度長短也。《懷沙》"一椉而相量"，椉者平斛器也，當爲量之本義。《九歎》"心溶溶其不可量"，曰"溶溶"，則亦解爲斗斛之量一義爲暢達。《哀時命》則言"壹斗斛而相量"，則爲斗斛，與上同。又《惜誓》言"稱量不審"，與稱字合用，照以文義，自爲衡量矣（《謬諫》有不量鑿，與《離騷》同）。後人亦往往分言度量、衡量。詞意之別，亦非泛无友紀者矣。

物

《楚辭》物字六見，其本義爲萬物，引申則萬事亦曰物。《説文》"物，萬物也。牛爲大物，天地之數起于牽牛"云云，實皮付无謂。甲文已有此字。蓋象牛犁，小篆之勿，即犁本字。兩旁有點，即耕地起土也。耕地所以得物，有生發之象。農業時代，農耕自爲大事。一切任物，則以物爲萬物，翕協于初民之認識也。而耕種乃事象，故物又得訓爲萬事。總言之，物者，萬事萬物也，引申之則有成之象皆得曰物。此物又訓爲物色，凡物必具空間、故有色也。以解《屈賦》五物字，莫不可通。《悲回風》"物有微而隕性"，言物質之物也。又"物有純而不可爲"，此言事物有可爲不可爲也。《漁父》云"聖人不凝滯於物"，此事物兩及之言也。"受物之汶汶"，以物與上句之身對言，則似爲萬物，其實則事物兩容也。《卜居》又云"物有所不足"，此物與下句"智有所不明”對舉，此指龜策而言，故下文結之曰“龜策誠不能知事”矣。

實

《楚辭》實字十見，皆一義之變也。按《説文》“實，富也，從宀從貫。貫，貨貝也”。古人以財貨定人等，如貧也、貴也、賤也、貪也，此足以説明財富貨幣之制，在文字創進時期，已成爲社會階級階層之決定因素，不僅于買賣貿遷有无之現實現象也。而以貨貝論人之品質道德，其影響於思想意識者，遂發展爲最高階段，故質也、實也、貞也、賊也、賢也，亦莫不從貝。漢字起源即使更早于使用貨貝之時，然使用貨貝爲刺激漢字發展之一重要因素，固可得而言也。《左傳》文十八年“聚斂積實”，《楚語》“令尹謂蓄聚積實”，《禮記·表記》“耻費輕實”（注，財貨也），凡此皆以財富言實矣。引申則有財富曰實，今吾鄉富人曰“殷實”，引申爲滿、爲足。凡實在必有内容，故又引申爲内矣。

（一）是也。《楚辭》中用實爲是者，如《九章》“煩冤瞀容，實沛徂兮”，王逸注“實，是也。言己憂愁，思念煩冤，容貌憒亂，誠欲隨水沛然而流去也”。又“弗參驗以考實兮”，王逸注“不審窮覈其端原也”。又“弗省察而按實兮”，王逸注“君不參錯而思慮也”。凡實在者必誠，故王逸釋實爲是，而又申言誠欲隨水云云也。《九歎·逢紛》“后聽虛而黜實兮”，王逸注“實誠也。言君聽讒佞虛言，以貶忠誠之實”。誠實古多連文，至今不費矣。又《九思·守志》“實孔鸞兮所居”。言“是孔鸞之居也”。

（二）内也。凡充、實必不僅有外形，而内容實爲之主，故實得引申爲内矣。《離騷》“羌無實而容長”，王逸注“實，誠也。言我以司馬子蘭，懷王之弟，應薦賢達能，可怙而進，不意内無誠信之實，但有長大之兒，浮華而已”。此以實與容對舉，容爲外表，故實爲内容也。又“孰不實而有穫”，言孰有无内容之實，而能有所收穫，此即後世以穀物果品之結子曰實之義。故穀物未熟无内容曰莠矣。

（三）實，滿也。《招魂》"瑤漿蜜勺，實羽觴些"，王逸注"實，滿也。言食已復有玉漿，以密沾之，滿于羽觴，以漱口也"。《招魂》又云"盛鬋不同制，實滿宮些"，實滿連文，實亦滿也。又《九歌·湘夫人》云"合百草兮實庭"，庭實本指堂前所設而言，此言實庭，則實爲動字，亦滿之義也。

質

質字屈、宋賦凡九見，漢人賦凡三見，依叔師諸家説，可別爲五義。

（一）質，性也。

質字叔師訓性者凡四次，見于《九章》。《惜誦》"恐情質之不信兮，故重著以自明"，王逸注"情，志也。質，性也。質，一作志"。又《九章·懷沙》"内厚質正兮，大人所盛"，王逸注"《史記》作内直質重兮。言人質性敦厚，心志正直，行無過失"。《懷沙》又云"懷質抱情，獨无匹兮"，王逸注"《史記》云懷情抱質。言己懷敦篤之質，抱忠信之情，不與衆同"。《九章·思美人》"情與質信可保兮"，王逸注"言行相副無表裏也"，朱注"此承上章芳華自中出，遂言其郁郁遠烝，皆由情質誠實"。《遠遊》云"質菲薄而無因兮，焉託乘而上浮"，王逸注"質性鄙陋，無所因也"。此四例，王叔師皆以性字釋之，其中二例與情字對言，一與内字對言，只《遠遊》言質菲薄者无所對。《遠遊》爲屈子晚期作品，用詞與《騷》、《歌》、《問》、《章》皆較成熟，則直以質作性解，故所應有者也。參後。

（二）體質曰質。

《遠遊》"質銷鑠以汋約兮，神要眇以淫放"，王逸注"身體癯瘦，柔媚善也"，洪興祖《補注》"質銷鑠，謂凡質盡也"。漢儒亦用此義。《哀時命》"形體白而質素兮，中皎潔而淑清"，王逸注"言己自念形體潔白，表裏如素，心中皎潔，内有善性清明之質也"。此以形體與事對言，則質不指形體也。"芳與澤其雜糅兮，唯昭質其猶未虧"，王逸注

"昭，明也。言我外有芬芳之德，内有玉澤之質，二美雜會，兼在於己"。依叔師義，則昭質義兼體性而言者也。餘詳後。

（三）直質无文曰質。

《九章・懷沙》"文質疏内兮，衆不知余之異采"，王逸注"言己能文能質，内以疏達"。朱熹《集注》"文質，其文不艷也"。文質對言，先秦所恒用。《論語・雍也》"文勝質則史，質勝文則野"。文質對言，則有文采文飾曰文，直質無文曰質。

（四）質，正也。

《九歎・離世》"撫招搖以質正"，王注"使質正我之志"。又《遠逝》"信上皇而質正"，使天正其意也。質正之質，與質劑同義，凡劑必正。《禮記・曲禮上》"雖質君之前"，注云"對也"。對質即所以取正耳，取正者，猶名實不爽、事無差忒之義耳。別詳質正條下。

（五）質，射侯也。

《大招》"昭質既設，大侯張只。執弓挾矢，揖辭讓只"。王逸云"昭質，謂明旦也"，誤。朱熹以爲射侯所畫之地，與文義合，而以質地釋質，仍未允。昭質即的質，或倒言曰質的。《荀子・勸學》"是故質的張而弓矢至焉"，注"質，射侯"，是也。餘詳昭質條下。

按以上五義，除質正、的質二義爲變義外，其他前三義，皆一義之變，而各有其變之由，此可考知屈宋時代對事物屬性攝受變遷之跡者，爲屈子學説應綜論之一要事，而二十五篇中，許多糾紛不清之情質內外體性問題，亦多與此有關。兹試説之如次。

按《惜誦》、《懷沙》、《思美人》三文，以情質對言，《懷沙》又以內質聯言，《遠遊》以精、質、神分三事言之，《懷沙》又以文質對言（凡漢人說不濫入，以清界限），則情、內、精、神、文之所以可與質對言或聯言者。試就此五字論之，大半爲事物經驗範圍以外之問題有關，或且爲形而上之現象，則質者其情、神、精、內、文之基本物質條件耶？即所謂事物之本質也。所謂本質者，事物固有之性質、特徵、特點之規定，而與他事、他物之差別。以見一切事物，不論其屬于自然界或人類社會，皆在發展運動之中，在此過程中，必有至多之事物，生生死死，變化無窮，獨此事物之質，則始終不離其本，不變其性，故此不離不變之本性，遂規定此事物穩定不易之性質，使此事物與彼事，物物能加區別。吾人對事物之認識，科學研究等，即先確定此一事物之規定性，亦即揭示此事物自身與他事事物物區別之特徵特點，而後能認識之、研究之，且得出由此本質而相應發生之規律。此一哲學上之觀念的是認，爲近世唯物主義者所肯定。

質之本義既明，試反觀所連系之情、神、精、文、內五問題論之，其中內、文兩詞與質之基礎相關連，即與質之物質相連，不純爲形上問題。屈子言“內厚質正”者，謂基礎厚，則本質正也。此即哲學上所指事物之內容，當指一切事物內在之因素，即通過事物之特性、特徵而表現之基礎，與質爲同一性質之兩種表現法（屈宋賦內字用法，與此同者，除內厚質正外，如“滿內外揚”、“精色內白”、“心冤結而內傷”、“內惟省以端操”、“內欣欣而自美”等皆同。詳內字條下），至文之質，可作兩解。一爲對言，猶言一文一質，此固于事物所受外來影響之附著條件，和論斷其爲文爲質（不論此事物爲同類、爲異類，皆可）；二爲連言，則就一事物本性上之有無附加條件爲説，然不論其爲同物或異物，皆以指事物現象上差別。此兩事內文皆以質之本性爲基礎，故內文兩詞，不全屬于形上範疇，而仍以質之固有的特徵、特點爲立詞之基礎者也。至情、神、精三者與質之關係，則三者皆就此物本質之運動（或爲內在矛盾之自然運動，或爲接受外界激刺之反應運動），而發爲一種精神表現與作用，必依存于此物質基礎而後能成其爲此物此事之神之精之情，而不爲彼事物之神、精、情，其與質異者，質變則亦隨之而變（質不變，當然亦不變）。而三字之表象與作用，又自不同：神者指此精神狀態之表象言，精則爲此精神狀態之一最高概念，情則指此精神狀態之感受而表現于心理行爲之一。三字義爲動静之差，亦有深淺內外之別，而亦依存于其一定之“質”。神、情、精三字，爲質之一種運動。文、內二字，則以質因有特徵、特點爲基礎之從屬性。此兩意義不僅可以斷知屈子所用質字之含義，且可推知屈子對事物質性與其相關係之諸多屬性與精神狀態，皆得自此一"基礎"而得允當之解釋（分詳各該字條下）。其體系至明，辯證至詳，而非漢以後諸生之任意掊撦者可比。

吾人對屈宋所用質字，雖得自其文中包抄分析綜合細繹而得，然屈子時代諸家之說，似不無比較參考之價值，試略徵數則于下。

按前于屈子諸家之書言質者，如《論語·雍也》"質文"之言（見前引），《衛靈公》篇"君子義以爲質"，《國語·楚語》"忠信之質"，《齊語》"聰慧質仁"，《詩·天保》"民之質矣"，《左》昭十六年"與蠻子之無質"，《易·繫詞下傳》"以爲質也"，《莊子·刻意》"而道德之質也"，《周書·諡法》"名實不爽曰質"；與屈子同時或稍後諸家如《荀子·臣道》"仁人之質也"，又《正名》"質請而喻"，《吕覽·知度》"賢不肖各文其質"，諸家或訓實，或訓信，或訓本，或訓形質，或訓質體，或訓物之形，或訓形體，皆莫不從事物之本性立說。本性有一定之規範，故引申爲信，有爲正，爲質劑（王筠以劑質爲質之本訓，說最有致，《周禮》多用之。然不必更委曲以就屈宋本質之義，故不取），爲信、爲正、爲樸質、爲地（質地，今恒言），爲成，亦皆就事物之本體屬性引申之，則謂屈宋所用質義，固先秦舊說，亦無不可矣。至叔師以性字訓之，性當即指本質之特徵特點之性言，亦漢儒舊詁也（見《淮南·說林》、《本經》、《禮記·禮器》、《國語·齊語》諸書注）。因得總結上文所析五義而爲之說曰：質本一切事物本之特徵、特點，故曰性；此性中有體，故曰體、曰內；體者名實不爽者也，故曰正；凡于體上修飾之，體雖存而多所坿加曰文。故四義相一貫，至第五義爲射的，乃正與質劑之引申也。

體

體字《楚辭》凡十見，共得三義：一指身體言，此本義；二指一切物之形質言；三則冢字之形誤。

（一）指身體形體言。

《離騷》"雖體解吾猶未變兮"，王逸以支解釋體解，言支體解散也。《天問》"大鳥何鳴？夫焉喪厥體？"此言大鳥何其鳴鳴，則何以喪其身也。又"撰體協脅，鹿何膺之"，此言異體柔脅之鹿，何以能響應興雲起雨之事也（略本王説）。又"女媧有體，孰制匠之"，言女媧化育（有）物類形體也。《大招》"豐肉微骨體便娟只"，言豐肉微骨之人，其身體美好也。《哀時命》"形體白而質素兮"，形體連言，即指身體言也。《九歎・逢紛》"體溶溶而東回"，王逸注"言己隨流而行，水盛廣大，波高溶溶，將東入于海也"。

（二）指有形之物言。

《九懷・思忠》"悲皇丘兮積葛，衆體錯兮交紛"，衆體即指上之積葛言，葛積故曰衆體也。此以體指葛，謂葛之有形體也。

（三）豕之誤字。

《天問》"舜服厥弟，終然爲害，何肆犬體，而厥身不危敗"，王逸注"言象無道，肆其犬豕之心。一云何得肆其犬豕，一云何肆犬豕"。按王逸注言"肆其犬豕"，則王本原作犬豕。豕、體，古聲略相近，故致誤。當從一本作犬豕。

按《説文・骨部》"體總十二屬也，從骨，豐聲"。段玉裁曰"今以人體及許書覈之，首之屬有三，曰頂、曰面、曰頤；身之屬三，曰肩、曰脊、曰尻；手之屬三，曰厷、曰臂、曰手；足之屬三，曰股、曰脛、曰足"。按段説是也。則體本指人之身體，引申爲一切有生之形體，此自古義。《詩》"相鼠有體"，《毛傳》"支體也"。《詩・行葦》"方苞方體"，箋云"成形也"。分言之，則手足曰體（見《喪大禮》注、《國語・周語》注）。引申之，則兆象曰體（見《周禮・占人》"君占之"注）。先秦體字之用，大略以此爲歸。

内

内字屈宋賦凡九見，漢人諸賦凡三見，其義可別爲五，茲分述如下。

（一）言人之"與生同來"之質性，天生者也。參質、性二條。

《離騷》"紛吾既有此内美兮"，王逸注"言己之生内含天地之美氣"。此爲屈賦首見之内字，此當指人生而有之質性言也，參内美條下。

《九章·懷沙》云"内厚質正兮"，王逸注"《史記》作'内直質重兮'。言人質性敦厚，心志正直，行無過失"。按厚當從《史記》作直，屈子言内美、言直，不言厚也。疑此句當作"内質直正"，内質與直正皆聯文。他本有誤直正作厚重者，故遂以内質爲平列字，而作"内厚質重"者矣。"内質直正"即《離騷》之"内美"也，内美即質性正直之義。屈宋以直正爲美德，全書皆可考見，此无容辯説者也。故此内字，指人本質之性言，質言之曰質性，混言之則曰内也。又《九章·思美人》"紛郁郁其遠承兮，滿内而外揚。情與質信可保兮"，王逸注"修善于身，名譽起也"。叔師以"修善于身"釋滿内，則内者身也。身非指形體全貌言，當即下句之"情與質信可保"之義。情質即内之分言，則内者質性也。又《九章·橘頌》云"精色内白，類可任兮"，王逸注"精，明也。言橘實赤黄，其色精明，内懷潔白，以言賢者亦然，外有精明之貌，内有潔白之志，故可任以道而事用之也"。洪補云"青黄雜糅，言其外之文；精色内白，言其中之質也"。朱熹云"精色，外色精明也；内白，内懷潔白也。外精内白，似有道也"。洪以質字釋内字，是也，故與外對言。外其形式，内其内容，亦性質。《七諫·哀命》"内懷清之潔白兮"即本此。又《七諫·自悲》云"邪氣入而感内兮，施玉色而外淫"，内字義亦與此同。又《九章》"心冤結而内傷"，王逸注"言飄風動摇芳草，使不得安。以言讒人亦別離忠直，使得罪過也。故己見之，中心冤結而傷痛也"。冤一作宛。

叔師不特爲内字作釋，以内即上文之心也。其實心結則内傷，是心爲内之外延，而内爲心之内含，其爲質性，無可疑矣。混言之，則心與質性同；析言之，則質、性僅指心之特徵、特點之内在規定而言也。

（二）内即心一詞之別語。《離騷》"羌内恕己以量人兮，各興心而嫉妒"。按内恕己，猶言心恕己，與下心字同義而異詞也。《遠遊》"内惟省以端操兮，求正氣之所由”，王逸注“捐棄我情，慮專一也”。叔師以我情釋內字義，是也。按惟、思、省、察以端正其操持情慮，則內指思、惟、省、察之本初。古以心爲思慮之所由，故此內字即指心言。變心言內者，上文已言“心愁悽”，此避複耳。上又言意荒忽，心愁悽，神儵忽，形枯槁，意、性、神、形之辨，與論質時之情、神、精三字相近，則內字亦就性質立言。然此不得言質性者，質性指本體言，此就其活動之現象立説，故仍以混言之心字解之爲允。心之活動範圍、類別本至廣闊，故亦不與上“心愁悽”義複也。又《遠遊》云“欲度世以忘歸兮，意恣睢以担撟，內欣欣而自美兮，聊媮娛以自樂”，王注云“忠心悦喜，德純深也”。按此內字在欲、意諸字之後，欲、意乃兩種心理活動之現象，內欣欣自美，亦一種心理活動狀態，但屬于混然感性之成分，與欲、意之屬于知識性者，雖有小別，而同爲心理狀態。故此內字，亦指心言。《七諫·自悲》“內自省而不慝兮，操愈堅而不衰”，王逸注“言己自念懷抱忠誠，履行清白，內不慝於身，外不媿於人”。按此與《遠遊》“內惟省以端操”全同，蓋即襲《遠遊》原義。

（三）借爲訥。《九章·懷沙》“文質疏內兮，衆不知余之異采”，王逸注“《史記》疏作疎”。洪補“內，舊音訥。疏，疏通也。訥，木訥也”。《釋文》“內如字”。朱注“疏，《史》作疎。內，舊音訥，又如字。文質，其文不艷也。疏，迂闊也。內，木訥也”。

按內，訥之借。“文質疏內”，言文疏質內，文謂其外表，疏者謂其無繁縟之飾也，與訥正爲對文，質謂其本質本體，內者謂其木訥不善言也。戴震云“文質疏內，言文不過質，望之似疏，又且內藏也”。以內藏釋內，即訥也。惟釋疏爲疏略，則稍間一隙。“文質疏內”，猶文疏質訥也，言外不繁縟，內則質直，故下文承以“衆不知余之異采”。異采者，非凡采，以樸質爲異也。

（四）朒之借。《大招》“內鶬鴿鵠”，王逸注“鶬，鶬鶴也。鴿，似鳩而小，青白。鵠，黃鵠也。內，一作朒”。洪興祖《補注》“朒，肥也”。朱熹同。此朒字從肉，故訓肥。

（五）内容也。《遠遊》"其小無内兮，其大無垠"，王逸注"靡兆形也"。洪補注"《淮南》云：深閎廣大，不可爲外；析豪剖芒，不可爲内"。朱注"小無内，大無垠，言無所不在也"。按朱云"其小無内，其大無垠"，自本質論，即無所不在之義。老、莊"道在天地，道在矢溺"是也。自形式論，則内外兩字對比成文，内自指事物之内容言，然依語言之作用及其修辭上之用法論之，内指内容，則本質與形式兩可兼顧矣。

考内字屈、宋所用五義，其三四兩義（訥、肭）爲借義外，其餘三義，先秦舊説似少用之者，試就經籍所載考之。經文中（諸子亦然）無用内爲"質性"、"心"者。《禮記·禮器》"無節于内"句，《疏》以心字釋之，乃漢以後説，不得據以爲證。則"質性"、"心"二義直是屈、宋特用之字，而其用皆集中于《九章》、《遠遊》兩篇，恐亦非屈、宋通用之詞。至内與外對言，亦始于《莊子》，所謂内篇外篇，然此恐亦是戰國末期後人輯《莊子》者所分，未必即周原義也，亦即不必爲楚南人習用之語。是内之義，直屈、宋師弟授受之專用之術語矣。

習

習字《楚辭》凡六用，其二言習習，叠辭，別詳。其三見于屈賦。《招魂》云"十日代出，流金鑠石些。彼皆習之，魂往必釋些"，王注"言彼十日之處，自習其熱，魂行往到，身必解爛也"，則以習爲慣習也。《大招》"比德好閒，習以都只"，王逸注"習于禮節"，洪云"《漢書》閒雅甚都"。按習，《説文》"數飛也"，即學習字。《月令》"鷹乃學習"，是也。《易·象下傳》"君子以朋友講習"，《論語》"學而時習"，皆是。引申則既習必成慣性，此《招魂》"皆習"之義也。又凡數習則熟練，數習于禮，則儀節閒習，故又引申爲閒雅也。

外

外字《楚辭》凡七見，屈、宋凡四用，漢人賦凡三用，其義皆相同，兹分析如次。一物之外也，二身心之外也。其用爲身心之外一義，爲南楚所獨有，當爲南楚方俗之用，其本義當指事物之在外者，以外間之。

（一）物之外也。

《招魂》"幸而得脱，其外曠宇些"，王注"言從雷淵雖得免脱，其外復有曠遠之野，無人之土也"。此外指雷淵之外也。屈、宋賦用外指物之外者，惟此一則，漢人亦無用之者。

（二）身心之外也。

《九章·哀郢》"外承歡之汋約兮，諶荏弱而難持"，王逸注"言佞人承君歡顔，好其諂言"云云，朱熹説亦同。按《哀郢》全篇，止言去郢不復之悲，決不旁及朝廷、是非、忠佞、得失，文義語氣皆可審知，即夏之爲丘，兩東門何蕪，亦只從思念情愫中立言，不從意識上之善惡著事。則此二句解爲小人邪佞，羌无所據，其去文心遠矣。按此句乃相反互詰，以見其意者也。外承歡者，猶言外表則强顏歡笑。下句諶荏弱者，心誠荏弱委頓，亦從作者情感外立説，此外字即指心理活動之外表現象，以其可象，故曰外也。外字與上下句諶字、誠字相對立言。又《抽思》"善不由外來兮，名不可以虚作"，王注"才德仁義，從己出也"。按此以外與虚對言，外虚皆身心以外之事物，而確有與身心爲有機之連系者也。故曰善不由外來，有其實而後有其善之名。故外字亦當貼指身心之外之義。又《思美人》"紛郁郁其遠承兮，滿内而外揚"，王逸注"修善于身，名譽起也"云云，義與《抽思》篇同。文以内外對言，則此外者，此内之外也，内指身心言。下句又云"情與質信可保"，則究及心理狀態之實質，則外爲得自修善之名譽，義無可疑矣。則此句正以申上文"芳華自中"與"芳郁遠承"之義也。漢人賦本之此義，凡三見。《七諫·自悲》云"邪氣入而感内兮，施玉色而外淫"，王逸注"言讒邪之言，雖自内感己志而猶不變，玉色外潤而内愈明也"。其義亦與《抽思》相近。玉色云云，乃喻詞也。又《哀時命》云"外迫脅於機臂兮，上牽聯於矰隿"，王注"言己居常怖懼，若附強弩機臂，畏其妄發"云云。按機臂、矰隿，皆喻詞。外迫者，謂身心之外表爲外物所迫也，外與上相對成文，皆指身心之外上言。又《九歎·憂苦》云"外彷徨而遊覽兮，内惻隱而含哀"，王注"言己外雖彷徨於山野之中以遊戲，然心常惻隱含悲而念君也"。按此兩語承"欲遷志而改操兮，心紛結其未離"二語之下，亦言心理現象也。外遊覽者，言形式上雖正遊覽，正與内心相合而言，此外表亦指身心相連之外表也。

按以上二義，除一例爲物外之外言，其餘皆與心理現象相連系。則此謂《楚辭》外字用法，爲心理描寫之一術語，指與身心相連系之表態言。考春秋戰國以來諸書，如含《易》、《禮》（三禮及二戴記）、《管》、《荀》、《吕覽》亦數十見，皆無如屈宋賦以外與身心連系者，則此術語恐是楚人之所習用。故《莊子·大宗師》亦言"參日而後能外天下"，言修身養性三日，而後能以天下爲外，謂遺棄天下也。義得屈宋相成，其他則無一言可附會者。則外爲南楚描繪與身心相關連之術語，蓋无可疑。惟外字本義，《説文》以爲遠也，甚是。而分析字形，則以爲"外尚平旦，今夕卜于事外矣"。桂主諸家，或引《曲禮》"旬之外曰遠某日"證之，其實恐未必是。按外字金文作卟，《毛公鼎》若外，《子禾子釜》其所從之夕若夕，皆象物之形，與多、宛、舛所從之夕蓋同。林義光以爲外爲内外之界，卜以標界之内，夕象物在外形，較許説爲可信。本作動字用，而禮家之所謂外兄弟、外王父母、外舅、外姑、外甥諸外字，指家族之外之兄弟行、父母行、姑甥行言也，則外字正對自己家族之爲内言也。其爲義概可想見矣。

中

本有三形：一爲日中之中，當作𣅀；一爲中的之中，當作中；一爲置策算之器，當作中。後世混爲一，其義遂亂。《楚辭》見于屈宋賦者凡十四次，其義可分六義：一曰中；二中正，引申爲正；三內心也；四心中活動之象也；五內也，半也；六讀去聲，爲中的之中。

（一）日中爲中。

日中爲中，見《九辯》"時亹亹而過中兮"，王逸注"時已過半，日進往也"，五臣云"過中謂漸衰暮也"。過中言日中已過，故五臣以爲漸暮，是也。此當爲中字之本義，說詳後，屈宋賦用此義者，惟此一見。

（二）中正日中，引申爲正。

中爲中正義者，《離騷》用之，又多與他詞組合，或曰中正，曰枑中，曰節中，漢人又別有質中之言，義皆取之于正。《離騷》"耿吾既得此中正"，王逸以中正之道釋中正，其實中正之道即正道也。凡中者必正，故二字複合爲一詞，所表爲一義。事物各有兩極，而中以持之，凡中在兩極之中，所以持正兩極者，故中即正矣（別詳中正一條下）。又《九章・惜誦》"令五帝以枑中兮，戒六神與嚮服"，洪補引《史記索隱》云"折中，正也"（詳折中條下）。又《離騷》"依前聖以節中兮，喟憑心而歷茲"，王逸注"言己所言，皆依前世聖人之德，節其中和"。節中亦即折中（詳節中條下），亦正也（劉向《九歎》"北斗爲余質中"，質中亦即折中，漢人以訓詁字易之。質中，亦正其中也。餘詳質中條下）。凡此諸詞之中字，易以正字，皆通暢無扞格。此中者必正之義，正即中之引申也（詳後）。

（三）義猶內心也。

《九章・惜誦》"中悶瞀之忳忳"，王逸注"言己憂心煩悶，忳忳然無所舒也"。《九辯》"中結軫而增傷"、"中瞀亂兮迷惑"與中悶瞀句義全同，又"中憯惻之悽愴兮"亦同。又《大招》"易中利心，以動作只"，王注以"用志滑易，心意和利"釋易中利心，是也。中與心分言，猶言易利中心。中心即中爾，非有所別也。故朱熹以"易中利心皆敏慧之意"釋之，是也。

（四）言心中活動之象。

此義皆與情字組合，曰"中情"，《離騷》"苟中情其好修兮"、"荃不察余之中情"、"孰云察余之中情"，《九章‧惜誦》"又莫察余之中情"，《思美人》"申旦以舒中情"等皆是。別詳中情條下。大體此詞以心字爲主，而中字爲從，然中字決非情字之形容詞，中字應作心中解，則中情猶言心中之情也。中心一詞，見《九章‧思美人》"竊快在中心兮"，亦可省言曰"竊快在中"也，又見《九歎‧憂苦》"登山長望中心悲兮"。別詳中心條下。

（五）內也，半也。

《招魂》"室中之觀"、《漁父》"葬于江魚之腹中"、《卜居》"水中之鳧"、《九歌‧湘夫人》"鳥萃兮蘋中"、"麋何食兮庭中"、"築室兮水中"、兩《湘》"捐余玦（袂）兮江中"、《湘君》"采薜荔兮水中"、《惜誓》"馳騖於杳冥之中"、《九歎‧離世》"九年之中"等中字，皆訓內。《楚辭》用中，與他字組合爲一詞者，多此三義，如中道，言半道也（見《離騷》"羌中道而改路"、《九章》"羌中道而回畔"、《惜誦》"魂中道而無杭"是也）。其言中路者，同（中路見《九辯》、《九歎》）。中洲猶洲內也。《九歌》"蹇誰留兮中洲"，《九歎‧惜賢》字又作中州。《九懷‧危俊》中宇，猶宇內也。《九懷‧陶壅》、《九歎‧憂苦》中庭，猶庭內也。《九歎‧愍命》，又《思苦》，《九懷‧惜誓》，《九思》有"中國"，指京師，亦言在天下之中最內者也。稱廇曰中廇（見《九歎》），稱壄曰中壄（見《九歎‧逢紛》、《九思‧怨上》），又《九歎》有"中和"之言，亦謂其內和也。《九思》有"中原"，猶言中國也。分別詳各條下，茲不能一一徵錄矣。

此等中字用法，大體作爲一種限制詞，非視所組合之字不能定其確詁，漢賦用之較多。

（六）讀去聲，即中的之義。

《九辯》"薄寒之中人"，王逸注"傷我肌膚，變顏色也"，五臣云"薄，迫也。有似迫寒之傷人"，洪補云"中，去聲"。此猶言中的之中。叔師言傷我肌膚，探上下文義爲説，非詁字義也，今語曰"著"，餘詳下。

細繹上六義，蓋皆以日中一義爲基礎而引申用之者。《説文》"中，內也。從口。｜，上下通也。⿰，籀文中。⿰，古文中"。按許説字形實誤。中字其實有數形，作⿰爲日中字，作中爲伯仲字，作中爲官府簿書或箄籌之盛具，即史字之所從出。或又爲戈矛陳列之象，即今單字。古今四形多相混，遂多不可通矣。其他三義與此無關，姑從略。

按⿰爲日中字，〇象日形，｜則立斿旗之狀，⺄則日中時上斿所寫之影。此古初民社會公社制度時，用斿旗以表族部（斿旗上有其族之族徽），因以爲一日行事之指揮，即《周官》所謂"上斿于思次而令市"者也。（《司市》）思次，鄭注以爲市亭，此以漢制擬之者也，當即大公社所在之地，聚族于此，與族外貿遷、市易、宣戰、講和亦於此，遺贈、饗晏亦於此。《易》所謂日中爲市，《詩》毛傳所謂"教國子以日中爲期"，皆是也。故中字在古籍中，義至廣闊而重要。兹不能一一徵引。大約"日之方中"爲一日行事最高標準，而亦一日時間之最高極點，過此則日昃矣。《易·豐卦》"勿憂宜日中"，《象》曰"宜日中，宜照天下也，日中則昃"。引而申之，則凡一切時限之中，皆可曰中。引申之，則一切中皆可曰中。《左氏傳》"先王之正時，履端于始，舉正于中，歸餘于終"，故中得引申爲正，蓋物得其中必正，在兩極則偏矣。故正爲中義之直接最近之引申。

《書·盤庚》"汝分猷念以相從，各設中于乃心"。《左氏傳》"佩，衷（中之孳乳字）之斿也"。古以斿表心象，故曰設中、曰衷斿，蓋心斿搖搖然活動如斿旗。竿影高亦高，影正亦正，影偏亦偏，其反映情志之準，亦如旌旗之反映日影。古人善體物情，猶善摹繪抽象概念，以中爲心中，自斿旗日中義得，非私人所能虛造，于古當有確徵矣。以中字表心理本體或現象，不僅屈宋賦如是，北土諸家亦然。其字又孳乳爲忠，《周禮·大司徒》"知仁聖義忠和"，忠和即中和也。孳乳爲衷，"衷衣也"。孳乳爲冲，《老子》"道冲而用之"，即中而用之也。孳乳爲翀，"直上飛也"。劇數之不能終其物。試就上文五義論之，第一義爲本義，第二義爲日中之引申，第三義爲"設中于乃心"及"佩，衷之旌"之引申，第四義又第三義之引申矣。至第六義讀爲去聲，則當爲射之的質，○象侯鵠，而中則象矢，矢貫日中，爲此字之朔義，《周禮·射人》"其太史教射中"，及諸言侯中者，胥是也（詳金鶚《求古錄禮説·正鵠考》）。大體侯中有鵠，鵠中有正，中鵠中正，皆可省言曰中也。此中，正當作中形。圓形而直矢貫之，與日中之 有上下斿者本異，後世省兩斿，遂至混爲一矣。此漢字發展之一例也。

形

形字《楚辭》凡十二見，其屬于屈宋賦者八見，餘則爲漢人賦，大略可細別爲五義。

（一）形象。

《天問》"上下未形，何由考之？"王逸注"言天地未分，涽沌無垠"。洪補引《列子》"有形者生于無形……氣形質具而未相離曰渾沌"。按上下指天地是也。未形者，言未成其爲上天下地之形像也。《國語·越語》"天地未形而先爲之征"，言未成其象，與此同。又《遠遊》"形穆穆以浸遠兮，離人群而遁逸"，王逸以"卓絕鄉黨，無等倫也"釋形穆穆句義，不甚悉。按穆穆猶默默，靜寂也，此即《大宗師》"其心念（從王懋竑校），其容寂"之義。則形者謂象也，與《莊子》"形固可使如槁木，心固可使如死灰"之形，《庚桑楚》作"身若槁木之枝，而心若死灰"，以身代形，則形即身矣，與形體一義相近。形像靜寂以益遠，故下句承以"離人群而遁逸"也。漢儒則《七諫·謬諫》"夫方圜之異形兮，勢不可以相錯"，方與圜兩形像相異，其勢不得相錯雜。

（二）形體也。

形像本形之本義，凡有象可形者，必有體，故形像引申爲形體。《遠遊》"形蟉虬而逶蛇"，王逸注"形體蛇蟺，相銜受也"。按上言"玄螭蟲象并出進兮"，則形蟉虬者正指玄螭之形體言也。《九辯》"形銷鑠而瘵傷"，王逸注"身體燋枯，被病久也"。漢人則直言形體。《七諫·哀命》"哀形體之離解兮，神罔兩而无舍"，即形懈而神離之意，《哀時命》"形體白而質素兮"，又"邪氣襲余之形體兮"，義同。詳形體一條下。

（三）形，形容也。

形容大體指面顏言，與形像不同，形像指一物整體之輪廓言，形容則指其容顏之美惡肥癯言也。《穀梁》桓十四年傳"察其兒而不察其形"，注"形，容色"，是也。《漁父》"顏色憔悴，形容枯槁"，王逸注"癯瘦瘠也"，此即《莊子》所謂"形如槁木"矣。《遠遊》"神儵忽而不反兮，形枯槁而獨留"，與《漁父》用詞同。

（四）形者，性之誤字。

《九章·思美人》"登高吾不說兮，入下吾不能，固朕形之不服兮"。王逸注"我性婞直，不曲撓也"。按上言登高不說，入下不能，此固我之本然之性如此，則王逸以性字解此句是也，惟屈宋賦无用形字義作性字解者，此疑本作性，聲近而後人誤之也（詳性字條下）。

（五）形者，幵字之誤。

《九章·悲回風》"心鞿羈而不形兮"，王注"肝膽係結，難解釋也。形，一作開"。按叔師以解釋言"不形"，則王本形字乃開字之誤，至明。洪補以爲"中心係結，不見于外"，附會之至。

按以上諸義，除最末二例爲字之誤外，其餘三義皆一義之引申也。《說文·彡部》"形，象形也，從彡，幵聲"。按此謂物之外形，而畫成其物之像也，爲動詞，故從彡，彡即彣飾繪画之義也。若就物立言，《莊子·天地》"物成生理謂之形"，《庚桑楚》"備物以將形"，《荀子·正名》"形體色理以目異"，又《勸學》"行无隱而不形"，《吕覽·適威》"有其形"，又《精通》"夫月形乎天"，《孟子·盡心》"形色，天性也"（形色即形容顏色之謂。天性者，謂天之所生也。趙岐注"形謂君子體兒嚴尊也"，是）。先秦書言形字者，略以此數則可爲表率，皆指形像立言，引申爲人之形體、形容皆附于形而見者也。屈宋用此字之義，要皆不離乎此。

變

《楚辭》變字凡二十四見，皆一義之變也。《説文》"變，更也"。《廣雅·釋詁》"變，皷也（經典多作易），已也"。《易·繫詞》"一闔一闢謂之變"、"化而裁之謂之變"、"精氣爲物，游魂爲變"。《詩·猗嗟》"四矢變兮"，《傳》"易也"。《楚辭》二十四用，皆不外此諸義。凡兩極相轉化，皆得曰變，《楚辭》或言變易。《離騷》"時繽紛其變易兮"，《九章·思美人》"何變易之可爲"，《九辯》"變古易俗兮世衰"，《九思·疾世》言"路變易"。而言變化者最多。《離騷》"又孰能无變化"，《天問》"伯禹愎鯀，夫何以變化？"又"何變化以作詐"，《七諫·沈江》言俗"變化"（又一用），《九懷·株昭》"雲變化"與"易化"等詞連合，其義亦已明白。此外如《騷》之"雖體解吾猶未變"（《哀時命》全用此句，惟吾猶二字作一其字），"蘭芷變而不芳"，《惜誦》亦兩言不變。《涉江》言"不變心"，《七諫·沈江》言"終不變"，此外則言"變白爲黑"，《思美人》言"變節"、"變態"，《悲回風》言"變情"，《遠遊》言"氣變"，《九辯》一言"變衰"，《沈江》言"變容"，皆在更易諸義之内，无多變也。變字，小篆以爲從攴，䜌聲，實則從絲，從言，從又，以言語動作更張絲織之義爾。䜌本訓亂，小篆作䜌，而古文則作𤔔，則小篆蓋合䜌𤔔而爲一字爾。

化

化字《楚辭》凡十四見，凡分兩義，而以變化一義爲主，如《離騷》"傷靈脩之數化"，王逸注"化，變也。傷念君信用讒言，志數變易，無常操也"。按王以變易解此，是也。化即匕之古今字，《説文》"匕，變也"，象倒人置，如𠤕爲倒子、倒人則狀其死矣，故死義爲此字本義。《遠遊》所謂"與化去而不見分",即用此義也。凡漸也、順也、靡也、久也、服也、習也,皆可謂之化。總之以變爲中心,因之遷善亦爲化,故《説文》訓化爲教。此言數化者,非謂遷善,而爲無常操,故意與訑相近矣。至他文則或言變化,或但言化,皆有美惡轉化之義,如"蘭蕙化茅",孰能無變化。《天問》"何變化"(伯禹愎鯀,夫何以變化),"化爲黄熊",又"何變化以作詐",《九章·抽思》"馮心未化"等,無一不以善惡轉化爲言。漢賦亦同此矣。《七諫·沈江》之"世俗變化",《哀時命》之"忠信可化",《九懷·株昭》之"載雲變化",無不可爲此義之證。此爲通詁,北土諸儒孔、孟、左、墨、荀卿、《吕覽》之書,莫不從同,無庸詳説之矣。

魂魄

魂魄一詞,屈宋賦或合用,或單用,而以單用爲多(單用以魂爲多,魄字只一見)。其單用者,共四十九見。其中二《招》用"魂兮(或用魂乎)歸徠"者四十見(《招魂》十二見,《大招》二十八見)。其餘用魂字者凡九見,此九見與《國殤》、《招魂》兩見之魂魄一詞,皆有實義可尋,爲戰國以來舊説之可稽者,且爲古籍中使用此詞最多之典籍,兹分析説之如次。至漢人所用,不過三數見,而義無大出入,兹并附焉。

細繹屈宋賦使用魂魄二字各文,此一詞可分爲兩大類:一則指生時之精神狀態與心理活動,二則指死後之變化情況。兹分説之如次。

一、生時之精神狀態與心理活動

按描寫生人之精神狀態與心理活動之詞句,以《九章》爲最多,而《九章》中以《抽思》一篇所涉範圍爲最廣,兹先釋《抽思》各句,以爲衡度。

按《抽思》蓋屈子放居漢北,思心楚國之作,其精神極爲動蕩,而近于激越,故用魂字以寫其思念之深切者至三見之多,爲屈子用魂魄一詞最集中之篇。在望北山而流涕，臨流水而太息之後，于孟夏短夜，晦明若歲，憂不能寐之時，而"惟（思也）郢路之遼遠兮，魂一夕而九逝"，王逸注謂"精魂夜歸，幾滿十也"。此言魂奔馳遠道，終夜營營之象也。故下文承以"曾不知路之曲直兮，南指月與列星"，願徑逝而未得，遂使"魂識路之營營"，此言精靈獨行，往來數數也。下句即緊接以"何靈魂之信直兮，人之心不與吾心同"，此言質性忠正不枉曲（王逸注語），所以明其營營往來而徑逝未得之情，由魂之忠直不曲，自一夕九逝，而識路營營，而人心不與吾同。由"靈魂之信直"至篇末，又申之曰"愁歎苦神，靈遥思兮"。上文"九逝"、"營營"、"信直"無非愁歎遥思之事，則神靈二字，與上文之魂字同義。又上言"靈魂信直"，下申之以"人心不同"，則靈魂與心義無殊。是則此魂字，直指意識想像，乃至于神思等心理活動，而亦以明其爲憂苦、愁歎之精神狀態者矣。又《遠遊》"夜耿耿而不寐兮，魂祭祭而至曙"，此則神思恍惚之像，與上文各例同。

　　與此同義者，則《哀郢》曰"羌靈魂之欲歸兮，何須臾而忘反"，此去郢而思郢之言。上文言"去終古之所居，今逍遥而來東"，則其情正與《抽思》之在漢北思郢無殊，故王逸注云"精神夢游，還故居也"。

　　又《惜誦》云"昔余夢登天兮，魂中道而無杭"，此兩語在"陳志無路，靜默莫知"、"申侘傺之煩惑，中悶瞀之忳忳"之後，則所謂登天者，登于朝堂之喻，亦思楚君國之義，文義與上兩篇無大殊，而此與夢字連言，正所以表其心理活動與精神狀態而已。下即承以"有志極而無旁"，王逸以爲"但有勞極心志"。有心志而至于勞極，即所以夢登天而魂無杭也。則此句魂字，更兼有心志之義矣。

　　以上諸魂字，其所寫之精神狀態與所表之心理活動，多與"夜"、"夢"等詞相連繫，則此精神狀態心理活動，蓋皆在暗淡、憂鬱境象中方始有之，或在失意侘傺時乃用此一詞以爲形頌。然《遠遊》一篇所用，則此種消極之情況較少者，曰"野寂寞其無人，載營魂而登霞，掩浮雲而上征"云云，則修養寂寞之士，抱我靈魂而上升，攀緣踏氣而飄騰（王逸注語），其境像與上六文稍異其趣，而以指精神狀態，亦復相同也（別詳營魂條下）。

以上皆就文中使用此一詞之詞氣、地位以定其含義及其所表現之狀況，而斷知其爲描寫精神狀態與心理活動之一術語之含義而論，吾人似又可即此而推知其屬性之大概。如上文所指，能意識、想像、神思、志慮諸端，而皆于寂寞、暗淡中所現之狀態也。然此皆指其表態而言，屈宋賦更有就魂魄一詞，分析其本體之性質，而卻可指陳者，有二事。

（甲）《九章·抽思》云"何靈魂之信直兮，人之心不與吾心同"，王逸注"質性忠正，不枉曲也"。按叔師此注，探下句"人心不與吾同"句而得，至爲允當。此言靈魂之性之最具體者，下句承以"人心"、"吾心"，則信直者吾心也。魂與心同義，則魂與心同德。由此推之，則魂不過爲各個自性之反映于暗淡幽昏之際之一種心理活動，魂之自性，即人之意識與情性之綜合反映而已。此義至要，可通戰國以前各家之說之郵。

（乙）不僅此也，魂亦與道神自然相關，一人後天所習得之智理，亦必反映于幽暗不可知之事象中。《遠遊》"道可受兮，不可傳。其小無內兮，其大無垠。無滑而魂兮，彼將自然。壹氣孔神兮，於中夜存"。不亂其魂，則道可受。故將自然而氣應之，則壹（即《列子》所謂"心合于氣，氣合於神"之義）而神。此壹而神之壹，存于中夜（中夜之氣，即孟軻所謂"梏之反覆，則其夜氣不足以存。夜氣不存，則其違禽獸不遠矣"）。朱熹謂"此言道妙如此，人能無滑亂其魂，則身心自然，而氣之甚神者"，義蓋近之。則此魂所以將持自然而得壹氣之神者也，則魂乃身心主宰之神矣，此可爲魂字作一最基本原則之定性分析。身心有此主宰，則明明如此，暗暗亦如是。此本修養之士之所求。則無亂其魂者，直無亂其神而已。

二、死後之變化情況

死後之變化情況，屈宋賦中可得而言者，有《九歌·國殤》之"魂魄毅兮爲鬼雄"，《招魂》之"魂魄離散，汝筮予之"，《大招》之"魂無逃只”一句，及《二招》之“魂兮（或作乎）歸來”、“魂魄歸來”四十句，其足以説明問題者，爲前三句。至“魂乎歸來”，則招魂之詞義，在上三句中可明，無申説之必要矣。

按《九歌·國殤》“身既死兮神以靈，魂魄毅兮爲鬼雄”，此指爲國捐軀死戰之士，贊其精神强壯，魂魄武毅長爲百鬼之雄傑也。王逸注生爲誠勇之士，死固足爲百鬼之雄，此魂魄之性，與生人之性同者也。《招魂》“魂魄離散，汝筮予之”，此“言天帝哀閔屈原魂魄離散，身將顛沛，故使巫陽筮問”云云（王逸注）。《大招》“春氣奮發，萬物遽只，冥凌浹行，魂無逃只”，言春氣既發，幽暗冰凍之地，無不周浹而流行，故魂魄之已散而未盡者，亦隨時感動，而無所逃（朱熹《集注》語）。此言人死而魂處幽暗。

依《九歌》義，則魂魄以生人之性行爲性行。依《二招》義，則死後魂魄，歸居于幽隱之所，是亦魂魄之本性然也。

合上所言魂魄一詞，生死兩端之性象言之，則魂魄之大根大本，似自受生以來始有之。則此一術語，似有形質可指，然究不能與感官相連系，則與意識心志等之有物質基礎者異撰，然又可施用于人類之思維作用。凡思維必有具象，斯必有物質基礎，惟思維中有一種超理智之結構，使其表現不成爲邏輯，更不能以辯證方式衡之。則所謂神也、靈也、魂魄也，皆當屬于此一範疇之結構。據其結構之分子言，各各有其物之理智之定性；就此結構之整體言，則在理智清晰之人，可于觀念游戲之場合見之，而瘋人與幼兒之不能以理智衡斷之者，則狂亂惶惑，突梯可笑，皆此一現象之在清明人世可見者。幽暗沉寂之處，理智不清，邏輯失效，則成爲一種精神性變態，古無以明之，名之曰魂魄。

惟魄字屈宋賦無單用之者，王逸注《招魂》“魂魄離散”云“魂者，身之精也。魄者，性之決也。所以經緯五藏，保守形體也”，與諸戰國説合。詳下。屈宋賦之用魂魄合爲一詞者，義多立于魂字，如“魂魄歸來”，即魂兮歸來也。

考戰國以前言魂魄者，以《左氏傳》昭七年爲最詳盡，其文云“子産適晋，趙景子問焉，曰：‘伯有猶能爲鬼乎？’子産曰：‘能。人生始化曰魄。既生魄，陽曰魂。用物精多，則魂魄强，是以有精爽至于神明，匹夫匹婦强死，其魂魄猶能馮依於人’”。宣十五年傳亦云“晋侯使趙同獻俘于周，不敬。劉康公曰：‘不及十年，原叔必有大咎，天奪之魄矣’”。昭二十五年傳云“明日宴，飲酒樂，宋公使昭子右坐，語相泣也。樂祁佐，退而告人曰：‘今兹君與叔孫其皆死乎？吾聞之哀樂而樂哀，皆喪心也。心之精爽，是謂魂魄，魂魄去之，何以能久’”。《國語·晋語》“魄，意之精也”。《易·繫詞上》“精氣爲物，遊魂爲變”。《吕覽·禁塞》“費神傷魄”。諸所言魂魄情實皆與屈宋無大殊，而子産所言可爲魂魄一詞之根本義解，其説《正義》發揮至爲透澈。雖不免以漢以後人術語分析先秦典籍，不無遺憾，而立義可以曉衆，故節之以當總結。

“人……有身體之質，名之曰形；有噓吸之動，謂之爲氣。形氣合而爲用，知力以此而强，故得成爲人也……人之生也，始變化爲形。形之靈者，名之曰魄也。既生魄矣，魄内自有陽氣。氣之神者，名之曰魂也。魂魄神靈之名，本從形氣而有。形氣既殊，魂魄亦異。附形之靈爲魄，附氣之神爲魂也。附形之靈者，謂初生之時，耳目、心識、手足運動，啼呼爲聲，此則魄之靈也。附氣之神者，謂精神、性識漸有所知，此則附氣之神也……人之生也，魄盛魂强；及其死也，形消氣滅……聖王緣生事死，制其祭祀，存亡既異，別爲作名，改生之魂曰神，改生之魄曰鬼。是故魂魄之名，爲鬼神也。《檀弓》記延陵季子之哭其子云‘骨肉歸復于土命也，若魂氣則無不之也’。……其實鬼神之本，則魂魄是也”。（梁履繩《左傳補釋》于此又有引説，可參，文長不備。）按《正義》所釋魂魄二字之義，與屈宋所用全合（惟多立名目，乃漢以後解經家欲以今説使人易了之義，不足怪也）。此戰國以來舊説。惟魄字，屈宋賦不獨用，故莫由知其詳。然魂義與北土諸儒之説相一致，則魄義當亦無差別云。

《楚辭》中漢人賦用魂魄一詞者，大義與屈、宋不甚殊，以其爲擬摹抄襲之說多也。如《哀時命》"魂眇眇而馳騁兮，心煩冤之慍慍"與"魂一夕而九逝"無以異也。《九歎·離世》云"心蚩蚩而懷顧兮，魂眷眷而獨逝"與《抽思》"魂識路之營營"、《遠遊》"魂煢煢而至曙"無以異也。茲不詳。

又按前引《左氏傳》昭七年"人生始化曰魄"，杜注云"魄，形也"。按《尚書》（兩用）、金文，皆有生霸、死霸之說，霸即魄，指月之朔望言，則魄以指月之形體，此古言魄爲形質之證。魄爲形，大約古說之別解，漢儒及後世多用之。茲不贅。然依《左氏傳》說，則不盡指形言，如昭七年下文言"魂魄能依憑人"及"天奪之魄矣"、《晉語》"其魄兆于民矣"，皆非形也。故《說文》訓魄爲陰神，差得之矣。疑魂魄初本一詞，不得分釋，而古人行文，單複兼用，或曰魂，或曰魄，或合言魂魄，一也。自形氣之說立，而魂魄之義亦分。《左》昭十五年宋樂祁曰"心之精爽，是謂魂魄"，當爲最初義。

字又作營魄，見《遠遊》。詳營魄條下。

營魄

《遠遊》"載營魄而登霞兮"，王逸注"抱我靈魂而上升也。霞謂朝霞，赤黃氣也"。朱熹注"載，猶加也。營，猶熒熒也。此言熒魄者，陰靈之聚，若有光景也。霞與遐通，謂遠也。蓋魄不受魂，魂不載魄，則魂遊魄降而人死矣。故修煉之士必使魂常坿魄，如日光之載月質；魄常檢魂，如月質之受日光，則神不馳而魄不死"。叔師未解營字。

按營魄一詞，見《老子》第十章"載營魄抱一，能無離乎？專氣致柔，能嬰兒乎？"注"載，猶處也。營魄，人之常居處也"。河上注"營魄，魂魄也。人載魂魄之上得以生"。則營魄乃一聯文，王弼、河上皆以爲即魂魄，營與魂一聲之轉也。此古說如是。朱熹以爲陰靈之聚，若有光景，則以營爲熒也。說雖可通，而與古義不調。又朱釋載爲加，亦誤。《山海經》云"漆吳之山，處于東海，其光載出載入"，亦可爲加出加入乎？《揚子・法言》“月未望則載魄于西，既望則終魄于東”，載對終言，則與呂吉甫注《老子》“載營魄”説同（其言曰“載者，終而復始之謂”。以載營連文，則非是）。餘參魂魄條下。惟《遠遊》載字與《老子》載字似不同，《老子》“載營魄”載字爲句首語詞，《遠遊》載字應爲一動詞性字。王訓抱顯受《老子》“抱一”影響。此載字，當訓車載之載。

目

《楚辭》目字凡十二見，耳、目、口、鼻等五官中，最多之一字也。而其義之緣飾亦至繁而細，除《大招》言“豕首縱目”之怪獸，其言縱目，與人目無關外，其他皆各有分析。《離騷》言“忽反顧以遊目兮，將往觀乎四荒”，曰反顧而游目者，有所受而眇眇視之，視而將往觀之諦視之也。《哀郢》云“曼余目以游觀”，曼目而游觀，曼目初亦不經心而視，視而周徧之則曰游觀。《招魂》言“娭光眇視，目曾波兮”，娭光即眇視也，眇視而目曾波者，以目游戲之也，此與“蛾眉曼睩，目騰光些”又不相似，曼睩即曼余目睩睩而視，視之切也，久視則騰然有光彩。《少司命》云“忽獨與余兮目成”，目成者，以目傳其心情而舒其誠信，謂相許以成也，較目騰光又進一層。語其長遠，則“目極千里”，窮千里則春心感傷，所見者多，所思者益多，不能自已而感生，感生而悲傷來也。果將此數語連貫成一系統，則自外界有所刺激，聲來則耳受，形來則目受，受者必有所徵知而後可也。既受之，則入于思想領域，惟接受外界刺激，五官皆相同，然目以依于外緣者多種。凡目之視物，必先有形，而形必有色，又必有外境。而于此形象，或有舊時記憶，或有分解部門之認識，于是而緣像以作想，蓋想非此等條件具備，有呼之欲出之境界不可！至是則更進而後能依此想像，以造作變動而得新認識。故自“受”至“思”，至少有三四層階段，其他耳之聞，手之觸，無是也。故目視物，因其所緣較複雜，而思維爲更有據。此目之用于思維者，亦更複雜，就屈賦各文會而組合之，蓋亦不外乎此矣。又《九歌》"目眇眇兮愁予"與《九歎·思古》之"目眇眇而遺泣"同義。一言愁予，愁予者，邪視予也（詳愁字條下），有餘怨也。一言泣者，他無可説，惟有涕泣也。眇眇形容視貌，《九思》作脉脉，同聲字也；《守志》作瞥瞥，亦音近字爾。

想

《九章·悲回風》"入景響之無應兮，聞省想而不可得"，王注"竄在山野，無人域也，目視耳聽，歎寂默也"。按此兩語在"孤子唫而抆淚兮，放子出而不還。孰能思而不隱兮，照彭咸之所聞。登石巒以遠望兮，路眇眇之默默"諸句之下，此寫被逐放之子，見逐獨處，思之隱痛，今乃登石巒，望歸路，眇眇默默，無形無聲，遂寫其情景曰，石巒歸路，亦雖入吾耳目，而此心不相應，不相應者，謂情思不屬，視而不見，聽而不聞也。故聞也、省也、想也，皆不可得，眇然孤獨，心如死灰而已。聞、省、想分三層寫。聞自上文"響"來，此意識之所受，受之自耳者也。省、想亦受之外緣，受之自目者也。凡受自耳者，所緣少（耳緣聲，但有時間，無空間，因亦無景緣。且緣少，故藏于思慮中者淺），故思維作用淺，而目緣則必有空間、有形色，因以有外景，所緣者多，于事物之印象深，故曰省之、想之。省者，省察遍觀之也（因有外景故），追憶（憑像）以復其原也。此境界在求追憶當時，而後印象爲認識之追憶，尚不作進一步之思考也。此第二階段也。至于想，則追憶既得，有所冀望，此時正式進入思維階段，有其邏輯式之發展，爲認識之發展，爲若干印象之組織。此爲思維之第三階段，即人世之所謂設想、想像，乃至于假想，皆是也（參省字、思字、想像諸條）。此文言景響無應，至于聞之省之想之，皆不可得，心如死灰，惘惘然于現實之不可得，至于死默。其悲痛爲何如矣！王逸注僅以寂默説之，未能申説微義也。又《遠遊》"思舊故以想像兮"，王注"戀慕朋友，念兄弟也"。

此其情景，與《悲回風》大異，可得而思念。思念之者，依緣舊日之耳、目之形景，以爲想念之基礎，依緣形態，故曰想像也。因此想像，可得其人其物其事之發展，以預測當今之情況，此爲比較樂觀之思維現象也。故下承以太息掩涕。抑志自弭，有涕可掩，心志紛揉，求自節也。屈賦想字只此二見，而含義至艱深，非淺嘗所能説。《説文》“想，冀思也”，言有所欲而思之也，精不可易。

像

《楚辭》像字凡六見，約得三義，而皆一義之變也。《説文》“像，象也，從人，從象，象亦聲”。按像字略不過想像、形像、式樣等義，故先秦以來皆以像爲形象字。字義結構，許以爲形聲兼會意，或以爲大物莫過于象，故轉注爲像，《韓非子》亦言“人希見生象，而按其圖以想其生，故諸人之所以意想者，皆謂之象”。《易·繫詞》亦有“象也者，像也”之説。此古人推測造字之本，似無不可通。按人之意識存在依象以起信，故象爲思考之緣，而以一切形體總名之曰像。此大共名也，是爲最高概念。此最高概念，必有其最重要爲人人所共認，人人所共見之物，而後可如韓非説，即爲希見之物，則其基礎，非得之大衆。至物莫大于象之説，則與牛馬大物無所異。何以不用牛，而用象？牛可爲一切物組之最高概念組織成分，何以不能爲像組之成分？此蓋有説，按中土古代黃河流域産象，故古有象耕之事，此事大概在傳説中之堯舜以前，故舜耕歷山尚有象耕之説，而其弟亦名曰象，象性之傲，正生象之特性，自夏商以後，象已南遷，而耕稼用牛矣。此“平秩南爲”之爲，乃像服象之形，中土以服象作爲“乍”者秉耝之形，“爲”者象耕之義，皆農業時代最主要之生活來源與生産主要手段，則以象表之，爲生産關係之正確反映。至牛之作用，以農業之發展而代象耕，于是此一事又爲人民生活中之要事，生産關係中之要事，于是耕稼中複雜之現象，以犁所見之土色爲斷，而“物”字遂爲一切事象事物之表徵。至此吾人試反觀像字，則當爲象服南遷以後，廣大農民尚以象爲寄望想念之要點。于是而用象增人旁，以爲想像字，寖假而爲肖像、形像之義。此漢字發展之一法也。是則戰國以來所爲解説，雖不必正確，而確有其歷史唯物之根源。許氏“像，象也”之釋，可謂考鏡源流而辯章學術之精言矣。《楚辭》諸義，皆由此一義之引申。（一）想像。《遠遊》“思舊故以想像兮”，想像二字連用以其舊故依此因緣而得想像之也，即想之緣也。別詳想像條。（二）形象也。“像設君室”，言於中設魂之像也。戰國已多畫像，故釋爲魂生時之像，非太突兀矣。又《天問》“馮翼惟像”。憑翼，渾沌未分之像者。言天地最初之像，馮馮翼翼，爲其形態也。（三）法也。法者以此爲規度、定型而不亂者也。亦像形之引申也。屈賦此用，凡三見。《抽思》“望三五以爲像”，《懷沙》“願志之有像”（有法也），《橘頌》“行比伯夷，置以爲像”，置之以爲法式也，與《抽思》句同。

見

《楚辭》見字凡三十六見，其義一也。惟見下承以動字，則往往作被字解，爲動字之使動用法，如“被離謗而見尤”，猶言“被尤也”。《説文》“見，視也，從儿、目，會意”。《禮記·大學》“視之而不見”，故得引申爲示。按儿者人之形變，儿上著目，與人上著頭曰元、曰天，同其作用。此造字之一法也。《楚辭》所用，細別可爲兩法，一則視也。《離騷》“見有娀之佚女”，《山鬼》“終不見天”，《九章·哀郢》“哀見君而不再得”，又“顧龍門而不見”，其他《哀郢》二見，《惜往日》二見，《悲回風》二見，《遠遊》五見，《卜居》、《漁父》各二見，《九辯》八見，漢賦則《惜誓》一見，《七諫》十見（三見訓被，詳下），《九歎》四見，《九思》五見，皆同。

另下承以動詞，作使動用法者，凡五見。《惜往日》“被離謗而見尤”，《漁父》“是以見放”，《七諫·初放》“卒見棄乎原壄”，《沈江》“反離謗而見攘”，又“懷計謀而不見用”，皆是。義至顯壑，無庸細繹。

相

《楚辭》相字使用極多，而其義不除者。《離騷》"悔相道之不察兮，延佇乎吾將反"，王逸注"相，視也。言己自悔恨，相視事君之道不明審察……"。洪興祖《補注》"相，息亮切"。朱熹音同洪氏，義同王注。又《離騷》"相觀民之計極"，又"相下女之可詒"，又《九章》"故相臣莫若君兮"，王注皆同。又《九辯》"無伯樂之善相兮"，王無説，審其義亦當訓視。按相之訓視，常語也。然細審上文五例，則皆作審度解，非泛泛然一視。故《説文》訓"省視"即察而視之之義，從目，從木，目所以視，米又作屮。古今對從木之義，説之皆不能得其解。按此非艸木字，乃目視而審度之義，所以狀其事之符號，如㗊字所從之王非王，乃象聲音四播之象；彭之彡，乃象聲音連續之象；喿之從木，乃眾口評噪之象。相之從米或屮，則表視而審之，不一視之義也。考甲文相字作相，若出、眔，而出形則與省字同。省即省字，則相省爲同字。省者察而視之，義亦與相之省視同。又考《楚辭》相觀連用，"覽相觀"亦連用，觀在甲文時期尚未製專字，借萑鳥字爲之，作觀、萑，萑鳥善視，故借爲觀視，如鳥善鳴，故借鳴爲一切鳴。覽字從見，臨聲，則觀覽皆後起字。古初分別視字，只相、省、見諸字爲獨體象形，而其形皆相類。見字作見，則與上相字第三形相類，其主要成分皆目也（此亦如聽、聖、聲、聞等字主要結構成分皆耳也，同其作用）。而此三字，則見以表質，故從人上目；相、省皆以表德，故從目，及目光四射之義，而省爲微視。省、相二字，又皆雙聲，故義更切近。從此而從目從見之字，以世推移，其始皆有專職，後世則一概通用，在屈原時代，蓋已多相混雜而不分矣。別參見省、觀、覽、窺、視諸字，上列五例，皆以相爲省視。外此如《九辯》五之"相者舉肥"，亦此一義也。考《説文》訓相爲省視，皆其本義，《爾雅·釋詁》"相，視也"，同。《禮記·月令》"善相邱陵"，

《考工·矢人》"凡相笴",注"擇也",乃其引申義。

兩相之辭,即兩者相互爲用之義,今恒言也。《詩·行葦》傳"内相親也",疏"兩相之辭"。此義爲《楚辭》相字四十二用中主用之義,凡得三十一用。《離騷》"夫孰異道而相安"、"飄風屯其相離"、"覽相觀于四極",《九歌·少司命》"樂莫樂兮新相知",《九章·哀郢》"民離散而相失",《哀郢》又言"相接",《懷沙》言"相量",《悲回風》言"相感"、"相仍"、"相擊",《招魂》言"相迫"、"相紛",《招隱士》言"相繚"、"相糾",《惜誓》言"相與",《七諫·怨思》言"相服",《自悲》言"相并",《哀命》言"相失",《謬諫》言"相和"(二見)、"相似"、"相感"、"相錯",《哀時命》言"相量",《九懷·通機》言"相當",《危俊》言"相求",《昭世》言"相胥",《株昭》言"相和",《九歎·逢紛》言"相薄",《九思·憫上》言"相從",《守志》言"相輔",此等相字,皆兩相之義,其物理事狀,或相同,或相反,或相對,或相成,依文義解之可也。

疊韻聯綿詞"相羊",字或作"相佯",見《離騷》、《悲回風》、《九辯》三、《九思·危俊》等。別詳相羊條下。

觀

《楚辭》觀字凡二十二見,作三義解:一觀看、觀視,二樓觀,三觀賞玩好之物。第一義爲觀字本義,二、三皆引申義也。

(一)觀,視看也。此觀之本義。《説文》"諦視也"。《廣雅·釋詁》"觀,視也"。《穀梁》隱五年傳"常視曰視,非常曰觀"。考甲文觀字,借藋爲之。藋本水爵,俗呼老藋,蓋未製觀字,以同音假借也。當時或以方地稍殊而別,或以時代稍早而異,雖不可知,而其語根語族固與見、看、窺、覽等相同(觀、見、看、窺雙聲,觀、看、覽疊韻,皆小變)。後乃製爲專字觀爾(參見、看、覽等字條下)。《楚辭》觀字二十二見,而用此義者十九見。早見于《離騷》"將往觀乎四荒"、"周流觀乎上下"，《九歌》"觀流水兮潺湲"，《天問》"帝乃降觀"，《哀郢》"曼余目以流觀"，《招魂》"仰觀刻桷"，皆是。他如《東君》之"觀者"，《思美人》之"觀南人"，《悲回風》之"觀炎氣"，《遠遊》之"觀清都"，《惜誓》之"觀江河"，《七諫》之"觀天火"，《九懷·匡機》之"觀道"，《通路》之"微觀"，《危俊》之"觀幽"，《陶壅》之"觀中宇"，《九歎·思古》之"氾觀"，《九思·守志》"徧觀"，其義雖不盡諦視合，而皆非一瞥眼之義。

（二）樓觀也。《大招》"觀絕霤只"，王逸注"觀，樓觀也"。樓觀者，有高樓可登，臨而觀者也。魏闕必有高樓，故亦曰觀。別詳闕與臺、觀諸條下。

（三）觀賞玩好之物曰觀。《招魂》"室中之觀，多珍怪些"，王逸注"縱觀房室之中，四方珍奇，玩好怪物，無不畢具也"云云，仍以縱觀釋觀，其實此玩之借字也。《説文》玩或作貦。《周禮·大府》"以供玩好之用"。《説文》"弄也"。觀玩一韻，又皆深淺喉音，則"室中之觀"猶言"室中之玩"爾。又《説文》有矔字，訓目多精，《方言》六"矔，轉目也。梁益之間，瞋目曰矔，轉目顧視亦曰矔"。則矔又觀之異部同文，當亦一字之變也。

望

望字《楚辭》凡四十見，除望舒外，皆一義之變也。《説文》"望，出亡在外，望其還也"。此許氏説字形也。主要含義，即相望、看望。凡有所望，必有所思，故引申爲相望，爲希望。《楚辭》四十見，不出此諸義矣。《抽思》"望三五以爲像兮"，王于望字無釋，依文義定之，此言想望楚三王五王，以爲則象，非月見三五也。又《七諫·沈江》"獨行之士其何望"，此言無所爲望，無所希望、冀望也。除此二用外，皆謂以目相望也。其義至淺白，無庸詳辯矣。《離騷》之"望崦嵫"、"望予"、"望瑤台"，《九歌》之"望夫君"、"望涔陽"、"騁望"、"遠望”、“望美人”、“四望”，《九章》之“望長楸”、“遠望”、“望孟夏”、“望北山”、“望大河”、“望予”、“望大壑”，《招魂》之“遙望”，《大招》之“盈望”，《七諫》之“遠望”、“望高山”，《哀時命》之“望閬風”、“悵遠望”，《九懷》之“遠望”（二見）、“望太一”、“望淮”、“望谿”，《九歎》之“長望”、“望夏首”、“望高丘”、“望南郢”、“望舊邦”，《九思》之“望舊邦”、“望江漢”、“望太微”諸望字，義皆舉目而望也。

是

《楚辭》是字凡十八用，分三義。

（一）如今言實。《天問》“厥身是繼”，言實繼厥身也。《天問》中以此用爲主，如“而能拘是達”，言實達也，“封豨是射”及以後之“是營”、“是饗”、“是臧”、“是得”、“是服”、“是止”皆同。又《招魂》亦云“惟魂是索”、“蕙菅是食”，皆同此義。《周策》“是攻用兵”，注“是，實也”。戰國以前用是者，此義爲多，大體皆肯定或加强動字之義。故其本身含有動詞作用。又《惜誓》云“傷誠是之不察兮”，又《七諫·怨世》“誰使正其真是”，是字亦作實字解，與真誠連文，故無動詞性含義，此其異也。

（二）此字之借。“豈惟是其有女”，言豈惟此（地或處）乃有女乎？是字作此字解。二字同韻相通。《左傳》僖五年“必是時也”，即必此時也。《詩·葛屨》亦云“惟是褊心”，惟此褊心也。

（三）承上生下之辭。《漁父》“是以見放”，此承上我獨醒獨清，是以見放，當與以字連用。《詩·關雎》疏“是以者，承上生下之辭也”。按是字在漢語中最特別，近人多已論之，此不具。

枍中

本爲治獄求其中正不偏之義，引申爲對一切事物求其至當不偏不倚之義，後世字多作折中，又作折衷、執中、制中、質中、節中等。《九章·惜誦》"令五帝以枍中兮，戒六神與嚮服"，王逸注"枍，猶分也。一本作折"。洪興祖補曰"枍，與折同"。按《史記索隱》解"折中于夫子"引此爲證，云"折中，正也。宋均云'折，斷也。中，當也'。言欲折斷其物而用之，與度相中當，故言折中也"。中，陟仲切。朱熹《集注》（中本，端平刊本作折中）注云"折中，謂事理有不同者，執其兩端而折其中，若《史記》所謂六藝折中于夫子是也"。諸家説此義不甚一。按枍中凡有兩用，而其義則皆相成。一用于司理聽獄，即《管子·小匡篇》所謂"決獄折中，不殺不辜……請立爲大司理"是也。字或作折衷，《尸子·仁意篇》"聽獄折衷者皋陶也"。又作執中，《韓詩外傳》"聽獄執中者，皋陶也"。又作制中，《羽獵賦序》"不折中以泉臺"，李善注"韋昭曰，制或爲折也"。《淮南子注》"言聽獄制中者皋陶也"。制、折古同聲，執、折同音通用。《惜誦》所用與此同義。上言"所非（原作佐非）忠而言之兮，指蒼天以爲正"，此誓詞也，言設若（所）言之不忠，指上天以爲正。下言"令五帝折中"，即令五帝審判此言之忠否。蓋用司理爲斷之意。後文又補叙"命咎繇使聽直"，則皋陶聽訟折獄之舊説也。此其一。二、《史記·孔子世家贊》"自天子王侯，中國言六藝者折中於夫子，可謂至聖矣"。《漢書·劉向傳》"覽往事之戒以折中取信"。又《師丹傳》"折中定疑"字又作折衷，《漢書·楊雄傳》"將折衷乎重華"。中、衷同音通用也。又作"枍中"，枍與折同，詳前引《惜誦》文。又作"制中"，《禮記·仲尼燕居》"夫禮所以制中也"，《後漢書·馮衍傳》"援前聖以制中兮，矯二子之驕奢"，即用《離騷》成句，而字作制，制與折同音（古浙字又作淛，猘犬作浙犬，則折制古通之證）。亦作執中，《孟子》"子莫執中，執中爲近之"。亦作質中，劉向《九歎·遠逝》"北斗爲我質中兮"，詳質中條下。又作"節中"，《離騷》"依前聖以節中兮，喟憑心而歷兹"，詳節中條下。第二義實第一義之引申。決獄必求得其正，故決獄曰"折中"。引申之但求事物之正者，亦曰枅中矣。惟朱熹以來，多以中爲兩端之中，于義爲不切，施于第二義似尚通俗，施于第一義則全非矣。析獄之中，乃律書也，爲官府所執以理民事者，析中猶言以法律條例斷之也。此司理之所掌，故戰國諸子多以皋陶當之，舉錯合于律令，故亦曰執中矣。依此説，則折中、執中之中，當用中形。古筭籌史皆在中，故以書册律文爲中也。參中字條。至第二義之中亦當作中正解，中正者，直也，爲🔣之引申。參中字條。直者無枉屈也，則析中猶言以直斷之，析中于夫子，猶言"是正"于夫子耳。二義有本有變，而皆相因云。

質中

即析中一語之聲變，《九歎》"北斗爲我質中兮，太一爲余聽之"。"質，一本作析"。折中，平也。按此兩言，疑即《九章·惜誦》之"令五帝以枅中兮，戒六神與嚮服。俾山川以備御兮，命咎繇使聽直"，其義全同，惟句有繁省耳。質與折雙聲，漢人多以常語聲近之字改古成語，此亦一例也。質中亦即《淮南子》之制中。《謡言篇》"聽獄制中者，皋陶也"。制、質同聲，亦漢人改就常語之一。餘詳枅中條下。

節中

《離騷》"依前聖以節中兮，喟憑心而歷兹"，王逸注"節，度。言己所言，皆依前世聖人之法，節其中和"。五臣云"中，得也。言我依前代聖賢節度"。朱熹《集注》曰"節，度也"。按《九章·惜誦》"令五帝以枅中兮"，節中即枅中也。枅與折同。折中爲古習語，作節中、折中，義皆同。《史記·孔子世家贊》"自天子王侯中國言六藝者，枅中于夫子"。《索隱》引《離騷》云"明五帝以折中",王叔師云"折中,正也"。此即《惜誦》之"令五帝以枌中"也。宋均"折,斷也。中,當也。言欲折斷其物而用之,與度相中當也"。詳枌中條下。節中,又作質中,《九歎·遠逝》"北斗爲我質中兮",詳質中條下。又或作制中,《後漢書·馮衍傳》"援前聖以制中兮,矯二子之驕奢",即用《離騷》此句。制中又見《禮記·仲尼燕居》"夫禮所以制中也"。又朱駿聲引《禮記·三年問》"故先王焉爲之立中制節",説雖可通,然中節不成詞,説近勉強。節中亦謂依正直以爲節,中作正直解,不作中間解,參枌中條。

人

《楚辭》人字凡四十見,皆一義也。《説文》"人,天地之性,最貴者也"。許氏此説,自人之立場而言,亦客觀事實之必然。惟秦漢以上諸家,尚不知人自猿類進化而來,故曰最貴云云也。甲文、金文構結相同。自語言文字觀之,表人之字有兩大系:一爲恭謹敬穆之人,即人一系字也;一則寫其正面以臨物之形,即大(大)是也。人之聲與柔、夷相近,故演爲仁。古訓以"人者,仁也"狀之,似較許氏最貴之説,于語言有據矣。《楚辭》四十用,皆同一義,即指圓頂方踵,直立能言之人。如《離騷》言"雖不周于今之人",《思美人》言"惜吾不及古人",他如《離騷》之"量人"、"國無人",《九歌·大司命》兩見"愁人",一見"人命",《東君》有"娱人",《山鬼》有"有人",《涉江》有"今之人",《抽思》有"人心",《招魂》有"逐人"、"甘人"、"欄人"、"吞人"、"有人"、"得人"、"人極",《九章·抽思》有"切人",《懷沙》有"人心",《惜往日》、《卜居》、《哀郢》有"讒人",《遠遊》有"人生"、"人群"、"無人",《卜居》有"婦人",《九辯》有"傷人"、"非其人"、"中人",《大招》有"娱人",漢諸賦有《七諫》之"人孰能"、"非其人"、"人事",《九歎》"其無人"、"人心"等,皆一也。此通語,無事詳徵矣。

群

《楚辭》群字凡二十二見，除群霏爲專名外，餘皆 "群，輩也" 一義，或其引申。《遠遊》 "離人群而遁逸"。《説文》 "群，輩也，從羊，君聲"。《詩・無羊》 "三百維群"，又《吉日》 "或群或友"。引申爲衆，《呂覽・召類》 "群者，衆也"，《虞書》 "覲四岳群牧"，皆其義。惟其字依許説爲形聲字，恐未全允。此當爲《虞書》 "乃覲四岳群牧" 之群，皆牧羊人。牧畜之始，以羊爲主。牧羊人爲群，言牧畜羊者也。西羌牧羊人曰姜。姜者神農之姓，亦生民之始（《詩・生民》）。則群者，其結構義亦當相似。惟牧羊成群，故群字引申爲群羊。《周語》 "獸三爲群"，《詩・無羊》亦言 "三百維群"。由羊群引申爲人群，《楚辭》二十用，亦反映此一現象。其中言禽獸之群者，有《離騷》之鷙鳥，《懷沙》之大群，《悲回風》 "鳥獸號群"，《大招》言 "鶴雞"，《天問》言 "蒼鳥"，《惜誓》言 "鴟梟"，《招隱士》言 "猿狖"，《七諫・自悲》之 "鳥獸"，《謬諫》言 "飛鳥"，《九歎・愍命》之 "熊羆"，《遠遊》之 "群鶴" 等十餘條，此種統計數字，非偶然也，有其語義上之根柢。其言人群者，似皆含有消極意義。如 "離人群而遁逸"，人群不可容也； "行不群以巔越"（《惜誦》），不群而至顛越；又 "反離群而贅肬"（《惜誦》）， "既惸獨而不群"（《抽思》）。此等群衆，皆在貶損意識之内，而非真正之群友也。《七諫》言 "群衆成朋"，則黨比之徒矣。《九歎》言 "辟阿容"，《九思・怨上》之 "群司讒讒"，又《遭厄》之 "群小謏詢"，凡此等群，皆不能以善義釋之。充類言之，則謂《楚辭》用群字，即以言人亦不忘其爲獸類矣。此非必偶然者也，其根即在于是。

老

《楚辭》老字凡七用，皆一義。《説文》 "老，考也。七十曰老。從人、毛、匕（會意）。言鬚髮變白也"。按老有五十、六十、七十等説。《禮·曲禮》"七十曰老"。《管子·海王》注"六十以上爲老"。《論語》皇疏"五十以上曰老"。引申則官有三老，天子之二老，群吏之尊者曰老（《士昏禮》注），家臣曰老（《論語》皇疏）。其用至繁，而皆緣于年老。《楚辭》七用，皆此一義，如《離騷》"老冉冉其將至兮"。《大司命》、《九辯》皆有此詞，《涉江》言"年既老而不衰"皆同，而無他用。

生

《楚辭》生字凡二十八見，除申生爲人名，先生爲專門術語，別詳。大約分爲兩義，一言生命，二言生長、生養，其實亦一義之變也。《説文》"生，進也。象艸木生出土上"。依許説，則當從屮，從土。考甲文、金文皆作屮，若㞢，象艸木出土之象。故文或作㞢，從土，益似矣。《荀子·王制》"草木有生而無知"，是戰國諸子知"生"原爲艸木而設。引申則一切有情，皆得曰生。而人生一世，亦遂曰一生矣。《楚辭》所用，不出斯旨，如《少司命》"羅生堂下"，《桔頌》"生南國兮"，《招魂》"五穀不生"，又"白芷生"，《招隱士》"桂樹叢生"、"春艸生"。其言人生死者，如《天問》"勳闔夢生"，《懷沙》"萬民之生"，《卜居》言"媮生"，《九辯》言"生天地"，《七諫·初放》言"平生於國"。引申言人之一生者，如《涉江》"哀吾生"，《九辯》"悼余生"。引申之，則活着曰生，如《少司命》之"生別離"，《九辯》四之"生離"。漢儒所用，義無外是者矣。又考生字結構實含生發不已之象，地上出艸，初生之象也，亦生發之根也。凡未死之物皆得曰生。生者，變易之源也。艸木之變異，于變之形態表現最爲具象，而爲人所易知。果無此變易，則乾坤幾乎息矣。中土文字之發生在何時？不可知。而農業時代爲最發達，乃至最有律令可循，故以草木表生、發、變、易之機者，最切直無華。故以帝（自蒂至于上帝）、不（胚胎）、生（一切生發）等生命之源泉，皆以草木爲基。生之時，曰春，字從"屯"。成實曰秋，秋從禾（凡從禾之字，多有成熟之義。則禾乃生發之第二階段也。別詳禾字下）。劇數之不能終其物也。

性

《悲回風》"物有微而隕性兮，聲有隱而先倡"，王逸注"隕，落也。言芳草爲物，其性微眇，易以隕落，以言賢者用志精微，亦易傷害也"。

按物有句，即指回風所搖落之物。蓋秋風起則百草不芳，而百卉亦凋殘矣。《九辯》"性愚陋以褊淺兮"，王逸注"姿質鄙鈍，寡所知也"。又《九歎·遠遊》"悲余性之不可改兮，屢懲艾而不迻"，王逸注"言己體受忠直之性，雖數爲讒人所懲艾，而心終不移易也"。《楚辭》言性，只此三見。叔師以姿質釋之，蓋先秦以來達詁。《莊子·庚桑楚》云"性者，生之質也。性之動謂之爲"，疏"質，本也。自然之性者，是稟生之本也"。又《莊子·天地》"形體保神，各有儀則謂之性"。《呂覽·貴當》云"性者，萬物之本也"。《禮記·中庸》"天命之謂性"，又曰"自誠明謂之性"。荀子尤善言之。《正名》云"生之所以然者謂之性"，又云"性之和所生，精合感應，不事而自然謂之性"，又云"性者，天之就也"。《性惡篇》云"不可學，不可事，而在人者謂之性"。漢唐以來注古籍者，或發揮之。皇疏《論語》"夫子之言性與天道"云"性，生也"，《集解》申之曰"性者，人之所受以生者也"。高誘注《呂覽》"牛之性不若羊"云"性，猶體"。司馬注《莊子·駢拇》"而侈于性"云"性，人之本也"。杜注昭八年《左氏傳》"莫保其性"云"命也"。《國語·周語》"而厚其性"，注"性，情性也"。《樂記》"是故先王本之性"，疏"自然之感謂之性"。《易·繫詞上傳》"成性存之道義之門"，疏"性謂稟其始也"。《左》昭廿五年"因地之性"，疏"性謂本性"。《大戴禮·文王官人》注"喜、怒、欲、懼、憂以其俱生於人而有常，故亦謂之性也"。姑以此十數例爲證，最簡之訓爲"生也"、"物之本也"、"命也"、"體也",最直之訓"生之質也",最詳悉之訓,爲《荀子·性惡》及《文王官人》注。不論詳略如何,而其爲天所生之本質,則皆可通于先秦各書。則性者,正謂其生也。引申之則與生俱來之心理狀態,亦謂之生,別構從心之性爲之。此漢字演變之通例也,如此而已。謂其爲本、爲質、爲體,皆無不可矣。

按《説文》心部"性,人之陽氣性善者也。從心,生聲"。許説善本之孟子,就其字論之,則從心,從生,乃轉注字。凡從生之字,皆謂指自然現象中發生、成長之事物言。姓者女之所生也,即姬、姜、姚、姒之屬。則性者不過言自然生成之物,各各自具之特質而已。其屬于心理狀態,則爲性耳。故生字可通作姓,金文"百姓"多作百生,是也。性亦可單用生字。《周禮·大司徒》"辨五地之物生",即辨物性也。昭八年《左氏傳》"莫保其性",謂莫保其生也。戴侗曰,"命于天因有諸心曰性,引申之,凡命于天而成于物者,皆有恒性焉"。説至精要(別參阮元《性命古訓》,考之至詳,兹不贅)。故性字先秦用之,大體即指生字。其引申之義,則爲物生成之本性,而不易變化者言。屈宋賦所用,無不可以此義概之矣。

按上所言,皆就戰國立説,所以明屈賦本旨也。若溯其源,則《詩》、《書》(尤其《周書》)即周前期金文中,皆不見性字。《詩經》言性,僅見《大雅·卷阿》之"彌爾性"一詞,即金文常用之"彌厥生",彌生即乞求長生也。《周誥》中僅《召誥》有"節性"一詞,《吕氏春秋·重己篇》言"先王不處大室,亡爲高臺,味不衆珍,衣不燀熱,以此長生……其爲聲色音樂,足以安性自娱而已……聖王之所以養性也,非好儉而惡費也,節乎性也",則"節性"即節生也(金文中生字之用凡六,一作人名之下一字,如宜生、歸生等;二爲言月之既生霸;三爲生姒,見召仲鬲。謂所生之姒;四爲子姓;見瀛鎛即子姓。五爲百生,即百姓;六爲彌厥生。不見性字。且諸生字,除用作姓字外,皆與後世所用生字同。而姓者言某氏所生也,亦用生字本義)。《左傳》有性字,九見(襄十四年、二十八年,昭八年、十九年、二十五年),及《周語》上,皆可作生字解。《論語》有"性相近，習相遠"之語，此性與習相對，即性亦作生字解。惟《公冶長》有"夫子之言性與天道"一語之性字，似可獨立釋爲今性字，然此語古今多誤解。此言夫子言生與天道之關係，非言性言天道也。生與天道，有無必然之關係，孔子未嘗言之也。孔言未知生，焉知死，即可證孔子不言性與天道之關係，是《論語》亦不言性。至孟子書中所言性字，亦大體可作生字解。而言水性，則不謂水生。是生、性兩字之分，當爲戰國諸辨家之立說也。此事至繁瑣，非短文所能盡。要而論之，性之本義，直謂生理而已。故告子言"生之謂性"，《荀子》言"生之所以然者謂之性"，《孝經》言"毀不滅性"，《春秋傳》言"民力彫盡，莫保其性"，皆以性爲生也。故餘杭章先生《菿漢昌言》曰"要之不離生而言者爲本義，離生而言性者，爲引申義。後世混此二者，故言性者多相詆"。

漢儒之說，大體皆一再引申之義，去生命生理之義益遠（詳陳澧《漢儒通義》卷三），不足爲訓。蘇子瞻所謂以可見者言性，皆性之似也者矣（見蘇氏《易解》）。

欲

《楚辭》欲字凡四十見，除《天問》"順欲"之欲爲谷之形譌外，皆一義之引申。《說文》"欲，貪欲也"。《荀子·正名》"欲者，情之應也"。《呂覽·貴生》"六欲"，注"生、死、耳、目、口、鼻也"。今人則以慾爲之。凡此皆以感官爲其基礎，即今人食慾、色慾、觸慾等字之用法。然自先秦以來欲字，多用于心理狀態，與感官雖不無相涉，而爲間接的影響，非直接由感官引起之作用。以今語譯之，則曰欲望、願望。換言之即表心理狀態之成分，多于生理狀態也。屈賦所用，幾無例外。依所表之事象，有輕重急徐而義稍變。

（一）即貪欲之慾本字。《離騷》"縱欲而不忍"，言澆身至强圉多力，然放縱其淫慾，而不能自克制，即下文"日康娛而自忘"也。

（二）欲，願望思念也。此義之用，重在《離騷》，凡《離騷》五用，"欲少留"、"欲自適"、"欲遠集"、"欲從靈氛"、"欲充夫"皆然。餘如《天問》之"弟何欲"，《惜誦》四用，《哀郢》一用，《思美人》一用，《九辯》三用，《招魂》一用，《遠遊》一用，漢賦則《七諫》四用，（《沈江》一，《憫世》一，《自悲》一，《謬諫》一。）《哀時命》一用，《九歎》八用（《怨》一，《逝》一，《賢》二，《憂》二，《古》一，《遊》一），《九思》七用（《尤》一，《疾》二，《懷》一，《傷》二，《遭》一），莫不從同。

（三）將也。細繹全部《楚辭》所用欲字，皆含有一種消極因素。如"欲自適而不可"、"欲遠集而無所"、《哀時命》"欲伸要而不可得"，當句用否定詞，以遮撥之，其義至明。即如"欲從霧氛之吉占兮"、"椒又欲充夫佩幃"、"欲釋階而登天"、"欲橫奔而失路"等等，或于上下句反其義，或有無可奈何之心情，故義多不過一種期望失望而已。因之，引申得有將欲之意。將欲爲《老子》恒言，而僅用一欲字，亦得含將欲之義矣。如《九思·疾世》"日欲暮兮心悲"，言日將暮而心悲，心悲即失望。日欲暮，日無心而以作者之心推之，則爲將然之詞。故此一句，既明欲之有將義，亦不謬于欲爲失望之辭也。

（四）欲爲谷之形譌。《天問》"順欲成功"，言鯀治水，川谷有所成也。兩字衍偏旁，而爲順欲，詳《重訂天問校注》。

内美

《離騷》"紛吾既有此内美兮，又重之以修能"，王逸注"言己之生，内含天地之美氣"（參降字條下），五臣云"内美謂忠貞"。洪無注。朱云"生得日月之良，是天賦我以美質于内也"。古人命名，不止于符號作用，而有實質之深義（詳生、姓二條）。《詩·簡兮》"云誰之思，西方美人"，箋云"我誰思乎？思周室之賢者"。賢者即能力較他人爲多之義。初民以同圖騰皆同馬那、同姓，故賢人者之知或義，亦爲性，與美相類，故美人即賢者。凡德、性、美諸詞，皆以指其天生之本性言。上文自始生之祖，明其爲楚國同姓則天生聖種，自有優越之感。又舉生之年月，以定其天生之美。而舉其父爲命名取義于此天質，故曰內美，與下文修能對舉。修能者，後天修養之能力。後天有此修養之能，亦由於先天生有此德性，然後能受教自教等修美云。王逸、朱熹皆就其生之年月時日爲説，則此內美不僅指生辰言，其實其最主要之意義，亦在自表先世之首句。高陽爲楚始生祖，亦即圖騰。凡同圖騰所生之人，皆與圖騰同性能、同德，亦即同其生之本質（詳德字條下）。子孫必保抱其先世之德。此在初民，則爲共圖騰之生性保留（古姓、性、生三字同）。至社會進入父系時代，則圖騰個人化，高陽乃成爲生楚人之共祖，而子孫保抱先德，指自高陽所傳世德及熊繹所傳之楚世家。《離騷》之所謂內美，此事爲最重要，篇首必標始祖者此也。而屈子以同姓宗子，有保抱其先世所遺之一切內美，自精神之德，至物質之封疆，皆在其中，此點能明白，則屈子所以殉其國者，正沿襲氏族社會久傳之遺習，不足爲怪。而吾人欲明瞭屈子思想情感等在文中之表現，亦有捉摸之根據可言。至年時美惡之説，參降字下自明。

中情

　　凡分二義，一通言中心之情，一專指忠信之情，以內心專對君國而言之情，即忠信之情也。

　　中情一詞，乃屈原賦所特有成語，三見《離騷》，兩見《九章》，而意義皆大同。惟"荃不察余之中情"，王逸注云"忠信之情"（注見下句信讒下），則漢人本有作忠者，他文則皆作中心之情解。其實此單指忠信，于義雖專有所屬，而非四達領悟之言。中情言中心之情，本混通言之。然依上下文義，亦可專指一德言。則忠信固亦在中情之中也。《離騷》又云"孰云察余之中情"，此女嬃詈原之辭。中情所包至廣闊，不得單言忠信也。又《九章》"又莫察余之中情"，與此同義。又"苟中情其好修兮",義亦通言之。至《思美人》言"申旦以舒中情",依上下文義定之,則與"荃不察余之中情"義近,專指忠信言矣。餘參中字情字二條。

思

《楚辭》用思字凡七十餘見,屈宋賦凡四十三見,其餘皆在漢人賦中,義與屈、宋無大差別。細爲分繹,約可得三義:一、思考、思慮、思想也,二、思念、情思也,三、作心理現象之形容詞用。

(一)思考、思慮、思想也。

此類用法,大體偏於理智之思。如《離騷》"思九州之博大兮",《九章・惜誦》"思君其莫我忠"、"君可思而不可恃"、"願曾思而遠身",《抽思》"道思作頌",《惜往日》"遠遷臣而弗思"、"思久故之親身",《悲回風》"夫何彭咸之造思兮"、"思不眠以至曙"、"孰能思而不隱",《遠遊》"思舊故以想象",《卜居》"何故深思高舉",《九辯》"專思君兮不可化"等,皆有其致思之理想計度等理智作用,與今人言思考、考慮者最切近。故或與慮字合用,《悲回風》"猶隱伏而思慮"是也,亦即心理學上之所謂思想也。故亦可作名詞用,《九辯》"閔奇思之不通兮",言奇放之思想不能通也。

(二)思念、情思也。

此類用法,大體以情感爲主,尤以含消極悲凉之情感者爲多,此固屈宋賦之本色也。此在《九歌》中爲最多,幾無一不然。按《方言》十"噎、無寫,憐也。沅澧之原,凡言相憐哀謂之噎,或謂之無寫,江濱謂之思,皆相見驩喜有得亡之意也"云云。《九歌》本江湘民間之作,屈子加工者也。則《九歌》思字多作憐愛、相見驩喜有得亡之意者,其方俗本性然也。則思字,乃南楚方言矣。如《雲中君》云"思夫君兮太息",《湘君》云"隱思君兮悱惻",《湘夫人》云"思公子兮未敢言",《東君》云"思靈保兮賢姱",《大司命》云"羌愈思兮愁人",《山鬼》

云“君思我兮不得間”、“君思我兮疑然作”、“思公子兮徒離憂”，皆是。《九章》中如“思蹇產而不釋”（凡四見。《哀時命》一見，《抽思》一見，《悲回風》二見）。《抽思》之“心鬱鬱之憂思兮”、“靈遙思兮”，《思美人》之“思美人兮”，《九辯》之“豈不鬱陶而思君兮”，又“蓄怨兮積思”，《遠遊》之“步徙倚而遙思兮”，凡諸此思字，皆與情感相結合。如今言思念，一種情感上之心理活動也，與考慮等大異其作用。

（三）作形容詞用。

《九章·悲回風》“紆思心以爲纕”，又“憐思心之不可懲”，此兩思字乃在心字前作爲心字之形容詞用，蓋思之活用也。“紆思心”者，考慮之心也。憐思心者，情思之心也。義自上二例引申。

按《說文·心部》“思，容也”。（容或是睿字）《繫傳通論》之“著於心成己之性曰志，志有所牽曰思。思，係思也，猶物之牽輓也。於文心囟爲思。囟，人之頭。囟，信也。囟，通氣也”，說雖多創，而概括思字原始含義似較歷代各家爲可取，惟思之過程，在心理學上，其發生本有多方面。（1）有自知識性之邏輯而推進，以爲判斷事物之關係者，是爲思考。此屬于本文第一義也。由此過程，更進而成爲一種意識現象，則名爲“思想”。換言之，思想者，由思慮與經驗相結合之一種意識作用也。（2）有自情感上之意念，遵循一種個人感受，所發生之喜怒哀樂等，而得一種非邏輯或不顧邏輯之思念者，即本文第二義之所由也。然兩者又各有深淺之殊，應視上下文義而定。此本與近世科學規律有至相吻合之處，爲吾人所當知者也。

又《詩經》用思字作語辭，有句末句首之分。用之句末者，如“不可求思”、“不可泳思”、“不可度思”、“天惟顯思”；用之句首者，如“思齊大任”、“思媚周姜”、“思文后稷”、“思樂泮水”、“思無疆”、“思馬斯臧”二三章不用思。等。《楚辭》則無此義，然慶、羌諸字，足以當之，此亦南北之異耳。

心

心字《楚辭》凡一百二十四見，其屬于屈宋賦者，凡七十條，漢人賦則爲五十四條。凡得二義，茲分述之：一指人之心臟，二指人之心理活動或狀態言。

（一）指人之心臟言。

《招魂》“雄虺九首，往來儵忽，吞人以益其心些”，王逸注“喜吞人魂魄，以益其心，賊害之甚也”云云，此與漢賦《惜誓》言“比干忠諫而剖心兮”、《七諫·怨世》“比干忠而剖心”兩心字，用法相同，皆指人之心臟言也。《楚辭》用此義，惟此三見。

（二）指人之心理活動或狀態言者。

此一用法，實爲屈宋賦最普遍之義，漢人亦從同。如《離騷》言“各興心而嫉妒”、“非余心之所及”、“亦余心之所善兮”、“終不察夫民心”、“心猶豫而狐疑”、“何離心之可懲”，《九歌》之“極勞心兮憺憺”、“心不同兮媒勞”、“心低佪兮顧懷”、“心飛揚兮浩蕩”、“首身離兮心不懲”，《天問》之“不勝心伐帝”，《九章》之“壹心而不豫兮”、“心鬱邑余侘傺兮”、“苟余心其端直兮”（《九章》凡三十四見，爲最多，其用亦最複雜，不及全録），《遠遊》“心愁悽而增悲”，《九辯》“有美一人兮心不繹”（《九辯》凡十二則），《卜居》“心煩慮亂”，《招魂》“同心賦些”，《大招》“心意安只”、“易中利心”。其中多與悲愁、悽傷、猶豫相關連，極少描寫喜樂之句，《河伯》“心飛揚兮浩蕩”，《悲回風》之“心踴躍其若湯”，《大招》之“心意安只”數語而已。所謂賢人失志之作，所以寫其幽思者也。漢人賦依倣屈旨而爲之，故亦大體相同。惟《離騷》所用心字，尚有不關情感，或少夾情感成分，如曰“各興心”、“非余心”等四語，及“何離心之可懲”諸語，皆直言心質，不涉形狀，爲最直質，餘則多加形容詞，以助情愫，蓋與《詩經》略相當。

外此，則有曰心志（見《九章·惜誦》、《懷沙》、《悲回風》及《離騷》），曰心内（見《悲回風》），曰心慮（見《卜居》），曰心意（見《卜居》），曰心態（見《大招》）等，多爲心理分析之現象。其細分者，如《悲回風》之"氣於邑而不可止，紆思心以爲纕"二語，"心鞿羈而不形兮，氣繚轉而自締"二語之以心氣連言；《哀郢》之"心絓結而不解兮，思蹇産而不釋"，《抽思》"心鬱鬱之憂思兮"、"思蹇産之不釋兮"，《卜居》"用君之心，行君之意"諸語，以"心"、"思"、"心"、"意"等詞連言。蓋心字本以指混然不可分析之心理現象，若欲示其區分，多加分別，用"心"、"志"、"氣"、"意"等詞，以寫心理活動狀態，斯爲最可注意。若細爲分析，結合上下文義以定其真，則此一心字，往往應作志、意、思、胸懷、情、内等字解。此在人之善學，非短文之所能盡釋矣。戰國諸子分析心理之學，已至發達，而南楚爲最，讀《莊子》書，自能明之。荀子曾遊楚，爲蘭陵令，故《荀子》書中分析心理現象之言，亦至爲紛紛。《解蔽》"心者，形之君也，而神明之主也"，又《正名》"心也者，道之主宰也"，皆至可注意之事。

情

指心理上所受外界刺激之一種反映，而以喜、怒、哀、樂、愛、惡爲内在之基礎。其外界物質基礎，即客觀事物之存在；其内在基礎，即官能活動與思想意識之最初判斷。

《楚辭》用情凡十七見，多見於屈、宋賦，佔十四次之多。漢人所用，與屈、宋大同。兹姑以屈、宋爲據而釋之。

按屈、宋用情字概可解爲感情、心情，如今世所言。如《離騷》"懷朕情而不發"，《九章·抽思》"歷兹情以陳辭"、"結微情以陳辭"，《惜往日》"焉舒情而抽信"、"願陳情以自行"，《悲回風》"萬變其情豈可蓋兮"，《惜誦》"發憤以抒情"、"情沈抑而不達"等，皆可以今言心情一詞解之。惟有一至可注意之事，則情字之用往往與質、志、貌等字對舉。如《惜誦》"恐情質之不信兮",《懷沙》之"懷質抱情",《思美人》"情與質信可保兮",此與質對言者;又《懷沙》"撫情効志兮",則與志對舉;《惜誦》"情與貌其不變",則與皃對舉。"恐情質不信"句,與"情與質信可保"同義。質與皃同指本體言:質指本體之特徵、特點,皃指本體之外形,則質、皃爲同一事物内外之别。至志則如今言意志,出于心理之認識程序,指近乎理性之判斷言。則情與質、皃、志等之别,顯然分明,不可逃遁。如以今術語定之,則情者指心理上所受外界刺激之一種反映。此種反映之特點,在于以喜、怒、哀、樂、愛、惡等爲基礎,爲人類感覺中較爲初步的感受所發出之反映。其外界的物質基礎,即客觀事物之存在;其内在基礎,即各各個别之人與生俱來之官能活動,與思想意識之最初判斷。故情之爲物,基于官能活動之質、皃,而又與質、皃異。此情質之信可保與否,爲屈子所最珍惜。情質之信,則情由質生,有其質則當有其情。换言之,則情必不可違其質,違其質則非真矣。及其由此最初之衝動性之反映,漸變而爲理智所替代,則成爲志、爲意、爲行,此《懷沙》所謂"撫情効志"之効也。故情之爲物,前基于質、皃、内,後充爲志、意、識、行,故"萬變其情不可蓋"也(《悲回風》語)。此吾人今日一般心理學所解釋之現象,而自屈、宋賦中使用此等字義相關之内外規律中可以推知者,蓋與今日心理學上解釋無大殊也。

試就先秦以前書而論之。《荀子·正名》云"情者,性之質也",此一語已説明上言情在質、皃與志、意中間現象而有餘。《荀子·禮論》又云"情皃之盡也",《吕覽·誣徒》"則得教之情也",皆先秦人説情義之達詁矣。叔師諸情字注,如《惜誦》"情質不信",以志釋情;"情與貌不變",以志願爲情。高誘注《吕覽·上德》順情一詞,"同情性也";注《誣徒》"教之情",曰"情理"。《禮記·坊記》"無辭而行情,則民争"、"以主利欲也"。或就質皃立言,或就志意立言,則古人遣詞有輕重,體上下文而定詁,皆不出上所陳定則。

漢賦所用諸情字,大體不外屈、宋之義。兹不詳舉,以省繁重。

意

意字本意，當爲思念。凡思念，必有所指，故《説文》以志釋之。《楚辭》凡十四見，其見于屈賦者凡七次，大體從同。若細別之，就上下文語氣而有輕重混析之別，略可分爲三事：一情意也、心意也，二志也，三測度之也。

（一）情意也、心意也。

《遠遊》“意恣睢以擔撟”，《九辯》“惟著意而得之”，此兩意字易爲心字釋之，更爲明白。《大招》曰“心意安只”，以心意連言爲一詞，則心意同義，更無可疑。然“意恣睢以擔撟”句，王叔師以縱心肆志釋之，則意者心思之初發而未成體系，或僅于感受外在刺激初發之一種心理狀態，故得以情字用法相同。故《遠遊》又云“意荒忽而流蕩，心愁悽而增悲”，意淺而心深，意初而心後，故意荒忽（即恍惚）而心愁悽，荒忽者無所系屬之狀，即叔師所謂罔兩也。《孟子》“以意逆志”，趙岐注“意，學者之心意也”，漢儒益以爲通説。

（二）意志也。

《九辯》“願一見兮道余意”，王逸注“舒寫忠誠，自陳列也”。按此意猶今人言意見，即心理學上之所謂意志也。又《招魂》“弱顏固植，謇其有意些”，王逸注“謇然發言，中禮意也”。按王説不甚顯明，此意亦言意志也，言謇然有其意志也，禮意云云，不過申説之義。《越語》“臣行意”。注“志”。

（三）測度之也。

《九章·惜往日》“願陳情以白行兮，得罪過之不意”，不意言不曾測度及之也，叔師以“無宿戒也”釋之，申其義也，讀與《論語》“毋意毋必”之意同。

上來三義，漢賦八例中全與此同，不必更一一舉之矣。然此三義基本無大殊，但狀態有輕重先後之差耳。按《説文·心部》“意，志也。

從心、音。察言而知意也"（從段校），戴侗《六書故》曰"心之起爲意，引之則意料逆想者爲意"。按《司部》詞下曰"意内而言外"，則不盡爲心之初起矣。故古書用意字所涉實較廣，故《禮記·王制》注直以"思念也"釋之。

識

識字《楚辭》凡九用，皆一義之變，屈賦四見，皆其本義也。《天問》"馮翼惟像，何以識之？"王逸注"言天地既分，陰陽運轉，馮馮翼翼，何以識知其形像乎？"又"師望在肆昌何識？"言太公望在市井，文王昌何以知之也。《抽思》言"魂識路之嬓嬓"，《惜往日》"惜壅君之不識"，義皆同。按《説文》"識，知也。從言，戠聲"。《詩·瞻卬》"君子是識"，箋"知也"。考古籍識與志蓋同義，識與心亦一事，而德業不一，心者湛然不動之謂識；志者分別是非之謂志，字從心，從士，即言心之所之，言動心以認別之也。

志

一、意志、心志也，可能爲志字本義。心志者，心之所向也。二、識也。三、幟也。四、節操也。五、知也。志從心，從屮，爲本義，其餘皆引申假借之義。

志字《楚辭》凡六十餘見，其中屈宋賦共用二十八則，以《九章》爲最多（凡十八則），其餘則爲漢人賦中所用。總而論之，大略可得五義。

（一）意志、心志也。

此義爲最多。《離騷》"屈心而抑志兮"，《九章·惜誦》云"願陳志而無路"，《抽思》"反既有此他志"，《思美人》"志沈菀而莫達"，《懷沙》"願志之有像"，《惜往日》"盛氣志而過之"，《橘頌》"更壹志兮",《悲回風》"眇遠志之所及",《九辯》"貧士失職而志不平",《大招》"恣志慮只"等，皆是。又或與氣志、志慮、志欲、情、心等連用（志慮、志氣兩詞，見上舉）。志欲見《大招》"逞志究欲",《懷沙》"撫情効志"。又《懷沙》"定心廣志"。或與心意（《大招》"逞志究欲，心意安只",《懷沙》"抑心而自強"、"願志之有像"，又《悲回風》"心調度而弗去兮，刻著志之無適"）、欲（《惜誦》"欲橫奔而失路兮，堅志而不忍"）、行（《抽思》"超回志度，行隱進兮"）、情（《思美人》"申旦以舒中情兮，志沈菀而莫達"）、思（《悲回風》"夫何彭咸之造思兮，暨志介而不忘"）等詞對舉，則志所以別于心、慮、欲、情、氣、行、思諸心理狀態者矣。

（二）識也。

《九章・懷沙》"章畫志墨兮，前圖未改"，王逸注"章，明也。志，念也。言工明於所畫，念其繩墨，修前人之法"云云，按王說大義略可得其仿佛，而詁字則誤。畫，規也，即今規本字，古從聿，下著規形。志者，識之也。畫與墨對文，言章其畫以爲規，而又識其墨也。志即識字。《周禮・保章氏》注曰"志古文識"。志墨《史記・屈原傳》作職墨，職亦識之借耳，餘詳後。

（三）借爲幟字。

《離騷》"抑志而弭節兮"，王逸注以爲"抑案志行"，似不甚可通。張渡《然疑待徵錄》曰"志，當作幟。《漢書・高帝紀》'旗幟皆赤'，師古曰'史家或作識，或作志，音義皆同'，是其聲通之證。'抑幟'承雲旗句，弭節承八龍句。上文揚雲霓之晻靄兮，洪校云'一本揚下有志字'，揚志即揚幟也。後人刪之"。按張說極確，不可易。抑幟弭節，謂車馬徐行，則其幟抑而節弭也。又《遠遊》云"氾容與而遐舉兮，聊抑志而自弭"，王逸注"且自厭按"，則以志爲心志，雖亦可通，然上文言《遠遊》行徑"徐弭節而高厲"、"涉青雲而汎濫游"、"邅馬顧而不行"，又承之以"氾容與而遐舉"，則此抑志亦言抑其車乘之幟也，與《離騷》用字義同，不得別解爲心志也。

（四）節操也。

《九章·悲回風》"夫何彭咸之造思兮，暨志介而不忘"，王逸注"介，節也。言思念古世彭咸，欲與齊志節而不能忘也"。按志節古習語。此以節字爲志之限制詞，節爲操守之節，則志猶操守矣。

（五）知也。

《惜誦》"忠何罪以遇罰兮，亦非余心之所志"，注曰"言己履行忠直，無有罪過而遇放逐，亦非我本心宿志所望於君也"。俞樾曰"按王逸注未是，此承上文而言，上文曰'事君而不貳兮，迷不知寵之門'，此云'亦非余心之所志'，志即知也。《禮記·緇衣篇》'爲上可望而知也，爲下可述而志也'，鄭注曰'志猶知也'，是其義也。屈子之意，蓋言得寵得罪，皆非己之所知耳。以爲忠而遇罰，非宿志所望，則轉淺矣"。按知亦識之別也，而此以知詁之，則義更明矣。

按《說文》脫志字，大徐本以"意志也"補入，曰"志，意也"。段玉裁、朱駿聲言之詳矣。段云"《周禮·保章氏》注'志，古文識。識，記也'。《哀公問》注曰'志讀爲識。識，知也……古文作志，則志者記也，知也'。惠定宇曰：《論語》'賢者識其大者'，蔡邕《石經》作志。'多見而識之'，《白虎通》作志。《左傳》'以志吾過'，又曰'且志之'，又曰'歲聘以志業'，又曰'吾志其目也'。《尚書》曰'若射之有志'。《士喪禮》'志矢'。注云'志，猶擬也'。今人以志向爲一字，識記一字，知識一字，古祇有一字一音。又旗幟亦即用識字，則亦可用志字……漢時志、識已殊字"云云，說源流變遷至悉。然志一字先秦用之，義雖多而言至析。《晉語》"志，德義之府也"，《孟子》"夫志，氣之帥也"，《毛詩·序》"在心爲志"，《荀子·解蔽》"志也者，藏也"，《孟子》"不以辭害志"，《莊子》"若然者，其心志"。《孟子》"志士不忘在溝壑"，漢唐注家或釋以知（《禮記·緇衣》"爲下可述而志也"。注"猶知也"），或釋以意（《禮記·檀弓》），或釋以思意（《禮記·孔子閑居》），或釋以心所慮念（《孟子·公孫丑上》），或釋以守道不回爲志（《孟子·公孫丑下》），不一而足，其義皆與今人言意志、志氣相同。而《左氏傳》昭二十五年"以制六志",《正義》謂"情動爲志",則與《中庸》"喜怒哀樂之未發謂之中",義全同,則志又得中義矣,參中字條下。屈宋所用,皆與上來所説相類。

漢人賦用志字,亦數十見,而與屈宋無大殊,兹不詳矣。

精神

形名複合詞,義至多。《楚辭》三見,皆在漢人賦中,大體皆指人類思想感情活動之指撝言。《七諫·怨世》"獨冤抑而無極兮,傷精神而壽夭",王逸注"壽命夭也"。《七諫·謬諫》"衆人莫可與論道兮,悲精神之不通",王逸注"言當世之人,無可與議事君之道者,哀我精神所志,而不得通於君也"。按精神一詞本先秦以來術語,《楚辭》凡兩見,皆在《七諫》中,則當以儒家之義爲主。細繹兩句要義,與《韓詩外傳》五"存其精神,以補其中"之義同。又《春秋繁露·循天之道篇》曰"和樂者生之外泰也,精神者生之内充也。外泰不若内充",《東方朔傳》云"心氣動則精神散而邪氣及",皆足爲《七諫》此語作注。凡此皆以指人類思想感情活動之指撝言,與修煉之士所謂"教志勝而行之不僻,則精神盛而氣不散矣。精神盛而氣不散則理,理則均,均則通,通則神,神以視無不見,以聽無不聞也"(《淮南·精神訓》)之精神異,亦與《莊子》"精神生于道"(《知北遊》)、"彼至人者,歸精神乎無始"(《莊子·列御寇》)異。或又以精神爲精氣(見《禮記·聘義》注)。醫者以腎爲精,心爲神,更異。傷精神而壽夭者,謂思想感情皆受傷害,遂影響及其年壽,而至于夭折也。"悲精神之不通"者,言己之思想感情不能與衆人相通,故亦不可能與人論道。

精氣

古成語,《楚辭》兩用之,有兩説:一謂六氣,沆瀣、正陽、朝霞之氣；二指日月言。《遠遊》"保神明之清澄兮，精氣入而麤穢除"，王逸注"納新吐故，垢濁清也"。按此言精氣入而麤穢除，乘上文"餐六氣而飲沆瀣兮，漱正陽而含朝霞"而言，言人能餐飲上諸日精，則神明之清澄可保，而諸此精氣自能入于身體，而身内之麤穢自除，故精氣即指上日精言也。故叔師以納新釋之，至爲允當。此精氣蓋主從結構之詞，謂日精之氣也。二指日月。《九辯》"棄精氣之搏搏兮，騖諸神之湛湛"，王逸注"託載日月之光耀也。楚人名圓曰搏也。搏，一作榑"。洪興祖《補注》云"搏，度官切"。朱熹《集注》云"搏，度官反。精氣謂日月。搏與團同"。叔師以載日月之光耀釋乘精神之搏搏，朱熹因以精氣謂日月申之，是也。按《大戴禮·曾子天圓篇》"陽之精氣曰神，陰之精氣曰霝"。日爲陽，月爲陰，各有精氣，故得以精氣指日月也。《易·繫詞》亦曰"精氣爲物"，注"精氣烟熅聚而成物"，《正義》曰"精氣爲物者，謂陰陽精霝之氣，氤氲聚積而爲萬物也"，亦同此義。

精爽

義近複合詞，神明之未昭著者也。《七諫·怨世》"專精爽以自明兮，晦冥冥而壅蔽"，王逸注"言己專壹忠情，竭盡耳目之精明，欲以助君，而爲佞人之所壅蔽，不得進也"。按《左傳》昭七年"用物精多，則魂魄强，是以有精爽至於神明"，注"爽，明也"。《正義》曰"此言從微而至著爾。精亦神也，爽亦明也。精是神之未著，爽是明之未昭"。參神明條下。《楚語》"明明精爽，而攜貳者"，解"爽，朝也"。《漢書·郊祀志上》"民之精爽不貳"，師古曰"爽，明也"。叔師以忠情釋精爽，非詁字義，明文心也。參精字條。

心意

偏正複合詞，猶心志也。《大招》"逞志究欲，心意安只"，王注

"言楚國珍奇所聚集,尤多姣女,可以快志意,窮情欲,心得安樂而無憂也"。按心意一詞,《易》、《莊》皆曾言之,則先秦南北通語也。《易·明夷》曰"《象》曰,獲心意也",《正義》"獲心意者,心有所存,既不逆忤,能順其正,故曰獲心意也"。《莊子·讓王》"逍遥於天地之間,而心意自得",心意自得,即此之心意安只也。叠韻之轉則爲心志。昭十九年《穀梁傳》"心志不通,身之罪也;心志既通,而名譽不聞,友之罪也",心志猶言心意。《説文·心部新附》"志,意也。從心,之聲"。《詩·周南》序曰"在心爲志",則志、意兩字一義。惟細爲分析,則意指意識、意思,偏于静態;志指意向,偏于動態。通言不分,析言則小别耳。

神靈

主從關係之複合詞,猶言神明也。對宇宙現象之一種探索,以爲萬事萬物有神司之,而顯現其明也。參神明條。《九歌·山鬼》"東風飄兮神靈雨",王逸注"言東風飄然而起,則神靈應之而雨,以言陰陽通感,風雨相和"。按神靈一詞,先秦成語。《公羊》成二年傳"吾賴社稷之神靈,吾君已免矣",此與《九歌》東風神靈之説相一致,社稷、風雨皆如有神司之也。此爲一種較原始之宗教思想,對宇宙現象之探索,從人本立場以解釋自然現象。餘詳神、靈二字各條。聲轉爲神明,詳神明條下。

神明

先秦以來成語。《楚辭》凡二見,而分二義,其一爲人之精爽自得之明。《遠遊》"保神明之清澄兮,精氣入而麤穢除",王逸注"常吞天地之英華也"。按此神明指人之精神之明,此近道家神仙家修煉者之説,爲主從關係之複合詞。二指神靈而言,《惜誓》"樂窮極而不猒兮,願從容虖神明”，王逸注“言己周行觀望，樂無窮極，志猶不猒，願復與神明俱遊戲也”。依王説則此神明指神靁而言，爲相融合之詞性。按神明一詞，爲先秦宗教性之通語，惟各家所用含義不盡同，即同一儒家，而《易·繫詞》上下、《書·君陳》、《詩·小雅·魚麗》毛序、《禮·祭義》、《祭統》、《雜記》、《左氏傳》襄十四年等，使用神明，多指鬼神或神靁之明。然昭七年“人生始化曰魄。既生魄，陽曰魂，用物精多，則魂魄强，是以有精爽至於神明”。則人精爽，死而能爲鬼，故伯有猶有神明能禍人也。至戰國之時，則神明二字已施用於人。《荀子·勸學》“積善成德，而神明自得，聖心備焉”，《莊子·齊物論》“勞神明爲一而不知其同也”，《天下篇》“澹然獨與神明居”，皆是（又《莊子·天下》“配神明、醇天地”，《天道》“天尊地卑，神明之位也”，則仍以表神靁之明）。《遠遊》所用之神明，即承此時代變衍之説而言。故以指自得之神明。《惜誓》惟漢初人作，仍襲用北土所立之義，故以神明爲神靈。

自

《楚辭》自字凡九十見，凡分二義。其一，“己也”，爲自我之詞，本義之變也。《説文》“自，鼻也，象形”。依甲文、金文訂之，其形似鼻，无可疑。而以爲己稱者，如今人言咱爾。經傳固多此義。依屈賦例定之，凡自下承以動字者，皆作自己解。如《離騷》“和調度以自娛”、“夏康娱以自縱”、“日康娱而自忘”、“欲自適而不可”、“吾將遠逝以自疏”皆是。以此例之，則《九章·惜往日》之“自代”、“自忍”，《悲回風》之“自見”、“自適”、“自處”、“自眡”、“自締”、“自恃”，《九歌·少司命》之“自有”，《天問》之“自予”，《卜居》之“自清”，《漁父》之“自放”，《招魂》之“自遺”，《大招》之“自恣”，《遠遊》之“自弭”、“自浮”、“自得”、“自美”，《九辯》之“自聊”、“自適”、“自悲”、“自往”、“自壓”（按“自憐”、“自苦”，漢人賦同此者尚有三十七見，不及一一録之矣），《禮記·大學》“毋自欺也”，例同。

其二，從也，此亦三古達詁。《易·大有》"自天右之"，《詩·文王有聲》"自西自東"，《緜》"自土沮漆"，皆是。屈賦《離騷》云"鳳鳥之不群兮，自前世而固然"，《九章·思美人》之"羌芳華自中出"，《抽思》之"有鳥自南"，《天問》之"何環穿自閭社"、"出自湯谷"、"自明及晦"，此等句法，皆至明白，無庸繁列。漢人賦用此者亦多云。此自三古至于今日，與自己一義，皆通行于民間，爲中土南北古今通用矣。甲文、金文作 自、自、自、自 諸形，皆的然象人之鼻形。

私

《楚辭》私字凡十二見，分兩義，皆一義之變也。《説文》"私，禾也。從禾，厶聲。北道名禾主人曰私主人"云云，此義千古无徵。細考先秦載籍，《韓非子·五蠹》"自營（今本作環）者謂之私"（《説文》引作厶，古籍无證。惟又云"背私爲公"。作公，則厶直公字分化，此戰國時人説字，近于游戲之詞也）。則私即厶之本字。從禾者，疑農業時代私有之禾爲私，故私字之用，多作小私有之義解。私有不能多于公有，此自反映一定之經濟條件。故凡屬私有之物，皆曰私。《詩》"雨我公田，遂及我私"，此以私爲私田爾，"駿發爾私"同（傳，民田也）。《秦策》"王雖有萬金，弗得私也"，《詩》"言私其豵"，此以畜養爲私也。卿大夫有私館，《公羊》昭五年傳有私邑，《詩·崧高》有私人，此等私字，皆以指小私有之家財（家人亦財富之一）。凡私者必竊愛、思厚或私暱之人。《左》襄廿五年傳"非其私暱"。《禮·襍記》"大夫有私喪"，注"妻女子之喪"。《秦策》"賞不親私"。凡隱暱亦得曰私。《左》襄十五年傳"師慧過宋朝，將私焉"，注"小便也"。引申之，則凡小皆可自私（見《方言》二，梁益之間凡物小者謂之私小）。凡此等私字之用，亦皆可視爲私有財產一義之引申。又《詩·碩人》"譚公維私"，《爾雅》"女子謂姊妹之夫爲私"，此私字不與財產相涉，此當爲群婚制之遺餘。群婚制，一群姊妹與一群兄弟爲婚，則人皆夫也。及後進化，漸有定制，則尚得與姊妹之夫有私暱，故亦曰私耳。《楚辭》私字，細別之，可得二義。一則私愛私暱之義，《離騷》"皇天无私阿兮"，私阿連用，故王逸以"竊愛爲私"釋之，是也。此外如《橘頌》之"秉德无私"，《九辯》之"事緜緜而多私"，皆是。漢人多用此義。《七諫·沈江》之"覽私微"、"務行私"，《憫命》"念私門"，《哀時命》之"無私"，皆與前所釋私字各義相應矣。又引申爲個己，如今言自己之義。《惜誦》"矯兹媚以私處兮"，《九辯》"惆悵兮而私自憐"，又"私自憐兮何極"，此等私字，與自憐相屬爲文，則亦暱愛之情矣。漢賦惟《九懷》有"余私娛兹兮，孰哉復加"之言。

懷

懷字見于《楚辭》者，凡十次，分兩義，一爲思念，一爲包握。按《説文》"懷，念思也。從心，褱聲"。《詩·卷耳》"嗟我懷人"，傳"思也"。《終風》"願言則懷"，傳"傷也"。則思念、感傷乃懷之本義。然懷從褱，義本褱夾。蓋在衣曰褱，故從衣，即傳"寘予于懷"之義。則懷乃褱之分別文，故兩字實一義之變也。

（一）思想也。《九歌》"惟極浦兮寤懷"，王逸注"懷，思也。言己復徐惟念河之極浦、江之遠磧，則中心覺悟，而復愁思也"。洪補云"惟，思也"。按寤懷猶《東君》之"顧懷"也，顧、寤一聲之轉。又《九章·哀郢》"出國門而軫懷"，又"心嬋媛兮傷懷"，又《悲回風》"惟佳人之獨懷兮"，諸懷字，義亦同。曰軫、曰傷、曰獨皆思念切至而然，即《終風》"願言則懷"之義矣。又《天問》云"干協時舞，何以懷之"，王逸云"干，求也。舞，務也。協，和也。懷，來也。言夏后相，既失天下，少康幼小，復能求得時務，調和百姓，使之歸己，何以懷來之也"。洪補云"《書》云'三旬，苗民逆命，帝乃誕敷文德，舞干羽于兩階。七旬，有苗格'。協，合也。言舜以時合舞于兩階，而有苗格也。《莊子》曰'執干而舞'。干，盾也。《天對》云'階干以娛，苗革而格。不迫以死，夫胡狃厥賊'"。朱熹注"懷，叶胡威反。干，盾也。協，合也。時，是也。言舜以干羽合是舞于兩階，何以懷有苗而格之也"。按三家所指，有二說，皆于文理詞氣不協。上言王亥服牛見奬，下言王恒争得服牛，大意相承，此處不得列入他事，此亦宜指王亥事言。以文義審之，言舞、言懷、言曼膚、言肥，疑皆王亥所由見奬之事。郭璞《山海經·大荒東經》注引《竹書》言王亥，有淫行，干協時舞者，以武舞挑有易之女也。與下句爲例文，言何以使有易之女，懷思之，則以武舞挑之也。事與莊二十八年《左氏傳》載楚令尹子元振萬以蠱文夫人事同，餘參《重訂天問校注》。此懷之懷，亦訓思念也。

（二）包持之也。《九章·懷沙》"懷瑾握瑜兮"，王逸注"在衣爲懷"。《九歎·愍命》云"懷椒聊之蔎蔎"，王注"在衣曰懷"。一注云"在袖曰懷"，義同，皆抱持也。又《七諫·哀命》"内懷情之潔白"，《哀時命》"懷隱憂而歷兹"，《九懷·蓄英》"悁恨兮懷愁"，此諸懷字皆抱持在心之義。又《遠游》"怊惝怳而乖懷"，乖懷者，乖其心胸之所懷也。朱熹以乖爲永之誤，若作永懷，則懷字當用思念一義，凡思念包懷必静止而後能。懷字得引申爲止也。《九歌·東君》"長太息兮將上，心低個兮顧懷"，王逸注"顧念其居"。洪補"低個，疑不即進貌"。按王釋顧懷爲顧念，非也，懷當訓止。顧猶反也，言本將上升於天，而心遲疑不進，乃反止步。

因此一義之得，而思及《離騷》"僕夫悲余馬懷兮，蜷局顧而不行"。此顧懷，即顧而不行也。然俞樾讀《離騷》此懷字爲瘣，亦可備一說。

"僕夫悲余馬懷兮，蜷局顧而不行"，注曰"僕，御也。懷，思也。屈原設去世離俗，周天帀地，意不忘舊鄉，忽望見楚國，僕御悲感，我馬思歸，蜷局詰屈而不肯行"。俞樾論此注（《俞樓雜纂》第二十四）曰"按以懷思屬馬，言甚爲無理，懷當讀爲瘣。《説文·广部》'瘣，病也'。引《詩》曰'譬彼瘣木'。今《詩》作壞木。以懷爲瘣，猶以壞爲瘣也。'僕夫悲余馬瘣兮，蜷局顧而不行'，蓋託言馬病，而不行耳。

《詩》云'陟彼砠兮，我馬瘏兮，我僕痡兮，云何吁矣'。騷人之辭，即本之《詩》也。其實懷思不已，即近病態，改爲瘋于義可通，而懷字爲飄移矣"。

聰

聰字凡四見，屈賦中皆以聰明連文，別詳。單用者二。一、《七諫·沈江》"遭值君之不聰"，王逸注"聽遠曰聰。言己欲盡忠，竭其所聞，陳列政事，遭值懷王闇不聰明，而不見納也"。二、《九思·守志》"伊我后兮不聰"。按《説文》"聰，察也。從耳，悤聲"。《書·洪範》"聽曰聰"，《管子·宙合》"聞審謂之聰"，《春秋繁露·五行五事》"聰者，能聞事而審其意也"，皆足以申解《説文》察也之義。惟細繹古書言聰，似以指在上者之能審察事理之義爲多。蓋五官感受，雖各有用，而聰受爲最難，故聲教爲最重。其字則聖、聽、聰、耿（詳耿下）、聆皆取義于耳之能察審。而无知意曰聉，亦以耳立義。蓋五官與知能之通感，惟耳爲最巨。聲聞无具象，无佇留，異于五色、五味、五欲諸篇，知能較高者，則欽動亦高也。

想像

動賓短語，自思念設想其形像也。《遠遊》"思舊故曰想像兮"，王逸注"戀慕朋友，念兄弟也。像，一作象"。按《説文·心部》"想，冀思也"。又《人部》"像，象也"。則想像者謂自思念形像也，則爲主謂結構詞。然想像所含，或非實在，其像由結構而立，則想像二字平列，猶言想之像之。字又作想象。《列子·湯問》"善哉，善哉，子之聽夫志想象猶吾心也"，注"言心闇合，與己无異"。想象與《遠遊》想像正同。

依上文所言，動賓、主謂兩構詞法言之，則動賓結構者，想像非實有，全由心造，即虛結構之義也。虛結構者，依舊觀念之組合，行爲美或惡之境界，即"思舊故以想像"之義。爲美爲惡，皆由個人行想，无所用于掩涕。掩涕者，行其惡也。此影像屬于空想之例，爲感性之結構。主謂結構，則義重在"象"，其用思全依主觀存在而起信，集個個真實之像，爲事理之推斷，以成新像，屬于理智之裁決，大異于空想矣，《列子·湯問》之説也。然人類思想活動，非籌算計度，故吾之所釋，不過就邏輯推論如此。

冀

冀字《楚辭》凡十二見。一作冀，地名，《九歌》"覽冀州兮有餘"是也。二作冀望、冀幸解。考冀字，《説文》"北方州也，從北，異聲"。在甲文、金文，象爬蟲類之形。別詳余釋冀。許説字形，蓋依小篆立論也，不足信。惟與《楚辭》諸所用冀字无涉，故不詳。《魯語》"吾冀而朝夕修我"，注"望也"，即今語所謂希望，楚人亦言企望。冀、希、企皆一聲之變。其本字或當作覬，謂心有所希求也。《離騷》"冀枝葉之峻茂兮"，王逸注"幸也"。《九章·哀郢》"冀一反之何時"，《抽思》"悲夷猶而冀進兮"，及《悲回風》曰"吾怨往昔之所冀兮"，王逸注皆訓冀爲冀幸也。《七諫·沈江》云"冀幸君之發矇"，冀幸連文，則同義組合爾。又《九辯》"然怊悵而無冀"，此冀應作希望解。《七諫·自悲》云"冀一見而復歸"，《謬諫》云"蹇超搖而無冀"，義莫不同。《九歎·離世》之"冀一寤"，《遠逝》之"冀自免"，《思古》之"冀靈修"，皆同，无庸詳説矣。

德

德字屈宋賦凡廿九見，漢人賦十餘見，大約分兩義。一言其與生俱來之品質道德，此就本體立説。二言人物品質之特性。一者如《遠遊》

“庶類以成兮，此德之門”，《天問》之“何聖人之一德，卒其異方”等皆是；二者如《天問》“夜光何德，死則又育”、《遠遊》“審壹氣之和德”、《橘頌》之“秉德無私，參天地兮”是也。然第二義實與第一義爲對事物釋解之兩方面，一就本體言，先秦所謂實也；一就特質言，先秦所謂德也。尚有就作用言者，先秦所謂業也。

屈宋賦似無就業立説之德字。按德字之初文，應作悳，加動作之用，則爲德。惟《説文》所録，尚有可商。《説文·心部》“外得於人，内得於己也，從直心。古文作悳”，從横目。又《彳部》“德，升也。從彳，悳聲”。按許氏所謂内得于己者，言德之本體之在人者；外得于人者，言德之施及于人者，即恩惠之義，乃悳字之業也。就人己雙方立説，大要全備矣。許氏從直、從心，蓋以爲會意字，恐非。直字，“正見也。從乚，從十，從目”。無可匿。按德字從直，而許以直從十、從目、從乚，謂十目視无可匿，其説至曲。甲文德字，作□，若□，而直則作□，无異形，確從直不誤。則目下加乚，乃小篆之異體，非其朔也。又考金文悳字，《陳侯因資敲》作□，《盂鼎》作□，《叔向父敲》作□，《陳曼簠》作□。《虢卡鐘》作□，《宰德氏壺》省作□，並從□，從□，從□，甲文則作□，其結構皆從十、從目，而无乚形，則所謂匿隱云云，直是臆必之言矣。至金文□、□、□諸形之變爲□、□、□者，正文字發展之一例，不可以原始結構論者也。後世或以□等形爲相，孫詒讓又釋爲省，如《盂鼎》“我其遹省先王受民受疆土”，《季損鼎》“令小臣夌先省楚居”，是也。《説文》□部“省，視也，從□，從屮”。金文□字，從屮、從目，即省字之省，與直從十目者迥異。則金文悳從心、從省，蓋以省心會意，似較直心義尤允。又《散氏盤》德字作□，□當爲□字，金文省首二字互通。如《南宫鼎》“先眚南國”、《宗周鐘》“王肇遹眚文武堇疆”，與《小臣夌鼎》、《盂鼎》文例正同。孫詒讓又云“散盤德字從小。《説文》省古文作□，從少。《□盤》‘文德’上從小，即從少省也。若如小篆從直，則從少必不可通矣”。按孫説亦至可商。自甲文求其始，則□、□皆德之變也。甲文 $⼯$ 爲直，至金文則演變而有 昔（省），更變而有 㞦、眚，分三系，而時時相混。今説其朔，則不得更與省、眚字混。餘義詳下。然以説直不從 L，則至爲佳證。故不惜費詞而道之也。又考古直聲，讀如特，甲文加 彳、辶 一類偏旁之字，往往爲本字之表行動者，其例至繁。則 $⼯$，實即 徝 之初文。聲同形演，則義亦當同矣。許氏詁直爲"正見也"。見者以其從目，則其義藴當以正爲準。正直固古所習用之詞。《書·洪範》"王道正直"、《易·坤》卦"直其正也"，皆是。又考甲文无悳德字，并從心之字亦无之（金文從心字，今可知者，不過二十名，爲量亦最少）。其表示人之心理現象與情感者，多從實物假借，如喜、怒、哀、樂、畏、威等皆是。此足以説明在殷商之際，心理分析尚未爲人所注意。即《尚書》而論，虞、夏、商三書，《堯典》、《皋陶謨》、《益稷》、《大禹謨》、《湯誓》幾無一可靠。如《堯典》之"明德"，乃周以後總結古代光明崇拜時之術語；"玄德"、"淳德"，乃道德範疇已全備，分析差殊之言；而《皋陶謨》之"九德"、"德"、"六德"，更在道德差等最盛時期之後。其中惟《盤庚》三篇，德字十用，而一則決无差等區分。德上皆加動字，如荒德、含德、施德、積德；或加限制詞，如祖德、民德；或則德與罪刑對舉，如"用罪伐厥死，用德彰厥善"，曰"降汝罪疾"，故爽德、罪刑，即凶德、爽德也。此等德字，皆爲古代敬畏天神，推及敬畏大酋之樸素心理狀態相應。而夏、殷教民，亦以敬畏爲宗旨，至周仍存此種意義。則所謂德，實即服從統治，不犯法得罪，即謂之德耳。亦即以此爲民之秉彝，豈復尚有如《洪範》以後所陳哉！故余疑德字成于周，或且爲周民族協助統治人民，與刑法并行之一種條目。故儒家之有"齊之以刑"與"齊之以禮"之兩端説法，禮亦即德矣。此又孔子告顏子"克己復禮爲仁"之説之所由別。詳余《詩書叢釋》中《釋天》、《釋德》兩文。自德字之發生使用情勢斷之，則夏、商兩書至少曾經過春秋以來思想之洗禮。洗之者其即孔子，所謂删《詩》、《書》者歟？至周以後之用德者，在周初尚爲與上天或天子相一致之純德，其要點則屬于特定之宗親及百官。至中葉以後，一方面漸趨在于德之效能與威儀，而一方面已下推及于全社會。試就戰國以來典籍徵之，如《樂記》所謂"德者，性之端者也"，《大學》所謂"德者，本也"，《韓非子·解老》"德者，人之所以建生也"，《莊子·天地》"无爲言之之謂德"，則德者本之自天，故此猶存原始社會之樸素的宗教教條之本質。曰明德，曰懿德，《易·象傳》"君子以懿文德"、"君子以自昭明德"，《詩·烝民》"好是懿德"，諸文皆就德之本體分析言之也。發而見之行事，則《左》襄七年傳"恤民爲德"，《管子·心術》"化育萬物謂之德"，《書·盤庚》"施實德于民"，皆德之外見于人者也。依甲文、金文構形之例言之，則直心乃悳之本體，而德則其業事之施及于人者也。此等發展，足以見道德在社會發展中之具體事象，足以説明其原始涵義之殘存，與社會政治諸端發展之相因相成之現象，固與原始文字之涵義有一脈相關者矣。悳之本變既明，依此以解屈宋諸文，無不釐然理順。"審壹氣之和德"，和德者，戰代特有之術語。和，即德也。依《遠遊》文義定之，和德即壹氣也。"此德之門"，即入德之門。德雖自天生，而必修養以足之。故戰國以來諸家，多言"德之門"。《橘頌》"秉德無私，參天地兮"，言其參天地之德，即無私也。天地無私，爲屈宋恒言，證以《離騷》"皇天無私阿兮"，即可知之。"聖人一德，卒其異方"者，言聖人秉天地之德，同其義類，而卒以異其行事。至"夜光何德"一詞，言凡物皆有死，死則不能生，此物之本性恒德也。何以月有死而又生之説，其秉德有何不同，言其德之見于行事者，何以與恒理有異也（詳參"夜光何德"二句）。若更就有關時代論之。《離騷》云"覽民德焉錯輔"句言皇天无私，而以人民品德之表現，以觀察在位者之所施行，而後爲在位者置輔助之人。此從天帝自然之意志，相爲一致與否立説。充類言之，亦即《大招》之"德澤章只"、"德譽配天"也。此乃周初純德之義，其義見于《尚書·康誥》一段是也。此德字尚帶有宗教性，《橘頌》之"秉德"及《九辯》"賴皇天之厚德"，《招魂》之"德配天地"及"天德明明"，《九章》"嘉南州之炎德"皆是也。其他如《九章》"報大德之優游"、"不敢忘初之原德"，《招魂》之"立此純德兮",《九辯》"上无所考此盛德兮",《遠遊》"貴真人之休德",皆就德之一目，或與政教有關，或與修養有關，胥自人世道德細目爲説矣。總之，屈宋言德，有周初樸素之天道中心之説。以天帝意志相一致之德，有周中葉以後道德之條目，與細別之條目。自天帝降而爲氏族的政治的一種時代之反映。故屈宋德之義理，實含有上古各時代之全部影子，即其文義而可知也。然綜合其説，似可于下表俞理之。

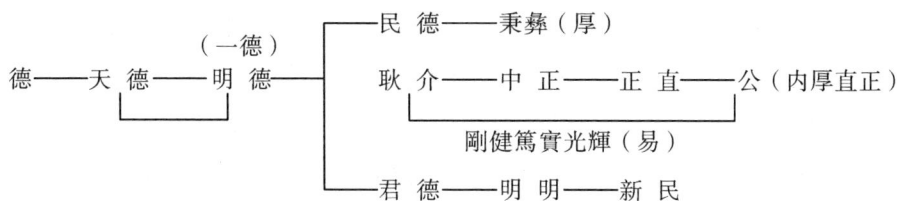

```
                      （一德）    ┌ 民 德 ── 秉 彝（厚）
德 ── 天 德 ── 明 德 ┤   耿 介 ── 中 正 ── 正 直 ── 公（内厚直正）
          └──┘                │    剛健篤實光輝（易）
                      └ 君 德 ── 明 明 ── 新 民
```

諸漢賦所用德字，大體皆可依上所立屈賦各義，就文理詞氣分別解之，惟漢儒受儒家影響，尤以劉向、王逸爲甚，多以德字就倫理上之含義爲主要作用。此世變之影響于文字語言，非人力所能强。餘參"和德"、"德澤"、"天德"（"明德"）、"正直"、"耿介"、"純粹"諸條，而可知矣。自此表既立，吾之探續遂以不能停于屈原個人思想之如何，必需略爲疏釋其淵源流派，而後能真知其承襲與發展之迹焉。考中軸論德──天德──明德，下至耿介諸端，自其原始論之，則道德云云，乃出于對自然之崇敬，以爲自然有其德，此德即天行所表現之光明，凡光明必剛健，此《易》所謂"天行健"也。天行既以健爲主，則大人、君子，必師體天之所爲而自强不息。以剛健明天之德，此中土古代思想之最純最真亦最樸實之概念。其見于人世，則"君子自强不息"、"大學之道在明明德"。堯以光被四表，爲後世所崇仰。《尚書》曰"光被四表"，而屈子則曰"堯舜耿介，遵道得路"。耿，光也。介，大也。其用詞雖異，而含義則一也。延之，則爲中正。中者，日中也。臬而見影，影正爲一日計度之準則，故中者必正，正者必直，直者必誠，于是剛健、篤實、光輝，皆有以立。故屈子文中所得之中軸，自天德之純德，皆承襲古説而不背者也。屈子施之于國、于冑子、于民、于己，莫不由此而可結集（參耿介、中正、節中、正直諸條自知）。然此又非屈子一家私言。《易》之乾元"剛中正"，墨家之天志，法家之尊君，乃至儒家之有子路氏之儒，莫不皆然。而屈子言之最顯，且身自蹈之。不論其與當時世卿之鬭爭、冑子之培養，草憲令，作使臣，入南夷等，皆以其剛健、篤實之人品，表現在思想與行爲之統一。即其蹈汨羅一死，亦此一氣象之結果。并非爭家產、爲愛情等悻悻小人之所爲，大哉剛健也。

至中軸兩側之民彝與君德兩端，君德者，政治道德也；民彝者，倫常大義也。屈子言之極少。蓋民之秉彝倫常，乃儒家特詳之一事。孔子以在下位之平民，則輔字民間之思，自以民彝爲本，此漢儒所謂孔子志在《春秋》，行在《孝經》者與？至君德之所以不詳悉者，蓋以體天之行爲君，无事繁言耳。別參君德條。

天德

《大招》"雄雄赫赫，天德明只"，《章句》"雄雄赫赫，威勢盛也。言楚王有雄雄之威，赫赫之勇，德配天地，體性高明"云云。其釋未恰。按天德者，上天之德，明明即其形頌之詞，此古初光明崇拜之遺説也。儒家文飾，則直以"明德"釋之。凡光明非黑暗，凡光明者必剛健，故赫赫雄雄皆狀其剛健光明之象。三代而後，宗教之崇拜漸變而爲政治權力之崇拜，于是而天之所命，以君臨天下之人君亦得言"明德"。春秋戰國以後，錦語諛辭日多，分齊日窳，于是而大官長吏亦可以明德頌之矣。此言楚君之天德，尚稱天以頌者，尤存仿佛于幾希之間也。屈子心目中天固有德，其最大者爲"皇天无私阿"。故觀民之德，而爲君王置輔佐。意謂天生聖賢相仍，即《尚書》"天視自我民視，天聽自我民聽"之義，亦即天无私覆，地无私載之義。屈子心中是否有神秘主義，姑不具論，而摘取舊説，以民爲天意之本，則已非天命主義者，則可斷言矣。故曰"天命反側"、"何聖人之一德，卒其異方"（《天問》

凡言人事者，皆有反天命色彩，而後半爲尤切，幾以反天命爲中心矣），故曰"覽民德"，曰"孰非義而可用，孰非善而可服"。所謂无私，即大公之義。此正《易》所謂天行健也。剛健與篤實、光輝同根。此即吾土吾民數千年立身之基本道德。在屈子全書中，處處可以得見，而屈子一生行事，亦即以此爲依歸，死而不已之光芒，亦在于是。嗚呼偉矣。以上所言，皆就屈子文中所涉及之含義，就人事以配天德，即所謂天人之際之要點立説，而未推極其最原始之含義。然推極原始含義，遂不能不爲吾人應予申論之責任。天、地、人三者對舉，其事不知起于何時，依社會發展之自然辯證之理論推之，必爲較原始之説。《易·繫詞》云"易之爲書也，廣大悉備，有天道焉，有人道焉，有地道焉，兼三才而兩之"，其言爲最具。莊周亦云"先明天而道德次之；道德已明，而仁義次之；仁義已明，而分守次之"，此以天、道德、仁義爲主體也，此即《周禮·師氏》"以三德教國子，至德、敏德、孝德"。至、敏、孝，亦即《大戴記》"四代有天德，有地德，有人德，此謂三德"。以孝德爲人德，其義至明；以至德爲天地，似尚有待于申説。考至字小篆作 𡆥，此象矢之自天而降也，故至有極義，極者極其高遠，以此狀天德外延，極周恰矣。則名之曰天德，狀之曰至德（參至字條）。《周禮·師氏》"至德以爲道本"。《禮記》"以爲先王有至德要道，以順天下"，即《堯典》之"克明俊德，以親九族"一段之含義也。明俊德，即明德，亦即《莊子》之先明天爾。

大德

《九章·惜往日》"封介山而爲之禁兮，報大德之優游"，補引《史記》、《莊子》、《淮南》諸書説之，事已備見之推諸條，此不贅。史言文公環縣上山中而封之，以爲介推田，"號曰介山。以記吾過，且旌善人"云云，即極大德之優游也。洪又云"優游，大德之兒"。其説較王逸優游其霧魂之説，于文理爲順適。所謂優游大德者，即介之推不自言祿，不自言功，其德至剛大也。屈子形容德之詞，除天德、民德、君德、炎德等，皆確有所指，非徒虛擬外，如《天問》"一德"、"厚德"，《九辯》"盛德"，《招魂》"休德"等，皆虛擬之詞，非有深義，故皆不專設條目。惟此大德，周秦諸子多以指天德、君德，而此章則以指人臣之德。此正自歷史發展之規律，德不專于天，不專君，至夷而爲人世評論準則矣。故著而論之。

和德　附休德

《遠遊》"見王子而宿之兮，審壹氣之和德"，王逸《章句》釋王子爲王子僑，和德句爲"究問元精之祕要"云。按此乃神仙修煉家之術語，非平常形頌之言，此和德即壹氣。下文云"无滑而魂兮，彼將自然。壹氣孔神兮，於中夜存"，則此壹氣，即行乎自然之氣。王注彼壹氣爲專己心，詞雖未完具，而義與元精祕要相成。列子言"心合于氣，氣合于神"，亦此義也。《遠遊》又言"貴真人之休德"，此則恒設頌贊之詞耳。

民德

《離騷》"皇天无私阿兮，覽民德焉錯輔"，此言皇天不私，而下觀于民德之善否，而後爲爲之君者置以輔佐之臣也，此即《尚書》"天視自我民視，天聽自我民聽"之義。屈子所用民字，指齊民言。戰國中間以後，諸家已昌言四民，即所謂士農工商，皆無職守，不在官，不在軍之齊民。則民德者，人倫道德之謂。具體言之，即社會道德、風紀、習慣等皆是。而廉、貞、厚、重、實、直、正、中、信、孝、仁、義諸德，皆已見屈子書中。此等成其爲人之基本道德，豈即所謂民德也歟？然與民字相關連而用者，則惟有"孰非義而可用，孰非善而可服"兩語中之義與善兩字，皆爲社會標準，而非質地狀語。社會標準有變異，而民德亦遂有變矣。合參義善等字自明。其在《尚書》、《詩經》金文中，可爲民德之基本條目者，以嚴、恭、寅、畏四字可以盡之。若更簡，則一敬字亦足以說明。蓋初民但求能敬天事，即爲有德，即在政治制度已完具時，亦只有此一政治性道德，即足以維持社會秩序而有餘。即宗法社會完成，而宗親族類之畏嚴，乃有一切倫理道德。而以孝父祖與敬天神相對，爲家族與政治雙管之範圍力量。屈子以宗臣而任國之重，故其文中以忠于國與君爲基礎。其所望于民者，蓋亦不外忠于國而已。故其言忠之範圍，實含有國與家兩重意義，參忠字自明。

德澤

《大招》"美冒衆流，德澤章只"，王逸注"言楚國有美善之化，覆冒群下，流於衆庶，德澤之惠，甚著明也"。按德澤者，上所施及于民之恩惠之潤澤，自德之效用立言也。此周以來統治階級之一種政治術語，參德字條下。此言"德澤章只"，上言"衆流"，猶庶衆之類耳。美即《離騷》"既莫足與爲美政"之美，言美政覆被民衆，故其德之澤章顯也。又考此句上文，言"田邑千畛，人阜昌只"，後文言"先威後文，善美明只"、"賞罰當只"，則屈子美政之理想也。富之（田千畛），教之（先威後文），賞之，罰之，而善美明，而及于下民，德澤乃章顯矣。屈子受當時法家者流之影響，故以富之爲始，所謂"衣食足而後知榮辱"也。威之而後文之，所以施教之次第也，亦政治計劃之步驟也。參美政條下。

昭質

昭質一詞，《楚辭》有兩義，一則指人之美德言，一則指射侯所畫之地言。《離騷》"芳與澤其雜糅兮，唯昭質其猶未虧"，王逸云"昭，明也。言我外有芬芳之德，内有玉澤之質（玉澤之質釋澤字不當，詳澤字下），二美雜會，兼在於已，而不得施用。故獨保明其身，無有虧歇而已。所謂道行則兼善天下，不用則獨善其身”。五臣云“唯獨守其明潔之質，猶未爲自虧損也”。朱熹《集注》云“昭，明也。言獨此光明之質，有退藏而無虧缺。所謂道行兼善天下，不用則獨善其身也”。此昭質指光明美好之本質言。又《大招》云“昭質既設，大侯張只”，王逸注“昭質，謂明旦也”。洪氏補云“《記》云，質明而始行事”。按下句云“大侯張只”，則昭質既設之昭質，必與大侯相類。王、洪説義與下句不相應，顯誤。按朱熹云“昭質謂射侯所畫之地，如言白質、赤質之類也”，其言是也。按禮制，王、洪説皆不通，朱説于上下文氣詞義爲順，惟以昭爲白赤之類，亦牽强難通。按王念孫《讀書雜誌》曰“引之曰，昭讀爲招，招質謂射埻的也”。埻通作準。《吕氏春秋·本生篇》曰“萬人操弓，共射一招”，高注曰“招，埻的也”。《盡數篇》曰“射而不中，反循于招，何益於中”。《別類篇》曰“射招者，欲其中小也”。《小雅·賓之初筵篇》“發彼有的”，《毛傳》曰“的，質也”。《荀子·勸學篇》曰“質的張而弓矢至焉”。是埻的謂之質，又謂之招，合言之則曰招質。《魏策二》曰，今我構難於秦兵爲招質，謂以趙兵爲秦之招質也。《韓子·存韓篇》曰“秦必爲天下兵質矣”。《説林篇》曰“且君何釋以天下圖智氏，而獨以吾國爲智氏質乎”。是其明證也。作昭者，假借字耳。《春秋》襄二十八年楚子昭，《史記·楚世家》作招，《管蔡世家》作徒招，《索隱》曰“或作昭”。設謂設昭質，非謂設禮，昭質在侯之中，故即繼之大侯，猶《詩》言“大侯既抗”，而繼之以“發彼有的”也。若以昭質爲明旦，則義與下文不相屬。且明旦謂之質明，不謂之昭質。引之説，確不可易。又《戰國策·楚策二》“莊辛謂楚襄王章”、“公子王孫，左挾彈，右攝丸，將加己乎十仞之上，以其類爲招”之招，言以類爲射之目標也，亦可補一證。古音舌上歸舌頭，招讀如刀，漢、唐以後讀的，入錫者，古從勺之字多入宵，則招質亦即他書所謂“的質”，若“質的”也。《詩·小雅·賓之初筵》“發彼有的”，《毛傳》“的，質也”，《荀子》“質的張而弓矢至焉”，皆是。至質字，按《儀禮·鄉射禮》曰“凡侯，天子熊侯白質，諸侯麋侯赤質，大夫布侯畫以虎豹，士布侯畫以鹿豕，凡畫者丹質"；又《周禮·司裘》鄭衆注云"方十尺曰侯，四尺曰鵠，二尺曰正，四寸曰質"；《詩·賓之初筵》正義引馬融注同，是質在正之中也。此言昭質者，當作招質，以《離騷》有"昭質未虧"而譌。楚人言招質，猶《詩》言的質矣。大侯既張句，下承以"執弓挾矢，揖讓辭只"，正言射事也。是昭質言射之鵠的，侯之正中也，故曰既設。《淮南·道訓》"先者則後者之弓矢質的也"，注"質的，射者之準執也"。

直

《楚辭》直字凡十四見，除直贏爲專名外，其餘凡分三義。

（一）正直、中正也。《離騷》"伏清白以死直兮"，又《九辯》"心怦怦兮諒直"，又《哀時命》"志怦怦而內直"，此即本于《九辯》也。又《惜誓》"或直言之諤諤"，四直字皆當作中正、正直解。此直字之本義也。《説文》"直，正見也。從乚，從十，從目"，此許君言造字之義也。按此蓋古工藝之術語，即《禮記·月令》"先定準直"之直，《易·説卦》"巽爲繩直"，皆其遺則。蓋木以繩墨定曲直，《左》襄七年所謂"正直爲正，正曲爲直"，亦即《書》"木曰曲直"之義。上從十目者，木工引繩正曲，必先閉一目而邪視，丶即邪視也，省即今之省字，合部之變，則爲𥄂，則兼會意矣。十目視木，即審曲面勢。許君所録古文�，爲直之繁文。十即丶，𣥍即目之變。架木故曰十目，審木之曲爾，引申則凡正曲之事，皆得曰直。人之中正正直者，亦得曰直。正直者，人之純德，接近于自然之德曰純德也。故悳字從之，故正直古得連文。《詩·小明》"正直是與"，傳"能正人之曲曰直"，《荀子·修身篇》言之益悉"是謂是，非謂非，曰直"。《韓非·解老》亦云"所謂直者，義必公正，立心不偏黨也"。凡直者必健剛篤實。《考工記·弓人》"骨直以立"，注"謂强毅"。于是而從直之字，多有立直義，植、置、稙、值、悳、德莫不皆然也。又按甲文直字作𣥂，與省字從𣥍稍異，凡甲文中有放射速劇

諸義字，皆立視。則直者正表其立視之象，而丫則表其反複省視也。直表立視，與省表反復，兩義稍殊矣。又《遠遊》"指炎神而直馳兮"，此言指向南方炎神，不作回屈枉道而直馳去也。此直字，解爲行動之直，與寫心理現象，雖有內外使用之別，而其基本含義，則相同也。

（二）當也。《九章·惜誦》"命咎繇使聽直"，或以爲使聽其曲直，義雖可通，而增字釋經，未見其爲達詁也。此直字，蓋法家專用術語，義謂當值。韓詩《柏舟》"實爲我直"，《傳》"相當值也"。《漢書·地理志》"報仇過直"，亦言爲律所不許，以其過直也。此言使咎繇聽直，即聽其當直而應得之罪刑也。

（三）但也、特也、徒也等語氣詞。《離騷》"今直爲此蕭艾也"，《九辯》"直怐愗而自苦"，皆言"但爲蕭艾"、"特怐愗自苦爾"。《荀子》"直无由進之耳"，楊注"但也"。《孟子》亦言"直不百步耳，是亦走也"，言"但不及百步耳"。又細繹《楚辭》，亦可析直爲兩類，以物質性能言之者，如"直眉"（《招魂》）、"直指"（《九歎》"絶都廣以直指"）、"直鍼"（《七諫·謬諫》），皆是。其一則爲心理或品德之形容詞，如《七諫·謬諫》之"直士"，謂正直之士，品德不阿曲之士也。又《七諫·哀時命》"惡耿介之直行"，以耿介與直連文，則直亦耿介矣。中土古之言德者，以耿介光大爲主（詳耿介條下）。故正直遂爲美德之一也（參德字條）。

端

《卜居》"詹尹乃端策拂龜"，朱熹"端，正也。策，蓍莖也。正之將以筮也"。朱訓端爲正，用《廣雅》説也。《説文》"端，直也，從立，耑聲"，言立容直也。正直義相成，故亦得訓正矣。《九章·涉江》"苟余心其端直兮"，端直猶正直矣。《七諫·沈江》"正臣端其操行兮"，王注"言正直之臣，端其心志"，此端亦訓正。此以端爲品質之詞，早見于《遠遊》"內惟省以端操兮"，惟自省能端操也。《九歎》言"端余行其如玉", 亦此義也。引申則正詞曰端詞, 見《九歎・離世》。引申則《九歎・離世》"出國門而直端", 指言出國門直指而往也。此直形行跡事象, 而非虛詞。

始也, 因緣也。始即因也。此義三見于《九辯》, 曰"寂寞絕端", 曰"充倔無端", 曰"多端膠加", 因緣也。《哀時命》亦言"竄端匿迹", 言避逃其因緣端緒而匿迹也。別參端詞、端操諸條。

真情

謂純一不雜之情也。別詳真字下。《七諫・自悲》"夫人孰能不反其真情", 王逸注"真情, 本心也。言狐狸之死猶嚮丘穴, 人年老將死, 誰有不思故鄉乎? 言己尤甚也"。按上文云"哀獨苦死之无樂兮, 惜予年之未央。悲不反余之所居兮, 恨離予之故鄉"云云, 故叔師以"年老將死, 誰有不思故鄉乎"釋"不反真情"句, 則非詁訓, 乃解義也。按真情言非虛僞之情也。真作真僞用, 最早見《莊子》"道惡乎隱而有真僞",《釋文》"真僞, 一本作真詭"。真詭亦猶真僞也。《說文》訓"真"爲"仙人變形而登天"。經傳无真字, 凡今言真僞, 皆曰誠僞, 真實曰誠實。其用真者, 皆以淳一不襍爲義, 與今言真僞實同。則真情謂其淳不襍之情也。別詳真字下。

耿

耿字《楚辭》凡十見, 其四爲耿介成語, 一爲耿著複合詞, 二爲耿耿疊詞, 皆分見各條下。其言耿者, 惟《離騷》"耿吾既得此中正"一語, 王逸注"耿, 明也。言中心曉明, 得此中正之道"云云。朱熹綜合舊說, 而言曰"言跪而敷衽, 以陳如上之詞於舜, 而耿然自覺, 吾心已得此中正之道, 上與天通, 無所間隔"云云, 釋文義甚曉暢。考耿,《說文》云"耳箸頰也。杜林說: 耿, 光也。從光, 聖省"。按耳箸頰,即今人所謂耳光之光，此或爲本義，然細考之，則杜林説爲不可易。何以言之？凡古文從光之字，皆與光、明、昭、宜相應，耿不獨異，此其一也。又從耳之字，本有一系以表智、德、美、善，如聰，如聖，如耻，如聽，如聆，如聟（即婿字）。耺，《説文》"安也"。馬融《長笛賦》"瓠巴耺柱"，注"耺，安也"。聘，《儀禮·聘禮》"大問曰聘"。聲《説文》"音也"。《堯典》"聲依永，律和聲"，傳：聲謂五聲，宮商角徵羽也。職，《爾雅·釋詁》"主也"，《方言》"職，愛也"。則耿不必定言耳事至明，此其二。又杜林説耿爲聖省，非无據。言聖省，則音如聖，與聖爲同族語矣，不以耳爲部首也。且言某省聲者，其義多與所省之字相應，則謂耿有聖義，亦非過言。則耿得聲，亦有光大之義，此其三。自形聲義三者定之，則杜説爲翔實矣。單言曰耿，複言曰耿光，聲變則曰耿介。屈子以耿介指堯舜之德，即《尚書》"光被四表，克明俊德"之義爾。詳耿介條下。凡耿介又即《易》之"天行健"。凡剛健，必正直，正直者，中正之謂也，故曰"耿吾既得中正"矣。王逸言"中心曉明，得此中正之道，精合真人，神與化游"一義，蓋得之。朱熹更以"得此中正之道，上與天通，無所間隔"釋之，義益精審矣。

耿介

耿介一詞，《楚辭》凡四見，一見于東方《七諫》，三見于屈宋賦，而以《離騷》"彼堯舜之耿介兮"句，用義爲最碻，亦爲最原始。按王逸注云"耿，光。介，大也"。洪補"耿，古迥、古幸二切"。此義最碻。《説文》訓耿爲"耳箸頰也"，杜林説"耿，光也"，此王訓光之所本。介，《説文》訓畫也，蓋與今界字爲轉注。朱駿聲云"凡介分上下左右前後，而介則一，故又爲孤特之義"。按朱説可通。引申爲大，大者不得有多數也。故從介之字，皆多大義（詳介字條下），屈賦多用此義。然此特就字義强分説之。其實此當爲古聯綿詞，或成語。此詞所起，當至古。古文《尚書·立政篇》言"文王之耿光"，即耿介爾，初蓋得義于光大，故以雙聲之變而得耿介。依舊史氏之説考之，則堯舜耿介即《堯典》稱"光被四表，克明俊德"之義。至夏商以後，政治制度已凌駕于宗教信仰之上，凝結而爲"明德"一詞，遂爲兩周戰國以來政治術語。言君德之極，則屈子以稱頌堯舜者，蓋猶存古遺之義也。故耿字實即"光被四表"之君像，亦即君德結集語"明德"之詞耳。《九辯》言"獨耿介而不隨兮，願慕先聖之遺教"，其古遺之義，猶可仿佛（《九辯》又云"既驕美而伐武兮，負左右之耿介"，以耿介爲臣下左右之德。此夷而下之之語也）。王逸以介字爲介胄，蓋亦見及其變之不可解，而爲是調解之説也。凡光大者必正直，正直則剛健，倒言之，剛健者必正直，正直則光大。天行健，爲中土古説之重要基礎。則人君受天之命，故其德依天以行事，故君子以"自强不息"。所以爲乾卦之始者，蓋亦因于古初群黎對天道默爾而識之故，言其像曰光大、耿介，言其德曰明德、剛健，此語義相因之例也。故耿介又別有剛健之義焉（釋耿二字，各分詳耿與介下）。《騷》言堯舜篤實、光輝，依天運自然之道，而得其所由之路，與下句"桀紂"對舉。言桀紂不光明，不剛健，故曰倡披。倡披者，紛揉動亂而不循天運自然剛健光大……欲從邪徑，故至于躓跰于途也。耿光雙聲，故亦可倒言曰光耿，《晋語》"其光耿于民矣"。凡剛健必抗直，故《哀郢》稱"堯舜之抗行，瞭杳杳而薄天"，此抗行亦猶之耿介爾（顧亭林《日知録》云"堯舜所以出乎人者，以其耿介，同乎流俗，合乎污世，則不可以入堯舜之道"云云，從節操立説，此自戰代以後通詁，以説屈文，則稍隔一間矣），聲轉則爲忼慨、慷慨，雷聲大則曰硫磕。又《卜居》云"吾寧悃悃欵欵，朴以忠乎？"王逸訓"志純一"，洪訓"誠"，按此亦耿介一聲之演變也。就心理狀態而衍之，則誠、信、忠、中、流。而在臣子者，曰悃悃、欵欵，忠、質、誠、信亦光明之象也。在君曰耿介，在臣下曰悃欵，同根一義之詞變也。又由此一義之衍則曰"骨骾"，曰"骾固"，曰"剛果"，曰"果敢"，曰"鞏固"，曰"頡頏"，曰"强項"，曰"剛介"，曰"撟健"，反義則有"詭黠"、"撟虔"、"鬼譎"、"扞格"、"格扞"，聲轉則有句曲、局蹐、局促，以指名物則有滑稽、桔槔、詰詘、蹇吃、詰誳、籧篨、擊轂、鈎格、鈎鈲、鶻鳩，劇數之不能終其物。合參惽欺、詭黠諸條。又《七諫》云“惡耿介之直行兮”，王逸注言“衆人惡明正之直士”。以“明正”釋之至碻。則東方用義，尚存遺説，可貴也。足以明屈子之志矣。餘杭章先生謂“耿介”即“絓介”，或曰“獷介”，或曰“獷絜”，或直言介，言絜，要皆雙聲相轉，絜澥之義，與特立相依也云，就介字説之也。復聖以耿介爲節操，正字義之變，所以反映其時代之變也。

介

《楚辭》介字凡十見，介推、介子、介山爲專名，耿介、介介爲複合詞，皆別見。

（一）《九章·悲回風》“夫何彭咸之造思兮，暨志介而不忘”，王逸注“介，節也。言與齊志節而不能忘也”。洪、朱同，皆引申以會其義。按介讀如《荀子·修身篇》“善在身，介然必以自好也”之介，楊注“堅固兒”。此言彭咸有堅固自好之志，而不妄爲也（忘爲妄之誤，別詳），不必定從節操言之也。按介字，《説文》“畫也。從八，從人”。朱駿聲曰“從人者，取人身之左右，以見意”。《詩》“攸介攸止”，《箋》“介，左右也”。言其造字之義，似不无可取。然余以爲介當爲介冑本字，即鎧字也，象其身著甲冑。古初祀戎爲國家社會大事，介冑之士既堅勇而威嚴，故其引申義有大、特、助、剛、健等義。而雙聲叠韻複合之詞，復有耿介、介介、鯁介等。從介之字，亦多大特剛介之義，如玠、魪、价、夰等皆是。此“志介不妄”，正用剛强之義也。又本章又云“介眇志之所惑兮”，王注“言守耿介之眇節”，其意義亦堅也。介有特義，故可介特連文，見《九思·憫上》。

（二）間也。《九章·哀郢》“悲江介之遺風”，江介猶言江間。《史記·諸侯年表》“楚介江淮之間”，《索隱》“夾也”。《孟子》“山徑之蹊間介”。王逸无注，補曰“薛君《韓詩章句》曰‘介，界也’。曹子建詩云"江介多悲風',注云'介,間也'"。此介當爲界之借字。以方、所別介則曰界。其實則凡剛介之事,必有所限止,故介亦得引申爲間,即《詩·生民》"攸介攸止"之介,《箋》"左右也"是也。《左》襄九年傳"介居二大國之間"。

(三)鎧也。《九辯》"雖重介之何益",王逸注"身被甲鎧,猶爲虜也"。洪補"介,甲也"。按介即鎧甲字,古多用之。《詩·清人》"駟介旁旁",《傳》"甲也"。《瞻卬》"舍爾介狄",《箋》"甲也"。《曲禮》"介胄",注"甲也"。《左》成二年傳"不介馬而馳之",注同。《吕覽·孟冬紀》"其蟲介"。此言重介何益,言雖有城郭甲兵,而无所益也。直用介胄者,見《九歎·愍命》。

介介

叠字狀態詞,猶僻邪之義。《九歎·惜賢》"進雄鳩之耿耿兮,讒介介而蔽之",王逸注"言己欲如雄鳩,進其耿耿小節之誠信,讒人尚復介隔蔽而障之,況有鸞鳳之志,當獲譖毀,固其宜也"。按介或借爲介畫,即今界字,《詩·思文》"此疆爾介"是也。分介有間,故引申爲間、爲隔。《易·兑》"介疾有喜",注云"隔也"。《左傳》昭廿年"偪介之關",襄三十一年"介于大國",注"猶間也"。重言則曰介介,凡隔則不正,故又有僻邪之義。《太玄》"俟次七,俟禍介介,凶人之郵",注曰"俟禍介介,與禍期也"。《集注》"介介,僻邪之皃"。《九歎》此句言"讒介介而蔽之",實兼僻邪之義也。介介別有耿耿一義,實即耿介一詞之變也。《後漢書·馬援傳》"但畏長者家兒,或在左右,或與從事,殊難得調,介介獨惡是耳",注"介介,猶耿耿也"。又上句言"鳩之耿耿",與此言介介,耿介古成語。《詩》、《騷》皆有分聯綿詞之兩字爲上下句者,然耿介訓光大,此則義適相反,不得以此例説之。此子政私心更古之説,不足爲訓,參耿介條自知。

耿耿

叠字形容詞，《楚辭》有兩義。

（一）猶儆儆也。《遠遊》"夜耿耿而不寐兮，魂縈縈而至曙"，王逸注"憂以愁戚，目不眠也"。耿耿猶儆儆，不寐皃也，《詩》云"耿耿不寐"。耿一作炯。洪興祖《補注》"耿、炯，並古茗切。一云：耿耿，不安也"。朱熹注"耿，一作炯，立古茗反。耿耿，猶儆儆，不寐皃也"。按《詩·邶風·柏舟》"耿耿不寐"，《傳》"耿耿，猶儆儆也"，即叔師所本。《釋文》"耿耿，古幸反，儆儆也"。《廣雅·釋訓》"屑屑、迹迹、塞塞、省省、耿耿、警警，不安也"。王念孫引《柏舟》毛傳言"儆與警同"。按《説文》耿字訓"耳箸頰"，杜林説"耿，光也"，兩説皆非此義。耿、儆雙聲，古蓋借爲儆耳。儆即敬轉注字，本從畏敬得義。畏敬天命，乃初民恒語，此言不安者，以畏敬而憂懼也。警亦轉注字也，亦借爲炯。凡言光明之義，則又炯之借，炯、警雙聲，亦遂通用。炯，又通儆，"儆，戒也"。凡警戒則又得安。《哀時命》"夜炯炯而不寐兮，懷隱憂而歷兹"，句法與此正同，亦同本《柏舟》之詩也。別詳炯炯條下。此先秦南北通語，《詩》、《騷》所同者也。

（二）小節皃，亦即小明之義。《九歎·惜賢》"進雄鳩之耿耿兮，讒介介而蔽之"。按《説文》耿字引杜林説"耿，光也。從光，聖省"。此杜林一説，爲會意字也。從光，聖省，言光聖兩形并省也。耿光古成語。《書·立政》"以覲文王之耿光"，《尚書大傳·洛誥》作"以勤文王之顯光"，則聲之變也。耿自有光顯一義。叔師注以爲小節，即小明之義，蓋探雄鳩而説之也。《離騷》"雄鳩之鳴逝兮，余猶惡其佻巧"，而則言其耿耿光義，而不相調。故以小義以調和《騷》、《歎》兩篇義也，其實子政用耿耿，以形雄鳩，本有違離于古説，而叔師調之，此漢師釋經家法，雖缺點至大，而吾人不可不明此義。

耿著

義近複合詞。光明也。《九章·抽思》"初吾所陳之耿著兮，豈至今其庸亡"，王逸注"論説政治，道明白也"。按《尚書·立政》"以覲文王之耿光"，耿光連文，則耿有光義，故叔師訓爲明。著即箸字，箸明爲古籍恒語，故箸亦有明義。是則耿著二字，乃義近複合詞，猶今言光明也。然二字皆古籍通用之義。耿字從火，杜林以爲耿光。箸之爲箸明，依章炳麟説，者、褚、褚三字，皆可通，見《小學答問》。又漢人箸明字，多從艸，艸竹兩形相近而誤。然秦碑尚不誤，如《泰山碑》"大義箸明"，《詛楚文》"詛箸石章"皆是，參耿介條。

純粹

兩義近字之複合詞。不雜不變也，引申爲精美也。《離騷》"昔三后之純粹兮，固衆芳之所在"，王逸注"至美曰純，齊同曰粹"。朱熹《集注》同。按純，《説文》"絲也"。其字從糸，蓋謂絲之美者。古人貴絲，以絲爲美，古惟冕與爵弁服用絲也。又純與醇古音同，醇者不澆酒也。叚純爲醇字，故崔覲《説易》曰"不雜爲純"，即班固"不變爲醇"之義。粹者本精米之稱。故醇粹二字乃酒米之不變不襍者。民以食爲天，酒米爲人之常服，故以喻事之美好。以同聲之純易之者，亦謂衣絲之美。則雖假借，實得相成也。按純粹一詞，乃先秦南北通語，亦千年不變，至今猶存之通語也。《易·乾·文言》"大哉乾乎，剛健中正，純粹精也"（《正義》"純粹不襍，是爲精霶，故云純精也"。按純粹與剛健中正連文，蓋惟剛中正，乃能不雜而純一，故純粹本義亦剛健也），《秦策三》"名實純粹，澤流于世"，《莊子·刻意》"其神純粹"，注"一无所欲"，又曰"故曰純粹而不襍"。《荀子·賦篇》"明達純粹而无疵也"，《遠遊》"精醇粹而始壯"。徵之載籍，南北同用而不別，凡純粹不雜，則光明無私，此吾族道德標準之一事，自先秦已南北通用，漢以後用之益多，不勝載，至今日猶然用之而不變。純與醇同音通用，故字又作醇粹，見《遠遊》。詳醇粹條下。字又作涫粹，《春秋繁露·執贄》"暘有似于聖人，純仁涫粹，而有知之貴也"，《後漢書·張衡·思玄賦》"何道真之涫粹兮"，是也。《文選·思玄賦》涫作淳，隸變字也。漢隸又有漳粹者，見《慎令劉修碑》"非至法漳粹"是也。

醇粹

兩義近複合詞。不變不雜也，精美也。

《遠遊》"精醇粹而始壯"，王逸注"我靈強健而茂盛也"。洪《補注》云"班固云'不變曰醇，不雜曰粹'。又醇，厚也，美也"。朱熹注"醇，厚也。粹，不雜也"。按醇，《說文》作醕，隸變作醇。又澆酒也，段玉裁曰"凡酒浹之以水則薄，不襍水則曰醇，故厚薄曰醇澆"。粹，《說文》"不襍也"。段玉裁謂粹本精米之稱，引申爲凡純美之稱。北土則見于《易·文言》、《秦策》。南土則見于《離騷》（"昔三后之純粹"）、《莊子》、《荀子》等（詳純粹條下）。至漢人而襲之者甚多，遂爲千載習用，未曾一日而亾之語。按《書·說命》"政事惟醇"，《孔傳》"言王之政事醇粹"，《釋文》"醇音純。粹，雖遂反"。《公羊解詁》"豳取其芬芳在上，臭達于天，而醇粹无擇"，民以食爲天，故以食事喻事物，乃成常法。《魏都賦》"非醇粹之方壯，謀蹢駮於王義"，皆是（參純粹條下）。

純

《九章·哀郢》"皇天之不純命兮，何百姓之震愆"，王注"言皇天不純一其施，則萬物夭傷；人君不純一其政，則百姓震動以觸罪也"。按王說非也。百姓震愆，即皇天不純命之結果，震愆更不指百姓觸罪，故下文直承以民相離失，仲春東遷。此秦兵入國，鄀都覆亡之悽慘象，乃惝急呼天之意，此時正逃亡倉皇，悽傷無所之候，必無責備于政事得失之心情。此二句在語法上，成爲兩個句子；在語意上，則當作一事之問對解，言皇天之不純其命乎？何以使百姓將震動而離散也。分字作乎字解。細審王注之所由誤，在一純字。王氏以漢師通訓解爲純一，其實純字乃殷、周以來一種祝嘏乞求之通語。《國語·晋語》載趙襄子曰"吾聞之，德不純而福禄並至，謂之幸，夫幸非福"。此不純連文之例。而《多方》云"惟天不畀純"，即《哀郢》之"皇天不純命"也。《文侯之命》云"造天丕愆殄資澤於下民，侵戎我國家，純即我御事，罔或耆壽"，即《哀郢》"皇天不純命，百姓震愆"等句之義也。《酒誥》亦云"妹土嗣爾股肱純。其藝黍稷……"以此諸句觀之，則純字含義與"天命"、"天德"有關，非純一通語可了。考金文中有屯佑、屯德、屯魯、屯嘏等辭，如《士父鐘》"佳康右屯魯，周廣啟士父身，勵于永命"；《敔繺鼎》"用錫康勵魯休屯右，眉壽，永命霝冬"；《受鐘》云"受余通彔康虔屯右，廣啟朕身"；《頌鼎》云"用追孝旂旬，康覼屯右，通彔永命"；《虢姜殷》"旂康覼屯右，通彔永命"；《伯康殷》"它它受茲永命，亡疆屯右"，此諸屯右，即《書·君奭》之"天惟純右命，則商實百姓、王人，罔不秉德明恤……文王蔑德，降于國人，亦惟純佑"之純佑。又《不期殷》"用匄永屯"，《克鐘》"用匄屯叚永命"，"屯叚"即《小疋·賓之初筵》之"錫爾純嘏"，凡此諸術語，皆與永命壽耆相關。則亦天命中天道中之一事，所以祝國祚王命之永生者也，此亦一宗教意識之一端。故《哀郢》之所謂"皇天之不純命"者，謂皇天豈不純右其國命乎？即《多方》之"惟天不畀純"之義。則其不得訓爲純一可知矣。且《天問》亦言"天命反側，何罰何佑"，亦用佑字。純有厚、大、全諸義，則不純命者，即不全其命之義也。

嚴

《離騷》"湯禹嚴而求合兮"，王逸"嚴，敬也"。又《九歌·國殤》

“嚴殺盡兮棄原壄”，王逸注“嚴，壯也。言壯士盡其死命，則骸骨棄於原壄而不土葬也”。朱熹云“嚴，威也。嚴殺，猶言鏖戰，痛殺也”。又《天問》“何壯武厲，能流厥嚴”，王逸注“言闔廬少小散亡，何能壯大，厲其勇武，流其威嚴也”。按屈賦嚴字，僅此四用，訓畏、訓壯、訓威，其義一也。惟依韻定之，則《天問》嚴字當爲莊字之借，避漢明帝諱改也。按《說文》“嚴，教命急也。從叩，厰聲”。按《離騷》以嚴而祇敬成語，則嚴亦有敬義。《詩·殷武》“下民有嚴”，《傳》“敬也”。《國語·楚語》“无有嚴威”，《管子·小匡》“擇其善者，舉而嚴用之”，注皆訓敬。敬即教命急之引申。凡敬必有威可畏，故引申爲威。《詩·六月》“有嚴有翼”，《傳》“威，嚴也”。“湯禹嚴而祇敬兮”者，言可畏敬也。《管子·小匡篇》云“堅中，外正嚴也”，最爲得其朔義矣。字又作儼。

儼

《離騷》“湯禹儼而祇敬兮”，字又作嚴，王逸注“儼，畏也”，“一作嚴”。洪補云“《禮記》曰儼若思。儼亦作嚴，並魚檢切。”按儼，《說文》“昂頭也”。《爾雅·釋詁》“儼，敬也”。《禮·曲禮》“儼若思”，注“矜莊皃”。此與祇敬連言，則亦敬意。其作嚴者，嚴、儼本轉注，經典兩字多通用也。嚴本教命急，與昂頭義相成。別詳嚴下。

祇

《離騷》“湯禹儼而祇敬兮”，王逸注“祇，敬也”。按字當作祇，六臣本作祇，則爲地祇字，與此異。下文又云“又何芳之能祇”，王亦訓敬，“言何能敬愛賢人而用之也”。按《說文》“祇，敬也。從示，氏聲”。《皋陶謨》“曰嚴祇敬六德”，《詩·長發》“上帝是祇”，此三古以來舊義，无庸詳說者也。惟字體與地祇之祇近，故或誤爲祇。

仁義

《九章‧懷沙》“重仁襲義兮”，王逸注“重，累也。襲，及也。言眾人雖不知己，猶復重累仁德，及興禮義，修行謹善，以自廣大也”。按，仁義連用，屈子僅此一見，而漢賦諸家，則用者至多（《七諫‧沈江》一見，《九思‧疾世》一見）。義始于儒徒，而戰國諸家无不言之。以文字意識論之，仁字蓋則與元造字相近，然元從之二，乃上字，此從之二，則古重書之例也。則仁字，即從二人，與从、𣥠、𠈌等相近似，而“从”、“𣥠”、“𠈌”等爲象形，仁則會意也。二人謂人與人相偶、相對之道。從人之行爲意識上立說，故仁之本義，許叔重以爲親者，含義至大。《禮記‧中庸》“仁者，人也”，《孟子‧告子》“仁者，人心也”，就心理立言，最爲得其實。《管子》“以德予人謂之仁”，《莊子‧繕性》“仁德无不容也”，《荀子》謂“仁愛也，故親”，又曰“仁者愛人”，《莊子》“愛人利物之謂仁”，《周禮‧大司徒》注“仁愛人以及物”，《國語‧周語》“博愛于人爲仁”，故仁字在戰國以來，成爲一種對人之道德標準，就事而異其義，總之則許氏親也一義得其要矣。《懷沙》“重仁襲義兮”，王逸“言己重累仁德，及興禮義”。充類言之，則由內心表現于外者。《荀子》所謂“貴賢仁人”，《周書‧本典》“與民利者仁也”，《韓非》謂“寬惠行德謂之仁”，《墨子‧經說下》“仁愛也”，《荀子‧非相》“仁謂忠愛之道”，漢儒注家謂“仁，恩也”，皆見之行事言也。屈賦仁義二字連用，惟此一見，而仁字亦惟此一見。以戰國諸子言仁義之多如此略計之，儒、墨、老、莊、名、法不下百數，而屈子則但言義，而不言仁，殊覺可異。蓋仁者自儒、墨以來皆以爲人心合德之總稱，凡一切善念善行，无不可總之以仁。孟子有言（見《告子上》）“惻隱之心，仁也；羞惡之心，義也”，兩語最能含蓋。《莊子‧天道篇》言“中心物愷，兼愛无私，此仁義之情也”，賈誼《新書‧道術篇》“心兼愛人謂之仁，行實其宜謂之義”，凡此諸說，皆足補荀、孟所言之一偏。

吾人試以今語概之，則仁乃人心發之自然之愛，類愛物之良能（參阮元《揅經室一集·〈論語〉論仁論》、《〈孟子〉論仁論》諸文，及黃式三《論阮元仁字説》諸文），乃一種心理本質與狀態之描寫，而其義實空疏不質實，且立説于性善論基礎上之一説。屈子不言仁者，疑當時以仁義欺枉天下之諸子至衆，而其實則皆作爲一種政治方便之法門，亦即《老子》所謂"聖人不仁，以百姓爲芻狗"之實質。故屈子言心理狀態，大體從較具體之内容立説，如曰"中情"、"中正"、"正"、"節中"，或曰心，如興心、離心、心不同、勝心，或直質言之曰"内厚質正"，或曰誠、曰體、曰形、曰情、曰志、曰思等，其分析更爲具體，而且有差別，故不以籠統作含蓋而實不明白之仁字，易其所當質直言之之義，且屈子對于"命"之一念與儒家至不一致。孔丘罕言命，而屈子曰"固人命兮有當"，曰"其命何從"，曰"周之命以咨嗟"，曰"天命反側"，曰"命則處幽"，曰"受命不遷"，曰"皇天之不純命"，蓋有反天命之色澤者也。屈子文極重修養教育，曰"始修"，曰"滋蘭樹蕙"。于是以教育、天命兩端（尤其教育一端），以決定人内心之良否善惡，故无所用其所謂全德之仁矣（李紱《穆堂初稿》有《仁義字説》一文可參），而義字則屢言不一言，蓋自有其學説之源流體系，非純以儒家爲旨歸者矣。義字別詳。

義

《離騷》"夫孰非義而可用兮，孰非善而可服"，王逸注"世之人臣誰有不行仁義而可任用，言人非義則德不立"。《招魂》"身服義而未沫"，王逸注"言我少小修清潔之行，身服仁義，未曾有懈已之時也"。按《招魂》之服義，即《離騷》"非義可用，非善可服"之義。《廣韻》"音宜寄切"。《説文》云"己之威儀也。從我、羊"。《易·乾卦》"利物足以和義"，《説卦傳》"立人之道，曰仁與義"。按義從羊、我，自甲文以來，從羊之字皆有美善之意。美善得自形質兩面言之，然形必依于質，有此質，斯表現爲此形。故視其威儀儀型，即知其善否，故《説文》以"己之威儀"釋之，深自得于辯證之理。《説卦傳》以"立人之道，曰仁與義"，則自其内心之本質，以表現于對人對事物之方法方式，遂引申而爲道義。餘參仁義一詞。引申之，則可爲義則者曰儀，詳儀字條下（參李紱《穆堂初稿·仁義字説》及方東樹《儀衛軒文集·原義》兩文）。又《九辯》云"與其無義而有名兮"，謂宰嚭雖有名而無君臣之義也。其大義亦與屈子同。字與誼通，詳誼字條下。按《易·旅》"其義焚也"，《釋文》引馬注"宜也"。又《書·康誥》"用其義刑義殺"，《傳》"宜也"。又《詩·蕩》"不義從式"，《傳》"宜也"。又《周禮·調人》"凡殺人而義者"，注"宜也"。又《論語·公冶長》"其使民也義"，《皇疏》"宜也"。大抵先秦載籍多此義，惟《墨子·經説上》、《經説下》云"利也"，從其功用言，非與諸家異。引申之，則"利物爲義"（見《荀子·大略》），"道無不理義也"（見《莊子·繕性》）。此就其作用言也，此即《莊子·大宗師》所謂"義者，成物之功也"。就其本質言，則曰善也。《詩·文王》"宣昭義問"，《傳》"仁義人之善也"。《老子》"絶仁棄義"注，更統籠言之，亦"道也"。《吕覽·高義》"公上過語墨子之義"，注"夫義，路也"。《孟子·萬章下》"義，人路也"，《孟子·告子下》"義謂仁義可以立德之本也"，《孟子·公孫丑上》"配義與道"注，即《禮記·祭統》所謂"夫義者所以濟志也，諸德之發也"。就其節族言，則"義者，藝之分，仁之節也"，"地道曰義"。《周書·武順》"神而言之"，則曰"陰爲義"。《楚辭·怨思》云"服陰陽之正道兮"，注"陰陽五行之説也，金爲義"。《大戴記·盛德》"司寇之官以成義"，注"義者所以等貴賤，明尊卑"。"義理，禮之文也"（《禮記·禮器》）。"義，正事也"（《禮記·少儀》）。"問卜筮曰義與"，注"義也者，萬事之紀也"（《吕覽·論威》）。就人事立言，則"君臣父子人間之事謂之義"（《管子·心术》）。"理財正辭，禁民爲非曰義"（《易·繫辭下傳》）。"君死社稷謂之義"（《禮記·禮運》）。"除去天地之害謂之義"（《禮記·經解》）。"凡諸遠而不可不居者曰義"

（《莊子・在宥》）。"當其時順其俗者謂之義之徒（《莊子・秋水》）"。要之，凡諸善質善行，合于人世道德標準、社會利益諸端，及此諸端所由發生之本質之善者、宜者，皆可曰義。此先秦義字之大義，各家皆就其學説之所需，而引申變化用之。

儀

屈賦凡二見。一爲法式。《九章・抽思》"望三五以爲像兮，指彭咸以爲儀"，王逸注"先賢清白，我式之也"。朱熹曰"儀謂以彼人爲法而效其儀，如《儀禮》所説'國君行禮而視祝爲節'之類是也"。按朱熹申王義是也。《詩・大雅》"儀刑文王"，《傳》云"法也"。《詩・邶風》"實爲我儀"，即指彭咸以爲儀之義。二爲容儀。《九章・悲回風》"莽芒芒之無儀"，王逸注"草木彌望，容兒盛也"。朱熹注"或曰儀，猶像也。言己之愁思浩然，廣大幽深，不可爲像也"。按朱説像即容儀也。《詩・曹風》"其儀不忒"是也。《周禮・地官・保氏》"教國子以六儀，一祭祝，二賓，三朝廷，四喪紀，五軍旅，六車馬之容"，《秋官・司儀》"掌九儀之賓客擯相之禮，以詔儀容、辭令、揖讓之節"，皆其義也。其語衍則曰"威儀"，《詩・邶風》所謂"威儀棣棣，不可選也"。別詳威儀條。

誼

《九章》"吾誼先君而後身兮"，王逸注"言我所以修執忠信仁義者，誠欲先安君父，然後乃及於身也"。洪補云"誼與義同。人臣之義，當先君而後己"。《説文》'人所宜也'。徐曰"按《史記》仁義字作此"。按《釋名・釋言語》"誼，宜也，裁制事物，使合宜也"。誼、義同聲，故二字古多通用，經傳多以義爲之。餘詳義字下。

仁人

《惜誓》"悲仁人之盡節兮"，王逸注"言哀傷梅伯盡忠直之節，諫正於紂，反爲來革所譖而被賊害也"。按此即《論語》所謂"寧殺身以成仁"之義。仁人盡節者，即盡其所當守之道義。賈子習儒言，爲漢初第一，其説亦較醇，未受今文家影響。《易·繫詞》亦言"何以守位曰仁"。餘參仁義及仁字各證。

和

《楚辭》和字凡十一見，除和德爲修煉家成語，和氏、卞和爲姓名，別詳外，餘僅七見，約有三義。

一爲調和，一爲味和，一爲和音，除調和外，皆別有專字。

（一）調和。《離騷》"和調度以自娛"，和、調連文，和亦調也。《説文》"咊，相應也。從口，禾聲"。《禮記·郊特牲》"陰陽和而萬物得"，《周禮·大司樂》"中、和、祗、庸、孝、友"，注"和，剛柔適也"。

（二）味相調和也，此爲盉之借字。《大招》"和致芳只"，又"和楚酪只"，又"和楚瀝只"，《招魂》"和酸若苦"，凡此皆言調和五味。古籍亦多用之。《周禮·内饔》"煎和之事"，注"齊以五味"。《詩·烈祖》"亦有和羹"、《賓之初筵》"酒既和旨"，皆謂酒食之和。考《説文》有專字作盉，"調味也"，從皿，故曰調味。經傳皆以和爲之，不見用盉字也。

（三）和樂也。《七諫·謬諫》"同音者相和"，又"聲音之相和兮"，兩和字皆言和音，此龢之借也。《一切經音義》六引《説文》"音樂和調也"，《周語》"聲應相保曰和"。字故從龠，龠者吹管也，然經傳亦多借和爲之。按和蓋通名，盉、龢皆轉注字也。

止

《楚辭》止字凡十六用，皆一義之變。《説文》"止，下基也。象艸木出有址，故以止爲足"。按甲文、金文止字皆作Ʉ，若Ʉ，皆象足趾形，即今趾之本字。《儀禮·士昏禮》"北止"，注"足也"。《易·噬嗑》"屨校滅止"、"賁其止"、"艮其止"，《詩》"麟之止"，皆用足本義。許氏"下基，象艸木"之説，顯誤。足所以節行止，故引申爲居處、止息、休止，後世以轉注之例而有趾，又別衍爲址矣。屈子所用，不外此諸義。

（一）至也。《離騷》"欲遠集而无所止"，言无所至也。又《天問》"壽何所止"，言壽至於何等長也。此兩止字，皆讀與《詩》"相鼠有齒，人而无止"之止，《傳》"止，至也"。又《詩·抑》"淑慎爾止"，亦至也。

（二）居處也。《天問》"女歧縫裳，而館同爰止"，言同館而居處也。又"南嶽是止"，處于南嶽也。《招魂》"北方不可以止"，言不可以處也，又"南方不可以止"同。

（三）休止、止息之義。《招魂》"靡散而不可止些"，言散不止息也。《悲回風》"氣於邑而不可止"，又"馳委移之焉止"，亦言不可止，將焉止息也。漢賦《惜誓》有"不止"，《七諫》有"且止"，《九歎·離世》有"敢止"，《九思·疾世》有"止渴"，義皆不出乎上三者。

路

《楚辭》路凡四十四見，大抵皆一義之引申。《説文》"路，道也。從足，從各"。按諸家皆以爲當作各聲。從各云云，乃大徐妄改，其實兩失之。此當云"從各，各亦聲"。路字古音即讀如落。《漢書·楊雄傳》"虎路"，晋灼音落。《穀梁》閔元年之"落姑"，釋文作"路姑"。

古從各之字，如洛、雒、輅、賂、格皆讀如各韻。又各即今訓至之格，甲文、金文皆作🐾若🐾，象從外至之形。🐾即趾字，則各本有行路之義也。《爾雅·釋宮》"一達謂之道路"，又"途也"，又"道也"。《周禮·遂人》"澮上有道，川上有路"，注"徑畛涂道路皆所以通車徒于國都也，路容三軌"。《詩》"遵大路兮"。古蓋以通車徒之大道謂之路，故引申爲大也（見《爾雅·釋詁》"路，大也"。《詩·生民》"厥聲載路"，《皇矣》"串夷載路"，《毛傳》皆訓路爲大）。故大寢之門，謂之路門；大人所居之寢，曰路寢；天子之車，謂之路車。《離騷》"既遵道而得路"，王逸訓路爲正，與《詩·閟宮》"路寢孔碩"，毛《傳》訓路爲正，及《白虎通》車旂路大也、正也、道也之說，皆同。驗之屈宋諸作，凡言路，皆指正道言，亦以喻正大之理云。《離騷》"來吾導夫先路"，王逸注"路，道也。言己如得任用，將驅先行，願來隨我，遂爲君導入聖王之道也"。朱注同。又"既遵道而得路"，王逸注"路，正也"，洪補"路，大道也"。按此先路一句，在"乘騏驥"下，又承以"三后純粹"、"遵道得路"句，在"堯舜耿介"之下，則遵道得路，指堯舜之道路言，與"三后純粹"實同義。故屈宋用路字，以此兩句爲準，可通各篇。凡言路，皆是正路。漢人賦中，如劉向《九歎》有"鴻永路有嘉名"，叔師體會上下文義注云"言屈原受陰陽之正氣，體合大道"。釋永路，蓋仍宋屈用字之規矱也。又通用路字本義者，如《離騷》"路幽昧以險隘"、"路修遠以周流"、"路不周以左轉"等，皆不能求之過深，作大路解矣。屈子路字使用，亦足見其政治、人倫、修養諸端之思想脈絡。可參道字條下。《離騷》凡八用，《九歌》二用，《九章》十二用，《遠遊》三用，《大招》一用，《招魂》二用，《七諫》四用，《九辯》二用，《哀時命》二用，《九懷》二用，《九歎》五用，《九思》四用，无他義。

美

《楚辭》美字凡三十一見，皆一義之變。

（一）《説文》"美，甘也。從羊從大（會意）。羊在六畜，主給膳也。美與善同意"。按甲文、金文美字皆從羊從大，小篆形體不諱，許與善膳連義，而訂義爲甘。考古籍，美不見作甘義用者，然羊爲先民所尚，而食事與羊連繫者確有之。余疑美乃羊之肥大者，故從大，肥大則味美，至今朔北燕、趙之間，亦多尚之，是甘之義乃引申言之也。長大則美，西周以來尚之。美則牽，牽則逢矣。引申則爲好，爲美人，爲善，或又轉注爲娛。娛則色好矣。《楚辭》所用，皆不外此一好也。好義《楚辭》用之極多，《騷》言"豈珵（當作程）美之能當"（兩見），《湘君》之"美要眇"，《抽思》之"憍吾以其美好"，《騷》篇之"保厥美"，皆就人之形質言之。又《騷》言"委厥美以從俗"，《抽思》"願蓀美之可完"，《哀郢》"美超遠而逾邁"（《九辯》九同此），"憎慍惀之修美"諸義，則就品德而言。《九懷·匡機》云"美玉"，則就物質而言者也。凡此細別雖三，而大義爲美好則同。

（二）善也。《離騷》"好蔽美而稱惡"，此美惡對舉，即善惡之義也（《騷》篇別有"好蔽美而嫉妒"，則與嫉妒對舉，以訓美好爲當）。同例，則《惜誓》言"眩白黑之美惡"，又《九歎·惜賢》云"芳鬱渥而純美"，曰純美，蓋亦指德言，則與美好惡同其根源矣。又《騷》言"兩美其必合"，兩美指君臣之分言，則美亦善也。

（三）贊美也。《遠遊》"美往世之登仙"，《九辯》"竊美申包胥之氣盛"，猶物自體言曰美、曰善，就依他立言，則曰贊美，其實一也。

（四）借爲媄，即嫐字。《説文》"媄，好色也"，字亦作嬍。《大招》"美目媔只"，又"美冒衆流"。

（五）《楚辭》別有美人一詞，見于《離騷》、《少司命》、《河伯》、《抽思》（兩見）、《思美人》、《招魂》、《九辯》，或指美女，或喻佳士，別詳美人條。又《少司命》言美子，亦美人義也。

誠

　　《楚辭》誠字凡十八見，皆一義之變也。《説文》“誠，信也。從言，成聲”；《禮·郊特牲》“幣必誠”，注“信也”；《孟子》“反身而誠”，注“實也”；《賈子·道術》“志操精果謂之誠”；《禮記·中庸》“誠者，自成也”，皆一義也。《楚辭》所用，不外是矣。

　　（一）信也。《九章·惜往日》“慭光景之誠信兮”，誠信蓋同義合用。又《惜誦》“竭忠誠以事君兮”，忠誠猶言忠信也。《國殤》“誠既勇兮又以武”，凡志操精果，則必剛健篤實，故曰勇曰武，皆其義蘊矣。

　　（二）實也，猶今人言實實在在。《卜居》“龜策誠不能知事”，言龜策實不能知也。《九辯》五之“誠莫之能善御”、“誠未遇其匹合”，及漢師“傷誠是之不察”（《惜誓》），“誠無王良之善御”（《七諫·謬諫》），亦同。

　　（三）成也。《抽思》“昔君與我誠言兮”，此言君昔時與我有成言也。成言者，商就之言也。《離騷》“初既與余成言兮”，王注訓平，此成言即《離騷》之“誠言”矣。此成者，定也。《吳語》“吳晉爭長未成”，《左傳》桓二年以“成宋亂”言定宋之亂也。誠從成，蓋後世分別文，即轉注字加言，故以言為主，則誠言之為成言諒矣。

朴

　　輔之借字，或作服，亦聲借。

　　《天問》“恒秉季德，焉得夫朴牛？”《章句》于此毫無所知，遂爾望文生訓，以為“湯常秉持契之末德，天嘉其志，得大牛之瑞”云云，因訓朴為大。先師王國維以恒為該，恒與該同秉季德，復得該所失服牛也。王以恒、該、季之為殷先公先王，與《史記》及甲骨文合，碻不可易。言朴牛即服牛，亦至允。惟以服為形容詞，與舊説仍未甚協。按此即上文"該秉季德，厥父是臧，胡終弊于有扈，牧夫牛羊"一事，蓋殷人失牛得牛故事傳説史也。此即《竹書》"帝泄十二年，殷侯子亥，賓于有易，有易殺而放之"、"十六年，殷侯微以河伯之師，伐有易，殺其君綿臣"一事，又《山海經·大荒東經》"有困民國，有人曰王亥，託于有易，河伯僕牛，有易殺王亥，取僕牛，河伯念有易，有易潛化，出爲國。名曰搖民"，皆此一事之化。《天問》朴牛，《山海經》作僕牛，朴即樸之省，而又從木，從人，相混耳。朴牛、僕牛，亦即《竹書》之服牛。服牛者，《吕氏春秋·勿躬篇》云"王冰作服牛"（王冰即王亥之譌），《世本·作篇》曰"胲作服牛"。服牛當爲使用牲力之一種方法，其法雖不可知，而意不外使牛馴服，以便驅策爾。考《説文·牛部》"犕，《易》曰犕牛乘馬。從牛，葡聲"。按《説文》引《易》而不明其義。《玉篇》云"犕，皮祕切，服也，以安革裝馬也"。野王此説，必本于漢儒舊説無疑。《集韻》二沃"犕，用牛也"，字既從牛，則《玉篇》"裝馬"馬字當爲牛字，或今本《玉篇》之譌。通作服，服亦用爾，徵之今世，則吾鄉及滇、黔、川西言駕馬，皆曰背馬，俗師以倍若備當之，則皆應作犕矣。犕牛，當即牛耕。戰國兩漢以來，亦以牛駕車，儼如乘馬，故古籍以服牛乘馬合言。

至

《楚辭》凡卅四見，皆由一義之變。按《説文》"至，鳥飛從高下至地也。象形，從一。一，地也"云云。許以屰象鳥，故曰鳥飛。甲文至字亦同，惟作至若至，而不作至，爲稍異。按屰象矢形，非鳥也。考先秦以前用至字，皆有艱辛勉强而至之義。以訓詁例定之，當言"不宜至也"，如"有，不宜有也"之例。姑舉數例以明之。《周禮·大卜》"六曰至"，注"謂至不也"。《樂記》"樂至則无怨"，注"猶達也"。《論語》"鳳鳥不至"言鳳鳥來至之難也。《易·臨》"臨至无咎"，虞注"至，下也"。此言臨下則无咎也。《周禮·師氏》"至德以爲道本"，此稱天德以爲至德也（詳德與天德二條）。《中庸》亦言"至道不凝"，《莊子》言"不離于真謂之至人"，至字皆有極義。又天文有四分四至。《月令》言"長至"、"短至"，以日之長短爲至，此等用法皆各含若干宗教信仰，則其字不得以鳥爲結構成分，故許説從高下至地之義則是，而言鳥飛則非也。然或以必其爲矢，則又有説。按矢在古傳説中最爲神奇之物。此狩獵時代初期，對新物知其使用之然，而不知其所以然，遂生神話。故古曰"神矢"爲善射之人，祀天以寅（詳庚寅條），震災以矢（射天狼彗星）。神話中與矢有關之傳説極多，則造爲自天所降，不可知之事物，而以天爲結構之中心，社會發展之自然辯證規律矣。又天文中有營室，人文中有太室、世室，此等處所多少帶有神祕色彩，室字因以至爲結構本質也。又與此相同之屋字，亦大屋也，屋又有大義，亦得自至而引申之。且甲文、金文中迅急之字，多以立畫出之，至字之從矢，亦以表其自高而急下至于地而止之義。鳥降于巢，而不降于地也（又從至之字多有勉强塞難之義，與至字所含之義蘊全同。如輊，齒堅也；窒，塞也；屋，儗止也；鑷，忽戾也；榎，刺也，皆是也。若使作鳥飛下，則何以取義如此）。自屈賦諸文審之，莫不皆然。姑以《離騷》證之。"老冉冉其將至兮"，其將至者，惜其至也。"夕余至乎縣圃"、"夕余至乎西極"，言至夕時而乃至于縣圃、西極也。"芬至今猶未沫"，保其芬芳之不易也。他如《悲回風》之"思不眠以至曙"，又"岂亦冉冉而將至"，《抽思》"豈至今其庸亡"，《哀郢》之"至今九年而不復"，"當陵陽之焉至兮"，《九辯》"乃知遭命之將至"，《天問》"北至回水萃何喜"，又"使之代之"，《遠遊》之"魂熒熒而至曙"、"至南巢而壹息"、"上至列缺"，《漁父》"何故至於斯"，皆是。漢賦則如《九思·守志》之"至增泉"，《七諫·自悲》之"至會稽"，《哀時命》之"身至死"等，莫不如是。凡此皆至字"不宜至而至"之義，引申則有：

（一）至乎其極之義。如《抽思》"夫何極而不至"是也。又《遠遊》"聞至貴"、"超無爲以至清"。《招魂》之"結撰至思"，言窮極其思也。

（二）引申爲致。《惜誓》“梅伯數諫而至醢”，此致之借，亦得言之引申也。

（三）至于也。《惜誦》“我至今而知其信然”，言至于今而知之也。

（四）至字又得分析爲往來兩義。其訓往者，如《九歌·少司命》之“微風至兮水揚波”、《遠遊》“上至列缺”、《大招》之“北至幽陵”是也。漢人用之爲多，如《哀時命》之“願至崑崙”、《七諫·謬諫》之“知其所至”、《惜誓》之“乃至少原”。其言來者，則皆見東方《七諫》，如《自悲》之“徐風至而徘徊”、“虎嘯而谷風至”，《初放》之“死日將至兮”，皆是。此字之分析，至爲瑣碎，然不得已也。

正

《楚辭》正字凡二十四見，除正則爲人名，正匠、正義、正道、正氣爲專用術語，別詳，其餘十八見，皆一義之變也。《説文》“正，是也。從止、一，以止。古文正從二。二，古上字。又文從一足，足亦止也”，有𤴓、𤴓、𤴓三形。按甲文、金文作𤴓，若𤴓、𤴓，爲小篆足之所本，其義則爲往也，即今世征之本字。從一，從口，口者所往之所，而𤴓以表往義。凡往取其徑直，故引申爲正直，爲中正。而鵠中受矢曰正（《周禮·司裘》、《司農》注方十尺曰侯，四尺曰鵠，二尺曰正，四寸曰質）。又借爲證。《楚辭》所用，舉不出此範圍矣。

（一）直也。《懷沙》“內厚質正”；《卜居》“寧廉潔正直”；又“寧正言不諱”，猶直言也；又《抽思》“并日夜而無正”，注“言君性不端，晝夜謬也”；《哀時命》、《九懷·通路》亦有“无正”一詞，義同。

（二）矯正、端正之也。《離騷》“不量鑿而正枘兮”（《謬諫》同有此句），言量鑿以端正其枘也。蓋圓鑿不易爲方枘，故需正之也。《遠遊》“撰余轡而正策”，言端正其馬策也。《七諫·怨世》亦云“誰使正其真是”，使正其真是，言端正其真是也。

（三）證之借也。此應爲古誓詞成語，不爲通詁也。《離騷》“指九天以爲正",又《惜誦》"指蒼天以爲正",言指天爲證,證其忠誠也。此爲獄訟專用之詞,即後世所謂證詞也。"指九天以爲正者",證其忍而不舍者,唯霧修之故也。"指蒼天以爲正者",證其所言之爲忠也(所作作字,當爲非字之誤。言設若言不忠信,請證之于天也)。此古誓盟設語曰"所非",而正字蓋證其非妄之專用術語也。

正則

正則、靈均,《楚辭》凡兩見,皆以爲屈子之名與字,然《史記》言屈子名平,字原,與《楚辭》兩説不同。《離騷》乃屈子自道之詞,史公所記,又不見所本,故後人兩相强附,而異説起矣。屈子自道曰"皇覽揆余初度兮","名余曰正則兮,字余曰靈均",《九歎》則言"兆出名曰正則,卦發字曰靈均",以歸之于卜筮。筮名與字,固古之命名一法。然與《史記》亦不調和,後世乃欲牽兩名字爲一義,而説之發自王逸章句,其言曰"正,平也。則,法也。言平正可法則者,莫過于天……高平曰原,故父伯庸名我爲平以法天,字我爲原以法地。言己上能安君,下能養民也"。至洪興祖言之最明,曰"正則以釋名平之義,靈均以釋字原之義。名有五,屈原以德命也"。朱熹亦本王、洪之説,而曰"正,平也。則,法也。靈,神也。均,調也。高平曰原,故名平而字原也。正則、靈均,各釋其義,又以爲美稱耳"。陳氏《屈宋古音義》云"舊注以平爲正則、爲名,以原爲靈均、爲字"。張鳳翼"以正則爲原名,以靈均爲平字"。戴震亦曰"鄭康成《毛詩箋》云霧,善也。正則者平之謂,霧均者原之謂"。至朱亦棟乃以爲切音之法,更莫名其妙矣,其言曰"按此乃切音之法,正則二字合音爲平,靈均二字合音爲原,後儒不知古人切音之法,第以字義疏解,陋矣"(見朱氏《羣書札記》卷三)。群説紛紜,幾于射覆探鉤,真文字游戲矣。且以正則合平,霧均合原,似亦不無可商。友人徐永孝以爲"《水經·汾水》注引《春秋説題辭》云,高平曰大原。原,端也,平而有度也。端訓正(《廣

雅·釋詁》一）。則原亦有正義，有度即有法則，是正則實原之義。又
《楚語》曰'楚國之能平均，以復先王之業者，夫子也'。平、均義同。
是靈均之均，平之義。名余曰正則，既指原；字余曰靈均，又指平。則
屈原當名原，字平。謂屈原者名平，此《史記》之誤。當作屈原者字
平。梁昭明輯《文選》，於作者皆舉字，而稱屈平，不稱屈原，殆以平
爲字無異，正《史記》之誤。洪氏反以《文選》爲誤，不知其與屈子自
述相反也"。永孝所述，不僅對洪補之商量，亦對千古比合之説之一駁
正。然此説實發自樓鑰。《好雲樓初集》云"洪邁《容齋五筆》云，《離
騷》'名余曰正則兮，字余曰靈均'。案《史記》原字平，所謂靈均者，
釋平之義，以緣飾詞章耳。琇按，《史記》屈原名平，《文選》乃以平爲
字。《楚辭》王逸注'靈，神也。均，調也。言正平可法則者，莫過於
天；養物均調者，莫神於地。高平曰原，故父伯庸名我爲平，以法天；
字我爲原，以法地'。其説甚明。自當從《史記》，故洪興祖《楚辭補
注》謂《文選》以平爲字誤矣。乃樓鑰注謂均亦平也，其字平之意如
此，《史記》以爲原名平者誤。是忘高平曰原之義，反執後説以駁前人，
可乎"（李山湖《好雲樓初集》卷十八）。古人似亦有不能安于正則與平
之比合，如嬾真子云"《同年小録》載小名小字，或問有故事乎？或曰
始於司馬犬子，僕曰不然。《離騷》經曰'皇覽揆予于初度兮，肇錫予
以嘉名。名予曰正則兮，字予曰靈均'。且屈原字平，而正則、靈均，
則其小字小名也。所謂皇者，三閭稱其父也"（見馬永卿《嬾真子録》
卷四）。明都穆申之，而于小字一端則持異義，其言曰"古之人有小名，
必有小字。《離騷》云'皇覽揆予初度兮，肇錫予以嘉名。名予曰正則
兮，字予曰靈均'。蓋屈原字平，而正則、靈均，則其小名小字也。予
嘗見宋《進士同年録》皆書小名小字，猶存古人之意。然亦有不盡然
者，如司馬相如小名犬子，楊雄子小字童烏，相如未聞其小字，楊氏子
未聞其小名也。今之人生子亦但有小名，而無所謂小字。唐陸魯望有
《小名録》，宋陳思有《小字録》，又有所謂《侍兒小名録》，豈小名小
字，固可在稱邪"（詳都穆《聽雨紀談》）。至張雲璈《選學膠言》，亦

申小名之説，而以《九歎》筮名之説爲得之，因謂"名正則，字靈均，皆少時之名，如司馬相如少名犬子，及封胡羯末之類，見其父篤愛之意，何必强以原平當之乎。劉向《九歎・靈懷篇》一作《離世》。云'兆出名曰正則，卦發字曰靈均，余幼既有此鴻節兮，長愈固而彌純'，'生有形兆，伯庸名我正則以法天，筮而卜之，卦得坤，字我靈均以法地。幼少有節度，以應天地，長大修行而彌純，固其意得之矣'"。

詳以上諸説，小名小字之説最爲簡單。卜筮之説，亦不能調和屈子自道，與《史記》之出入，故比合兩者以求其通，遂爲必經之道矣。此爲屈子一生大事，而數千年所得不過如此，恐終无以踰于此者乎。余姑自《離騷》本文提一見解，細繹名字一段文字，上言祖先嚴父，次則詳述出年月日時，至爲莊肅，則命名之義，可能自此兩事（祖父與生日）而覽之揆之，父所命者，但有正則，而靈均則成年既冠時，父命朋友命之者。《離騷》則連類及之者耳，正則者，所以道其爲國之宗親，而有生以巧會之寅年寅月寅時，其爲天則，不亦重且大乎。則正則宜爲其父親命之名，所以表其德者也。此當爲屈子乳名，自道乳名，所以寄其思親罔極之情，而亦托其宗親天則之義。及既仕而名平（或原），則其事亦莊嚴。戰國以前命名，極少用兩實義字爲之者。故改名以仕，亦人世之常態（令尹子文乳名穀於菟，則爲世人所稱者，然楚俗亦重乳名，固非无據也）。姑發其義于此，以待世人達者。靈均別詳。

靈均

靈均在《楚辭》中一見於《離騷》，一見於《九歎》，與《史記》所傳屈子名字不合，後人多比附平原二字言之，亦有謂出于卜筮者，有謂靈均爲小字。而比附之説，除見正則條下者外，如徐文靖《管城碩記》卷十四云"《離騷》曰'字余曰靈均'，朱子《集注》曰'靈，神也。均，調也'。按《尚書・盤庚》曰'弔由靈'，孔安國《傳》曰'弔，至。靈，善也'，孔穎達《疏》曰'弔，至。靈，善'，皆《釋誌》文。伯庸字其子靈，當訓善，不當以神靈稱之"。俞樾《讀楚辭》云"《離騷》經'字余曰靈均'，王逸注曰'靈，神也。均，調也'。愚謂屈原名平，自取高平曰原之義。此均字當讀'畇畇原隰'之畇"。徐永孝云"王逸注'靈，神也'，五臣云'靈，善也'。徐文靖《管城碩記》謂伯庸字其子，當訓善，不當以神靈稱之。按靈謂巫，靈均之靈，猶靈氛之靈，又猶巫咸之巫，春秋楚屈巫字子靈可見。靈與巫同義。《楚語》'民之精爽不攜貳者，而又能齊肅衷正，其知能上下比義，其聖能光遠宣朗，其明能光照之，其聰能聽徹之，如是則明神降之，在男曰覡，在女曰巫'。是楚俗以覡巫爲聰明聖知之人，而以一靈字概括其義。《易林·小畜之漸》云'學靈三年，仁聖且神'，亦可見靈有仁聖神義。屈原生有異質，故皇考以靈字之。此雖化名，亦有深旨。王注訓靈爲神近之，而未推究其故。五臣訓靈爲善，泛而不切，徐氏從之，非也"。余于徐氏説以爲較前人各家説多所發明，然亦以爲不必比合"平"字爲之説。古命字，由父命友人爲之，自當與名相應（詳字字條下）。正則既爲乳名，則既冠而友人體會伯庸命名之義，而字曰靈均，自亦意中事矣（參正則與平原諸條）。

平

《楚辭》平字凡十見，除《七諫·初放》"平生於國"及《九思》"哀平差兮迷謬愚"之平爲人名外，其餘皆本義之變也。《説文》"平，語平舒也。從亏從八。八，分也"。小篆作亏。考平字之義，載籍所載以平調、平勻、和平、齊一爲基礎，氣之和平雖亦有之，而平調則不因于氣。余疑此即今秤之本字。秤爲後起字。平者稱量等齊平均之義，量不一則不平，一切調、齊、和平皆由此引之。《楚辭》十見訓調、訓齊、訓成、訓正、訓和皆此一義。又大野曰平（見《國殤》"平原忽兮路迢遠"），則坪之借也。

（一）調也。《天問》"平脅曼膚，何以肥之?"王注以爲"紂之形體曼澤”，非也，此指王該事。平脅與曼膚對舉，曼澤可通，則平脅者謂其壯健，脅胸調昂，或健之義，則當訓調，讀如《素問·調精論》“神氣乃平”之平，注“平，調也”。《爾雅·釋詁》亦言“平，成也”，能調則成矣。

（二）和平也。《哀郢》“哀州土之平樂”，《七諫·怨世》“何周道之平易”，此兩平字皆訓和平。和平故樂易相系。王注“平樂”言鄉土饒富，說其義也。

（三）齊也。《遠遊》“爲余先乎平路”，王注以“開軌導我入道域”。以平路爲道域，會其義，非詁其字也。此平路之平爲動字，平路言整齊其道。《詩·伐木》“終和且平”，《箋》“齊等也”，即《墨子·經上》所謂“同高”之意。《九歎·逢紛》云“平明發兮蒼梧，夕投宿兮石城”，平明猶言將明、齊明爾，此平字作形容詞用，與上句詞性雖異，而義則一也。又《九辯》一“而志不平”，亦言志不齊一，差池不安之義。

（四）正也。《九辯》五“欲循道而平驅兮”，平驅，正驅、直驅也。道者大道，非邪徑，故當正驅、直驅也。

又考《説文》以平“從亏從八。八，分也”言字形，恐非。朱豐芑已疑之，以爲‘當從分從一。指事’，亦未爲得。平既以調和、齊一爲義，氣可曰和，不得曰平，平即秤之本字，古以爲調匀之器也。丁若十者，即準、甦、協、㓆等所從之十，故皆有調協之義。十者古取準之器，水必平而後能齊一。後世秤制如 **巾**。十之｜雙擺針，又重一，則針斜上，所從之 **兀**，即兩旁載物，與法碼之計，取之于水，則爲準。詳言之，則曰水準。引其理以量物，求其相稱，而得計數，則曰平。詳言之，則曰水平、平準，太史公有《平準書》。上古之量者凡三，曰度，度其長短也，矩規以尺繩也。曰量，量其輕重大小也，以升、斗、斛、合、秤，則求其等量，取其平曰劃一爾。水爲最平之物，故取以爲象，以十爲支點，而以兩端之相等以爲法則，故平者正，正之則也。參正則下。凡平正者，依橫而起信，故平之義，蓋起于橫，後世以衡命之，衡、平一聲之變也，故曰度量衡，即度量平矣。然平也、衡也，皆立其義而已，而非以爲器名。其爲器名者，當曰"稱"。《説文》"稱，銓也。從禾，從爯"，會意云。古今説稱者，皆以累禾黍爲言，其實即爯之後起專字，而爯實又平之形變，故爯、平一字也。平字衍爲稱，即爯字衍爲稱矣。別詳稱字條下。

謹

《九章》"謹厚以爲豐"，王逸注"謹，善也。豐，大也。言衆人雖不知己，猶復重累仁德，及興禮義，修行謹善，以自廣大也"。按《説文》"謹，慎也"。《詩·民勞》"以謹无良"。《荀子·王制》"謹畜藏"，注"嚴也"，字又作勲。《報任少卿書》"勲勲懇懇"，注"忠款之皃"。

矜

《九歎》"折鋭摧矜，凝氾濫兮"，王逸注"摧，挫也。矜，嚴也。凝，止也。氾濫，猶沉浮也。言己欲折我精鋭之志，挫我矜嚴忠直之心，止與俗人更相沉浮而意不能也"。按王逸訓矜爲嚴，引申義也。《吕覽·重言》"矜者，兵革之色也"，注"嚴也"。《孟子》"皆有所矜式"，趙注"敬也"。敬亦嚴也。按《説文》"矜，矛柄也。從矛，令聲"。慧苑《華嚴經音義上》所引《説文》，知唐本《説文》矜下尚有憐也一訓，今本只矛柄一訓，蓋有佚缺矣。凡憐憫愛惜，皆莊肅敬畏之事，故引申爲嚴、爲敬。敬與矜，一聲之變，則矜借爲敬亦可通。又矜字唐以後或從今，誤也。慧苑《華嚴經音義卷上》"特垂矜念"；《毛傳》"矜，憐也"，謂偏獨憂憐也。案《説文字統》"矜，憐也。皆從矛、令，若從今者，音巨今反，矛柄也"。按《玉篇》二字皆從矛、令，无從矛、今者。臧琳《拜經日記》因考之古文及詩用韻之處，則矜之從令聲，皆不從今聲，一爲清真韻，一爲侵蒸韻，分用畫然。則今矜字從今者，皆唐以後誤書，而《説文》矜下脱憐也一訓，亦得據慧苑書補之矣。按臧説極確。矜爲直立之物，《方言》“矜謂之交”。古人以直爲矜。《論語》“古之矜也廉，今之矜也忿戾”，又曰“君子矜而不争”。廉直爲矜，所謂婞也。忿戾爲矜，所謂榰机光棍也。《左傳》“榰机”杜解以爲即鯀，故曰鯀婞直也。

苟

《楚辭》苟字凡十二用，約可得兩義，一訓誠，一訓婾合。

（一）誠也。《離騷》“苟余情其信姱以練要”、“苟中情其好修”，又“苟得用此下土”，又“苟得列乎衆芳”，又“苟余情其信芳”，又《九章·涉江》“苟余心其端直”，諸此苟字，王逸皆訓爲誠，其實訓誠者自正面陳述之義言之，若純從語法而論，則此苟字皆有虛擬或反詰之意。其中有“苟……其”一調，其下一字曰好修、信姱、信芳、端直等詞，皆積極之正面詞性，故得以正面之誠訓之。故此苟字有假設之義，如言假設余之中情如此其好修，假設得以列于衆芳，故引申得以誠字釋之也，此在語法應爲一種語助詞之用于發端者，此與《詩·采苓》之“苟亦無信”，《君子于役》之“苟無飢渴”，《易·繫詞》之“苟昔諸地而可矣”，皆一也。《廣雅》訓誠，即採叔師此注，胥不甚貼切也。此誠字，不得作誠信之誠解。苟本爲一種草名，古籍已少見，而用之者多爲語助詞云。

（二）婾合、苟且也。《匡謬正俗》曰“苟有婾合之稱，所以行無廉隅，不存德義謂之苟且”，《禮記·曲禮》“不苟笑”是也。《楚辭》用此義者，則《惜誓》“或偷合而苟進”，又“或推迻而苟容”，王逸注“言臣承順若非，可推可迻，苟自容入以得高位也”。又《九辯》亦云“衣不苟而爲温”，與《曲禮》“不苟笑”句法正同。

文

《楚辭》凡十八見，除文魚、文貍爲物名，文昌爲星宿名，文君、文王爲君王名，文章爲專門術語，皆別詳外，餘皆訓文采、文飾。《九章》"文質疏内，衆不知余之異采"，文采連用，即其例也。又《懷沙》"玄文處幽"。《招魂》"文異豹飾"，王注"虎豹之文，異采之飾"。又"被文服纖"，王注"謂綺繡也"。《招魂》又云"文緣波兮"，王注"風起水動，波緣葉上而生文也"。又《九歎》"垂文揚采"，文采對舉，文亦采也。按《説文》"文，遺畫也。象交文"。按此即今之紋字。金文多作♦若♦等形，此蓋古初人類紋身之遺習。紋身所以爲別族氏，其所畫蓋爲氏族徽識。而越閩之間，則紋身又以爲入水驚魚鼈之用，寖假而爲一種裝飾，至近世尚有其習，此文字之由來，此所謂近取諸身之一端也。寖假則通感于樂，此《樂記》所謂"文采節奏"、"省其文采"。擴大用之，則天文、禮文、文野、文德皆曰文，而《楚辭》皆无此等用法。

抑志

抑志一詞，屈賦凡數見。《騷》曰"抑志而弭節"，曰"屈心而抑志"；《遠遊》曰"聊抑志而自弭"，《九章·懷沙》易爲"抑心而自强"；《悲回風》言"撫珮衽以案志"，又"撫情按志"，案亦抑也；《思美人》"媿易初而屈志"，屈志亦抑志也，皆言委屈抑案其心志，上列六句，皆得通。屈子多言忍、攘、厭、按、服、撫等，雖有輕重急徐之殊，而情志不舒，自爲忿懑之根。余舊釋抑志弭節，以志爲幟，蓋未考全書，而一偏説之也。

忍

《楚辭》忍字凡九見，皆一義也。《説文》"忍，能也"。《論語》"是可忍，孰不可忍"，皇《疏》"容耐也"。《荀子·儒效》"志忍私，然後能公。行忍性情，然後能脩"，注"忍，謂矯其性也"。朱駿聲總舊説曰"凡堅而能止曰忍，堅而能行亦曰忍"，兩言最能合古説之紛，《楚辭》所用盡于此矣。《離騷》"忍而不能舍也"、"余不忍爲此態"、"縱欲而不忍"、"余焉能忍此終古"，《惜誦》"堅志而不忍"（《惜誦》之所言即《騷》之"忍尤"），《惜往日》之"自忍"，《悲回風》之"不忍爲"，乃至《七諫·沈江》之"不忍見"，皆同。《説文》訓"能者"，謂强制之義，容忍、堅忍、殘忍皆能强制之義，故曰能也。

元

《天問》"稷維元子，帝何竺之"，王逸注"元，大也"。考《説文》"元，始也。從一從兀"。按甲文、金文皆作卂，象人側身，而特大其頭部，與天之作夨若夨同義。天爲正面形，元爲側形。天者即世所謂天靈蓋（詳天字下），元者首也。《左》僖三十三年傳"狄人歸其元"，哀十一年傳"歸國子之元"，《孟子》"志士不忘喪其元"，皆訓首。襄九年《左氏傳》所謂"元，體之長也"，是其義矣。元子者，帝之長子也。《詩·閟宮》"建爾元子"，此言元子，指后稷爲姜嫄始生之子，故曰"厥初生民，時維姜嫄"，實則古昔多忌首生子，疑非己出，故有棄子之風，周人已不見此習，而文飾其先，故以神話出之，此極其原始現象也。又《九思·守志》"元氣兮常存"，注"天氣也"，此如《淮南子·原道訓》"執元德于心而化馳若神"之元，注亦云"天也"。別詳。

玄

《楚辭》玄字凡三十二見，除玄鼉、玄鶴、玄鳥、玄螭、玄武爲蟲禽名，玄珠、玄玉、玄英爲玉石名，玄芝爲艸名，玄冥、玄顏、玄舍、玄雲爲天象專名，玄趾爲地名，皆各有專條，所遺惟《惜往日》之"臨沅湘之玄淵兮"，《懷沙》之"玄文處幽"等句。玄淵者，謂深淵也，淵深則色黑。《荀子·解蔽》"水埶玄也"，楊注"幽深也"是也。玄文者，王注"玄，墨也"，則玄文猶黑文矣（文章，山節、藻梲之屬）。按《説文》"玄，幽遠也。黑而有赤色者爲玄，象幽而入覆之也"。按《禹貢》"厥篚玄纖縞"，《傳》"玄，黑繒"。《論語·鄉黨》"緇衣羔裘"，《疏》"玄即緇色之小別"。《考工·鍾氏》"五入爲緅，七入爲緇"，注"凡玄色者，在緅緇之間，其六入者歟"。此玄爲染絲黑色之名，當爲玄之本義，故形作🜕若🜕，象絲著黑色也。凡黑必幽遠，許用形容其德之義，非解本義也。

哲

《楚辭》哲字凡二用，皆在《離騷》篇中。一云"夫維聖哲以茂行兮，苟得用此下土"，王注"哲，智也。言天下之所立者，獨有聖明之智，盛德之行，故得用事天下"云。又"哲王又不寤"，亦訓哲爲智。細繹王義，聖哲之哲訓爲聖字之形容語，與哲王稍異。其實聖與哲乃兩平行字，王釋未允。《説文》"哲，知也"。知即智同字，古言哲人、哲王、哲夫、哲婦，皆謂其智力過人，或多所謀略之人。哲字從折從口，折者斷也，言能宣哲于口，而斷制事物之是非得失善惡者也。《尚書》以"哲人元龜"連言，哲人疑即古祭司長。古初凡知能之事，多於祭司見之，其斷事或依龜卜，或依舊即殷周以來之巫師也。斷獄訟（即折中一義也），定疑慮，決行止，皆取決於巫史。巫史上與天通，蓋一切天人相與之際之事，皆士師主之。後世設官分職，遂細別爲百官矣。斷獄獨得爲士之名，即後世法家之所由。即百官既立，而巫史之事微，周以後漸下被于群黎，而哲人亦遂有不在百官之職者矣，于是哲字遂變爲通用智能之義。

善

《楚辭》善字凡十一用，皆一義之變。《説文》"善，吉也。古文作𦎍"。按古從羊之字，如祥、美、義、羙、善諸字，皆有美好精能之義。考羊味至美，諸言美味者，多從羊得。美食爲吉，故曰吉羊。祥、美、羹、羙皆同。蓋羊爲畜中性善良而易牧者，故一切善意字，亦多從之。故善當即後起膳字之本字也。《玉藻》所謂"膳于君"，注"美食也"，是其徵矣。《楚辭》諸善字，依文理詞氣之輕重緩急而義各有所屬，各有所限，而總不離佳、美、精能之圍。《騷》言"孰非義而可用兮，孰非善而可服"，善與義對舉，而曰服，謂人服其善也，此善良正直之義也。《抽思》云"善不由外來兮，名不可以虛作"，不由外來，則善本于自發，言善生于本體，非由外鑠之謂也，與美、義諸字之不依他起信者同矣。故善與美或連用。《大招》"先威後文，善美明只"，言先武嚴，而後文德，則善美以明也。《騷》"亦余心之所善"，猶言余心以爲美善也。《山鬼》言"子慕予兮善窈窕"，窈窕者美貌、美心也，善之則盛之也。美善之反則爲惡，故云"孰云察余之善惡"，善惡猶後世言美惡也。于是而王良善御（《七諫·謬諫》），伯樂善相（《九辯》九），長袂善舞（《大招》），皆一義而小殊也。又《離騷》云"謠諑謂余以善淫"，此善字之引申用法，依字義本抵，應不用于非佳美之處。此自漢字發展之變也。

本

《楚辭》本字凡四見，一爲本末之本，一爲不之形誤。（一）《天問》“何本何化？”王注“謂天地人三合成德，其本始何化所生乎”。按王注拘牽不可通。此言陰陽參（讀參差之參）合，此二句承上文“明明闇闇”等言，天德陰陽參合，何本何變，言陰陽二氣何者爲宇宙之本，或者爲宇宙之變化也。《莊子·田子方》云“至陰肅肅，至陽赫赫。肅肅出乎天，赫赫出乎地，兩者交通合成而物生焉”，亦即《至樂篇》“故兩无爲相合，萬物皆化生”之義。此戰國學人所通言，參《重訂天問校注》。（二）本，不字之形譌。《九章·懷沙》“易初本迪”。余于此句，凡兩解，一則作“易由初本”，言猶豫其本抵而不決也；一説本字乃不字形近而譌，作“易初不由”。兩説于此皆可通，實無軒輊。參《懷沙》校注。

程

《九章·懷沙》“伯樂既没，驥將焉所程？”王注“程，量也。言騏驥不遇伯樂，則无所程量其才力也”。又《遠遊》“高陽邈以遠兮，余將焉所程”，王注“安取法度，修我身也”。按《説文》“程，品也。十髮爲程，十程爲分，十分爲寸。從禾，呈聲”。按中土古代，以禾粒定度量衡，故程本量名，程與稱同音。解云禾有秒，律數十二秒而當一分，十分爲寸，故諸程品皆從禾，此即程品定名之義，諸如稱、科、程、稷、秭、秅、秬諸字是也。《荀子·致士》“程者，物之準也”，注“度量之總名也”。引申則爲法，《小旻》“匪先民是程”，《傳》“法也”；爲量，《禮記·儒行》“不程勇者”，注“猶量也”；爲度，《吕覽·慎行》“後世以爲法程”，注“度也”。《楚辭》所用，不外是矣。

新

　　《楚辭》新字凡八見，除《七諫·自悲》之新夷即辛夷之借，爲草名，別詳，其餘皆新故字義也。《説文》"新，取木也。從斤，亲聲"。按新即後世薪柴本字，蓋後加字。世者以新亲爲一字，而不知亲乃從辛從木之字也。惟春秋戰國諸子載籍已多用薪，而新遂爲別義新故所專矣。亲從平從木。平者燃燒之象，燃燒于木曰亲（後世借爲"亲栗"，即榛栗也），以斧斤施于可然之木曰新，即非斧不克之義，此以事爲名者也。《楚辭》所用，如《少司命》"樂莫樂兮新相知"，《漁父》有"新沐"、"新浴"，《招魂》有"新歌"，《九辯》一有"去故就新"，漢人《七諫》亦言"新人"，凡此等新字，皆借爲新故字也。《穀梁》莊廿九年"新延厩"，《傳》"其言新，有故也"；定二年"新作雉門"，《傳》"其言新，有舊也"，皆其徵矣。

行

　　《楚辭》行字凡四十見，除見《抽思》"行媒"一詞爲成詞，別詳外，其餘略分六義，或爲一義之變，或爲假借，或爲誤字。《説文》"行，人之步趨也。從彳從亍"，會意。小篆字形作行，其實已小變。甲文、金文皆徑直作行，或省作彳若亍，皆无屈曲之象，此《易》所謂"中行"，《詩》之"周行"本字。《爾雅·釋宮》所謂"道也"，象道上之形。道爲人所行，依德訓，故可曰人步趨，非以人步趨爲本訓也。人行之道曰行，虛言之則道德者亦人之趨向也，故引申爲德行。人有所事，則曰行爲、行使。又行有往義，故遠方亦得言行。凡道路必平直有秩，而列于市郊鄉遂，故引申爲行列。凡此，皆《楚辭》所恒行。

　　（一）行走也。《離騷》"及行迷之未遠"，《哀郢》"甲之朝吾以行"，《遠遊》"忽乎吾將行"，《天問》"所行幾里"，《漁父》之"行吟澤畔”，《哀時命》之“六合不足以肆行”，皆是。餘如《天問》之“陵行”，《悲回風》之“惘惘行”，《遠遊》之“馬不行”，義皆同此。

（二）德行也。《離騷》“夫唯聖哲以茂行兮”，《橘頌》之“行比伯夷”。

（三）行爲也。《惜誦》“行婞直而不豫兮”。又《卜居》“行君之志”，言照君之志而行爲之也。又《天問》“何不課而行之”，王注“課，試也”，則猶言試行用之也。

（四）行道也。即周行之本義。《遠遊》“後文昌使掌行兮”，言使文昌在駕後，執掌道路之事也。又《九歎·怨思》“征夫勞于周行”，王注“行，道也”。

（五）行列也。《七諫》“衆鳥皆有行列兮”，行列連文，言鳥飛有秩也。

（六）遠行遠方也。《九辯》一“若在遠行”，王注“他方也”。

（七）行刑之聲誤。“接輿髡首兮，桑扈臝行”，行與上句首字對文，此不得言臝而行動也，行當爲形之譌，王注云“去衣裸裎，效夷狄也”，則王注似尚未誤作行也。行字讀音，今世有行、杭二音，此事已見屈賦。《九章·涉江》“哀我生之無樂兮，幽獨處乎山中。吾不能變心而從俗兮，固將愁苦而終窮。接輿髡首兮，桑扈臝行”，以行與中、窮韻，是以東入陽，陽東旁轉也。他如《河伯篇》“魚鱗屋兮龍堂”與“靈何爲兮水中”爲韻，又如《卜居篇》自尺短寸長以下亦以通與長明韻，皆其證。參汪有誥《楚辭韻讀》。

周行

《九歎·怨思》“征夫勞於周行兮”，王逸注“行，道也。《詩》云，菁菁公子，行彼周道”。按周行，先秦成語，言周道也。《詩·大東》“行彼周行”，又《周南》“嗟我懷人，寘彼周行”，皆言周行，周行猶言中行，《易》“復，中行獨復”是也。《左》襄十五年傳“王及公侯伯子男甸采衛大夫各居其列，所謂周行也”。又《詩·鹿鳴》“示我周行”，鄭箋“周行，周之列位也”，爲別義。

省

《楚辭》省字在屈賦中凡三見，一《天問》“降省下土四方”，一《悲回風》“聞省想而不可得”，一《惜往日》“弗省察而按實兮”，以降省、省想、省察連用，其義已可知矣。《説文》“省，視也。從眉省，從屮，𣃓古文從少從囧”。按依甲文定之，則小篆作𥄕者，卜辭皆以𤯍爲之。𤯍、省同聲，蓋一字，形作𤯍若𤯍，孫詒讓曰“《説文·目部》𤯍從目，生聲……此下從橫目形，上從屮者，即生之省，猶靜從青聲。《説文·丹部》青從丹生聲，金文或作𤯍（《毛公鼎》）。……金文更有作𤯍者，又省屮爲屮，蓋亦一字。又古字𤯍與省通，凡金文云‘𤯍者’義多爲省之叚借。竊疑其作𤯍者，或即省之異文。《説文·眉部》‘眚，視也，從眉省，從屮’，二字聲義本相近，固可互通也。《春秋》莊二十年經‘肆大眚’，《公羊》‘眚作省’。《周禮·大司徒》‘眚禮’，鄭注‘眚作省’。《釋名·釋天》云‘眚，省也’，竝其證。如《南宮鼎》‘王令中先𤯍南’，或謂先省視南國也。《宗周鐘》‘王肇遹𤯍文武墓疆土’，謂王巡省文武之疆土也。以上二文，與《易·復·象辭》‘復不省方’及《詩·大雅·常武》‘省此徐土’義並合，此並巡行省視之義。《詩》鄭箋云‘省視徐國之土地，叛逆者是也’”。按孫氏以載籍證省爲𤯍之異文，爲説極辯洽。考省字在古籍之功用與視、相字義近，蓋人類之思理其能仞物也，必先有所受，此《荀子》所謂緣天官也。五官之中，以目受者爲最具體，因目受必有空間，有光明，有所見物之環境，與人本有之若干知識，其象遂能深入記憶之中，而久久不忘（其他感官則無如此多之外緣也）。凡言者，多謂比量而定其是非。故曰省察，所謂“視而可識，察而見義”者也。故省字含有對多方面事物之體認，其目的只在收輯多方面事物之現象，以助進一步之思考。故省察只在認識階段，而思考則爲理智之判斷，進而爲新事物之組織。故省字從目者，其根在于得事物印象；而從生者，以發展定物事之變遷。此事物生生不已，則省亦需三省。此古巡省之義，在政治制度中爲極要之一種設施也。總言省與相近，相爲之原，相者詳視而知之，省者以相之所得于心者而遍視之。且即于事物環境，所謂察也，更進則爲思考。思考者，以理智判斷其事物，以爲新事物之張本。《天問》言"降省下土四方"，觀察之也。《惜往日》言"省察按實"者，省察爲省，按實爲思也。"聞省想而不可得"者，想但就事物本身作念念不忘之反覆，而不論其外緣者也。但有省想而未進入思之階段，即未進入綜合觀察所得之階段也，故无可得者矣。此爲吾土戰國以來言思維方式最精細之處，余得因"聞省想而不可得'之言以發之。

脩

《楚辭》脩字皆修字借，无用脯脩一義者。脩字凡四十餘見，在屈、宋賦中皆作脩，无作修者，漢人賦中則多作修，惟《天問》"東西南北，其修孰多"作修，依屈、宋用字例之，則亦脩之誤。其義大抵不出修長、修美、修飾三義。用長義者，如《離騷》"路曼曼其脩遠兮"，脩遠即脩長也。美好一義，如《橘頌》"紛縕宜脩"之脩。而以脩飾一義爲最多，《九辯》"今脩飾而窺鏡兮"是也，此用脩飾本義，與《説文》義訓正同。他如《離騷》"退將復脩吾初服"，本亦修飾之謂，而以與屈子各文通論之，則此脩初服之脩，王逸注謂"修吾初始清潔之服"云云，已用引申爲修潔之文矣。故脩飾一説，屈賦作名詞、形容詞皆作修潔解。故脩名，當爲修潔之名，而不能以一美字混沌釋之。《史記》以"其志潔，其行芳"，似亦由此等語句中體會而得。按其字本當作修。《説文》"飾也"，飾即拂拭。本字從彡，攸聲。彡者毛飾畫文，故修字從之。段玉裁注云"拂拭則發其光采，故引申爲文飾，不去其塵垢，不可謂之修，不加以縟采，不可謂之修"云云，説字形義最爲允當。今經典多借脩爲之，同音相借也。脩者脯也，今常語曰乾肉。修之訓美善者，修飾之引申義也。其訓長遠者，朱駿聲以爲脩之借字。《廣雅·釋詁》“修，長也”。《爾雅·釋宮》“陜而修曲曰樓”，注“修，長也”。按從攸聲字，多有長義，脩則專用字，修則經典通用字也。別詳脩能、好脩、脩姱諸條。其作修者，詳修字下。

修

《楚辭》修字凡十餘見，皆在漢人賦中。《楚辭》修字多訓修飾，此字之本義也。然屈宋賦皆以脩脯字爲之，惟漢人賦乃作修，如《七諫》之“修理”、“修往”，《九懷·蓄英》之“修余”，《株昭》之“修潔”，《九思·哀歲》之“修德”，皆與修美修飾同，而皆用修字。則吾人謂修乃漢人字法，而脩則屈宋字法也。不論其爲單詞，爲複詞，皆同。複詞如脩名、脩門、脩德、脩姱无不皆然。參脩字條下。

脩美

《九章·哀郢》“憎慍惀之脩美兮，好夫人之忼慨”，王逸注“脩，一作修”。又《九辯》第九亦有此兩語，惟忼慨作慷慨，脩字當作修。《說文·肉部》“脩，脯也”，《彡部》“修，飾也”。凡飾所以爲美，故修亦美也。脩美《楚辭》習用語，又曰“修姱”、“修好”，義均同。分詳修姱、姱修、修好諸條及脩、修兩條。

脩姱

此亦《楚辭》特有之組合詞，《離騷》“余雖好修姱以鞿羈兮”，《九章》“覽余以其修姱”，王逸皆无注。洪補以爲“修潔而姱美”。朱熹于《九章》注“姱，好也”。修訓修潔，非也。姱訓美好，與“紛獨有此娙節"之娙節亦合，皆是也。修即修能之修，作修飾解，指後天之修養言。詳修能條下。修娙乃訓詁字近義組合，故可倒言曰娙脩，《大招》"娙修滂浩，麗以佳只"是也。亦可分言，《招魂》"娙容修態"是也。修娙聲轉爲賢娙，《九歌》"思靁保兮賢娙"，叔師以爲賢好之巫，其實未釋賢字也。賢在喉音匣母，喉音故可轉齒音也。詳賢娙條下。

好脩

此當爲《楚辭》中一成語。《離騷》凡四見，"余獨好修以爲常"，"汝何博謇而好修兮"，"豈其有他故兮，莫好修之害也"，"苟中情其好修兮"，王逸皆以好修忠信，或好善爲釋，洪興祖、朱熹則以好自修潔爲釋，于義爲允。好修之修，即"恐修名之不立"之修名。修名者，亦即修潔之名也。有好修之實，乃所以立名也。修名不立，即君子疾没世而名不章之義（戴震説）。亦即"退將復修吾初服"之修。而"服清白以死直"之清白，尤爲彰明。試以"余獨好修以爲常"證之，上文言以芰荷爲衣，芙蓉爲裳，高冠岌岌，長佩陸離，即好修之象也。又如"汝何博謇而好修兮"句，下承以"薋菉葹以盈室，判獨離而不服"，則博采好修者，非芳潔不足以當之，故菉葹雖盈室而不服也。又"莫好修之害也"句，亦言蘭芷不芳，荃蕙化茅，昔日芳草，今爲蕭艾，亦以芳潔疏好修。則洪、朱之義爲不可易矣。修字又作脩者，按《説文》'脩，脯也"，在肉部；"修，飾也"，在彡部。然二字同音，故古書多借脩爲修。修者，段玉裁曰"飾即今拭字，拂拭之也"，又曰"不去其塵垢，不可謂之修；不加以縟采，不可謂之修"云云，疏修之引申義至精當。則修潔即拂拭矣。引申之，則好飾，即修潔也。別詳修字下。

賢娙

《九歌》"思靈保兮賢娙"，王逸注"靈，謂巫也。娙，好貌。言己思得賢好之巫，使與日神相保樂也"。洪興祖補云"古人云：詔靈保，召方相。説者曰：靈保，神巫也。舊苦胡切"，按賢、姱皆訓美。屈賦多言修姱，"賢姱"只此一見，賢姱即修姱也。古修在心紐，賢在匣紐，古舌根摩擦音與舌齒音（舊名齒音）可相通轉。如吉祥作吉羊；《易》來徐徐，王肅作余；《詩·伐木》"許許"，《説文》引作所所；《荀子·哀公》"其馬將失"，《韓詩外傳》、《新序》失並作佚；而修字隸釋《張良碑》"令德修兮"作攸兮，爲尤切近。則賢可通修，賢姱亦即修姱。叔師以爲賢好之訓，賢好即修飾之技能，非天生之本質也，詳修能條下。

姱節

《離騷》"紛獨有此姱節"，王逸注"姱異之節，不與衆同"，朱熹云"姱節，姱美之節也"。此亦組合詞，詳姱字下。

修能

《離騷》"又重之以脩能"，王逸以爲"脩，遠也。又重有絶遠之能，與衆異也"。洪補云"能本獸名，熊屬。故有絶人之才者，謂之能"。朱熹曰"脩，長也。能，才也。能，獸名，熊屬，多力。故有絶人之才者謂之能"。漢、宋以來諸家，皆分釋兩字，各爲之説，其實非也。修能與上句內美對言，此屈賦詞調之一式。分言則曰內、外，曰朝、夕，曰先、後，大約皆以兩對舉義，分在兩句，以明事之正反，或義之深淺。此修能與上內美乃分在兩句，綜合內、外，以明己德者，故諸家説皆未當。戴震云"修能謂好修而賢能"，作爲一組合詞釋之，是也，惟于義仍未深洽。按屈賦修字，單用或組合詞用，大約皆不出三義，一爲修美，一爲修遠，一爲修養、修飾。凡篇中言好修者，皆修飾、修養之義；前修、姱修者，皆美善之義。故此修字，讀若《荀子》"見善修然必以自存也"之修，楊倞注"整飾兒"；能讀爲下文"選賢而授能"之能，謂才藝也。是則脩能者，謂修飾其才能，此對上文內美言，即下文之"扈江離與辟芷，紉秋蘭以爲佩"，亦修能之一事。就《離騷》而言，則搴木蘭，飲墜露，餐菊英，申攬茝（當作蘭芷），高余冠，長余佩，繽紛繁飾，即女嬃所謂博謇好修之謂也。以芳草、長劍爲佩，雖涉喻辭，亦借外態以表修德。其實以芳潔比才能，固古今達人才士之所同。而就文立義，則内美爲秉之自天，修能爲養之自我。養之自我者，就其動態言則曰飾，"及余飾之方壯"；曰求，"求矩矱之所同"；曰法，"謇吾法夫前修"；曰立，"悲修名之不立"；曰好修，"余獨好修以爲常"；曰依前聖，"依前聖以節中"，以至于"苟中情其好修兮，又何必用乎行媒"，"孰求美而釋女"，心情之激蕩極矣（王逸注能字，言"謀足以安社稷，智足以解國患，威能制强禦，仁能懷遠人也"。分疏能字之義，可謂詳悉。然此爲後人體認之言，非作者當時之意也。可作參考）。就靜態言，則曰美，曰姱，曰昭質，曰茂行，曰中正，以"世溷濁而不分兮，好蔽美而嫉妒"、"孰求美而釋女"、"苟余情其信姱以練要兮，長顑頷亦何傷"、"余雖好姱以鞿羈兮"、"汝何博謇而好修兮，紛獨有此姱節"、"夫唯聖哲以茂行兮"、"芳與澤其雜糅兮"、"唯昭質其猶未虧"、"耿吾既得此中正"靜態諸語，有與内美不能分割者，此亦辯證必有之事，吾人所當知者也。然而"衆女嫉余之蛾眉"，使此修飾自養亦無所施其技，則退而修其初服，雖退亦不忘一修字。《離騷》一篇，修能一詞，實爲全文關鍵，即屈一生亦爲此修能而奮進不已。"恐修名之不立"、"民生各有所樂兮，余獨好修以爲恒"、"雖九死其猶未悔"，哀哉此《易》所謂"君子終日乾乾，夕惕若厲"，天行之健也。"苟中情其好修兮，又何必用夫行媒"，則得失不足縈心。芳草化爲蕭艾，亦莫好修之故也。純己論人，皆以能修與否爲斷，則屈子之所以自責自期者甚至，則又與王孫公子親戚貴冑之自優者，大異其致。此《離騷》一篇，所以悲感如是者，有自養修飾之才能，而終于不能不以死殉其國者。修能一義，實爲屈子心目中至高至尚之品德。讀《騷》者，必知此而後覺其情詞之悲，史公所謂"與日月爭光"者諒矣。

前修

前修一詞，《離騷》凡兩見，義與前王、先后諸詞皆相近，皆指古賢而言。前王、先后指君王，前修則指賢臣士大夫言。《離騷》"謇吾法夫前修兮，非世俗之所服"，王逸注"言我忠信謇謇，乃上法前世遠賢"。洪引五臣云"前修謂前代修習道德之人，言我所以遭難者，吾法前修道德之人"。朱熹云"前修謂前代修德之人"。又《離騷》"固前脩以菹醢"，王逸注"自前世之人，以獲菹醢，龍逢、梅伯是也"。按脩亦修之借字。詳修字下。

脩名

《離騷》"恐脩名之不立"，王逸注"我之衰老，將以來至，恐脩身建德而功不成名不立也。《論語》曰：君子疾没世而名不稱焉"。洪補曰"脩名，修潔之名也"。脩與修同，古書通用。按修名當即修能所得之名也。則修乃修飾，自教自發之義。故王注以"修身建德而功不立"，詁義至精。洪補以修潔之名釋之，義至淺露，不足取。參修能一條。

名

《楚辭》名字凡十八見，分兩義，一爲人之名號，一爲聲聞名望之義，亦一義之變也。《説文》"名，自命也。從口從夕（會意）。夕者，冥也。冥不相見，故以口自名"。《儀禮·士昏禮》"請問名"，《周禮·大行人》"諭書名"，《周書·謚法》"大行受大名，細行受細名"。《左》昭三十二年傳"謹器與名"，杜注"爵號也"。是自命爲本義，爵號爲類名。《荀子·正名篇》言"刑名從商，爵名從周，散名之加于萬物者，則從諸夏之成俗曲期"。自命，散名也；謹器與名，則爵名耳。

（一）自命也，即名號之名。《離騒》"名余曰正則兮，字余曰霛均"，《九辯·逢紛》"齊名字于天地兮"，又《九歎·離世》"兆出名曰正則"，齊名字之名爲名詞，兩名余之名爲動詞，義皆以爲名號耳。

（二）聲名、名望之義。此義用之極多，或曰名聲，《大招》"名聲若日"、《遠遊》"名聲著而日延"是也，曰忠名（見《天問》、《七諫·沈江》"夷吾忠而名彰"），曰何名（見《哀郢》、《九辯》八），曰虛名（《抽思》"名不可以虛作"），曰絶名（《惜往日》），曰成名（《卜居》），曰無名（《卜居》、《哀時命》），曰布名（《九辯》九），曰貪名（《七諫·沈江》），《九歎》有"名靡散"之言。考屈賦言名聲之盛，曰忠，曰僞，曰虛，曰貪，而至于成名、布名，或無名、名散，何其重名之如是也。此事亦反映戰國時代個人奮進之一術，得名則得位，而尊榮富貴。此事大約起于初周，盛于春秋，大盛于戰代，一方面反映私有制之日甚，一方面亦反映齊民能以才能登庸，世卿、世禄乃至諸侯天子國祚之不可移也。

錫名

《離騒》"肇錫余以嘉名，名余曰正則兮"，王逸注"言父伯庸觀我始生年時，度其日月，皆合天地之正中，故賜我以美善之名也"。又曰"父名我爲平，以法天；字我爲原，以法地。言己上能安君，下能養民也。《禮》曰：子生三月，父親名之，既冠而字之。名所以正形體、定心意也，字者所以崇仁義、次長幼也。夫人非名不榮，非字不彰，故子生，父思善應而名字之，以表其德、觀其志也"。洪補《禮記》曰"三月之末，父執子之右手，咳而名之"。朱注與洪同。

按《左》桓六年"子同生，以太子生之禮舉之，接以太牢，卜士負之，士妻食之，公以文姜宗婦命之"。《內則》"國君世子生，告于君，接以太牢，宰掌具，三日，以士負之"。下再言各級接生所用牲類云云。古生子有命名重典，蓋生子即以嗣續其祖先。自圖騰至宗法社會，傳宗接代之大事，此自原始社會而已然，至後世又飾爲典禮，而附以若干宗法禮教之意義，其事遂益重，然已與古初用意不相同。

嘉名

《離騷》"皇覽揆予初度兮，肇錫余以嘉名"。王逸訓嘉爲善言，錫我以美善之名也。嘉名，即指下文"名余曰正則，字余靈均"，靈與則皆美善之自名。詳正則與靈均兩條。考自古命名之法，其道多端，巧歷難盡。以嘉命與惡名相對，大體皆與迷信有關。鄭莊公寤生，故名曰寤生。而以歲時、吉祥、宜凶災爲斷者，亦至夥。略檢《漢書·古今人表》自能知之。楚人機祥好鬼，則楚俗迷信亦自較普徧，參王氏《春秋名字解詁》，即可爲徵信无疑矣。長沮、桀溺、狐厴、蒯瞶、陳棄疾、桓魋、公山不狃、楚悼王名疑，屈氏有宜咎，皆惡名之徵也。嘉名一詞，又見劉向《九歎》，用法與《離騷》全同，蓋襲用原義也。

字

《離騷》"名余曰正則兮，字余曰靈均"，王逸注"名我爲平，以法天；字我爲原，以法地。言己上能安君，下能養民也"。洪補"《禮記》曰既冠以字之，成人之道也"。《士冠禮》有字辭曰"禮儀既備，令月吉日，昭告爾字，爰字孔嘉，髦士攸宜，宜之于假，永受保之"云云，字雖朋友之職，亦父命之也。詳參名字條下。

忿

《九章·懷沙》"懲連改忿兮"，王逸注"忿，恨也。《史記》連作違"，朱本亦作違，注"過也"。按作違是也。忿，《說文》"悁也"，《廣雅·釋詁》二"怒也"。《易·象傳》"君子以懲忿窒欲"。

奮

《楚辭》凡五見，分二義，皆一義之引申也。《說文》"奮，翬也"，此即《詩·柏舟》"不能奮飛"之奮，此爲本義，引申則爲奮起、奮迅、動也等義。《九懷·陶壅》"將奮翼其高飛"，又《九歎》"搖翹奮羽"，皆是翬義。《大招》"春氣奮發"，奮與發連文，奮亦發也、起也、動也。《九懷·匡機》"奮搖兮衆芳"，王注"動作應禮，行馨香也"。又《九思·遭厄》"起奮迅兮奔走"，曰起、發、迅皆動而起也。

慇

《九章·懷沙》"離慇而長鞠"，王逸注"慇，痛也。鞠，窮也。言己愁思，心中鬱結紆屈而痛身遭疾，不能自全也。《史記》慇作愍，而作之"。洪補云"離，遭也。慇與愍同"。朱熹注"愍，一作慇。而，《史》作之。鞠，叶各額反，一作蘜。離，遭也。愍，痛也。鞠，窮也"。《說文》无慇字，《史記》作愍，與叔師痛訓相協，洪補謂愍慇同，是也。然慇字當爲痗之別構。《爾雅·釋詁》"痗，病也"。《詩·伯兮》"使我心痗"，《十月之交》"亦孔之痗"，皆訓痛，《釋文》作悔，悔亦從每聲字，恨也。

惜

惜字《楚辭》凡十六見，"惜誦"一詞，猶今言哀訴，本爲篇名，別詳，其他皆一義也。《說文》"惜，痛也"。又《楚辭·惜誓》序"惜者，哀也"。哀、痛一也。引申爲憐愍、爲愛，皆一義之變也。《九章·思美人》"惜吾不及古人"，《惜往日》之"惜往日"、"惜壅君"，二見。《惜誓》之"惜年老"、"惜傷身"，《七諫·沈江》之"惜年齒"，《自悲》之"惜余年",《九歎·離世》之"惜皇輿"、"惜師延",《遠逝》之"惜往事",《愍命》之"惜芳"、"惜今世",无一而非哀痛愛惜之義,各就文句與上下文義體會而分別之可也。

竦

《九歌》"竦長劍兮擁幼艾",王逸注"竦,執也。《釋文》竦,作憟"。洪補曰"竦、憟,並息拱切。竦,立也。《國語》曰'竦善抑惡'。憟,驚也"。朱注"憟,一作竦,竝息拱反。憟,挺拔之意"。又《九懷》"竦余劍兮干將",王逸云"握我寶劍,立延頸也"。按此兩竦字皆訓執,立而執之也。《說文》訓敬,當爲敬立,故從立,束聲,束亦謹飾之意。《漢書·東方朔傳》"寡人將竦意而覽焉",注"企待也";《韓王信傳》"竦而望歸",注"謂引領舉足也",皆此義。"竦劍者,敬持其劍而立也",此一義也。又《九懷》"竦余駕兮入冥",按此竦當爲聳之借字。《左》昭十九年傳注"與聳音義同"。聳或從憟,驚也,與悚爲一字,引申爲跳躍。《廣雅》"竦,跳也"。《海賦》"莫振莫竦",注"動也"。竦駕即動余駕、聳余駕也。

愎

當爲復字之形近而誤。《天問》"伯禹愎鯀,夫何目變化?"王逸注"禹,鯀子也。言鯀愚狠,愎而生禹,禹小見其所爲,何以能變化而有聖德也?愎,一作腹。注同"。洪補云"愎,弼力切,戾也。《詩》云'出入腹我',腹,懷抱也"。朱熹云"腹,一作愎,筆力反"。大小雅堂本亦作腹,注釋音辨柳先生集所附載《天問》亦作腹,細繹叔師注,則疑亦作腹。按俞樾《俞樓雜纂》第二十四《讀楚辭》謂"作愎,作腹,於文義未安,其字當作夏。《說文·夊部》'夏,行故道也'。言禹治水,亦惟行鯀之故道,何以能變化乎。夏字隸變爲复,作愎,作腹,均傳寫誤增偏旁耳"。按《山海經·海内經》有帝令祝融殺鯀於羽山之郊，鯀復生禹，與此"伯禹腹鯀"之説似相合。然此處明言鯀禹父子相繼治水事，无由插入生禹故事。《山海經》多寓言，《天問》作意，大異其趣，不得以彼解此也。且何以變化，乃問治水之法。何以變化，即下文之"續初繼業，而厥謀不同"也，與禹生毫不相涉。此復、愎、腹等字，疑皆後字之誤，謂伯禹之治水後于其父鯀。然一則成功，一則失敗，其成敗關鍵在於治水之方法，此方法之變化如何？叔師以爲禹小見其所爲，何以能變化而有聖德云云，與上下文皆不相調，失之遠矣。更就上文"不任汩鴻"以下十句及此六句連貫讀之，則王注顯誤，而愎當作復，可得而益明矣。

愁

《楚辭》愁字凡二十四用，除"愁約"、"愁愁"等聯綿詞外，其餘二十用皆一義之變也。《説文》"愁，憂也"。字亦作愀。《易·晉》"晉如愁如"，鄭注"變色貌"。《荀子·脩身》"見善愀然"，注"憂懼皃"。《楚辭》所用，不出此一、二義矣。《九歌·大司命》"羌愈思兮愁人，愁人兮奈何！"又《九章·悲回風》"不忍爲此之常愁"，《七諫·謬諫》"身寢疾而自愁"，《哀時命》"居處愁以隱約兮"、"愁修夜而宛轉"，《九懷·畜英》"愴恨兮惏愁"，《九歎·逢紛》之"魂長逝而常愁"，外此則或與愁苦連文（見《少司命》、《悲回風》、《招魂》），或與愁歎連文（《抽思》），或與憂愁連文（《哀郢》），或與悲愁連文（《九辯》三、又五，《悲回風》），或以愁懟連文（《七諫·自悲》），或與鬱鬱連文（《七諫·謬諫》），或與愁悴連文（《哀時命》），或與愁約連文（《九辯》九），或與愁哀連文（《九歎·離世》、《九歎·逢紛》）等文，更有愁愁之言，審其大義，皆慁愁之判也。此今日尚流行之恒言，不必多論矣。

又愁者，覛若睸之借字。《九歌·湘夫人》"目眇眇兮愁予"，王逸注"眇眇，好貌。予，屈原自謂也"，洪補曰"眇眇，微皃"。愁字諸家无釋，蓋皆以憂愁義也。然以目眇之義定之，此當言視予而曰目眇眇也。眇眇者，言目微閉而斜視也，今方俗尚有此語，則愁字正以狀眇眇微斜之意，今方俗亦有此語。其音稍變如丑，西南俗師書爲瞅。《字彙》有瞉字，音同，言悶視也，亦此義。蓋人情在怨與愛交織之候，其注視稍斜曰瞉。民間之語，由來已久。《湘夫人》此語，正爲民間常見情態寫照也。

吉

　　《楚辭》吉字凡八見，其在漢人賦中僅一見于東方《七諫》。總其歸義，約得三事。曰日時之吉，《騷》言"歷吉日"，《東皇太一》言"吉日辰良"。二曰卜筮之吉，《騷》言"靈氛吉占"，及"告余吉故"（占之吉也）。《卜居》"此孰吉孰凶"，亦卜問也。三則《天問》言"吉妃"，指湯得有莘之女也，指人世祥善之事言。考吉字，《説文》訓"善也。從士、口"，會意。按許説皆典籍使用之義，非字之本形本義也。《易》、《詩》、《書》固多言吉，而甲、金文中用之亦至夥頤，皆不作士。甲文有兩形，一則作𠱾若𠮷、𠱾，一則作𠮷若𠮷、𠮷。依例定之，則士、𠂆、士皆𠊍之省，純形象，與兼象徵符號之變也。此兩系形製，至金文則從𠊍形已不見，而皆作𠮷、𠮷、𠮷、𠮷矣。中惟《旂鼎》作𠮷，尚可畸稀仿佛，此小篆所由本也。然求其始，固當説以𠊍，此蓋古兵器也。黃濬《鄴中片羽初集》下四有銅器作𠊍，題曰古兵。是何等兵器，似在可否之間。或以爲象斧碪之形，或以爲象置勾兵于筦盧中之形，或以爲猰之初文。考《説文·金部》有銰字，訓大鍼，一曰劍如刀裝者。《吳都賦》"羽族以觜距爲刀銰"，劉淵林注"銰，兩刃小刀也"，故銰蓋古以爲刺穿轄邪入之器，即鍼砝之器也。石器時代，以石爲之，故字亦得從石，曰砝石矣。砝石者利器，所以除病得善。其器利，故有堅固之象，用以除凶，故得善義。《釋名·釋言語》"吉，實也，有善實也"。故從吉之字孳乳爲堅實，善利、言利曰詰，石堅曰硈（《説文》一曰突也，則又含利義），堅黑曰黕，屈僵曰奱，頭直頂曰頡，齒堅曰齰，怒走曰趌，人之壯健正直者曰佶，可喜曰頡，專精曰壹，使固之曰袺，締之曰結（即袺之變），慎善曰劼。凡堅固則善，故引申爲善。要之，吉以鍼石爲本義。因其質堅而有堅義，其用所以得福，故有善義。吉日、吉祥、吉安、吉妃，皆其使用之義也。在漁獵時代，凡利器足以達生者，皆吉事，故引以爲吉祥矣。

溷

《楚辭》溷字凡十七見，義皆同。而屈賦則全與濁字組合，爲義近複合詞，別詳。漢賦亦有此詞組。其單用溷字者，惟《七諫》二見，《九懷・通路》一見，《株昭》一見，《陶壅》一見，《九歎・怨思》一見，《惜賢》一見，《遠遊》一見。《七諫・怨世》云“溷湛湛而日多”，王注“溷湛湛喻貪濁也”。按《説文》“溷，亂也，一曰水濁貌。從水，圂聲”。考圂，廁也，從豕在囗，亦曰圈，《蒼頡篇》“圂，豕所居也”。此則加水爲轉注字，指溷濁者，引申爲溷淆，參溷濁條。

利

《楚辭》利字凡五見，可分三義：一則鋭利，即利鈍之利；二則利益，即便利之利；三則犁之初文。

（一）鋭利。《説文》“利，銛也。從刀，從和省”。朱駿聲以爲兵革堅利之利，《易・繫詞》“其利斷金”，《論語》“必先利其器”，《孟子》“國之利器，不可以示人”云云，其説後出，轉益精審。《天問》“馮珧利決”，言大之珧與利之決也。參《重訂天問校注》。凡鋭利則不易，《大招》云“易中利心，以動作只”是也，王注以“心意和利”説之，其義較輕也。

（二）利益，即便利而得益也。《西周策》“西周弗利”，注“便也"。《周禮·太宰》"六曰主以利得民",注"讀如上思利民之利"。《七諫·初放》"王不察其長利兮",言長久之益也。又《天問》"厥利維何,逢彼白雉",此言昭后成游,至于南土,其所得之利益爲何,所得不過逢迎雉兔而已。參《重訂天問校注》。

(三)爲犁之借字,即犂之省文。《天問》"厥利維何,而顧菟在腹?"王逸注"言月中有菟,何所貪利,居月之腹,而顧望乎"、"菟,一作兔"。諸家釋此句,皆以利爲所得之利益,故曰貪利,其實依文理詞氣訂之,此言月中有黑影,究爲何物,而以爲有蟾蜍(顧菟)搗藥之影也。利即黎之借字。考利當爲今犁之本字,從刀從禾,明其爲禾稼耕器之利器也。後世或變作犂,從禾與從黍無別也。利又爲黎,蓋一字之異文,黎訓黑,則利亦有黑義矣,惟古籍此義極少見,而利、黎爲一字之變,世更無知耳。遂使沈埋千載云。參《重訂天問校注》。

俗

《楚辭》俗字凡十八見,皆一義之變。《説文》"俗,習也。從人,谷聲"。《周禮·大司徒》亦曰"以俗教安",注"謂土地所生習也"。習有美惡,則俗亦以美惡爲差,然古言俗多惡義爾。《孝經》"移風易俗",疏引韋昭曰"隨其趨舍情欲,故謂之俗"。《釋名》云"俗,欲也"。《楚辭》十八用,略得二義,一爲流俗、世俗,一爲習俗。

(一)世俗、流俗。可作世俗風俗解者,約十四見。《離騷》"固時俗之工巧兮",時俗即世俗,《漁父》言"而蒙世俗之塵埃乎"。或曰流俗,《惜誓》"俗流從而不止兮"。此十餘俗字,多有貶義,上舉工巧、塵埃、流而不止,已可窺見大義。或以富貴爲俗(《卜居》"從俗富貴"),或言蕪穢(《招魂》"牽於俗而蕪穢"),或言俗則不美(《離騷》言"委厥美而從俗"),或言變于俗(《涉江》"吾不能變心而從俗",皆是。至漢儒諸多貶義者,如《七諫·謬諫》言"俗推佞",《哀時命》言"俗嫉妒",《九思·哀歲》言"傷俗兮泥濁",《憫上》言

"阿媚"、"猷靡成俗",《九歎》言"服覺皓以殊俗",則俗不覺皓也,其爲貶損亦云多矣。

（二）習俗,或風俗。言風習、習染之善良者,皆見于漢人賦中,如《九歎》"思南郢之舊俗",言南楚之舊風俗,猶屈賦言"江介遺風"也,當爲今俗。《九歎·憂苦》"思余俗之流風",言余國余土舊俗之流風也。

又王逸《九思·守志》言"攄羽翮兮超俗",言超于俗,俗與超連文,其實亦含貶義,此與《哀時命》"舉世以爲恒俗"用法略近。依上下定之,亦不得言惡俗,此或屬一種中性含義矣!

虛

《楚辭》虛字凡十三見,共爲三義。

（一）與實字對舉,不實也,充類言之,則言行之不實者,皆可曰虛。《九章·惜往日》"弗省察而按實兮,聽讒人之虛辭",王逸注"謟諛毀誉而加誣也"。又《九歎·逢紛》"后聽虛而黜實兮",王逸注"言君聽讒佞虛言,以貶忠誠之實"。按《九歎》虛實用于一句,即節《九章》兩句爲之也,王注"言讒諛毀誉而加誣",申明其義,而究極言之也。凡不實之言,一以自遁,一以陷人,而其爲不實則一,故虛辭猶言虛構之辭矣。或以虛僞連言。《九章·悲回風》"孰虛僞之可長",王逸注"言讒人虛造人過,其行邪僞,不可久長,必遇禍也"。洪補云"此言聲有隱而先倡者,然明者察之,則虛僞安可久長乎"。又《七諫·沈江》云"信直退而毀敗兮,虛僞進而得當",王逸注"言信直之臣被蒙譖毀而身敗棄,虛僞之人,進用在位而當顯職也"。此虛僞指行事言,而其本義則亦不誠實者也,故與上句"信直"爲對。按以上四例,爲一義,皆就人品道德之真僞立言,皆屬于意識形態方面,凡具此種品質之人,必爲小人爲讒人,其言其行,對人則以誣諂爲能,對己則以飾僞爲能。屈子多以信、實、誠自修,則虛辭僞行,正所謂根本性之所在,故大聲曰"孰虚僞之可長",一言之重,勝千鈞之力矣。

(二)神仙道士修養之術語。《遠遊》曰"漠虚静以恬愉兮,澹无爲而自得",王逸注"恬然自守,内樂愉也"。虚静乃老、莊者流修養之一法,《老子》所謂"虚一而静,謂之大清明"是也。《遠游》又曰"虚以待之兮,無爲之先",王逸注"執清静也,閑情欲也"。洪補曰"莊子曰,氣者虚而待物者也。此所謂感而後應,迫而後動,不得已而後起"。朱熹注曰"當中夜虚静之時,自存於己而不相離矣。如此則於應世之務,皆虚以待之於無爲之先"。按三家注皆各得一偏,合而觀之,則王注以静釋之,爲最概括矣。此于莊、老書中,言之最多。至賈生《惜誓》,則云"攀北極而一息兮,吸沆瀣目充虚",王逸注"言己周流行求道真,冀得上攀北極之星,且中休息,吸清和之氣以充空虚、療飢渴也"。吸清和之氣以充虚,固道家修養之術矣。

(三)即太虚之省言。太虚猶恒言之太空也。《九歎·遠遊》云"升虚凌冥,沛濁浮清,入帝宫兮",王逸注"言龍能登虚無,凌清冥,棄濁穢,入天帝之宫,言己亦想升賢君之朝,斥去貪佞之人也"。太虚亦神仙道士之説,别詳太虚條。

嫉

《楚辭》凡十一見,其七見皆與妒連文,成義近複合詞,别詳。其單言嫉者,皆一義也。《説文》"倏,妒也,一曰毒也"。《離騷》"衆女嫉余之蛾眉兮",此以女妒喻嫉賢也。又"世溷濁而嫉賢兮",《九章·惜往日》"自前世之嫉賢兮",又"遭讒人而嫉之",見嫉賢也。按王逸注《離騷》"各興心而嫉妒"云,"害賢爲嫉,害色爲妒",比于《騷》、《章》四用,其義切矣。

妒

《楚辭》妒字凡七見,字或作妬,其義一也。《説文》"妒,婦妒夫也。從女，戶聲"，亦作妒。《離騷》"各興心而嫉妒"，注"害色爲妒"，引申爲害。《哀郢》"妒被離而鄣之"（《九辯》亦有此句，《九歎·遠遊》鄣作折，以雙聲字易之也），王注"妒，害也"。外此若《惜往日》之"妒佳冶"、"讒妒"，《荀子·大略》云"隱良者謂之妒"，屈賦所用，皆同此義。

讒

《楚辭》用讒字凡廿三見，皆讒言、譖賊一義。《九章·惜往日》"讒妒入以自代"，又云"使讒諛而自得"，王逸注"佞人位高，家富饒也"（朱熹以自得爲得志，義更切）。《卜居》之"蔽鄣于讒"，即遇謟佞也。"讒諛"一詞，《七諫》凡四見（《沈江》、《怨世》、《怨思》、《謬諫》各一見）。考讒字或以妒、嫉連文（《哀郢》"衆讒人之嫉妒"，《惜往日》"遭讒人而嫉之"），或言便嬖（見《九歎·愍命》），或曰讒賊（見《愍命》）等，皆自其質素之説。然《離騷》、《惜誦》、《惜往日》言"信讒"，《惜往日》又言"聽讒"，固已與言辭相連，而成其爲譖言之人。至《卜居》"蔽鄣于讒"（"讒人高張"句无補語），則可推而知之。《天問》言"讒謟是服"，《惜往日》言"讒人虛辭"，《愍命》言"讒人諓諓"，則其言之爲僞、爲陰賊，蓋可知矣。至《惜往日》言"信讒諛之溷濁"，"使讒諛而自得"，此讒諛一詞最爲剴切，蓋溷濁、虛構、諓諓皆僅得其一端，或僅爲形頌之語，古今惟諛字最爲可畏。蓋人主不能不爲諓言、急言、切諫、浮言所動，而無不爲諛詞所動之人。古今亡國、亡種、亡天下者，皆由信諛辭始，而中人最深而莫察者，亦以諛辭爲最。

愍

《九辯》"愍悽增欷兮"，王逸注"愴痛感動，歎累息也"。五臣云

“憯悽，悲痛皃”。洪興祖《補注》云“憯，七感切”。《説文》“憯，痛也”。《風賦》“狀直憯悽惏慄”，注“憂也”。

憎

《九章·哀郢》“憎愠愉之脩美兮”，《説文》“憎，惡也”。《曲禮》“憎而知其善者”。

誶

《離騷》“謇朝誶而夕替”，王逸注“誶，諫也。《詩》曰‘誶予不顧’。故朝諫謇謇於君，夕暮而身廢棄也”。洪興祖《補注》云“誶音邃，又音信，今《詩》作訊。訊，告也”。王注引《詩》“誶予不顧”，今《詩》作訊，《釋文》云“本又作誶，音信”。案《説文》“誶，讓也。從言，卒聲。《國語》曰‘誶申胥’。雖遂切”。“訊，問也。從言，卂聲，思晉切”。《爾雅》“誶，告也”。兩字義有深淺、強弱，以文義審之，則作誶不作訊。誶者，《説文》訓讓，即責讓也。當即“驟諫君而不聽”之驟諫，猶言疾諫，或激諫也。又《湘君》“時不可兮驟得”，此驟字作數數解，凡疾激必數數，故亦得言朝時數言而夕時見廢也。

賊

凡分兩義。

（一）爲殺害人者。《招魂》“歸來兮，恐自遺賊些”，王逸注“賊，害也。言魂魄欲往者，自予賊害也”，又同篇“多賊姦些”義同。《説文》“賊，敗也”。《虞書》“寇賊姦宄”，《鄭注》“殺人曰賊”，《左》昭十四年傳“殺人不忌爲賊”，古籍多用此義。

（二）引申爲害也。《惜誓》“反爲小人之所賊”，又《九思·哀歲》

"睹斯兮嫉賊",《論語》"老而不死是爲賊",《孟子》"賊仁者謂之賊",《荀子·修身》"保利非義謂之至賊",《莊子·漁父》"析交離親謂之賊"。

褊

《九辯》"性愚陋以褊淺兮",王逸注"姿質鄙鈍,寡所知也"。洪補注"褊,畢善切,急也,狹也"。又《七諫·初放》"淺智褊能兮",王逸注"褊,狹也"。按《説文》"褊,衣小也",此爲本義。《廣雅·釋詁》一"褊,陋也",爲引申義。

死

《楚辭》死字凡三十二用,凡分兩義,一爲生死之死,一爲屍之借字。

(一)終也、凶也。此《説文》本義。《説文》"澌也",民之卒事言,《禮記·曲禮》"庶人曰死",《檀弓》"小人曰死",皆其證。庶人曰死,大人以上曰卒、曰没、曰不禄、曰崩,此自是周以來文飾之禮制,于古无是説也。《離騷》言"寧溘死以流亡",又言"伏清白以死直","阽余身而危死",外此國殤亦曰死(見《九歌》),天式亦曰死(《天問》"天式縱横,陽離爰死"),月魄亦曰死(《天問》"死則又育"),一切皆可言死,乃通語,无階級屬性等差别。外此如《天問》之"長人不死"、"延年不死",《九章》之"狐死"、"恬死"、"子胥死"、"死不讓"、"死林薄"、"死節"、"逝死",《遠遊》"不死舊鄉",《九辯》"草木同死",至漢人賦則《哀時命》共四見,《七諫》八見,《九歎》二見,義皆不殊。

(二)屍若尸也。《天問》"而死分竟地",王逸注"言禹牖剝母背而生,其母之身分散竟地"云云,其説是也。則王義訓死爲屍矣。詳

《重訂天問校注》。《漢書·陳湯傳》"求谷吉等死"，注"尸也"。

隕

隕字《楚辭》凡六見，一作殞，同，皆隕墜之義。《説文》"隕，從高下也"，《爾雅·釋詁》"隕，墜也，落也"，《詩·氓》"其黄而隕"，《小弁》"涕既隕之"，皆其證。《離騷》"厥首用乎顛隕"，隕與顛連文，隕亦顛落也。《悲回風》"物有微而隕性"，亦同。《九歎·逢紛》言"志隕"、"隕往"，猶逝而往也。《遠逝》言"隕集"，下集也。又《遠遊》言"殞余躬于沅湘"，即沈汩羅之義，人死亦曰殞，落也。

美政

《離騷》"既莫足與爲美政兮，吾將從彭咸之所居"，王逸《章句》"言時世之君无道，不足與共行美德，施善政者，故我將自沈汩淵，從彭咸而居處也"。按王説從彭咸句未允，別詳彭咸條下，但釋美政句，差爲近之。考屈子明以政治論世之處，以此爲最明，其他雜見于《離》、《章》、《卜》、《漁》者，亦至多。細爲條理，可自三方面見之。

（一）思古之所謂聖君（明君）、賢后、賢臣。屈子作品中有大量歌頌古代所謂聖君、賢臣之處，君如堯、舜、禹、湯、后稷、文王及楚之三后，乃至王該、王季、上甲微、齊桓、晋文；賢后如有《離騷》所求四女，姜嫄、宓妃、湘君、湘夫人；臣如伊尹、傅説、吕望、周公、甯戚、介子、箕子、比干、伍胥、伯夷、叔齊及楚之子文等。其中除賢妃多借喻之用，比興之義外，皆屈子所望于其君如古聖君、其臣如古之賢臣，君臣又能相孚。其心目中之聖王，既受命于天（詳天字及天命兩條），而有明德在躬，施及于民。民得其惠，天置之輔（"皇天无私阿兮，覽民德焉錯輔。夫惟聖哲以茂行兮，苟得用此下土"）。餘詳下。所謂君之明德者，具體言之，如堯、舜之耿介，又能遵道以得路；堯、舜之抗行，上可薄天；禹之儼而祇敬；三后之純粹，及所謂"內厚直正者大人所盛"是也。又曰"善不由外來兮，名不可虛作。孰無施而有報兮，孰不實而有獲"。則本質（內）以直正爲盛，以實爲獲，不由外來，不可虛作。其所望于君者與儒說最相近，故依前聖而可節其中，此屈子所欲得而事之者，奔走前後，及前王之踵武，"望三王以爲像"。與此相反，若國君而溷濁不分，蔽美嫉妒，溷濁嫉賢，蔽美稱惡，則桀倡披，捷徑窘步，"夏桀常違"，"后辛菹醢"，"羿淫遊佚"，"浞貪其家"。文中一再貶損，其思想兩兩相照可以概見矣。

（二）臣之德，與君臣之際，爲君之責在選賢任能，則"國富強而法立"，君則"屬貞臣而日娭"，此與《荀子》尊君之義極近，而"選賢任能"之說，亦戰國以來商鞅、韓非諸家所甚稱道者也。所謂古賢臣，以伊、呂、傅説、箕子、比干、甯戚、子胥爲則（屈子自居則以彭咸爲儀，蓋屈子身兼巫史宗正，本近彭咸也。別詳）。此等人皆"孰非義而可用，孰非善而可服"之士，非由世襲，亦非出身貴胄，蓋大有反封建包澤之論也，與屈子對當時在位之世卿政治大相徑庭者矣，此用人惟賢，而非惟親之義也。故其忠正、忠信之由來，在于好修、從善、正直諸端。其于楚之胄子雖亦有保抱宗邦之義，故蘭芷不芳，荃蕙化茅，爲屈子所最傷心之事。忠信則不黨，故文中貶損黨人者至多。此黨人非他，亦在朝之小人也（別詳黨人條）。由其重視賢能一義，而知其所得于當時法家之義蘊者至多，此亦時勢之必然也。

（三）民本思想，爲君者不但在選賢任能，而尤在得民心。《離騷》"皇天无私阿兮，覽民德焉錯輔。夫唯聖哲之茂行兮，苟得用此下土"，此言得民者有其國，與《商書》所謂"天視自我民視，天聽自我民聽"者，義實相類。又曰"怨靈修之浩蕩兮，終不察夫民心"（此民字本原自民，而其義蘊亦偏指齊民也），又曰"願搖起而橫奔兮，覽民尤以自鎮"，又曰"瞻前而顧後兮，相觀民之計極"，"夫孰非義而可用兮，孰非善而可服"（此節參《離騷》"舉賢而授能兮，循繩墨而不頗"以下一段十句，即至明顯，无庸多證）。其以民爲政治之基本因素，蓋舊傳之說也（參民德、民尤條）。上來所陳三義，皆屈子致君堯舜之理想，大體皆原則性之思理，究其真際，亦至空泛。或指某爲屈子之進步，某爲屈子之復古，自班固、劉安、顔之推以來，説者至紛雜，多以儒家標準爲衡。其實屈子非思想家，亦非政治家，其政治上未必即有最系統、最詳密之解析，《騷》、《歌》、《章》、《漁》諸篇，與政事有關要語，略已盡于此。《大招》亦屈子之作也，其篇乃有最具體最翔實，足以爲美政之記叙，可作上文之印證而不疑，又可作屈子美政思想之集中表現。兹分類録之。（1）賢能在位。"三圭重侯，聽類神只"，"魂乎歸來，尚賢士只"，"舉傑壓陛，誅讒罷只"，"直贏在位，近禹麾只"，"豪傑執政，流澤施只"，"三公穆穆，登降堂只"，"諸侯畢極，立九卿只"。（2）對人民之政治事蹟。"察篤夭隱，孤寡存只"，"先威後文，善美明只"，"魂乎歸來，賞罰當只"，"發政獻行，禁苛暴只"。（3）富强之跡。"田邑千畛，人阜昌只"；"大侯張只，執弓挾矢，揖辭讓只"（講武也）。（4）君德。"名聲若日，昭四海只"，"德譽配天，萬民理只"，"赫赫雄雄，天德明只"，"尚三王只"，"國家爲只"。（5）開拓疆土。"北至幽陵，南交阯只，西薄羊腸，東窮海只"。就此五端而爲疏證，其承襲于古者，如君德、賢能、在位、政績諸端，與《尚書》、《大學》并無差別。田邑千畛之制，亦非楚之故制，而疆域四至，切近懷、襄以後之所拓，南交阯，東窮海，皆非楚先民之所見，其爲開拓之言更无可疑。又試繹屈子當時之楚國形勢，則屈子之所以護國愛民者，亦皆各各有其最現實之意義在乎其中。考《楚策》云"今王之大臣、父兄，好傷賢以爲資，……謁者難得見如鬼，王難得見如天帝……"。《中山策》云"是時楚王恃其國大，不恤其政，而羣臣相妒以功，諂諛用事，良臣斥疏，百姓心離，既无良臣，又无守備，故起（白起）所以得引兵深入，多倍城邑，發梁焚舟，以專民心，以掠于郊野，以足軍食"。《國策》、《吕覽》、《荀子》、《賈子春秋》中，記載相類之語至多。吾人試閉目靜頌《騷》、《章》、《天問》，即寫此亂世現象，分毫不爽。屈子所在之時代如此，故所寫之詩篇亦如此，此具體之事象也。《史記·屈原傳》載"懷王甚任之，入則圖議國事，草爲憲令，出則應對諸侯"，屈子固曾"釋階登天"，但當時形勢則至惡劣，上引各文，已至明白，證以屈文，則"時俗工巧，偭規矩而改錯"，"背繩墨"，"競周容"，"衆皆競進以貪婪"，"內恕己"，而又"妒人"，"黨人偷樂"，"讒人高張，賢士無名"，種種情勢，言之詳矣。於是對于此現實情況，屈子蓋欲以兩法挽之，此其具體措施也。（1）則變法以圖强。"惜往日之曾信兮，受命以昭時。奉先功以照下兮，明法度之嫌疑"，此屈子追憶往昔在政治上之措施，以目的在於"國富强而法立兮，屬貞臣而日娭"。法立則爲君者垂拱在上，爲臣者忠誠爲國。"背法度而心治兮，辟與此其无異"，國不遵法，上下任情（心治），則必至覆亡也。變法圖强，本戰國一時風習，而確有行之見效者，亦時勢推移之使然。惟其所變之法爲何，至今不可詳知矣。（2）求賢以輔君助己，培養胄子，以維國脈。屈子以輔臣良否爲立國之政，文中常言輔佐之要，義已至明白。《離騷》則更以浪漫色彩，四次求女，蓋以爲君之輔，求賢不必己國，故四女不必楚人，則屈子蓋有求之四方，以楚用之意，此亦戰代一時通行之思想也。文中又屢言"滋蘭樹蕙"等事，以蘭蕙之香質，比楚國之宗親，所以屈子以三閭之職，掌宗親之任，度其所事，必至堅苦。用心如此，欲以氏族之餘緒，求佐己之青壯，以圖國事者也。然蘭芷不芳，化而爲茅，則失意侘傺，推心而言，其所寄望已成泡影，此其所以終之以不能不死（參黨人、衆字、法字等條）。此兩事正反映屈子所處之時代，以所遭之境遇，而發爲現實處理挽救治理國家之具體表現。屈子之所謂美政，余所能鈎稽者如此，與古人之舊説不盡合，與今人之新釋亦不相調，余但求文理組織言之，自信附會之説較少。

正義

形名複合詞，猶言正道、正當之行爲也。《九思》"指正義兮爲曲，訕玉璧兮爲石"，諸家无説。今言正義指一種行爲，不侵暴人、不掠奪人曰正義，與此稍異。此正義，猶言正道、正當之行爲，與正當之是非也。《荀子·正名》"正義而爲謂之行"，楊倞注"苟非正義，則謂之姦邪"。《韓詩外傳》"耳不聞學行正義，迷迷然以富利爲隆，是俗人也"。《後漢書·賈逵傳》"臣謹摘出左氏三十事，尤著明，斯皆君臣之正義，父子之紀綱"。叔師此處所用，義兼行事與正當之是非而言。

正氣

形名複合詞，依《遠遊》文義言，當指精神面貌之表象，有守死不枉之情慨，故曰"求正氣之所由"也。《遠遊》"内惟省以端操兮，求正氣之所由"，王逸注"棲神藏情，治心術也"。朱熹《集注》"能反自循省，而求其本初也"。按叔師以"棲神藏情，治心術"爲求正義，朱熹以"求本初"爲求正氣，一就求之方法立言，一就求之對象立言。依朱説，則正氣乃天生之本質，无偏頗雜沓之氣質；依叔師説，則遠離外在，作内心修養，以得天地自然之氣。從上文一大段及"内惟省以端操兮"一語合觀之，言意、言心、言神、言形皆就心理精神狀態之本質表象。分析言之，意、心、神、形皆已不安，則"内惟省"兩句，其所省、所求，正所以安心、意、神、形者也。事内省端操者，操其所守。求正氣之所由者，正言求精神狀態表象之所當由，則此正氣即精神面貌之表象也。叔師以不動神情説正氣面貌之真象，朱子以爲反本初説正義面貌之本質，兩説有相成之妙。合兩説細思之，則差可仿佛。此等詞，極難作最恰當之解説，在讀者悉心體會上下文義自得之。以氣字説人之精神現象，爲戰國諸子所最喜道者。屈子正氣之説，似與《孟子》浩然之氣相近。然充量言之，則浩氣有發揚蹈厲之恣，而屈子正氣則有守死不枉之慨。

忠

忠字全部《楚辭》共二十六見，漢賦皆本之屈子。屈賦言忠，《九歌·湘君》一見，《天問》一見，《九章》九見，《卜居》一見，宋玉《九辯》四見，其他漢賦凡十見。屈、宋賦諸所見，除《湘夫人》"交不忠兮怨長"指男女關係而言（猶今言忠實），其他皆爲形容爲臣者對于君上之一種道德範疇，固古代政治組織中常見之形容語，其涵義如何，至難分晰。然《惜誦》言"竭忠誠以事君"，《哀郢》言"忠湛湛而願進兮，妒被離而鄣之"，《惜往日》云"或忠信而死節兮"，《卜居》言"吾寧悃悃欵欵，朴以忠乎"，《九辯》"紛純純之願忠兮"、"忠昭昭而願見兮"，諸言忠誠、忠信、湛湛、悃悃、欵欵、純純、昭昭等複合詞，以補足語觀之，則許氏訓忠爲"敬"，于義爲至允當（漢賦中義發展而爲《七諫》云"堯舜聖已没兮，孰爲忠直"之忠直，及"忠臣貞而欲諫兮"之忠貞。《九思》云"崇忠貞兮彌堅"，然《九章》亦云"屬貞臣而日娭"，則貞臣亦即忠臣之義，而忠亦有貞義矣。別詳）。誠信乃至于貞，皆敬中事像之分析言之者。誠自主觀之心理現象言，信自對客觀之現象言，而忠則主客觀必求其一致，故與貞字亦即相合。貞亦自主客觀之統一性立言也。在道德哲學中，此數字皆爲一種剛性之品德，與屈子所崇信之其他道德極其一致（詳德字條下）。吾人試讀《惜誦》一篇，其語氣之剛健，表暴屈子之誠信貞諒于其君者，無微不至。"所作（應作'所非'。別詳所作條）忠而言之兮"，可以以蒼天爲之證驗，下即言"竭忠誠事君"、"待明君其知之"、"相臣莫若君"、"吾誼先君而後身"、"專惟君而無他"、"疾君親而無他"、"思君莫我忠"，反覆申辯己事君之忠誠。"壹心而不豫"（猶豫），"事君而不貳"，則所忠者，專一之謂也。"專惟君而無他"，終之以見讒于衆小人，"陳志無路"，"呼號不聞"，至是則"君可思而不可恃"，即《離騷》"怨靈修之浩蕩"也。且屈子以宗親之末冑，事浩蕩之獨夫，在他人則遠適他，別事令主，在己則曰"蓋惟兹佩之可貴"，故"委厥美而歷兹"。此《惜誦》于既見排于讒諛亦棄于親君之後，以申生孝子"父信讒而不好"爲喻，則屈蓋身兼君臣與宗親兩義，故其視事君事國，兩無所分，不得如他人可以"忠"、"愛"之可分者比也。細讀屈子全書，然後知余解之非比附詞句、妄度事象之言也。

　　按屈、宋用忠字，皆指臣事君之一種純德言，較戰國以前使用此字之義蘊稍寬。《論語》"三省吾身，爲人謀而不忠乎？"皇《疏》"忠，中心也"。《里仁篇》言"夫子之道，忠恕而已"。皇《疏》"謂盡中心也"。又《憲問篇》"忠焉能無誨乎？"皇《疏》同。又《學而》"主忠信，無友不知己者"、"文行忠信"，《釋文》云"臣事君也"。《尚書·仲虺之誥》"顯忠遂良"，疏"忠是盡心之事"。《禮記·禮器》"忠信，禮之本也"，《中庸》"忠恕，違道不遠"，舉凡《論語》、《尚書》、《詩經》、《左氏傳》、《禮記》中使用忠字，其事甚煩賾，不盡以指臣事君之德，《左氏傳》昭十年傳所謂"忠爲令德"一語，可以包涵。故處人處事與祭祀，除對宗屬外，皆可用之。《國語·周語》所謂"忠非親禮"是也。考忠字，《説文》"敬也。從心，中聲"，許氏言字形恐非，此當是轉注字。謂心之中正也，中當爲斿旐之𣃖，即《易》所謂"日中"也。取正于日中，爲中之本義（中字一形三義，詳余《文字樸識》）。故人之能盡其心以從事，皆得曰忠。《禮記·祭義》"祀之忠也"，《仲虺之誥》"顯忠遂良"。他如《詩·關雎》序箋、《皇皇者華》箋、《左傳》昭六年之"以忠"疏，皆同此説。因之，則君之於民，亦可謂之忠，《左》昭六年所謂"道忠于民"。故注家或以內盡于心爲忠（《禮記·禮器》"忠信，禮之本也"疏，《中庸》"忠恕，違道不遠"）。所謂君臣關係，亦可通。即此而引申，《論語》所謂"君使臣以禮，臣事君以忠"，則君臣固有相對之德，非單方面之德。《書·伊訓》"爲下克忠"。《周禮·地官》"一曰六德，知、仁、聖、義、忠、和"，則忠不過六德之一，鄭注曰"中心曰忠。中下從心，謂言于心，皆有忠實也"。則所謂忠心者，猶言"不二爾心"，《左傳》成九年所謂"無私忠也"。至此，吾人已充分説明忠字之本義及歷來使用此字之含義。大體忠止言人能盡其心力以從事，皆可曰忠。因而其所事必誠、必信、必正、必直，故忠字與誠、信、正、直連文爲一詞者至多，而誠、信、正、直亦即《説文》所謂敬也。至《諡法解》乃有"危身奉上，險不辭難曰忠"。于是忠之一德，既專爲臣事君之特定德性，而又必愚戇危身，爲至極之操。此本專制政治發展至最後階段之愚教，大體在春秋之末已開始，至漢而演之益極，屈、宋正當此一政治道德推蕩之際，而屈子又以宗親之故，其君臣關係本有祖孫父子血緣存在，成其爲悃誠無比，不離宗邦，誓死家國之精神，非單純事主如後世君臣之分者也。故屈子于伍員對楚之狂悖，毫無所責。此一矛盾，惟知其所處地位，方能了解。屈子非頑固不化，如漢以後之所謂忠義者也。

上文曾舉《九章》"屬貞臣而日娭"，而斷之曰"貞臣亦即忠臣"。然屈、宋始終不以忠臣組合爲一詞，而貞臣則《惜誓》篇凡三見，則屈子以貞臣組合爲一詞，固強調貞與臣之關係較忠與臣之關係爲重。凡戰國以前用貞字，自訓詁學立場論之，亦訓正也，與忠似無大殊，而在文理詞氣之間，則忠字含理性作用爲重，而貞字含有若干之感性成分。《禮‧檀弓》"故謂夫子貞惠文子"，疏"《諡法》'外内用情曰貞'"，是其證。乃至於宗教信仰成分，故言忠，則如對嚴君而言；貞臣，則如對慈父。《洛誥》言"我二人共貞"，此周公與召公之言，兩人皆周之宗親也，同其爲"無二爾心"，而情意殊致矣。別詳貞臣條下。

又以忠喻夫婦情好之專一。《九歌‧湘君》言"交不忠兮怨長"，此爲男女情好之專一，猶今世言忠實、忠誠也。然吾人所不可不知者，古人往往以夫君喻君王，妻妾喻臣下，詳毛奇齡《竟山樂録》。則此忠字實又含有濃厚之感性成分。考忠貞本雙聲字，東韻與庚清韻音亦可通，故二字又得相襌也。

忠就其全德言，而貞臣則就其性行之特別專固堅強方面立説，細讀《惜往日》篇，自知之。東方《七諫》有云"忠臣貞而離謗兮"云云，以"貞"爲忠之内含之某種特質（堅強），尤可見此兩語之差別云。餘詳貞臣與貞字各條。

忠貞

《九思》“崇忠貞兮彌堅”，舊注“雖遥蕩天際之間，不失其忠誠也”。按《舊注》以誠釋貞字，大義可通。惟忠貞連文，《楚辭》始見于此。惟《七諫》云“忠君貞而欲諫兮，讒諛毁而在旁”，亦已用忠貞，相間爲言。又《九章》云“屬貞臣而日娭”，則于臣稱“貞”，屈子亦用之矣。此不僅爲造詞發展之必然結果，以思理言，亦得有此邏輯之發展也。按貞本卜問，《易》之“元亨利貞”，疏“貞，正也”。《易·文言》釋云“貞者，事之幹也”。《書·太甲》“一人忠良，萬邦以貞”。疏“天子有大善，則天下得其正”。劉成國《釋名》總群義而釋之曰“貞，定也，精定不動惑也”。則忠貞猶言忠正矣。惟屈子言中正不言忠正，忠正蓋又中正後起之分別詞爾。餘詳中正、忠正兩條，并兼忠字條。惟此僅就王叔師《九思》此處所用字之義理言之。而忠貞兩字，在漢前自有其差別，大抵忠指事君之全德，屬于理性範圍，而貞則由内外心情之純固誠信立言，多屬于感情之作用。此吾人所不可不知者也。

又《九歎·愍命》云“親忠正之悃誠兮，招貞良與明智”，忠正貞良并舉，與忠貞組合義近。忠與正組合，貞與良組合，各成一詞組，義與忠貞大同。別詳忠正與貞良兩條。

忠正

《七諫·怨世》“小人之居勢兮，視忠正之何若”，《章句》“言小人智少慮狹，苟欲承順求媚，以居位勢，視忠正之人，當何如乎？甚于草芥也”。按《章句》以“忠正之人”釋忠正，依上下文義定之可通，此漢儒所用詞義與屈子不同者。屈子忠字必指爲臣者之一種對君上之剛健道德，不作他用，而《離騷》言“耿吾既得此中正”之中正，則指一般品質言，而字絶不作忠。中正爲春秋戰國以來傳統之詞彙，最大量見于《易經》，其次見于《左氏傳》，皆指人之恒德，或指物之恒德言，直至漢人始言忠正者，見于《漢書·劉向傳》、《霍光傳》、《匡衡傳》等文。《後漢書·宋弘傳》以指"進鄭聲者"爲非忠正者也，則指臣下之義益明。則《七諫》忠正之忠，當爲中同音字之借。餘詳忠字及中正兩條。聲轉則爲"忠直"，則漢人恒語矣。參中正條。以忠正爲中正，乃漢人習語，蓋漢以後對人倫教育益嚴密周詳。忠正一字，對統治階級益有用，于是而忠也、孝也義日益隆，故忠正行而中正廢矣。此漢語以時而異其用之現象。

中正

引申爲忠正，亦即忠貞之變。字又作衷正，聲轉爲中至。中正言其道無偏頗而正直也。

《離騷》"跪敷衽以陳辭兮，耿吾既得此中正"，王逸注"乃長跪布衽，俛首自念，仰訴于天，則中心曉明，得此中正之道，精合真人，神與化游"。五臣云"明我得此中正之道"。諸家所釋，不出王叔師之義，《離騷》此言，蓋總結上文"就重華"所陳之辭而言，則中正者，不自縱，不淫佚，不强圉，不違天道，不妄殺戮，而祗敬如湯，繩墨不頗，義用而善服，皆正道也。此中正之大義如是（參正字條下）。言中正最詳悉者，無過《易經》，皆與剛健諸德連言，故義與忠字通。別詳忠與正兩字下。按中正，古成語，所指甚雜，有指内心修養言者，《禮·中庸》"齊莊中正，足以有敬"，又《樂記》"中正無邪，禮之質也"，皆是。有指行爲言者，《禮·儒行》"言必誠信（誠字原作先，據《家語》校），行必中正"，《管子·五輔》"中正比宜，以行禮節"是也。古中、忠兩字通用，故《禮記·儒行》之中正，《家語》作忠，則中正又作忠正解。《漢書·劉向傳》"竊聞故前將軍蕭望之等，皆中正無私"，此猶言公正無私也。《七諫·怨世》"小人之居勢兮，視忠正之何若"，此以小人與忠正對舉，則忠正猶言忠貞矣。《漢書·霍光傳》"宿衛忠正，勤勞國家"，此忠正亦與忠貞同，貞與正亦一聲之轉也。

中正又可作衷正，《國語·周語》"國之將興，其君齊明衷正，精潔惠和"。中正聲轉爲中至，《淮南子·俶真訓》"古之真人，立于天地之本，中至優游，抱德煬和，而萬物雜累焉"。

中正構詞有兩式：一爲平列式，即中正二字平列爲義，大抵言行事道義者屬之；一爲融合式，二字融爲一義，不能分釋爲中爲正，大體言德行心象者屬之。細讀上文，自能得之也。

貞

《楚辭》凡十一見，屈賦五見，其他皆見于漢賦。《惜往日》三見，皆與臣字連文，作形容詞用；一見于《卜居》，與廉字組合，爲義近複合詞；一見于《離騷》"攝提貞于孟陬兮"，爲獨用訓詁字；其見于漢賦者，曰貞枝、貞節、貞孟，凡四見；獨用者曰"忠臣貞而欲諫"（《七諫篇》）。其連文或組合之詞，已各分見，此不具說。按貞字，《説文》"卜問也。從卜，貝以爲贄"云云，又"鼎省聲，京房所説"。又鼎字注"古文以貞爲鼎"、"籀文以鼎爲貞"，釋貞義是也，解貞形則非。貝乃龜之變，甲文貝字皆作 ･，而貞字皆以 鼎 爲母型，或作 鼎、鼎、鼎，其第二、三兩形則爲鼎形，與許君"以鼎爲貞"之説合。古金文中貞鼎二字亦多不別。《無專鼎》字作 鼎，《舊輔段》貞字作 鼎，合卜辭觀之，并可爲許説之證。惟甲文貞字，不更加卜形，則小篆作貞者，又象形兼會意字，漢字發展之一也。

《周禮·春官·天府》"季冬陳玉，以貞來歲之媺惡"，鄭《注》"問事之正曰貞。問歲之美惡，謂問於龜"。鄭司農云"貞，問也"。又《太卜》"凡國大貞"，鄭《注》引鄭司農云"貞，問也"。許君貞爲卜問之説，蓋本諸先鄭云。

鼎 爲母型，而變至繁，此乃灼龜見兆之形。古者遇事不決則卜之，以龜甲獸骨爲之，今傳世殷虛出土龜甲獸骨卜辭胥此類也。惟此事非人人所得而行卜者，能以卜爲決疑者，非大酋與統治階級不能備，而釋卦象以決吉凶者，更有人掌之，即所謂巫史之屬也。甲文多載卜者姓名，皆當時之大巫，或史官之流也。其事蓋在宗教迷信時代，其初祭司長口發命令而行，進而人在勞動中已漸知宇宙變化中之若干部分，不依靠宗教迷信之祭司長，因政治組織結構之進步，已退居大酋之下，僅爲大酋統治集團之一部分，則借龜獸灼兆之靈以蠱其衆，而卜問以決疑之事大興。大約此時巫史已掌握灼龜技術，吉凶似可由心操之。余青年時曾以龜自鑿自灼，覺其施火之强、弱、久、暫，鑿孔之厚、薄、精、粗皆有規律可尋，度古專門司此之巫祝史官，必更詳細掌握，則吉凶自在其手矣。因而尚存一部分使人迷惑不能解之現象，巫史即以此爲統治階級服務。此殷虛之龜甲卜辭，周人之《易卦》，皆此類也。故貞字在傳統義變上含有宗教意義，乃極自然之事。以此義反照屈、宋各賦所用貞或與貞組合之複合詞，和《離騷》之"攝提貞于孟陬"，及《九章》之"貞臣"，《卜居》之"廉貞"，吾人釋之，皆不可忘此一歷史因力之內在作用。至漢人訓詁，固爲通俗立論，要亦不可廢云。

問卜者，誠信求神，折中于至當，又以誠信以從事。其事蓋有節族，故貞字含誠、信、中、節諸義，而一歸之于堅固。誠、信、中、節、堅諸義，其音與貞爲雙聲或叠韻之變，于古爲同族字，試就其音理衍之，則真、諄、臻諸韻，與庚、清、青諸韻中字，多含貞固之義。故《周易》言涉貞字諸卦，多有堅固不拔之操，而與貞組合諸詞，如貞固、貞信、貞操、貞士、貞女、貞望、貞良、貞正、貞亮、貞順、貞幹皆以貞堅一義爲之根柢。《易·乾·文言》曰"貞固足以幹事"，《集解》"何晏曰'貞，信也。君子堅貞，正可以委任于事'"，《正義》曰"言君子能堅固、貞正，物得成事皆幹濟"。此法天之貞也。以訓詁之立場論之，則堅固、貞順即足以了其含義，而自字義發展之歷史觀之，則此固由宗教性作用之字而轉爲普通含義者也。

《離騷》"攝提貞于孟陬兮"，王逸注"貞，正也"。按馬融《洛誥注》"貞，當也"，古貞鼎一字，鼎訓當，故貞亦有當義。又《卜居》"孰知余之廉貞'，貞與廉相類者，詳廉貞條下。《周書·諡法》"清心自守曰貞"，與廉類。

貞良

《九歎·愍命》"親忠正之悃誠兮，招貞良與明智"，《九思·憫上》"貪枉兮黨比，貞良兮煢獨"，又《傷時》"憫貞良兮遇害"。按貞、良義近複合詞組。貞字詳貞字下。良字《説文》訓善也。《論語》"夫子温良恭儉讓以得之"，良謂易直。貞良一詞，乃漢以後複合詞組，言貞堅良善也。惟貞字有堅强固直之義，同義複合之，亦有此義。《三國志·諸葛亮傳》"侍中、尚書、長史、參軍，此悉貞良死節之臣，願陛下親之信之"，以貞良與死節對舉，此見貞良有堅强不屈、死節事上之操，即《九思》所謂"貞良遇害"之義也。

貞節

《九嘆·逢紛》"原生受命于貞節兮"，貞節此一見，此貞與節義近複合詞也。貞字已詳貞字條下。節者，《説文》"竹約也"，又操也。《左傳》成十五年"諸侯將見子臧于王而立之。子臧辭曰'前志有之曰：聖達節，次守節，下失節。爲君非吾節也'"。節之義，子臧數語盡之矣。《易·節卦》"節，亨。苦節，不可貞"，貞、節連文，最早見于此，然其義則有差。節本竹節，凡節皆所以節止之，故引申爲操。操持猶節止也，事君、事事而能有所操止持守，則謂有節。"制事有節，其道乃亨"，《節卦》疏。貞、節連文，亦不過言其貞固有守而已。

貞臣

　　貞臣一詞，惟三見于《九章·惜往日》，一則曰"國富强而法立兮，屬貞臣而日媙"，二則曰"何貞臣之無辠兮，被離謗而見尤"，三則曰"獨鄣壅而蔽隱兮，使貞臣爲無由"，《章句》"委政忠良而遊息也"。貞字，《説文》"問卜也。從卜，貝以爲贄"。今考，"問卜"義是，"貝以爲贄"大誤。貝即鼏之省，此象灼龜見兆之事，故曰貞，甲文、金文皆可證之，詳貞字下。古用貞字，在訓詁上與忠字同，而字皆訓正。然忠乃理性裁決之意，而貞則多感情成分，詳忠字條下。故貞臣即臨難勿苟免之人。屈子爲楚宗親，有死難死節之義，此爲一種堅强之道德，其中既有信念之忠正，亦有宗親之情感成分。故貞臣有豐厚之感性成分，"屬貞臣而日媙"，則貞臣大可信托也。"貞臣無罪而被障于讒"、"貞臣無由"，則欲死節亦無其道，皆推極言之。一篇之中，三致意焉。其强固不僅于理性之忠則已。理性之忠，則"君使臣以禮"，而"臣事君以忠"，則伍員不見容于楚而逃之吳，而忠于吳，屈子亦直贊其忠，以子胥本非楚之宗親血緣關係也。而貞臣則知死靡他，此屈子之所以終于沉湘。史稱其志潔行芳，吾于《惜往日》篇見之矣。參忠字、貞字各條。

輔

　　輔字《楚辭》凡七見，皆輔佐、佑助、輔弼之義。《離騷》"覽民德焉錯輔"，王逸注"輔，佐也。言皇天神明，無所私阿，觀萬民之中有道德者，因置以爲君，使賢能輔佐，以成其志"。洪補云"上天佑之，爲生賢佐，故曰錯輔"。屈、宋所爲文大體與此同類，即以爲輔弼之臣也。《天問》所謂"彼王紂之躬……何惡輔弼"是也，皆指統治階級之臣下言。《天問》又云"初湯臣摯，後兹承輔"，《離騷》又云"齊桓聞以該輔"，皆是類也。《招魂》云"帝告巫陽，我欲輔之"，此以上帝欲佑助屈原而言輔，于義與上列諸說相左，此輔之通義如是耳。

社稷

社稷之義，先儒所解多不同，後世説之者亦至多且詳，矛盾衝突所在多有，自先秦迄于近代終无定説。其《禮記·郊特牲》"天子大社"，《正義》及金鶚《社稷考》羅列分析諸家之説，至爲詳備。餘如全祖望之《原社》（《鮚埼亭集》外篇），嚴可均之《社稷》（《鐵橋漫稿》），俞正燮之《論語社主説》（《癸巳類稿》），潘德輿之《郊社説》（《養一齋集》），唐仲冕之《社祭后土説》、《郊社有尸説》（《陶山文録》），董豐垣之《郊社在北郊辨》（《識小編》），侯康之《社考》（《學海堂集》），皆各有新義，亦皆爲一偏之見。按殷虛卜辭中言"奠土"、"求年"之辭極多，而未見社稷連文，金文亦後期諸器偶有之。文獻足徵，始于《尚書·太甲上》"社稷宗廟，罔不祇肅"，而大量見于《春秋左傳》（桓五年，莊十四年，僖二十三年，宣十二年，襄十四年、二十一年、二十五年，昭七年、二十七年、二十九年、三十二年，定四年），《論語》一見，《孟子》四見，《孝經》一見，《吕覽》一見，其他則《周官》、《禮記》所見尤多，而最早最詳之解説莫如《白虎通·社稷篇》，則春秋時爲此一術語確定之期，似无可疑。然以諸書考之，則《周官》、《禮記》所言，皆社稷禮文；《論語》、《孟子》、《左氏傳》所言，多爲國家一義之代用詞。惟昭公二十九年，魏獻子問其太史蔡墨"社稷五祀，誰氏之五官"，蔡墨以爲"共工氏有子曰句龍，爲后土，后土爲社。稷，田正也。有烈山氏之子曰柱，爲稷，自夏以上祀之。周弃亦爲稷，自商以來祀之"云云，亦只説明傳説，未言大義。則以五行之土法説之，似亦春秋以後一家之學。然其中言稷字之義以爲田正，又以爲社稷爲三代所祀之人先，此語最有着落。一則以稷爲祀社之配，而夏以社，周以稷（"周弃亦爲稷，自商以來祀之"，非商祀稷之謂，此言周之祀稷，在商之時也），則社者自夏以來三代所共祀之大社，而社爲夏以上之配祀，稷爲周以來之配祀也。此中説明一事，大社乃靈物崇拜之遺制（詳社字條下），而稷則周所以崇祀其祖者。在氏族社會之母權社會轉化爲父權社會時期，靈物崇拜已成定型，而祖先之崇乃隨父權中心之變化而變化，故夏以來之祀社以龍爲主，至周而以稷配。殷之祀，可能爲蔡墨所言之社，或即《商頌》之所謂相土。相與社、主與土形近而誤（別詳余《宗社考》）。中土文化建設之最成熟時期爲兩周，一切制度之凝固使用與解釋皆在此時。祀土乃崇奉生産靈物，轉而爲土地，以土地爲農事時代重要生産所在也，於是而一切禮制皆由此而定。依《左傳》、《論語》、《孟子》、《詩經》及戰國以來之《三禮》考之，大約社稷有二，王爲群姓立社曰大社，亦謂之方丘；王自爲立社曰王社，諸侯之社曰國社，皆與稷位庫門内之西（大夫以下成群立社曰置社，或曰書社。戰國以後，則民自立社曰里社。此雖有社名，而并無祭典）。

大社壇五方之土，五色，若封國，則取其方色之土以爲土封。

社爲壇祀，社稷二位，社東稷西，其壇或言一壇，或言二壇。

壇不屋。

表以木（夏以松，殷以柏，周以栗）。

以石爲主。

其祀禮則見于《月令·季夏》、《王制》、《夏官·大司馬》、《春官·邕人》、《司服》、《地官·政人》、《舞師》、《郊特牲》、《春官·大宗伯》、《肆師》等職。

欲考其詳，上舉諸文外，近人瞿兑之有文載《東方雜志》一九三一年第三期，可參。

《九歎·怨思》"念社稷之幾危兮，反爲讎而見怨"與下兩句"思國家之離沮兮，躬獲愆而結難"對文，義念社稷即思國家也。異辭避重，以加重語義，此修辭上之一法也，尤其在辭賦中爲最多。

又按社稷一詞，古有兩義，一爲本義，一則借用以指國家而言，《九歎》此句用第二義也。

第一義，社稷本義者，社爲土地之神，稷爲五穀之神。大約在農業時代，人民發現植物食品由地而生，每間若干時日而又重生，未能理解，遂以爲有神人主之，故祀土神、穀神以爲祈報，原始意義不過如此。後世有國者，各依其民族所崇奉之神與其習俗而爲之制度，于是社稷一禮遂繁變多端，幾于不可轊理。如所祀之神，有不立神名而曰社者五土之神，稷者五穀之長；有立神名，以爲句龍爲社神，柱爲稷神者；有謂禹爲土神，后稷爲稷神者（此説爲最允當，此處不能詳論）。而其禮制之差別，更紛繁不易言（如祀之時，祀之次，社之主，祀所用之牲，祀所在之地，祀所立之木，祀所主之木，祀所主之壇，天子諸侯民衆各有之等等）。在讀古典籍時，最多此類事實，且又爲封建王朝之一大典。故歷代帝王莫不祀之，直至清之亡而後止。其制固中國文化史上之糟粕，而其事實其學理固亦與中國文化史有其聯系糾纏，不可忽視之一環，歷代論之者至多且繁。清儒總結性之説，則以孫詒讓《周禮正義·春官·大宗伯》下所疏爲詳。而金鶚《求古録禮説·社稷考》一文，分析古今是非，條理終始，可爲參考。

此名最早見《書·太甲》，其次則《周禮》記之最詳，《禮記》言其義最多，《左傳》記其事最夥。《白虎通·社稷》一段謂“王者所以有社稷何？爲天下求福報功。人非土不立，非穀不食，土地廣博，不可徧數也；五穀衆多，不可一一祭也。故封土立社，示有土也。稷，五穀之長，故立稷而祭之也。稷者，得陰陽中和之氣而用尤多，故爲長也”。此段話，大義可得而明矣。

第二義，以社稷代表國家，且不僅于天子用之，諸侯亦用之。如《左》宣十二年“徼福于厲宣桓武，不泯其社稷”，又“且君而逃臣，若社稷何？”莊十四年“社稷有主，而外其心，其何貳如之？苟主社稷，國内之民，其誰不爲臣？”《左傳》中例證至多，不煩列舉。《曲禮》“國君死社稷”一語，已足以明之。《莊子·徐無鬼》“寡人亦有社稷之福”，則直謂有國也。又《檀弓》“執干戈以衛社稷”，亦謂執干戈以衛國也，漢人亦多用此義。蓋古者得國，必先立宗廟與社稷，而失國則必屋勝朝之社稷。社稷乃統治者對人民之象徵，則得國立社稷者，謂土穀人民之歸于新朝；失國而屋舊者，言土穀之異其神，猶人民之異其主也。

按社稷當爲夏、周兩民族所奉之宗神，后土句龍皆即禹之化身，稷則周先公之后稷也。説至繁瑣，姑發其端於此，爲研究中國社會史一提示。

民正

偏正複合詞。民正言爲民衆之主宰或首長也。

《九歌·少司命》“蓀獨宜兮爲民正”，王逸注“言司命執心公方，無所阿私，善者佑之，惡者誅之，故宜爲萬民之平正也。蓀，一作荃”。五臣云“蓀，香草，謂神也，以喻君”。按此句爲巫者對少司命之詞，蓀指大司命言。獨訓特，言少司命特宜爲民之正也。《莊子·至樂》“使司命復生子形，爲子骨肉肌膚”，則司命乃主生死之神，即《文選注》所謂“司命星名，主知生死，輔天行化，誅惡護善也”（詳司命一條）。則所謂爲民之正者，猶言爲兆民之主或長之義，此即《管子·法法篇》所謂“正也者，所以正定萬物之命也”之義。《春秋繁露·竹林篇》亦言“正也者，正於天之爲人性命也”，義與此略殊。《呂氏春秋·君守》“可以爲天下正”，注云“正，立也”。《廣雅》云“正，君也”。古義以正訓長者至多。《書·説命下》“昔先正保衡”傳。《詩·斯干》“噲噲其正”、《節南山》“覆怨其正”、《烈祖》“正域彼四方”傳。又《鳲鳩》“正是四國”、《正月》“今兹之正”、《雨无正》“正大夫離居”、《皇矣》“其政不獲”箋。《左氏傳》昭廿九年“木正曰句芒”，注“正，官長也”。其證至多，不可勝數。則民正者，猶言民之主宰。少司命主民命，故曰民正，叔師以平正釋之，義尚有間。別詳正字條下。

法

《楚辭》法字凡六見，四見于屈賦，一訓效法、取法，即《離騷》

"謇吾法夫前脩兮"也，言以前世脩美爲法式而效之也。其他三見皆在《惜往日》篇中，曰"明法度之嫌疑"，曰"背法度而心治兮"，曰"國富强而法立"，此言國富而法立，則以其政治制度之有所建立也。同篇之兩法度，即政治制度也。古言法，非僅于近人之所謂法律，凡國家一切制度，自設官、分職皆在其中，即《周禮》所謂"太宰以八法制官府"，謂官屬、官職、官聯、官常、官成、官法、官刑、官計也。《管子》所謂"尺寸也，繩墨也，規矩也，衡石也，斗斛也，角量也，謂之法"是也，法律自亦其中之一端。然行使法制，尚別有術，則非條文章則所能載。如刑書、刑鼎、竹刑之屬，此術則執政者所自持以臨民，非必章于象魏，使民皆通曉之也。《屈原傳》所謂草憲令，入預國政，皆此類也。一切任法度，則上下皆不能隨心所欲，在上者尤不能單獨爲心治，屈子所言蓋仍本于古遺教歟！至周以後，法制規模漸爲刑律所專，《呂刑》所謂"惟作五虐之刑曰法"是也，《易·蒙》"利用刑人以正法"，義亦正同，至《管子》則言殺、戮、禁、誅謂之法矣（《心術》）。此事極繁賾，非本文所必要。別詳余《詩書叢考·刑法》一條，別參本書刑字下。

法字古人從水從廌。按水，準也。水之流也，平直而去。又凡言廌者，皆有真義，有平義。法從水者，水至平；從廌者，爲平爲直，皆指事；從去者，兩人相違之間，以水廌平直之，爲會意，猶準繩之直也。《説文·廌部》灋字，乃以神羊觸不直爲灋，此由漢時沿楚制爲解。豸冠觸不直，著之國典之故。許氏不能不以爲解，其實周以上制字未必定主此義。

法字從廌，謂法者，有不直者，則神羊觸之，斯固古之神話。然以斯知法字本義獨限于刑律而已，乃其後一切制度皆得稱法。

刑

《天問》"順欲成功，帝何刑焉？"言鯀治水，川谷（順欲二字爲衍文）已有所成就，而堯何以殛鮌于羽山而辠罰之也？按《説文》“荆，罰辠也。從井從刀（會意）。《易》曰“井，法也”。井亦聲”。按從井之義，許以爲“井，法也”，此讖緯之説，不足據。《春秋元命包》言“井以飲人，人入井争水，陷于泉，以刀守之，割其情欲，人有慎畏，以全性命也”云云，可謂極附會之能事。按此即荆人于市之義。古市必在井邊，與衆棄之也，舉其重，以概荆罰耳。《周禮·大司寇》“以五刑之屬三千”。《左》昭六年傳“嚴斷刑罰”，疏“對文則加罪爲刑，收贖爲罰，散則罰刑通也”。按此字所起至古，自氏族社會既立，大酋與軍事領袖統治一族，而罰其與該氏族習慣、守則不相調者，則與衆議之，與衆定其罪，與衆棄之，此維持統治者之一種手段也，故于會集井水處行之。此詩言召伯于甘棠之頌，亦當爲井邊定讞之一種流傳也。井邊有樹，即《周禮·野廬氏》“宿息井樹”是也，注謂“井共飲食”，即《詩》“召伯所息”、“召伯所茇”也。《管子·小匡》“處商必就井”，《白虎通》亦言“因井爲市”，故言市井。又《繫詞》言“井，德之地也”。《風俗通》“井，法也，節也”，《越絶書·記地傳》“井者，法也”，爲應劭所本，言法制居人令節其飲食，無窮竭也。此即申《周禮·野廬氏》“井樹”之義。則以井爲荆之基本組織因素及最原始之制度，刑人于市，非妄言矣。《易·井》言“改邑不改井”之説，蓋人之聚落因游息而改，而井則市場飲食之所，故不改也。凡此皆足以説明荆字從井之義。惟古籍多譌作刑，遂又與刑字相混。刑者，剄也，與荆音同，故相混。凡訓辠罰、訓治、訓則（《禮記·禮運》“刑仁講讓”注）、訓制（《荀子·臣道》“刑下如歉”）、訓成（見《王制》注），及儀刑典刑，皆此字義也。

罰

《楚辭》罰字凡四見，皆在屈賦中，三見《天問》，一見《惜誦》，其義皆罰辠也。《天問》“條放致罰，而黎服大説”。言湯放桀，致其辠

罰，而黎民大説也。又"何親就上帝罰，殷之命以不救"，言上帝親致
紂之皋罰，而殷之天命國祚因以不得救也。又"天命反側，何罰何佑"，
言天命无常，何者受天之罰，何者得天之佑也。又《惜誦》"忠何罪以
遇罰"，言忠愛有何皋而遇罰，亦依天命立義也，是耳。罰字皆稱天命，
言天之所罰也。按此屈子承襲舊説之遺，稱天以罰乃古初政治中之一方
術。天威不嚴于咫尺，故惟天之賞罰无敢抗拒，此古初政治方便之一法
門也，此即周以後所謂神道設教之一端。其實統治者此時所恃尚薄弱，
不能有甲兵之利，大酋豪長不過一時梟傑，去齊民未遠，群情未必能任
其專斷。故在組織上未健全，在心理上亦未健康之時，故皋罰亦稱天行，
罰所以便于統治爾。別詳余《詩書釋叢·釋注》諸文。

罪

罪字《楚辭》凡四用，皆在屈賦中，其義皆皋之借字也。考《説
文》罪乃捕魚竹網，即《詩》之"天降罪罟"之罪。秦始皇以皋字似
皇，改作罪，于是漢以後用之，而古籍遂多改爲罪矣。《九章·惜誦》
"忠何罪以遇罰"，《哀郢》"信非吾罪而棄逐"，《惜往日》之"得罪過"
《天問》之"其罪依何"，均同。合參皋字條。

皋

《楚辭》皋字凡二見，皆在屈子文中，此秦漢以後未依秦始皇詔書
而改之字，爲屈賦僅有者。參罪字下。

《天問》"湯出重泉，夫何皋尤?"王逸注"言桀拘湯於重泉而復出
之，夫何用罪法之不審也?"洪補云"皋，古罪字"。按《説文》"皋，
犯法也。從辛從自。言皋人蹙鼻辛苦之憂。秦以皋似皇字，改爲罪"。
按皋字甲文、金文皆有之，作𦥑形，多用于童妾僕等字，皆古有罪之人，
𦥑即罪人符號。參王靜安先生稱𦥑（辛），上從之自，許以爲罪人蹙鼻，

是從自爲鼻本字之説也。其實此當是白之形變，古從白、從自多相混。白者日方出也，謂日出而見，罪始于城旦鬼薪。城旦者，春築之役；鬼薪，晨起而樵蘇也。故以日初出見彐爲字也。別詳余《文字樸識》。

嚮服

古刑獄專用術語，即核對罪人服罪與否，與所罰當否之辭也。《九章・惜誦》"戒六神與嚮服"，王逸注"嚮，對也。服，事也。言己願復令六宗之神，對聽己言事可行與否也。一云以鄉服"。朱熹《集注》云"嚮，對也。服，服罪之詞。《書》所謂'五刑有服'者也"。嚮訓對者，鄉之借。"不服不應罰也，正于五過，從赦免"云云，則服乃刑獄中一專用術語。王鳴盛云"五罰不服，則其人必有所恃，欲挾私幸免，故不服，宜察其是五過否。如非五過，然後赦之，如是則五過必正其罰"云云，至此則嚮字之義亦可明。《呂刑》云"兩造具備，師聽五辭。五辭簡孚，正于五刑。五刑不簡，正于五罰。五罰不服，正于五過"，則所謂嚮對者，則《呂刑》之所謂正其簡孚矣（簡，誠也。孚，信也）。簡孚從原則立言，嚮服從實質立言，義則一也。故嚮服與簡孚，實又一語之變矣。

桎梏

古刑具之一，上讀質，下讀古毒反。在足曰桎，在手曰梏。

《九思・傷時》"管束縛兮桎梏，百貿易兮傅賣"，舊注"管仲爲魯所囚"。桎梏，古刑具之一，最早見于《易・蒙》"初六利用刑人，用説桎梏"。《釋文》"桎，音質。梏，古毒反。在足曰桎，在手曰梏"。《周禮・秋官》"大司寇桎梏而坐諸嘉石"，鄭注"木在足曰桎，在手曰梏"。《説文》"桎，足械也"，所以至地；"梏，手械也"，所以告天也。

賞罰

先秦以來政治專用術語。賞功罰罪也。《大招》“魂乎歸徠，賞罰當只”，王逸言“君明臣正，賞善罰惡，各當其所也。一作徠歸”。洪補云“當，平聲”。按賞罰一詞，先秦以來政刑專用術語，賞功罰罪也。《書·康王之誥》“畢協賞罰”。《周禮·地官·遂師》“比叙其事而賞罰”。《左傳》襄二十七年“賞罰无章，何以阻勸”，《正義》“罰有罪，所以止人爲惡；賞有功，所以勸人爲善”。《莊子·天道》“賞罰利害，五刑之辟，教之末也”。又“是非已明而賞罰次之”，郭注“賞罰者，得失之報也”。《吕氏春秋·義賞》“賞罰易而民安樂”，又《用民》“凡用民太上以義，其次以賞罰”。由上諸例觀之，則南北諸子通論行政賞罰之義爲先秦政論之一大事，其爲南北通語无疑。按《説文·貝部》“賞，賜有功也”；《刀部》“罰，辠之小者”。《大招》“賞罰當”，即《尚書》“畢協賞罰”之義。

祕

《九章·惜往日》“祕密事之載心兮”，王逸注“祕，一作移”。朱熹注“祕，一作移。密，一作察。雖國所祕之密事，皆載於其心。”按《説文》“祕，神也”。《西京賦》“祕舞更奏”，注“言希見爲奇也”。祕密連文，言機要隱密之事，自國之大事也，至個人之隱微之事，皆可用之，至今用爲恒語。

尊

《楚辭》尊字兩見，一見《天問》“尊食宗緒”，言伊尹得崇祀於殷之宗緒，配享于湯也；一見于《哀時命》“願尊節而式高”，言尊高節度，則兩用意皆同。考《説文》"尊，酒器也。從酋，廾以奉之"，字亦作罇、作撙，金文或又作障，義皆无殊。尊崇、尊高與本義似不相應，其實此中亦存在一社會發展之重要含義。在古以君父爲尊而臣子爲卑，引申則爲地位高者爲尊，低者爲卑。卑亦酒器。蓋初民嗜酒，而酒不易皆得，高貴者必得酒，禮酒必先實于尊，貴重之器，非豪酋大長不可得也（酋字亦從此得）。非如捭、楎置酒爲尋常用物。故上升用之爲人等特稱，此意識形態之緣因于當時實物而得者也。故尊、卑遂爲統治階級特有借字。合參卑字。

卑

《楚辭》卑字僅三見，皆在漢人賦中。《哀時命》言"願尊節而式高兮，志猶卑夫禹湯"，又《九歎·惜賢》"欲卑身而下體"，《離世》"不顧身之卑賤"，其義皆謂人世之所謂尊卑也，故式與尊對舉，或以賤詞用。按《説文》"卑，賤也，執事者。從ナ，甲聲"。朱駿聲云"許説形聲義俱誤。此字即椑（古音埤）之古文，圓榼也，酒器，象形，ナ持之也。如今偏提，一手可携者。其器橢圓有柄"。按朱説極允當，偏提即卑之音變，由即象其形，而ナ提之。ナ即入之變也。後世借爲尊卑，遂又增木旁之椑以別之。此漢字發展之一例。其相對之尊字，古文作樽，金文或作障，皆一例也。尊卑兩字，當爲一音之衍化。尊字疑古讀入侵覃韻，本收 m 音，酒器之大而重者，可以貯酒曰尊，則遺其音尾以爲酒器之小者曰卑（漢語中此種現象極多，多爲 me 音尾字）。豪長大酋以居能貯酒而可多飲爲尊（酋亦從酒），小有一勺之飲者則賤在下矣，故引申爲賤。此借物以喻人，亦語言恒見之例。至周人則貨幣之用，爲政治措施之一重要環節。私有制已至發達，于是人習爲富、貴、貧、賤之説，于是殷以來尊、卑之稱號爲貴、賤所移代。且生產發達，釀造已精進，酒非難得之物，存在于社會意識者漸弱，故貨幣可以代之也。合參尊字即明。屈賦不用卑字而用賤字，亦此種蜕變之一反映乎？

富

《楚辭》富字凡三見，《惜往日》言"國富强而法立"，《卜居》"從俗富貴以媮生乎"，《七諫·謬諫》言"俗推佞而進富"，與富强、富貴連文，兩字義最切直而可説；《七諫》義含混不清，蓋通解爾。《説文》"富，備也，一曰厚也。從宀，畐聲"。考古籍言富者，或曰禄位昌盛（《易·家人》疏），或謂家豐財貨（《書·洪範》"二曰富"疏），《禮記·祭義》言"殷人富貴而尚齒"，注"臣能世禄爲富"，多就財富立言，蓋其本柢也，即許説厚也之義。許又言備也，則與福同訓，故富得言福。《書·吕刑》"典獄非訖于威，惟訖於富"，傳曰"言堯時主獄，有威、有德、有恕，非絕于威，惟絕於富，世治貨賄不行"。王引之謂"訖，竟也，終也。富讀爲福。威福相對爲文，言非終于作威，終于作福也"。又《表記》"后稷之祀，易富也"；《禮記·郊特牲》"富也者，福也"；《詩·召旻》"維昔之富"，箋"福也"，皆是。考福《説文》訓祐，其字從示，畐聲。甲文作從畐若畐等形，蓋盛酒器也。今吾鄉尚有此製，形如畐，名曰酒鼈子。鼈即福之音變，蓋以酒食求福也。富字所從之畐，與福字所從相同，蓋亦酒器。宀者，家或蓋藏之義。家備盛酒之器，必爲富有无疑。夏殷以來，酒爲人所崇嗜，然非富有或禄位豐厚者不可得。于是此字遂由此一物質條件升爲意識裁決之詞，富遂與貴連系，富以酒食豐厚而尊貴，以財富而崇。蓋皆古代生活與生産之現實發展，而推及于社會結構中之一意識。政治制度益專固，於是富貴爲衡量禄位人等之恒言，其實與貧賤等皆反映古生産經濟等關係所在，影響政治社會之組織實質。

貴

《楚辭》貴字凡七用，而漢賦得其四。考屈賦三用，皆貴賤通義。

《離騷》"惟兹佩之可貴兮",《遠遊》"貴真人之休德兮"、"聞至貴而遂
徂",其至貴一詞爲老莊恒語,《莊子》所謂獨有之人,是謂至貴,則其
用自别;貴佩與貴德兩貴字,皆以爲可寶貴也。《説文》"貴,物不賤
也"。考《老子》"不貴難得之貨",《晋語》"貴貨而賤士",則貴乃貨
貝之狀語,與賤爲雙聲對舉字,其根同也,其字又皆從貝,則爲貨幣至
興時代之專用字。惟甲文從貝之字極多,獨貴、賤兩文至今未發見。物
之交易,以需求而定其等威,而貴賤兩字之出現,在表明貨貝已爲價值
或價格標準,此事當在殷周之際,故甲文尚无此意識也。由貨貝之貴賤
而引申爲人等之貴賤,則爲政治制度已因私有財富之多寡而差次人等,
于是而貴族賤民以生,此自爲社會變革之一大事。而貧富亦從此而益衍
矣。甲文有尊、卑兩字,以酒食定等級,此自初民恒態。食事爲民生之
一大業,故豪酋大長必以酒食定則,有尊爵者爲尊,以卑鼈者爲卑,此
尚爲原始人等略略相次之現象,而不必即爲等級者也。屈賦中雖僅此兩
見,亦反映戰國以後社會現象,此時則富者爲貴(而不言尊),貧者爲
賤(而不言卑)矣。蓋私有制已大分化,貧富之殊益巨,而貴者未必即
富也。此世變之蚖蚖,爲吾人所當詳者矣。

貧

《楚辭》兩見,一爲"貧士",見《九辯》一,猶今言寒士貧窮之士
也,别詳;一爲《惜誦》之"事君其莫我忠兮,忽忘身之賤貧",貧與
賤連文,言其身賤而貧也,賤以地位言,貧以財富言。按貧字"財分少
也。從貝從分(會意)"。《莊子·讓王》"无財謂之貧";《詩·北門》
"終窶且貧",傳"貧者困于財",此貧之達詁也。其字從分貝,即貝而
分之,所以爲貧也。然賤貧連文,賤亦貝之小者,其本義亦相似。而賤
指地位,貧指財產者,此亦社會發展影響于意識形態之一例。賤、貴上
升爲意識形態專用字,而貧、富獨遺其原始本義。此言賤貧,非平列義
近複合詞,乃各有所系屬者矣。

賤

《九章·惜誦》"忽忘身之賤貧"，王注"言己憂國念君，忽忘身之賤貧，猶願自竭"。按此通上下文爲言，其義甚明，故毋事詳釋也。《説文》"賤，賈少也"，此從貝字立義，故曰少。此即貴賤之賤，言貝小小者耳。《周禮·小司徒》"以辨其貴賤、老幼、廢疾"，注"賤謂占會販賣者"，義衍則爲无位之人。《論語》"貧與賤"，皇《疏》"無位曰賤"。參貧貴諸條。此言"忘身賤貧"，賤指地位言，貧指財産言，此賤字指無政治社會地位言也。其字之本義當爲小貝。自政治制度日臻完備，私有財産日益發達，則富人必可貴，貧人必在下位，故賤字反映于意識形態而遂爲地位低微之意。貴賤遂與貧富分離，上升爲意識形態專用術語矣。別詳余《文字樸識·釋貝》。

聖

《離騷》"固前聖之所厚"，又"夫唯聖哲以茂行兮"，又"依前聖以節中兮"；《天問》"何聖人一德，足其異方"；《漁父》"聖人不凝滯于物"，屈賦用聖字，只此五見。王逸注"前聖"以爲前世聖王；注"聖哲"句言"獨有聖明之智，盛德之行，故得用事天下，而爲萬民之主"云云，以聖指君王之明德者；注"前聖節中"句謂"依前世聖人之法，節其中和"云云，雖未明言帝王，而隱以上文"鮌婞直亡身"爲對，則亦指聖德之君矣。此與《天問》"何聖人一德"之言皆同（詳聖人條）。在屈賦中，惟《漁父》之言聖人專指道德通智言。此本述隱者之詞，非屈子自道之義。至漢人諸賦，則亦略分帝王與聖德之人二義。考聖字甲文未見，小篆從耳、口、壬。許氏又説"壬象物出挺生"，徐鉉則謂"人在土上壬然而立也"，于形爲最得。人在土上挺然而立者，蓋即朝中曰廷之廷本字。金文廷皆作壬，又爲徐説張目，此乃象人立于階上（即二）。古者中朝必有堂壇之屬，爲天子降臨之地，以外則以耳聽四岳百牧群臣之告言，而以口命令之者。此正政治組織已漸完備，帝王但在中朝治事，非復雜群衆之中，親臨指揮之時可比。故以中廷，以耳聽而口命之者，爲聖帝明王矣。則此字當始于周之混一中原之後。古官名爵名，多以職任爲之（詳章炳麟《國故論衡》）。林、尜、君、帝、皇、王、后、辟諸字，或以地，或以事，或以形，或以威儀言，而聖字獨從耳口壬會其意，造字之精，文字意識作用之大，爲最進步矣。其後明明德之人，有在下位者，社會亦遂以聖哲稱之。其分化時期，大約在周中葉之前至春秋之中，而以指道德純備，智能通顯之義益大，蓋亦以社會發展此時至不尚力而尚德，故曰以德服人者王，以力服人者伯而已矣。

又古聖與聽當爲一字，聖以會意兼聲構成，而聽則令義爲重。別詳聽字條下。

就語言而論，聖與神明爲同族語，故聖之有神義，而聖神皆以明爲主要含義是也。

聖人

《天問》"何聖人之一德，卒其異方"，《漁父》"聖人不凝滯於物"，《惜誓》"彼聖人之神德兮"，王逸注《惜誓》云"言彼神智之鳥，乃與聖人合德，見非其時，則遠藏匿迹，言己亦宜效之也"。朱熹注"言麒麟仁智之獸，遠世避害，常藏隱不見，有聖德之君，乃肯來出"。聖人一詞，《楚辭》凡三見，而聖字則多至八、九見，屈、宋賦惟《天問》與《漁父》兩見。《天問》王逸注以聖人爲文王，《漁父篇》无説，《惜誓》則指孔子言。按王逸《天問》注恐非是，依文理詞氣斷之，當如洪補引或説，當指下文梅伯、箕子而言。《漁父》言"聖人不凝滯于物，而能與世推移"，此漁父以聖人之道勸屈子不必獨醒獨清，此聖人指聖德之人，或通人而言也。然考之故籍，則春秋以前之書言聖人者，一般皆指通明之天子，或一般帝王言，如《易》卦爻詞中所説，如《易·乾·文言》"聖人作而萬物覩"，又《豫·彖》曰"聖人以順動"，又《頤·彖》曰"聖人養賢以及萬民"，又《咸·彖》曰"聖人感人心而天下和平"，《詩·小雅·巧言》"聖人莫之"，《左氏傳》襄二十七年"聖人以興"，又二十九年"聖人弘也"，昭四年"聖人在上無霓"，《論語》"聖人吾不得而見之矣"，《老子》"天地不仁，以萬物爲芻狗。聖人不仁，以百姓爲芻狗"，《孟子·滕文公》"堯舜既没，聖人之道衰"，又《盡心章》"聖人治天下"，又"聖人之于天道也"，《莊子·大宗師》"故聖人之用兵也，亡國而不失人心'，《荀子·禮論》"聖人明知之"等，其例至多，不能一一舉之。此即《白虎通·封公侯篇》所謂"聖人雖有萬人之德，必須俊賢、三公、九卿、二十七大夫、八十一元士以順天成其道者"是也。此當爲最初之專用術語，非僅以言道德智能之士者。別詳聖字一條。至其後，則以指有某種道德或通明事物之理之人，此中蓋有一社會發展之因素在焉。以品德才智論人，乃社會發展進至更發達，更龐大，更複雜。社會之階級制益嚴後，社會次序視臂腕之力爲更重要，於是而相約相需，以成其爲一種新次序，要求之品德行爲，及器械日精，而品德行爲才智之要求益大。故帝王等爵之稱謂亦隨之而變，如君字本爲封土大酋之稱，後爲賢達之名。聖人一詞，亦復如是。其初以表能發掘其品德才智而遂成功、能强大之天子，自後則有此品德才智而無其位者，亦得曰聖人。先秦典籍中之愈後出者，則此義之作用益大。周公孔子皆可曰聖人，固人群日進之必有現象。此例更不勝其繁多。《白虎通·聖人篇》謂"聖人者何？聖者通也，道也，聲也。道無所不通，明無所不照，聞聲知情，與天地合德，日月合明，四時合序，鬼神合吉凶"，其言足以涵蓋春秋戰國以來至于漢代諸子百家之説，亦如今文家稱孔子爲素王，亦謂孔子有其德智而无其位之義云爾。

賢

　　《楚辭》用賢字，凡十六見，屈宋賦中則七見，或下連士字、姱字、俊字、者字、良字，上連靈字，或與能字、忠字對舉，或與讒人、讒諛對言、朋曹對言，而其義皆無大殊。考賢字從貝，臤聲。《説文》訓"多才也"，《玉篇》"有善行也"（本《周禮·大宰》鄭注），恐皆是後起之義。以造字朔義定之，則與貴、賤、貧皆同從貝，則朔義當指持貝而臤者，後乃引申爲善行，則許氏所謂多才之才，當即財之借字。然古籍中用此義者，已不見。《莊子·徐无鬼》"以財分人之謂賢"，爲僅見。然莊生多寓言，則其變已久矣。《易·鼎》"大亨以養聖賢"，《繫辭》"可久則賢人之德，可大則賢人之業"，《書·大禹謨》"野無遺賢"，又《咸有一德》"任官惟賢材"，則與《離騷》"舉賢而授能"之義全同。此屈子政治思想中之賢人政治説，得之自儒家者，試就屈宋文中各句分析之，可略得屈子政治思想之要點。《離騷》曰"舉賢而授能兮，循繩墨而不頗"，下語已將賢能要義申明，即循繩墨而不偏頗之人，德與才兩重。繩墨猶言規矩，或一定之義，則皆儒家維持統治階級不可少之法則。而此兩句之前，乃就重華所陳之詞中言啟、羿、浞、澆、桀、后辛之不循繩墨而忘，而"湯禹能儼而祇敬"、"周論道而莫差"，此聖人之德，宜在帝王之位者。繼言舉賢授能云云，則謂惟聖人在位，爲能用賢能之士，則有天下。皇天無私，聖哲茂行，乃有此下土也。茂行者，即"覽民德焉錯輔"。皇天無私，以百姓之心爲心，即《尚書·泰誓》"天視自我民視，天聽自我民聽"之義。民既有其德，德者有所得而心情直諒之義，至此則皇天乃爲聖人錯輔。此所以高宗夢傅説，成湯得伊尹，文王得太公也。就此發揮，則"觀民計之極"、"孰非義而可用，孰非善而可服"，則義也、善也皆聖天子與忠賢之臣所當服事者矣。因之，民德既良，則必是聖賢在位；若舉世溷濁，"好蔽美而稱惡"，則賢人必被嫉讒（"世溷濁而嫉兮"兩句）。此《卜居》所謂"讒人高張，賢士無名";《涉江》所謂"忠不必用兮，賢不必以";《惜往日》所謂"自前世而嫉賢"，皆此一舉也。宋玉《九辯》有云"鳥獸猶知懷德兮，何云賢士之不處"，其大義亦同，《大招》云"魂乎歸徠，尚賢士只"。

至漢儒各家所言，如《惜誓》之"況賢者之逢亂世哉"，《九懷·通路》之"天門兮墬户，孰由兮賢者"，《七諫·初放》之"巧佞在前兮，賢者滅息"，《怨思》之"賢士窮而隱處"，《怨世》之"親讒諛而疏聖賢"，《沈江》之"賢俊慕而自附"，《謬諫》"賢良蔽而不群兮，朋曹比而黨譽"，大義亦本之屈子也。

賢字用義之最特殊者，無過《九歌·東君》"思靈保兮賢姱"之賢字，王逸注以爲"言己思得賢好之巫，使與日神相保樂也"，既誤靈保之保爲保樂（參靈保條下），而又以賢好之巫釋賢，則當有說。考古初社會，巫乃司天人之際之哲人，人類一切知識之起源多與巫術有關，此義稍習古初社會者皆能言之。惟此義大約在殷周之際已轉變，蓋巫之地位日漸低落，所謂哲人元龜之哲人，已因知識之普及而不專屬巫祝，故一切文學之士，皆不以巫覡論品質道德智能矣。然其民間或尚多少保存古來舊習，故《九歌》中獨有此一條突出時代例外之語句。屈子本民歌以修潤，則必不更易民習故守之恒語。此賢字獨能保其智者之身份于歌之中，而不與屈子他文爲例也。

豪傑

《大招》"豪傑執政，流澤施只"，王逸注"千人才曰豪，萬人才曰傑。言豪傑賢士，執持國政，惠澤流行，無不被其施也"。按《説文》"毫，豕鬣如筆管者，出南郡。從希，高聲"。豪籀文從豕，隸變作豪，此豪之本義。豪爲鬣，則毛之强者，故引申爲豪傑（《廣韻》"勢俊健"，則豪傑當作勢。朱駿聲以爲作勢），經籍多用之。傑者，《説文》"執也，才過萬人也"（從《繫傳》）。故二字義近，集爲一詞，惟其才過人，有過百人千人萬人之殊，多以其義解之也，不能詳備。字或省作桀。《史記·高祖紀》"沛中豪桀吏，聞令有重客"（《史記》多用桀字，例多，不勝舉。《漢書》多用傑字，例亦至多）。聲轉爲豪俊，《春秋繁露·爵國》"千人者曰俊……十人者曰豪"。《史記·始皇紀贊》"於是山東大擾，諸侯并起，豪俊相立"，俊或作儁，見《漢書·司馬遷·報任安書》"薦天下豪儁"。又作儶，《漢書·董仲舒傳》"故廣延四方之豪儶"。豪傑一詞，戰國諸子已用之，北土見于《墨子·號令》"縣各上其縣中豪傑若謀士，居大夫"；又"寇去事已，塞祷守以令，益邑中豪傑力鬪諸有功者"；又"令吏大夫，及卒民皆明知之豪傑之外多交諸侯者，常請之令上通知之"；又"術鄉長者，父老豪傑之親戚父母妻子必尊寵之"；《孟子》"若夫豪傑之士，雖無文王猶興"；《吕覽·功名》"人主賢則豪傑歸之"；《莊子·天下》"豪傑相與笑之"；又《說劍》"以豪傑士爲夾"，皆是。戰國以前無用此詞者，考《墨》、《孟》、《吕》及《史》、《漢》所言，皆指猛勇義俠彊健而又有才智不畏死之士，如專諸、聶政、荆軻之流。乃戰國時土地兼并後，領主階級轉變爲地主，宗法式的封建已改變，世室亦已破壞，商業資本興起，在此等社會中，所產生一種新的强豪市民，至秦統一破滅後，遂成爲中國歷史上一種較特殊之革命化勢力。此事約起于春秋之末戰國之初，至戰國末期而大盛，亦爲士之一種。

君子

《九章》"易初本迪兮，君子所鄙"。王注"言人遭世遇，變易初行，遠離常道，賢人君子之所耻，不忍爲也"。又"明告君子，吾將以爲類兮"，王逸注"告，語也。類，法也。《詩》云'永錫爾類'，言己將執忠死節，故以此明白告諸君子，宜以我爲法度。一本明下有以字"。按君子一詞，《楚辭》惟此兩見。就上下文義詞氣定之，則指賢人之成德者言，與《論語》之君子、小人對舉，及《左氏傳》之"君子曰"之君子，皆無差殊。然《左傳》昭二十七年言"左司馬沈尹戌，帥都君子以濟師”，及《國語·吳語》“越王以其私卒君子六千人爲中軍”之君子，指在城中之貴胄子弟而爲兵卒者言，義至殊科。考君本執杖與籌符之屬以發令者（詳君字條下），故古籍多以指有土之國君、大夫言，純爲一政治性術語。至周中葉以後，宗法制與政治制兩相結合，于是城中之人一面爲國君之臣民，一方面又爲大宗之子姓，凡青壯皆有服兵役之責，則以君子稱之者，悉謂國君之子弟云爾，有如漢以後稱子弟兵，如是而已。及後文人學士及有德才智之士，即在齊民，可取卿相，于是而德才之士遂專爲君子之稱矣。其發展之迹，適與社會發展相當。

小人

《惜誓》“反爲小人之所賊”，王逸注“言哀傷梅伯盡忠直之節，諫正於紂，反爲來革所譖而被賊害也”。按小人一詞，大略有兩義，一則謂在下位或无位之人言，如《左傳》襄三十年“吾儕小人，食而聽事，猶懼不給命”，非本篇之義；一則指品質低下之人，《論語》所謂“小人之過也必文”。《禮·大學》“小人閒居爲不善”，又《中庸》“君子中庸，小人反中庸”。或作宵人。《莊子·列禦寇》“宵人之離外刑者，金木訊之”，《釋文》“王云非明正之徒”。《惜誓》此文，以小人指來革，明其爲品質惡劣之人，非在下位者矣。

百姓

古成語，姓即生之分別文。百姓初義指皇家戚屬言。古氏族時期，凡在官皆同族親戚之有姓氏者，與庶人之指平民者異。此等人皆居于城市之中，亦在鄉之民。

《九章·哀郢》“何百姓之震愆”，王逸注“言皇天不純一其施，則萬物夭傷；人君不純一其政，則百姓震動以觸罪也”。按百姓一詞，爲上古社會之一階層，始見于《書·牧誓》“俾暴虐於百姓，以姦宄于商邑"。傳"使四方罪人暴虐姦宄于都邑",《正義》曰"百姓亦是商邑之人",故傳統言都邑也,則百姓即居住都邑中之人。《堯典》"平章百姓,百姓昭明"。百姓一詞,與九族、萬邦、黎民平列而舉。則九族乃王者親族,即皇親也。百姓則百官之人,即在都邑内之士大夫階級,與在野之黎民對文。《堯典》乃春秋戰國結集古説之文,可能後于《牧誓》。《詩·小雅·天保》"群黎百姓",毛《傳》"百姓,百官族姓也"。《盤庚》"汝不和吉言于百姓",傳"責公卿不能和喻百官"。《周語中》"求无不至,動无不濟,百姓兆民",解"百姓,百官也。官有世功,受氏姓也"。又"以備百姓兆民之用",解"百姓百官有世功者"。《逸周書·商誓》云"及太史友、小史友,及百官、里居、獻民",文與《酒誥》相似。下言百姓、獻民,則百官即百姓,里居即金文中之里君(見後)。《史記·五帝紀》"便章百姓",《集解》引鄭玄曰"百姓,群臣之父子兄弟"。古天子爲天下大宗,故侯諸百官多與天子有親故。《禮記·郊特牲》"太廟之命,戒百姓也",注"百姓,王之親也"。據上所引資料審之,則百姓乃士大夫以上之家屬居於都邑中者。《哀郢》此文,上言"何百姓之震愆",下句言"民離散而相失",則百姓與民平列分言,與《周語》"百姓兆民"、《尚書》"百姓黎民"之次第相合。則屈子時百姓一詞尚保存古語原義(《書·泰誓》兩言"百姓有過,在予一人",又"百姓懔懔,若崩厥角",此百姓指兆民言。《泰誓》僞書,即此一詞而可決)。以百姓指兆民,起于戰國以後。字或作"百生",多見兩周金文,其例至多。《伯吉義盤》"其惟諸侯百生",《史頌敦》"里君百生",又《詛楚文》云"伐滅我百姓",百姓亦即百姓也。

衆

《楚辭》衆字凡四十七見,除衆女、衆芳等與他名詞結合者外,單用者凡二十六見,大約不外兩義。

(一)爲形容詞,加于名詞之前,形式與衆女、衆芳等同。凡此衆字，皆訓多。《說文》"衆，多也。从㐺、目，衆意（會意）。之仲切。《繫傳》引《國語》曰"人三爲衆"。《離騷》"騰衆車使徑待"，《遠遊》"選署衆神"，是也。《仲尼燕居》"凡衆之動，得其宜"。疏謂"萬事也"，即衆之引申義。

（二）爲衆人之衆，文中或言衆，或言衆人（衆人凡九見）。衆本从㐺，即《繫傳》所引《國語》所謂"人三爲衆"之義。是衆本衆人也。《荀子·修身篇》"庸衆而野"，注"衆，衆人"。《周禮·大宗伯》"大師之禮，用衆也；大均之禮，恤衆也；大田之禮，簡衆也；大役之禮，任衆也；大封之禮，合衆也"，諸衆字，義亦指衆人。《楚辭》中如《離騷》之"衆皆競進以貪婪兮"、"衆不可戶說兮"，《九歌·大司命》之"衆莫知兮余所爲"，《九章·惜誦》"衆駭遽以離心"，《九辯》之"衆踥蹀而日進"，皆是。此字甲骨、金文皆已見，與小篆不異，上從目，又變作日者，亦目之變，非曰字也。三人相從，標目以表其義，謂十目所視，衆目睽睽。相從三人，表人衆，則衆乃指民衆而言。則造字之始，以衆人之智慧能力可畏（以目耳表智慧，爲漢字構造之一種特殊含義），蓋有嚴恭寅威之義。蓋在氏族部族社會時代，民衆即氏族部族之成員，階級未立，故民衆之地位未降。至轉化爲奴隸社會以後，新興剝削階級在領導地位，而民衆地位遂日低落，於是而民衆成爲凡人。《淮南·修務》"不若衆人之有餘"，注"凡也"，於是衆與衆人兩詞之使用遂成爲平凡、庸妄、貪鄙、小人之代名詞。《離騷》"衆皆競進以貪婪"、"衆不可戶說"、"衆薆然而蔽之"，《九章·哀郢》"衆讒人之嫉妒"，《懷沙》"衆不知余之異采"，《抽思》"衆果以我爲患"，《九辯》"衆踥蹀而日進"，《遠遊》"免衆患而不懼"（王逸注"得離群小"），乃至于《七諫》之"衆并諧以妒賢兮"，《哀時命》之"衆不可與深謀"、"衆比周以肩迫兮"，《九思》之"衆多兮阿媚"、"衆猜盛兮杳杳"，衆字已成罪惡之所集（衆人別詳）。但此之所謂衆及衆人，不必皆指民衆，包含統治階級內部成員，但不包括貴胄親屬，是字義使用已發生根本性變化，此漢字詞義發展之常規，爲吾人所不可不知者也。餘參衆人、衆女諸條。

甲文衆字使用與人字不同，而无民字，衆如：

ㄅ衆人立大吏于西奠、殳白。（林二、11、16）

王大令衆，曰啓田，其受年。（續2、28、5）

鬮不喪衆，其喪衆。（存1013、1、2、337）

王勿令皐氏衆伐邛方。（上16、10）

皐以衆⻌伐召方受又。

雉衆不雉衆，弗戈。（林1、24、16）

受惠衆一百，王弗每。（粹1150）

此等卜辭，説明衆爲耕種、戍衛、兵卒，又受治理，或至逃亡等事。郭沫若先生言所謂衆與衆人，即從事生産之奴隸。衆字從日，下三人，此正表耕者在陽光下工作之象。金文《師旂鼎》有衆僕，《篇鼎》有衆一夫，《師衰鼎》有衆叚等稱，與甲文合。《詩·周頌·臣工》曰"命我衆人，庤乃錢鎛，奄觀銍艾"，衆人亦農奴也。此語用法，《尚書》中亦至明。《湯誓》云"我后不恤我衆，舍我穡事而割正夏"，則衆即穡事之衆矣。《盤庚上》亦曰"而胥動以浮言，恐沉于衆，則惟汝衆，自作弗靖"，此言農奴之不靖也。《盤庚中》"予豈汝威用奉畜汝衆"，曰畜汝衆，則固對奴隸之正常口吻也。惟《尚書》經春秋以來歷世之修改，其夏、商書中之衆字往往改爲民字（詳民字條下），不可得詳論矣。然就甲文、金文、《詩》與《書》結合論之，衆義固甚明確也。至戰國以後，社會之結構已變，衆之用日益普及于一般群衆，其原義遂大變。屈子文中所用，正反映此變革後之具體情況。故遡其源而論之如此。

衆人

《楚辭》用衆人一詞，凡八見，屬屈子者三見，《九章·惜誦》一見，《漁父》二見，其餘見漢人賦，而《七諫》獨得其四，《惜誓》一見。合八例細繹之，衆人皆指當時在野之凡人、在朝之小人言。《惜誓》"臨中國之衆人兮"一句，詞面無善惡之辯，接合上下文義，則王逸注以爲“楚國之中，衆人貪佞”，最允當。曰妒、曰非所識、曰難信、曰不可與論道、曰爲衆人所仇等，无一而非小人、惡人。此《楚辭》傳統之詞義，漢人用法已不盡如是，此詞義變化之一端也。參衆字條、衆女條下。

衆兆

《九章·惜誦》“又衆兆之所讎”，王逸注“兆，衆也。百萬爲兆。交怨曰讎。言己專心思欲竭忠情以安於君，無有他志，不與衆同趨，故爲衆所怨讎，欲殺己也。兆，一作人。一本讎下有也字”。朱熹《集注》“讎謂怨之當報者”。又同章“行不群以巓越兮，又衆兆之所咍”，王逸注“言己被放而巓越者，行與衆殊異也”。按所讎句，引一本兆作人。衆人乃屈賦常語，作衆兆，似少見。然下文又以衆兆所咍句見于文，則不必爲誤字。惟衆兆一詞，詞性不易明，故叔師訓兆爲衆，又申之曰百萬爲兆，則衆兆二字爲平列、爲相屬，遂難決定。按《呂氏春秋·孟冬紀》“無或敢侵削衆庶兆民”，《周禮》多言“衆庶”，而鄭注往往以庶民釋之，則衆兆者，衆庶兆民之省，猶衆庶兆民之作庶民耳。特習見庶民，而少見衆兆。《文選·幽通賦》亦云“炵衆兆之所惑”，曹注“衆，庶也”，較叔師兆之訓衆尤易明。古成語，衆庶兆民之省文。

黨人

黨人一詞，屈子凡四用，三見于《離騷》，“惟夫黨人之偷樂兮”，又“惟此黨人其獨異”、“惟此黨人之不諒兮”，其一見于《九章》“夫惟黨人之鄙固兮”，其義皆大同。王注“朋也”，洪補謂“椒、蘭之徒”。王逸于“黨人不諒”以爲指楚國之人，恐非。黨人一詞，不見他《楚辭》各文，則屈子一家使用之詞也。綜觀全書四處所用，其義皆大同，而曰偷樂、曰鄙固、曰不諒，皆黨人之定性分析，義各就文義斷之可也。

《論語》言"君子群而不黨"，以指群從朋比之小人。大體以爲"黨同伐異"之輩，至爲可鄙。按屈子析之曰偷樂、曰鄙固，此與所受于當時政治上貴族群小之打擊者至大，故一再言之也。按《説文》"攩，朋群也"，當爲黨朋黨與之本字，簡言之，則黨乃攩之假借。然黨訓不鮮，凡陰暗、陳腐、隱密之物，皆不鮮。而人之陰謀、詭詐、自私、謬妄，乃至相結爲私，凡不能正大光明者，皆可曰不鮮。則黨人正指此等相勾結爲惡爲險之人言，不問其爲大人、小人矣。故此黨人指品德敗壞而又朋比爲私之人言。

讒人

讒人一詞，《楚辭》凡三見，兩見屈賦，《九章·惜往日》"聽讒人之虛辭"，《卜居》云"讒人高張"，王逸注"諂諛毀訾而加誣也"。亦見于劉向《九歎》"讒人諓諓，孰可愬兮"，王逸注"諓諓，讒言貌也"。《尚書》曰"諓諓靖言"，讒人諓諓，承順於君，不可告以忠直之意也。按《詩·小疋·巷伯》"取彼譖人，投畀豺虎"，《後漢書·馬援傳》用此二語，作"取彼讒人"，讒、譖義同形近。《九歎》諓諓之諓，即讒言之貌，蓋用《尚書·秦誓》"惟截截者善諞言"之義。《説文》"讒，譖也。從言，毚聲"。

制度部第六

國

《七諫·初放》"平生於國兮，長於原壄"，王逸注"平，屈原名也。一本國上有中字。高平曰原，坰外曰野。言屈原少生於楚國，與君同朝，長大見遠，棄于山野，傷有始而無終也。壄，一作野"。

按《楚辭》國字，十五見，除國家、國門諸詞外，單言國者，凡十見，其義皆同，王逸皆依文説之。按《説文·口部》"國邦也。從口從或"。段玉裁曰"邑部曰邦，國也。按邦國互訓，渾言之也。《周禮注》曰'大曰邦，小曰國，邦之所居亦曰國'，析言之也"。又曰"《戈部》曰'或，邦也'。古或國同用，邦封同用"。段氏此注最精，國即或之後起繁文。甲文正作 珇 若 㦯，金文作 㦯、《毛公鼎》、㦴《國差𥂈》，亦作 囻，彔卣 𣏟 象都邑（口）有 𢦏 以守之之形。蓋即古初人民一族或數族合居一邑，而有軍人以守衛之者，此即氏族社會之所謂國。其後發展，征服他族而奴役之，則以本氏族原居之所謂之國。至封建社會成立，分封其子弟親族甥舅，以統治所佔領之土地與人民，而國之概念乃擴而爲凡所統治之地皆曰國。其字亦繁變而爲國。此亦如冃、冒、帽，梁、樑，然、燃，尸、眉之變也。

許氏以邦釋國者，就封建以後之制而言，然先秦典籍，大小兩義皆多混用。如《周禮·匠人》"國中九經九緯"之國，指城內言；《孟子》"在國曰市井之臣"，注"謂都邑也"，皆是。又《周禮·大司馬》"方千里曰國畿"，《詛祝》"以叙國之信用，以質邦國之劑信"，注"國，謂王之國。邦國，諸侯國也"。

《楚辭》所用，亦復相似。如《離騷》"國無人莫我知"，指楚國言；《九章》"出國門而軫懷"，指郢都言；《天問》"吳光争國"、"命有殷之國"，《九章》"國富强而法立"，《九辯》"況一國之事兮"、"國有驥而不知乘"，《九思》之"嗟國無良"（《疾世》），皆指邦國而言，不專指國都也。《七諫》"平生於國兮，長于原壄"，則指都城之國言，細爲體會，自能知之。

其爲大小之義如何，則段氏猶有未盡。焦循《群經營室圖城圖》亦云"經典，國有三解。其一大曰邦，小曰國，如'惟王建國''以佐王治邦國'是也。其一郊內曰國。《國語·齊語》'參其國而任其鄙'，韋昭注'國，郊以內也'。《孟子》'請野九一而助，國中十一使自賦'所云是也。其一城中曰國。《小司徒》'稽國中及四郊都鄙之夫家'，《載師》'以廛里任國中之地'，《質人》'國中一旬，郊二旬，野三旬，鄉土掌國'是也。蓋合天下言之，則每一封爲一國，而就一國言之，則郊以內爲國，城外爲郊……"云云，較段氏尤悉。試照以上説，皆能吻合无間。

國家

《大招》"魂乎徠歸，國家爲只"，王逸注"言魂乎急徠歸，爲國家作輔佐也"。洪興祖《補注》"據注，爲，去聲"。朱熹《集注》"國家爲，言如此則國家可爲矣"。按國家一詞，《楚辭》三見，《大招》外，《七諫·沈江》有"聽奸臣之浮説，絶國家之久長"，《九歎·怨思》"思國家之離沮兮，躬獲愆而結難"，皆漢人語。屈宋賦中，只此一見。惟此詞自春秋以來已多使用者。《左傳》隱六年，桓二年，僖十三年，成二年，襄十一年、又十三年、又二十二年、又二十四年、又二十六年，又昭元年、又五年、又十三年、又二十七年，又定四年，又《孟子·公孫丑上》、《離婁上》、《禮記·檀弓上》、《禮運》、《玉藻》、《少儀》、《中庸》、《昏義》、《緇衣》皆用之。漢以後用者益多。其初本構成詞，至後世乃融化爲一個概念而不復分矣。按《左傳》桓二年 "故天子建國 注 "立諸侯也"，諸侯立家注 "卿大夫稱家臣""，當爲兩字本義。《禮運》 "天下國家可得而正也"，《正義》"國謂諸侯，家謂卿大夫"，又《書·湯誥》傳，"言天使我輯安汝國家。國，諸侯。家，卿大夫"，皆本之於此。細繹《左傳》、《禮記》諸用語詞義，亦皆與此相合。蓋周室已自稱天下，則方國自宜以號諸侯。而家本大夫采邑之偁，故國家遂指第二級之諸侯言，而包舉全個統治集團在內，此其本義也。又或稱曰 "邦家"。《論語·陽貨》"惡利口之覆邦家者"，是尤見其封國之義。然古者天子以天下爲家，故後世以國家一辭稱人主。《後漢書·祭祀志》注引《封禪儀》曰 "國家臺上北面"。惠棟《後漢書補注》二十一，引孔穎達曰 "漢魏人主，或言國家，或言朝廷"。此國家一義，既擴大而又縮小之使用法也。又引申之，則爲《周禮·春官·典命》之 "上公九命爲伯，其國家、宮室、車、旗、衣服、禮儀皆以九爲節；侯伯七命，其國家、宮室、車、旗、衣服、禮儀皆以七爲節；子男五命，其國家、宮室……" 云云。則國家指王公、九卿、子、男居國之制，此國家直言都城已耳。此則更縮小指統治者之自身制度言。《楚辭》所言三國家，皆與本義不相遠。漢以後封建之制漸亡，而國家一辭，仍沿用不廢，則其義已融爲一詞。若必分析言之，則重在國而不在家，亦得謂爲偏義使用，此固約定而俗成者矣。

京

《楚辭》京字兩見，一訓京都、京師，一訓大也，則第一義之引申。

（一）京都、京師。《九思·悼亂》"吾志兮覺悟，懷我兮聖京"。按《説文》"京，人所爲絶高丘也，從高省，象高形"。大徐 "舉卿切"。《詩·公劉》"廼覲于京"，箋云 "絶高爲之京"。《定之方中》"景山與京"，《甫田》"如坻如京"，傳并云 "京，高邱也"。《皇矣》"依其在京"，傳曰 "京，大阜也"。襄二十五年《左傳》"辨京陵"，注云 "絶高曰京"。《爾雅》"丘絶高曰京"。按依《詩》傳箋義，京皆謂大丘，初无人爲之説。《爾雅》本作絶高謂之京，後人誤謂作爲。（詳王筠《句讀》）《九經字樣》"京，人所居高丘也"，于義爲全備。蓋古初人類本有居丘陵一時期（《墨子·辭過》"古之民未知其爲宮室，就陵阜而居，穴而處"），其後洪水漸退，而居平地湖邊。《禹貢》"桑土既蠶，是降幽宅土"；《淮南·本經訓》"舜之時，共工振滔洪水，以薄空桑，民皆上丘陵，赴樹木"；《風俗通·山澤》"堯遭洪水，萬民皆山居巢棲，以避其害，禹决江疏河，民乃下丘，營度爽塏之場，而邑落之"，爲湖居之制。然豪酋大君則居高易以臨民，故宅京皆在高地（詳高丘一條）。高與大義相成，故京訓大，而後世以大都爲京都。故習于丘居，而訓詁狀其豐盛，故易以大義，其實本爲人所居高丘曰京也。考甲文京作帛若帛、帛，金文亦作帛、帛，正象高丘（屮屮屮）之上建兩下屋（个若个）之形。其初當爲一切避水之人所居，其後齊民皆移于平地，而統治者則仍山居，一則可以監臨下民（參高丘引《齊語》），一則可以防禦禍患（詳《太炎文録·神權時代天子山居説》），殷周宅京亦有此情形。楚之高丘，當亦此制之遺。《九思》"懷聖京"，指京師，而以聖形容之正封建時代所必然之反映也。惟屈、宋不言京而曰丘，丘京陰陽對轉也。詳高丘條下。

（二）京大也。京本高丘居人之地，引申爲高。《九懷·陶雍》云"浮溺水兮舒光，淹低佪兮京泝"，王逸注"小渚爲泝。京泝，即高洲也"。《詩·文王有聲》"鎬京辟雍"，又"宅是鎬京"，《公劉》"乃覯于京，京師之野"，京師二字連文，始于此京高丘也。師衆也，京師者，高丘而衆居者也。

聖京

《九思·悼亂》"懷我兮聖京"。古稱頌帝王建都之地曰京（詳京字條下）。言文德脩備曰"聖京"，威武明察曰"神京"，皆文人諛詞也。參聖字條。

邑

《九章·懷沙》"邑犬群吠兮，吠所怪也"，王逸注"言邑里之犬群而吠"。《大招》"田邑千畛"，王逸注"邑，都邑也"。《九思·哀歲》"巷有兮蚰蜒，邑多兮螳螂"。按《説文·邑部》"邑，國也。從口。先王之制，尊卑有大小。從卪"。段玉裁注"《左傳》凡偁人曰大國，凡自偁曰敝邑，古國邑通偁"。《白虎通》曰"夏曰夏邑，殷曰商邑，周曰京師"。《尚書》曰"西邑，夏曰天邑，商曰作新大邑於東國"。渾言之，則國邑通稱，邑里通稱。《高祖紀》"沛豐邑中陽里人也"。此邑里折言也。應劭曰"沛，縣也。豐，其鄉也"。然則鄉可稱邑矣。至其制有尊卑大小，公侯伯子男五等，説至紛紜（參後）。然國邑二字，古多混用，對文則諸侯曰國，大夫曰邑；散文則國邑皆言封地。故許以國説邑，要之邑皆以國城所在之地而言，非通指一國之地。邑爲居民所聚，民居多少，故邑有大小。極其大而言之，則王都曰邑，極其小而言之，則有十室之邑，此其一。

邑之制，據古籍所載，蓋有二：一在國中者，則始於一里二十五家，里有巷，巷口有閭；一在野者，則始于四井三十二家，聚於一處，猶今之村落。惟國中之地有定，野外之地無定，四井三十二家爲周制之常法。而地有廣狹，則邑遂有大小矣，此其二。

凡邑雖小，必有城。其城謂之保，都鄙有之，鄉遂亦有之。每一邑爲一保，保者以其可以守禦也，《孟子》謂"同井守望相助"是也。保之制，當即牆之高而堅固者，以其有似於城，故又謂之小城也，此其三。

大邑曰都，故都邑之制，可相較量而知也，參都字條下。

凡此皆周秦兩漢以來之可考者也。然甲文、金文邑作邑若𨙨，與國之𠀌者，造字之法相同。國則以戈守土（即口），邑則但人（即卪若𨙨）守之而无戈。土地廣大則財賦足，固守以戈；狹小，故守以人足矣。此國邑本義一致，而大小殊科之判也，正反映古初社會組織之實情。篆文以爲從邑者，則人形之譌。古人群居以一族爲主，則一國一邑皆一族之人也，後世分封之制興，居非一族而仍以邑國偁之，此制度雖變而語言未變之實例也。漢儒習於封建之制，故以時義説古言，遂多不可全信者矣。參"國"字與"國家"諸條。

郭

《九辯》"諒城郭之不足恃兮，雖重介之何益"，按《説文》訓郭字爲"齊之郭氏虚"，然城字之籀文、墉字之古文所從之𩫏若𩫖皆即郭字之本文也。金文《周公敢》重文𩫖字，即郭字可證。《説文》部首"𩫖，度也，民所度居也。從回，象城𩫖之重，兩亭相對也"。鄭珍《説文逸字》"𩫖下又云'𩫖或但從口〇。𩫖字注云從回，象城𩫖之重，兩亭相對也。或但從口'。按末四字，蓋重文之注，傳寫脱併。回象城𩫖之重，口則專象𩫖"。鄭説至允，𩫖本城外之城，《管子·度地篇》云"歸地之利，内爲之城，外爲之郭"。《春秋》僖二年"城楚邱"，《左傳》哀十七年"晋復伐衛，入其郛，將入城"，《孟子》言"三里之城，七里之郭"，皆郭在城外之證，其字象城隅之門臺。郭則但有此高樓，以爲守望，而城則周之以垣也。"襄二十六年傳云'楚伐鄭入南里，墮其城，涉於樂氏，門於師之梁，縣門發獲九人焉。涉於氾而歸'。按鄭之郭，依水而城，故涉樂氏則至于城下，郭非四面有垣如城然也。元年'晋伐鄭，入其郛，敗其徒兵於洧上'。鄭城在洧之東，洧出陽城山，其西之郛蓋依洧水爲之也"（節焦氏《城圖説》，其説至詳，可參）。郭之制可考者，大約如此。其見于《春秋》經傳者，如文十年之"子駒之門"（魯郭門），襄十八年"晋伐齊，焚西郭南郭，壬寅焚東郭、北郭"（此亦郭有高樓之一例），哀六年之萊門（魯郭門），襄十五年"城成郭"，定八年"公侵齊，攻廩邱之郛"，哀三年"趙鞅圍朝歌，荀寅伐其郛"，四年"城郭"，則春秋諸侯无不有郭，可知矣。

古郭與城多合言之，《吕覽·孟春紀》"无置城郭"，《孟夏紀》"敗其城郭"，《仲秋紀》"可以築城郭"，《史記·始皇紀》"墮壞城郭"，《張耳陳餘傳》"夷其城郭"。字又作廓，《新書·階級篇》"守衛捍敵之臣，誠死城廓封境"，是也。

《説文》訓郭爲"齊之郭氏虛"者，古凡從邑若阜之字皆專名，或爲城邑，或爲地名，郭氏例同，則城亯字依許説只當爲亯，而經傳多假郭爲之也。

城郭

《九辯》"諒城郭之不足恃兮，雖重介之何益"，王逸注"信哉險阻，何足恃也"。朱熹《集注》"則雖有城郭甲兵，不足恃也"。按城郭二字古多聯用，其制亦相仿佛，惟大小内外之殊耳，故分別疏之。《説文》"城，以盛民也。從土從成，成亦聲。𩫖，籀文城，從亯"。大徐"氏征切"。按從成之字，皆有定義，古成讀如定也。有城則民居安定，如有盛則黍稷定在器中也。《左傳》"聖王先成民，而後致力於神"，亦言先安定其民，而後致力于神也。今從土從成者，小篆之省變，籀文與金文同。《散氏盤銘》作𩫏，《居簋》作𩫕。亯，即亯象城隅高臺，即今城樓也。從成謂築高臺以安定居民，因以成聲名之。高臺所以爲守望、儲軍實（詳金鶚《樓考》）。其本義大致如是。自社會組織發展而後，文治既盛，城邑制度遂日以繁雜，周圍之大小，版築之高低，城隅之形態，城門之建制，闉闍之分別，城郭之大限，皆紛歧不易説明，兹舉要略言之。如《公羊》定十二年"百雉而城"，注"天子周城，諸侯軒城"。此名義之異也（何休注以軒城爲缺南面以受過。《説文·亯部》𩫈字注云"城缺其南方，謂之𩫈"云云。然焦循以爲是王宮之制，非城制，恐未必確）。《左傳》隱元年，祭仲諫鄭莊云"都城過百雉，國之害也。大都不過參國之一，中五之一，小九之一"，此諸侯境内大夫采邑之城也，故與國對舉（詳"國"字條）。《考工》"匠人營國方九里"，謂天子之城也。大國之城七里，次國五里，小國三里，此以周圍之大小言之也，

《考工記》"旁三門"，注云"天子十二門，諸侯以下无聞"。焦循以三傳考之"魯著其六，齊著其四，鄭著其七，宋著其九，衞著其五，邾、晉、陳各著其一"。此雖不必即爲定制，而大較不踰是也，此門數之異也。據《詩》毛《傳》"闉謂之曲城"，《爾雅·釋宫》"闍謂之臺"，則城有内外，内城之門曰闉，外城之門曰闍（詳焦循《羣經宫室圖·城圖三》）。此又其制之可考者也。凡此似皆古制所曾有之實象，无可疑者。此所以明古城制可能具備差別，要足以説明一事，即大較如此，未必即有嚴格之定制，如《周禮》所言者，古人因地因時制宜之義也。至城中制，如《考工記》所謂"九經九緯，經涂九軌"者，則乃周人理想之城市組織，未見實行，似亦未必能實行者矣。兹則從略。《九辯》"諒城郭之不足恃兮"，城郭連用，則春秋以來習語。《孟子》"城郭不完"，《荀子·王制》"司徒知百宗城郭立器之數"，《吕覽·孟春紀》"无置城郭"，皆是。郭則城之外城也，詳"郭"字條下。

都

《楚辭》都字九見，除都房、都廣、幽都、清都爲專名外，其餘四字分爲二義，一指國都言，一訓美盛，兹分説之如下。

（一）國都也。

《離騷》"國無人莫我知兮，又何懷乎故都"，王逸注"思故鄉念楚國也"。《遠遊》"絶氛埃而淑尤兮，終不返其故都"。《九歎·逢紛》"違故都之漫漫"，王逸注"去楚國之遼遠也"。此三處皆言故都，皆指楚之國都言。按屈、宋又言故宇、舊鄉，則混指家園鄉土而言，其指楚國京郢者，皆言故都，但不必即與新都對文而遂指《離騷》、《遠遊》之作在棄郢之後也。《九歎》乃漢人擬作，與此更不相涉。都字《説文》訓"有先君之舊宗廟曰都。從邑，者聲。《周禮》距國五百里爲都"。大徐"當孤切"。按《左傳》莊二十八年傳曰"凡邑有宗廟先君之主曰都，无曰邑"，與許君義約相近而實異。然就建國立廟爲説，未必即爲古義。

《商頌》曰"設都於禹之績"，都爲尊名固矣。然其初必以大小分都邑，《左傳》凡言邑曰築，都曰城。《史記》云"舜所居二年成邑，三年成都"，此當爲朔義。從"邑"者本以聚居民衆而立義也，從"者"者，者本儲聚之義，謂聚邑而成都也。即從者爲聲，此會意兼形聲字也。引申之，則有大都小都。《左傳》云"都城過百雉，國之害也。先王之制，大都不過參國之一，中五之一，小九之一"，此言卿大夫元士之采地也。鄭注《載師》云，"大都，公之采地，王子弟所食邑。小都，卿之采地，家邑大夫之采地"（采地大小多寡之制，金鶚《求古録禮記邑考》一文已詳之），則又與左氏説有異。依先王宗廟之説，則左氏所舉其實三者，皆只是邑，而亦曰都，與鄭注所言又異。若以《考工記·匠人》所記較之（《考工記》云"王城隅高九雉，都城隅高五雉，諸侯城隅高七雉"），則其説更相懸殊。金鶚云"大都公卿采邑，中都大夫采邑，小都元士采邑。大夫采邑，對大都可稱小都，若對元士采邑，可稱中都"。又曰"都有大小，不一等，猶之邑有大小不一等也。故至小爲四井之邑，而稱都；至大爲天子之邑，亦稱都。如後世帝京，皆稱帝都是也"。自制度通之，金氏之言已足盡之矣。然左氏、許氏"先君之廟"之説，雖爲文治以後乃至于宗法社會成立以後之説，而非文字初義（《左傳》云"狐突適下國"，服虔曰"曲沃有宗廟，故謂之國"〔參國字條下〕；又曰"屬有宗祧之事于武城"，傅遜曰"楚武城有先君之廟"，皆是其證），然其説亦與都邑大小之説相稱，故金氏曰"先君之廟有二，公卿大夫之采邑，得立大祖廟。采邑若不廢，廟亦不毀。士無大祖，是無先君之廟矣。視王子弟采邑，有賜之，得立出王廟者，是亦先君之廟也。侯國如魯三家，立桓公廟，惟卿有此，大夫則無之也。故王國公卿采邑稱大都，大夫采邑稱小都，士則稱邑而已。侯國卿之采邑得稱都，大夫士則稱邑而已。都邑尊卑之別如此"。《楚辭》三言故都，皆指楚都，即指郢都而言，此故都猶言故國。《離騷》上言"國無人莫我知"，下言"又何懷乎故都"，則故都即上之國也。言楚國全國之人，无知我者，則包括宗親、百官、齊民而言。是則故都又如何（不得解爲"有何"）可懷？屈子以宗親爲三閭大夫，以守宗祧之事，則廣念及于國人，沉思及于宗廟，固宗親大夫之情懷與職守所當然也。《遠遊》“從氛埃而淑尤兮，終不反其故都”，王逸注“超越垢穢，過先祖也”，又曰“去背舊都，遂登仙也”，去故都而思及先祖，則故都固先祖宗廟之所在矣。義與《騷》言正相同。《九歎·逢紛》“違故都”云云，乃擬摹之辭，无關源流。然以《離騷》、《遠遊》之義説之亦至爲相得也。王逸以楚國言之是矣（參國字條下）。

（二）都，美盛也。

《九章·悲回風》“惟佳人之永都兮，更統世而自貺”，王逸注“佳人，謂懷、襄王也。邑有先君之廟曰都”云云，按王注極誤。朱熹以佳人爲原自謂，于義爲得。都訓邑，有先君之廟曰都，自是都字本義，然與此亦无涉，此都字言美盛也。《詩》“洵美且都”，傳“都，閑也”。《山有扶蘇》“不見子都”，傳“世之美好者也”。《史記·司馬相如傳》“姣冶嫺都”，《索隱》“雅也”；又“甚都”，《集解》“姣也”。《廣雅·釋詁》“都，大也”。《小爾雅·廣詁》“都，盛也”。按都本大邑，故引申爲大、爲廣。凡廣大諸義，以積極義相類爲訓，則盛美，亦得曰都。故都訓美盛嫺雅矣。此言永都，猶言長好也。下文更，歷也。統世猶言繼世。貺，賜也，厚也。自貺猶《詩》言“自求多福”。此二句言己之所長長好，蓋繼世更歷，而自求多福以得之，此自述先德之意。下“眇遠志之所及兮，憐浮雲之相羊”者，言己高遠其志，志之所及，蓋愛憐浮雲而與之相羊，謂高與浮雲齊也。又《大招》“比德好閑，習以都只”，王注“言比其才德、容貌都閑習於禮節”。補曰“《漢書》‘閒雅甚都’”，此都字亦謂美盛也。

市

《天問》“妖夫曳衒，何號於市？”《楚辭》市字只此一見。按《説文·冂部》“買賣所之也。市有垣，從冂從丆，丆，古文及，象物相及也。

之省聲"。考金文《兮田盤》云"王令田政嗣成周四方，責（積）至于南淮＝尸＝，淮夷重讀。舊我員買讀畝晦人母毋敢不出其員，其責其進，讀爲責。乃其實母敢不即帥即𠂤，敢不用令則即井刑，關戕伐其佳唯我者諸侯百生姓，乃實母不即𠂤，母敢或入窫安廄實，則亦井"。此文𡳆字兩見，當即市字，上從止，與之聲同部；中從冂，即冂之變；下從丁，即乁之變。盤文記兮田治四方委積之事，謂淮夷之厶，毋敢不出其畝晦，以其委積財責及貯藏，皆毋敢不就我師從市易，即諸侯百姓有貯藏，亦毋敢不就我市易，以字例與文義參校，殆無疑矣。甲文有𡳆𡳆二字，頗奇古難識，諦審之，亦市字也。上從止與金文從止同。中從冂，即冂之變，下𠱾盡，亦即古文及，或左下或右下者，正反不同也。此形雖奇詭而亦復無乖字例，或尚呈倉沮之舊名矣。以甲文、金文互校之，疑古文市字本從止。市買賣所聚，亦民之所止，聲可兼義也。甲文皆從止爲止，而之字則皆作止，明從止，非之省。小篆變作之省聲，義雖可通，然非原始古文本指也。

闕

闕字《楚辭》兩見。《九歌·河伯》"魚鱗屋兮龍堂，紫貝闕兮朱官"，王逸注"紫貝作闕"。洪補"闕，門觀也"。又《九歎·遠遊》"登閶闔於玄闕"，王逸注"登於天門，入玄闕，拜天皇，受勅誨也"。按依兩文古義論之，闕即闕也。《說文》"闕，門觀也。從門，欮聲"。大徐音"去月切"。按汪中曰"《說文》'闕，門觀也'，'歑，缺也。古者城闕其南方謂之歑。從亯，缺省'。中按歑古文闕，從夬得聲，亯象門闕，及兩觀相對形，許氏存其文而失其義。《公羊》定公十二年傳何休注'天子周城，諸侯軒城。軒城者，闕南面，以受過也'。又因誤解歑義生此謬說"，可謂得其環中矣。《九歌》紫貝闕者，謂以紫貝飾闕也。《九歎》玄闕，則天門矣，別詳"玄闕"下。按就其城闕處言曰闕，就其有臺可觀曰觀，就其懸法象曰象巍，一事而三名，各有義蘊。然推其朔義，則當以闕爲最原始，所謂本體也。觀則就闕而視，爲臺觀，所謂特性也；象則就闕而縣象，所謂作用矣，皆後起之用。蓋古之宅京者，必依山而南面，構垣以爲防，則南缺以供出入，後世始爲四門。故闕南爲古制無疑。

　　然古闕之用最廣，而其名亦至繁，許氏所言，雖似朔義而未盡也。清儒釋此者，惟汪中最得其要而不繁。《述學·內篇》一《釋闕》云"天子諸侯宮城，皆四周闕其南爲門，城至此而闕，故謂之闕。《春秋》僖公二十一年傳鄭伯享王於闕西辟，《大戴禮·保傅》篇'過闕則下'，是也。亦謂之闕門。《穀梁》桓公三年傳'諸母不出闕門'，《史記·魏世家》'臣在闕門之外'，是也。庫門在外，路門在內，居二門之中，亦謂之中闕。《扁鵲倉公傳》'出見扁鵲於中闕'是也。其異名，《魯周公世家》'煬公築茅闕門'，《秦本紀》'孝公築冀闕'，《戰國策》'摩燕烏集闕'，是也。闕巍然而高，故謂之巍闕。《莊子·天下篇》'心居于巍闕之下'是也。正月之吉，縣治象、教象、政象、刑象之法於此，故謂之象魏（《周禮》冢宰、大司徒、大司馬、大司寇職文）。《春秋》哀公三年傳'立于象魏之外'是也。使萬民觀象，故謂之觀。《禮運》'出游于觀之上'，《爾雅·釋宮》'觀謂之闕'，是也。觀有臺，故謂之觀臺。《春秋》僖公五年傳'遂登觀臺以望'是也。即門爲臺，故謂之臺門。《禮器》'天子諸侯臺門'是也。亦謂之門臺。《春秋》定公三年'邾子在門臺'是也。觀有左右，故謂之兩觀。《春秋》定二年傳'兩觀災'是也。在宮之南，故謂之南門。《顧命》'逆子釗於南門之外'，《盛德記》'揖朝出其南門'，是也。亦謂之大門。《司儀》'車迎拜辱出大門'，《公食大夫禮》'賓朝服即位于大門外'，《曲禮》'車馳而驟至於大門'，是也。亦謂之宮門。《閽人》'職喪紀之事，蹕宮門'是也。亦謂之公門。《曲禮》'大夫士下公門'，《鄉黨》'入公門'，是也。亦謂之中門，與中闕同義。《閽人》'職掌守王之中門之禁'是也。室中度以几，堂上度以筵，宮中度以尋，野度以步，塗度以軌，惟城度以雉。故王宮門阿之制五雉，宮隅之制七雉，城隅之制九雉。城之度以雉，由宮城始，故宮城之門謂之雉門。《春秋》定公二年傳'雉門災'，《明堂位》'雉門天子應門'，是也。十有六者，異名而同實"。闕之用至廣博，其制亦至繁。汪氏此文雖義在釋名，而制度作用亦大體均在矣。故錄之以爲佐。至觀也，象巍也，《楚辭》皆曾用之，故亦分別列焉。然闕之形制，當爲最初最簡之象，增益而爲觀。故觀圖可以合闕。參"觀"一條所附圖自知。

又按後世論闕亦多可商，茲又別篇附之所以廣異聞也。

附辯闕名

闕者觀也，又謂之象魏。《春秋》定二年"夏五月壬辰，雉門及兩觀災"，杜預注"雉門，公宮之南門。兩觀，闕也"（何休《公羊》注謂"雉門兩觀，皆天子之制，門爲其主，觀爲其飾"）。孔穎達疏謂"觀與雉門俱災，則兩觀在雉門之兩旁"，而賈公彥《周禮疏》、邢昺《爾雅疏》皆同此說。案《爾雅·釋宮》"觀謂之闕"，郭璞注"宮門雙闕"。《周禮·太宰》"正月之吉，縣治象之法於象魏"，鄭衆云"象魏，闕也"。《禮記》"昔者仲尼與於蜡賓，事畢，出游于觀之上"，鄭注"觀，闕也"。《公羊傳》昭公二十五年"子家駒曰，設兩觀"，何休注"禮天子諸侯臺門，天子外闕兩觀，諸侯內闕一觀"。《家語·始誅》篇"孔子爲魯司寇，誅亂政大夫少正卯，戮於兩觀之下"，王肅注兩觀闕名，皆不指實兩觀在何門旁，而杜預注左氏莊二十一年傳"鄭伯享王於闕西辟"云"闕，象魏也"，注哀三年傳"桓僖災，季桓子至，御公立于象魏之外"云"象魏，門闕"，與注雉門及兩觀災，皆止云兩觀象魏爲闕而已。而注莊十九年傳"葬於絰皇"云"絰皇冢前闕，鬻拳生守門，故死不失職"，注宣十四年傳"屨及於窒皇"云"窒皇，寢門闕"，是寢門亦有闕也。孔穎達疏謂"經傳通稱兩觀爲闕，惟指雉門高大，爲縣舊章而使民觀之，故雉門之觀特得闕名。名爲闕者，以其在門兩旁，而中央闕然爲道，雖則小門，亦如此耳。故杜于寢門、冢門皆以闕言之”。此雖是曲爲周旋之説，亦以經傳從未有言寢門有闕者，故如此云。而崔豹《古今注》曰“古每門樹兩觀於其前，所以標表宫門”，則又與孔疏説異。《竹書紀年》“成王二十一年，除治象”，“昭王元年，復設”。象魏之設，布治縣治象，布教縣教象，布政縣政象，布刑縣刑象。天子五門，諸侯三門，不宜每門皆有教令縣于其上，則孔疏謂闕在雉門兩旁，自不謬乎經旨也。

《鄭風·青衿》“在城闕兮”，傳“乘城而見闕”，箋“國亂人廢業，但好登高，見于城闕，以候望爲樂”。《正義》引《釋宫》“觀謂之闕”云“闕是人君宫門，非城之所有，且宫門觀闕，不宜乘之候望。此言在城闕兮，謂城之上別有高闕，非宫闕也”。馬氏曰“按闕者軼之假借。《説文》‘軼，缺也。古者城闕其南方謂之軼。從軍’。軍象城軍之重，兩亭相對也。今按郭爲重城，象兩亭相對，兩亭即内外城臺也。蓋古諸侯之城，三面皆重設城臺，惟南方之城無臺，其形缺然，故謂之軼，借作闕。《公羊》定十二年何休注“天子周城，諸侯軒城。軒城者，闕南面，以受過也”，與《説文》城缺南方義合。《周禮·小胥》“王宫縣，諸侯軒縣”，《春秋傳》謂之曲縣，軒城猶軒縣曲縣也。其形缺然而曲，惠士奇曰“古文曲作乚，象缺之形是也。城闕即南城闕處耳。孔疏既謂闕非城之所有，又謂城之上別有高闕，非也。《公羊疏》疑爲城墉不完，則益誤矣”。參闕下。

魏闕

《九懷·危俊》“徑岱土兮魏闕，歷九曲兮牽牛”，王逸注“行出北荒，山高桀也”。一曰象魏，闕名。許慎云“巍巍高大，故曰魏闕”。按魏闕即象魏與闕之合稱，天子之應門也。本名闕，又名兩觀。以其懸象教言，則曰象魏；以其門在兩觀之間闕然故曰闕；以築土高爲臺，故又名臺門。詳參“觀”與“闕”兩條下。

故居

《遠遊》"春秋忽其不掩兮，奚久留此故居？"王逸《章句》"何必舊鄉？可浮遊也"。按二語承"高陽邈遠，余將焉程"之下，而又冠以"重曰"，蓋前義已盡，將遠尋王喬而去故居也。高陽邈遠者，宗邦无可托也。則去故居者，私室亦不可居，退隱亦不可得。按屈賦有故居、故宇，故室，及故都、故國、故鄉等六詞，所指各別，界劃分明，不可亂。居、室、宇皆指私室言，以差別分齊言，則皆指家室。《招魂》又以'樂處'一語形之，義更顯豁，《大招》又言"魂乎歸來，居室定只"，以居室連言，固與分言同意也。至故國、故都，則指郢都而言。以分齊制度論，此指國言也。雜見《離騷》、《遠遊》、《哀郢》諸篇。至故鄉一詞，必需指楚之先兆言。若必欲切指，則崑崙爲高陽之所居，故《離騷》于文尾言"國无人莫我知，又何懷乎故都"，上言國，下即承以故都。此都指楚郢都言也。而上文既至崑崙，而曰"臨睨舊鄉"，曰臨睨者，登臨而後見，此不得指郢都，必指崑崙无疑。則舊鄉之爲先兆，不得更指國都言矣。語義分明，而古今注者，自王逸以來，皆不能分劃，鼇然不亂，故總及之于此。

玉臺

《九思·傷時》"登太一兮玉臺"，舊注"太一天帝所在，以玉爲臺也"。按玉臺一詞別无考，舊注以爲天帝所在，以玉爲臺，合文義以字義而釋之也。古人多以玉形容王室及天上宮殿，皆狀其華美如瓊玉也。"太一兮玉臺"，兮字作之字用。

墉

《九歎·怨思》"孤雌吟於高墉兮，鳴鳩棲於桑榆"，王逸注"墉，墙也。《易》曰'射隼于高墉之上'"。《説文》"墉，城垣也。從土，庸聲。𤖣，古文墉"。段玉裁曰"《皇矣》'以伐崇墉'，傳曰'墉，城也'；《崧高》'以作爾庸'，傳曰'庸，城也'。墉、庸古今字"。按庸訓爲城，則墉之借，非古今字也。《梓材》"既勤垣墉"，馬注"卑曰垣，高曰墉"。則墉爲高牆，許所録古文𤖣，乃郭之初文，非墉字也。通言則一切牆皆得曰墉。《禮器》"君南向于北墉下"，注云"墻謂之墉"，是也。

關

《楚辭》三見，兩爲虛擬之天帝之門，一曰關梁，則本義也。按關字《説文》訓"以木橫持門户也。從門，䯊聲"。大徐"古還切"。《左傳》"臧孫紇斬鹿門之關"，《吕氏春秋》"孔子之勁，舉國門之關，而不肯以力聞"（詳《日知録》）。引申之則爲關閉、關藏。《周禮·地官·司關》"每關下士二人"，注曰"界上之門"，疏云"王畿千里，王城在中，西有五百里，界首面置三關"。《儀禮·聘禮》"賓及，乃謁關人"，是關在界上也。焦循曰"王城在河南洛北澗東瀍西，其界上之關可考者，西去桃林之塞約百里餘，西南至武關約七百里，西北至函谷約三百里，東至虎牢約二百餘里。……若依每百里制之，南地既不足，而北必踰河……《王風譜疏》云'《周禮》每言王畿千里者，制禮設法，據方圓而言，其實地形不可如圖'，皆達論也。……非必依界之所在而爲之，如伊闕兩山之間，爲地險隘，故設關謂之關。塞內塞外尚有前城，關外諸邑"。按焦氏自周家及春秋列國之實論關之制，而以《周禮》五百里界置三關之説，爲制禮設法之論，至爲通達。其義已明白，无庸更考矣。

據此以讀《楚辭》諸關字，則《九辯》"猛犬狺狺而迎吠兮，關梁閉而不通"，此關字當爲關塞之關。《儀禮·聘禮》"乃謁關人"，注"古者竟上爲關，以譏異服，識異言"。此文上言"君門九重"，《月令》云"九門磔禳"，洪補以關門、遠郊門、玉路門，凡九爲九門，雖不必即是，而漢以來固習用之也。參梁字條下。至《離騷》之"吾令帝閽開關兮"，《遠遊》"命天閽其開關兮"，與《招魂》"虎豹九關"，皆言天門，亦當指天地交界之關言。自"虎豹九關，啄害下人"之言，可以見之（詳九關條下）。人神易處，故天界亦如人世之國界矣。

關或謂之閒，即《大招》之九約也。約與繪同聲通用。詳九約、約兩則。

巷

《七諫·怨思》"江離棄於窮巷兮，蒺藜蔓乎東厢"，王逸注"言賢者捐棄閭巷"。又《九思·哀歲》"巷有兮蚰蜒，邑多兮螳螂"。按巷即《説文》㒼字，本作㒼，篆文省作巷，隸變作巷也。《説文》"㒼，里中道。從㒼從共。皆在邑中所共也。𢎶，篆文從㒼省"。大徐"胡絳切"。《詩·大叔于田》"巷无居人"，毛《傳》"巷，里塗也"。又《丰》"俟我乎巷兮"，《傳》云"巷，門外也"。《正義》云"巷是門外之道，與里塗一也"。按里中之道曰巷，古文作㒼，《爾雅》作衖。㒼、衖亦一形繁省之變也，從㒼與從行同義。又《離騷》"五子用失乎家衖"之衖，當爲閧之誤，閧，門也，與此別。

朝

朝字《楚辭》十八見，除複詞之朝夕、朝歌、朝霞、朝露等詞外，其單詞之用不外三義，一爲朝旦，二爲朝見，三爲朝堂。茲分屬於次。

（一）朝旦。《離騷》"朝吾將濟于白水兮"，王逸朝字无説，此言旦時吾將濟渡白水也。又《九思·守志》"朝晨發兮鄢郢"，言晨由鄢郢出發也。《詩·鄘風》"崇朝其雨"，毛《傳》"崇，終也。從旦至食時爲終朝"。《爾雅·釋詁》"朝，旦早也"，《書·无逸》"自朝至于日中昃"，按《説文·倝部》"朝，旦。從倝，舟聲"。大徐"陟遥切"。此小篆以後之形變字，從倝者，日始出光倝倝也。然倝亦後起字，金文作[illegible]《盂鼎》、[illegible]《陳侯因資敢》，從日在茻中，而旁有水滴，釋者或謂是朝宗于海之朝，或謂是淖汐之潮，恐皆未允。按旁注以水，言日將出未出時，露未晞也，正寫日在茻中而露猶存之義。若謂朝中，則无取起于從茻從日。若謂淖汐亦无與于茻之事，且中土知潮汐之事較晚，无容早立潮字也。釋爲朝露未晞，最切字義（甲文有[illegible]字，或以爲朝字未允，商承祚以爲萌字，説較當）。

（二）爲朝見。《九歎·遠遊》"馳六龍於三危兮，朝西靈于九濱"，此言與西靈朝見也。按古籍載人君日出而視朝，群臣辨色而入，故朝字即朝旦之義之引申，惟朝見之義有數端。早朝爲論政，此其一。朝覲、朝聘爲諸侯見天子，或諸侯相往還之禮。《遠遊》之朝，則往見之義，叔師以召西靈訓朝字，恐未甚允。此當爲相見之禮，非召見也。

（三）爲朝堂。早日朝見于君曰朝，因而引申，則朝見之地亦曰朝矣。《九歎·怨思》"孽臣之號咷兮，本朝蕪而不治"，王逸注"朝用蕪穢而不治也"，此指國家朝堂言。古制天子諸侯三朝，一曰外朝，在庫門外，二曰内朝，在正門内（天子之應門，諸侯之雉門），上兩朝皆无堂无階。三曰燕朝，在路門内。君位堂上，臣位堂下，路寢之廷（大夫二朝，合官事于外朝，在闈外大門内，合家事于内朝，在闈内）。此據《公羊》説。三朝皆爲聽政治事之處，《怨思》言蕪，則謂不視朝，故蕪穢不治也。

社

社字《楚辭》三見，一連稷字爲詞，別詳"社稷"條。其二見《天問》曰"徹彼岐社，命有殷國"，一曰"何環穿自閭社丘陵，爰出子文"，兩社字實出于一義。兹考之如下。

《天問》"何令徹彼岐社，命有殷國"，王逸注"徹，壞也。社，土地之主也。言武王既誅紂，令壞邠岐之社，言已受命而有殷國，因徙以爲天下之太社也"。洪補曰"《詩》曰'迺立冢土，戎醜攸行'。冢土，太社，美太王之社，遂爲大社也。《記》曰'王爲群姓立社曰大社'"。按此禮文具備之說，屈子所用亦本此義。徹社、遷社、屋社之義，詳"社稷"條下。然社之本義與後世文治之說有分歧。社稷也，宗廟也，左祖右社也，皆爲先秦典籍至繁賾之事，皆當自其源流以求之，一以見古初民習之真，一以見制度發展之實。

按《說文》"社，地主也。從示、土。《春秋傳》曰'共工之子句龍爲社神'。《周禮》'二十五家爲社，各樹其土所宜木'。祍，古文社"。按許氏所解，凡得三義，一地主也，二社神也，三里社也。合三事以明一字，其義固至繁賾矣。蓋依三代禮制，扭合各說而總之以地主一義，然尚非其朔也。考社乃土之孳生字。祀土之祭，亦謂之土，後世凡祝祭天象多增示旁，遂孳生爲社（如柴祭之孳爲祡，煙祭之孳生爲禋，合祭之孳生爲祫，詞祭之孳生爲祠，石主之孳生爲祏，告祭之孳生爲祰……凡今示部字多如此）。《詩・大雅》"乃立冢土"，傳云"冢土，大社也"；《商頌》"宅殷土茫茫"，《史記・三代世表》引作"殷社茫茫"；《公羊》僖公三十年"諸侯祭土"，何注"土謂社也"，皆見於周秦以來載籍。推之甲文，亦以土爲社。《書契前編》二卷二十四葉"貞賣于土三小宰，卯一牛，沈十牛"。又卷四第十七葉"貞勿奉牟于邦土"。王國維謂"邦土即邦社，亦即祭法之國社"。《殷契佚文》九二八片云"其又賣亳土，又雨更王受年"，求雨于亳土，即《春秋》襄四年之亳社也。其證至多，不一一載之矣。不僅此也，社字古音亦讀同土。《甘誓》"用命賞於祖，不用命戮於社，予則孥戮汝"。《左傳》閔二年"間于兩社，爲公室輔"。《禮記・郊特牲》"簡其車賦而歷其卒伍，而君親誓社，以習軍旅"。《漢書・叙傳》"布歷燕齊，叔亦相魯，民思其政，或金或社”。諸書韻葉皆讀社爲土，則社本讀爲土矣。是則土社爲一字，決无可疑。《郊特牲》疏引《大司樂》“五變而致介物及土示”，土示，五土之總稱，即社也，亦即《白虎通》云“不謂之土何，封土立社，故變名謂之社，別于衆土也”之義。是社即土而爲祭者矣。土即社之初文，故社亦稱土。《大宗伯》“王大封，則先告后土”，注云“后土，土神”。社、土之爲一事，不待辯而自明。

社祀五土之神，然非即祀地，故不專爲地祇，此義休寧戴君言之已詳。則土未必即謂土地。按甲文土字作 Ω、凸，金文作 丄《孟鼎》、丄《散盤》、丄《太保敦》，當爲古大石文化時期之獨石，或謂之石柱 menhir，與 Dalmen 義相近（參宗字下）。亦爲祭祀祈福之靈石。中土遺跡，今日尚見于四川、遼寧、山東、山西、陝西、廣西等地。此制蓋建大石于郊野。《大宗伯》“以血祭祭社稷”，甲文之作凸者，正象灑血之形。以血祭社，蓋後世文飾之言。古初蓋子孫輸血於此靈石，以爲先人所憑依，而常得呵護之報。因其爲先祖之憑依，故取異姓而代之者，必先除去其社，而新得國之主，亦必擴大其社，以與天下共之，其意若曰，天下皆歸於新主，爲新主之子姓矣。此《天問》徹岐社而受殷命之意，謂天已以授殷之天命轉授之於周，周遂徹去其在岐之社，而更爲天下之大社。

然周以來所傳社事，多與男女游樂之事相關。即《墨子》所謂“燕之有祖，當齊之社稷，宋之桑林，楚之有雲夢，此男女之所屬而觀也”（《明鬼》）。莊三十三年“公如齊觀社”。《穀梁傳》“本以是爲尸女也”，尸女即陳女而觀之義，此蓋即禮家所傳“仲春令男女奔者不禁”之朔義。此事之見于《詩》者，有《陳》之《宛丘》、《東門》、《衡門》、《月出》及諸桑間濮上之作。《左傳》亦稱社爲淫昏之鬼（僖十九年）。蓋社本在郊，爲男女幽會之所。古人野合于社，必且爲習俗之所不禁。《天問》“環閭穿社以及丘陵，是淫是蕩，爰出子文”，其事見《左傳》宣四年曰“初若敖娶於䢵，生鬭伯比。若敖卒，從其母畜于鄖，淫于䢵子之女，生子文焉。䢵夫人使棄諸夢中，虎乳之。以其女妻伯比，實爲令尹子文”。所謂環閭穿社以及丘陵，即追逐淫蕩之事。言鬭伯比追逐䢵女，環繞閭閻，穿于里社（或國社）以及丘陵之中，而爲淫蕩之行，乃生子文也。王注、洪補皆考之詳矣。"是淫是蕩"之言，乃後世風習既變之微詞，其在古初固習見而成俗之常事也。參余《文字樸識·釋社篇》。

隍

《七諫·謬諫》"悲太山之爲隍兮"，王逸注"隍，城下池也。《易》曰'城復于隍'也"。"言太山將頹爲池，以喻君且失其位"。"隍，一作湟"。洪興祖《補注》"《説文》城池'有水曰池，無水曰隍'"。按《易·泰》上六"城復於隍"，虞注曰"隍，城下溝。無水稱隍，有水稱池"，較叔師義爲切。字又作堭，《廣雅·釋室》"堭，壁也"。又作湟，《文選·七發》"黄池行曲"，李善云"黄當爲湟。湟，城池也"。則泰山爲隍者，言泰山頹爲城，下无水之溝也。

周行

《九歎·怨思》"征夫勞於周行兮"，王逸注"行，道也。《詩》云'菶菶公子，行彼周道'"。按周行先秦成語，言周道也。《詩·大車》"行彼周行"，又《周南》"嗟我懷人，寘彼周行"，皆言周行。周行猶言中行，《易·復》"中行獨復"是也。又《左傳》襄十五年"王及公侯伯子男甸采衛大夫，各居其列，所謂周行也"；又《詩·鹿鳴》"示我周行"，鄭箋"周行，周之列位也"，則爲別義，與此无涉。

郊

《九歌·少司命》"夕宿兮帝郊"，王逸注"言司命之去，夜宿於天帝之郊"。按天帝之郊"以人世國家組織比擬天庭也"。《説文》"距國百

里爲郊。從邑，交聲”。大徐“古肴切”。鄭司農注《周禮·載師》引
《司馬法》曰“王國百里爲郊，二百里爲州，三百里爲野，四百里爲縣，
五百里爲都”。《肆師》鄭注“遠郊百里，近郊五十里”。又注《儀禮·
聘禮》“周制，天子畿內千里，遠郊百里。以此差之，遠郊上公五十里，
侯三十里，子男十里也，近郊各半之”。按百里、五十里者，謂去城五
十爲近郊，去城百里爲遠郊也，故曰郊外、郊野。詳孫氏《正義》載
師、肆師兩節。《司命》宿帝郊，不言遠近，擬詞也。

閭社

《天問》“何環穿自閭社丘陵，斷句與逸異。爰出子文？”王逸注“子
文，楚令尹也。子文之母，鄖公之女，旋穿閭社，通于丘陵，以淫而生
子文”。按閭社謂里門之社也。閭本里門，周以二十五家爲里（詳閭字
條），凡里皆有社。故《周禮》言“二十五家爲社，各樹其土之所宜
木”。二十五家之說，皆周制。故《天問》得言閭社，猶言里社也。二
十五家得立社，以爲里人聚集之所。其初蓋血族聚居之地，立社於里門
外，則一里同姓之人皆依祖先而居，得其呵護也（詳社字條下）。後世
之里居不必皆同姓，而社之初義不明，然其爲聚集之作用仍如故。此戰
國以後之制，《天問》所指爲令尹子文事，事在春秋中葉，古習或尚存
在。故伯比以淫蕩而得子文之傳說傳至屈子，其評論之微辭雖具，而樸
素之史蹟尤存也。二十五家得立社，即《月令》所謂民社。《鄭志》謂
爲秦制，恐未必然。《左傳》哀十五年“齊與衛地，自濟以西，禚、媚、
杏以南，書社五百”，杜預云“二十五家爲社”，是亦一證。大約載籍所
載，制度所定，與民間風習不必確求一致，通而觀之可也。

門下

《七諫·初放》“數言便事兮，見怨門下”，王逸注“門下，喻親近

之人。言己數進忠言，陳便宜之事以助治，而見怨恨於左右，欲害己也"。按此即指懷王甚任信屈原，入則圖議，出則應對，後爲上官大夫靳尚之徒所譖之事也，則門下指楚君朝廷中門下議政之諸人言。此門指內外朝之三門，曰門下者，猶言門下之人云。後漢官制，有門下侍郎、小門下等，蓋侍于宮中之職。則曼倩所言，蓋反映漢人之制，而非戰國楚制也。惟戰國末期，平原、春申、信陵等皆養士于家，即《史記》所謂"趙使平原君求救合從於楚，約與食客門下有勇力文武備具者二十八偕"之言。則戰國門下一詞，指豪右之養士言，與《七諫》此説亦不相合。

私門

《七諫·哀命》"念私門之正匠兮，遥涉江而遠去"，王逸注"言己念衆臣皆營其私，相教以利，乃以其邪心欲正國家之事，故己遠去也"。按《國策》"吳起爲楚悼罷無能，廢無用，損不急之官，塞私門之請，一楚國之俗"，李斯《諫逐客書》"昭王得范雎，强公室，杜私門"，《西征賦》"反初服于私門"，則私門者，私家之門也。"念私門之正匠"，言正匠在私門。正匠當在公而在私門，故遠涉江而遠去也。王叔師注極糾繞不清，由正匠一詞未明，故失之迂闊矣。正匠猶言大匠，別詳"正匠"條下。

私門又曰家門，《左氏傳》"政在家門，民无所依"是也。對私門言，則有公門。《論語》"入公門，鞠躬如也"。《禮記·曲禮下》"龜筴几杖、席蓋、重素、袗、絺綌不入公門，苞屨、扱衽、厭冠不入公門。書方、衰、凶器，不以告，不入公門"是也。公門指諸侯以上公家之門也。

官

《天問》"何卒官湯，尊食宗緒"，王逸注"言伊尹佐湯命，終爲天子，尊其先祖，以王者禮樂祭祀，緒業流於子孫"。洪補曰"官湯，猶言相湯也。尊食，廟食也"。《説文》"官，吏事君也"。《禮記·明堂位》"有虞氏官五十，夏后氏官百，殷二百，周三百"。此言伊尹卒爲商之官，而得配食于湯也。詳《重訂天問校注》，王逸説失之遠矣。

后

《天問》"鼓刀揚聲后何喜？"王逸注"后，謂文王也。言吕望鼓刀在列肆，文王親往問之，吕望對曰'下屠屠牛，上屠屠國'。文王喜，載與俱歸也"。又"中央共牧后何怒？"按"中央共牧"句古今無定説，然后字當作君字解，則可無疑。《九歎》"后聽虛而黜實兮"，王逸注"黜，貶也。實，誠也。言君聽讒佞虛言，以貶忠誠之實"。按后字見于《楚辭》者二十四見，除專用術語如"三后"、"后稷"、"后益"、"后啟"、"后土"等皆各有所指名外，僅得一君后之義。《爾雅》"皇、王、后、辟，君也"。按《説文》"繼體君也。象人之形，施令以告四方，故厂之。從一口。發號者，君后也"。《書·仲虺之誥》"徯我后，后來其蘇"。《易·泰卦》"后以財成天地之道"。諸侯亦一方之君也，故亦曰后，《堯典》"班瑞于群后"是也。又三公之有封土者，亦得稱后。《書·畢命》"三后協心"，注謂"周公、君陳、畢公也"。考屈賦各篇用后一字最多者在《天問》一篇。《離騷》僅見后辛一詞，《九歌》有"后皇嘉樹"一語，而《天問》凡六見，曰"啟代益作后"、"何后益祚革"、"而后帝不若"、"后帝是饗"、"鼓刀揚聲后何喜"、"中央共牧后何怒"，諸句所指皆以夏之君后爲主。其稱説及殷者，則曰后帝。略徵史籍，則稱夏曰夏后氏，禹曰后禹，啟曰后啟，周祖曰后稷，稱土神地祇曰后土，亦自夏始。而殷之先王公則曰王、亥、恒。主、帝等詞，而無一稱后者，則后字當爲夏人稱王者之專詞，亦如王、主、帝爲殷人稱王者之尊號。《禮·檀弓》"夏后氏殯周"，《正義》"夏言后者，《白虎通》云'以揖讓受于君，故稱后'"。此言雖爲一種解説，未必真切，然夏王之用后字，則漢人固已知之，然未能明宣其義，而但忖度其由來而已。后字從厂，山崖也；從一口，叔重所謂發號施令之義。古大酋必居山，禹"茅茨土階"，大約即依山崖爲屋之義。其民當于洚水既平後，下居於陸，或湖居于水，以便于耕種漁獵，故其君稱后者，尚質直之義焉耳。周本夏後，舊習仍多存焉。殷人之初，言主、示、王，主、示就死後靈石之象言，王則就其威儀言，湯以後則多言帝。帝者上帝一辭之下放于人間，亦如人間帝王之上升于天庭之比也。皆別詳諸字解。

此處舉《天問》二例，漢人一例，以明其爲君一義之證，不詳錄也。

君

《九歌·湘君》"君不行兮夷猶"，王逸注"君，謂湘君也。夷猶，猶豫也。言湘君所在，左沅、湘，右大江，苞洞庭之波，方數百里，群鳥所集，魚鼈所聚，土地肥饒，又有險阻，故其神常安，不肯遊蕩，既設祭祀，使巫請呼之，尚復猶豫也"。朱熹注"君，謂湘君，堯之長女娥皇，爲舜正妃者也。舜陟方死於蒼梧，二妃死於江湘之間，俗謂之湘君。湘旁黃陵有廟。夷猶，猶豫也"。按君字本義，"尊也。從尹，發號，故從口"（《説文》）。《書·大禹謨》云"皇天眷命，奄有四海，爲天下君"，古今解君爲大君者，無更明顯于此。尹者手中有所執持，與父、甫諸字之丿略同。父者執火炬以照明（甫字義同），尹則所執當爲劍杖或契刻之木之類，所以給使者之據，有如後世之符執符契。而發令者君也，引申之，則尊長亦得曰君，神靈曰君，君夫人曰君，子稱父曰君，子孫稱先輩曰君，寢假則夫婦朋友相稱皆可曰君，妻稱夫曰君。至春秋之世，稱賢者、成德者、城市貴胄與國軍族軍亦得曰君，或曰君子（按稱城市士兵曰君子，《楚辭》中無此例，蓋此一稱自在春秋戰國之初，如《左傳》昭二十七年"楚……救潛，左司馬沈尹戍帥都君子……以濟師"；《國語·吳語》云"越王……以其私卒君子六千人爲中軍"等例）。約而言之，《楚辭》全部用君字，約六十四，其用有三。

（一）稱君王者。如《惜誦》用十君字，《哀郢》一字，《抽思》一字，《惜往日》四字，《悲回風》一字，共十七君，皆指君王言。且有與蓀、靈修合用，此兩詞亦君之代語也。《九辯》十見君字，與屈子用法全同。又《招魂》一篇依史公言爲原招懷王，則其中七君字亦指懷王，依後世說以爲宋玉招屈子，亦弟子于師之尊稱也。

（二）指神靈曰君。此在《九歌》中爲最多，如《東皇太一》之"君欣欣兮樂康"指東皇言，《雲中君》之"思夫君兮太息"指靈神言，《大司命》之"吾與君兮齊速"，《少司命》之"君誰須兮"句指少司命言，此等君字，皆巫者或作者用以指明當祭之神靈言者也。

（三）夫婦或朋友（或比擬爲夫婦者）稱君。如《湘君》中之三君字，《山鬼》之兩君字，《卜居》中之三君字，或以指夫婦，或以比擬夫婦，或以對朋友，分別觀之可也。此條八君字已由尊君之義變爲親君之義，由發號施令之義變爲平等親暱之稱，此說明階級等別之差已不似春秋以前之嚴格。此中社會發展與民族心理兩相融會之關鍵，正在此一等級制之意識中發生大變遷。二湘、《山鬼》之君爲家庭婚姻關係，益開放亦益深固之表現。《卜居》則詹尹三稱屈子爲君，爲朋友相稱之詞，則君已失去其發號施令之本義，而爲社會彼此平等相敬之義。主奴之分已判然非復往昔之舊矣。寖假則變易爲文法上之第二人稱敬詞，爲口語中習用詞矣。《九章》兩見君子一詞，別詳。

至漢儒諸篇，如《七諫》七篇，七見君字；《九懷》九篇，四見君字；《九歎》九篇，一見君字，皆代屈子主言，故亦全部指君王言。

后帝

后帝一词，只見于《天問》，此后與帝兩詞之複合詞也。或以爲上帝、天帝之稱。

《天問》"何獻蒸肉之膏，而后帝不若"，王逸注"后帝，天帝也"。此義亦見《詩·魯頌·閟宮》"皇皇后帝"。又《左氏傳》文二年同，謂天帝也。朱熹亦云"后帝，天帝也"。其二則指人王言。《天問》"緣鵠飾玉，后帝是饗"，王逸注"后帝，謂殷湯也"，洪、朱同，皆各依文義釋之，然后帝二字，各有其本義，而天帝、人王又各爲變化，欲詳了解，分參"后"、"帝"二條可也。

九卿

《大招》"諸侯畢極，立九卿只"，王逸注"言楚選置三公，先用諸侯，盡極，乃立九卿以續之，用士有道，不失其次序也"。朱熹《集注》"諸侯位次三公，其班既絶，乃使九卿立其下也"。按上文言三公穆穆，又言諸侯畢極，故叔師與朱熹就上文以申義，其説是也。惟三公九卿，乃周天子之制，楚雖强大，設官不得有此，此特文士之誇詞，或別有義蘊，不可知。九卿之制，説者不一。《尚書大傳》"古者天子三公，每一公三卿佐之，每一卿三大夫佐之"。《禮記》則言"天子立六官，三公、九卿、二十七大夫、八十一元士"。《通典》以太師、太傅、太保爲三公，少師、少傅、少保爲三孤，三少爲孤卿，又與六卿爲九卿，及冢宰、司徒、宗伯、司馬、司寇、司空也，以爲周制。今以《尚書》、《周書》、《周官》及《逸周書》、《詩經》、《左氏傳》、《國語》諸書攷之，又多不實。古制不盡可攷，欲知其大要，可參《漢書·官志》，《通典》言之備矣。《歷代職官表》亦可參。至楚當時并无九卿，則董説《七國攷》所録亦可作參攷。別詳余《楚文化鈎沈》一文。

令尹

《九思·怨上》"令尹兮謷謷"，舊注"令尹，楚官，掌政者也"。按令尹楚官之極品，在司馬之上，略近于後世之丞相。楚之爲令尹者，皆以同姓宗親爲之，故下以群司承之。令尹而謷謷妄語，故群司亦讓讓多言也。參余《楚文化鉤沈》文中職官一段。

士

《楚辭》士字四見，分作兩義，一爲兵卒，一爲男子之佳稱。

（一）按《説文》"事也。數始于一，終于十。從一從十（會意）。孔子曰'推十合一爲士'"。《白虎通》"通古今，辯然不，謂之士"；《後漢書·仲長統傳》"以才智用者謂之士"，皆足以申許氏推十合一之義，皆以才智立言。甲文未見此字，所起或不甚早。然就古籍使用功能論之，則士、事當爲一字。事從史，士或爲史之省形歟？史之職通于吏、使、事等職，而其核心皆由籌算計度而得，故士義亦至繁賾，刑官亦名士師。鄭注《月令》云"虞氏曰士，夏曰大理"，由士師而分其權。凡長民者謂之吏，凡治事者謂之司。而群史之長謂之三吏、三事，稍次者謂之卿士，此士之本義矣。春秋戰國以來，則以爲未仕之才智清美之稱，見于《詩》、《書》至多，不遑稱舉。即以屈賦而論，《招魂》言"士女雜坐"，指男女言，而女必巫（舞）伎，不論身份，但視顔色，男則非泛泛市民田夫之所能參預，則士必一時才智，或更以通言卿士大夫也。《七諫·沈江》有"獨行之士"，《九思·遭厄》有"士莫先"，皆承用此義，不必援入古義者矣。

（二）士卒也。士卒或以稱士，蓋古者氏族部族之成員皆有服兵役之責。《叔于田》"叔善御"，又"善射"；《詩·祈父》"予王之爪士"；《采芑傳》"天下之士"，箋"軍士也"，皆其徵矣。春秋時曰族軍，或曰君子之卒，其地位非戰國以後一片沙蟲可比，故得曰君子之卒，曰士也。《國殤》云"矢交墜兮士爭先"，爲一族而戰，故雖矢交墜而士則爭先以赴之矣。

事

《楚辭》事字凡十見，細別之可得三義，皆一義之引申也。

（一）《説文》"事，職也。從史，之省聲"。按甲文有 一形，史、吏、事、使皆用之，此四字同聲之證也。至金文則中（中）、史（ ）、吏（ ）、事（ ）乃漸分明（此四字聲義均同）。中指其所執之盛算之器， 指其記録籌算卜筮之事，則指其臨民曰吏，指其聘問出使曰使，指其所事曰事，蓋又以職守而差別之，此後世職官事繁之象也，參餘杭章先生《官制索隱》論士卿史使事等九字一段自明。要而言之，皆爲政治服役者也，即《左傳》昭二十五年"使爲政事庸力行務"之義，杜注"在君爲政，在臣爲事"。其目則《洪範》有"敬用五事"。《左傳》文七年"正德、利用、厚生，謂之三事"，故《十月之交》之三有事，即三卿矣。《惜誦》"竭忠誠以事君"，又"事君而不貳兮"，皆"在臣爲事"之義也。引申之，則從事於人曰事。《卜居》之"喔咿儒兒，以事婦人乎"是也。引申之，則一切國事皆可曰事，《九辯》"何況一國之事"是也。又《九歌·惜往日》"秘密事之載心"，亦國事也。

（二）事猶事端也。《九辯》二"心煩憺兮忘食事"，此以日常生活之事端曰事也。又《九辯》七"事亹亹而覬進兮"，又九"事緜緜而多私"，蓋皆指尋常事務矣。

（三）志慮也。《卜居》"用君之心，行君之意，龜策誠不能知事"，王逸注"不能決君之志也"。此探《卜居》全文而爲之辭，全文即所以決心中之疑，此不能決，故曰不能知事，事即疑慮之事也。

師

《楚辭》師字八見，除師望、師曠、師延爲人名，太師爲官名外，約有三義，一爲師旅，一爲衆人，一爲師長。

（一）按《説文》"師，二千五百人爲師。從帀從自。衆意也"，許解字形不甚可知，然古説軍、師、旅爲軍數，則不易。《詩·大雅·棫樸》"周王于邁，六師及之"，傳"天子六軍"。此言六軍之師，猶言六軍之衆耳，故疏云"春秋之時，雖累萬之衆，皆稱師"。《詩》之六師謂六軍之師，《易·師卦》注亦云"多以軍爲名，次以師爲名，少以旅爲名，師者舉中之言"，義或然也。考之甲文，則以自爲師，自者小阜也。古建國必依山麓，故曰京師。則師以自表之者，由言京國所在之事也。金文增𠂤作𠂤形，蓋亦旌幟徽號表其族，猶之族軍之爲旅，旅字甲文、金文作𣃨，亦以旗幟下立人群爲旅耳。此于古爲最早之稱（軍字從車，當爲有車以載豪酋，若大將臨陣之象，其衆至多，故以有車旗者爲兵師組織之最高形式，或此當爲後世增益之制，其朔但有師旅耳）。則師本大都以張皇軍旅，亦得曰師爾。《天問》"荆勳作師，夫何長"，作師猶言興師動衆，故曰"不能長"也。

（二）師，衆也。上言師爲軍數之名，而《詩》言六軍亦曰師，則師者乃其概數，故師有衆義。《爾雅·釋詁》"師，衆也"。《書·堯典》"師錫帝曰"。《詩·文王》"殷之未喪師"，言殷喪其衆也。《天問》"師何以尚之"，此即"師錫帝曰"之師，言在朝衆官也。

（三）師，長也。《内則》"使爲子師"，注"教示以道者"。《書·皋陶謨》"百僚師師"，《微子》"卿士師師非度"，言相師德也。《周禮》"師箴瞍賦"，注"師者，教人以不及"。《穀梁傳》僖三十二年"古之教者吏也"，故師亦得訓官，《周禮·太宰》"三曰師，以賢得民"是也。《九章·橘頌》"年歲雖少，可師長兮"，王逸注"言己年雖幼少，言有法則行有節度，誠可師用長老而事之"，補曰"言可爲人師長"，洪以後世人師釋此，稍失之野，此以吏爲師，則王注爲允矣。

理

《楚辭》理字八見，而分四義。

（一）治也。此爲本義之引申。《説文》"理，治玉也。從玉，里聲"。治玉者，順其文而剖析之。《荀子·儒效》"井井兮其有理也"，注"謂條理"。《韓非·解老》"理者，成物之文也，短長、大小、方圓、堅脆、輕重、白黑之謂理"云云，言之最悉。《大招》"萬民理只"，言萬民皆得其治理也。《九歎》亦云"不吾理而順情"，言不吾治也。

（二）文理也。此爲治理一訓之引申。《荀子·正名》"形體色理以目異"，注"理，文理也"；又《禮記·禮器》"義理，禮之文也"，皆古籍使用之證。《橘頌》"梗其有理兮"，亦言橘自有其文理也，即申上句"淑離不淫"之義，不淫即理也。

（三）履之借。《天問》"環理天下"，此言穆王周行天下也。理當即履聲之借，《穆天子傳》多以理爲履，參《重訂天問校注》。

（四）媒也，即使之別。《離騷》"吾令蹇脩以爲理"，又"理弱而媒拙兮"，又《抽思》"理弱而媒不通"，又《思美人》"令薜荔以爲理"，諸理字皆義同。或與媒字合用，故理即媒矣。按朱珔《文選集釋》云"案朱子《集注》謂爲媒者，以通詞理也"；錢氏《集傳》云"理猶陳説也"，意皆略同。王注在此處頗順下文。"理弱而媒拙"，若亦爲通詞陳説，則須倒轉其語，作媒拙而理弱，方成文義。而《集注》云"恐道理弱"，錢氏云"君不賢而欲求賢"，則於理既不足，又與前説異，殊覺紆曲。至《九章·思美人》篇"令薜荔以爲理兮，憚舉趾而緣木。因芙蓉以爲媒兮，憚褰裳而濡足"，媒理對舉，尤不可通矣。惟宋周氏密《浩然齋雅談》云"《左傳》'行理之命，無月不至'"，注"行理，行使也"，此説甚合。蓋古理與李通，《管子·大匡》篇"國子爲李"，注"李、理同"。故行李字亦作理。漢李翕《析里橋郙閣頌》"行理咨嗟"

是也。但《廣雅·釋言》明有"理,媒也"之訓,更無假他説,而周氏尚未引及,且王注下云"使古賢蹇修而爲媒理也",正不誤。乃不即以理爲媒,而先作分理之解,反贅耳。孫詒讓《札迻》卷十二説亦略同云。"吾令蹇脩以爲理",注云"理,分理也,述禮意也"。戴氏注云"理,治也,主治事者之稱"。案理即行理之理。《國語·周語》云"行理以節逆之"。

公子

《九歌·湘夫人》"沅有芷兮澧有蘭,思公子兮未敢言",朱熹注"公子,謂湘夫人也。帝子而又曰公子,猶秦已稱皇帝,而其男女猶曰公子、公主,古人質也"。《山鬼》"怨公子兮悵忘歸",又同篇"思公子兮徒離憂",王逸注"公子,謂公子椒也",朱熹注"公子,即所欲留之靈脩也"。按公子一詞,《九歌》三見,一見《湘夫人》,二見《山鬼》。王逸釋《湘夫人》之公子爲湘夫人,釋《山鬼》之公子爲子椒,洪則以《湘夫人》公子亦指子椒,皆非也。湘君、湘夫人爲配偶神,《山鬼》則近于人鬼相戀,亦男女情思詩也,細讀上下文義自能明白。蓋自春秋戰國以來,婦女稱其夫君、情人皆曰子。《詩》之"子佳"、"子國"、"送子于淇"、"子以車來"等,其記至多。或稱名如子佳、子國,或加伯、仲、叔等冠之,如曰"將仲子兮"之仲子。以例推"自伯之東"之伯,"叔于田"之"叔",亦男女慕愛之詩,可得言伯子、叔子。則子者既親而又尊之,不更言子或單言子者,親之極者也。則公子一詞,亦猶之仲子、叔子之類。《湘夫人》之公子,自指湘君而言;《山鬼》之公子,自指對舞之男巫而言爾。然公子一詞,儒家禮制以稱諸侯之子,或君之庶子。稱諸侯之子者,見《詩·麟趾》及《豳風·七月》之"殆及公子同歸"。《儀禮·喪服》"諸侯之子稱公子",《論衡·感類》篇云"諸侯之子稱公子,諸侯之孫稱公孫",與屈子所用三公子皆不合。實則《九歌》乃民間風習之産物,以禮家制度説,不盡可用。則公子者,蓋楚俗女稱男之詞，如北土《詩經》中之伯、叔、仲、子等。蓋親之則曰子，尊顯之則曰公。若泥于禮制，則不論釋爲湘夫人不安，而子椒并無其人，豈不蹈空成唐虛之言已乎。

公子一詞自其發展論之，亦當有説。按公子一詞，起自春秋以來。《詩·周南·麟趾》"麟之趾，振振公子"，又《豳風》"殆及公子同歸"，《正義》曰"諸侯之子稱公子"。《儀禮·喪服記》"公子爲其母"，注"公子者，君之庶子也"。《論衡·感類》"諸侯之子稱公子，諸侯之孫稱公孫"。考春秋以來如公子重耳、公子申生、公子小白等皆與諸説合。又諸侯之女，亦得稱曰公子，如《公羊》莊元年"群公子之舍"，《解詁》"公子，謂女公子也"。則王逸以湘夫人解公子，于古有據。五等爵以公爲首，大侯比于三公，故曰公。則其子稱公子，與其孫稱公孫，其弟稱公叔，同質，當無異議。惟漢語發展時不甚凝固，或不必凝固之詞，往往通變。公子本公侯之子，變而爲貴遊子弟，此事已見于《詩·大東》之"佻佻公子，行彼周行"，朱熹以公子指諸侯之貴臣，其説是也。此即下章所謂東人之子也。周視諸侯之國皆在東，故曰東人。下章言"東人之子，職勞不來。西人之子，粲粲衣服"。"職勞不來"即上章"行彼周行"下兩語"既往既來，使我心疚"之義，言東人之子之辛勞也。由貴游子弟再變，則以指心中如公子之男子。《豳風·七月》之三公子"與公子同歸"、"爲公子裳"、"爲公子裘"之女所指斥之人，其人未必即公侯之公子，或爲貴游子弟，或爲女心目中之良人，則公子猶言良人佳人矣。至漢而公子一詞已大體大衆化，而非其朔義矣。又《山鬼》云"怨公子兮悵忘歸"，王逸《章句》"公子謂公子椒也"，下文"思公子兮徒離憂"注同。案子椒、子蘭等人，蓋皆太史公虛構之人，屈子並无此等角色也。詳子椒條下。朱熹辯證云"《山鬼》一篇謬説最多，不可勝辯，而以公子爲椒尤爲可笑"，諒矣。至《集注》亦云公子即所欲留之靈修，則亦未全當。或以故靈修者屈子以指斥懷王者也，此正林雲銘所謂句句説到思君上去，以致扭捏者矣。故林氏以爲公子所思者之通稱，似近之（詳下）。朱琦《文選集釋》則曰"全部《九歌》多故作杳冥恍惚之詞，寫其憂鬱，必以何者指爲何人，異説紛然，愈成穿鑿耳”，言有理致。孫志祖《文選李注補正》引圓妙本云“起句揭出《山鬼》，以後俱化山鬼言耳，王注支離”云云。

小臣

《天問》“何乞彼小臣，而吉妃是得”，王逸注“小臣，謂伊尹也。言成湯東巡狩，從有莘氏乞匃伊尹，因得吉妃也”。事詳伊尹與摯兩條下。小臣本殷周賤臣之通名，甲文、青銅銘文中所恒見。卜辭中小臣有掌車馬者，有奉祀祭者，武丁時有古、從、黍、中，祖甲時有“諫”，帝乙、帝辛時有“吉”、“醜”，是終商一代，其名皆存。然此綿延若干世之稱謂，爲一官階之名乎？爲對大臣、具臣而言乎？恐未必能定。若對大臣言，則爲一通名；若以綿延一代言，則可能爲一種官階。然其爲低級職官，則無可疑。故伊尹爲有莘媵臣，而稱之曰小臣也。參伊尹一條。此詞又見《墨子·尚賢下》“湯有小臣”，即上文之“伊尹爲有莘氏女師”之伊尹也。《吕氏春秋·尊師》篇亦云“湯師小臣”，高注“小臣謂伊尹也”。《知度》篇亦言之。

諸侯

《大招》“諸侯畢極，立九卿只”，王逸注“言楚選置三公，先用諸侯，盡極，乃立九卿以續之，用士有道，不失其次序也”。朱熹注“諸侯位次三公，其班既絶，乃使九卿立其下也”。按依文義詞理言之，朱説更允當。至諸侯一詞爲中土古史所恒用。凡裂土分封食邑某地，皆可曰侯。侯分五等，曰公、侯、伯、子、男，故曰諸侯。《書·禹貢》“五百里侯服”，僞《孔傳》曰“侯，候也，居候而服事”云云。此古説五等爵之義。依《大招》上下文繹之，上言三圭重侯，即指五等爵言，大致可信。惟侯字究應作何解，古説多係儒家禮制之論，多文飾之詞，恐非其朔義。五等爵名，恐非一時所立，其來源亦未必起自一時。余疑侯乃武士之善射者之封爵。《説文》作矦，“從人從厂，象張布之狀，矢在其下”云云。乃古之射侯，射而能中，善中，則保衛一族一邦一國之功至大，故得封土爲官，以守邊防，初義恐不過如是。

重侯

《大招》“三圭重侯”，王逸注“三圭謂公、侯、伯也。公執桓圭，侯執信圭，伯執躬圭，故言三圭也。重侯謂子、男也。子、男共一爵，故言重侯”。朱熹注“三圭謂公、侯、伯也。公執桓圭，侯執信圭，伯執躬圭，故曰三圭也。重侯猶曰陪臣，謂子、男也。蓋楚僭王號，其縣宰皆號曰公，如申公、葉公之類。其小者應亦比子、男也”。按三圭句上承“接徑千里，出若雲只”，下接“聽類神只”，蓋指裂土封疆之重臣言。則以三圭代公、侯、伯，以重侯代子、男是也。惟重侯一詞，王以爲子、男共一爵之義（洪以三圭比子、男爲重，則重侯亦指三圭，大誤），恐亦不洽。惟朱熹以爲重侯猶曰“陪臣”，蓋楚之僭制，其説最允當。

公

公字《楚辭》五見，其三見爲公子，一見爲三公，皆別詳。《七諫·謬諫》“邪説飾而多曲兮，正法弧而不公”，王注曰“弧，戾也。言世俗之人，推佞以爲賢，進富以爲能，故君之正法膠戾不用，衆皆背公而蔽私也”。王念孫《讀書雜志》曰“案‘正法弧而不公’，公與容同，謂己之正法戾於流俗而不見容，非謂君之正法膠戾不用，亦非謂衆皆背公而蔽私也。衆背公而蔽私已在上句內，此但言己之不容於世耳。‘邪説飾而多曲’，即所謂邪曲害公也。‘正法弧而不容’，即所謂方正不容也。容與公古同聲而通用，故容兒之容，本作頌，從頁，公聲；容受之容古作宓，從宀，公聲。《淮南·主術》篇‘萬民之所容見也’，容與公同。《齊俗》篇'望君而笑，是公也'。公與容同"。

三公

《大招》"三公穆穆，登降堂只"，王逸注"言楚有三公，其位尊高，穆穆而美，上下玉堂，與君議政，宜急徠歸，處履之也"。寅清按《大招》所言皆古天子之制，而非諸侯之制，蓋楚久已自王，故《招魂》者可侈言朝廷職官與選舉之制也。下言"諸侯畢極，立九卿只"，叔師注云"言楚選置三公，先用諸侯，盡極，乃立九卿以續之。用士有道，不失其次序也"云，至爲明白。三公者，王之所以自持也。是故天子自參以三公，三公自參以九卿（《春秋繁露·官制·象天》）。然三公儒家有兩説，一以爲太師、太傅、太保，則《書·周官》篇、《大戴禮·保傅》"以召公爲太保，周公爲太傅，太公爲太師"，此古文《尚書》説也。又《韓詩外傳》云"三公者何？曰司空、司馬、司徒也。司馬主天，司空主土，司徒主人"，此今文家説也。此制在周可能行用，楚立三公無所聞。惟楚以令尹、司馬爲最尊。屈子曾任莫敖，莫敖蓋主人者，其亦三公之比乎？大抵古官制至秦而後詳備，漢承秦制，又相參互，戰國則諸侯異政，并不可詳矣。參《楚文化鈎沉》一文之職官部分。

太卜

《卜居》"往見太卜鄭詹尹"，王逸注"稽神明也。一本此句上有乃字"。按太卜，《吕氏春秋》"命太卜禱祠龜策"，注"《周禮》太卜掌三兆之法"。《史記·龜策傳》"至高祖時，因秦太卜官"。《周禮·春官》序官"太卜、下大夫二人"，注"太卜，卜筮之長官"。又《太卜》"太卜掌三兆之法"。按《春秋》三傳、《國語》、《國策》皆未見楚官太卜，惟《史記·楚世家》"平王謂觀從，恣爾所欲。欲爲卜尹，王許之"。賈逵曰"卜尹，卜師，大夫官"，故卜尹亦曰卜大夫也，則太卜即卜尹矣。

屈子蓋用當時通名。七國趙、魏、秦、齊皆有太卜，此尊周室之制，天下之通制也。而楚別爲卜尹，楚官多以尹名也。惟鄭詹尹一名至奇，可能爲鄭國之卜官，而以詹爲氏者。別詳詹尹條下。

掌瘳

《招魂》"巫陽對曰，掌瘳。上帝其難從"，注曰"巫陽對天帝曰，招魂者，本掌瘳之官所主職也"。按掌瘳爲官名，自逸發之。俞樾《讀楚辭》云"王注未是。'巫陽對曰掌瘳'，此乃巫陽自述其所職掌也。《列子·周穆王》篇注曰'神之所交謂之瘳'，上方言上帝欲使巫陽筮予之，巫陽以爲精神交接之事本己所職掌，無取乎筮，故曰上帝其命難從"。俞氏言瘳之事至允，惟以王氏掌瘳爲官名爲不確，恐亦未必得。掌瘳當爲楚官名，與《周禮》簭人之屬相似。《春官》云簭人掌三易，以辨九簭之名，以辨吉凶，其五曰巫易。巫易即巫陽（詳巫陽下）。此亦掌三易以辨吉凶者也。王注確不可易，然俞説于文詞亦自可採。唯上帝二字當在掌瘳之上，此正答語也。言巫陽答曰上帝我掌瘳，其難從上帝之命也，則文從字順矣。

皇祖

《九歎·離世》"就靈懷之皇祖兮，愬靈懷之鬼神"，王逸注"言己所言忠正而不見信，願就懷王先祖告語其冤，使照己心也。鬼神明察，故欲愬之以自證明也"。按《左氏傳》文二年"皇祖后稷"，《左傳》哀二年"衛太子禱曰，曾孫蒯聵，敢昭告皇祖文王"，杜注"皇，大也"。皇祖之稱，又見《詩·魯頌·閟宮》、《書·五子之歌》，春秋戰國以來通語。以字義言之，猶光大之祖；以用義言之，猶言先祖也，凡祖以上之祖，皆可曰皇祖，《齊子仲姜鎛》"用亯孝于皇祖聖叔皇妣聖姜，于皇祖有成惠叔，皇妣有成惠姜，皇考遲仲皇母"，叠用兩皇祖于皇考之上，則有成惠叔者祖父，聖叔者曾祖父，此其證。

宗

《楚辭》宗字四見，大約分二義：一爲祖宗之廟，此本義；一爲宗聚，此引申之義也。

（一）宗廟、祖宗。

《離騷》"后辛之菹醢兮，殷宗用而不長"，《天問》"初湯臣摯，後茲承輔。何卒官湯，尊食宗緒"，《九歎·思古》"念余邦之橫陷兮，宗鬼神之无次"。按《騷》、《問》兩宗字，皆指殷之傳世而言。古王者視天下爲其一家之私，則其王位之繼承，即一姓一宗之繼承也。此本由宗祖一義之引申，《九歎》宗字亦同。王逸訓同姓，是也。按《説文》"宗，尊祖廟也。從宀從示"。大徐"作冬切"。《虞書》"汝作秩宗"，傳"主郊廟之官也"；《詩·思齊》"惠于宗公"，傳"宗公，宗神也"；《儀禮·士昏禮》"承我宗事"，注"宗廟之事"。皆以神也、廟也釋宗字。甲文作宀若宀、宀，金文皆作宀，從宀從示，謂示之在屋下者。故本字以示字爲主要部分，宀不過爲示上加屋，示者古初民俗之靈石也。美洲達果他人（Du-Ko-Tas）稱塗血之石爲祖；撒摸邪特人（Samoyěde-S）以塗血之石圍以紅巾爲祖先（詳《Aehelis layeli-gion des peuples primitife》一書），民衆有事則以之爲祭台，即猶太人之所謂聖石也。丁爲其基，上加祭品則作丁，更以血濺之，則作示若示。蓋初民立巨石如丁，凡同族之人皆輸血于石上，則其石遂爲先祖所憑依而有神靈之效。禮家以禮制説之，則謂之主（即宔），或曰祏。後世有藏尸之墓，靈石之義遂移之爲載神之主（即後世之靈主也），皆即此一事之繁衍。此蓋祖先崇拜之舊習，擴之爲神靈崇奉之根株。其初僅有示字，或又作主（如甲文中之主壬主癸，即《史記·殷本紀》之示壬示癸），詳余《文字樸識》卷第一《釋示》。本在野者也。凡一切崇拜，皆以祖先爲對象，及後文治興而崇拜之對象亦擴大，于是而示字擴爲一切崇示之義。祖先已爲之石，又爲之屋，遂爲宗字，而指實物之宗謂之主。又別構祐字，以爲大夫石主，分別益細而文字益繁矣。於是宗字遂專指祖廟而言，於是祧曰宗祧，祊曰宗祊，祐曰宗祐，祭器曰宗器。主之適子，所以主宗廟祭祀者，曰宗子，或曰宗主。職宗廟祭祀者曰宗人，其正曰宗伯，而大宗小宗之別，亦由是興焉。引申之，則同祖曰宗（《左傳》昭三年"肸之宗十一族"注）。於是推而極之，則《虞書》之禋於六宗，謂時也、寒暑也、日也、月也、星也、水旱也，或曰即《周禮·大宗伯》之"星、辰、司中、司命、風伯、雨師"，乃至以一宗而統衆神，可謂積宗緒之大成者矣。《離騷》"殷宗"、《天問》之"宗緒"，皆謂商之宗廟之緒也。《九歎》"余邦橫陷，宗之鬼神无次"，言楚之先祖宗廟，其鬼神亦失其次第而不見祀也。皆用本義也。

（二）宗聚也。

《招魂》云"魂兮歸來，何遠爲些？室家遂宗，食多方些"，王逸注"宗，衆也。言君九族室家，遂以衆盛"。按《易》"同人于宗"，荀注"衆也"。《周書·程典》"商王用宗讖"，《廣雅·釋詁》三"宗，衆，又聚也"。按宗訓聚、訓衆者，古氏族社會時期，凡同族皆聚居一處，故宗字本已含衆也、聚也之義。而尊祖亦聚而後尊，不能以一人而尊之也。而從宗之字，亦多崇尚綜合之義，故水聚于海，曰"朝宗于海"，皆本義之引申。朱駿聲以爲叢總之借，其實則同族語，不必即爲借聲字也。"室家遂宗"者，謂室家遂聚也，王訓衆義稍隔。

室家

《招魂》"室家遂宗，食多方些"，王逸注"言君九族室家，遂以衆盛"。《大招》"室家盈廷，爵祿盛只"，王逸注"言室家宗族，盈滿朝廷，人有爵祿，豪强族盛也"。按叔師兩以宗族釋室家，若以二《招》皆招懷王解，則至爲允當；若以《招魂》爲宋玉招原之魂，《大招》爲原自招其魂（皆叔師叙義），則恐有未當。室家一詞，《詩》用之最多。

《周南·桃夭》、《召南·行露》、《檜風·濕有萇楚》、《小雅·常棣》、《無羊》……據毛傳、鄭箋義，則《無羊》之"室家溱溱"，指子孫男女衆多。《常棣》室家妻孥對文，則室家亦指家中大小而言，此一義也。其他三處，皆指夫婦言。按《濕有萇楚》"夭夭沃沃，樂子之无家"，箋云"无家，謂无夫婦室家之道"，正義曰"桓十八年《左傳》曰男有室，女有家，謂男處妻之室，女安夫之家。夫婦二人，共爲家室，故謂夫婦家室之道爲室家也"。此春秋以來正義如是。外此如《荀子》、《墨子》、《禮記》諸書所言，皆與上二義合，无以室家爲宗族者。

依二《招》文義而論，其上文皆盛言屋室苑囿，侍燕歌舞之美，《招魂》緊承以"魂兮歸來，何遠爲些？室家遂宗，食多方些"；《大招》則緊承以"永宜厥身，保壽命只。室家盈廷，爵祿盛只。魂乎歸來，居室定只"。《招魂》者，所以招其歸故居也。上文既已道宮室、侍遊之美，則安其夫婦家人男女子孫者，正所以安魂也，爲思想邏輯文章結構發展之必然結果。則此室家一詞之義，實仍北土傳世之舊習而言，此吾人所當基本認識者一也。

此一基本認識，若就叔師招原魂而論，則當用此基本含義。再就"居室定只"與"食多方些"二語，居室句爲總結上言，則重在居室。古有夫婦然後能稱爲成室。故《大招》室家指夫婦子孫言，无可疑，"食多方"句，爲開展下文食事而言。所謂多方，如依叔師"人人曉味，故飲食之，利多方道也"。則不如言有室家之後，則東房爲灶，正主婦持爨之所在，義更貼切，則室家亦指夫婦言无疑。然《大招》爲招懷王之作，天子以天下爲家，諸侯亦一國大宗，則引申而指宗族。則不爲字面之釋，而爲詞底之探討矣。於義尚可通。惟《招魂》仍以指其夫婦子孫爲允。古義之源流如此，故不惜費辭而爲之説也。

螣

《九歌·河伯》"魚鱗鱗兮螣予"，王逸注"螣，送也。言江神聞己將歸，亦使波流滔滔來迎，河伯遣魚隣隣侍從而送我也"。《天問》"夫何惡之，滕有莘之婦"，王逸注"滕，送也。言伊尹既長，有殊才。有莘惡伊尹從木中出，因以送女也"。洪補"送女從嫁曰滕"。按《廣韻》"以證切"。《説文》"送也"。《左傳》成八年"凡諸侯嫁女，同姓滕"。《釋文》"古者同姓娶夫人，則同姓二國滕之"。《釋名》"三品曰姬，五品曰滕"。其制在春秋戰國以來，亦不甚單純，爲中土古婚姻及家庭組織中之一特殊之成員，足以説明男性中心社會之流毒。參楊筠如《釋滕》一文（清華《國學論叢》）。引申之則凡送曰滕。惟此送義非僅送迎，大部分應包含送贈之義在内。滕本送女之人，亦即贈與娶者之下級女人，伊尹爲有莘之滕，則以男送女，亦得曰滕。至魚滕者言魚鱗鱗衆多，河伯以贈于余，而送余東去也。

初度

《離騷》"皇覽揆余初度兮，肇錫余以嘉名。名余曰正則兮，字余曰靈均"，王逸注"揆，度也。初，始也。言皇考伯庸觀我始生年時，度其日月，皆合天地之中正"。又曰"父伯庸名我爲平以法天，字我爲原以法地"云云，此以日月合德爲初度，就生之時日立説。朱熹《集注》本之曰"初度之度，猶言時節也"。王夫之申之曰"初生之日合于吉度"。此爲一派。

劉向《九歎》言正則、靈均之名曰"謂兆出名曰正則，卦發字曰靈均"云云，此就筮而得名之説立言，此自春秋以來古文家舊説也。此又一派也。

錢杲之《集傳》曰"謂幼時態度"，説不甚明顯。戴震曰"度爲容度之度，《列女傳》所謂生子形容端正"云云，當與錢説爲一派，蔣驥説近之。

是三派者，言各有據。叔師説，蓋就上文"攝提貞于孟陬"二句而來。從寅年、寅月、寅時生，想出此説，亦非無據。

　　劉向以兆卦説命名者，本之《春秋左氏傳》。而筮名之典，亦春秋以來人所習聞者，雖未爲初度作解，而兆卦之象亦得曰度。子政習古文，故其説本之古文家言。

　　且兩説似又皆合于《離騷》原文，叔師説蓋自度與正二字悟入（劉氏申之更爲明白），子政説則就靈字悟入，可謂各得其偏。

　　然兩説雖有據，而正則、靈均非屈子真名。果如兩説，則其事至爲莊肅，何以不曰“平”曰“原”，而必變言之（別詳正則、靈均兩條）？此可疑者一也。又若誠如叔師説，則近于後世五行星象之説，戰代未必即如此具體，故春秋以來無足徵者。殷商之世，命名以生日，生于甲日者曰甲，生乙日者曰乙，生于丙日者曰丙，此不過一種極爲樸素之命名法。初無所鑒揆，而周人未見此制，南楚亦未聞之。《楚世家》列楚系四十二，其名無一與日月合德之遺習。周列五十九系（自后稷、不窟、公劉算起，并太王以後計之），亦無一以時辰合德記名之事，則其與屈子以前之歷史事實不甚調協。至子政筮名之説，亦不過偶與靈字巧會而已，亦不足信也。

　　然則錢杲之、戴震説可信乎？曰此與戰國以前之舊説相一致，自學術文化歷史之發展而可通者，非純屬虛構巧會之説也，故爲可信，請得一一申言之。按初度，戴震説爲形容端正之類，此説自在屈子文中。下文云“紛吾既有此内美兮，又重之以修能”，所謂内美即天生之自然存在，此從本體論之；曰“揆于初度”，此自外表論之，故下文以紛吾有此内美，以承名余之余，亦即承初度也，是内美確爲初度之一端。自春秋戰國以來，以器宇相人休咎者，其説至甚，試略徵之。

　　《鄭語》史伯對鄭桓公“今王……惡角犀豐盈而近頑童窮固”，角犀謂顔角有伏犀，豐盈謂頰輔豐滿，賢明之相也。《周語》云叔孫僑如“方上而鋭下，宜觸冒人”。《左傳》内史叔服稱“叔孫穀豐下”，杜注“蓋面方而必其有後”。《吕氏春秋·達鬱》篇尹鐸對趙簡子之問曰“臣嘗聞相人於師，敦顔而土色者忍醜”，高誘注“敦，厚也。土色，黄色也。土爲四時五行之主，多所戴受，故能辱忍醜色”。《莊子》亦云“孔子舍於沙邱，見主人曰'辯士也，其口窮踦，其鼻大，其睫流'"（見《藝文類聚》引）。外此則如《大戴禮·五帝德》"以貌取人，則失之子羽"；《左傳》言商臣蠭目，宋痤美而狠，佐惡而婉；《國語》言"叔魚虎目"；《晉語》稱"知瑤美鬢長大，狠在心"。《荀子·非相》篇所舉先世相人之說，最詳且盡，可謂相人之總滙。此文雖爲非相而作，而保有古相人之術之說最多，可詳參。《趙世家》云"白起小頭而銳上，斷敢行也；瞳子黑白分明，見事明也；視瞻不轉，執志疆也"。則由象以知心術（《孔叢子·執節篇》子慎曰"聞之荀卿，長目而豕視者，必體方而心圓"，亦是此義）。至漢其說益甚。《史記·儒林傳》云"太常擇民年十八已上，儀狀端正者，補博士弟子"。則以相取人，其用至爲廣博，爲相術極盛之世。呂公、許負等相高祖、黥布、衛青，皆帝王公侯。《漢書·藝文志》有《相人》二十四卷，皆春秋戰國以來舊說。荀卿而後，非相之說已漸甚（此由新興地主階級有自平民來者，戰國養士亦多，不能以相論。此爲社會大變革中之一環，必然之理，無足怪也）。至漢以後而學人多著非相之篇。然屈子生貴族家庭，必然有優生之意識存在，則以初生器宇論人，在其思想中無反對之基礎，故稱皇考以定其名字，此亦歷史大輪所必然產生之結果。《大戴禮·少間》篇云"昔者堯取人以（今誤作民）狀，舜取人以色，禹取人以言，湯取人以聲，文王取人以度。此四代三王之取人以治天下如此"云云，則相人有度，本亦故言，則初度者，謂其初生之器宇。初生形容端正，亦其一端而已。《非相》篇曰"古者有姑布子卿，今之世，梁有唐舉，相人之形狀顏色，而知其吉凶妖祥"，此數語蓋盡之矣。屈子生當斯時，不能無所習聞，而二月命名，既冠而字，爲一生重典，投老困厄，思及親上，緬懷先德，則根基如彼，受形父母，內美如是，宗國家族之休咎與己身攸關，則豈能以皓皓之軀隨世浮沈。一篇宗旨，蓋已于叙中含之矣。猶有進者，考周金文中，有大量人名下一字往往用生字，如曰宜生（見《盉卣》）。又《史記》有散宜生、歸生（《中鼎》）、糜生（《師害殷》）、朋生（《冀仲壺》、《格伯殷》，當即《左氏傳》之彭生一義）、珊生（《召伯虎殷》）、周生（《周生豆》）、旲生（《單伯鐘》、《旲生鐘》）、審生（《番生毁》）、吴生（《番仲吴生鼎》）、黄生（《伯君黄生匜》）、魯生（《無夌魯生鼎》）、虢生（《頌鼎》）、武生（《武生鼎》）、雋生（《冉彝》）、伊生（《伊生彝》）、弗生（《卣弗生甗》）、虎生（《虎生鼎》）等，其義雖不能全知，然《左氏傳》言“鄭莊公寤生，驚姜氏，故名曰寤生”，晋太子母齊姜所生，因曰申生等，則所謂某生者，大約以其生之所由或其初生時之一種情態爲命名之根據，此當即初度一義最確切之時代意義可徵之文獻。《左傳》桓二年曰“晋穆侯之夫人姜氏，以條之役生太子，命之曰仇；其弟以千畝之戰生，命之曰成師。師服曰‘異哉君之名子也，夫名以制義……嘉耦曰妃，怨耦曰仇，古之命也。今君命太子曰仇，弟曰成師，始兆亂矣，兄其替乎’”。春秋以來，命名之義，得此兩説，可以肯定其時代意義，與叔師、朱熹諸説皆不爲類，至此而决矣（宣四年《左傳》“楚人謂乳穀，謂虎於菟，故命之曰鬭穀於菟”，此楚命名以實質之一例）。通觀相人之術，周金、《左傳》名生之類，《左傳》言命名之例及楚人風習，則戴説初度，乃戰國以來確切可徵之民間風習，歷史事實無可否認者。以叔師習于漢人之説，後世多不能深探徵績，遂至紛紛亂不可理矣。

宫

宫字《楚辭》七見，大略有三義，一爲宫室，一爲五音之宫，一爲天文學中之三宫，兹分别述之。

（一）宫室之宫。

《招魂》“九侯淑女，多迅衆些。盛鬋不同制，實滿宫些”，王逸注“宫，猶室也”。《爾雅》曰“宫謂之室”。又“宫庭震驚，發激楚些”，《哀時命》“隴廉與孟娵同宫”，王逸注“言世人不識善惡，又使醜婦與好女同室也”。按《爾雅·釋宫》“宫謂之室，室謂之宫”，《釋文》云《詩》之“作於楚宫”，又云“作於楚室”，傳曰“室，猶宫也”，又

《周禮·內宰》"以陰禮教六宮"，注云"婦人稱寢曰宮"。《春秋》隱五年"考仲之宮"，僖二十八年《左傳》"令无入僖負羈之宮"，諸説參之，則宮室一詞通稱，婦寢亦得曰宮矣。又《詩·采蘩》"公侯之宮"，《吕覽·重己》"其爲宮室"，注皆云"廟也"。《禮記》"儒有一畝之宮"，注"謂牆垣也"。《禮記·祭法》"王宮祭日也"，注"壇營域也"。《荀子·大略》"賜予其宮室"，注"妻子也"。其義實至爲廣博，凡可居之處，有上棟下宇者，皆曰宮。引申則妻子在室，亦遂曰宮室矣。

《易·繫辭》"上古穴居而野處，後世聖人易之以宮室"，則宮乃宮室通稱。《説文》"宮，室也。從宀，躳省聲"。甲文作㈇若㈈，金文作㈉，象數室之狀，㈊若㈋，皆象形也。則許以爲形聲字，其實從㈌者，當爲象形字，此即原始民族居穹廬之象。後世住室之制益精，集多室而爲之匍垣，匍垣之内，統名曰宮。正中曰堂，堂後曰室。《周禮·考工·匠人》"室中度以几，堂上度以筵，宮中度以尋"，是也。故散稱則宮室同名，對文則有匍垣圍繞其外者宮，宮内則析言曰室，閾庭之屬也（別參室字條下）。《九歌·河伯》言河伯之居，有"魚鱗屋"、"龍堂"，而繼之曰"朱宮"，即此義也。《楚辭》僅此兩見宮字，其一乃漢人所用。"與孟娵同宮"，即婦人之寢也。《招魂》"滿宮"之宮，指九侯淑女所居言，則亦婦人之寢，乃大夫以上之宮制也。皆當爲小寢之側室，詳小寢圖。然《楚辭》言室、言堂、言房，亦或言庭、言階、言隩、言隅、言户、言門、言雷、言棟者至多，其所設制度與古宮室皆有關。兹坿土宮室寢廟圖各部稱名于下，以佐觀省。

按古代宮室圖，歷代學人擬測者極多，詳盡者如焦循之《群經宮室圖》、張惠言《儀禮圖》、江永《鄉黨圖考》、任啟運《朝廟宮室圖》等。至于程瑶田《宮室小記》、金鶚《求古録禮説》等，以文字説之者不計，大體皆本之宋人李如圭之《儀禮釋宮》。此中糾紛極多，不能悉爲分解，兹特以《楚辭》所曾牽涉者爲主，姑配置以成此圖，足以説明問題而已。近人勞榦貞一有《禮經制度與漢代宮室》一文，結合考古發掘所得漢代實例，以定古宮室，大體十九相合，故亦兼采其説，以見文化繼承之真象，而明確認識歷史知識之不可廢。即在《楚辭》研究之中，此一律令，亦萬不可少也。其中金鶚《廟寢宮室制考》及勞氏兩文，爲尤重要。堂室部分以焦氏爲主，惟稍改而楅。

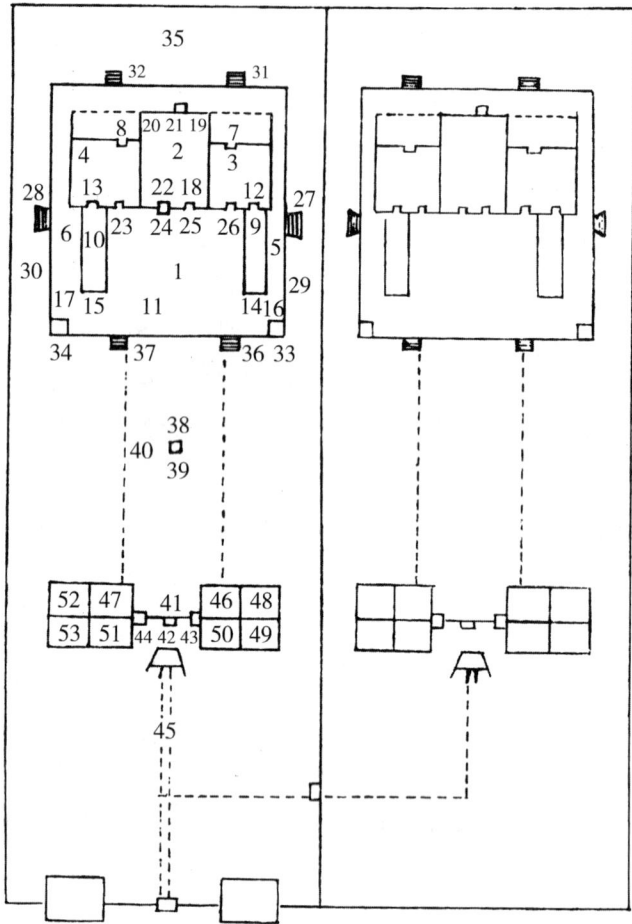

1. 堂　2. 室　3. 房　4. 房　5. 東堂　6. 西堂　7. 北堂　8. 北堂　9. 東夾　10. 西夾

11. 楹　12. 北房　13. 北夾　14. 端序　15. 端序　16. 垂　17. 垂　18. 窔　19. 宧

20. 庭漏　21. 北牖　22. 奧　23. 房戶　24. 牖　25. 扆　26. 戶　27. 東下階

28. 西下階　29. 東堂下　30. 西堂下　31. 北階　32. 北階　33. 坫　34. 坫　35. 後庭

36. 阼階　37. 賓階　38. 碑　39. 庭　40. 堂途　41. 寢門　42. 闑　43. 棖　44. 棖

45. 屏　46. 東塾　47. 西塾　48. 室　49. 室　50. 堂　51. 堂　52. 室　53. 室

士宮圖

(燕) 小寢圖

側	側	房	室	房	側	側	
室	室	房	夫人正寢	房	室	室	垣
		寢	君小寢	小			

庭

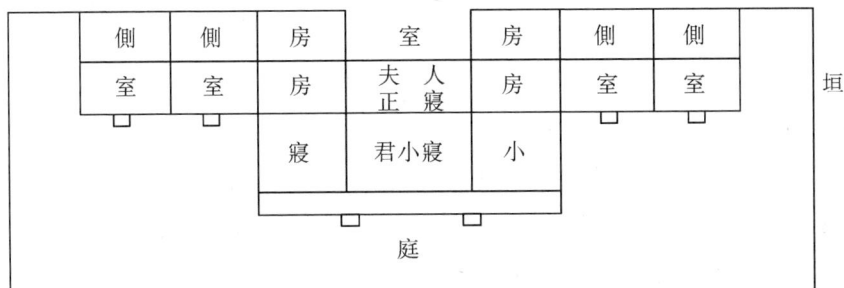

注一　此圖大體以士禮爲主，據古説正寢之制，通于上下也。然《楚辭》所有名物，有非士禮所具者，亦備載之。大夫以上有小寢者，別附小寢圖，在後庭之北，當士之下室。下室惟一。寢東房西室，又無側室也，不可知故未列。

注二　廟寢同制，故廟圖不詳列。

注三　北階惟寢有之，廟无北階，又北階在北堂之北，北堂惟東房有，從戴氏説。

注四　夾室與東西堂通道不明。

注五　各宮室尺寸大小，此圖并不成比例，當依金氏説爲主，參張焦兩説爲得。

注六　禮家言人君左右房，大夫東房西室，此便于説明《楚辭》，故變之。

又《九歌·河伯》言"朱宮"，《九懷·匡機》言"蘭宮"，一以色言，一以香氣言，其所指亦有垣之宮，而非散稱之宮也。各詳兩條下。又《雲中君》云"蹇將憺兮壽宮"，王叔師注"壽宮，供神之處也"，此宮字爲散稱。

(二) 音樂術語。

《七諫·謬諫》"故叩宮而宮應兮，彈角而角動"，王逸注"叩，擊也。彈，楔也。宮、角，五音也。言叩擊五音，而以其聲感而相應也。一云叩宮而商應，彈角而徵動"。洪補曰"《莊子》'鼓宮宮動，鼓角角動，音律同矣'。《淮南》云'調弦者叩宮宮應，彈角角動，此同聲相和者也"，注'叩大宮則少宮應，彈大角則少角動'"。按洪引《莊子》、《淮南子》以證別本謬誤，是也。曼倩此文，即本《莊子》。同聲相應，本春秋以來樂理上早已認識之事，无庸多證，洪補已足明之矣。相應者，即音樂上所謂"和"聲——小音階之和，以今燕樂言之，則音級之向上或向下之旋律式之連續級進。易詞以明之，則奏工者必其相間之上八或下八音之工，其聲方調，若以上、尺、凡、合、四任何一音，皆不相協和，此爲應字確解。又音樂中有一種發音振動數相同，或爲其倍數，則奏此器時，往往彼器有一種相應之音響，此爲 "動" 字之確詁。

宮字爲中國古代音樂學術上之一名詞，宮、商、角、徵、羽相配，稱爲五聲或五音（詳五音條下），加變宮、變徵，則稱七音。其名大概始于戰國或春秋之末。先秦使用此詞，大約主要者有三義。一則指音階（Musical scale），其説見于《管子》，"凡將起五音，凡首先主一而三之，四開以合九九，以是生黃鐘小素之音，以成宮。三分而益之以一，爲百有八，爲徵，不無有三分而去其乘，適足，以是生商，有三分而復于其所，以是生羽，有三分去其乘，適足，以是成角" 云云，是其證，此如後世俗樂之上、尺、工、凡、六、五、一（合、四）及西樂之 Do、Re、Mi、Fa、Sol、La、Si。姑以下圖表之。

徵	羽	變宮	宮	商	角	變徵	徵	羽	變宮
合	四	一	上	尺	工	凡	六	五	乙
Da	Re	Mi	Fa	Sol	La	Si	Do	Re	Me

此表相配，中西古今皆可合。凌廷堪《燕樂考源》有云 "燕樂之字譜，即雅樂之五聲二變也。論樂者，自明世子而後，如胡彦昇《樂律表微》、沈珀《琴學正聲》、王坦《琴旨》，皆知以上字配宮聲，尺字配商聲，而後世終以其與宋人所配者不同，遂不敢深信，不知其所配與宋人无異也。蓋十二律長短有定也，五聲二變遞居之無定者也……宋人但云以合字配黃鐘，不云以合字配宮聲也。夫雅樂去二變，可以成樂；俗樂去一凡，亦可以成樂。若合字爲宮，則乙凡不當二變之位，而俗不能去二變聲，轉可以去二正聲矣，有是理乎"。此説與中西皆相合，故余用之。古今以燕樂配宮商者，説至繁，皆不中音理，故不備説。

二則以宮字爲旋宮，亦即曰宮調。旋宮者，《禮記·禮運》云 "五聲六律十二管還相爲宮也"，注云 "十二辰始于黃鐘，管長九寸，下生者三分去一，上生者三分益一，終于南呂，更相爲宮，凡六十也"。疏云"六律謂陽律也。舉陽律則陰呂從之可知。故十二管也，十一月黃鐘爲宮，十二月大呂爲宮，是還迴迭相爲宮也"。按以今語義譯之，則五聲音階，加二變聲音階，其中各音互爲基音，可得七種調，或以十二律旋相爲宮，又可得十二種高度不同之各種調式。於是可得八十四宮調，此即《周禮·春官·司樂》"凡樂圜鐘爲宮，黃鐘爲角，太簇爲徵，姑洗爲羽……"一段所言，皆是。得附表以明之。

旋宮圖

宮	黃	大	太	夾	姑	仲	蕤	林	夷	南	無	應
商	太	夾	姑	仲	蕤	林	夷	南	無	應	黃	大
角	姑	仲	蕤	林	夷	南	無	應	黃	大	太	夾
變徵	蕤	林	夷	南	無	應	黃	大	太	夾	姑	仲
徵	林	夷	南	無	應	黃	大	太	夾	姑	仲	蕤
羽	南	無	應	黃	大	太	夾	姑	仲	蕤	林	夷
變宮	應	黃	大	太	夾	姑	仲	蕤	林	夷	南	無

然宮爲五音之首，故立爲五音之主，此即《左傳》昭二十五年所謂"爲九歌、八風、七音、六律以奉五聲"是也。

三則以宮等五音爲音色（Timbre）差別之一詞。《國語·周語》伶州鳩對景王論樂之言云"琴瑟尚宮，鐘尚羽，石尚角。匏竹利制，大不踰宮，細不過羽"，以此五聲比附樂器音色不同之説，亦先秦重要説素之一種。《管子》亦云"凡聽徵音，如負猪豕，覺而駭；凡聽羽，如鳴鳥在樹；凡聽宮，如牛鳴窌中；凡聽商，如離羣羊；凡聽角，如雉登木以鳴，音疾以清"云云，此則狀五音之音色也，其言至含糊不清。蓋由古人析理未精，比擬未切之蔽，與《國語》所言殊矣。與樂有關所使用之宮字，尚有一宮懸之名，兹抖説如下。凡樂琴瑟及柎，皆在堂上，堂下則懸，凡懸樂有等，視其地位而定。天子曰宮懸，諸侯曰軒懸，大夫曰判懸，士曰特懸。宮懸者，環四面懸之如宮然，故曰宮懸。其懸之地，在阼階東，西階西，及階間庭南，凡四面。其所懸樂器樂數，詳《大射儀》、《尚書大傳》、《禮器》、《尚書·顧命》等篇。

明堂

明堂一詞，僅《七諫》兩見。《謬諫》云"直士隱而避匿兮，讒諛登乎明堂"，王逸注"明堂，布政之宮也"。洪補曰"《左傳》'勇則害上，不登于明堂'"。又亂詞曰"甒甌登于明堂兮，周鼎潛乎深淵"。王逸注"甒甌，瓦器名也。言甒甌之器登明堂，周鼎反藏于深淵之水。言小人任政，賢者隱匿也"。依王説則兩明堂皆指布政之所言，其實讒諛登明堂，指明布政之處言正詞也。即所謂明堂之外四室，明堂、青陽、總章、玄堂也。至甒甌、周鼎之喻，則當指明堂之藏室言。雖總名亦曰明堂，而以類爲別，不能不細爲之説也。據古籍所載，三古明堂之制，代各不同，阮元《明堂論》論之極精，其制至周而大備，其説亦至紛雜。即以金鶚所舉"所在地"、"室數"與辟雍、靈臺、大廟之關係等，是非已至難明。清儒所考，亦僅能調合典籍矛盾，而未能詳明其理由，證實其演變。博大如惠氏《明堂大道録》、焦循《羣經宮室圖》，精審如汪中《明堂通釋》、戴氏《考工圖》，乃至金鶚《明堂考》、任啟運《宮室考》，皆各有説，亦各有一得，可供參考，然大體皆據漢人之説爲之。至海寧王國維《明堂寢廟通考》，能自宮室進化程序（略本阮元）以立論，又能引兩周金文以證佐經子，亦且不爲漢人所囿，多突過前人處。其主要論點，在説明古人宮室之制，都由室衍變而來（參室字條下）。阮元亦謂明堂爲天子所居之初名，上圜下方，重蓋以茅，外環以水，足以禦寒，後世益文，乃分爲路寢、圜丘、宗廟、辟雍，一事而分爲五（詳阮氏《明堂論》），説皆有理致。大抵中國古代在洪水漸退之後，窟穴檜巢之居已漸爲集土成覆，更進而爲版築，架木成室，此蓋由湖居之制蜕變而來。大酋之居較平民爲廣闊，而酋長亦即祭司長、軍事首腦，故其所居之明堂亦至神秘。漢人猶有傳其制者。《封禪書》載公玉帶所上《明堂圖》，"水環宮垣，上有樓，從西南入，名爲昆侖"，即湖居之

遺意。後世惟存其圜水之制于辟雍，此其真實情況，如是而已。殷之故
都，在今安陽小屯村北部，東面與北面臨漳河，可爲古代湖居遺習之佳
證，亦與後世明堂、辟雍、圜水三説有關，兹擬揭王氏所立圖，參以焦
注之説，爲示意圖。

　一九五七年三月，劉致平氏爲《西安西北郊古代建築遺址勘察初
記》一文，言西郊遺址爲漢代之明堂、辟雍。根據發掘所見之柱礎分
部、土壤、墙等作爲平面實測圖，及明堂、辟雍試擬原狀略圖二，與清
儒擬構多相近，尤與王先生一圖略同。兹坿于後，以佐觀省。

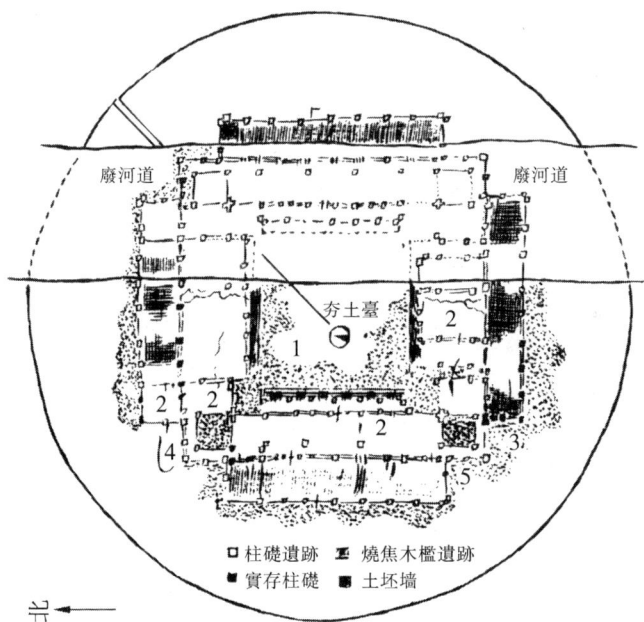

1.夯土　2.草泥地面　3.方磚地　4.斜坡路　5.空心磚

西安西郊56・205工地遺址平面實測圖

明堂示意圖

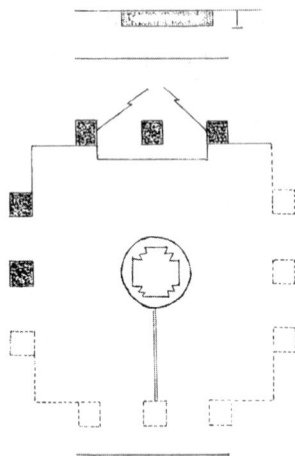

西漢辟雍或明堂建築圖

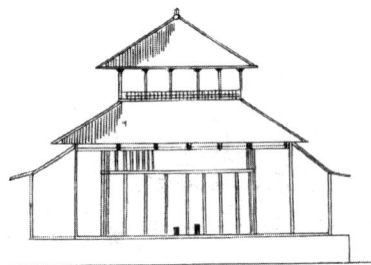

漢代明堂、辟雍試擬復原狀略圖

建築遺址復原狀圖

觀

《大招》"南房小壇，觀絕霤只"，王逸注"觀，猶樓也。言復有南房別室，閒靜小堂，樓觀特高，與大殿宇絕遠，宜游宴也"。洪興祖《補注》"觀，音貫，《釋名》曰'觀者於上觀望也'"。朱熹《集注》"觀，猶樓也"。按觀本諦視，用爲臺觀者。《爾雅·釋宮》"觀謂之闕"。

孫注"宮門雙闕，舊章懸焉，使民觀之，故謂之觀"。《公羊》昭二十五年"設兩觀"，何休注"天子諸侯臺門，天子外闕兩觀，諸侯內闕一觀"。是觀本宮室之一，在宮門之外樓類之可登者（《舊唐書·禮儀志》載孔穎達曰"基上曰堂，樓上曰觀"），故《禮運》載"昔者仲尼與于蜡賓，事畢，出游于觀之上"，是也。依上諸說定之，則觀、闕、臺門一物而三名也。其制則《禮器》"家不臺門"，《正義》云"兩邊築闍爲基，基上起屋曰臺門"。觀、闕統稱曰臺門。而天子有兩觀，列兩旁，中央反卑如闕，故曰闕，在應門之上。其皋門之上，則但爲一觀，曰臺門。大夫之家，則不得有臺門，故亦无觀也。其制焦循圖之最具。茲摹如下，見《群經宮室圖》宮圖四。

此禮家觀制如此，引申之，則凡臺上屋可以游觀者，皆可曰觀。故離宮別舘亦有之，如衛有昆吾之觀，楚有高唐之觀（見宋玉賦）。《大招》"觀絕霤只"之觀，乃游觀之觀。惟《大招》乃以王者之禮，以招懷王之魂者，則此觀亦宜當指宮垣臺門或苑囿樓觀等可游之處也。故亦徵之於禮家舊說，云"觀絕霤只"者，謂樓觀有絕霤之設，樓觀不必有絕霤而設絕霤，亦如南房不必有小庭而有小庭，皆極盡爲美備之義也。

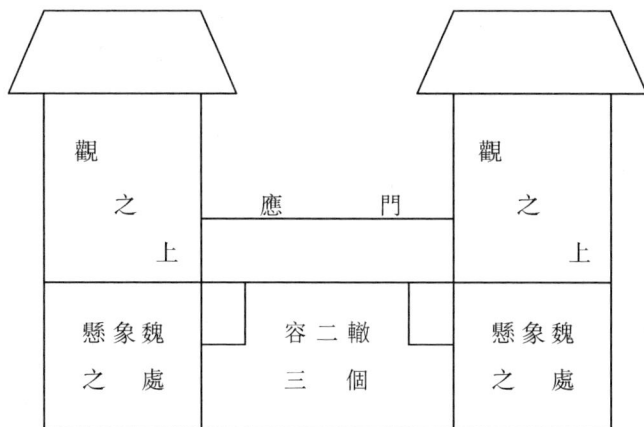

觀之上	應門	觀之上
懸象魏之處	容二轍三個	懸象魏之處

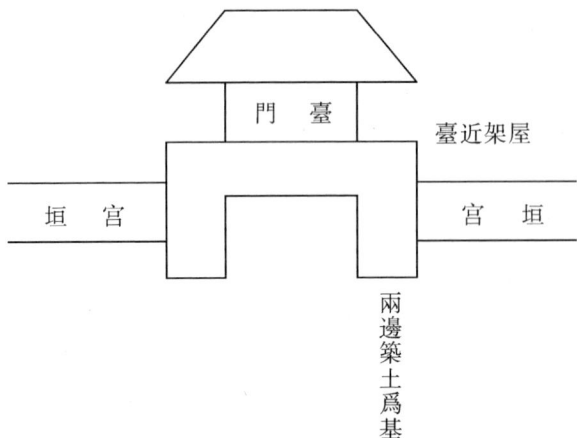

門臺　　臺近架屋

垣宫　　　　　宮垣

兩邊築土爲基

門

　　《説文・門部》“門，聞也。從二户，象形。凡門之屬皆從門”。大徐“莫奔切”。按許以聲訓也。字從二户，甲文作𨳆若𨳇，金文同。甲文未見户字，金文作𠂤，象門之半，故門爲二户。大約古初岩穴、地穴，其出入皆不能甚大，則以單扇爲户，所以護防，即《左氏傳》所謂“勇夫重閉”者也。其後宮室日增，建築日大、日麗，單扇之户，于堂以外之地，不足以容出入，大之則重累不便于開闔，故左右對立爲門。故于堂上、室、房之間，其不需高大，地狹亦不容高大，兩扇則礙，故用户。户偏于東，開之則附麗於牆，於事爲便，大門、廟門皆用門兩扇，一以便事，一以飾觀。故詳言之，則凡室之口曰户，堂之口曰門；内曰户，外曰門；大曰門，小曰户。《急就篇》“門户井竈”，顏注“故城有門，宮廟有門，臺觀有門”。古制大略如是。惟其稱名有當別之者，兹圖如次。

　　《楚辭》門字凡二十見，多虚構之義，如天門、德門、幽門、修門之屬，皆詳各條之下。其成爲宮寢、城郭、廟堂之門者，如《九歌・湘夫人》“建芳馨兮廡門”之門，爲大夫之寢門，或大門，詳“廡門”。

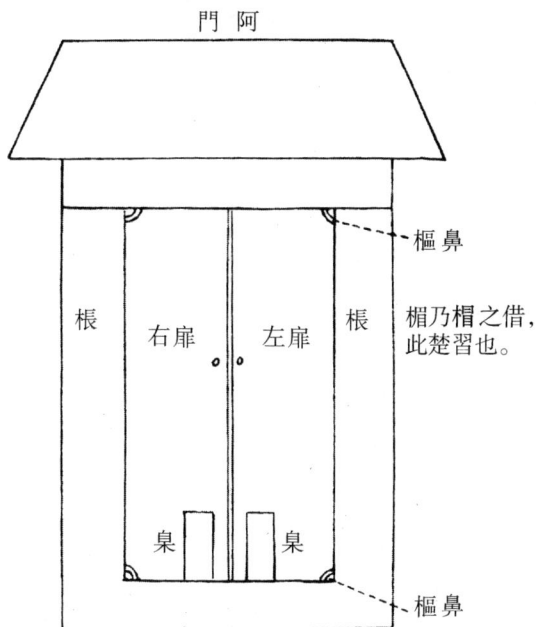

門 阿

樞鼻

根　右扉　左扉　根

楣乃楣之借，
此楚習也。

臬　臬

樞鼻

士以上門圖

樞

扉

樞

附樞圖

《九思・哀歲》"下堂兮見蟊，出門兮觸鼍"，義同。又《七諫・哀命》
"處玄舍之幽門兮，穴巖石而窟伏"、"念私門之正匠兮，遙涉江而遠
去"，此處之幽門與私門，亦指士大夫寢宮之門言。曰幽以狀隱處，曰
私以狀佞任大夫之家，兩言乃成一詞，與上義同。《七諫・初放》"數言
便事兮，見怨門下"，王逸注"門下喻親近之人"。此門指朝廷之門，言
諸侯三朝，則此門指外中內三朝之門，爲臣下所立之地言。詳門下條。
《哀郢》"孰兩東門之可蕪"、"出國門而軫懷兮"，王注"出郢門"；又
"顧龍門而不見"，王逸注"龍門，楚東門也"；《招魂》"魂兮歸來，入
修門些"，王逸注"修門，郢城門也"，洪補引伍端休《江陵記》云"南
關三門，其一曰修門"；又"孰兩東門之可蕪"，王逸注"郢城兩東門，
非先王所作邪"；又《九歎・離世》"出國門而端指兮"，此諸門字，皆
指城郭之門。古傳說王城旁皆三門，凡十二門，諸侯之制，即減于王，
亦必面有數門。惟《哀郢》兩東門之兩，乃動詞兩字，而非數量名，不

可知矣。《九歎·怨思》"背玉門以犇騖兮，騫離尤而干詬"，王逸注
"玉門，君門"。詳見玉門條下。《九懷》亂曰"皇門開兮照下土，株穢
除兮蘭芷覩"，王逸注"王門啟闔，路四通也"。此兩門字亦指三朝之
門，而以玉皇等字形之。《九辯》"豈不鬱陶而思君兮？君之門以九重"，
《補》曰"《月令》云九門磔攘。天子有九門，謂關門、遠郊門、近郊
門、城門、皋門、庫門、雉門、應門、路門也"。按此總言之也。析言
之，則自關門以內，遠郊門、近郊門、城門及王宮之五門，即皋門以內
是也。然楚諸侯，不得有九門，則此乃極言其門之多，不必以禮家言釋
之也。

以上諸例，皆實指宮、寢、朝、廟、城郭之言，即有飾詞，探上下
文義皆可知之。其有虛擬而用門字者，曰天門，見《九歌》、《天問》、
《九懷》諸篇，別詳天門下。又《遠遊》言"此德之門"，《九章·惜
誦》言"迷不知寵之門"，諸門字皆喻語，所以喻其道或其人者，爲引
申之義。又《九歎·遠遊》"褰虹旗于玉門"，王逸注"山名"，與君門
之玉門同名而異實，詳玉門條下。又《天問》之"四方之門，其誰從
焉？"王逸注"言天四方各有一門，其誰從之上下？"按王注顯誤，此二
語緊接"崑崙縣圃，增城九重"言，此當如洪興祖《補注》指崑崙之門
言，其説較允當。此則天地山川皆擬以人世之制者也。詳《補注》，不
具録。

霤

《楚辭》霤字兩見，一作霤，一作廇，一字異文也，義皆相同。《大
招》"觀絶霤只"，王逸注"觀，猶樓也。霤，屋宇也。言復有南房別
室，閒靜小堂，樓觀特高，與大殿宇絶遠，宜游宴也"。洪《補》"霤音
溜。《説文》曰'霤，屋水流也'。《禮記》'中霤'注云'古者複穴，
是以名室爲霤'云"。又《九歎·愍命》"刜讒賊於中廇兮，選吕管於榛
薄"，王逸注"中廇，室中央也。言己欲爲君刜去讒賊之臣於堂廇之中。

霤，一作雷。一注云堂中央也”。《補》曰“霤音溜，中庭也”。按霤之本義，爲古覆穴之居，開其上取明（詳中霤條下），爲雨所流處。由穴居進爲屋室之制，雨下或四注屋，水皆瀉于檐，故引申爲檐際雨水所流之處。

　　字又作霤，或借音近之溜爲之。《左傳》“三進及溜”，《釋文》云“溜，屋霤也”。《文選》左思《魏都賦》“上累棟而重霤”、“齊龍首而涌霤”，《吳都賦》“玉堂對霤”，謝惠連《雪賦》“緣霤承隅”，皆是。《説文》“霤，屋水流也。從雨，留聲”。大徐音“力救切”。焦循《群經宮室·圖屋圖六》曰“霤爲雨流屋上之名，故從雨。《檀弓》‘池視重霤’，重霤施檐下以承霤，水如兩重霤然。然則檐邊流水之處即名爲霤。故《鄉飲酒禮》‘磬階間縮霤’，以磬之下垂者爲霤也。《玉藻》‘足如履齊，頤霤’，以頤之下垂如霤也。《燕禮》‘賜鍾人于門闔下，爲門內霤。洗設于阼階東南，當東檐，爲當東霤’。《孟子》‘榱題數尺’，注云‘屋霤也’，亦以檐邊榱題之際爲霤。然則一地也。自榱言之爲榱題，自檐之下覆者言之爲宇，自雨下流之垂瓦言之爲霤也”。按焦氏分析經傳叢説，折衷至當。《檀弓》“重霤”疏“重霤者，屋承霤也。以木爲之，承于屋，霤入此木中，又從木中而霤于地，故謂此木爲重霤也。天子則四注，四面爲重霤，諸侯……去後餘三，大夫惟餘前後二，士則唯一在前，今俗所謂閣漏是也”。按今人名曰晴落，即承霤一聲之轉也。焦氏爲之圖，茲拊於下。

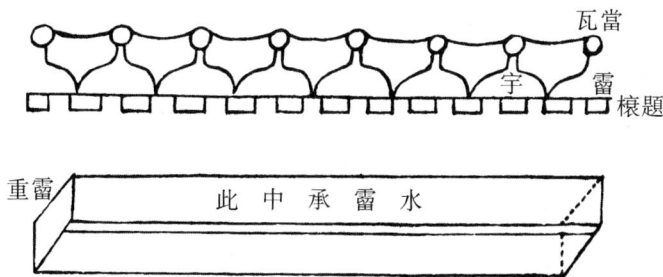

　　霤之本義既明，《大招》叔師注以爲屋宇，則引申之義也。霤本在檐，故曰屋宇。更引申之，則爲屋室之名。然《大招》“觀絕霤”句，

依叔師釋，實甚爲不詞。王夫之以絶霤爲“檐有承霤絶水”，蔣驥申之曰“‘檐有承霤絶水’即《檀弓》所謂‘重霤’。則‘觀絶霤’者，謂樓觀有絶霤也”。於義爲允，當從之。“觀絶霤”一句，與上“南房小壇”同言房前不得有庭，而飾以小壇，則中庭也（詳壇字下）。絶霤在堂室，而此則觀上亦有之，所以狀游觀苑囿之盛也。

窟

《七諫·哀命》“穴巖石而窟伏”，王逸注“巖，穴也。言己修德不用，欲伏巖穴之中以自隱藏也”。按《左氏傳》襄三十年“鄭伯有耆酒，爲窟室”。又昭二十七年“光伏甲于堀室”，窟即堀字。《説文·穴部》無窟，《土部》有堀，訓“兔堀也”。兔善爲堀，故以爲兔堀。古從土從穴之字多通，則窟即堀也。《土部》圣篆云“汝潁之間謂致力于地曰圣。從土從又。讀若兔窟”。則許亦用兔窟矣。惟《説文·穴部》有窋字，訓“物在穴中貌。從穴中出”。大徐“丁滑切”，則窋亦堀之變文。三字實一義也。《哀命》言窟伏，則用作副辭。此圖版 21 第一圖第 13 號窖六與第一號方形房子的關係一圖（見本書圖版）。

中霤

《九歎·愍命》“剌讒賊於中霤兮”，王逸注“剌，去也。中霤，室中央也。言己欲爲君斫去讒賊之臣於堂霤之中。霤，一作雷。一注云堂中央也”。洪興祖《補注》“霤音溜，中庭也。剌，斷也，音拂”。按霤即雷之別構。《説文》“雷，屋水流也”。參雷字條下。《公羊》哀六年傳注“中央曰中霤”，疏引庾蔚之《禮記月令説》曰“複穴，皆開其上，取明，故雨霤之，是以因名中室爲中霤也”。《釋名·釋宮室》云“霤，水也，水從屋上流下也。中央曰中霤。古者覆穴，後室之霤，當今之棟下。直室之中，古者霤下之處也”。依《公羊》疏及《釋名》説，則霤當即今俗所謂天窗，是其遺意。故中室得名曰中霤云。參宮字條下宮室圖。

然追索中霤古製，當爲複穴居住時之發展。其製，程瑤田《釋宮小記·中霤述義》一文，已探得其發展之經過與禮制上之應用，實爲吾人所不可不讀之一文，茲附于後，以明中土文化發展之次第與情實。又《西安半坡》（一九六三年版）有四圖（圖十四凡二圖、圖十九、圖三十一）爲最具體之居住結構之原始形態，茲亦製爲圖版，見書前版圖。

（坿）程瑤田《釋宮小記·中霤義述》（《經解》卷五三五）"霤之義始于廇。《爾雅》云'桼廇謂之梁'，言宮室之上覆者廇然隆起也。當未有宮室之先，民復穴以居，地上累土爲之謂之複，鑿地爲之謂之穴（《詩》'陶復陶穴'，鄭箋云'復者復於土上，鑿地曰穴，皆如陶然'。《説文》'覆，地室也''穴，土室也'），其上皆必有廇然者覆之，此宮室桼廇之所自始也。開上納明，雨從此下，此則霤之所自始，故字從雨而從留。受霤之地在復穴之中，則中室名中霤之始也。《月令》'中央土，祀中霤，祀土神也'，土爲五行主神，在室之中央。室之中央因于古先納明之霤，故名之曰中霤（《檀弓》'掘中霤而浴'），祀之于此，故名祀土神曰祀中霤也（説詳鄭注及孔氏《正義》）。祀中霤之禮，設主于牖下（鄭注云）。牖象納明之霤，故主設之於此。《郊特牲》曰'家主中霤而國主社'，社祀土，中霤亦祀土（鄭注'中霤亦土神也'）。故國家相擬也。今世茅屋草舍開上納明，以破甕之半側覆之以禦雨（俗呼天窗。《説文》所謂'在牆曰牖，在屋曰窗'者也），即古者霤之遺象乎？於是户牖屏扇之有檣檻以納明者，皆得蒙霤之音以命之曰'屋麗廔'。於是目之明者亦謂之'離婁之明'矣。

嘗試論之。古者初有宮室時，易復穴爲蓋構，度亦未遽爲兩下屋與四注屋也，不過爲廇然之物以覆於上，當如車蓋然，中高而四周漸下，以至于地。中高者棟，四周漸下者宇，度所謂上棟下宇者或如是。今之蒙古包如無柄傘，可張可斂，得地則張之，將遷則斂而束之以去，即古棟宇之遺象。通謂之壁。古者之壁，度即屋之上覆者（鄭氏于《明堂位》所以釋檐爲承壁材），非如後世牆垣始謂之壁，大別於棟宇者也。

軍罍曰壁，殆古者壁之遺象歟（今軍營中布爲之，如屋，兩下而垂於地）？古者明堂圜其上以法天，余以爲上棟下宇之初殆亦圜其上者歟？古者屋覆至地，必開上納明，故霤恒入于室。後世制度大備，屋宇軒敞，四旁皆得納明，其霤不入于室而惟外垂。故天子、諸侯屋皆四注，則有東西南北之霤，凡四。大夫以下兩下屋，則有南北之兩霤。《燕禮》'設洗篚，當東霤'（鄭注'當東霤者，人君爲殿屋也'，《正義》曰'漢時殿屋四向流水，故舉漢以況周'），見有南北霤，復有東西霤也。《鄉飲酒禮》'磬階間縮霤'，則其南霤也（《左傳》宣二年'士季諫晉靈公，三進及溜'，當亦階間之霤），此言堂屋之霤也。凡門屋又皆有北霤，曰門內霤（《昏禮》'至于廟門揖，入三揖'，注云'入三揖者，至內霤將曲揖，即曲北面揖，當碑揖'）。在《燕禮》路寢之門內霤也，君燕己臣於路寢也。在《大射儀》大學在郊之門內霤也，諸侯大射於大學也。在《公食大夫禮》，禰廟之門內霤也，公食大夫於禰廟也。在《雜記》'禫者降，受爵弁服而門內霤'，則諸侯殯宮之門也。凡此之霤皆外垂，皆爲木梲承之。《檀弓》所謂'池視重霤'，鄭氏謂屋之承霤，以木爲之，用行水。孔氏疏謂'承于屋霤，入此木中，又從木中霤於地，故謂此木爲重霤也'。世儒言霤，或溷中霤，筆之于書，疑誤後學，此之不可不審也。

《左》定九年'齊侯伐晉夷儀，敝无存之父將室之，辭，以與其弟，曰："此役也，不死，反，必娶于高、國。"先登，求自門出，死於霤下'，杜注'既入城，夷儀人不服，故鬭，死于門屋霤下也'"（按此疑爲城門之內霤）。參"霤"字條，及書尾附《西安半坡遺址房子復原圖》。

室

《楚辭》室十三見，其中砥室、路室、阱室，爲專門術語。《二招》所見兩室家一詞，爲引申義。其實指宮室者七處。一指全部寢宮言者，

《九歌·湘夫人》之"築室",《招魂》之"君室"、"故室",《七諫》之"爲室";二指正寢之正室言,《招魂》之"砥室";三引申之義,如《哀時命》之"爲室",《七諫》之"路室",《九歎》之"阰室",《招魂》之"夏室"。

按室《説文》"實也。從宀從至。至,所止也"。大徐"式質切"。徐鍇曰"古者爲堂,自半以前虚之謂之堂,半以後實之謂之室"。此從後世文治以後言之,非其朔也。人類居室,據今日可能推知之考古資料與文獻所載,最早是穴居。穴居者,穿土而居其中。從甲文屮(出)、彳(各)、㞢(之)、𦉥(埋)等字,皆可知其爲地穴,自從厂之字而知爲岩穴。《墨子·辭過篇》言"古之民未知爲宫室時,就陵阜而居穴而處",即地穴與岩窟之别也。殷虚發掘亦有地穴殘迹,或圓或方,皆有足跡可上下。則《易傳》所傳穴居者是也。進而爲窶居。窶者累土于地,而于其上開一窞。更進而有版築,爲垣墉,更以木構其上爲棟樑,遂成其爲宫室。當是之時,唯有室而已,而堂與房无有也。後世文化益進而擴之,擴其旁爲房,即《鼂錯傳·移民塞下疏》云"古之徙遠方,以實廣虚也……先爲築室家,有一堂二内"。《漢書注》引張晏曰"二内,二房也"。此與今民間通行之三開間屋,大約爲古代平民一般居室之結構,更進而擴其前爲堂,更擴其堂之左右爲箱(厢)。通言之,則室曰宫,宫亦可曰室;析言之,則室必指堂後之正室。晝居於是,夜息於是,賓客於是,庶人則祭于是,筵尸于是,其用如斯其重。後庭、前堂,左右有房,有户牖以達于堂,有側户以達于房,户半門也。有間以啟於庭,東北隅謂之宧,東南隅謂之窔。窔少右開户,户半門也。西南隅謂之奥,奥稍左有牖,牖穿壁以木爲交窗也。户東而牖西,皆南向户牖之間謂之依,室西北隅謂之屋漏。其名如斯其備也。故室者,又宫室之主也。明乎室爲宫室之始及宫室之主,而古宫室之制始可得而言焉。自"當是之時"至此,畧採王國維《明堂寢通考》及《潛印雜部》兩書。此爲士之宫室之制,則別有燕寢。士又有塾以爲誦習之所,塾亦有室。又有所謂下室者,則以處妾媵,與此同制而爲廟。廟亦有諸室,凡此皆士之寢與廟制也(平民无廟，非不祭祀也。《墨子·節用中》云"爲宫室之法……曰'其邊可以圉風寒，上可以待雪霜雨露。其中蠲潔可以祭祀'"，則齊民祭祀于其寢，而不能別有廟也，此其大較）。大夫以上別有燕寢，諸侯以上更爲明堂、太廟諸建築，亦皆各各有室之制度。故室之用，實爲生人基本要求，而其發展亦社會組織有以促成之，猶以封建王朝及宗法社會之意識形態爲最重要。兹以就《楚辭》而論，則其言室者，有如下區別。

（一）指全部寢宮而言。

甲、《九歌·湘夫人》"築室兮水中，葺之兮荷蓋"，王逸注"屈原困於世，願築室水中，託附神明而居處也"。從屈子立說，此叔師比興之義，非文之正解也。此乃湘君欲爲築室而以成家，與湘夫人居之也。細審文義，自能詳悉。此築室，非僅於一室，乃全部正寢之宮也。故下文承以芳椒之堂、桂棟、蘭橑、藥房。堂上有薜荔之帷，橑屋有芳蕙之張，有庭實，有廡門，其制幾於全備。則築室水中乃領起下文堂、房、庭門諸端築建之事而言也。至何以在水中，五臣以爲"結茨于水底，用荷葉蓋之，務清潔也"，亦非文義之真。兩《湘》皆就湘水而言，則水居正其宜。楚多沼澤，其先世必有湖居之制，則追求往古而曰"築室水中"，猶言復其舊習，不與世人之陸居者同也。

乙、《招魂》"像設君室，靜閒安些"，王注"像，法也。言乃爲君造設第室，法像舊廬，所在之處清静寬閒而安樂也"。按王釋像爲法是也，而以爲法舊廬，則增字釋經，實未允當。法像即指下文文静安閒之環境，與堂則高之，宇則邃之，臺則層之，榭則累之，户則網而朱之，冬則有突廈，夏則有寒室，直至"室中之觀，多珍怪些"，皆所謂像設也。故君室之室與室中之觀之室，皆指全部寢宮而言，且遠及于苑囿，其文法亦以像設一詞，以領起下文諸端，與《湘夫人》行文相同，而室中之觀，又適以總結上文之像設，故此兩室字，指全部宮寢而言。

丙、《招魂》"歸來反故室，敬而无妨些"，王逸注"妨，害也。言君魂急來歸還，反所居故室。子孫承事恭敬，長无禍害也"。此亦指寢宮言也。

丁、《七諫·自悲》"構桂木而爲室，雜橘柚以爲囿"，有室，有囿，則室亦指正寢言也。

（二）指正寢堂北之室言。

《招魂》"砥室翠翹"之室，即指正寢堂後之室言也。砥室言其室平整如經砥礪者然（王注以砥爲石名，五臣以爲以砥石爲室，誤。詳砥室條下）。

（三）其他，室之引申之義，凡可居者，皆得名之。《楚辭》尚有三事，亦以室名，皆非宮室或正寢之室，茲附之如下。

甲、指居室而不能詳其堂房別構者。《哀時命》"鑿山楹而爲室兮，下被衣于水渚"，按文之前後別无可據，此但言居室而已，餘不能詳。

乙、路室。《七諫·怨世》"路室女之方桑兮"，王逸注"客舍也"。詳路室條下。

丙、阱室。《九歎·愍命》"慶忌囚于阱室兮"，王注"阱，深陷也"。依全句文義定之，則阱室即鑿陷爲囚室，如後世之所謂水牢一類。別詳阱室下。

丁、夏室。《招魂》"冬有突廈，夏室寒些"。夏室即避暑所居之室。《吕覽》、《韓非》等有所謂廣室、大室，漢人所謂涼室、清室，皆即此類也。其制在《招魂》不可推度，故亦附焉。別詳夏室條下。

堂

《招魂》"經堂入奧"，王逸注"西南隅謂之奧"。"經，一作徑，古本作陘。奧，《釋文》作隩"。五臣云"言自蘭蕙經入於此矣"。洪補"奧，烏到切"。朱熹《集注》"經，一作徑，古作陘。奧，烏到反，古作隩。西南隅謂之奧。言風自蘭蕙之間，經由堂中，以入於奧與塵筵之間"。堂字《楚辭》十餘見，除《天問》"胡爲此堂"外，皆訓寢堂、殿堂之堂。《説文》"堂，殿也。從土，尚聲。坣，古文堂。臺，籒文堂，從高省"。大徐"徒郎切"。《急就篇》"室、宅、廬、舍、樓、殿、堂"，顏師古注"堂之所以備殿者，正謂前有陛，四緣皆高起，沂鄂崱然，故名之殿。許以殿釋堂者，以今釋古也。古曰堂，漢以後曰殿。古上下皆稱堂，漢上下皆稱殿。唐以後人臣无稱殿者矣"。按顏氏說堂殿古今之別，大致如是。而堂必高起沂鄂者，《招魂》兩言高堂，亦可爲證。然堂之類，則致不一。《書·顧命》"立于西堂"，鄭注"序内半以前曰堂"，《儀禮·士喪禮》注"中以南謂之堂"，此指正寢南面正中當階之處言。堂後即房室之所在，寢廟皆有之（參士宮室圖即可知）。又序東西夾室南曰厢，亦一曰東堂西堂，又房中半以北曰北堂（《士昏禮》"婦洗在北堂"注），此附于正寢之堂，而亦被以堂名者也。此其二。又《詩·丰》"俟我乎堂兮"，《釋文》"門，堂也"，《爾雅》"門側之堂謂之塾"。此在寢門左右之室，正言曰門堂，省言亦曰堂，此其三也。太廟、靈台、辟雍，及天子巡狩至于方嶽之下，所在之處，皆曰明堂，亦謂其築土使高，上圜通明，故加明以狀之，此其四。古游觀燕樂之地，有階高起者，亦得曰堂，不必有房室居息之所也。此于《楚辭》見之最悉，茲分別述之如次。

（一）正寢之堂，或曰高堂，以其高峻而得名也。

《九歌·湘夫人》"築室兮水中……播芳椒兮成堂，桂棟兮蘭橑，辛夷楣兮葯房"，此亦當指正寢之堂言。《鄉射禮》注"五架之屋也。正中曰棟，次曰楣"。正寢之堂，其位置正在棟楣之際，其前堂堂廉處，即屋之橑。此文有室、有房、有壇（楚人謂中庭爲壇），而其屋制，又言棟、言橑、言楣、言壁，最與禮制相合，不僅可以證明古禮制之適用於南楚，且湘君築室以居湘夫人之意，與成其家室之情愫相合，亦助解全詩必不可少之知識。益之以帷、楊、鎮芳（即方床之方）、庭、廡門，則南楚居室之制，居然可考。則又不僅一詩一詞之較量有關。戰國一代史實之活資料，孰有可貴於此者耶？《楚辭》之言宮室制度莫詳於此歌，與《招魂》合而觀之，則古人生活之圖樣不難全明矣。"播芳椒兮成堂"者，謂播芳香之椒，以成此正寢之堂也。洪補引《漢官儀》"椒房，以椒塗壁，取其溫也"，則堂房不分，于義尚未具足，故附言之。《招魂》

云"像設君室，靜閒安些。高堂邃宇，檻層軒些"，下文又云"經堂入室，朱塵筵些"，則儼然大夫正寢之制，上有堂、有室、有檻（檻當即禮家所謂之坫，在堂南緣者，別詳檻下），更益以下文"冬有突廈，夏室寒些"，及"層臺累榭，臨高山些"，"川谷徑復"，則又儼然苑囿之制。而其室之裝飾尤爲華美。"網戶朱綴，刻方連些"、"砥室翠翹"，其室中之陳設，則挂曲瓊、翡翠、玻被、翡阿、拂壁、羅幬、綺縞、琦璜、蘭膏、明燭，則當時貴胄之起居、堂室、苑囿、服御，其都麗可知。又下文云"離榭修幕，侍君之閒些，翡帷翠帳，飾高堂些"，此高堂指游閒之堂，非正寢之堂，詳"水周兮堂下"一段。然堂而曰高，則堂形四方而高（《禮記·檀弓上》注），蓋爲定制。

《大招》云"夏屋廣大，沙堂秀只"，王逸注"沙，丹沙也。言乃爲魂造作高殿峻屋，其中廣大，又以丹沙朱畫其堂，其形秀異，宜居處也"。下文言"南房小壇，觀絶霤只"，有南房、小壇，則非正寢之房，蓋大夫以上之小寢矣。下文又言曲屋、步壛、騰駕、春囿、瓊轂錯衡，則儼然靈臺、霱囿，諸侯之游觀也。《大招》本以招懷王者，故得以王者之制擬之也。然夏屋沙堂，則仍指君之正寢无疑。其他苑囿之制，蓋與《招魂》无殊。

（二）朝堂、廟堂也。

《大招》"三公穆穆，登降堂只"，王逸注"言楚有三公，其位尊高，穆穆而美，上下玉堂，與君議政"，此指天子、諸侯之朝堂言。外朝無堂，則堂者內朝朝堂也。又《九章·涉江》"亂曰：鸞鳥鳳皇，日以遠兮，燕雀烏鵲，巢堂壇兮"，此雖喻辭，然指君子遠放，小人在朝，則此堂亦指朝堂言也。又《七諫》"亂曰：鸞皇孔鳳，日以遠兮，畜梟駕鵝，雞騖滿堂壇兮"，義與上同，亦指朝堂也。又《九懷·匡機》"寶金兮委積，美玉兮盈堂"，王逸注"懿譽光明，滿朝廷也"。

（三）祀神之祠曰堂。

神祠亦曰堂。《九歌·東皇太一》"靈偃蹇兮姣服，芳菲菲兮滿堂"，又《少司命》"秋蘭兮麋蕪，羅生兮堂下"，又"滿堂兮美人，忽獨與余兮目成”，此皆供神之堂也。

以上三者，皆與禮家所傳之制相合。合參宮室圖，自知之。

（四）曰遊觀之堂。

遊觀之堂。《九歌·湘君》“鳥次兮屋上，水周兮堂下”。《招魂》“坐堂伏檻，臨曲池些”。按王逸注《湘君》以爲“己所居湖澤之中”，則以堂爲寢堂，誤也。此堂與《招魂》“坐堂”之堂同爲遊觀之堂，故有水周于堂下。王注《招魂》云“言坐于堂上，前伏檻楯，下臨曲水清池，可漁釣也”，於義爲允。寢堂之前爲階庭，不得有水圜之。辟雍之堂有水，而不得爲遊觀之所。故此兩堂字，指遊觀之堂壇也。遊觀之有堂，當爲初民湖居之遺制。湖居者，于水邊或水中高處，即所謂洲者，築室而居。楚本水鄉之區，其湖居之習至今尚有遺存。或戰國之時，已居大陸，築高室而水居之舊習反爲遊觀之所矣。此非典禮所及，故後人亦少言之。以見舊習賴此以存，亦可貴也。

又朝堂、廟堂別有專名曰明堂，《楚辭》亦兩見，《七諫》漢人之詞也，別詳專條下。又廟堂一詞，《九歎》亦一見，已成漢人術語，故亦立專條。

屬于正寢而以堂名者，尚有東堂西堂，詳東厢條下。北堂无考。然“隱思君兮俳側”之“俳側”，與階字各注，皆曾關涉，可合參。

又別有龍堂、玉堂，已成專名，故列專條。又雖冒堂名，而實非堂者，則有《九歎》之後堂。後堂亦當爲專名，故亦不入此條下。

棟

棟字《楚辭》兩見，凡分兩義：一爲《九歌·湘夫人》“桂棟兮蘭橑”之棟，此其本義也；一爲《九歎·惜賢》之“孰契契而委棟兮”之棟，委棟即委頓之義，聲借字也，茲先説之。

（一）棟爲聲借字。《九歎》“孰契契而委棟兮，日晻晻而下頹”，王逸注“契契，憂貌也。言誰有契契憂國念君，欲委其梁棟之謀若己者乎?"按叔師説不免望文生義。委棟與下句"下頹"對文,頹爲動字,則棟不得言梁棟至明。"執契契而委棟",句法與《哀時命》"欲愁悴而委惰"同。委棟猶言委頓。《釋名》"委,萎也"。《家語‧終記解》"喆人其萎乎?"注"萎頓"。《荀子‧仲尼篇》"頓窮則從之",注"頓謂困躓也"。故委頓猶言萎疲、困頓。《魏志‧高貴鄉公髦傳》注"太尉華歆表曰'臣老病委頓,无益視聽'"。此外又見《左傳》襄九年傳注、《世說新語‧容止篇》、《排調篇》。委頓大略爲魏晉以後恒言,而委棟則西漢人語也。棟與頓雙聲,漢人讀頓如毒,如冒頓讀作墨毒,是其證。則東、冬之異也。

(二)棟之本義。《九歌》"桂棟兮蘭橑",王逸注"以桂木爲屋棟,以木蘭爲橑也"。洪興祖《補注》"《爾雅》'棟謂之桴',注'屋檼也'"。按棟屋之極也,其異名有十,一曰阿,二曰棟,三曰桴,四曰檼,五曰棼,六曰甍,七曰極,八曰榑,九曰檩,十曰橑。群書所載,大約如是,大體爲屋脊之總名。因名實德業之差,所指又小別,如甍指屋極之瓦所在而言,極言其爲高至,桴言其如浮在水面,檼言其隱于瓦甍之下,棼言其爲衆木(椽)紛然而聚之,又檩言其如倉廩之脊,棟則言其高大而有所籠照(與鐘、甬、蝀、盅、通、筒等皆一源。又凡上出中空之物,亦多此音,如種、童、桐、衕、洞等皆是)。參金鶚《求古録禮説‧棟梁解》、程瑤田《釋宮小記‧棟梁本義述》等文。

中土古代至洪水既退至陸地,遂自巖穴之居進而爲木構之屋。木構之始,傳自有巢氏。其初大約在兩樹間橫架大木,以物覆之,以避風雨。更進而爲湖居,則以交集木材,構爲室屋。故宮室之名義,有取于巖穴者,有取于架巢者,有取于水中者。棟之名,大約與巖穴有關,與梁之名與水居有關者蓋同一意義。《釋名》云"棟,中也,居屋之中",《繫辭》曰"上棟下宇",皆略得其義蘊。

中土最早之木構屋,據今日可知之材料言,殷虛已有之,惟甲文尚未見棟字。棟字最早見于《易‧大過》"棟橈"、"棟隆"(《易‧大過》一卦,似言湖居屋之吉凶。近人胡蘊玉有是言)。大約至周之興,制度乃臻於完善，故名義亦日益繁多。而其中多有舊時歷世傳衍之跡，代有增益，遂至如上文所列之十事，以與《楚辭》无關，故不詳説。

然有不得不言者，則古之所謂棟，則今之所謂梁也（大約亦起于宋）。古屋皆南向，棟在屋之極高處，橫于東西兩端，梁在棟下，以承棟下之架（即掇）。縱列南北，與棟平列而向下者曰楣、曰庪；庪與梁平列而上下之者，皆曰得、曰梁。今俗以棟爲正梁，又後世之變也。

凡棟梁，皆需大材，故棟梁多連言。《莊子·人間世》"仰而視其細枝，則拳曲而不可以爲棟梁"是也（程瑶田《棟梁本義述》以"自極而南至于當楹，總謂之棟；自棟而南至承霤，總謂之梁"。金鶚已駁之）。參屋字條下中國木構屋各部名稱示意圖樣，自知之。

房

《楚辭》四見。古宮室之制，最早者爲室，擴其左右曰房。房猶旁也，在室之兩旁也，即《漢書·鼂錯傳》所謂之"一堂二内"之内（以上詳參室條下）。室爲居息之所，房則大體爲藏室起坐間。《尚書大傳》"古后夫人侍於君前，息燭後，舉燭至于房中，釋朝服，襲燕服，然後入御于君，乃至于灶厨"（在東房）。此爲古制，後世文治益增，則藏室灶間，皆别在，而房爲居息之所。成九年《左氏傳》"季文子如宋致女，復命，公享之，穆姜出於房再拜"。此自戰國以來史料及漢人釋經諸文，可以斷知。但至漢以後，則房與室往往不分。《楚辭·湘夫人》、《招魂》、《大招》，王注皆以房爲室，《釋名》、《淮南·本經訓》亦同。然細爲料理，則二字確有分别，詳萬斯同《房室考》、《羣書辯疑》。《説文》"房，室在旁也。從户，方聲"，大徐"符方切"。段玉裁注'凡堂之内，中爲正室，左右爲房，所謂東房西房也"（參士宮圖自知）。自《楚辭》論之，則：

（一）指正寢堂後正室兩旁之東西房者。《九歌·湘夫人》"播芳椒兮成堂……辛夷楣兮藥房"是也（參室字條）。王逸注"藥，白芷也。

房，屋也"。《補》曰"《本草》：白芷，楚人謂之藥"。則藥房者，謂以白芷之馨香爲房之飾，有近應劭《漢官儀》之所謂椒房也（此單言其以香料塗房之義相近，然椒房乃漢皇后所居殿名，參《漢書・江充傳》、《上官傑傳》、《劉輔傳》自知）。

《招魂》"姱容修態，絙洞房些"，王注"房，室也。竟識洞達，滿房室也"。五臣云"洞，深也"。洪補曰"《文選》洞房叫竂而幽邃"。按叔師以洞爲竟識洞達，非也。五臣、洪補皆以爲深房是也。此亦指侍妾之在正室西房者言，參上下文自知。惟洞房一詞尚有別義，別詳洞房條下。《九思・哀歲》"椒瑛兮涅汙，蒉耳兮充房"，《章句》"充房，侍近君也"。按此爲妾媵所在之房，不論其爲正寢或燕寢之東西房皆可。

（二）別室之不必爲正寢東西房者。

《大招》"南房小壇，觀絕霤只。曲屋步壛，宜擾畜只"，王注"言復有南房別室，閒靜小堂"云云，此指遊觀之所言。正寢无南房，更无小壇也。別詳南房條下。

（三）花房也。

《九辯》"竊悲夫蕙華之曾敷兮，紛旖旎乎都房"，王逸注"被服盛飾于宮殿也"。此以正宮釋之，喻辭，非詁字義也。五臣"都，大也。房，花房也。喻君初好善布德而如此也"，詁都、房之義爲最確。洪補以都爲天子所宮曰都，則調停于叔師與五臣之間。都字字義雖可通，而全句爲喻語，不如五臣之了當。都房者，大花房也。朱熹以房爲北堂，《詩》所謂背，蓋古人植花草之處。說雖有緻，而背不在此階下，蓋後庭之南部，不在北堂之上也，且加大字以形之，則更非北堂淺狹之所能當。此本以花房喻宮廷，不必實指所在也。

房室漢人已不分，如《說文》，《釋名》，《淮南・本經訓》注，《湘夫人》、《招魂》、《大招》注皆訓房爲室。今更以實物證之。按歷史語言研究所安陽所得明器，長沙左公山所得明器，澳門大商王氏所得明器，形製皆爲曲尺形，後面爲一間，前面爲一大間。左氏明器中，前間左旁爲灶孔，照現在推測，前爲堂，後爲室，前堂不應有灶孔，故應分隔爲別一部分。前面就成兩間，後面爲一間，即《漢書·晁錯傳》所謂"一堂二內"，與史語所藏前兩間，後一間，與一堂二內之制更合。一左灶上有因襲。《公食大夫禮》"宰夫筵出自東房"，故東房爲炊饌之所，東房爲婦人之堂。曹植《樂府詩》"乃置玉樽辦東厨"，魏時厨在東也。

屋

屋字《楚辭》七見，七見而義則一也，皆作室屋字解。惟《湘夫人》"芷葺兮荷屋"，《大招》"夏屋廣大"，又"曲屋步壛"三詞，當作複合詞解，詳各條下。《説文·尸部》"屋，尻（從段玉裁説，各本作蹲居字也）。從尸。尸，所主也，一曰尸象屋形。從至。至，所至止。室、屋皆從至。㞋，籒文屋，從厂。㦬，古文屋"。大徐"烏谷切"。按從尸與從厂，繁省之異也（今尸部字，本有兩義，一爲尸主，一爲厂字之變，別詳）。而尸厂門广諸部字，往往爲同義，多後起分別文。尸亦象屋，故許"尸，所主也"之説非是，不可從。古文㦬即㞋，上象豐草之形，堂爲構室之象，與室字同構。室者象人居宀下，地室之進也。屋與㞋者，象人居木構屋下，屋室之本義如是也（參穴、窟諸條下）。王筠《釋例》以爲屋之華飾，如後世鴟吻之類，則不免以後世文治之説測古初原始之狀也。《西安半坡》第二章居住之房子，有第十四、十九、二十一、三十一諸圖，皆屋簷下垂至地，此古屋之正形也（參圖片）。然古籍言屋，乃居室之通名，并无專指之處，故古宮室无屋名。《詩》所謂"在其板屋"，《春秋》所謂"大室屋壞"（文十三年經），《書·泰誓》所謂"王屋"，《孟子》所謂"修我樓屋"，《荀子》所謂"隱于窮閻漏屋"（《儒效篇》），《禮記·月令》所謂"毋發室屋"，《戰國策》所謂"華屋王者之居"，《秦策》蘇秦説秦惠王"見説趙王于華屋之下"，《大招》所謂"夏屋"，所用屋字可指爲諸侯大夫宮廷朝堂或太室之室，上覆屋，大夫士之寢室，及西戎齊民之居室（《小戎》），皆无不可，則屋乃一切宮室之通名。

又《大雅·抑》"尚不愧于屋漏"，鄭《箋》"屋，小帳也"。《禮記·雜記》"素錦以爲屋"，注"屋，其中小帳"。《喪大祭》"畢塗屋"，注"屋，殯上覆如屋者"是也。漢制，天子車蓋謂之黃屋。則屋字皆得引申爲似屋之物。故凡可以覆蓋者，皆可曰屋（《穀梁》文十三年經"太室屋壞"，注"屋者，主于覆蓋"）。《郊特牲》曰"喪國之社屋之"，即《公羊》哀四年傳"亡國之社蓋揜之，揜其上而柴其下"，屋之即揜之也。《易·豐上六》"豐其屋"與"豐其蔀"、"豐其沛"同文，蓋祲氣籠罩蔽塞如屋然，固謂之屋矣。

凡此皆由屋象引申而得義。後人或別造幄爲小帳，楃爲木帳，此漢字衍變之例。然其本義，則指人之居室。故夷三族曰屋誅（見《周禮·司烜氏》"邦若屋誅"注）。三夫之稅粟，亦曰屋粟（見《周禮·旅師》"掌聚野之鋤粟、屋粟、閒粟"，注"屋粟，民有田不耕，所罰三夫之稅粟"）。此等屋字，猶後人以"户"名定民室，則屋之爲居室允矣。

依《楚辭》諸屋字論之，《湘君》"鳥次兮屋上，水周兮堂下"，此屋當即指堂言。《河伯》"魚鱗屋兮龍堂"，言以魚鱗覆蓋于屋，此屋亦即龍堂。此言以魚鱗覆蓋于龍堂之上，兮作於字解。《大招》"曲屋步壛"，王逸注"曲屋，周閣也"，則閣亦曰屋矣。餘詳夏屋、曲屋、華屋諸條下。

清儒多以《詩·大雅·抑》之"屋漏"之屋訓小帳，屋即古幄字，于《楚辭》亦有證，即《湘夫人》之"芷葺兮荷屋"之屋也。詳"荷屋"條下。

自漢以後，以木構宮室曰屋（起源在春秋以前，惟漢人以爲專稱）。其名稱至爲繁賾，《楚辭》所用亦不簡單。茲爲中國木構屋名稱示意圖樣于此，以爲全書綱領。

中國古代木構屋各部名稱示意圖樣

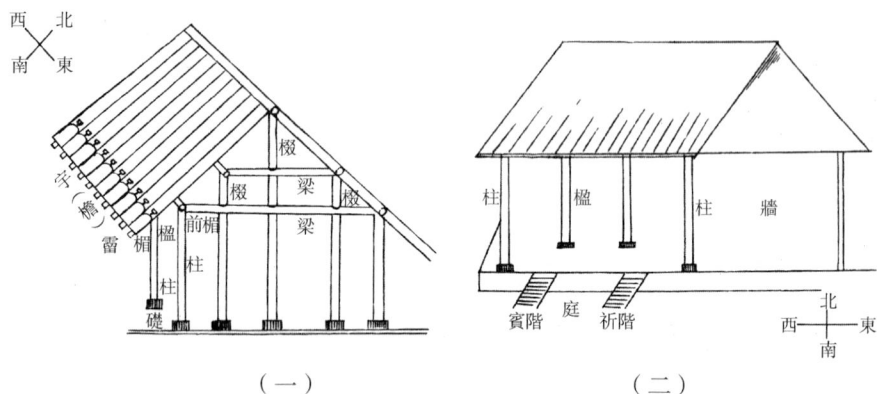

西 北　南 東

椽

椽　梁　楹

宇（檐）雷　楣　楹　前楣柱　梁

柱

柱　楹　柱　牆

礎

賓階　庭　祈階　西 北　南 東

（一）　　　　　　　（二）

中國古代木構屋各部名稱示意圖

楹

《楚辭》用楹字，全書四見，其中三見爲楹柱，一見爲盈之借字，茲分説之。

（一）盈之借字。《卜居》"以絜楹乎？"五臣云"絜楹謂同諂諛也"。朱熹云"或疑絜如《大學》'絜矩'之絜，謂圍束之也。楹，屋柱，亦圓物"。按，歷世諸家説絜楹，皆與上下文義不相應，多望文生訓之説。絜楹即絜盈之誤，猶言持盈也。別詳絜楹條下。

（二）楹，獨立之柱也。

《哀時命》"鑿山楹而爲室兮，下被衣於水渚"，王逸注"楹，柱。言己雖窮，猶鑿山石以爲室柱"。《九歎·愍命》"戚宋萬於兩（朝堂）楹兮，廢周邵於遐夷"，王逸注"楹，柱也。兩楹之間，户牖之前，尊者所處也。言君反親愛篡逆之臣若宋萬者，置於兩楹之間，與謀政事"。又《思古》"西施斥於北宮兮，仳倠倚於彌楹"，王逸注"楹，柱也。言仳倠醜女，反倚立徧兩楹之間，侍左右也"。按《説文》"楹，柱也。從木，盈聲，《春秋傳》（此字當删）曰丹桓宮楹"。大徐"以成切"。

《詩·小雅·斯干》“殖其庭，有覺其楹”。《禮》“楹，天子、諸侯黝堊，大夫蒼，士黈”。楹雖名柱而制小異。古木構屋用柱者，凡有三義，其沒入牆墉之中者曰柱，梁上短柱曰棳，或曰侏儒（亦曰侏儒柱）。或沒入牆墉，或裸露于外，亦曰柱，而加短以限之。其專名之棳與侏儒，則一聲之變也（棳音短于柱，侏儒則柱之緩言）。其曰楹者，則在牆墉之外。李如圭《儀禮釋宮》謂“古之築室者，以垣墉爲基而屋其上，惟堂上有兩楹而已。楹之設，蓋在前楣下”。《釋名》“楹，亭也。亭然孤立，旁无所依也。齊魯讀曰輕。輕，勝也。孤立獨處，能勝任上重也”。則楹之名，特指堂前裸露于外而无所依附之兩柱而言。焦循《群經宮室圖·屋圖十》云“《商頌·殷武》篇云‘旅楹有閑，寢成孔安’，傳云‘寢，路寢也’，箋云‘正榦于楨上，以爲桷，與眾楹’。云眾楹，非止有二矣。《禮經》多言兩楹者。《釋名》云‘楹，亭也。亭亭然孤立，旁无所依也。齊魯讀若輕。輕，勝也。孤立獨處，能勝任上重也’。然則无所依者謂之楹，堂屋之柱多依牆壁而立，其无依者，惟堂上之兩楹，非兩楹之外，別無柱也”。此言楹即无依之柱至允。焦氏又引《鄉射記》之說，以謂“楣在楹南，棟在楹北，楹在楣與棟之間”，則恐與事實不切。楹當爲檐柱，檐柱故能孤立獨處，能任上重也。《安陽發掘報告》四期石璋如《第七次E區報告》所言柱礎甚多，足證《詩》言旅楹之制亦自有據。則一切柱皆可曰楹矣。然兩楹緊接臺基，足證兩楹不在棟楣之間，而在前楣下，李如圭之言不誤，則楹爲檐柱至顯。近世蜀中出土漢代畫像磚，其左半北部爲正居住正院。當即所謂正寢，爲兩下屋，或建築其中間一間，前檐下有兩柱，且有柱礎，即禮家之所謂兩楹也（兩柱礎形制，讀《西都賦》“彫玉瑱以居楹”；何晏《景福殿賦》“金楹齊列，玉舃承跋”〔玉爲礩以承柱下。跋，柱根也〕，此兩柱礎可得其仿佛）。漢去古未遠，最可爲吾人作實物上之明證（參看圖漢庭院畫像磚，及屋字條下中國古木構屋各部名稱示意圖樣二）。《哀時命》與《九歎·思古》之楹，乃居室堂前之兩楹，惟一爲士居寢，一則侯王之寢宮也。《九歎》之兩楹，則指朝堂之楹言也。

獨立之柱也，見《哀時命》“山楹”、《九歎》“兩楹”、“彌楹” 三詞。王注皆云柱也，此本之《説文》。古木構屋用柱者凡有三義，没入牆墉者曰柱，音變爲棳、爲侏儒，則柱之短者也。其曰楹者，在牆墉之外，即堂上之兩楹也，蓋在前楣下。故楹者，堂前外露孤立之兩柱也。

焦循《群經宫室圖》以爲楹在楣棟之間，恐非是。楹爲簷柱，《安陽發掘報告》石璋如《第七次 E 區報告》所列柱礎極多，其兩楹緊接臺基可證也。近時蜀中出土漢代畫象磚前簷下有兩柱，亦可證漢代亦復如是矣。

廟堂

《九歎·逢紛》“始結言于廟堂兮，信中塗而叛之”，王逸注“廟者，先祖之所居也。言人君爲政舉事，必告於宗廟，議之於明堂也”。按王注連廟堂言之是也。然堂字不定指明堂，内廟亦有堂也。故廟字義狹，堂字義寬。惟政之大者，古必于明堂也。詳“堂”與“明堂”兩條。

玉堂

《九歎·逢紛》“平明發兮蒼梧，夕投宿兮石城。芙蓉蓋而菱華車兮，紫貝闕而玉堂”，注云“一云白玉堂”。此指宿處之居室言，有闕則非泛泛之所。玉堂蓋狀其堂之華美。《古樂府》“黄金爲君門，白玉爲君堂”，是也。宋玉賦“倘佯中庭，北上玉堂”，亦即此義。

陛

《大招》“舉傑壓陛”，王逸注“一國之高爲傑。壓，抑也。陛，階次也”。朱熹《集注》“壓，於甲反，一作厭。陛，一作階。舉傑壓陛，延登俊傑，使在高位，以壓階陛也”。按釋“舉傑”句義，朱説是也。

陛，《説文·𨸏部》“升高階也。從𨸏，坒聲”。大徐“旁禮切”。按陛階皆有級，陛從坒聲，即取階級相比次之義，則階陛一也。許訓“升高階”者，段玉裁云“升登古今字，自卑而可以登高者謂之陛”，則亦階級之義。賈誼曰“陛九級，上廉遠地，則堂高；陛无級，廉近地，則堂卑”。《獨斷》“陛，階也，所由升堂也”。《燕策》“秦舞陽奉地圖匣，以次進至陛下”。是堂前階謂之陛。惟此字最早見《國策》，秦漢以後以爲天子朝堂之階，即《獨斷》所謂“天子陳兵於陛，故呼陛下，用卑達尊之意歟”，王筠疑爲秦語，近似。《大招》用陛者，豈以懷王死于秦，亦爲此以張楚之强大歟？文人修辭之意，有不能全知者。

末庭

《九歎·怨思》“恐登階之逢殆兮，故退伏於末庭”，王逸注“末，遠也。言己思欲登君階陛，正言直諫，恐逢危殆，故復退身於遠庭而竄伏也”。按王説末爲遠誤。曰退伏，不曰竄伏，則末庭猶言在家也。庭與上情韻，故不曰在家而曰庭。末，微也。微庭，指臣民之户庭言。士有正寢，户外爲庭，此堂庭也。惟末庭之言，本之《荀子·哀公篇》“孔子曰，君平明而聽朝，日昃而退，諸侯之子孫，必有在君之末庭者，君以此思勞，則勞將焉而不至矣”，此末庭亦指諸侯之微庭言，與子政用意雖同，而所用施則異矣。

朱宮

《九歌·河伯》篇“魚鱗屋兮龍堂，紫貝闕兮朱宮”。有屋、有堂、有闕，皆古宮中之室屋樓觀之別名也。則此宮字即指有垣圍繞之諸室屋總名。故于屋、堂、闕，皆以實物爲形語，而宮獨以色爲稱。朱宮，猶言“丹垣之宮也”。王逸注云“言河伯所居，以魚鱗蓋屋，堂畫蛟龍之文，紫貝作闕，朱丹其宮”，其釋甚允。惟朱宮必須指全部室屋闕觀言，乃合古稱。參“宮”字條。

龍堂

《九歌·河伯》“魚鱗屋兮龍堂，紫貝闕兮朱宮”，王逸注“言河伯所居，以魚鱗蓋屋，堂畫蛟龍之文”。洪興祖《補注》“河伯，水神也。故託魚龍之類，以爲宮闕門觀也”。按朱熹以龍堂爲“以龍鱗爲堂也”，遠不如叔師畫龍之説爲允。戰國以來宮室繪畫之風已盛，自近年發掘報告中之墓室畫壁已可知。《九歌》雖設想之作，若无此物質爲基礎，亦不可能作此設想。故叔師説於史實爲有據。至朱氏龍鱗之説，則恍惚不可知之徇言也。又《招魂》云“紅壁沙版，玄玉梁些。仰觀刻桷，畫龍蛇些”，則叔師所注，更得内證，允无可疑矣。

洞房

《招魂》“姱容修態，絚洞房些”，王逸注“房，室也。言復有美好之女，其貌姱好，多意長智，群聚羅列，竟識洞達，滿於房室也”。五臣云“洞，深也”。《補》曰“《文選》云：洞房叫窱而幽邃”。按依《招魂》文義，則五臣、洪氏釋洞字爲長，王以爲智慮，非也。司馬相如《長門賦》“徂清夜于洞房”，與《招魂》義同。然枚乘《七發》“洞房清宮，命曰寒熱之媒”，則洞房猶言通房。《淮南·齊俗訓》“廣廈闊屋，連闥通房，人之所安也”，是也。然《説文》訓洞爲“急流也”，段玉裁注“此與辵部迥、馬部駧音義同。引申爲洞達，爲洞壑”，則幽深義又其引申也。又《説文·宀部》有宕字“一曰洞屋”，段玉裁注云“洞屋謂通迥之屋，四圍无障蔽也”。然洞壑不得言四无障蔽，則宕其洞之本字歟？後世言洞房則以爲幽深之房矣。

廬

《九歎·愍命》"三苗之徒以放逐兮，伊皋之倫以充廬"，王逸注"進用伊尹、皋陶之徒，使滿國廬"。按廬，《説文》"寄也。秋冬去，春夏居。從广，盧聲"。《小雅》"中田有廬"，箋"中田，田中也，農人作廬焉，以便其田事"。《春秋》宣十五年《公羊傳》注曰"一夫一婦受田百畝，公田十畝，廬舍二畝半……在田曰廬，在邑曰里"，是廬乃田間舍也。《詩·豳風·七月》"饁彼南畝"與"十月入此室處"對舉，可證古農家田中有室屋也。引申之，凡寄居之處曰廬。閔二年《左氏傳》"立戴公，以廬于漕"，《周禮·地官·遺人》"十里有廬，廬有飲食"，皆是也。又《師湯父鼎》"王在周新宮，在射廬"，此射廬即王習射之地，則廬亦用爲舍字之義。《九歎》"充廬"本爲修辭上與上下文薄、夫、衣、夷等協韻而用之，又詞賦之通義，故叔師得以國廬釋之，與本義固有出入也。《楚辭》廬舍字，只此一見。

廡門

《九歌·湘夫人》"建芳馨兮廡門"，王逸注"馨，香之遠聞者，積之以爲門廡也"。洪補曰"廡音武。《説文》曰：堂下周屋也。廡門，謂廡與門也"。按洪説與王小異，其實皆未允。大足徐仁甫云"按'建芳馨兮廡門'與上句'合百草兮實庭'相對爲文，實庭實爲動詞，則廡門廡亦當爲動詞。《洪範》'庶草蕃廡'，傳'廡，豐也'。《文選·東京賦》'草木蕃廡'，薛注'廡，盛也'。廡本有豐盛之意，王闓運釋廡爲覆，亦非也。廡門謂建芳馨以豐盛於門也。舊解廡門謂廡與門，以廡爲名詞固非"。按永孝以文法對勘而得的解，甚當。如王説爲門廡，則在大門之側；如洪説爲堂下周屋，則在牆東西，皆无裝飾之必要。王闓運以爲覆，略近叔師，則讀廡爲憮，雖可與上句實字對，而與當句建字重複，故徐説爲當。

按《夢溪筆談》云"今人多謂廊屋爲廡，按《廣雅》'堂下曰廡'。蓋堂下屋簷所覆處，故曰'立於廡下'。凡屋基皆謂之堂。廊簷之下亦得謂之廡，但廡非廊耳。至如今人謂兩廊爲東西序，亦非也。序乃堂上東西壁在室之外者。序之外謂之榮。榮，屋翼也。今之兩徘徊又謂之'兩廈'。四注屋則謂之'東西霤'，今謂之'金厢道'者是也"。

荷屋

《九歌·湘夫人》"芷葺兮荷屋"，王逸注"葺，蓋屋也"。一本葺下有之字。五臣云"以芷草及荷葉葺以蓋屋也"。按芷葺句可作兩種解釋，一則以"芷葺"、"荷屋"對言，謂以芷爲葺，以荷爲覆蓋（參屋字條下），則與上文"葺之兮荷蓋"同義；一則言荷屋而以芷葺之。然以文義參之，則兩解皆未允。自上文成堂、桂棟、藥房爲正寢之描繪，而以"築室水中"領之，此室即指正寢之全部建築而言。"罔薜荔"句，言堂之飾；"擗蕙櫋兮"句，言屋聯之供張；"白玉"、"石蘭"二句，言室中之筵席；"合百草"二句，則言寢堂以下至庭門之飾。則"芷葺荷屋"、"繚之杜衡"二句，不得指寢外他建築言，尤不能指上文"築室水而荷蓋"之全正寢言（參"堂"、"室"二條），必與"白玉爲鎮"、"石蘭爲方"（牀）相關涉。余因定此屋爲清儒諸家所指之幄之借字，牀帷也。故荷屋猶言荷幄也。以荷葉爲帷幄，而又以杜衡繚束之也。則與葺之荷蓋之指全寢言者不犯重，而上下文義相連貫，皆可通暢。若依王逸、五臣之説作室屋解，則此"屋"者，不知當何所措置矣。

蘭宮

《九懷·匡機》"彷徨兮蘭宮"，王逸注"游戲道室，誦五經也"。王注非釋文義，明其喻義也。蘭宮猶後人言蘭室、蘭庭，喻其芳潔也。惟

叔師以道室字解宮，則用宮室散稱，恐非詩人之義。此句上文言"彌覽
兮九隅"，下句言"芷閭兮藥房"，"菌閣"、"蕙樓"、"盈堂"，則閭、
房、閣、樓、堂，皆宮內各室專名，則宮亦專名，指甸垣之有寢、樓等
之總名也。參"宮"字條第二義。

荷蓋

《九歌·湘夫人》"築室兮水中，葺之兮荷蓋"，王逸注"願築室水
中，託附神明而居處也"。五臣云"願築室結茨於水底，用荷葉蓋之，
務清潔也"。按古建築，凡構屋先立基址，次築牆墉，再次於牆上架木
爲棟梁。其在瓦屋，所覆以瓦；其在葺屋，則以茅草之屬葺之。此言以
荷蓋，即指葺屋之材用荷也。指築室之加蓋一道工程言也。以下文蓀壁、
紫壇，正復相同。餘參"屋"、"室"二條及"葺"字一條。

彌楹

《九歎·思古》"西施斥于北宮兮，仳倠倚於彌楹"，王逸注"西施，
美女也。仳倠，醜女也。彌，猶徧也。楹，柱也。言西施美好，棄於後
宮，不見進御；仳倠醜女，反倚立徧兩楹之間，侍左右也"。按彌字疑
兩字之誤。兩楹爲戰國末期至兩漢習用語，以指士寢或大夫諸侯以上寢
宮朝堂之堂前兩柱言。謂仳倠侍於堂上也，彌字從爾，與兩字形近，當
傳寫者或先誤兩爲爾，後人不能解，遂增弓旁爲彌。又見叔師注"倚立
徧兩楹"之語，遂又增"彌，猶徧也"之言，遂使文不成句，句不中
法，且《九歎·愍命》明有兩楹，子政博涉，必不新造此不詞之詞也。

曲屋

《大招》"曲屋步壝，宜擾畜只"，王逸注"曲屋，周閣也。言南堂

之外，復有曲屋，周旋閣道，步壖長砌，其路險狹，宜乘擾謹之馬，周旋屈折，行遊觀也"。按叔師訓曲屋爲周閣，依步壖，宜擾畜，騰駕，獵囿等爲説也，于文義至允當。周閣者，謂閣道之周圍者，其上有覆蓋之屋，以其周圍，故其屋必曲也。自其上覆言曰曲屋，自其下言曰長廊，其實一也。參"步壖"條。

路室

《七諫·怨世》"路室女之方桑兮，孔子過之以自侍"，王逸注"路室，客舍也。言孔子出遊，過於客舍，其女方采桑，一心不視，喜其貞信，故以自侍"。按《周禮·地官·遺人》"凡國野之道，十里有廬，廬有飲食；三十里有宿，宿有路室，路室有委"，鄭注"宿若今亭，有室矣"。古籍言旅舍者至多，其名亦各別，而路室惟見《周禮》。其制有守候之者，別築室以待行旅之人，或曰傳舍、曰廬、曰舍、曰宿、曰遽、曰郵、曰驛、曰候館、曰寄寓，漢人曰亭。詳孫氏《周禮正義》卷二十五。

野廬氏

魯臧文仲適晉，宿於重館。晉陽處父聘衛，舍於寧贏重館人，寧贏氏皆逆旅之官也。賈逵、孔晁以寧贏爲逆旅大夫，則周未聞有此官。劉炫以爲逆旅之主，庶民而已。古之賓客，不舍於庶民之家。韋昭謂重館人守館之隸，不知人與氏皆官名，貴非大夫，賤不至於隸。且館者候館也。周制畺有寓望，謂寄寓之樓，可以觀望，亦曰候館。館有積，遺人掌之，其官中士、下士。而賓客羈旅，則委人以稍甸之畜聚供之，凡軍旅之賓客館焉。臧文仲，魯卿也。卿行旅從非所謂軍旅之賓客歟？委人之官與遺人等，然則重館人者委人也。國有賓客野廬氏令其徒擊柝以宿衛焉。凡有節及有爵者，至則爲之辟而誅昌，翔窺伺之姦。然則寧贏氏者，野廬氏也。周之廬猶漢之亭，五里一郵，十里一鄉，鄉有亭，亭有室，《風俗通》曰亭郵也。蓋行旅宿衛之所，古者列樹以表道，絜壺以表井，夜宿晝息，賓至如歸。野廬氏所謂宿息井樹者，野之道路皆然矣。十里一廬，三十里一宿，五十里一市，宿有路室，市有候館，皆謂之廬。故掌達道路之官爲野廬氏。國有五溝五涂以爲阻，固司險藩而塞之野廬氏，叙而行之，則舟車鑿互，車不必輮轅，舟不必砥柱也。有節者爲之辟，無節者不得行道路，有節合符爲驗，以傳輔之。田成子去齊之燕，鴟夷子皮負傳而從至逆旅，逆旅之君待之甚敬。然則野廬氏蓋逆旅之君矣。西晉十里一官離，即古野廬之法。然官非下士，又無胥徒，守之以貧民，主之賤吏，則何足禁奸禦暴乎？且因之以殖利，依客舍收錢，名曰欗税，故當時以爲道路之蠹焉。離門之設，晨開昏閉，即修閭之間。互所以禁止行人，凡操持不物者，行作不時者，野廬氏禁之。晨行者、宵行者，司寤氏禦之，皆有道禁、夜禁，苟非皐人與奔喪，莫不見日而行，逮日而舍。蓋日入廢作，故古無夜行之人也。《太玄》曰：晝人之禍少，夜人之禍多。潘岳謂夜行者貪路，皆以昏晨，盛夏晝熱，又兼星夜遂欲盡去，官離獨郵逆旅，異乎吾所聞。

後堂

《九歎·愍命》"逐下袂於後堂兮，迎宓妃于伊雒"，王逸注"言己願令君推逐妾御出之，勿令亂政"。按後堂猶後室也，小寢之側室，或北室也。參"宮"字條《小寢圖》。"賤妾所居之屋也"，此言近宓妃以配君，同主國事，則下袂不得入于正寢之堂也。漢以後或稱後房，然與後宮不同。後宮亦有夫人正寢，不單指側室也。

玉門

《九歎·遠遊》"回朕車俾西引兮，褰虹旗於玉門"，王逸注"玉門，山名也。言乃旋我之車而西行，褰舉虹旗，驅上玉門之山，以趣疾也"。按上文言玄闕、閶闔，下言三危、飛谷，皆多神仙傳説，則玉門不得指玉門關言。按《山海經·大荒西經》有豐沮玉門山，爲靈山十神巫之所居。子政玉門山之説蓋與《山海經》相類，皆指神游天宫、帝闕、神府等飄眇之事言也。

東厢

《七諫·怨思》"蒺藜蔓乎東厢"，王逸注"廡序之東爲東厢。以言賢者棄捐閭巷，小人親近左右也"。洪興祖《補注》"厢，廡也"。按古制廟寢之左右序之後，夾室之前，爲東西堂，亦稱東西箱。厢又作箱字。《公食大夫禮》"公揖退于箱"，《覲禮》"几俟于東箱"，《漢書·鼂錯傳》"趨避東箱"，《周昌傳》"吕后側耳于東箱聽"，師古注"正寢之東西室，皆曰箱"。言箱篋之形，則箱以形借，而厢則後起專字也。漢以前皆用箱。别見《東方朔傳》、《楊敞傳》、《金日磾傳》、《董賢傳》、《王恭傳》、《後漢書·虞翻傳》，皆有東箱之言。此作厢者，漢人專别字也。參"宫"下《宫室圖》。

樓

《九懷·匡機》"菌閣兮蕙樓"。王逸注從閣樓築于高土立言，非釋閣樓字也。按《説文》"樓，重屋也。從木，婁聲"。《月令》"可以居高明"，注云"高明，謂樓觀也"，是樓爲高築。《説文》訓重屋者，如後世之層樓，《東觀漢記》言公孫述造十二層樓之類也。《釋名》曰"樓謂牖户之間，諸射孔慺慺然也"，慺慺即婁之借。《説文·女部》"婁，空也"。又囧下曰"窗牖麗廔闓明也"。蓋樓以麗廔得義，謂其有户牖，而户牖炎炎然明爽也。《急就篇》"室、宅、廬、舍、樓、殿、堂"，顔師古注"樓謂重屋離樓然也"。離樓即麗廔也。聲轉爲窠，房室之疏也。

重言之曰"欂櫨"。凡欂、櫺、闌等皆即此一語之衍，參離、麗、闌、櫺、櫋諸條下。此言蕙樓，謂以蕙飾樓，正與蘭閣對文。

〔附參〕金鶚《樓考》謂"樓爲《考工記》'宫隅城隅'"。又曰"霵臺闉臺，其上起屋曰榭，門臺城臺起屋則謂之樓，兩觀有樓謂之樓觀。此樓爲門臺之證。門臺城臺皆四方，則臺上之屋亦四方，故又謂宫隅城隅。《考工記》次宫隅于門阿之下，次城隅于宫隅之下，以類而并列也。隅樓聲相近，故隅又名樓"。又云"古之樓在門臺者，類皆以觀闕象魏之大名稱之，又或名宫隅，又或通稱爲榭，而罕稱爲樓。其在城臺者，類皆稱爲城隅，又或通稱爲榭，而罕稱爲樓。此經傳所以罕見，而後人遂不知其制矣"云云，糾合諸經文字，以考樓制，可謂詳備，皆合于儒書禮制之説，可爲讀儒書者助，而未必能調理百家，貫通南北，且與命名之義悉相融合也。故附之以佐觀省。

北宫

《九歎·思古》"西施斥於北宫兮，仳倠倚於彌榥"，王逸注"言西施美好，不見進御；仳倠醜女，反倚立徧兩榥之間，侍左右也"。按宫猶室也，北宫即北室之義。此北室指小寢之側室，非正寢之室。正寢之室，亦在堂北，正居息之所。小寢在正寢之北，而側室又在夫人正寢之北也，故曰北宫（參《士宫圖》附《小寢圖》自知）。又按《章句》以北宫爲後宫，于古无徵。《三輔黄圖》言高祖初創北宫，武帝增修之珠簾玉户如桂宫云云，爲惟一可徵之處，與此文義不合。逸以爲後宫者特就文義推演舊制立論耳。古天子諸侯之正寢，當南，而太子之宫在宫之東曰東宫，則後宫當在此，故推言之以後宫爲北宫也。又《公羊傳》僖二十年"西宫災。西宫者何？小寢也"，注"西宫者，小寢内室"。禮，諸侯娶三國女，夫人居中宫，位在前；右媵居西宫，左媵居東宫，稍在後。則今文家左右媵所居皆得曰後宫。然子政爲古文家，不當用《公羊》義。《周禮·天官》"内宰以陰禮教六宫"，鄭司農注"六宫，後五前一"，則後宮亦在六宮之中。夫人嬪妃皆在六宮，與此文義言斥西施者，亦不甚調遂。此蓋言西施不得當正寢而斥于後寢之義。今文家創説，自不協于經義也。

奥

《招魂》"經堂入奥，朱塵筵些"，王逸注"西南隅謂之奥"。奥，《釋文》作㝔。五臣云"言自蘭蕙經入於此矣"。洪興祖《補注》"奥，烏到切"。朱熹《集注》"言風自蘭蕙之間，經由堂中，以入於奥與塵筵之間也"。按奥字《楚辭》凡兩見，一作㝔，見《九思·逢尤》"念靈閨兮，㝔重深"。《爾雅》"西南隅謂之奥"，疏云"古者爲室，户不當中而近東，則西南隅最爲深隱，故謂之奥，而祭祀及尊者常處焉"。《曲禮》"凡爲人子者，居不主奥"。江氏《儀禮釋宮增注》云"蓋室中以奥爲尊位，堂上以户牖之間爲尊位"。參"宮"字條《宮室圖》自明。

廟

《楚辭》廟字不見于屈、宋諸文，惟見於漢人賦中。《九歎·逢紛》"始結言於廟堂兮，信中塗而叛之"，王逸注"廟者，先祖之所居也。言人君爲政舉事，必告於宗廟，議之於明堂也"。又《九歎·憂苦》"偓促談於廊廟兮，律魁放乎山間"，王逸無注。按《説文》"廟，尊先祖貌也"，與叔師義同，蓋漢人通詁。

按廟之制與寢同，在寢東。古傳説天子七廟，諸侯五廟，大夫三廟，士二廟，庶士、庶人無廟，祭于寢。其制有堂，有室，有内寢，有中庭，有東南塾（參《宮室圖》。又任啟運《宮室考》説廟制最明備可參。合參"明堂"一條。及阮之《明堂論》、王國維《明堂寢廟通考》諸文）。王權時代，以天下爲家，故一切重禮、重典、國功之屬，皆必質正于其祖先，大致不外借鬼神以合其族，以爲統治一國之工具，而尤爲儒家者流所崇尚。

館

《天問》“女歧縫裳，而館同爰止”，王逸注“館，舍也。言女歧與澆淫佚，爲之縫裳，於是共舍而宿止也”。按《説文》“館，客舍也。從食，官聲。《周禮》‘五十里有市，市有館，館有積，以待朝聘之客’”。大徐“古玩切”。《鄭風·緇衣》“適子之館兮”，《大雅·公劉》“于豳斯館”，毛《傳》并云“館，舍也”。《左傳》隱十一年“館于寪氏”，服云“館，舍也”。僖二十八年“晋師三日館穀”，成十八年“館於伯肖氏”，襄三十年“令吏人完客所館”，杜注并云“館，舍也”。《説文》言客舍者，本專爲客舍，引申則凡舍皆可曰館也。《何人斯》箋云“堂塗者，公館之堂塗”。《正義》云“禮有公館、私館。公館者，公家築爲別館，以舍客也”。《禮記·曾子問》“公館復”，注“今縣官舍也”是也。

其制蓋與士以上之宮室近。故有室，有堂塗也。又《周禮·遺人》“市有候館”，鄭云“候館，樓可以觀望者也”。則候館且有觀望之樓矣。

古或借觀爲之，段玉裁曰“如《白虎通》引‘于郊斯觀’，又引《春秋》‘築王姬觀于外’，沈約《宋書》曰‘陰館，前漢作觀，後漢、晋作館’。《東觀餘論》曰‘《漢書·郊祀志》作益壽延壽館，《封禪書》云作益延壽觀，《漢書》衍一壽字耳。自唐以前，六朝時，凡今道觀，皆謂之某館，至唐始定謂之觀’”。《九歎·遠遊》“枉玉衡於炎火兮，委兩館于咸唐”，王逸注“館，舍也。言己從炎火，又曲意至於咸池，而再舍止宿也”。館作舍止，謂止于館舍也。

庖廚

《九章·惜往日》“聞百里之爲虜兮，伊尹烹于庖廚”。伊尹烹於庖廚事，別詳伊尹條。庖，《説文・广部》"廚也。從廣，包聲"。大徐"薄交切"。《史記・相如傳》正義引作"廚屋"也，當據補。《王制》三曰"充君之庖"，注云"庖，今之廚也"。則廚乃漢人語。然以《九章》定之，則廚字亦久用于戰國，特漢人存其語，而庖字則漢俗少用，故以常語釋稀語也。《莊子》"庖丁爲文惠君解牛"。《魯語》"以實廟庖"。《周禮・天官・庖人》注云"庖之言包也，裹肉曰苞苴"。又《説文》"廚，庖屋。從广，尌聲"。大徐"直株切"。王筠曰"《孟子》始有廚字，是周初名庖，周末名廚也"（《孟子・梁惠王》"是以君子遠庖廚也"），説至允。庖廚連文，亦始《孟子》。《吕覽・具備篇》亦云"伊尹嘗居於庖廚矣"。則此詞在戰國蓋通于南北者也。俗誤作廚。

溷廁

《九懷・通路》"無正兮溷廁，懷德兮何覩"，王逸注"邪佞雜亂，來並居也"，此以溷廁活用爲動詞。溷字，《離騷》"世溷濁而不分兮"，注"亂也"。詳"溷濁"條下。《釋名・釋宮室》"廁或曰溷，言溷濁也"。此溷廁合用，則溷廁當即《後漢書・李膺傳》"郡舍溷軒有奇巧"之"溷軒"，注"廁屋也"。其字當作圂。《墨子・號令篇》"夜以火指鼓所，城下五十步一廁，廁與上同圂"，又《備城門》云"城上五十步一廁，與下同圂"，是圂廁字作圂之證。本畜豕圈也，引申凡儲糞穢之所皆曰圂廁。以其孳乳字溷爲之（詳下）。廁字俗作厠。《説文》"廁，清也"，清即圊字借（或以反義爲訓）。《釋名》曰"廁言人雜廁在上非一也。或曰溷，言溷濁也；或曰圊，言至穢之處，置常修治，使潔清也"。《左傳》成十年"晋侯如廁，陷而卒"，則廁爲陷坎，與今制同。亦曰庰曰匽，字誤作厠。古人糞出之所，往往與豕圈同地，至漢尤然，故畜豕之圂亦得曰廁。《漢書・燕刺王旦傳》云"廁中豕群出"，注"養豕圈也"。是溷、廁二字連用，當以圂廁爲正文。《九懷》則以此一詞活用作居于溷廁也。

又溷廁即《周禮》之井匽，與漢人之椷竇可得相附。

《周禮·宮人》"掌六寢之脩，爲其井匽"。惠士奇《禮説》"案井匽一名偃，見《莊子》；一名屏匽，見《戰國策》；一名廁牏，見《漢書》注。《莊子·庚桑楚》篇云'觀室者，周於寢廟，又適其偃焉'，郭注'偃謂屏廁。寢廟則以饗燕，屏廁則以偃溲'。此井匽乃屏廁之明證。而後鄭謂漏井匽豬者，非也。《戰國策》'宋王鑄諸侯之象，使侍屏匽，展其臂，彈其鼻'，注云'屏當作井匽路廁，蓋廁如井者'。《漢書》'石奮身自洗廁牏'，蘇林云'牏音投'，孟康曰'牏中受糞函，東南人以鑿木空中如曹謂之牏'。又云'廁，行清'。賈逵解《周官》以牏爲行清，然則匽即廁也，鑿木空中如井形，故名井匽，蓋虎子之屬也。盛溺器井匽，受糞函一名椷竇。《説文》云'椷竇，褻器也'。故宮人掌之，猶漢侍中執虎子也。宋王鑄諸侯像，使侍褻器以辱之歟？《説文》'牏，築牆短版，讀若俞'，蓋與竇同，然則廁牏即椷竇也。一作侯頭，頭與牏音同假借字。《釋名》云'齊人謂如衫而小袖曰侯頭'，晋灼所謂小袖衫者即此。然侯與廁不同音，則廁牏非侯頭明矣。劉熙謂侯頭者，直通之言，晋灼以爲廁近，豈其然乎？或曰廁音轉爲侯。井匽即渠堰，見《荀子》，蓋制水之具，司農所謂'受居溜水涑囊者'也。康成謂'霤下之池受畜水而流之者。然以井爲漏井，則井匽分爲二'"。今又作椷竇。《史記·万石張叔列傳》"取親中帬廁牏，身自浣滌"，《集解》引呂静曰"椷竇，褻器也，音威豆"。按蘇林曰"牏音投"。賈逵解《周官》"椷，虎子也。竇，行清也"。

突厦

《招魂》"冬有突厦，夏室寒些"，王注"突，複室也。厦，大屋也。《詩》云'於我乎夏屋渠渠'"。"厦，一作夏"。五臣云"突厦，重屋"。《補》曰"突，深也，隱暗處。《爾雅》'東南隅謂之突。突、窔并於門切。厦，胡雅切"。按《上林賦》"巖窔洞房"，窔亦作突，故突交爲一字異形。《玉篇》"突與交同"。交,《説文》"宦交,深也"。借爲宦字。《爾雅·釋宮》"東南隅謂之交"（詳交字下）。洪《補》直以交爲東南隅,與此句無關,交代不清故也。考《招魂》"冬有突厦"之語,在"層臺累榭,臨高山些"之後,《上林賦》亦言"夷嵏築堂,纍臺增成,巖交洞房"。《集解》引郭璞曰"嵏,山名。平之以安堂其上。成亦重也。《周禮》曰'爲壇三成',在巖穴底爲室,潛通臺上者",曰築堂、曰纍臺、曰巖交,此依山爲築之形態,與《招魂》此段全合。此在山巖,不在地也。故《史記索隱》即引《招魂》此文以説《上林》,則《招魂》之突厦,即《上林》之巖交矣。洪以交奥釋之,固非。叔師以複穴爲言,亦未全允。

此當即《左傳》"窟室"。蓋古岩居之制遺於楚俗,王者宅京多就陵阜爲之,故宮室規模,就高山以築幽室,冬足以避寒,夏足以避暑。《招魂》"突厦夏室",即此義也。

厦,《説文新附》"屋也"。《玉篇》"厦,門廡也"。《禮記·檀弓》"見若覆夏屋者矣",鄭注"夏屋,今之門廡也",與《玉篇》厦字同訓。今俗尚有偏厦之稱。然突厦之厦,則當爲《詩》"夏屋渠渠"之夏,見《詩·權輿》毛《傳》云"夏,大也"。《九懷·陶壅》"息陽城兮廣夏",王注"廣夏,大屋廬也"。楊雄《法言·吾子》"震風陵雨,然後知夏屋之爲帡幪",《漢書·王吉傳》"廣夏之下",亦并作夏。然亦有作厦者,《西京賦》"大厦耽耽",《魏都賦》"厦屋一揆"。蓋夏有大義,故以大屋爲夏屋,依轉注之例而造厦字。薛綜注《西京賦》"屋之四下者爲厦",即鄭君《禮》注所言"天子夏屋爲四注之屋"之義,《招魂》突厦,但言其爲幽深岩穴之大屋而已。

楣

《九歌·湘夫人》"桂棟兮蘭橑,辛夷楣兮藥房",王逸注"辛夷,香草,以作户楣。药,白芷也。房,室也"。五臣云"以馨香爲房之飾"。洪興祖《補注》"楣，音眉。《説文》云：秦名屋檼聯也。《爾雅》'楣謂之梁'，注云'門户上橫梁'"。按楣字《楚辭》只此一見。古籍楣字有數用，一爲檐之別名，楚謂之梠。一則南北五架之堂，其前第二架梁上如棟之橫木，即《鄉飲酒禮》"主人阼階上當楣，北面再拜，賓西階上當楣，北面答拜"之楣。其三則爲門户上之橫梁，《爾雅》"楣謂之梁"是也。

《九歌》所用之楣，當爲第三義。試依上下文義考之。則上文曰"播芳椒兮成堂，桂棟兮蘭橑"，下曰"藥房"，自壇至堂，自棟至房，次序漸近，則楣必不能在橑之下。句與"藥房"連文，則不得遠于房而爲棟下之楣。又下文云"擗蕙櫋兮既張"，櫋乃簷之別名，亦即屋之檼聯。相間僅二句，而叠言一事，必不然也。則亦不得爲屋檼聯之楣。據叔師户楣，洪補引《爾雅》注"門户上橫梁"而外，無他義可解矣。故兹肯定爲門户上橫梁，即後人所謂之門楣也。

惟此楣字，當爲楣字之借，楣楣一聲之轉也。此與禮經不相同者，楚之故習。《説文》"楣，門樞之橫梁。從木，冒聲"，《爾雅·釋宫》"楣謂之梁"，《釋文》"楣或作楣"，郭注"門户上橫梁"。門户上爲橫梁，鑿孔以貫樞，今江浙所謂門龍也。在門下者即門根，楣下上下之臼皆曰根，詳"門"字條下。參《士以上門圖》。

又楣《説文》"秦名屋檼聯也，齊謂之檐，楚謂之梠。從木，眉聲"。《鄉射禮》注"五架之屋正中曰棟，次曰楣"。《爾雅》"楣謂之梁"，注云"門户上橫梁"。《鄉飲酒禮》注"楣前梁也"。總上四説而觀之，至少有兩説，一爲門楣，一則除棟以外凡桁檁皆謂之楣，直至簷際。《士昏禮》注之庪，亦楣之一種。

砥室

《招魂》"經堂入奥，朱塵筵些，砥室翠翹，挂曲瓊些"，王注"砥，石名也。《詩》曰：其平如砥"。五臣云"以砥石爲室，取其平也"。陳本禮引《史記·范雎傳》謂"周有砥砨，玉之美者，以砥砨之玉爲之，以實之"。按兩説皆誤。中土戰代以前建築皆以版築，版築不能混以石，亦未聞以石爲室者，且以砥石爲室，如何能挂曲瓊？兩句之内已不能通讀，故朱熹訓砥爲礪石，意以爲以石礛礪之也。此又引申之義，爲其室礪平如砥也。砥室以下四句，言室中袵席也。承上文入奥言，奥在西南隅，爲最尊，故丈夫布袵席於此。其婦之袵席，則稍北于夫，近屋深處也（詳《昏禮》）。此五句言室砌平整，敷席其上，其席乃丹朱染之（詳朱塵筵條下）。壁有翠然之翹枙，以懸玉鉤。床上翡翠珠被，爛然齊光也（參"翹"一條）。

朱琦《文選集釋》云"案《説文》'厎，柔石也'。重文爲砥。《穀梁》莊二十四年傳'天子之桷，斵之礱之，加密石焉'。室之用砥，當類此。《史記·樂毅傳》'故鼎反乎厤室'，《戰國·燕策》作歷室，蓋形似而誤。厤砥聲相近。畢氏沅謂歷室猶此砥室是也"。以砥石爲桷下之密石，言古制榱桷用石，最爲詳備。然此語在入室以後，朱塵之下，既已有承塵，如何能見桷下之密石，皆不案文義，徒扭合故籍爲一詞一語作考，可謂枉勞矣。

按砥室與翠翹爲對文，翠以色言，砥似含有色澤之義。《淮南·墜形訓》"是故白水宜玉，黑水宜砥，青水宜碧，黃水宜金"，注"砥者，卓石也"，則砥色爲卓色，砥室謂室厤礪平整而色卓，正與"翠翹"對文。

方連

《招魂》"網户朱綴，刻方連些"，王逸注"刻，鏤也。橫木關柱爲連。言門户之楣，皆刻鏤綺文，朱丹其緣，雕鏤連木，使之方好也"。五臣云"又刻鏤橫木爲文章，連于上，使之方好"。《補》曰"連，《集韻》作梿，門持關"。按網户二句一氣讀，網户即下句之方連。連與麗、廔等聲同，即疏櫺之屬，門窗户壁之間，有焱以爲飾，其孔焱焱而明，如後人之所謂羅文。羅與網、連亦一聲之轉，故亦爲網。

聲轉爲檑，爲橐，房屋之疏，故樓者謂其屋麗廔也。此曰方連，則其紋爲方形。總而釋之，謂户上刻爲網狀，其狀方而焱焱明朗，而以朱塗其網，目交綴之處，大約如後世方格眼窗櫺。兹附《營造法式》卷三十二第六頁《門窗格子制度圖樣》中之《麗日絞瓣雙混方格眼》一圖，以佐觀省。叔師釋連爲關柱，方爲方好，皆誤。洪引《集韻》以實之，則五代、兩宋民間俗字也，亦不可從。別參網户、朱綴等條下。

檻

《招魂》"坐堂伏檻"。王逸注"檻，楯也。言坐於堂上，前伏檻楯，下臨曲水清池，可漁釣也"。朱熹《集注》"坐堂伏檻，堂可坐而檻可凭伏也"。按檻字，《楚辭》四見，分爲兩義，依《説文》義，則櫳檻爲第一義，闌檻爲第二義。

（一）櫳檻，即圈也，所以盛禽獸者。《哀時命》"置猨狖于欄檻兮，夫何以責其捷巧"，王逸注"言猨狖當居高木茂林，見其才力，而置之欄檻之中，迫促之處，責其捷巧，非其理也"。按《説文》"檻，櫳也。從木，監聲。一曰圈"。《漢書·董仲舒傳》"圈豹檻虎"、《廣雅》"檻，牢也"、《爾雅》"豕所寢"、《淮南·主術訓》"故夫養虎豹犀象者爲之圈檻"，皆是。又《九歌·東君》"暾將出兮東方，照吾檻兮扶桑"，王注誤此檻謂車檻也，故下句承之曰"撫余馬兮安驅"，言日出而行也。《釋名·釋車》"檻，車上施欄檻以格猛獸"。古車四面施闌，詳車字下。至以爲囚車，則漢以後文治之制，非其朔也（參"欄檻"條下）。

（二）闌檻楯干，即後世所謂闌干鉤闌。《招魂》"高堂邃宇，檻層軒些"，王逸注"檻，楯也。從曰檻，橫曰楯。言所造之室，其堂高顯，屋甚深邃，下有檻楯"。五臣云"檻，欄"。又"坐堂伏檻，臨曲池些"，王逸注"坐於堂上，前伏檻楯，下臨曲水"。按此兩檻字，皆與堂字相連，而兩堂字又皆指遊觀苑囿之堂言，則檻者堂前迴欄也，即後世之所謂闌干鈎闌等。字或作闌干。古寢廟宮室堂前無所謂檻。而《二招》兩用檻與堂連文，其堂又非寢堂（詳堂字條下）。則此必爲遊觀之堂、壇無疑。遊觀之堂之檻，扶檻以觀遊魚，正建築上所必需。《西京賦》"鏤檻文梐"，注"闌也"。

漢以後則殿皆有檻。《朱雲傳》"雲攀殿檻，檻折"，注"軒前闌也"。《翟方進傳》"柱檻皆衣素"，注"軒前欄版也"。或曰櫺檻。《西都賦》"捨櫺檻而却倚，若顚墜而復稽"。《景福殿賦》"櫺檻邠張，鈎錯矩成，楯類騰蛇，榍似瓊英，如螭之蟠，如虹之停"（《營造法式注》云"言鈎闌中錯爲方斜之文。楣，鈎闌上橫木也"）。又按此與《哀時命》之櫺檻同名而異，各因上下文義而定也。亦曰"軒檻"，《魯靈光殿賦》"長塗升降，軒檻曼延"，皆是。古製則已不可見，茲以《營造法式》卷三十二第十六頁所載宋代建築中所用之單撮項鈎闌圖樣，以佐觀省。

闌、檻古合韻。闌讀來紐，而檻字不論爲上聲、爲去聲，皆讀匣紐。古假借以雙聲爲主，則檻之借爲闌，闌無匣紐字，而從監之字則藍、籃、襤、覽、濫、擥、艦，皆讀來紐。則此字音，洪補、朱注皆讀匣紐者，仍用檻櫳原音也（余又疑檻訓櫳，亦以雙聲爲訓，則亦當讀來紐矣）。

橑

《九歌·湘夫人》"桂棟兮蘭橑"，王逸注"以桂木爲屋棟，以木蘭爲橑也"。洪興祖《補注》"橑音老。《説文》'椽也'，一曰：星橑，簷前木。《爾雅》曰'桷謂之榱'"。按橑字《楚辭》只此一見，與棟字義相屬，亦木構屋名稱之一也。考其名有四，一曰橑，二曰桷，三曰榱，四曰椽。今俗多言椽，北土經典多言桷、言榱，言橑，僅見于《九歌》，則固先秦楚語也。

《説文》"橑，椽也。從木，寮聲"。大徐"盧浩切"。又榱下云"秦名屋椽也，周謂之榱，齊、魯謂之桷。從木，衰聲"。段玉裁曰"各本作秦……周謂之榱，大誤。今據《左傳》桓十四年《音義》，《周易·

漸卦》、《音義》正謂屋椽 ‘秦名之曰榱，周曰椽，齊、魯曰桷’也。各本妄改”，按段說至允。《御覽》卷百八十八引作 “秦謂之榱，周謂之椽，魯謂之桷”，又《繫傳》云 “春秋刻桓公桷”，又《左傳》 “子尾抽桷繫扉三……猶援廟桷動于菳”，至宋伐鄭，則曰 “取桓宮之椽歸爲盧門之椽”。桓宮，鄭廟也。以此知齊、魯謂之桷也。則桷、榱、橑皆方國之語，而椽則當時周京標準語也。橑字惟《楚辭》用之，則爲南楚方言無疑（《招魂》後於《九歌》，故有桷字。別詳刻桷下）。

橑之制如何？《九歌》以橑與棟連文。《左傳》襄三十一年言 “棟折榱崩”，榱與棟連文。《西都賦》 “列棼橑以布翼”，《西京賦》 “結棼橑以相接”，《魏都賦》 “棼橑複結”，橑與棼連言，棼亦棟也（參棟字下）。則橑蓋分布于棟棼之左右，如翼然者也。下置于棟楣庪之上，自上而下，南北向上承以瓦，其在堂者，則刻畫丹漆之。

又《招魂》 “仰觀刻桷，畫龍蛇些”，《春秋》莊二十四年經曰 “刻桓宮桷”。橑可刻畫，故可仰觀，則橑在瓦之下矣。今世固無刻畫屋椽者，古今之異也。其在室，則下承以承塵（參刻桷條下），此楚之製也（北土不能詳）。其部位參 “屋” 字條下《中國古代木構屋各部名稱示意圖樣》即能知之。

桷

《招魂》 “仰觀刻桷，畫龍蛇些”，王逸注 “言仰觀視屋之榱橑，皆刻畫龍蛇而有文章也”。洪興祖《補注》 “《左傳》：丹楹刻桷。《文選》云 ‘龍桷雕鏤’，《說文》 ‘椽方曰桷’，音角”。朱熹《集注》 “桷，音角。桷，椽也。《春秋》 ‘刻桓宮桷’，此蓋刻爲龍蛇而彩畫之也”。按桷即椽，亦名榱。榱者，先秦以前秦人言也；桷者，齊魯之言也；椽者，兩京標準語也；楚人則名曰橑（詳橑字下）。《楚辭》只《招魂》一見，《九歌》 “桂棟兮蘭橑”，亦僅一見。《九歌》乃楚民歌之加工，而屈子兩使于齊，且讀儒書，則齊魯間言在所習聞，故喻俗則用方言，《招魂》

則雜齊語，亦創作出入之一理據也。刻桷而又言畫龍蛇者，畫亦刻也。言刻爲龍蛇之畫，顯襲用"刻桓宮桷"之語。《尚書大傳》卷二亦言"其桷，天子斲其材而礱之，加密石焉，大夫達棱，士首本"，則古貴族之木構建築，其椽有飾無疑也。此句上文"翡帷翠帳，飾高堂些。紅壁沙版，玄玉梁些"，則堂廷之修飾也。玄玉之梁，龍蛇之桷，皆言其美飾。蓋堂之屋與房屋之屋，其飾各異。就《招魂》而論，上言奧內之飾，惟有朱塵，則椽桷之下，別加承塵，不爲美飾，但取實用也。堂則以刻畫，以取美觀，此古建築裝飾制度之可由文獻而得其分別者也。《湘夫人》章亦云"桂棟蘭橑兮，辛夷楣兮"，亦指堂上言也。合參"屋"字條《中國古代木構屋各部名稱示意圖樣》及"橑"字條。

櫺

《哀時命》"置猨狖于櫺檻兮，夫何以責其捷巧？"王逸無釋，洪補云"櫺，音零，階際欄"，此義見《廣韻》，而洪又比會上下文義及王注義而釋之也。《説文》"櫺，楯閒子也"，段玉裁注"闌楯爲方格，又於其橫直交處爲圜子，如綺文瓏玲，故曰櫺。《左傳》車曰忽霮，亦其意也。《文選注》作窗閒子"。古籍多以櫺爲門窗疏櫺孔。《西京賦》"伏櫺檻而頫聽"；《後漢書·班固傳》"舍櫺檻而郤倚"，《注》"樓上欄楯也"，則一切欄楯皆可曰櫺。按自其語原言之，與麗廔、離樓、玲瓏、陸離等皆一聲之變異。其本字當作𡆿，其孔𡆿明也。亦書作麗，凡闌、欄、槷、房屋之疏。羅、䍩、籭、瀝、筤、籃、籠、答皆謂其孔𡆿𡆿，音誼。并由𡆿轉變矣。詳章炳麟《小學答問》。

南房

《大招》"夏屋廣大，沙堂秀只。南房小壇，觀絶霤只。曲屋步壛，宜擾畜只"，王逸注"言復有南房別室，閑靜小堂，樓觀特高，與大殿

宇絶遠，宜遊宴也"。按正寝之房，在室東西，不南向，亦不能言小堂
壇。此則遊觀苑囿之制，不在禮制之中者。然依小堂壇而爲之南房，則
以房爲主之建築，堂當爲壇堂，而非庭堂，是則房宜曰南室。今曰房，
則房室不分，自戰代而然，不必起于漢人也。參"房"字條下。

階

《楚辭》階字四見，凡分二義，一指天階言，二指朝堂之階言。天
階則朝堂之階之引申也，訓爲梯。

（一）茲先言朝堂之階。《九歎·怨思》"晋驪姬之反情，恐登階之
逢殆兮，故退伏于末庭"，此言申生之孝，驪姬反以爲悖逆，故欲進晋
于朝堂之階，則恐逢危殆也。又《思古》"蒯瞶登於清府兮，咎繇棄而
在樊，蓋見茲以永歎兮，欲登階而狐疑"，義與上《怨思》同，亦言欲
進晋于朝堂之階也。按進于朝堂之階，指天子諸侯內朝而言，內朝非親
迎之臣不得登，故欲登階，即爲親近之臣也。內朝之階，當即升堂之兩
階，東曰阼階。古制天子之堂高九尺，階九等；諸侯七尺，階七等；大
夫五尺，階五等；士三尺，階三等（參"宮"字條下《宮室圖》自明）。
《說文》"階，陛也。從阜，皆聲"。《尚書大傳》"太師奏雞鳴於階下"，
注"階，陛也"。然陛字古籍不見，蓋後起字，遂專以爲殿陛名（參
"宮"字條《宮室圖》）。

（二）引申爲凡階梯之稱。《九章·惜誦》"欲釋階而登天兮"，王逸
注"釋，置也。人欲上天，而釋其階，知其無由登也"。洪補"《易》曰
'天險不可升'。《語》曰'猶天之不可階而升'"。《九思·遭厄》"哀
所求兮不耦，攀天階兮下視"，此明言天，天階亦用《易》"天之險不可
升"意，與《惜誦》同。惟漢以後用天階義，又與此別，非此處所當
言，故不備。

又考《九歎》兩階字，乃北土禮家舊說，子政固習於禮者也。而
屈、宋之階，則義主于梯，而不主于陛。《說文》木部"梯，木階也"。

則許君不以階專堂階言，與《惜誦》之義合。考《方言》十三"隥，陭
也"，郭注"江南人呼梯爲隥，所以隥物而登者也。音剴切也"。戴震
《疏證》引師古音剴，爲工來反，則隥階同在脂部。則戰代以爲階者，
漢人以隥易之，其爲楚語如故也。

閨

《離騷》"閨中既以邃遠兮，哲王又不寤"，王逸注"小門謂之閨"。
洪興祖《補注》"《爾雅》'宮中之門謂之闈，其小者謂之閨'"。《説
文》"閨，特立之户，上圜下方，有似於圭（今本無於字。據《御覽》
百八十四引補）。從門圭，圭亦聲"。王筠曰"特立者門上必有屋覆之。
此則洞房連閨，有牆以區其院落，有門以通往來，上無屋覆，故特立
也"。《荀子·解蔽》"俯而出城門以爲小之閨也"，注云"閨，小門
也"。宣六年《公羊傳》"趙盾與諸大夫立于朝，有人荷畚，自閨而出
者"。按靈公殺膳宰在小寢中，使人畚載尸出小寢門，故于路門外之朝
得見之也。何休云"宮中之門謂之闈，小者謂之閨"，顯未得其實際。
宣六年《公羊傳》又云"勇士入其大門，則無人門焉者；入其閨，則無
人閨焉者；上其堂，則無人焉；俯而闚其户，方食魚飧"，此言靈公使
人殺趙盾，大夫亦恒居小寢。正寢非常食之所，此云方食魚飧，其爲小
寢甚明。小寢門小，故曰閨也。

總古籍諸義定之，閨乃上銳下方，形狀如圭之小門。依禮制，大約
爲小寢之門。其大者謂之闈，本亦指宮室之門，漢人以金馬門爲金闈者
是也。至六朝時猶然，《南史》陳文帝每夜刺闈是也。大夫貴人亦有寢
宮，故《史記·晉世家》"使鉏麑刺趙盾，盾閨門開"，《文選·七發》
"今夫貴人之子，必宮居而閨處"是也。《離騷》閨中邃遠句之閨，指上
文宓妃、娀女、二姚而言，則閨中指女子所居之地，此與漢以後六朝以
來，以閨閣閨門指女子所居者義同。蓋閨本小寢之門，婦女平日皆在小
寢，故引申以閨閣指婦女。北土諸書，亦言閨門之中（《樂記》）。《禮

記·坊記》亦有"閨門之内，戲而不歡"之語，皆涉於女居。然以《離騷》此語爲最肯直，疑亦南楚故習如是也。

閨字《離騷》外又見《九思·逢尤》"念靈閨兮隩重深"，舊注"閨，閣也"。此言靈閨之奥甚深，不可得見。古尊者居當奥（詳奥字下），故《章句》以爲喻懷王是也。至訓閨爲閣者，《說文》"閣，門旁户也"。《前漢書》注曰"閨閣内中小門也"，《公孫弘傳》"起客館，開東閣，以延賢人"，師古曰"閣者小門也，東向開之，避當庭門而引賓客，以別於掾史官屬也"，是漢人閣與閨同制，故以閣釋閨也。惟下曰"隩重深"，則不過指内室而言。君居於内室之奥，不可得見，故曰重深，不必定以字義求之矣。

榭

《楚辭》用榭字兩見，《招魂》一云"層臺累榭"，一云"離榭修幕"，王逸注"无木謂之臺，有木謂之榭"。洪補曰"《說文》榭，臺有屋也，一曰凡屋無室曰榭"。按《書·泰誓》"惟宫室臺榭"，《荀子·王霸》"臺榭甚高"，《吕氏春秋·聽言篇》"侈其臺榭苑囿"，皆臺榭連文。榭即臺之有屋而不爲室者，皆築土高之，此其制也。古文作斁。惠定宇《九經古義》卷十四云"成周宣榭災……左氏古文，榭本作斁，郘歆銘曰'王格子宣斁'是也。劉逵引《國語》云'斁不過講軍實，今本作榭'"。又即斁字矣。按《楚語》云"榭不過講軍實"，杜注"春秋宣榭"云"講武室"。故字從斁，或即以斁爲之。《虢季子白盤》"王在宣廟"，與榭蓋同。其上有屋，故從"广"；其屋爲木構，故又或作榭。《荀子》、《吕覽》用謝字，則聲借字也。

聲又與序、豫通，故《孟子·滕文公上》"序者，射也"；《周禮·地官·州長》"以禮會民而射于州序"；《儀禮·鄉射》"豫則鉤楹内"，注云"今言豫者，謂州學也，讀如'成周宣謝災'之謝，《周禮》作序"。鄭知同《說文新附考》云"蓋榭在天子、諸侯爲講武所居，在六鄉爲州學，講習武事，以射爲先，州長春秋會民射，以觀德，故即名其屋曰射"。榭之本義如是。《漢書·五行志》引左氏曰"榭者，講武之坐屋"，皆其證。以其築土高，故又可作遊觀之所，是以離宮別館遂亦有之也。《招魂》言累榭者，謂其累土而高也。謂之離榭者，言有門窗戶牖，爲焱明之象也。皆遊觀之所，而非射所也。古文與夏通，詳"厦屋"條下。

夏室

《招魂》"冬有突厦，夏室寒些"，王逸注"言隆冬凍寒，則有大屋，複突溫室。盛夏暑熱，則有洞達陰堂，其内寒凉也"。按夏室對上文冬之突厦而言，則夏室謂避暑之室也。曹植《七啟》所謂"溫房則冬服絺綌，清室則中夏含霜"。又何晏《景福殿賦》"溫房承其東序，凉室處其西偏"，李善注"溫房、凉室二殿名"。卞蘭《許昌宮賦》曰"則有望舒凉室，羲和溫房"。則古貴冑冬夏居室，有溫凉之別，大約即王延壽《魯靈光殿》所謂"旋室娉娟以窈窕，洞房叫窱而幽邃"者也。凡室屋廣深寬大，夏必陰凉，亦即《後漢書·梁冀傳》所謂"堂寢皆有陰陽奥室"者。《韓非子·說林》下有"廣室"、"高臺"，《吕氏春秋·重己篇》有"大室"、"高臺"，《漢書·外戚傳·班倢伃傳》亦言"廣室陰兮帷幄暗"，則凉室、廣室、清室、陰室皆所以避夏。特《招魂》以冬夏對言，後人以溫凉陰陽對言而已。

又細繹文義則此夏室當作夏日之室解，其室亦即上文之突厦。蓋言冬有突厦，至夏之時，則其室又寒也。蓋突厦句就《招魂》文義言，乃就山而建，即岩室之遺制。故冬則暖，夏則寒也。參突厦句細繹之可也，不必更有夏室。

夏屋

《大招》"夏屋廣大，沙堂秀只"，王逸注"言乃爲魂造作高殿峻屋，其中廣大，又以丹沙朱畫其堂，其形秀異"。《詩·權輿》"夏屋渠渠"，《法言》"子知夏屋之爲帲幪也"，《家語·終記》"吾見封若夏屋者"，注"今之殿形，中高而四方下也"。餘杭章先生《小學答問》云"夏屋字當爲㡿。《説文》'㡿，覆也。從冂，上下覆之，讀若晷'。其爲㡿屋，猶冂爲交覆突屋矣。……㡿屋音耤，亦作夏，孳乳爲庌。《説文》庌，廡也，廡堂下周屋也。……造文之始，宜爲㡿于屋爲庌，爲廡，于帷幕爲幠。……又古無榭字，但書謝、書躲而已。《鄉躲》'豫則鈎楹内'，以豫爲榭，蓋躲聲本如夜，故得作豫也。其字亦當爲㡿。《釋宮》'闍謂之臺，有木者謂之謝'，郭云'臺上起屋'，是爲㡿字明矣。又云'無室曰謝'，李云'但有大殿'，郭云'即今堂皇'。《胡建傳》'列坐堂皇上'，師古曰'室無四壁曰皇'。《莊子·知北遊》'無門無房，四達之皇皇也'。魚陽對轉，㡿皇雙聲，後又別制廣字，《説文》'廣，殿之大屋也'。《郊祀歌》'大朱涂廣，夷石爲堂'，言以丹涂堂皇，以夷石爲堂基也"。按章説至允。《大招》"夏屋廣大，沙堂秀只"，即《郊祀歌》之"大朱涂廣"矣。王逸以高殿峻屋説之，義取其廣大；太炎以㡿説之，探字之原始。《家語·終記》言殿形中高而四方下，正足以調協王、章兩説而一之。蓋夏屋乃屋之大者，屋者四下室也（詳屋字下）。夏屋則初義猶言四覆之屋，後以夏爲之，字則聲借，義則轉化爲"大"，大屋以殿爲最也。餘參"屋"字條下。

步壏

《大招》"曲屋步壏，宜擾畜只"，王逸注"步壏，長砌也"。"壏一作檐"。洪興祖《補注》"《上林賦》'步檐周流'，李善云'步壏，長廊也’。《集韻》‘欗與簷同，墒與閭同’”。朱熹《集注》“墒，一作欗，一作閭，與簷同，一作欄。步墒，長砌也”。按《説文》“閭，里中門也。從門，呂聲。墒，閭或從土”。大徐“余廉切”。此閭之本義。至訓爲長廊者，《玉篇》“墒，卷也”，在土部，則長廊，又巷義之引申。《玉篇》以墒爲專別字，漢人多用之。洪補引《集韻》以欗、簷同。又出欗字，則又漢以後增益之字。朱熹本作欄，又長廊之借。古來母字多與余紐字相借，則簷、檐、閭、欗、欄、廊皆一義之別。凡廊皆有檐，檐而可步，則非長廊不可。王逸曰“長砌”，指下所履言；李善曰長廊，指上覆言，其實一也。惟屈、宋賦不用廊字，則墒乃楚俗習語，非當時通語也。

户

按《楚辭》户字四見，凡分三義。

（一）其用爲門户本義者，見《招魂》“網户朱綴”，《九懷·通路》“天門兮地户”等句。按户者，《説文·户部》“護也。半門曰户。象形。戾，古文户，從木”。《一切經音義》十四引《字書》“一扉曰户，兩扉曰門。又在於堂室曰户，在於宅區域曰門”。《六書精蘊》曰“户，室之口也”。凡室之口曰户，堂之口曰門。內曰户，外曰門。（桂馥《義證》引）門户之別，上引諸説言之備矣。

《招魂》“網户朱綴”，王逸注“網户，綺文鏤也”。五臣云“織網于户上，以朱色綴之”。按叔師説是也。“網户朱綴”與下句“刻方連些”合指一事言，皆指刻鏤之户飾言。若如五臣説，則爲臨時性裝飾矣。參方連條下自明。

（二）户即扈之借字，被也。《離騷》“衆不可户説兮，孰云察余之中情”，王逸注“屈原外困群佞，內被姊詈，知世莫識，言己之心志所執，不可户説人告”。洪興祖《補注》“《管子》曰‘聖人之治於世，不人告也，不户説也’。《淮南子》曰‘口辨而户説之’”。朱熹《集注》

"説，輸芮反。屈原外困群佞，内被姊詈，故言衆人不可户户而説"。按歷世解此，皆本王、朱之義，然《楚辭》全書户字，除《招魂》朱户外，皆不作人户解，當讀爲"扈江離與薜芷"之扈，被也。户説，猶言遍説之也。古户、扈二字常混，《左》宣十二年傳"屈蕩户之"，《繫傳》扈下引之作"屈蕩扈之"，是其證。《莊子·大宗師篇》"子桑户"，《楚辭·涉江》、《風俗通》俱引作扈。

《離騷》"户服艾以盈要兮，謂幽蘭其不可佩"，王注"言楚國户服白蒿，滿其要帶，以爲芬芳"。五臣云"言楚國皆好讒佞"。叔師以户爲門户，非也。按本文上言"世幽昧"、"民好惡"、"惟黨人"，則分別指明世也、民也、黨人也。皆好白蒿，則户非指一家一户之謂，户亦即扈字也，被也。"户服艾"與他句言扈江離全同，是則"户服"即"被服"矣，《離騷》"澆身被服强圉兮"是也。"被服"《楚辭》恒語，詳"被服"條下。

臺

《招魂》"層臺累榭"，王逸注"層、累，皆重也。無木謂之臺，有木謂之榭"。洪興祖《補注》"《説文》臺，觀四方而高者；榭，臺有屋也，一曰凡屋無室曰榭"。朱熹《集注》"層、累，皆重也。無木謂之臺，有木謂之榭，又曰凡屋無室曰榭"。按《楚辭》臺字四見，曰層臺，曰璜臺，十成，曰皆高臺也。其餘兩臺字，亦皆有高義（詳下）。《説文》"觀，四方而高者也。從至從高省。與室屋同意"。止聲。凡築土四方高丈曰臺。《書·泰誓》"惟宮室臺榭陂池侈服"，傳云"土高曰臺"。《詩·大雅·靈台》"經始靈臺"，傳"四方而高曰臺"，《爾雅》"臺上有屋謂之榭，則無屋者謂之臺"。故叔師以無木謂之臺釋之也。惟《左傳》僖五年"公既視朔，遂登觀臺以望"，杜注"觀臺，臺上構屋，可以遠觀者也"，則臺非竟無屋也（參觀字條臺門圖）。《五經異義》"《公羊》説天子有靈臺，以觀天文；有時臺，以觀四時施化；有囿臺，以觀鳥獸魚鼈。諸侯當有時臺、囿臺，諸侯卑不得觀天文，無靈臺"。此雖《公羊》一家之説，然苑臺之名，不專于一事，則因此以明也。故宋玉賦言楚有雲夢之臺。

《招魂》"層臺累榭"，指苑囿之臺言，曰層者言其高也。《天問》"簡狄在臺嚳何宜"，叔師注"言簡狄侍帝嚳于臺上"。此臺蓋亦遊觀之臺，依傳説之本質而論，可能亦如宋玉賦所謂雲夢之臺、陽臺等臺也。

又《天問》有"璜臺"，《九思》有"玉臺"，因成專名，皆各詳之。

瑤臺

《離騷》"望瑤臺之偃蹇兮，見有娀之佚女"。孫志祖《讀書脞録》云"《論語》'管氏有三歸'，包咸注'三歸者，娶三姓女也。婦人謂嫁爲歸'。朱子則云'三歸，臺名。事見《説苑》'。《善説》篇。志祖案，三歸之爲臺名是也。然其所以名三歸者，亦以娶三姓女，故尒《詩·新臺》叙衛宣公納伋之妻，作新臺於河上而娶之。杭世駿先生云，古昏禮有築臺以迎女之事。《左傳》言秦穆姬登臺而哭，必其嫁時所築也。管仲僭諸侯，故有三歸臺。禮經散亡，無諸侯昏禮。三禮中，不一及此，南北諸儒亦無從引證。存此以俟深於禮者"。

中庭

《哀時命》"騁騏驥於中庭兮"，又《九歎·愍命》"藏瑉石於金匱兮，捐赤瑾於中庭"。按此兩中庭皆指朝廷言，蓋借喻之詞也。此兩庭不指内朝之堂，當指中朝、外朝無屋之階庭言，以堂庭不能騁騏驥，而赤瑾既曰捐棄，亦不能在内庭也。

中庭一詞，《禮記》曰"賓入中庭，君降一等而揖之"，《儀禮·燕禮》"司正洗角觶，南面，坐奠於中庭"，又《聘禮》"及廟門，公揖入，立于中庭"，《爾雅》"中庭之左右謂之位"，又"中庭謂之走，大路謂之奔"，諸此中庭，皆指堂下階前至門之庭言，與《哀時命》、《九歎》皆合，此漢人習用語也。戰國以前諸子未見用此語，惟金文中有大量之中廷，其地點亦皆在階前。《頌鼎》之"唯三年五月既死霸，甲戌，王在周、康劭宮享。王格太室即位，宰弘右，頌入門，立中廷"。《章寰盤》"唯廿有八年五月既望庚寅，王在周康穆公宮，旦，王格太室，即位，宰顟右，寰入門，立中廷，北鄉"。他器文類此者頗多。凡上言王格太室者，下均言所命者立中庭北鄉，入門即立于中廷，則此中廷不得言堂庭可知。則中庭乃漢人用語，而中廷則戰代以前術語也。有歷史發展之進程在，此吾人研習古籍者所不當忽。

然漢以後中庭又有指堂上之庭言者，《漢書·外戚·孝成趙皇后傳》"居昭陽舍，其中庭彤朱，而殿上髹漆"，《後漢書·馮衍傳》"播蘭芷於中庭兮"，皆指堂上之庭言。

中庭或省言"中"，《詩·陳風·防有鵲巢》"中唐有甓"，傳"中，中庭也。唐，堂塗也"，是其證。

隩

《九思·逢尤》"念靈閨兮隩重深"，舊注云"靈，謂懷王。閨，閣也。言欲訴論，輒爲群邪所逆，不能得通達"。"隩，一作奧，一作窈"。按隩即奧之借字。奧當室中西南隅，爲最深，爲尊者常居之處。《玉藻》"君子居恒當戶"，蓋戶在東南隅，戶開則直東南隅之壁。尊者居主奧，適與戶相對，故曰當戶，謂坐于奧也。詳奧字條下（合參"宮"字條宮室圖）。

壁

《九歌·湘夫人》"蓀壁兮紫壇"，王逸注"以蓀草飾室壁"。《招魂》"翡阿拂壁，羅幬張些"，又"紅壁沙版，玄玉梁些"，王逸注"言堂上四壁皆堊色，令之紅白，又以丹沙畫飾軒版"。壁字凡此三見，皆指垣墉。《説文》"垣也。從土，辟聲"。大徐"比激切"。按壁即今俗語之牆，堂上之東西牆曰序，房室中亦曰牆，宮室之周曰垣。北土古籍用壁者惟《儀禮·特牲饋食禮》"饎爨在西壁"，其餘多用牆字，詳江永《鄉黨圖考》。疑壁字爲南楚方言，故屈、宋諸賦多用壁而不見牆字。

璜臺

《天問》"璜臺十成，誰所極焉?"王逸注"璜，石次玉者也。言紂作象箸而箕子歎，預知象箸必有玉杯，玉杯必盛熊蹯豹胎，如此必崇廣宮室。紂果作玉臺十重，糟丘酒池，以至于亡也"。洪興祖《補注》"《左傳》曰'夏后氏之璜'。璜，美玉也。郭璞注《爾雅》云'成，猶重也'。《淮南》云'桀、紂爲琁室、瑤臺、象廊、玉牀'"。按"厥萌在初，何所億焉? 璜臺十成，誰所極焉?"四句，與上下文似皆不甚相屬，叔師以紂事解之，割裂文義至酷，恐非是。此或當指生民之初言，與下"女媧有體"可能相屬，然亦不敢必其是。歷世諸家説之，亦不甚可通，此詞姑依叔師説解。

閣

《九懷·匡機》"菌閣兮蕙樓"，王逸無注。按依《説文》、《爾雅》諸書所載，則閣字乃門橛，所以止扉者。他經或作闑，與本文無涉。菌閣與下蕙樓，及上文之蘭宮、芷閭、藥房皆對文，則閣者臺閣也。《西北有高樓》"阿閣三重階"，李注引《尚書中候》曰"昔黃帝軒轅，鳳皇巢阿閣"。曰阿閣，曰三重階，則閣與樓之屬相迎，而有重階以登之，此或是漢人之制。《楚辭》閣字只見《九懷》，亦漢人作也。戰國以前義當與《説文》"所以止扉者"同。漢以後閣之義多指樓閣，官府有秘閣，而止扉之義，則引申爲止閣，因而可佇藏之架曰庋閣、架閣矣。

櫺檻

《哀時命》"置猨狖於櫺檻兮，夫何以責其捷巧"，王逸注"言猨狖當居高木茂林，見其才力，而置之櫺檻之中，迫局之處，責其捷巧，非其理也。以言君子當在廟堂爲政，而棄之山林，責其智能，亦非其宜也"。洪興祖《補注》"櫺音零，階際欄"。按櫺、檻蓋義近複合詞。《説文》"櫺，楯間子也。從木，霝聲"。大徐音"郎丁切"。《一切經音義》十四引作"窗，楯間子也"，又云"今言窗櫺、車櫺是也"，徐鍇曰"即今人闌楯下爲橫櫺也"。段玉裁《説文解字注》亦云"闌楯爲方格，又於其橫直交處爲圓子，如綺文瓏玲，故曰櫺"。又《木部》"檻，櫳也。從木，監聲，一曰圈"。大徐"胡黯切"。本以格猛獸及居罪人之圈。許所謂一曰圈者，謂一名圈爲檻，故櫳圈義大殊。

檻或別言牢，牢、檻一聲之變。初文當只有牢，見甲骨、金文，後演變爲形聲字，乃有檻、櫳等名，而亦因以差其性能，故《淮南·主術訓》"養虎豹犀象者爲之圈檻"。《漢書》"圈虎檻豹"，明圈、檻同義也。《繫傳》"軒檻之下爲櫺曰闌，以版曰軒、曰檻，以檻禽獸，故曰圈"，亦其義。凡圈、檻皆有疏櫺以通氣，防猛獸罪人之窒息，故曰櫺檻。

《西京賦》"伏櫺檻而頫聽"。《廣韻》"櫺檻，階際欄"。《後漢書·班固傳》"舍櫺檻而邵倚"，注"櫺檻，樓上欄楯也"。則凡有欄楯而疏，皆曰櫺檻。此言櫺檻，則以牢猨狖者，張載《榷論》"白猿玄豹，藏於櫺檻，何以知其捷"，劉晝《新論·通塞篇》"玄猿之束於籠圈，非無千里之駛，萬仞之捷，然而不異羸鈍者，無所肆其巧也"，皆演《哀時命》此文，而劉文作籠圈義蓋此也。

庭

　　按《説文・广部》"庭，宫中也。從广，廷聲"。大徐"特丁切"。又《廴部》"廷，朝中也。從廴，壬聲"。大徐"特丁切"。按庭當爲廷字之增益字，此本漢字發展之一例。然廷字訓朝中者，文治以後之説。其本字金文已多載之，作𡇾若𡊫、𡊪。乚象室外廷隅之形，亻象人，土若二三皆象土地或塵埃之象。室外廷不屋，故遂多蕪穢累集。古居室至簡，此當爲賓客相見之地。故詩人以"子有廷内，弗灑弗掃"，曰洒廷内，蓋即此義也。文治以後，遂爲中朝所在之地，故許氏訓朝中者，文治以後之説也。以今日習俗喻之，即所謂聽事也。自宫室之制日進，則擴室前爲堂，左右爲房。于是廷遂移于階前，而屋外舊習之廷已屋其上，遂又别構庭字以當之。在口語則不分，故兩字同音。今俗語言階前庭曰天井，天井即庭之緩言也。在文字，則判然爲二，故以字形别之。則漢語與文字發展殊科之一例（參"中庭"一條後段）。自專制王朝大盛之世，天子、諸侯皆有三朝，庫門外曰外朝，路門外曰治朝，皆廷而不屋。燕朝在路寢，亦謂之内朝，有廷、有堂、有屋。江永《鄉黨圖考》考燕朝有四，及諸燕見之事，其廷皆當有屋，依字義當作庭。是廷、庭即在嚴肅之禮家亦不細别矣。考《楚辭》庭字凡九見，亦或作廷，則廷、庭之不别，又不僅北土諸儒然也。概言之，則庭有二，一在堂上，一在階前。試更就他書證之。《易・節卦》"不出户庭"，案户者房户也，連户言庭，則庭在户外，是堂上也。《詩・山有樞》"子有廷内，弗洒弗埽"，《詩・抑》"洒掃庭内"，内者房中也。《莊子・逍遥遊》"大有徑庭"，知徑在堂下，庭在堂上，相懸隔地。凡此皆謂堂上之庭，即許書"庭，宫中也"之庭。《易・節卦》、《明夷卦》皆門庭連言，《周禮・閽人》亦然。《雜記》"襚者降，受爵，弁服，而門内霤……受皮弁服于中庭，自西階，受朝服"，曰降，則在階下矣。先言中庭，而後言西階，則庭在平地無屋處矣。《考工記・匠人》"堂上度以筵，宫中度以尋"，相對立文，則宮中爲周垣之中。許訓庭爲宮中，與《玉篇》訓庭爲堂階前者同義。王筠曰“要之，廷，朝中也。平地無屋，故字不從广。庭，宮中也，即移其名于檐外，仍與堂近，故字從广。此則廷、庭二字所以終不可爲一名也”（自《易·節卦》至此，皆本王注）。

《楚辭》庭字凡分三義，一指寢庭言，二指朝廷，三言天庭。惟寢庭、朝廷皆有“堂上有屋”與“堂下無屋”之別，在讀者善別之也。然無屋之廷爲本字本義，有屋之庭爲後起字，而經典則混者爲多。

（一）《九歌·湘夫人》“麋何食兮庭中”，又“合百草兮實庭”，王逸注“合百草之華，以實庭中”。五臣云“百草，香草。實，滿也”。《九歎·怨思》“恐登階之逢殆兮，故退伏于末庭”。此三庭字，皆指寢庭而言。然言合百草以實庭，下文又承言廉門，則不得指堂庭言。又退伏末庭，階前庭非伏處，當指户外之庭言。至庭中一語，不敢必其所在，以上句遠望言，則指階前庭爲順。末庭一詞別詳。

（二）《招魂》“宮庭震驚”，《大招》“室家盈廷，爵禄盛只”，《哀時命》“騁騏驥於中庭兮”，《九歎·愍命》“藏瑤石於金匱兮，捐赤瑾於中庭”，《九思·逢尤》“虎兕争兮於廷中”，五庭字，皆指朝廷言。其爲堂上之庭，或爲階前之庭，在讀者自會之。別詳“中庭”下。

（三）天庭《九思》亂辭“天庭明兮雲霓藏”，言天明則雲霓藏。天庭猶上天，以人世帝王之居擬測天象，亦如天階、天室、天堂之類，虚擬之號也。

壇

壇字《楚辭》凡四見，兩言堂壇，一與南房對言小壇，一與壁對，皆與祭場之義不相調。蓋除地爲墠，于上築土，以供祭曰壇。壇不在堂，亦無房壁可與相對也。叔師于《九歌·湘夫人》“蓀壁兮紫壇”，以爲“累紫貝爲室壇”，僅就上文“築室水中”言，既未顧及下句“芳椒成堂”，而室壇亦至不可解。又《大招》“南房小壇”，叔師以壇猶堂也，亦未允。房既曰南，若堂在房南，則不得言南房；若堂在房北，惟明堂五室之制，方有北向之堂。《大招》此句，在"夏屋廣大，沙堂秀只"之下，"觀絶霤只，曲屋步壛"之上，明其爲遊觀之所，非明堂所在，不得有南室。而北堂之構，亦惟《七諫·亂辭》有"雞鶩滿堂壇兮"。叔師以高殿敞揚爲堂，平場廣坦爲壇，約略近之。《九章·涉江》亂曰"燕雀烏鵲，巢堂壇兮"，《七諫》堂壇，必本于此。則其他三壇字，皆屈、宋文中語。洪興祖《補注》、《九歌》"蓀壁紫壇"曰"《淮南子》'腐鼠在壇'，注云'楚人謂中庭爲壇'"。（洪引《淮南》語在今《説林》）此義爲最允當。不僅堂、壇可通，南房之前有小壇，言有小庭也。紫壇，言以紫貝飾中庭也。《涉江》以鳳皇日遠，燕雀在堂壇，亦言燕雀在堂與中庭，以喻賢士不得與于内朝之議也。是壇之爲中庭，確爲楚人方語。又《荀子·儒效》有"君子言有壇宇"，壇宇亦堂壇也。荀子仕楚爲蘭陵令，則亦習楚之言也。

又細繹《大招》"夏屋廣大，沙堂秀只。南房小壇，觀絶霤只。曲尺步壛，宜擾畜只"一段文義，皆各有主從，而以從句爲飾詞。"夏屋廣大，沙堂秀只"者，言廣大之夏屋，其堂以丹沙爲飾，其形秀異也。"曲屋步壛，宜擾畜只"者，言曲屋步壛之長修，可以訓擾馬類也。"觀絶霤只"者，言其觀有絶霤之飾。則"南房小壇"者，謂其南房有小壇庭以爲飾也。房前不得有中庭，而此遊觀之所，設爲小巧之中庭，以爲飾也。用一小字，正見其爲非正式之中庭也。

沙版

《招魂》"紅壁沙版"，王逸注"紅，赤白色也。沙，丹沙也。言堂上四壁皆堊色，令之紅白，又以丹沙畫飾軒版"。按沙字訓丹沙，《大招》"沙堂秀只"，亦用此義。詳沙堂下。此自楚人省詞習用之一例也。版訓軒版者，《荀子·禮論》"其貌象版"，注"謂車上障蔽者"。古建築以版爲藩蔽、承塵等用。此言"紅壁沙版"，在"翡帷翠帳，飾高堂些"

之下，在"玄玉梁些，仰觀刻桷"之上，紅壁即堂之壁（與《大招》沙堂義合），則此版宜指堂軒言。故叔師以軒版釋之。然車軒之版，亦曰軒版，與此同名而異實。"紅壁沙版"其色小異，故叔師以赤白色訓紅，以丹沙訓沙。惟紅沙二字皆動詞，與上句之"飾"，下句之"玄玉"同。參"沙堂"一詞下。

沙堂

《大招》"沙堂秀只"，王逸注"沙，丹沙也。言乃爲魂造作高殿峻屋，其中廣大，又以丹沙朱畫其堂，其形秀異，宜居處也"。朱熹《集注》"沙，丹沙也"。按以沙爲丹沙，蓋楚人習語，故《大招》、《招魂》皆用之。參"沙版"條下。《招魂》云"翡幃翠帳，飾高堂些。紅壁沙版，玄玉梁些"，則高堂之壁紅爲之，其軒以丹沙飾之也，正與此沙堂義合。

坐堂伏檻

《招魂》"坐堂伏檻，臨曲池些"，王注"言坐于堂上，前伏檻楯，下臨曲水清池，可漁釣也"，此言坐堂謂有坐之堂，異于正寢正室之堂，參以下臨曲池，則乃苑囿之堂，所以爲遊觀之所，上文已言經堂入室，則此處不得更爲寢室之堂矣。下文又言"芙蓉始發"、"文緣波些"，更有"文異豹飾"從遊之士，其爲苑囿中遊觀之所，更無可疑。又伏檻者，較一般檻楯爲低，可以俯伏而遊觀池中花草，事態分明，非可含糊說之者矣。

閭

《九章·哀郢》"發郢都而去閭兮"，王逸注"言己始發郢，去我閭里，愁思荒忽，安有窮極之時"。洪興祖《補注》"前漢南郡江陵縣，故楚郢都，楚文王自丹陽徙此。後九世，平王城之。後十世，秦拔我郢，徙東郢。閭，里門也"。按《説文》"閭，里門也。從門，吕聲。《周禮》'五家爲比，五比爲閭'，閭，侶也，二十五家相群侶也"。按二十五家爲里，此周制也，後人則不限於二十五家，凡人所聚居，皆可曰里。《説文》曰"里，居也"。所居之門，則曰閭。《齊策》"女朝出而晚來，則吾倚門而望；女暮出而不還，則吾倚閭而望"，是閭乃里居之門。成二年《公羊傳》"相與踦閭而語"，何休注"閭，當道門"，謂當里居之道之門也。《九章》"去閭"言去里門，别故居也。引申則居室之門亦得曰閭。《九懷·匡機》云"芷閭兮藥房"、"菌閣兮蕙樓"。閭與房、閣、樓等對舉，則不得專指里門，此亦言居室之門也。

恒幹

幹，里門也。《招魂》"去君之恒幹"，注云"幹，體也。言魂靈當扶人養命，何爲去君之常體……或曰：閈，里也。楚人名里曰閈也"。案幹、閈聲相近，作幹字解似曲，宜作閈，與次句"何爲四方些"正對，下文"舍君之樂處，而離彼不祥些"，語意亦一貫。《説文》"閈，閭也。汝南平輿里門曰閈"。又云"閭，里門也"。《漢書·盧綰傳》"綰自同閈"，應劭注"楚名里門曰閈"。則此注里下亦當有門字，則恒閈猶言衡門矣。恒、衡同聲，閈則專名耳。

梁

《楚辭》梁字三見：一作橋梁解，此梁之本義也；二作屋梁解，此其引申義也。兹分别説之如次。

（一）橋梁義。《九辯》"關梁閉而不通"，王逸注"閹人承指，呵問急也"。五臣云"閉關，喻塞賢路也"。又《哀時命》"江河廣而無梁"，王注"江河無橋梁以濟也"。按《説文》"梁,水橋也。從木、水,刅聲"。大徐"吕張切"。《左傳》莊四年"除道梁溠",《孟子》"十一月車梁成",梁并謂水上橫橋。《晋語》"亦爲君之東游津梁之上",韋注"津,水也。梁,橋也"。凡此皆春秋戰國用梁爲橋之證。考梁之初,蓋本小舟。《莊子·秋水》"梁麗可以衝城",司馬注云"梁麗,小船也"。《方言》九"艁舟謂之浮梁",則以小舟相聯接,以爲津渡曰梁。《爾雅·釋宫》所謂"隄謂之梁"是也。引申之,則石絶水者爲梁,見《詩·有狐》"在彼淇梁"(毛《傳》),亦取互於水中之義,謂以偃塞取魚者。用雖有別,意則一義之引申也,後世凡橋皆曰梁。遂分木梁、石梁、舟梁、杠梁、山梁、隄梁,桂馥《義證》引之詳矣。舟梁浮于水,故亦曰浮梁,古冬月以後修之,見《孟子》"十一月爲梁",《周語》中引《夏令》"十月成梁",大抵皆指舟梁言。舟梁可合可散,十月以後則合之也。

《九辯》關梁合言,梁亦關也。古人於津渡之處設關以稽徵。此梁本言橋梁,關梁亦由此引申也(參《鄂君啟節》)。

(二)屋梁。《招魂》"紅壁沙版,玄玉梁些",王逸注"玄,黑也。言堂上四壁皆堊色,令之紅白,又以丹沙畫飾軒版,承以黑玉之梁,五采分別也。一云玄玉之梁"。五臣云"黑玉飾于屋梁"。按梁之名有四,皆一語之變。《爾雅·釋宫》"宋屚謂之梁",注"屋大梁也"。宋屚當爲屚宋誤倒,屚宋即梁之合音也(宋,武方切。屚,力又切)。《廣雅》"曲梁謂之罶",音柳,此其二。又《列子·湯問篇》"過雍門鬻歌假食,既去而餘音繞梁欐,三日不絶"。梁欐連文,則欐亦梁也,此與《莊子·秋水》之梁麗同(見上引)。餘音繞梁欐,言餘音高出至于梁欐之間也。欐與《廣雅》之罶,皆與梁爲雙聲之變,此其三。故《營造法式》引《義訓》"梁謂之欐",則急言曰梁,曰罶,曰欐,緩言曰屚宋,重言曰梁欐、梁麗(《莊子》"梁麗",小司馬以爲小船,疏以爲梁屋。梁麗屋棟,崔説同。就《莊子》文義言,則崔説爲允。就詞之本義言,則小司馬説亦不誤)。棟梁之梁,本自舟梁引申。屋梁之象與舟梁之象同。木構之居，當在湖居制度之後。詳"棟"字下。屋梁之本自舟梁，凡舟皆可爲梁。而屋梁所以通連南北之運行者，與舟梁同。則取此以名屋梁，正古習相因之一例。此亦如欚之爲船名，即《説文》之擽字。段玉裁引《越絕書》所謂欚谿城者，闔廬所置船宮也（詳雷竣《説文外編》），以實之是也。欚爲船名，得爲屋梁，與梁爲船，亦得爲屋梁全相同。惟古今多用梁，少用其他三名。而梁之名，今俗又以爲屋脊（極），其實非古義也。古言梁指棟下承棟之大木言。凡宮室皆南向，棟則屋之極，東西之間；梁則在棟下，南北之間。以古木構五架之制定之，即四五兩架間之大縱木也。其二三兩架之木，亦曰梁，即俗所謂二梁也。若以今俗指屋極之棟爲梁，則所謂餘音繞梁者，其語爲不可解。蓋棟三面皆實，不可繞。惟梁承掇下，其不在兩牆邊者，則裸露于外，故可繞也。參"屋"字條下《中國古代木構屋各部名稱示意圖樣》，即能知之（程瑤田以爲屋極下至楹爲棟，棟下至庪爲梁，亦誤。金鶚已斥駁之）。

井

《九歎·怨思》"淹芳芷於腐井兮，棄雞駭於筐簏"，王逸注"言積漬衆芳於污泥臭井之中"。按《説文·井部》"井，八家一井，象構韓形。·，罋之象也。古者伯益初作井"。大徐"子郢切"。徐鍇曰"韓，井垣也"。按八家一井，據周制言也。字形乃象井韓，甲文未見井字。金文作井井井井，不盡有"·"，許以"·"象罋，非也。井本以周垣表其象，非即井本體，"·"者象垣内水穴，"·"不易辨，故加井形以表之。寖假而加象存，本象廢。

又考井之用，當在湖居之制既廢，里社之制既興，鑿穴取水而飲。蓋工業已漸發達，而後能爲垣欄。造字之初，即已具備此形。故伯益初作之説，未必可信也。

又丹部"冎象采丹井。象丹形"。冎非井垣。《漢書·巴寡婦傳》"其先得丹穴而擅其利數世"，顏注"丹，丹砂也。穴者，山谷之穴，出丹也"。則彐僅當穴形而已，故不橫出如井也。

《九歎》"腐井"者，謂井已不用而污泥填充，至於腐臭。後人言廢井，義亦略近。

阱室

《九歎·愍命》"慶忌囚於阱室兮"，王逸注"慶忌，吳之公子，勇而有力。阱，深陷也"。洪氏《補注》"阱，疾郢、囚性二切"。按阱室即囚室也。王訓阱爲陷者，囚室多掘地爲之，故曰阱室也。以其深陷，或曰深室。《左傳》僖二十八年"執衛侯歸之于京師，寘諸深室"，杜注"深室，別爲囚室"。以其冥幽，或曰"冥室"，《淮南·泰族訓》"今囚之冥室之中"。以其執法之地，則曰"法室"，《吕氏春秋·精喻》"此白公之所以死于法室"，高注"囹圄、法室，隨代而異其名"。然阱室、法室之法，亦皆自井義而得。井本水穴之名，而從井之字如刑，如型，皆有法義，故井亦訓法。此猶法從水，取義于平，刑訓罰辠也，取其平也。孳乳爲型，鑄器之法也。故囚室亦曰法室矣。

圃

《九歎·惜賢》"覽芷圃之蠹蠹"，王逸注"圃，野樹也。《詩》云：東有圃草。蠹蠹，猶歷歷，行列貌也。言己登高大之陵，周而四望，觀香芷之圃，歷歷而有行列，傷人不采而佩帶也。言己亦修德行義，動有節度，而不見進用也。一無'樹'字"。按圃字本義，"種菜曰圃"（《説文》）。《論語》"請學圃"，馬融曰"樹菜蔬曰圃"。《莊子·天地篇》子貢"過漢陰，見一丈人，方將爲圃畦，鑿隧而入井，抱甕而出灌"。《文選·蜀都賦》"其園則有蒟蒻、茱萸、瓜疇、芋區、甘蔗、辛薑、陽蘫、陰敷"。金文作圃，從中，在田中，從囗。甲文則無囗，但作甫若甫，即其最初文也，象田中有蔬菜之形，加囗則藩籬周桓之屬也。

引申之有艸亦曰囿。《吳都賦》"遭藪爲囿"，注"有草曰囿"；《禮記·射義》"孔子射于矍相之圃"，皆是。《九歎》之芷圃，則種芷之圃也，用引申之義（參"圃藪"條）。

囿

《大招》"獵春囿只"，王逸注"春，草始生。囿，中平易也。言從曲閣之路，可駕馬騰馳而臨平易，又可步行，遂往田獵於春囿之中，取禽獸也"。按囿字《說文·囗部》"苑有垣也。從囗，有聲。一曰所以養禽獸曰囿。🃃，籀文囿"。大徐"于救切"。按甲文與籀文同。石鼓文亦作🃃，此所謂苑有園也。《夏小正》"囿有見韭，囿有見杏"（今本作苑有垣也，桓字誤）；《繫傳》曰"園樹果菜也"；《周禮》有"囿遊之獸禁"，亦以樹果菜也；《夏小正》又云"囿也者，園之燕者也"，皆是其意。《七諫·自悲》"雜橘柚以爲囿兮，列新夷與椒楨"，則果花草皆列于囿中矣。然《詩·靈臺》曰"王在靈囿，麀鹿攸伏，麀鹿濯濯，白鳥翯翯"，傳"囿，所以域養禽獸也"，則囿中又養禽獸矣。此當爲擾畜禽獸以後之制，其初本以植果菜爲囿也。《九歎·愍命》"熊羆群而逸囿"，王逸注"囿，苑也。言熊羆逸踊於君之苑也"，則囿又所以養獸類。《大招》"獵春囿"，則囿不僅養之，且可供獵矣。此固制度之變也。

按囿之制，諸家傳者不一。《公羊》成十八年傳注以爲天子方百里，公侯十里，伯七里，男五里。《御覽》引《白虎通》言天子百里，大國四十里，次國三十里，小國二十里。《孟子·梁惠王下》"文王之囿方七十里"。《呂覽·重己》"苑囿園池也"，注"大曰苑，小曰囿"，此大小之說一也。又《初學記》引《說文》"有藩曰園，有牆曰囿"，又玄應引《字林》"有垣曰苑，無垣曰囿"，此有無垣牆之異也。異説至夥，大體皆隨文申義而已。

幽門

《七諫·哀命》"處玄舍之幽門兮，穴岩石而窟伏"。幽門，王逸無說。按《易·履卦》"幽人貞吉"，注釋幽爲隱，則幽門猶言隱者之門，與玄舍對文。玄舍言幽深之舍，則幽門亦言靜默之門也。依文義言之，處玄舍之幽門，與下句"穴岩石而窟伏"同指一事，玄舍幽門虛言之，岩石窟穴實言之也。

"朱塵筵些"句

《招魂》"經堂入奧，朱塵筵些"，王逸注"朱，丹也。塵，承塵也。筵，席也。《詩》云'肆筵設机'。言升殿過堂，入房至室奧處，上則有朱畫承塵，下則有簟筵好席。或曰朱塵筵謂承塵搏壁，曼延相連接也"。按叔師于此語似不甚了了。故第一說讀筵如字，第二說讀筵如延也。其實此語以朱字爲動詞，謂朱承塵與朱筵席也。此如下文"結琦璜些"句，謂結琦結璜也。"煎鴻鶬些"，謂煎鴻與煎鶬也。王夫之以朱塵二字皆筵之修飾語，謂緣筵之飾，朱綵若輕塵也，其失與叔師等耳。

"網户朱綴"二句

《招魂》"網户朱綴，刻方連些"，王逸注云"網户，綺文鏤也。朱，丹也。綴，緣也"。朱熹《楚辭集注》云"網户者，以木爲門扉，而刻爲方目，使如羅網之狀，即漢所謂罘罳，而程泰之以爲今之亮隔。其說是也。朱綴者，以朱丹飾其交綴之處，使其所刻之方相連屬也"。按朱以網户之網即方連，其意至當。詳"方連"下。

至謂網户即罘罳，則非是。朱琦《文選集釋》曰"《日知録》曰'罘罳字雖從网，其實屏也'。崔豹《古今注》'罘罳，屏之遺象也'。

《釋名》云'罘罳在門外。罘，復也。罳，思也。臣將入請事，於此復重思之也'。《越絕書》'巫門外罘罳者，春申君去吳，假君所思處也'。魚豢《魏略》'黃初三年，築諸門闕外罘罳'。參考諸書，當從屏説。又《五行志》劉向以爲'東闕所以朝諸侯之門，罘罳在其外，諸侯之象也'，則其爲屏明甚。而唐時又有呼殿榱桷護雀網爲罘罳者，蓋誤，見《酉陽雜俎》"。余謂《廣雅》"罘罳謂之屏"，《禮記·明堂位》"疏屏，天子之廟飾也"，鄭注"屏謂之樹，今桴思也"，是罘罳不屬戶，與此網戶不同矣。方氏《通雅》乃云"《禮記》疏屏、《正義》疏刻也，屏樹之間，必柴拱雕刻網綴，故呼罘罳"。蓋罘罳如網狀，其刻鏤欂櫨，宮闕屏門皆有之。即《楚辭》所謂"網户朱綴，刻方連"也。此以罘罳扭合網户爲一義，殆亦不然。

又王逸注又云"門户之楣，皆刻鏤綺文，朱丹其緣"云云。按《大戴禮·盛德篇》言明堂之制，赤綴戶也。孔氏廣森《補注》即引此文，謂以朱緣戶，惟明堂有之，故諸侯受九錫，乃得朱户以居，是朱綴即飾户者。朱熹以爲以朱丹飾其交綴之處，使其所刻之方連相屬也，釋朱綴亦至允當，惟以方連爲方相連屬，則未當。別詳"方連"條下。

又《文選》沈休文《應王中丞思遠詠月詩》"網軒映珠綴"，注引此語爲證。珠綴即朱綴也，古珠與朱亦同音通用，則朱丹與珠飾同義。珠飾亦謂于方格相連屬處，特起珠形之飾。此製至今猶存云。

胡濬源《新注》云"網户者，用絲網絡冒户，以防飛鳥，故謂之網户"。按《大戴禮·明堂》"赤綴户也，白綴牖也"，則户爲朱綴至明，可參，故附之。

舍

《楚辭》舍字六見而分三義：見于屈、宋賦者，假借爲捨字義；用于漢人賦者，爲本義之舍室字。兹分説如下。

（一）捨也。《離騷》"忍而不能舍也"，言忍耐而不能捨棄也。上言余固知謏謏小人讒害之言爲余之患（王逸訓謇謇爲忠貞貌，與上下文義不調，別詳謇謇條下），而余不忍去國，故自不忍捨去也。諸家說皆非也。又《招魂》"舍君之樂處，而離彼不祥些"，言捨棄君之安樂之居處，而墜入此不祥之地也。亦以舍爲捨無疑。

（二）止息之居室也。《七諫·哀命》"神罔兩而無舍"，言神情恍惚，而無居止之所也。又《九歎·遠遊》"日曒曒而西舍兮"，言日曒曒然而西入太陰之中（太陰之中，王逸注語）而止息也。此舍字爲名詞活用爲動詞也。

按《說文》"舍，市居曰舍。從人𠆢。屮，象屋也，口象築也"。此即客居之路室，𠆢象屋頂，屮象撐持屋頂之短柱，口象陷地爲室，乃古建築之常態也。作路室解者，沿用以來習慣也。即《周禮》所謂"行所解止之處也"。北土諸家多用此義，詳見《周禮》、《左氏傳》、《儀禮》、《禮記》、《呂氏春秋》、《國策》諸書，《楚辭》僅限于漢人賦中。至借舍爲捨，如《書·湯誓》"舍我穡事"，《論語·述而》"舍之則藏"，《詩·車攻》"舍矢如破"，《楚語》"鬬子文三舍令尹"，皆其證。南北各家皆用之，則固周以來南北通語矣。

（三）即今語甚麼之合音。《論語》"舍曰欲之"，《孟子·滕文公上》"舍皆取諸其宮中而用之"，舍并當訓如今恒語"甚麼"，齊魯人土語也。今尚有是言，音賒，古之遺也。詳牟庭相《雪泥書屋雜志》。

宿

宿字《楚辭》十六見，除宿莽、角宿等專門術語外，其他可作四解。

（一）則夜時止宿也。《九歌·少司命》與《九章·涉江》皆言"夕宿"，《抽思》言"宿北姑"，言止宿于北姑山也。《思美人》言"宿高而難當"，言歸鳥止宿于高樹之顛，故曰宿高也。他如《七諫·初放》之"當道宿"，《九歎·逢紛》之"夕投宿"，《思古》之"獨宿"，皆是也。

（二）寢處同牀也。《招魂》“二八侍宿”，言以二八年華（或以爲十六人亦通）之女，服侍而寢處宿也。此亦由留止之義之引申。

（三）則訓留止而不必即爲寢處。依上下文義審之，則當爲宿所從之古文佤字之義。佤者“早敬也”，即《虞書》所謂“夙夜爲寅”之義也。《遠遊》“見王子而宿之兮”，王逸注“屯車留止，遇子喬也”。朱熹以爲“宿與肅通”，特就學道言之爾。申所以留止之義云爾，與《七諫·自悲》“見韓衆而宿之兮”義同。按《說文》“宿，止”；《廣雅·釋詁》“宿，舍也”；《詩·九罭》“于汝信宿”，傳“猶處也”，皆止舍之引申。其所從佤，即古文夙字。《說文》“早敬也”。早敬者，夙作𠈃，從夕。言執事雖夕不休，即早敬之義，即《周禮》所謂夙夜恭也，故得引申爲肅。

（四）星宿也。《九懷·思忠》“連五宿兮建旄”，王逸注“係續列星爲旗旄也”。洪補云“宿音秀”。按《說苑·辯物》“所謂宿者，日月五星之所宿也”。《周禮·馮相氏》“二十有八星之位”，疏“日月會于其處，星即名星，亦名辰，亦名次，亦名房”。參列宿條。

闔

闔字《楚辭》五見，除閶闔等複合詞外，其單用者皆閉也一義。《天問》“何闔而晦”，王逸注“言天何所闔閉而晦冥，何所開發而明曉乎”。洪補云“闔，閉戶也。開，闢戶也。陰闔而晦，陽開而明”。朱熹《集注》“闔，胡臘反。闔，閉戶也”。《七諫·謬諫》“欲闔口而無言兮”，王逸注“闔，閉也。言己欲閉口結舌而不復言”。按《說文》“闔，門扉也。一曰閉也”。《禮記·月令》“乃修闔扇”。《老子》“天門開闔”。《左傳》襄十七年“皆有闔廬”，注“謂門戶閉塞”。

牀

《天問》"擊牀先出，其命何從？"按牀字或作床，人所休臥之器也。

《説文》偏傍有爿字，孔廣居以爲即床之初文，古蓋作𠁯，象形。《禮·內則》"少者執牀與坐"，其制必簡，黃廷鑑以爲如今之檻之濶者，似矣。又《七諫》有牀第一詞，後世通語。古無高架床，唐畫圖中仍是倭牀也。牀字《楚辭》僅此二見，無他深義。

第

《七諫·怨世》"蓬艾親入御於牀第兮"，王逸注"第，牀簀也"。洪補云"第音姊，牀也。《方言》'陳楚謂之第'。又阻史切。《説文》'牀，簀也'"。寅清按《禮記·喪大記》"設牀檀第，有枕"。《釋文》"牀，簀也"。又《荀子·禮論》"疏房檖貌，越席牀第，几筵，所以養體也"，注"牀，棧也"。則第自以床上之墊即簀爲本義，棧亦簀也。即《禮記·檀弓》所謂"華而睆，大夫之簀與"之簀。簀、第一聲之轉也。引申則通言床亦曰第矣。

枳

《九歎·愍命》"樹枳棘與薪柴"，又《九思·憫上》"鵠竄兮枳棘"。按《説文》"枳木似橘"，徐曰"即藥家枳殼也"，此枳之本義。又張衡《西京賦》"揩枳落突棘藩"。凡木高而多刺，可爲籬落者曰枳。《九歎》、《九思》兩文，與棘字合用，當與《西京賦》義同，而非用《説文》義也。

蒻

席也，或省作弱。《招魂》"蒻阿拂壁，羅幬張些"，王逸注"蒻，蒻席也。阿，曲隅也。拂，薄也"。五臣云"以蒻席替壁之曲"。洪補曰"蒻音弱，蒲也，可以爲席"。按蒻即蒲黃。《説文》曰"蒻可以爲平席"，蓋其葉可作編織之用。曰蒲席、蒻席、蒲墊、蒲團之屬，蒻爲蒲子。而《考工記·輪人》"以爲之弱"，注云"弱，菌也。今人謂蒲本在水中者爲弱，是其類也"。則蒻可省作弱，即弱可爲蒻矣。然蒻阿連文，王逸訓阿爲牀隅，于文理難解。按王念孫《讀書雜志·余篇下》"王以阿爲牀隅，則上與蒻字不相承，下與拂壁二字不相屬矣。今案蒻當與弱同。阿，細繒也。言以弱阿拂牀之四壁也。弱阿猶言弱綌，《淮南·齊俗》篇'弱綌羅紈'是也"。

薦

《九歎·逢紛》"薜荔飾而陸離薦兮"，王逸注"陸離，美玉也。薦，臥席也；飾，一作餙。薦，古作藨"。按王訓薦爲臥席，則借爲荐字也。《廣雅·釋器》"薦，席也"。《漢書·終軍傳》"北胡隨畜薦居"。《趙充國傳》"今虜亡其美地，薦草"。蓋草之美者，可爲薦也。按薦本黍蓬之類，蓋蒿類也，其草可爲薦，故借爲薦字爾。

度

屈賦度字凡十六用，皆一義之引申發展也。考《説文》"度，法制也。從又，庶省聲"，徐曰"又，手義。布指知尺，舒肱知尋，故從又"。此徐氏釋從又之義，然《漢書·律曆志》則曰"度者，分寸、尺、丈、引也，所以度長短也。本起黃鍾之長。以子穀秬黍中者，一黍之廣，度之九十分，黃鍾之長。一爲一分，十分爲寸，十寸爲尺，十尺爲丈，十丈爲引，而五度審矣"云云，則度不始于人身，考古言度制本有兩説，一以人身言，故咫、仞、尋皆從人言，此徐氏所本也。然《漢書》之説，當爲制度化後，依客觀標準以爲之度。吹管定律，依黍以定管，故以黃鍾爲準矣。五度曰分、寸、尺、丈、引，以十進位，此中土故習如是，至度字之用，則皆据此度量大名，凡有律度可依之事物皆得曰度，故引申爲法度。《惜往日》"明法度之嫌疑"、"背法度而心治"，是也（无法則曰無度，亦見《惜往日》）。亦曰常度，北言常法（見《懷沙》），引申爲態度，如《離騷》之"競周容以爲度"，及《思美人》之"未改此度"。又經營亦得曰度，《天問》之"孰營度之"是也。又天文分周天三百六十五度，日行一度，月行三十度，即所謂躔度也。《離騷》"皇覽揆余初度兮"之度，承上文攝提、孟陬、庚寅而言，則正用躔度一義，又《遠遊》"凌天地以徑度"，此渡之借也。引申之則去亦得曰度。《遠遊》"欲度世以忘歸"，洪注"度世，謂仙去也"是。又《抽思》"超回至度"亦渡之借，後世又別作踱，後起分別文也。

層軒

《招魂》"高堂邃宇，檻層軒些"，王注"軒，樓版也。言所造之室，其堂高顯，屋甚深邃，下有檻楯，上有樓版"。五臣云"軒，檻樓上版"。按鄭君《考工記》注云"屋，複笮也"。《爾雅》"屋上薄謂之筄"，注"屋，笮"。《説文》"笮，迫也。在瓦之下，棼上"。又曰"棼，複屋棟也"。《釋名》卷五"笮，迮也。編竹相連，迫迮也"。《西都賦》"重軒三階"。鄒漢勛《讀書偶識》曰"按笮者織竹爲之，釘于瓦下椽（今謂之桁條）庪（今俗讀如懸）之間，或如竹壁，加塗墍，或釘版，謂之眭版，亦稱卷朋，皆俗語也。亦歧于複屋之棼（俗名方）間，故許君曰'笮在瓦之下，棼上'。言二處皆可歧，非謂棼在瓦下爲一也。于室之上而置棼歧版，則上下皆有屋，故曰重屋，重屋即樓也。其棼俗名樓軫，其版古謂之軒，今名曰樓，重軒則層樓也”。按鄒説最允。

軒

《楚辭》軒字七見。《招魂》“高堂邃宇，檻層軒些”，王逸注“軒，樓版也。言所造之室，其堂高顯，屋甚深邃，下有檻楯，上有樓版”。五臣云“軒，檻樓上版”。《補》曰“一云：檐宇之末曰軒”。按諸家言“檻層軒”句，皆以爲指上句高堂邃宇之檻與軒也，其中蓋省動字者，則層字當屬軒字爲一詞，層軒謂樓版之層累者，然古人樓版不依梁而依椽爲之。屋頂爲人字坡，則樓版亦人字坡也。然樓版可能有兩義，一指依瓦甍之承塵，即今天所謂天花板；一指樓依梁閣，置以居人之樓版。以此文文義及王注審之，當爲第一種，即下文所謂“朱塵筵些”之“塵”。考慧琳《一切經音義》二十八引《楚辭》云“軒，樓上版障風日”，玄應《一切經音義·法華經》二“軒窗”引《楚辭》注云“軒，樓上板障風日者”，此當即今本《招魂》王注之蜕文無疑。則曰障風日，非天花板莫屬。既爲天花板，故得曰層軒也。

閶闔

楚人名門曰閶闔，漢人始名天門曰閶闔。

《離騷》“吾令帝閽開關兮，倚閶闔而望予”，王注“閶闔，天門也。言己……上訴天帝，使閽人開關，又倚天門望而距我，使我不得入也”。洪、朱皆就王説，而引《淮南》諸書證成之。《遠遊》“命天閽其開關兮，排閶闔而望予”，王逸注“立排天門而須我也”。又《九歎·遠遊》“選鬼神於太陰兮，登閶闔於玄闕”，王逸注“言己乃選擇衆鬼神中行忠正者，與俱登於天門，入玄闕，拜天皇，受勑誨也”。按屈、宋用閶闔只言門，惟與帝閽開關相結合，遂啟天門之訓。其實天門之説，起自漢儒。《淮南子·墬形訓》“西方……閶闔之門”是也。又“皋稽閶闔，風之所生也”（即《史記·律書》之“閶闔風居西方”）。後此則《郊祀歌》、《大人賦》、《西京賦》、《霗光殿賦》、《大象賦》，以至劉向《九歎》，皆以天門名閶闔矣。戰國以前无是説也。按《説文》“閶，閶闔，天門也。楚人名門皆曰閶闔”（用段氏校説）。許君天門一訓，乃漢儒恒説，而楚人名門曰閶闔，則閶闔本意也。《吳越春秋》卷四子胥爲吳造大城，“立閶門者，以象天門，通閶闔風也”。《吳地記》“昌門者，吳王闔閭所作也，名曰閶闔門”。《孫權紀》注“閶門，吳西郭門，夫差作，以天門通閶闔，故名之”。諸説雖至不一其傳，足證閶闔乃吳楚間名門之通語，則無可疑。是閶闔本楚故言也。以音義求之，閶闔蓋即開合。閶從昌聲，有開義；闔則古書多訓閉也。闔本門扇（《説文》），即《月令》所謂“闔扇”是。《月令》“乃脩闔扇”，注云治門戶“用木曰闔，用竹葦曰扇”。或謂雙曰闔，闔，門也；單曰扇，扇，戶也。又《月令》仲春“脩闔扇”，孟冬“脩鍵閉”，服虔云“闔扇所以閉，鍵閉所以塞”。閶闔一作閶屆，《儀禮》又作屆。又古城門可舍，《吕氏春秋·行論》篇“乃爲却四十里而舍于盧門之闔”，則“倚閶闔而望予”，倚所舍止之門而望予也。

戶樹

《招魂》“蘭薄戶樹”，王逸注“樹，種也。言所造舍種樹蘭蕙，附于門戶外”。五臣云“言夾戶種叢蘭，又栽木爲藩籬”云云。注解牽連上下文雜亂言之，幾不成詞。按此段前言居室之美，中言池檻花木之盛，末言車騎之盛，“蘭薄”二句爲一段之殿，言居室外圍之象，不得更復言門戶。古言戶，皆指房室之門言。居室外圍，但當有門，不有戶也。以下斷之，則二句指籬言也，此當作一句讀。戶字亦作被字解。猶蘭薄未解，以爲蘭蕙之蘭。按蘭，兵架也。薄即樸木。詳蘭薄條下。此指室外羅列兵架以阻行人之制。古宮室外門必設屏障，阻内外，所謂樹塞門也。亦即禮家所謂之屏，所謂“邦君樹塞門”是也。江永曰“天子以應門爲正門，屏在雉門內，路門外”。又曰“樹塞門之制，在朝不在廟”云云。其制清人考之甚詳，與此戶樹義同而制不同，茲不贅。其在貴胄之立威儀者，門外多立兵架弩架，以防奸細，即《招魂》所謂蘭薄之屬，其義與樹塞門同而制則異。是戶樹者，謂兵弩架闑楷柱之木，依戶而立也，其外則繞以瓊木之籬落云云。

扈

《離騷》“扈江離與薜芷兮”，王注“披也”。披各本作被，披誤也。“楚人名披爲扈”。又《九辯》“扈屯騎之容容”，王注“群馬分布列前後也”，義與被同。《吳都賦》“扈帶鮫函”，劉注“楚人謂被爲扈”可證。《方言》四云“帗褵謂之被巾”，《廣雅》義同。王氏疏證謂“帗，猶扈也。被巾所以扈領，故有帗褵之稱”。按《説文》訓扈爲“夏后同姓，所封戰于甘者。在鄠，有扈谷、扈亭”，即有扈之扈也，故從邑。詳有扈條下。扈之訓爲被者，蓋聲借爾。《吳都賦》用帗，《方言》有帗字，則漢人依托新造，于古無徵也。按扈訓被者，當讀爲《儀禮·士喪禮》“幠用斂衾”之幠。《説文》“幠，覆也”。覆即掩襲而被之義，字亦借戶爲扈，即此文下文所謂“戶服艾以盈要兮”之戶也。詳戶字條下。

突

《招魂》“冬有突廈”，注云“突，複室也。廈，大屋也”。“廈一作夏”。五臣云“突廈，重屋”。《補》曰“突，深也”，於門切。《説文》“覆，地室也”，引《詩》“陶窶陶穴”。王注言複室，雖不必定爲鑿地鑿巖爲之，或即《左傳》之“窟室也”。《禮記·明堂位》有“復廟”，疏云“上下重屋也”。然上文言“層臺累榭，臨高山些”，則此指爲巖穴，于文理詞氣皆順。或取深邃之義，如今之曲房，爲冬溫室，故稱複室，亦可通。朱熹《集注》但本洪《補》引《爾雅》"東南隅謂之突"，與文義不相合，非也。又與窔同音，故又借窔爲之。《史記·上林賦》"巖突洞房"，《漢書》作巖窔。窔，深也，音杳。《廣韻》"東南隅謂之窔，俗作突"。《莊子·徐無鬼》"鶉生于突"，《齊物論》"宎者咬者"，宀穴又相近也。

幬

按《説文》"襌帳也"。宋玉《神女賦》"褰余幬而請御兮，願盡心之惓惓"。《招魂》與帷字連文，帷亦帳也。惟帷以圍四方爲主，故引申爲帷裳，《論語》所謂"非帷裳，必殺之"（車圍亦曰帷裳，見《詩·衛風》）是也。幬則多指有蓋之，形容字。《文選·寡婦賦》注引《纂要》"在上曰帳，在旁曰帷，單帳曰幬"，即其義也。字又作幬，隸定之異也。又作裯，始見于《玉篇》，魏晉以後省體字。古周、壽音同，故得相借。《爾雅·釋文》本幬作裯是也。裯即《詩·小星》之裯，箋云"床帳也"。引申爲覆蓋。《左》襄二九年"如天之無不幬也"，《禮記·中庸》"無不覆幬"皆是。又考與帷帳相涉之字，有常、裳、當（襠）匌、周、幢、幏（童容之衍）等字，皆舌頭舌上及尤幽與陽唐之變，古當爲同語根之變，而其初文可能爲尚尚者。《詩》所謂"塞向"之義，向爲北牖，則塞北牖曰尚自名變爲字。從北者象分別堵塞之義。因之尚有籠兆之義。常、裳皆啟義于自上籠下當，則自下堵塞，即瓦當本字。合參向、尚、當、常等自知之矣。

蘭薄

蘭，兵器架閣也。薄，讀曰簿，即鹵簿字。

《招魂》"蘭薄戶樹，瓊木籬些"，王逸注"薄，附也。樹，種也"。五臣云"木叢生曰薄"。"言所造舍種樹蘭蕙，附于門戶外，以玉木爲其籬落，守禦堅重，又芬香也”。五臣云“言夾户種叢蘭，又栽木爲藩籬以自蔽”。按洪無説，五臣申王義，皆未安。此文上言“步騎羅些”，下言以瓊木爲籬，則其爲守禦之具，叔師亦自知之，而突插入芳草户樹，不足爲禦，顯爲屈賦蘭蕙字面所欺。考《管子·小匡》“輕罪入蘭、盾、鞈革、三戟”，注“蘭，即所謂蘭錡兵架也。鞈革，重革，當心著之，可以禦矢”。張衡《西京賦》“武庫禁兵，設在蘭錡”。注“錡架也，受他兵曰蘭；受弩曰錡”。蘭之爲兵器架閣審矣。薄，武延緒曰“簿古叚借字。《漢官儀》‘天子車駕法從次第，謂之鹵簿。兵衛以甲盾居外爲前導，皆著之簿，故曰鹵簿’（餘詳下）。據此則蘭薄承上言侍從車甲之盛，不得又牽入蘭芷爲解也。户樹言兵衛當門而立也”，于文理詞氣，較爲順暢。上言以兵器架當門，如今馬架，置衙前外，人不得入也。户樹，武氏指兵甲衛言，自上文步騎悟入，亦自可通。但與蘭薄似稍隔越，户樹亦指兵蘭樹于每户之前也。

然蘭字何以爲兵器架？按蘭乃闌之借字，《説文》訓闌爲“門遮也”，引申爲凡有所阻遮皆得曰闌。《戰國策》“晉國之去梁也千里有餘，有阿山以闌之”是也。引申爲兵闌。《左傳》宣十二年“楚人惎之，脱扃”，杜注“扃，車上兵闌”。車上兵闌與門前闌一也。又分別文，則有欄字，字亦與蘭通。《漢書·王莽傳》“與牛馬同蘭”，即欄也。錡字，《説文》訓“鉏鋤也”，亦謂鉏禦于門路者也。又薄字武氏以鹵簿釋之，尚隔一間。薄當爲榑之借字。《説文》“榑，壁柱也”。《集韻》“弼碧切。户上木也”。引申之，則凡立于壁户間之木皆可曰榑。則蘭薄謂有兵架置兵，有木柱阻門。故下文曰户樹也。

楊

《九歌·湘夫人》“罔薜荔兮爲帷，擗蕙楊兮既張”，王逸注“擗，柭也。以柭蕙覆楊屋”。“擗，一從木，一作擘。楊一作樭”。五臣云“罔結以爲帷帳，擗析以爲屋聯，盡張設於中也”。洪興祖《補注》“楊，音綿，又彌堅切"。朱熹《集注》"㮰，音縣。擗，柎也。柎蕙以爲屋㮰聯也"。按《楚辭》㮰字僅此一見，王、朱、五臣皆以爲屋㮰聯是也。《説文》"橝，屋㮰聯也，從木，鼂聲"。大徐"武延切"。考橝即檐之異名，古籍除《九歌》外，未見使用者，疑亦楚語之一。檐之名十有四，橝其一也。詳"宇"字下。《釋名》卷五"楣或謂之槾。槾，綿也。縣連檐頭，使齊平也。上入曰爵頭，形似爵頭也"。《淮南·本經訓》"縣聯"，注"聯受雀頭箸桷者"，則橝又名爲縣，屋檐似縣也。餘詳"宇"字下。

又"擗蕙㮰兮既張"句，至可疑。㮰聯在堂不在房屋，上文已言"辛夷楣兮藥房，罔薜荔兮爲帷"，則已在室中矣。又罔薜荔以下，至"石蘭爲芳"，皆言室内陳設，此又突言堂㮰，其可疑者一也。又當句既言擗，又言張，雙動詞在一句中，不僅《九歌》無此句法，他書亦少見，其可疑者二也。然張字入韻，則擗字疑有誤。五臣以爲擗析，"以爲屋聯盡張設于室中也"。㮰聯亦非室中所及，此其三。又張字皆指張施，㮰非可以張設者，亦欠允，此其四。疑㮰字當從一本作槾，槾者堊壁也。《莊子·徐無鬼篇》所謂"郢人堊慢"是也。《孟子·滕文公下》言"毀瓦畫墁"，則以蕙墁牆，即壁衣也。故曰既張。上言爲帷，下言張墁，語亦相因。擗字誤，因上文薜字而衍。蕙墁爲室中之飾，與上下文皆調遂矣（又疑摼或爲幔之譌，幔亦帷之一，《説文·巾部》"幔，幕也"，是）。《孟子》"畫墁"，朱熹《集注》以墁爲牆壁之飾，當亦帷幔之屬，不然，無以畫也。此言蕙墁，當即以蕙爲墁而飾牆也。桂馥《札樸四》"㮰聯"條引《淮南·本經訓》"縣聯房植"，高注"縣聯，聯受雀頭箸桷者"，《釋名》卷五"楣或謂之槾。槾，綿也。綿連檐頭，使齊平也"。摘詞爲訓，扭合各説爲一，不問文義，失之至遠。

圉

《九歎·思古》"烏獲戚而騑乘兮，燕公操於馬圉"，王逸注"燕公，邵公也，封於燕，故曰燕公也。養馬曰圉。言與多力烏獲同車驂乘，令仁賢邵公執役養馬，失其宜也"。按《説文·羍部》"圉，囹圉，所以拘罪人。從口、羍。一曰圉，垂也。一曰圉，人掌馬者"。大徐"魚舉切"。段玉裁曰"羍爲罪人，口爲拘之，故其字作圉。他書作囹圄者，同音相假也"。一曰"圉，垂也"以下十二字，小徐本無之。按《韻會》引有之。且養馬一義，古籍用之者極多。《既夕禮》"圉人"；《周禮》叙官"圉師"，又"圉人"；《檀弓》"圉人浴馬"；莊三十二年《左傳》"圉人犖"；僖二十八年"誰扞牧圉"；襄二十六年《傳》左師見夫人之步馬者，問之"圉人"；《管子·小問篇》"管仲對曰'夷吾嘗爲圉人矣'"；《晏子》"景公使圉人養所愛馬"，其證至多，桂氏《義證》列之詳矣。《九歎》"燕公操於馬圉"，即用此義也。

廊

《九歎·憂苦》"偓促談於廊廟兮，律魁放乎山間"。按廊即郎之增益字。《逸周書·作雒解》"重亢重郎"。《漢書·董仲舒傳》"游于巖郎之上"，晉灼曰"堂邊廡巖郎謂嚴峻之郎也"，又《司馬相如傳》"陛下築郎臺，恐其不高"，師古曰"郎，堂下周廂"。廊即郎字，《玉篇》"廊，廡下也"，蓋漢人俗字也。《九歎》以廊廟合用，廊謂内朝堂廡之舍，與廟堂皆賢士與天子諸侯議政之所也。

藥房

《九歌·湘夫人》"辛夷楣兮藥房"，王逸注"藥，白芷也。房，室也"。又《九懷·匡機》"芷閭兮藥房"，王无注。藥房一詞，《楚辭》只此兩見，皆謂以白芷之香塗房，有近于後世之所謂椒房，參房字條下自明。

宇

《楚辭》宇字八見，凡分四義，皆屋宇一義之引申也。

（一）屋宇。

《招魂》"高堂邃宇，檻層軒些"，王逸注"宇，屋也"。又《哀時命》"霧露濛濛，其晨降兮，雲依斐而承宇"，王逸注"言幽居山谷，霧露濛濛而晨來下，浮雲依斐，承我屋雷，晝夜闇冥也"。此兩宇字，皆本義也。按《說文》"宇，屋邊也。從宀，于聲。《易》曰：上棟下宇。𡧤，籀文宇，從禹"。《詩·豳風·七月》"八月在宇"，陸德明曰"屋四垂爲宇"，引《韓詩》"宇，屋雷也"。叔師習《韓詩》，故《哀時命》注同。然屋雷與屋宇有異，不相等也。雷指承雨水之處，而宇則指南北兩翼（若爲四注屋，則指東西南北四面之屋翼最低處言，最低處言雷，不過其中一部也）。宇字最早見于《易·繫辭》"上棟下宇"。桂氏曰"《鄉射》說'五架屋之正中曰棟，次曰楣，前曰庪'，疏云'中脊爲棟，棟前一架爲楣，楣前接橝爲庪'，馥謂此即'上棟下宇'之說"。言之最爲明白。然宇爲屋翼下垂之邊際總名，其字從于者。凡從于之字，皆有展大義，屋翼至此開展最大，故稱曰宇。此自形以言之，其他則自德業實勢諸端，亦得以說明。故其別稱遂繁多不可理，凡《爾雅》、《儀禮》、《方言》、《說文》、《釋名》、漢賦所載約得十四名，一曰橑，二曰宇，三曰桷，四曰楣，五曰屋垂，六曰梠，七曰檽，八曰聯櫋，九曰檉，十曰庌，十一曰廡，十二曰樀，十三曰檐槐，十四曰庯，責其名實，大體皆各表一像，各舉一勢，各有所專。古籍所載，不外是矣。

漢以後多稱曰檐，至今俗仍通用之。《說文》"檐，槐也"。"亦名屋相，亦名連聯"（亦名以下八字，據慧琳《一切經音義》五十八卷引補，今本無之）。字亦作櫩，俗作簷，今俗間通行者檐與簷爾。

古建築有兩下四注之分，兩下者，南北有兩翼，而東西則爲兩牆也；四注者，四面皆有屋橑垂。故兩下爲二宇，四注有四宇，今俗則居室皆兩下，殿堂廟宇則多四注，故有東宇、西宇、南宇、北宇之名。屋制雖有多少之差別，而其名則同也。餘參屋字條下，及《中國古代木構屋各部名釋示意圖》自知。

（二）堂宇。

宇本屋橋聯下垂之專名，引申爲堂宇。《九歎·憂苦》"潛周鼎於江淮兮，爨土鬻於中宇"，王逸注"言乃藏九鼎於江淮之中，反炊土釜于堂宇之上"。此就上下文義而可斷知。《儀禮·特牲饋食禮》"主婦眡饎爨於西堂下"，又曰"饎爨在西壁"，注引舊説云"南北直屋，西壁堂之西牆"。屋梠即屋檐，南檐之北，北檐之南，爲西堂下。則爨在西堂下也。《儀禮》又云"几席兩敦在西堂"，又云"盛兩敦陳於西堂，藉用萑"，注云"盛黍稷者，宗婦也"。蓋宗婦爨黍稷，熟則盛于西堂之兩敦也。此爨于堂宇之的證。則堂宇本謂堂下之宇，依禮家言，蓋在西堂下也。又《淮南·覽冥訓》"鳳皇之翔至德也……而燕雀佼之，以爲不能與之爭於宇宙之間"。此宇字亦指堂宇言，非謂天地之間也。參下第四義。

（三）居室也。

宇本屋之四垂（或二垂），故得引申爲居室。《離騷》"何所獨無芳草兮，爾何懷乎故宇"，王逸注"宇，居也"。《九歎·怨思》"閔空宇之孤子兮，哀枯楊之冤鶵"，王注"宇，居也"。《九思·遭厄》"見鄩郢兮舊宇"，舊注"下視見舊居也"。古籍以宇字訓居室者至多，不備舉。此宇字一作宅，騫公《音》宅如字或宇音。

（四）天下也。

《九懷·陶壅》"觀中宇兮浩浩"，王逸注"大哉天下，難徧照也"。此以宇引申爲天下，秦、漢人自有此説。《吕覽·下賢》"神覆宇宙"，注"四方上下曰宇"。《三蒼》云"四方上下爲宇，往古來今爲宙"。訓詁字多用之，漢以後遂多承用。然宇宙連用，早見于《莊子·庚桑楚》"有實而無乎處者，宇也；有長而無本剽者，宙也"。此皆言邊際，未明指天地言也。《淮南·覽冥》"鳳皇之翔至德也……而燕雀佼之，以爲不能與之争於宇宙之間”，高注“宇，屋檐也。宙，棟梁也”，仍未擴大引申爲天下之義，此吾人所當知者。

（五）曠野也。

《招魂》“豺而得脱，其外曠宇些”，王逸注“曠，大也。宇，野也。言……其外復有曠遠之野，无人之土也”。曠野曰宇，曠宇即《莊子·逍遥遊》所謂“廣莫之野”也，宇即野之聲借字。屈、宋之世，宇字尚無天下一義，不得認爲曠宇即天下。

翠翹

《招魂》“經堂入奥，朱塵筵些。砥室翠翹，挂曲瓊些”，王注“翠，鳥名也。翹，羽也”。五臣注“又以翠羽相飾之”。《補》曰“翹，祈堯切，鳥尾長毛也”。自來説此者，大體本叔師義。按“砥室翠翹”句，在“朱塵筵些”之下，“挂曲瓊些，翡翠珠被，爛齊光些”之上，前後皆以筵席爲主，則翠羽所飾者爲何，皆不能實指。陳本禮以爲翹者，室之簷牙高啄，碧如翠羽，則忽即室外。且室在堂後，左右有房，其視簷即中霤所在。余舊説指翼角椽上之飛椽，較陳説爲有據。然既有承塵，而飛簷當在營，爲室中所不能見，雖仍未允，而已覺羽飾之無據矣。蔣驥以爲翠，翠鳥尾毛；翹，高出之貌，疑飾於床榻者也。王夫之以爲翹，找著壁上所以懸鈎；翠，黛飾也。兩説皆與筵席相連屬，于義爲長。蓋上文言入奥，奥者主人筵席所在之地，故下言“朱塵筵些”、“砥室翠翹”，亦因“朱”而即于室之色，且即于懸鈎之檽栈。曰砥室、曰翠翹、曰曲瓊，則鈎爲瓊玉之色。曰“翡翠珠被”，則被爲赤翠珠色之集錦。故下承之以爛，爛而不足，又足之以光。以下乃言壁飾、帷帳之飾，則多就物之質料言之。纂組成文，心細如繡，非善爲文者不及此，非善讀書者，亦不能體會其精美。

《招魂》“砥室翠翹”，王逸注“翠，鳥名也。翹，羽也”。五臣云“以砥石爲室，取其平也，又以翠羽相飾之”。洪興祖《補注》“《穀梁》

云‘天子之桷，斵之礱之，加密石焉’，注云‘以細石磨之’。翹，祈堯切，鳥尾長毛也”。按王逸以翠翹爲翠鳥之羽，釋字面無誤，惟與砥石連句，分成兩事、兩訓，似較難通。洪引《穀梁》“天子之桷，斵之礱之，加密石焉”，以訓砥室，至允。《尚書大傳》亦云“其桷，天子斵其材而礱之，加密石焉”，則砥室者，以天子之禮擬之。《招魂》本原以招懷王者，故得擬于王者之制，則翠翹者，疑桷椽之飾。《招魂》又云“仰觀刻桷，畫龍蛇些”，則桷有飾可知，翠翹疑即桷之特爲翹然者，當即《説文》“屋梠之兩頭起者爲榮”之榮。蓋檐之東西兩頭起者謂之榮。榮者爲屋之榮飾，或謂之屋翼，言其軒張如翬斯飛耳。《考工記》殷人爲“四阿重屋”，注曰“四阿，若今四注屋”。殷人始爲四注屋，周制天子諸侯傳爲殿屋四注，卿大夫以下但爲夏屋（詳李如圭《儀禮釋宮》）。天子諸侯殿屋四注，則東西南北皆有榮。《招魂》本招懷王，故得以四注屋擬之。翠翹者正謂四榮之翹而益高者，而以翠緑之色飾之，故曰“砥室翠翹”也。《楊雄傳》所謂“抗浮柱之飛榱欀兮”之飛榱，又如《文選·西京賦》所謂“反宇業業，飛檐轈轈”者，則椽之飛翥之象也（《文選注》“凡屋宇皆垂向下，而好大屋飛邊，頭瓦皆更微反上，其形業業然，檐板承落也”，此翹屋檐者也）。大體在屋檐四角轉角處（轉角有平座轉角與轉角二種，平座則不翹檐）。大約即唐宋人營造所謂“翹飛檐”，即翼檐之“檐當”也。圖之如下（借用《營造法式》卷三十附十一圖，已足資説明）。

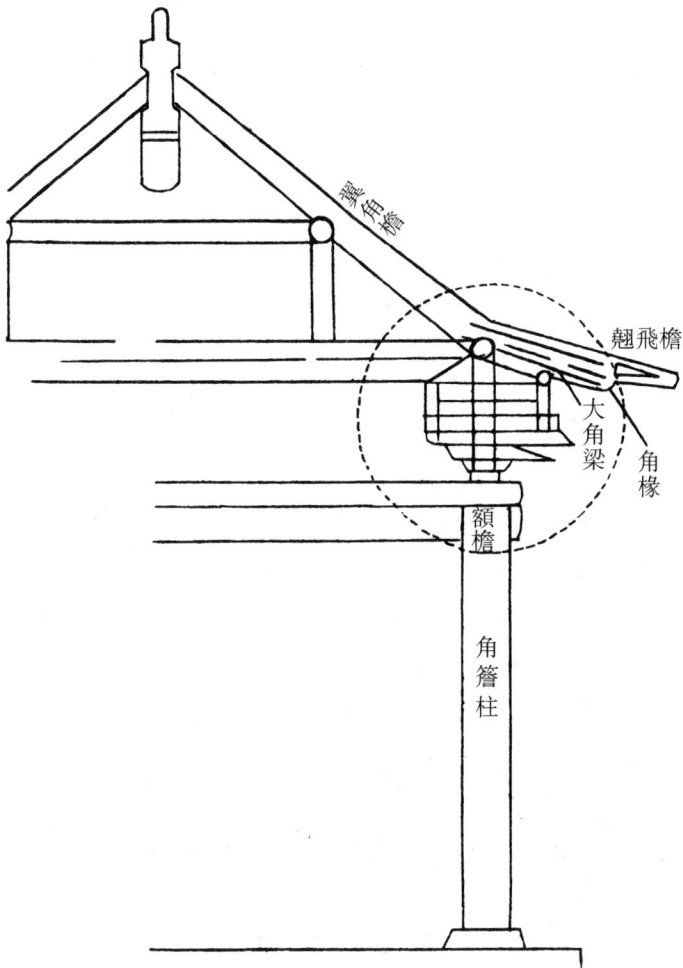

離

離字《楚辭》五十六見，離婁爲人名及離騷、離慜、離披、離畔、離別、別離、離合、離離等，或爲聯語，或爲熟語，皆已各詳外，其餘略分二大類。又各依文義，而爲引申，一則爲離別，二則爲遭遇。（一）訓離別者。除離別或別離複合詞外，如《離騷》"飄風屯其相離兮"、

"何離心之可同"，《九歌·國殤》之"首身離兮心不懲"，《天問》之"陽離死"，《九章·哀郢》"民離散而相失兮"（《天問》少離散亡之離訓遭，與此異），《惜誦》之"反離群而贅肬"，又"離心"，《悲回風》之"節離"，《遠遊》之"離人群"，《招魂》之"離散"，《思美人》之"離異"，《九辯》之"生離"、"離芳藹"，《惜誓》之"離四海"，《七諫·自悲》之"離群"，《天問》"離故鄉"，《七諫·哀命》之"離散"，又《九懷·通路》之"離所思"，《九歎·憂苦》之"心未離"，又《怨世》之"國家離沮"，有就形質而言者，有就事象而言者，亦有就心理狀態而言者，其對象所指雖異，而狀其分離散失之義則同也。（二）相依著也，遭也，列也，皆即羅一聲之變，支歌對轉也。《山鬼》"思公子兮徒離憂"，《天問》"卒然離蠥"，《惜誦》"紛逢尤以離謗兮"（《七諫·沈江》亦用"離謗"），《招魂》之"长離殃而愁苦"（又見《九歎·惜賢》）。"離尤"一詞亦恒見，《離騷》云"進不入以離尤兮"。此外又見《七諫·愍命》、《九歎·逢紛》、《怨思》。又《沈江》言"離憂"，亦與離尤義近。亦見《九歎》"離世"，《招魂》言"離不祥"，《沈江》言"離畔"，《怨世》言"離罔"。（三）列也，附也，麗之聲借。《招魂》"離榭修幕"，王逸訓離爲列。凡少附麗者，以爲同列，故列亦麗之引申也。《易·序卦傳》"離者，麗也"、"疇離祉"，注"附也"。《禮記·曲禮上》"離坐離立"，注"兩也"。《詩·漸漸之石》"月離于畢"，義皆同此。

《招魂》"離榭修幕"，王逸注"離，別也。修，長也。幕，大帳也。言願令美女於離宮別觀帳幕之中"。按叔師訓離爲別，與下修幕爲對文。修訓長，故離訓別也。離榭本非正寢正室正宮，屬于別室別宮之列，然離不得言別離，乃疏窗闓明之榭。離即麗之借字，麗以㸚爲本字。《説文》"㸚，其孔㸚㸚"。《説文》"廫，屋麗廫也"，用麗字。《莊子·徐无鬼》有"麗譙"，皆指樓觀。則離榭者，謂牖户有疏櫺闓爽之榭臺，猶宋玉《風賦》之所謂蘭臺。離、蘭亦一聲之轉也（參章炳麟《小學答問》）。榭字詳榭字條下。

厞側

室中西北隅，爲一室最隱處，婦人所居之地也。

《九歌·湘君》"隱思君兮厞側"，王逸注"厞，陋也。言己雖見放棄，隱伏山野，猶從側陋之中，思念君也"。洪興祖《補注》"隱，痛也，《孟子》曰'惻隱之心'。厞，符沸切，《説文》'隱也'"。朱熹《集注》"隱，痛也。厞，隱也。側，不安也"。按厞側一詞，叔師以爲側陋，洪、朱以爲惻隱，一就地言，一就心情言。俞樾以厞側即悱惻，申洪、朱義也，（俞説見《雜纂》第二，以爲厞讀情悱之悱，側讀惻隱之惻。）雖可通，而失實。厞即厞字（《玉篇·厂部》、《説文繫傳》十八，并引作厞）。古從𠂤之字，多與從厂通也。《禮·喪大記》"甸人取所徹廟之西北厞薪"。《儀禮·士虞禮》"設於西北隅厞用席"，《饋食禮》"几在南厞"，注"厞，隱也"。又"有司徹饌於室中西北隅南面，如饋之設右几，厞用席"，注"厞，隱也"。側即筞之借字。西北隅謂之筞，筞者側也，即禮家之所謂屋漏。此言思于西北隅厞隱之側也。古宮室之制，堂後爲室，室兩旁爲東西房，室中西南隅謂之奥，西北隅謂之屋漏，東南隅謂之突，東北隅謂之宦。奥爲最尊之處，夫之筵席設焉。其婦之席，則稍北于夫，近屋漏處，此正婦人居念君子之所也。古寢之室，爲退私之所，西北隅爲室最奥深處。此文所思爲湘君，或借喻爲懷王，如叔師説，可不必深究。而痛思不得在堂，則至明。叔師以山野釋之，則所關只于懷王，以屈原已放于野。然此乃指湘君，何得以山野爲詞！故當言在室之思，且思者爲湘君，而思之者爲湘夫人，更无野思之理。故廢舊説而探其義如此。兮字作"於"字解。下女言湘夫人正思念君于室之筵席之地也。

附

室西北隅謂之屋漏，《詩·抑》所謂"尚不愧于屋漏"是也。

亦謂之扉，見《士虞禮》及《特牲饋食禮》注云"扉，隱也"。

人君左右房，大夫士東房西室而已。室中西南隅謂之奧，東南隅謂之窔，西北隅謂之屋漏，東北隅謂之宧。

房中半以北曰北堂，有北階。《儀禮釋宮》"北階，《顧命》謂之側階，側者特也"江氏增注。"《士冠禮》側尊一甒醴"，鄭注側猶特也，無偶曰側，北堂惟東房有之。蓋東房無北壁，故曰北堂；西房之北有壁，則不得有堂。無堂則無階矣。故北堂惟一階，取特一之義，而云側，異于前堂之有兩階也。

穴

按穴字《楚辭》用爲岩穴、穴居者四見，《招隱士》之"虎豹穴"指虎豹之居外，其餘三見皆指人伏處岩穴之義。考古初人類皆曾穴居，其制大概爲二：一爲就地掘爲大陷，上稍收斂其口，設踏步以供上下，此爲地穴；一則就山岩側，掘使上有所覆，外小而内大，此即所謂巖穴或洞穴。洞穴有因天然或懸崖爲之者，亦有人爲加工，或全部人爲之者，即所謂"因崖成室"之洞穴也。如周口店龍骨山之猿人洞穴，據發掘專家報告，高約一米，寬約三十米，則可供一群人居住。至地穴，則有如山西萬泉縣荊村新石器時代之袋穴形，如圖。河南洛陽市澗西新石器時代之袋穴，如圖。如河南陝縣廟底枸仰韶文化，西安市半坡村仰韶文化遺址，皆可考見其遺制，固近時國内考古工作者所經常報到之事，吾人自各種考古雜志皆可得其證據，无庸詳述。《考古》一九六一年十一期《滻灞兩河沿岸古文化遺址》一文中第

耕土

白灰台　　剖面

坑口線　　坑底線

二段，房屋遺迹，對仰韶、龍山兩文化之房屋，有簡要説明可參。後世一切木構建築之宮室，皆就此發展而成（參宮、室、堂、榭、樓、臺等條）。即宮室之建築完成後，地穴之居已漸消滅（或如《左傳》所記以作藏酒食器物之用。參窟字條下），而自然岩穴可避風雨，遂爲貧苦人民或隱遁之人所寄居。《天問》云"厥嚴不奉帝何求，伏匿穴處爰何云"；《七諫·哀命》之"穴岩石而窟伏"；《九思·怨上》之"倚此兮巌穴"，皆指逃遁之士所居而言。

穴上皆構木結草以避風雨，中有通明之處以受光，草四面或二面被之，遂成後世四注或兩下屋之基本結構。試附半坡一書之三圖於下。

第一號大長方形房子復原圖

第四十一號長方形房子復原圖

第二十四號方形房子復原圖

窔

本義爲空，《哀時命》引申用爲甀空字，又專字作甀。

《哀時命》"璋珪雜於甀窔兮"，王逸注"窔，甀土孔"。洪補"音攜，又音竈。《淮南》云'弊箄甀甀，在袀茵之上'，注云'甀，甀帶，音竈'"。按窔字《說文》訓"空也"（從小徐。大徐曰"甀空也"。蓋即據《楚辭》此語而補之，非也）。窔爲凡空之稱，甀空乃其一端，非窔專爲甀空也。洪補引《淮南》"甀甀"，則以甀爲之。甀，窔一韻之變也。《玉篇》又有甀字，并音近，皆後起專字也。窔即窫若窊之別構。《淮南》"弊箄"之箄，則爲甀之隔板。詳甀字下。又按窔之本義當爲空下，餘杭章先生《文始》四曰"初文有井變易爲阱，陷也；爲寂，阬也。此二字同……孳乳爲嶔，谷也；爲陘，山絶坎也；爲瀯，深池也。對轉支瀯爲洼，深池也。此二又孳孔爲窔。《呂覽·任地》曰'子能以窔爲突乎'"，謂空處窔下也。爲窪，清水也，一曰窌也。敷與旁達，得其俞脈矣。

九關

《招魂》"虎豹九關，啄害下人些。一夫九首，拔木九千些。豺狼從目，往來侁侁些"六句，蔣驥云"豺狼從目，言此九首之夫，從目直視，如豺狼也”。郭沫若云“豺狼從目，往來侁侁些，應移植在一夫九首，與啄害下人些之間，殆是脱簡錯亂”云。大足徐永孝云“按虎豹九關，九通糾（武延緒已如此説），謂九首之夫，如虎豹之糾察關門，啄害下人，又如豺狼之從目直視，往來侁侁。一夫九首，拔木九千二句，貫串上下各二句，亦如《離騷》之‘覽察草木其猶未得兮，豈珵美之能當’二句，亦貫串上二句‘户服艾以盈要兮，謂幽蘭其不可佩’，與下二句‘蘇糞壤以充幃兮，謂申椒其不芳’，又如《涉江》‘忠不必用兮，賢不必以’，亦貫串上二句‘接輿髡首兮，桑扈臝行’，與下二句‘伍子逢殃兮，比干菹醢’。楚人之辭，自有此例，如知此例，則非錯簡。蔣驥知貫下二句，而不知尚貫上二句。九首之夫，既可以如豺狼，又何嘗不可以如虎豹”。按武、徐解九關爲糾關，及下文九首之夫，皆是也。關者，天地交界之處，設關以守之。九首之夫，即關人也。故勸其天上天，言第一界關，即可怖如是也。詳關字條下。

九約

九約一詞僅《招魂》一見，此爲招魂之一大故，歷世説者皆不審文理詞氣。按此與上文虎豹九關同義。洪補引五臣云“關鑰也”。當于下詳之。歷世屈説，兹分析之。

《招魂》“土伯九約，其角觺觺些”，王逸注“土伯，后土之侯伯也。約，屈也；觺觺，猶猜猜，角利貌也。言地有土伯，執衛門户，其身九屈，有角觺觺，主觸害人也”。“觺，一作嶷”。五臣云“觺觺，銛利貌”。洪興祖《補注》曰“觺音疑，又牛力切”。按歷世釋土伯九約者，土伯无異説，叔師之言近之；九約則異説至多，約分四義。

（一）以九約爲身九屈，此申叔師訓約爲屈之義也。按《説文繫傳》云“土伯九約，謂身有九節也”，九節與叔師九屈義近。

（二）以屈爲尾之借字，則九約即九尾也。李小湖言之，而朱蘭坡詳之。李小湖《好雲樓初集》卷十八云“王逸注‘約，屈也’，《選》

注本之。琇按屈當作屆，《玉篇》云短尾也"。張雲璈《選學膠言》卷十四引盧文弨説與李氏同。張氏辯之曰"雲璈按《説文》屆訓無尾。既云無尾，則不得言謂。屆之説未的，注中明云其身九約。蓋九屈者，言土伯長身如龍蛇，可以盤屈處有九耳。其身爲龍蛇之形，故又言其角觺觺也"。張氏仍主九節之説者也。朱蘭坡《文選集釋》曰"畢沅説同（與盧文弨説同也），而引《玉篇》'短尾也'爲證，并疑《説文》'屆，無尾也'無字誤衍。段氏於《説文》，則以短尾釋無尾之義。據《韓非子》'鳥有翢，翢者重首而屈尾'。高注《淮南》云'屈讀如秋雞無尾屈之屈'。郭注《方言》隆屈云'屈尾'。許注《淮南》'屈奇之服'云'屈，短也。奇，長也。凡短尾曰屈。引申爲凡短之稱。山短高曰崛，其類也。屈蓋屆之隸變'。如段説，則《説文》之無尾，即短尾也。余謂《爾雅》'鶌鳩'郭注以爲'短尾鶌'字從屈，蓋因其尾之短，故有鶌名。是屈爲短尾信矣。而稱約者，《吕氏春秋·本味》篇'旄象之約'即此約字。畢氏言'今時牛尾、鹿尾皆爲珍品'，是其例也。此處王注'其身九屈'，正謂其身九尾。與《西山經》'陸吾之神，虎身而九尾'一致。又《酉陽雜俎·廣動植》云'海間生屈龍，屈龍生容華'。屈一曰尾，亦屈爲尾之一證。張氏《膠言》乃云'土伯長身如龍蛇，可盤屈處有九'，觀《吕覽》可知其非也"。（坿）案梁氏玉繩謂象尾不聞與牛尾並稱珍美。明謝肇淛《五雜俎》卷九"象體具百獸之肉，惟鼻其本肉，以爲炙，肥脆甘美"。約即鼻也。然約之爲鼻，殊無所據。按朱氏申叔師約爲屈之義，可謂詳明。

（三）以約爲獸肉味美之義。亦見上朱蘭坡别引畢沅説，以爲讀約爲《吕覽·本味》篇之約，"爲肉之美者，猩猩之脣，……旄象之約"以釋約，則别具一解。朱氏混言之，使釋義不明，則自信未專，躊躇兩可之論也。且《招魂》此段，明言土伯之可畏，以人爲甘美，而非土伯有可甘之肉，故曰"歸來，恐自遺災也"。則所引爲文不對題。

（四）俞樾《俞樓雜纂》二十四，以爲觖之假借字。其言曰"注曰'約，屈也。其身九屈'。愚按王氏解九約殊不成義。疑約乃觖之叚字，字亦作觖。《説文》云'觖，調弓也'，非其本義。《廣雅·釋詁》觖

‘出也’，其字從角從弱，其本義當為新出之角。土伯九觕，其角觺觺。九觕即謂九角也。作約者，以音近而通用。《左傳》‘齊國弱’，《公羊》作‘酌’。約之通作觕，猶酌之通作弱矣”。近世之爲《楚辭》者，多本四說而引申之，其實皆无當于文義，就字之形義立說，皆有一偏之見；就文之表意言，則皆未能愜心當意。按斯四說者，用心極艱苦，言之極蹇吃，而于文理詞氣，實不相協。通讀二《招》，而誤九約四句與上文九關四句，義理意象實無差殊。九關言糾察關門，戰國以來有關尹、關令尹、關人之屬，所以稽疆界行人者也。此以人世比擬天庭爾。五臣以關鑰釋關，則鑰亦關也。然古多用關而少用鑰。考鑰即《說文》𨶑字，“關下牡也。從門，龠聲”。《方言》五言户𨶑，關東謂之鍵，關西謂之𨶑。《廣雅·釋宫》“投謂之𨶑”。《孝經》注“開人閨𨶑”。朱駿聲云“𨶑者以直木上貫關，下插地者也”。古不用金，凡𨶑皆木爲之，後世以金，故鎖鑰遂從金作矣。或借籥爲之，《楚語》云“爲之關籥藩籬”，《金縢》“啟籥”，《月令》“慎管籥”，皆是也。又就字形而論，則九約之約，從勺，古以勺與以龠之字，或相貿，夏祭曰禴，《詩·小雅·天保》禴祠烝嘗，《釋文》“禴，一本作礿”，蓋勺、龠同部又雙聲之變爾。相金和將去敦煌卷子本《即韻》部二九一，瀹字云“又作汋”，皆其證。又以字義定之，則《說文》“約，纏束也。從糸，勺聲”。大徐“於略切”。《玉篇》“約，束也”。凡可約束，則必有度量，故引申爲約契約劑。又纏束必纏繞，故亦引申爲繞。今滇黔湘西之間人，言以繩度圓曰約，以手圍物而度之亦曰約，引申則俱量物亦曰約矣，皆稽徵之義也。叔師知約之有圍繞屈曲之義，而不知稽徵亦約耳。《莊子·天地》“皮弁鷸冠搢笏紳修以約其外”之約束也，此與上句“趣舍聲色，以柴其内”之柴對文。柴，塞也。柴約猶阻塞也。故約有關塞之義矣。則九約者，亦猶曰九關，故土伯九約與虎豹九關義實相同，殊无其他大義趣也。凡關徵必有契據，斯所以爲察也。故五臣注云虎豹九關，以“關鑰”，則約本同族字。約通名，鑰則大別名矣。文字馳驟之途，闓非屈說無以得其仿佛。古義未明，故說者遂多紛歧之論矣。

次

次字《楚辭》六見而分作三義：一爲本義舍也；二爲茨之借字，聚也；三爲次且不前也。

（一）舍也。按《説文》"次，不蒞不精也"，段玉裁注"不蒞不精皆居次之意也"。此即次舍之本也。《離騷》"夕歸次於窮石兮"，王逸注"次，舍也。再宿爲信，過信爲次"。言己所居在湖澤之中，衆鳥舍止我之屋上。又《天問》"出自湯谷，次于蒙汜"，王逸注"次，舍也。言日出東方湯谷之中，暮入西極蒙水之涯也"。又《九章·懷沙》"進路北次兮"，王逸注"路，道也。次，舍也。言己思念楚國，願得君命進道北行，以次舍止，冀遂還歸，日又將暮，不可去也"。又《思美人》"遷逡次而勿驅兮"，王逸注"使臣以禮，得中和也"。洪補云"遷逡，猶逡巡，行不進貌。再宿爲信。過信爲次"。按次訓舍者，市廛之所聚，其中主觀、台、亭、閣以統之，周官謂之次。《周禮·司市》曰"上旌於思次，以令市，市師涖焉，而聽大治大訟；胥師賈師涖于介次，而聽小治小訟"。次，市中候樓也。思次，若今市亭也。介次，市亭之屬，則小者也。行旅之所出，當其交爲傳舍，以頓止之。《周官》謂之路室候館，《周禮·遺人》曰"凡國野之道，十里有廬，廬有飲食；三十里有宿，宿有路室，路室有委；五十里有市，市有候館，候館有積"，説曰"廬若今野候徒有庌也，宿若今亭之有室也，候館樓可以觀望者也"。

（二）次，茨之借字，聚也。《九歌·湘君》"鳥次兮屋上，水周兮堂下"，王逸注"次，舍也。再宿曰信，過信曰次"。按王以過信曰次釋次，于詁訓爲有據，然于文理詞義覺過屈。鳥次屋上，與《湘夫人》"鳥萃兮蘋中"，句法正同。且兩文相對成意，則此言鳥次，彼言鳥萃，正對舉之句矣，則次猶萃也。考《廣雅》"茨，聚也"，次當即茨之借字。

（三）次即次且不前也。劉向《九歎》"斷鑣銜以馳騖兮，暮去次而敢止”，王逸注“次，舍也。止，制也。言車敗馬奔，鑣銜斷絶，猶自馳騖，至於暮夜乃舍，無有制止之者也，以言人臣一去，君亦不復得拘留也”。按依《章句》説，與子政原句義不相應，然與上下文理詞氣定之，則王説大致可信。則暮去句，必有訛誤。其中主要之詞，可能“敢”字爲“不”字之誤，故王以無有制止説之。又王以“暮夜乃舍”釋“去次”，亦不可通。一本“去”作“者”，亦不詞，則“去”字亦有誤。次訓舍，與上下文詞氣亦不甚順適。按去字或當作造字之誤，形相近也。造次見《論語》“造次必于是”。《釋文》引鄭注云“造次，倉卒也”。《説文·走部》“趑”字訓云“倉卒也”。趑即赽之異文，赽又次之後起字。《易·夬九四》“其行次且”，《釋文》曰“次，本作趑。《説文》及鄭注作赽，馬云‘却行不前’。且，亦作趄，馬云‘語助’”。則次且爲次之長言，造次爲雙聲之變。其主要之音，乃一次字而已。次者，造次、次且、卻行不前，或倉卒難進之義。車敗馬奔之時，已入暮，其行至難，故只得倉卒卻走而不敢止，此正日夜奔馳之義。若作舍解，則入暮可舍止，奔馳之象，或至斷鑣折銜歟？別詳次且條下。

築

《離騷》“説操築于傅巖兮”，又《九歎·怨思》“破荆和昌繼築”，王逸注“築，大杵也。言破和氏之璧，以繼築杵而舂，敗玉寶，失其好也”。按《説文》“築，所以擣也”。《左傳》宣十一年“畚築”，疏“築者，築土之杵”。《史記·黥布傳》“身負版築”，注“杵也”。別詳版築下。

民

《楚辭》全書用民字，凡十見。在屈原賦中，義與常語人字相同。屈原亦人中之一，故又借代以自指。自王逸、朱熹、洪興祖諸家，皆多以人民之義釋之，多不能與上下文相貫，籐葛至多，至戴震糾彈王逸"終不察夫民心"以爲萬民，《文選》以爲家人之説出，澄清誤説，順理成章矣。按"終不察夫民心"，謂不察人心，通上下文繹之，則民字正屈原自民也。"終不察夫民心"與上文"荃不察余之中情"同義。故下文立即接以"衆女嫉余"、"謡啄謂余"兩句兩余字，即含在不察民心之民字中，又例"長太息以掩涕兮，哀民生之多艱"，民生亦通言人民，此中亦有原在。故下句即緊接"余雖（惟）好修姱以鞿羈兮"二句，戴氏釋之曰"槩言民生多艱，所以自慨也"，最爲允當。凡上下文有余、吾字，皆屈原自言，則民字皆自況之義。餘如"民生各有所樂兮，余獨好修以爲常"；《九章·懷沙》"民生稟命……余何畏懼兮"。由此推之，則《哀郢》之"民離散而相失兮……甲之朝吾以行"，《抽思》"覽民尤以自鎮"（自者屈原自我也），皆是此義。其有與上義稍別，但作常語之"人"字解，而不包含屈原自己在中者，則《離騷》之"相觀民之計極"，《大招》之"德譽配天，萬民理只"，上下文皆无余字，而又爲通指衆人之詞，无屈原自民之義，直用作常語之人字解。按民字古作𠁣，《説文》訓爲"衆萌"，言民衆愚昧如萌芽也。以聲義説本義，非其朔。王筠以爲民與臣衆屈服之形，説與甲文妙合。蓋指古代社會組成中，非官員之最下層民衆而言，大略包括農人、工人、商人及城市之自由人（即《詩》、《左傳》等書所謂國人，其中亦包括士一階級），遂漸成其爲人民、民衆之民矣。戰國諸子用民字皆然，南楚如《老子》、《莊子》亦同。又按甲文无民字，凡表身份低賤之人，則曰從若衆（詳衆字下）。民字之見于《商書》以前者，凡二十八次，他書或引作人，石經亦多作人。《虞夏書》爲戰國前後依古史古傳説綴合而譌托，其有民字，不必具論。《商書》以《盤庚》爲中點，《盤庚》多用衆字，其他各篇用民字處，可能有兩義：一則與甲文衆字同義，指農奴及虜隸之屬；一則作爲具體之人而言，此正保存殷人之舊習也。其身份則在百官與士夫之間，與周初使用情況大致相同。凡此等處，或則可以衆字代之，或則可以人字代之，與孔子《論語》以後至戰國初期一段時間對民之概念，大不相同。考民字之使用，實際應自《周書》始，而金文中亦出現大量民字，余昔疑民乃周初人稱其百姓里君以下无官階之自由民。《洛誥》、《康誥》、《召誥》、《大盂鼎》等稱四方民，《多士》、《多方》稱四國民，此等民字含義至爲廣泛。《康誥》言“民情大可見，小人難保”。《无逸》以小人與庶民對舉，他如《洪範》、《酒誥》、《君奭》、《吕刑》等人與民之對稱，及全部《周書》之百二十八個民字之使用，細繹上下文，則此等民字所含之義，大概除百官以外之人皆可曰民。民實含有无官職之士，及一切自由民、農民等身份之人。而稱殷民之處，細爲統計，經常指貴族出身之士民。而《洪範》謂“凡厥庶民，有猷，有爲，有守”、“筮從，卿士從，庶民從”，《洪範》、《多士》、《君奭》等篇之“俊民”，《大誥》之“獻民”（即賢民也），《康誥》于百工之後有“播民”，《酒誥》言“監于民”，《召誥》言“古先民”，《召誥》又有“友民”、“雠民”等稱謂，他如有關政治施設之“作新民”（《康誥》）、“義民”（《康誥》）、“裕民”（《康誥》）、“保民”（《梓材》）、“惠民”（《无逸》），與及“民祇”、“民德”、“民彝”、“民命”、“民極”、“民主”、“小大民”（《无逸》），吾人不可能以此等對民之態度，體民之精神，視民之作用，政治之設施，對民之稱謂，乃至《无逸》之“小大民”等，而細繹之，則民之身份，不得以農民限之，更不得以奴隸衡稱。殷後之六族七族等貴族之後曰“獻民”、“殷民”，則民字在周初之使用範圍，必已及于士一階級以上，皆在其中。吾故曰周初之民字之内含，大約爲百官以外，自士一階級至一切自由民之通稱。至《論語》則此字含義乃固定爲一種人之身份。昔毛奇齡于《聖門釋非録》中，論“民可使由之”之民字，因謂“夫此一民字，即《周官》九職任民之民，其事即九職任事之事。如三農、園圃、百工、商賈以及虞、衡、藪牧、嬪婦、臣妾、閑民皆民也。三農生九穀，園圃毓草木，百工飾八材，商賈通貨賄，皆事也……”云云。故統計《論語》一書中，三十九見之民字，其身份依政治言，爲被統治之人；以生産關係言，爲被剝削之階級（依趙紀彬君《論語新探》所言）。此自子家論證區分，辯章事物必然應有之專用術語。屈子使用此一字，以作自我之代稱，以作自然人之代稱，其範圍似更擴大，而與人字相當，亦自是文家一家之私言，亦未必即可代表一時代之風習者矣。然其發生發展之跡，固不可不詳審者也。故牽連及之，而述説如是。

羣衆

《七諫·初放》“羣衆成朋兮，上浸以惑”，王逸注“羣，一作群。上，謂君也。言佞人相與羣聚，朋黨成衆，君稍以惑亂而不自知也”。按羣衆今恒語，然先秦詞義與今稍異，今已融合爲一詞，先秦則謂一羣之衆也，其内含有大小廣狹之殊，衆人義有衆小人之義。參衆一條下。與群黎（見《詩·小雅·天保》“群黎百姓”）、羣匹（《詩·大雅·假樂》“无怨无惡，率由群匹”）、群生（《周語》下“儀之于民，而度之于群生”）、群小（《詩·邶風·柏舟》“愠于群小”）等詞，比照其性質，只能是形名相屬之複合詞，至其使用上則無大差別。羣衆成朋者，言一羣之衆亦成爲朋黨。此詞先秦已見。《荀子·勸學》“群衆不能移也”，又《富國》“功名未成，則羣衆未縣也。羣衆未縣，則君臣未立也”。漢以後用之者益多矣。

衆女

此屈賦喻詞之一。《離騷》“衆女嫉余之蛾眉兮，謡諑謂余以善淫”，王逸注“衆女，謂衆臣。女，陰也，無專擅之義，猶君動而臣隨也，故以喻臣”。洪補引《反離騷》云“知衆嫮之疾妒兮，何必揚纍之蛾眉”，此衆嫮亦即此衆女也。屈子以衆字指一般衆庶，曰衆人、衆兆，各有所喻；衆女，則以喻在朝之衆臣。古人以夫婦男女喻君臣者至多，此亦一例。參衆字條。

下袡

《九歌·惜命》"逐下袡於後堂兮，迎宓妃於伊雒"，王逸注曰"下袡，謂妾御也"。俞樾《讀楚辭》（《俞樓雜纂》第二十四）"愚按下袡未知何義，洪氏《補注》曰'《集韵》袡音秩，祭有次也'，則亦與妾御何涉乎？《説文》、《玉篇》均無袡字，袡疑袡字之誤，即裛字也。裛從衣，失聲，變而爲左形右聲，又誤衣旁爲示旁耳。下袡即下陳也。《廣韵》陳，直珍切；裛，直一切。陳與直雙聲，裛與直亦雙聲，故陳得轉而爲裛。世人習見下陳，罕見下裛，王注之義，遂不可曉矣"。按俞説袡爲袡字之誤是也。古以衣服差次貴賤，如褐爲短衣，勞人之服，卒爲兵卒之服，則下袡爲賤妾之服，此自子政新鑄之詞，故不見漢以前人用之。至俞氏又以下陳爲下袡，下陳亦史公詞耳。皆漢人新鑄，比其義類可也。言袡、陳音同，遂以袡爲陳之轉，則殊侉張。

夫君

《九歌·雲中君》"思夫君兮太息，極勞心兮忡忡"。此夫君蓋雲中君思念東君之詞也。《九歌》"雲中君"與"東君"爲配偶；東君日神也，則雲中君月神也。此正女思男之詞，爲千古所習聞。夫讀如字。又《九歌·湘君》"望夫君兮未來，吹參差兮誰思"。王注不明，依二《湘》詩義，湘君爲舜思湘夫人之詞，則夫君當指湘夫人。以夫君作男對女之詞，古籍似少此用法。其實此如佳人一詞，世以爲指女，實即《詩》之子國子佳耳。古稱人尚无後世劃分之嚴，則夫君亦可指女言之矣。胡鳴玉《訂譌雜録》，亦以此二字本通稱，俗但知婦目所夫用耳。此如晉人我不卿卿之比耳。以君稱婦人，戰國以前至多此例，小君、太君不一而足。至唐人則友輩亦曰夫君，孟浩然有"衡門猶未掩，佇立望夫君"之言，皮日休詩"病中無用霜螯處，寄與夫君左手持"，皆稱友人者也。

佳人

佳人一詞，三見屈子各文。一見《九歌，湘夫人》"聞佳人兮召予"，王逸、朱熹以此佳人指湘夫人。又《九章·悲回風》"惟佳人之永都兮"，王逸謂"佳人，謂懷襄王也"，朱熹以爲"佳人，原自謂也"。《悲回風》又云"惟佳人之獨懷兮"，王逸注以爲懷思，則指屈子自言也。按王注有可商。《湘夫人》之佳人，當指湘君，而召予之予，則夫人自謂也。《悲回風》之"佳人永都"，王釋都爲都邑，雖至可笑，而以佳人指懷襄，則于文義體會至確。至"獨懷"以爲屈子自喻，亦允當。皆各隨文申説，細體文情，自能知之。佳人古皆以指男子，《説文》"佳，善也。從人，圭聲"。其實當爲形聲兼會意字。圭者，男子之所執。詳佳字下。引申之，則婦人稱其夫曰佳人，即《湘夫人》篇所喻是也。亦可省言佳，"與佳期兮夕張"是也。皆詳佳字下。

矇瞍

《九章·懷沙》"玄文處幽兮，矇瞍謂之不章"，王逸注"矇，盲者也。《詩》云'矇瞍奏公'。章，明也。言持玄墨之文，居於幽冥之處，則矇瞍之徒以爲不明也。言持賢知之士居於山谷，則衆愚以爲不賢也"。洪補云"有眸子而無見曰矇，無眸子曰瞍"。寅清案《史記》无"瞍字"，當刪，與下句"瞽以爲无明"句對文。

國人

《離騷》"國無人莫我知兮"，王逸注"以楚國无有賢人知我忠信之故"。按春秋以來城居之民曰國人。古貴胄百姓乃居于城中，故國人實即統治階級之人也，不得言一國之人。《左傳》襄廿八年"齊人遷莊公殯于大寢，以其棺尸崔杼于市，國人猶知之，皆曰崔子也"；《左》僖二十八"衛侯欲與楚，國人不欲，故出其君，以説于晉"；《左傳》襄十七年"國人逐瘈狗"；成十三年《左傳》"六月丁卯夜，鄭公子班，自訾求入於大宮，不能，殺子印、子羽，反軍于市。己巳，子駟帥國人盟于大宮，遂從而盡焚之，殺子如、子驫、孫叔、孫知"；又"葬曹宣公。既葬，子臧將亡，國人皆將從之"；哀元年《左傳》"吳之入楚也，使召陳懷公。懷公朝國人而問焉曰，欲與楚者右，欲與吳者左"，皆其證。此言國无人莫我知，正自指在城之百官貴胄，非謂齊民鄉人也。

正匠

《七諫·哀命》"念私門之正匠兮，遥涉江而遠去"，王逸注"匠，教也。言……乃以其邪心欲正國家之事，故己遠去也"。釋正爲動字，其實至誤。正匠猶大匠也。私門之大匠者，大匠必不入於私門，私門而有正匠，則其非正匠可知。此所謂正言若反者也，猶言念及私家之大匠，遂涉江而遠去也。

黎服

《天問》"何條放致罰，而黎服大説"，言湯放桀于鳴條，而天下黎民大説也（王逸説）。服爲民之誤字。詳服字條下。黎字，王逸訓衆，《爾雅·釋詁》文也，爲漢儒通説。然乃引申義，非本義也。按黎當即"犂"之本字，而黎、犂又"利"之後起專字，古初實只一"利"字也。黎民即農民之義（《三公山碑》"群犂百姓"，《桐柏廟碑》"黎庶賴祉"；《韓勑後碑》"呂犁民"；《城壩碑》"犁首"，又作"黎首"；《漢書·匈奴傳》"犁庶亾干戈之役"，宋本作犁，顏注"犁，古黎字"，是黎本非正字，而初文實只一犁也。後又誤從刀，作利）。請得略言之。按犁即利字，從刀者，後人誤以勹或勿爲刀也。利實得聲于力，則從力爲是。

甲文秎作𥝮或𥝮，金文作𥞤（《師遽尊》）若𥞤（《利鼎》），與許書古文合。利即《盤庚》上“若農服田力穡，乃亦有秋”之力，本象耒耜之形，形如力，所以爲耕銚者，加禾即力穡之義。力田、力穡皆農人之事，漢人以力田指農夫，即古義尚存之證。增黍與增禾同義。而別構爲犁者，則後世牛耕之朔也。故黎民當即力田之民之義。自力、利、秎、犁、黎、莉諸文，紛然而起，力之原義既廢，而他文亦因以不得其義。詳余《尚書新證》卷一。又王逸以黎民大悅釋黎服大説，又以衆釋黎，似未爲民服作釋，後人不知，故以伏易服，其實王言衆民即黎服也。服即罷之借字，《方言》三“儓、罷，農夫之醜稱也。南楚凡罵傭賤謂之田儓，或謂之罷，或謂之辟。辟，商人醜稱也”。郭注“罷，丁健兒”。《音義》罷音煏。《廣雅》以爲奴字，作煏，音同。《玉篇》卷十五云“罷，農夫之賤稱也。南楚罵賊謂之罷”。《廣韻》亦收罷，訓農夫賤稱，即用《方言》與《廣雅》耳。惟古籍無用此字者，其爲南楚異語蓋可知矣，微《方言》，幾失此語矣。《天問》作服者，後人不見罷，而誤省西也。服字不可解，故又以伏字仿佛遇之。其實《天問》之黎服即黎罷，亦即北土之黎民矣。黎民始見《尚書·堯典》，先秦諸書多用之。

又考罷音煏，在今職德韻，民在真韻，之真異平同入，則罷與民自有其音理上變遷之規律可尋，蓋戰國南楚讀民或促德。

委積

《九章·懷沙》“材朴委積兮，莫知余之所有”，王逸注“條直爲材，壯大爲朴”。“積一作質”。又曰“言材木委積，非魯班則不能別其好醜；國民衆多，非明君則不知我之能也”。按委積爲先秦通語，本以指牢、米、薪、芻之設在道，以供賓客者。《周禮·天官·宰夫》“掌其牢禮、委積、膳獻、飲食、賓賜之殽、牽與其陳數”，《地官·大司徒》“大賓客令野修道委積”，又《遺人》“掌邦之委積，以待施惠”，《禮記·昏義》“以審守委積蓋藏”，《荀子·儒效》“得委積足以揜其口，則揚揚如也",皆此義。宰夫注謂"委積謂牢、米、薪、芻給賓客道用也。別言之,則小曰委,大曰積"。《地官·遺人》云"十里有廬,廬有飲食。三十里有宿,宿有路室,路室有委。五十里有市,市有候館,館有積",則給賓客以道里爲等差也。有等差則有足不足,故《荀子》"得委積足以揜其口"與否而定揚之與否也。《管子·幼官》篇亦言之。此制至漢猶存。《漢書·主父偃傳》"夫匈奴无城郭之居,委積之守",王先謙曰"胡注'委積者,倉廩之藏也'"。此委積之本,北土諸子言之最悉。《楚辭》用此凡三見,皆謂材財,而不言米薪,此引申義也。《九章》以材朴言委積,而喻爲人材。《九懷·匡機》亦以寶金爲委積(原文云"寶金兮委積,美玉兮盈堂"),以喻志堅謀明,王逸注云"志意堅固,策謀明也"。《九懷·尊嘉》以蘭爲委積("余悲兮蘭生,委積兮縱橫"),以喻屈子之自沉。所以爲委積者,則既傷之根莖,與米薪之質益遠。漢語詞義使用之發展,有不可計及者矣。亦可單言曰委,或曰積。《公羊傳》莊二十八年"君子之爲國也,必有三年之委",《春秋繁露·王道》篇作"君子爲國,必有三年之積",則委積二語義得通稱也。

委積一詞《楚辭》凡三見,而義則一,皆謂積累也,爲周漢以來南北通用成語。《九章·懷沙》"材朴委積兮,莫知余之所有",以委積指材朴。《九懷·匡機》"寶金兮委積,美玉兮盈堂",又《尊嘉》"余悲兮蘭生,委積兮縱橫",非必以委積指寶金、美玉、蘭生,則皆謂以集聚,與北土稍異矣。

合同

《七諫·沈江》"賢俊慕而自附兮,日浸淫而合同",王逸注"浸淫,多貌也。言天下賢能英俊慕周之德,日來親附,浸淫盛多,四海並合,皆同志也"。按"合同",古成語。合亦同也,猶會同也。《逸周書·武紀解》"合同不得其位,无畏患矣",《禮記·樂記》"流而不息,合同而化,而樂興焉",《商君書·賞刑》"是父兄昆弟知識婚姻合同者",諸合同皆作會同解。《公羊》宣十五年傳"離于夷狄而未能合于中國",《解詁》"未能與中國合"、"同禮義相親比也"。

按《說文·△部》"合,△口也"。又《冂部》"同,合會也"。則二字義蓋同。又《周禮·秋官·小行人》"合六幣",注"合,同也",尤爲的證。《史記·秦始皇本紀》"以明人事,合同父子";《漢書·京房傳》"中書令石顯、尚書令五鹿君,相與合同,巧佞之人也",合同義尤明。聲轉爲"合通",《周語下》"合通四海"。依合同使用典籍考之,先秦以前只見于北土諸子,則本北地成語。《楚辭》用之,始東方曼倩。

制度

《七諫·沈江》"廢制度而不用兮,務行私而去公",王逸注"言在位之臣,廢先王之制度,務從私邪,背去公正,爭欲求利也"。按制度一詞,古政治社會學説術語,有虛實兩義。虛義指一切禮法、儀則而言。《書·周官》"考制度于四岳",傳"考正制度禮法于四岳之下,如虞帝巡守然",《正義》曰"據《堯典》同律、度、量、衡,以下皆是也",《禮記·禮運》"降于五祀之謂制度",《樂記》"簠簋俎豆,制度文章,禮之器也",《荀子·儒效》"不知法後王而一制度",《商君書》"凡立國制度,不可不察也",《賈誼傳》"宜當改正朔,易服色、制度",《董仲舒傳》"臣聞制度文采,玄黃之飾",《王莽傳》"莽下吏禄制度",《杜欽傳》"制度有威儀之節",皆是。由上諸例,可見祭祀、禮樂及《禮記》、《儀禮》、《周禮》三書所載之事,無一而非制度,包括整個政治上一切措施。實義之制度,則指宮室輿服諸端。《禮記·中庸》"不議禮,不制度",注"禮,謂人所服行也。度,國家、宮室及車輿也"。又《文選·上林賦》"改制度",郭璞曰"變宮室、車服"。《沈江》所言,當以虛義爲主。

典謨

《九思·逢尤》"羨咎繇兮建典謨"，王逸注"樂古賢臣遇明君也。咎一作皋"。按典謨訓誥等，爲《尚書》篇體。《尚書序》"典、謨、訓、誥、誓、命之文，凡百篇"。《釋文》"典，凡十五篇，正典二，攝十三，十一篇亡。謨，莫胡反，凡三篇，正二，攝一"。《説文·丌部》"典，五帝之書也"。按典從册下閣以丌，尊閣之義，古凡大典，皆尊閣。春秋以來，尊《尚書·堯典》、《舜典》爲典，故遂有五帝之書之説也。今《尚書》有《堯典》、《舜典》、《大禹謨》、《咎繇謨》等篇。典謨一詞，漢人多用之。楊雄《解難》"典謨之篇，《雅》、《頌》之聲"；《後漢書·班固傳》"而炳諸典謨"；《胡廣傳》"明試以功，典謨所美"；《文選·景福殿賦》"慕咎繇之典謨"，李善注"咎繇典謨，謂康哉之歌也"。

典刑

《九歎·思古》"背三五之典刑兮，絶《洪範》之辟紀"，王逸注"典，常。刑，法。言君施行，背三皇五帝之常典……任意妄爲，故失道也"。按典刑一詞，先秦術語，指國家所立之常刑。《舜典》"象以典刑"，傳"象，法也。法用常刑，用不越法"。刑即五刑之義，典則大册也。大册之刑及國家大法，引申則凡可爲常法者皆曰典刑（後人或以典型代之，與文義不合，當別論）。《詩·大雅·蕩》所謂"雖无老成人，尚有典刑"，是也，鄭箋云"雖無此臣，猶有常事，故法可案用也"。《魯語》下"晝考其國職，夕省其典刑"，解"典，常也。刑，法也"。此言三五典刑，即指引申義之常事故法言。但此等常事故法，蓋存于《尚書·帝典》三書之中。故典刑二字，有時實指《尚書》典謨訓誥言，故下句配以《洪範》也。刑又作荆。按荆，《説文》"罰罪也"。刑，到也。則荆乃正字，刑則借字。敦煌卷子中尚多作荆，用本字。自唐隸定古文，而荆皆以俗行之刑當之。《隷篇五·魏王基碑》"典刑惟明"
是也。

巫

《楚辭》巫字六見，其五皆爲複合專名，如巫咸、巫陽、巫氛是；
其簡用巫字者，惟《天問》"巫何活焉"一句。此指鯀化爲黄熊，巫又
使之復活，其故事不甚可知，別詳《重訂天問校注》。然屈賦與巫義同
之詞有靈保、靈巫等名，而巫之事爲尤多。《九歌》固不必言，即《離
騷》亦言靈氛、巫咸，而屈子又以占卜決疑。《九章》、《卜居》、《遠
遊》、《招魂》、《大招》所涉及于巫者，亦林林總總，其事至煩，遂以啟
近人以屈子爲巫之言。其言雖不可信，而巫在屈宋賦中地位至重，則爲
不可否認之事實。考初民社會之組織，大體有一祭司長，與軍政首領同
領一族之事。而祭司長乃人世與上天上帝通聲息，定嫌疑，決吉凶禍福
所依之人，不僅軍政首領之舉動行事必諮之，即全民族一切休咎，亦惟
此祭司長之旨意，是以其地位至崇高。及氏族擴大，軍政之權隨之增長，
祭司長之地位漸低。而民間所需求于神祇呵護者亦至普徧，遂有大巫、
小巫之別。祭司長之地位日下，至國家形式既定，祭司長遂降爲政權中
之一附屬臣僚，宗教之信仰漸微，吾人不必遠徵，即以殷周而論，傅説、
伊尹仍依稀仿佛存靈巫之遺跡。而王者每事穆卜，亦初民神權未替之故
實。至周則吕尚、姬旦，功同傅、伊，而其傳説已無神異之跡。巫之職
已分，在祝史，《周禮》所傳女巫男覡，不過爲一種具典，而其事則往
往見于婆娑樂神之女巫。考《周禮》"女巫舞雩"，但用之旱暵之時，使
女巫舞旱祭者所謂崇陰也。其職已卑，故《檀弓》下"歲旱，穆公召縣
子而問曰……'吾欲暴巫，而溪若?' 曰'天則不雨，而望之愚婦人于
以求之，無乃已疏乎'"。

春秋之世，更知淫祀之非，故衛侯夢夏相而寧子弗祀；晉侯卜桑林
而荀營弗禱；楚昭王有疾，卜曰河爲祟，王弗祭，曰"三代命祀，祭不

越望，江漢睢漳，楚之望也……不穀雖不德，河非所獲罪也"。至屈原之世，而沅湘之間並祀河伯，豈所謂楚人鬼而越人機，皆起於戰國之際。夫以昭王之所弗祭者而屈原歌之，可以知風俗之所從變矣。雖然春秋以來，能知巫之事而言之最爲有據者，則亦昭王時之觀射父。《楚語》載昭王問觀射父"謂民之精爽，齊肅衷正，其智能上下比義，其聖能光遠宣朗，其明能光照之，其聰能聽徹，如是則明神降之，在男曰覡，在女曰巫"云云，其所指陳，儼然古祭司長之身份，絕非僅以婆娑樂神之女巫，如《九歌》之所陳，則謂惟楚左史倚相能傳三墳五典之古説，未爲過也。至戰國而南楚巫風特甚者，楚開化較中原爲遲，其民又多三苗之遺裔，則巫風之盛蓋在民間，而不必在士大夫之間。故《天問》乃有"巫何活焉"之問，言巫何以有此神力，而使鮌復活之依傳説也。《呂覽》有"楚之衰也，作爲巫音"，其即指《九歌》一類之音乎？（又越人機亦依巫爲之。《越絕書》八"巫里，句踐所徙巫，爲一里，去縣二十五里"。又云"巫山者，越魆神巫之宮也，死葬其上，去縣十三里許"。又云"江東中巫葬者，越神巫無杜子孫也。死句踐於中江而葬之。巫神欲使覆禍吳人，船去縣三十里"。越人重巫，即此可見。）又余頗疑《九歌》女巫，與希臘古代之廟妓相似。新都楊慎亦有近似之説，其言曰"《楚辭·九歌》，巫以事神，其女妓之始乎？漢曰總章，曰黃門倡，然齊人歸魯而孔子行，秦穆遺戎而由余去，又不始于楚矣。《漢·郊祀志》祭郊時宗廟用偶飾女妓，今之裝旦也。其褻神甚矣"（全集卷七十一）。按自漢以後，用女巫祠神，亦沿楚習也，自是歷代有之（顧亭林《日知録》卷十四女巫一條，已有徵引）。至屈子作品中所涉巫事，大約可分兩端。一則屈子文中之浪漫面之神思，于情惘然不得已時，則以靈氛、巫咸爲情感之交代與解脱。此《離騷》、《九章》諸篇之所用也，並無甚深意蘊。其次則爲《九歌》中之女巫。《九歌》本屈子爲民間歌舞樂神之舊曲而修辭潤色之作，本不能代表屈子思想感情，只能代表楚人之巫風者。以女巫爲主，不論其爲扮神之女巫，或祈神之女巫，皆然。則一面以祀祇之情以樂神，一面亦以聲色以樂觀衆，此一切民歌之所同，而其釋則曰靈、曰靈保，其初則曰"思靈保兮賢姱"。賢姱者謂其技之嫻習，貌之美好而已（別詳靈與靈保兩條）。此可爲占世變，論風尚，言制度者之所當詳。

巫在屈賦中地位至要，亦即在中國文學發展史乃至于中國社會發展史爲一重要成分，而戰國之際實爲其大轉變時期，屈子生當此，爲吾人保留遺傳此一事象之真際，至爲可貴。不僅爲了解屈子作品而已，故爲詳論之如此。

巫陽

《招魂》"帝告巫陽"，注"女曰巫。陽，其名也"。洪補引《山海經》"開明東有巫"。按《海内西經》曰"開明東有巫彭、巫抵、巫陽、巫履、巫凡、巫相，夾窫窳之尸，皆操不死之藥以距之"，郭璞曰"爲距却死氣求更生"。《周禮》簭人掌"九簭之巫名"，"五曰巫易"，"易即陽，古今字也。蓋巫陽乃主簭之一官，代守其職，非女巫字陽者也"。又張氏《文選膠言》乃因下文言簭，遂謂巫字當作簭，不知古者巫亦掌簭，《呂氏春秋·勿躬》篇云"巫咸作簭"，是其證也。

祝

《招魂》"工祝招君，背行先些"。按工祝連文，礦指良巫，惟祝之本義爲祝告禱祝，齊民亦得用之，不必即爲巫也。甲文象人跪于示前，示者大石文化之靈石也。蓋先人既死，子孫各輸血于石而石靈，有事而禱于示，以求佑曰祝，即《禮運》所謂"祝以孝告"是也。示即後世之社，其先蓋祖先崇拜之一事，其後祖廟與社分爲二，而祖與社之別嚴。其實原始時代本自一事，祝者禱于示之象，祭禱之事漸成專業，于是有巫、有祝。巫以道樂神，祝贊詞以事神，于是而有大祝、小祝、喪祝、甸祝、詛祝（《周禮·春官》）、夏祝（祀夏主習夏禮者）、商祝（主習商禮，見《儀禮》）。然巫祝通言，則二者不別云爾。參工祝條。

工祝

　　《招魂》"工祝招君，背行先些"，王逸注"工，巧也。男巫曰祝。言選擇名工巧辯之巫，使招呼君，倍道先行，導以在前，宜隨之也"。五臣云"工祝，良巫也"。按工字《楚辭》六見，皆與他文連爲一詞，除共工爲古人名外，其餘則工巧四見，工祝一見，因相連之文而異其義。工巧指工藝言，工祝則巫祝也。《說文》"工，巧飾也。象人有規矩。與巫同意"云云。按許蓋以工巫形近，而古巫祝等類之字多從巫，如覡、如覡、如筮、如覡、如靈，蓋皆古一技之士，而字皆從巫，故以爲工巫同意。其實工與巫古同形異義字也。工祝一詞之工，當作巫字解，工祝即巫祝矣。《說文》"巫，巫祝也。女能事无形，以舞降神者也。象人兩褎舞形。與工同意（古文又從叩，從 ）。古者巫咸初作巫"。此一解中，運用古傳說至多，細考之，甚繁瑣。大體巫與史連文，則與禮樂制度典章文物史事相涉；與祝連文者，則與卜禱醫藥治病求神請福禜神禳除祭祠相涉，而其事皆與迷信相關。蓋古之祭司長，寖假而爲事于統治者之一官，分而爲史、爲祝、爲師（醫樂），在原始時代，其位至尊，爲天人相與之際之媒介，以舞事神，以巫術治人者也。及政治制度日益增強，而宗教迷信日見分化衰微，其位遂益卑而職益賤，此人類社會發展之自然傾向，其職既分與史、樂、禮、醫，乃至百工，僅遺爲樂神專職之女巫。一部分職務，更由男子任之，名之曰覡矣。此時之女巫，略與歐洲古代之廟妓相似。至漢以後，遂淪爲倡優之類矣。此言"工祝招君"，王逸以巧釋工，蓋由不知工巫爲一形異義之字，遂又不能不以覡字當此工祝一詞之用矣。五臣以良巫釋之，亦混工巧之工爲此工祝之工，與叔師蓋同其臭味也。此事近世多能言之，如夏曾佑、梁啟超及談社會發展史者，類能道之，別詳余《文字樸識·釋工》、《釋巫》二文。

工巧

《離騷》"固時俗之工巧兮"，王逸注"言今世之工，才知强巧"。又《九辯》兩言"何時俗之工巧兮"，王逸以"世人辯慧，造詐僞也"釋之。又"何時俗之工巧兮"，王逸注"静言詖詖，而無信也"。《七諫》亦云"固時俗之工巧兮"。按《説文》"工，巧飾也。象人有規矩。與巫同意"，又"巧，技也"，則工巧言工事之技巧云耳。此戰國以來之奇技淫巧，即充類之言也。則工字確爲工事、工具、工人等義无疑。許氏以象有規矩解此字，朱駿聲申之曰"横即句，豎即股，凡工之事，一規矩盡之。圓出于方，方出于榘，榘之法一句股盡之。巨字從此，古文從彡，詶文也"。朱此説工事之原理，可謂至允。惟自其源衍變遷論之，似當有説。考甲文工字，凡兩變，早期則作 𠮷、𠮷 若 𠯑、𠯑 諸形，晚期則作 工、工、工 諸形。小篆工字，出于甲文後期，固无可論，金文則可于下列五字得其環中。

$$\text{I} \quad \text{J} \quad \text{工} \quad \text{工} \quad \text{H}$$
$$1 \qquad 2 \qquad 3 \qquad 4 \qquad 5$$

第一器《師衰段》云"工折首執噝"；第二器《史獸鼎》云"史獸立于成周之工"；第三器《史獸鼎》云"咸獻工"；第四器《矢彝》云"衆里君，衆百工"；第五字見王俅《嘯堂集古録》卷上四十四頁，爲第3、4兩形之側書无疑義。此等字之碻爲工字無疑。則早期之 𠮷 形，當即第4、5兩形之刻樣，或爲較原始較朴質之器物。當即考古學上之所謂石斧石錛之屬。乃初民用以砍伐樹木，工冶器物之工具，无可置疑者矣。工即 𠮷 之省。甲文中凡 □○作者皆可省爲一，如 𠯑 之作 天，足 之作 正，皆其例矣。早期之作，存其實象，晚期之作，求其省便，而皆一源之變。至金文末期，則與小篆相同。而許氏所録之古文 㠭，于古無徵，與吾人所知金文亦不相類，或爲戰國文飾之字，當別爲説。自 工 形既定後，秦

漢人乃以規矩説之，此考古學上之一重公案。就小篆言，吾人不能不是
認其説之允當。文字以時而付與之新義，固有非造字之始所能逆料者矣。
由此而孳乳爲巨，巨即規矩本字，繁衍而爲矩、爲榘，增矢自有其動力
學之含義。而巨又變易爲鉅，義主于大，凡合于規矩者，必能大。此又
古代哲匠之一種政治道德範疇内之思想，以文字衍變例之，此亦當爲一
種引申義矣。《周禮·考工記》"審曲面勢，以飭五材，以辨民器，謂之
百工"、《禮記·曲禮下》載"天子之六工，曰土工、金工、石工、木
工、獸工、草工"、又《虞書》"工以納言"、《儀禮·燕禮》"席工于西
階上"、《禮記·鄉飲酒義》"工入升歌三終"、《左傳》襄四年"工歌文
王之三"、又十四年傳"工誦箴諫"等材料審之，則樂師樂人亦曰工矣。
若詳徵之，則凡以一種技能從事之人皆可曰工，固不限于金、木、土、
石之六工矣。故工之事，必與巧飭相連屬，故倕曰"巧倕"，醫能治一
病謂之巧。《論衡·別通》巧者謂工之能利便其事者也，故字從工，丂
聲。《説文》所謂技，今語曰技巧矣。《莊子·天道》"刻彫衆形而不爲
巧"，《老子》"絶巧棄利"，以彫刻形之，以利配之。其義思過半矣，引
申之，則爲善。《詩·雨無正》"巧言如流"，箋"巧，善也"。《表記》
"辭欲巧"，注"謂順而説也"。《方言》七"吳越飾兒爲竘，或謂之
巧"。則巧固南人語矣。《漢書·食貨志上》曰"作巧成器曰工"；何休
《公羊》成公元年注曰"巧心勞手以成器物曰工"，可爲工巧連文作碻解
矣。又甲文、金文有一例，凡名詞而增足、彳、亍、夂、力等形，則成動
詞。故工字增力爲功，遂爲動字；增攴爲攻，亦爲動字。《書·皋陶謨》
"天工人其代之"，《漢書·律曆志》引作"天功"。又"苗民弗即工"，
《史記·夏本紀》引作"不即功"。《周禮·肆師》"凡師不功"，鄭康成
注"古者工與功同字"。是工、功同字，漢人已知之。由此則《史獸鼎》
之"立工于成周"，即"立功于成周"；《虢季子白盤》"庸武于戎工"，
即"庸武于戎功"。用力曰功，而攴之則曰攻。工者功也，表其事之成
就，有建立積極之意義者也；攻者攻伐，蓋含有破壞之義，故功訓擊也，
《秦策》"寬則兩軍相攻"，《論語》"小子鳴鼓而攻之"，皆是也。然攻

與功實本于一源，故攻之字亦得有工若功之義。《爾雅·釋詁》"攻，善也"。《周策》"是攻用兵"，注"巧也"。曰善曰巧，即工之義。又《叔弓鐘》"汝肇敏于戎攻"，即"棨敏于戎功"矣。其孳生之字，凡三十二（依《説文通訓定聲》論之），不即一一論之矣。尤有一事，亦當附一言以明之者，工、巫同形，已于前論之矣。依甲文、金文考之，則工與壬亦同形字也。凡此皆同形異義。

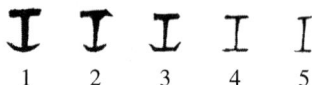

$$\text{I}\quad\text{L}\quad\text{L}\quad\text{I}\quad\text{I}$$
$$1\quad2\quad3\quad4\quad5$$

凡此諸形，皆壬字也。（1《子壬乙酉爵》，2《父壬爵》，3《父壬舟形爵》，4《父夭木形爵》，5《兄日壬勾兵》。）凡此等形，皆與上列工字同形。而不得以工巧釋天干，則其事至明。此亦同形異義之一例也。

筮

《招魂》"魂魄離散，汝筮予之"，王逸注"筮，卜問也。蓍曰筮。《尚書》'決之蓍龜'。言天帝哀閔屈原魂魄離散，身將顛沛，故使巫陽筮問，求索得而與之，使反其身也"。按《説文》"《易》卦用蓍也，從竹、巫"。《書·洪範》"建立卜筮人"。《詩·氓》"爾卜爾筮"。《周禮》字作簭，"簭人，掌三易以辯九簭之名"。《左傳》僖四年"筮短龜長"。今謂筮與巫本同義，通言則不分，析言之則筮乃以蓍卜問，故增竹以別之。此後世增益字也。卜以筮之大別，卜以龜兆爲主，取其象，筮以蓍爲主，取其數。《説文》蓍字云"蒿屬。《易》以爲數。天子蓍九尺，諸侯七尺，大夫五尺，士三尺"。按《詩·曹風·下泉》"浸彼苞蓍"，傳"蓍，草也"。今謂俗名筮草，多年生草本，春由宿根生，多莖，全株被軟毛，至夏莖上更分歧，出多數小頭狀花，亞洲北部，中土東北，皆產之。卜者擇簇生五十莖以上者，稱爲靈蓍。至其卜用之古法，則今不可詳知。胡煦《卜法詳考》所陳，大約備見古籍中矣，可參。

卦

《九歎·离世》"卦發字曰靈均"，王逸注云"言己生有形兆，伯庸名我爲正則以法天。筮而卜之卦，得坤，字我曰靈均以法地也"。按《説文》卦字"筮也。從卜，圭聲"。朱駿聲説"卦所以筮也。《易·説卦傳》'觀於陰陽而立卦'，注'象也'。其事則《儀禮·士冠禮》'卦者在左'，注'有司主畫地識爻者也'。又所卦者注'所卦者所以畫地記爻文'。《少牢禮》'卦以木'，注每一爻畫地識之，六爻備書于版"。以《易》言之，每卦有卦辭，卦有六爻，每爻有爻辭，凡卜得某卦某爻者，即依此以定吉凶。卜者灼龜見兆，而問其吉凶；筮者數蓍定數，以卜其吉凶。卜之事自殷虚卜辭出土後已大明，而筮則其法在可知與不可詳知之間。

匠

《七諫》"念私門之正匠兮"，王逸注"匠，教也。言己念衆臣皆營其私，相教以利，乃以其邪心欲正國家之事，故己遠去也"。按《説文》"匠，木工也。從匚、斤（會意）。斤，所以作器也"。按匚即巨若矩字。《考工記》"攻木之工，輪、輿、弓、廬、匠、車、梓"、"匠人建國"、"匠人營國"、"匠人爲溝洫"。《周禮·鄉師》"執斧以涖匠師"，注"主豐碑之事"。《儀禮·既夕禮》"遂匠納車于階間"，注"匠人主載柩窆"。引申之，則事官之屬曰匠師（《周禮·鄉師》）。而《論衡·量知》"能斲削柱梁，謂之木匠；能穿鑿穴垺，謂之土匠；能彫琢文書，謂之史匠"，此所謂私門之正匠者，言私家之大匠云爾。王逸以匠爲教，而以正爲正國家之事，離析无謂之極。

功

《楚辭》十用，皆一義也。然細覈其内容，則屈、宋用此字之限度，與漢人所用，似有區分。屈、宋言功，於《天問》四見，《九章·惜誦》一見，皆指禹平水土之功；《惜誓》以下四見（兩見《七諫》，一見《惜誓》，一見《九思》），其義皆就今人立功名而言；而《九辯》一見，曰"功不成而无效"，在國家民族事功與個人功業之間，可謂爲屈、宋與漢賦之橋梁。考《墨子·經上》"功利民也"，《周禮·司勳》"王功曰勳，國功曰功，民功曰庸，事功曰勞，治功曰力，戰功曰多"，則功者蓋指對國之事功，許氏所謂"以勞定國也"，吾于屈、宋賦體認之矣。此一事實極爲重要，不僅語言發展問題，亦社會職能區分之生發相關。細考之《詩》、《書》、《左傳》，无不與屈、宋合（或借爲工龏者，特音之借矣，與此无涉）。惟屈、宋用字，與古義能合，則《周禮》之説非全妄，得自此證之。《爾雅·釋詁》曰"功，成也"、"功，勝也"，已非朔義，則《爾雅》之爲書必在戰代後期，即此一事，已可爲最勝之證矣。

占

占字《楚辭》五見，而《離騷》得其三，《惜誦》得其一，子政《九歎》放之，亦一見。而《離騷》爲重，云"命靈氛爲余占之"，又"欲從靈氛之吉占兮"，又"靈氛既告余以吉占兮"。《惜誦》"吾使厲神占之兮"。所傳不同，而其爲定其吉凶則一也。"命靈氛"句，王逸注"言己乃取神草竹筳，結而折之，以卜去留，使明智靈氛占其吉凶也"。于厲神之占不言吉凶者，凡占所以定吉凶，不必定言之也。《説文》"占，視兆問也"。《易·革》"未占有孚"，虞注"離爲占"。《繫辭》"極數知來之謂占"。《書·洪範》"三人占"。《禮記·月令》"命大史釁龜筴占兆"，注"占兆，龜之繇文也"。按占者，視所灼之龜之裂文，以定其吉凶。此在古代有一種特殊之解釋，大約巫史之徒掌之。卜者先以著草或筵篿之屬以卜，即見兆，乃由專門之巫史爲之解説。靈氛即巫氛，傳世殷以來靈山十巫之一也。此爲喻語，非必真求之也，参卜字條。

卜字之誤，《離騷》"命靈氛爲余占之，曰兩美其必合兮，孰信修而慕之"，按占之與下句慕之，當爲韻，而實不相協，朱熹遂以兩之字爲韻，此在《詩經》中有其例，而在屈賦中則无之，仍以占慕爲韻爲是，然自來説者皆不可通。余以爲占字當爲卜之誤，慕字當爲莫之誤，兩字皆衍形之下部也，合参慕字條下。

兆

凡兩見，分兩義。（一）灼龜坼也，即見兆之義。《九歎·離世》"兆出名曰正則兮，卦發字曰靈均"，洪補"兆，龜坼也"。按《説文》正字作𡚄，從卜、兆，象形，古文省作兆。此言其父伯庸，卜龜者而名之曰正則。下句言卦發字，蓋古人以卜以定疑。然以蓍筮短而龜卜長，故曰兆名卦字也。（二）數之大者。《九章·惜誦》"又衆兆之所讎"，王逸云"兆，衆也，百萬爲兆"。然《書·五子之歌》"予臨兆民"，傳"周官綏厥兆民"，《國語·周語》"百姓兆民"，則以爲十億爲兆（《左傳》成二年）。《太誓》所謂"商兆民離"，注則以爲萬億曰兆，似无定説。要之爲數數最巨者，蓋假借爲一種術語。惟衆兆聯文，則謂絶大多之人民，計中土民數，三代以前，無可考，自兩漢以後，則不足一億而多于百萬，故不得以諸家爲據也。衆兆之詞，見《禮記·内則》"降德于衆兆民"，注"萬億曰兆。天子曰兆民，諸侯曰萬民"。蓋又秦漢間等級制度之説之反映也。

筵篿

筵即挺借字。篿者，圓竹器卜具也。因命折竹以卜曰篿，此楚人語也。

《離騷》"索藭茅以筳篿兮"，王逸注"筳，小折竹也。楚人名結草折竹以卜曰篿"，五臣云"筳，竹筭也"。洪補"筳，音廷。篿，音專。《後漢·方術傳》云'挺專折竹'，注云'挺，八段竹也'，音同"。朱熹用王逸説。按趙彦衛《雲麓漫鈔》卷一云"今人折竹長寸餘者三，以手彈於几，以占吉凶，命曰五兆，大意髣髴灼龜。按《楚辭》'索藭茅以筳篿，命靈氛爲余占之'，注：藭茅，靈草也。筳、篿，算也。又云'小破竹也'。楚人結草折竹卜曰篿。靈氛古之善卜者，則知今之五兆，蓋始於楚之筳篿。二字音廷專"。趙氏以後世民習比擬古制，使人得一較明確概念，然筳篿二字之義究未明白。王注言筳爲小折竹，篿爲楚人卜名篿，又未見他證，古今説此者頗多。今按《漢書·楊雄傳》"筳、篿，折竹所用卜也"。又《後漢書·方術傳》注"挺專折竹"，注云"筳，八段竹也"。按《説文》"筳，緶絲筦也"，又云"筟，筳也"。筟車即紡車。《莊子》"舉筳與楹"，謂舉小與大也，即東方朔所謂以筳撞鐘之義，引申爲擊，此以名詞作動詞用也。故《後漢·方術傳》作"挺專折竹"，即用引申義也。至篿字則楊慎《丹鉛總録》引趙則古曰"束屮折竹，達厶於神曰叀，從屮、厶，中象纏束之形，古作𠦪，但象束屮形，通用專。篿，俗字也"。是以專爲本字，篿則後起俗字矣。趙氏不用許叔重六寸簿之説，然究未能明曉束屮折竹之義。方以智則曰"《急就》有槫、槤、椑、榽、樽，一作橢，音遄。小庌，《説文》作甋，其形圜。槫與篿通，竹木異耳，其實篿圜竹器也。或曰并舉而言筳爲直竹莖，篿爲圜竹格也。《六書故》音篿爲徒官切，正與此合。以竹片圍而編成，或以筥，或以圈，皆是也。椑圓扁榽，《漢書》美酒一椑橢槃也。《後漢書·方術傳序》有逢占挺專須臾之術。逢占，逢人所問而占之也。注曰"挺專即筳篿。梴，八段竹"。《輟耕録》言九姑玄女課折屮一把，以三除之，不及者爲卦，論其橫豎，有太陽、老君、太昊、洪石等九號。《楚辭》注曰'藭茅，靈屮也'。楚人結屮折竹以卜，其此類乎？《説文》'專，六寸簿也'，箋云'不可解'。智按《後漢書》單用挺專，《方言》

博局亦曰夗專。簙，從更加寸竹，蓋編竹爲之”。則又以簙爲筳篿本字，而定爲圓竹器，意謂卜時所用具也。朱珔《文選集釋》則以簙與篅通，亦即後世所謂筊，說與方氏略近。其言曰“簙，圜竹器也。《漢書·王莽傳》‘以竹筳導其脈’，注云‘筳，竹挺也’，皆非此義。《說文》別有篅字，云‘以判竹圜以爲穀器’，峀與專通，則簙亦判竹也。又專字云‘六寸簿也’。段氏以簿爲手板，當亦可剖竹爲之。觀此筳簙，直相似，破竹以卜，疑如今之杯筊。《廣韻》云‘杯筊，古以玉爲之’。《演繁露》云‘或用竹根。筊，一作筊’。《石林燕語》云‘高辛廟有竹杯筊’，正所以問卜”云云，于說更有據。《類篇》云“筊，巫以卜吉凶者”。《演繁露》云“杯筊，用兩蚌殼，或用竹根”。蓋古習之傳流于民間者。此既與《說文》簙字義近，又與方氏說相成。按依《後漢書·方術傳》則筳簙但作挺專耳。以會《離騷》“索藑茅以筳篿”，謂求藑茅與筳篿。《後漢書》注云“挺，八段竹也”，與叔師小折竹同，當作挺簙八段竹也。八抑訓筳，竹訓專。楚人謂折竹而卜曰篿。篿乃卜器，非泛用之圜竹器也。以卜具名曰篿，因謂折竹以卜亦曰篿矣。此如卜字，乃兆象，因謂其事亦曰卜矣。而筳篿連用，亦如《史記》以龜策連用爲卜之比。又按依文理詞氣言之，此處“筳篿”與“藑茅”并舉言，備諸卜物，以求靈氛之占，則挺篿者，謂八段之小竹，楚人以折竹卜用之圜竹器也。叔師言楚人折竹卜曰篿者，特具體指正終陳其事爾，不得于一句之中有兩不同作用之動詞。則以筳篿以字，乃與字之借。若謂用藑茅以爲篿卜，則是二句之中，一爲原自卜，一爲靈氛之卜，于詞爲不協矣。此從語法分析而可斷知者。

又筳字，騫公音丈丁反，六臣音廷。簙，騫公音之淞、大官二反，六臣音專。

蘭藉

《九歌》“蕙肴蒸兮蘭藉”，王注“藉，所以藉飯食也。《易》曰

'藉用白茅也'"。洪補云"薦也，慈夜切"。《大行人》云"上公之禮，執桓圭九寸，繅藉九寸……諸侯之禮，執信圭七寸，繅藉七寸……"云云。寅按《說文》"藉，祭藉也"。桂馥《義證》"祭藉也者，《廣韻》以蘭茅藉地。《周禮·鄉師》'大祭祀，供茅蒩'，鄭大夫讀蒩爲藉，謂祭前藉也。又《甸師》'祭祀共蕭茅'，注云'茅以共祭之苴，苴以藉祭'。《士虞禮》'取黍稷祭于苴'，注云'苴，所以藉祭也'。黃帝問元女兵法、祭法'白茅爲藉，長二尺四寸，廣六寸，餅棗栗並脯置藉上'"。考蘭藉之用與長短之數，此爲最具。又《山海經·南山經》"自招搖之山，以至箕尾之山……其祠之禮，毛用一，璋玉瘞糈用稌米，一璧，稻米，白菅爲席"，郭注"菅，茅屬也"。郝懿行箋疏"《爾雅》云'白華野菅'，《廣雅》云'菅，茅也'……《淮南·說山訓》云'巫之用糈藉'，高注'藉，菅茅'，是享神之禮用菅茅爲席也"。蘭藉亦即席也。《淮南》高注"席，蓐也"，指枕席言，非以置祭物也。席即此之藉字。《易》"藉用白茅"，蓋古南北通制。按儒家經典及《山海經》、《穆傳》，皆用白茅，《左傳》亦言"爾（楚）貢包茅不入"，則楚亦用茅無疑。《九歌》曰"蘭藉"，則爲飾詞，不爲直詞。蘭藉對上言蕙肴，當爲飾詞無疑。惟古蘭字與䔸、菅、蓀皆通，則蘭即菅也（參蘭方條）。則亦可爲直詞。《騷》、《歌》多芳草，則以蘭異菅，既爲同音之借，文可上配蕙草，此固辭人所固爲以修辭者歟？又按古籍之制，亦施于人與人之事，不與手相接也，所以示敬，故凡晉薦進之物亦用藉。古祭祀之圭、玉、飯、食皆有藉。此言"蕙肴蒸兮蘭藉"，故知爲飯食之藉。然此言進蕙肴，則此藉正以薦蕙肴者，王注以飯食概之也。藉字《錦繡萬花谷》引作籍，古兩字常相混也。餘詳藉字條下。

筴

《九懷·通路》"啟匱兮探筴，悲命兮相當"，王逸注"發匣引籌，考祿相也"。"筴，《釋文》作籌"。按筴字即莢，木草實也。《周禮》

"其植物草宜莢"是也。草木之實有皮甲者莢，如豆莢之類是也。然蓍草亦曰莢，字或作筴。《禮記·少儀》莢籌注"蓍也"。《月令》"釁龜筴"，《曲禮》"筴爲筮"，《儀禮·士冠禮》"大人執筴"，字皆從竹。《九懷》"啟匱探筴"，"探筴"猶《卜居》之"端策"，言以蓍卜筮也。叔師以探筴爲引籌是也。而又申之曰"考禄命也"，則非。此言引蓍以卜其吉凶，非引籌以筭其禄命。"啟匱"者，龜玉藏之匣也。探筴非探于匱中也。餘詳"蓍"、"卜"、"筮"諸條下。

沐芳

猶言沐芳芷之湯也。

《九歌·雲中君》"浴蘭湯兮沐芳"，王注"沐香芷"。洪補"《本草》：白芷，一名芳香"。朱熹《集注》"芳，芷也"。戴震曰"芳不必指一物，芳者芳草之通稱"。按沐芳承上浴蘭湯而省湯字，謂沐芳香之湯也。《本草》云"白芷名芳香，又名澤芬"，則芳字自可指白芷。洪釋芳必爲一物者，于文理詞義皆可通。《初學記》四引芳下有蕙字，徐鍇《説文繫傳通釋》讀"沐芳華"爲句，皆覺沐芳似語氣未足，故或屬下讀之也。然《九歌》每章首句有韻，此讀亦非也。

蘭湯

《九歌·雲中君》"浴蘭湯兮沐芳"，王逸注云"蘭，香草也"。洪補曰"《本草》：白芷，一名芳香。樂府有《沐浴子》。劉次莊云：《楚辭》曰'新沐者必彈冠，新浴者必振衣'。又曰'與汝沐兮咸池，晞汝髮兮陽之阿'，皆潔濯之謂也。李白亦有此作，其詞曰'沐芳莫彈冠，浴蘭莫振衣。處世忌太潔，至人貴藏暉'。與屈原意異"。按王、洪兩説，皆未探本文作意而言。此草乃女巫降神前之一種裝飾過程，浴蘭華衣，古凡祭祀祈禱，必薰浴，《周禮·女巫》所謂"女巫，掌歲時祓除釁浴"，即此義也。此蓋古宗教禮節中之一端，非泛泛言浴沐也。《夏小正》"四月蓄蘭"，傳曰"爲沐浴也"，是古人却有以蘭煮湯而浴者矣。黃氏曰"《周禮》注三月上巳以香薰草藥沐浴"是也。若《家語》云"生于深林，不以無人而不芳"，則山蘭也。餘參蘭字條。

畫

凡分兩義，一爲計劃，一爲繪畫。《九章·思美人》"廣遂前畫兮，未改此度也"。王注以爲前聖之道。"畫，音獲，計策也"。又與《懷沙》章畫之畫同。《史記·屈賈傳》"張畫"，《索隱》"計畫也"。《列子·天瑞》"畫其終"，《釋文》"計策也"。今人言計畫多借劃爲之，乃後起增益字也。按此當爲《蜀都賦》"畫方軌之廣塗"。廣遂即塗，此言光明大道分布于前也。又《招魂》"仰觀刻桷，畫龍蛇些"，王注"刻畫龍蛇而有文章也"，按此用畫之本義。《説文》"畫，介也，從聿。囗象田四介，聿所以畫之"。按甲文作畫，象以規聿作畫之形。畫則其後起增益字爾，原爲畫界，引申爲凡畫。《爾雅·釋言》"畫，形也"。《釋名》"畫，繪也，以五色繪物象也"。《書·顧命》"畫純"，傳"彩色爲畫"，皆是。

規

《大招》"曲眉規只"，王逸注云"規，圜也。言美女曲眉正圜，貌絶殊也"。朱注同。按"規，圜"恒訓，在此作動詞用言曲眉圜規也。

規矩

此對舉兩字合成一詞，本古工人所用規圓畫方之兩種工具，引申爲一切法則。

《離騷》"偭規矩而改錯"，王逸注"圓曰規，方曰矩。言今世之工，才知強巧，背去規矩，更造方圓，必失堅固、敗材木也。以言佞臣巧於言語，背違先聖之法，以意妄造，必亂政治、危君國也"。五臣云"規矩，法則也"。朱熹云"規，所運以爲圓之筳也。矩，所擬以爲方之器，今曲尺也"。按規矩一詞，析言則分，《孟子》所謂"規矩，方圓之至"，混言則引申爲法度之義。《説文》"規，有法度也。從夫、見"。"巨，規巨也。榘，或從木、矢。矢者，其中正也"。規字從夫無義蘊，規矩雙聲謰語，依古語與古字例之，則亦當作矢。其從夫者，古夫字與矢極近而誤。所以從矢者，朱駿聲氏曰圓出于方，方出于規，規矩同原，以爲于義不能詳悉，古從矢之字多表正直之義。規爲正圓之器，自圓心圍畫之，長距相等，亦如矢之中正質直，故從矢也。矩之初文爲巨，金文象人持工之形，工即曲尺也。今木工尚用之，有省作𠃌者。《説文》"巨，規巨也。從工，象手持之"，最爲允當。別詳矩彠一詞下。故規矩本義爲画圓画方之器，引申用之，爲法度、法則之義。《哀時命》"握剞劂而不用兮，操規榘而無所施"，則用本字。又規矩爲先秦以前古工器，蓋南北所通行，故其詞亦南北通用。《管子·法法》"規矩者，方圓之正也"。《孟子·離婁上》"規矩，方圓之至也"，又"不以規矩，不能成方圓"。《荀子·儒效》"設規矩，陳繩墨"，又《禮論》"規矩者，方圓之至"（此語與《管子》、《孟子》同爲當時成語）。《韓非·姦劫弑臣》"若无規矩，而欲爲方圓也，必不幾矣"。《吕氏春秋·自知》"欲知方圓，則必規矩"。南土則《莊子·駢拇》、《馬蹄》、《胠篋》各篇皆有之。字又作規榘，見《九辯》，詳規榘條下。又作規柜，見《隸釋》九引《北軍中侯郭仲奇碑》。

規榘

義近複合詞，圓曰規，方曰矩。《九辯》"何時俗之工巧兮，滅規榘而改鑿"。《七諫·沈江》"滅規榘而不用兮，背繩墨之正方"。《謬諫》"因時俗之工巧兮，滅規榘而改錯"。《哀時命》"握剞劂而不用兮，操規榘而無所施"。《九歎·思古》"播規榘以背度兮，錯權衡而任意"。按規榘一詞，《楚辭》凡五見，皆即規矩之異文。《九辯》、《七諫》三見，皆襲用《離騷》成句；《哀時命》、《九歎》各一見，詞義亦大同。叔師注語皆從作意立說，不釋詞面本義（《哀時命》言持方圓而無所錯除外）。《沈江》、《思古》兩篇言法度，引申義也。《九辯》言仁義，直探上文言之也。字又作規矩，詳規矩條下。

榘鑊

義近複合詞。榘即巨後起字，所以爲方之器。鑊，規鑊也。兩字皆引申爲法度。鑊即畫之同義字。《離騷》"求榘鑊之所同"，王逸注"榘，法也。鑊，度也。言當自勉強，上求明君，下索賢臣，與己合法度者，因與同志共爲治也。榘，一作矩。鑊，一作鑊"。洪補曰"榘，俱雨切。鑊，紆縛、烏郭二切。《淮南子》曰'知榘鑊之所周'，注云'榘，方也。鑊，度法也'"。朱熹云"榘與矩同，所以爲方之器也。鑊，度也，所以度長短者也"。又《七諫》曰"恐榘鑊之不同"。又嚴忌《哀時命》"上同鑿枘于伏羲兮，下合矩鑊于虞唐"。《楚辭》用榘鑊爲法度之義，王、洪諸家疏之詳矣。按榘即矩之或體，而矩又巨之後起會意字也。《說文》"巨，規巨也。從工，象手持之。榘，巨或從木、矢。矢者，其中正也。卩，古文巨"。按許說義至允。其形則金文作王（《巨鄦侯敢》）若肰（《矩盤》）、肰（《矩叔壺》），象人手持工形。或從工從矢，即矩之所依也。矩本側方之器，即今曲尺。原形當即工形，今木工曲尺。省形作丁，亦有作工形者，與工尤近。度方所用，取正，故引申爲法度。鑊者《離騷》"求矩鑊"引"一本作鑊"，即《說文》鑊字也。《說文》"鑊，規鑊，商也。從又，持萑。一曰：鑊，度。或從尋，尋亦度也。《楚辭》曰'求矩鑊之所同'"。按規鑊當是矩鑊之誤。此本古語。矩所以爲方者，故引申爲度。許兩訓，其實商、度皆所以求其正，與矩義相會。故《漢書·律曆志》"尺者，鑊也"，即矩之訓。今作規者誤。矩鑊古習語。

《管子·宙合》篇"成功之術，必有巨獲"，注"巨，大也"，即矩護之別寫。《淮南·氾論訓》亦云"有本主于中，而以知矩護之周者也"。因其爲兩訓詁字所構成，亦可倒言，《文選·長笛賦》云"規摹護矩"是也。又按護與畫同字，畫象形，而護則形聲而兼義者也。別詳畫字下。

量

《惜誓》"苦稱量之不審兮，同權槩而就衡"，王逸注"稱所以知輕重，量所以別多少"。按度、量、衡爲中土古度器之總名，而量乃定數之多少者。定數多少有兩法：一則以枚策數之，凡可數之數皆然；一則物體極少，不能指數者，則以器量之，謂之量。戰國以前之器，至今尚未見有傳者，文獻所載以《考工記》"奧氏爲量"爲最詳，其文云"奧氏爲量，改煎金錫則不耗，不耗然後權之，權之然後準之，準之然後量之，量之以爲鬴，深尺，内方尺而圜其外，其實一鬴，其臀一寸，其實一豆，其耳三寸，其實一升"云云。自漢以來注家，如賈、鄭皆不甚明晰，而鬴豆、課算、冪積之法，尤爲紛紜。兹採戴震所圖，并以近人吳承洛氏《中國度量衡》所載一圖合參之，其詳解當以吳氏說最爲分析易得，勿庸詳録也。餘參孫氏《周禮正義》自明。戴氏引方希原曰"即《夏書》所謂和鈞也。此器兼律、度、量、衡。方尺、深尺，則度也；實一鬴，則量也；重一鈞，則衡也；聲中黄鐘之宮，則律也；内方外圜，則方圜冪積少廣旁要之理，賅而具也"。

又《考工記》"陶人爲甒實二鬴，原半寸，脣寸"。此亦周量器之一，此爲瓦器，當爲民間日用之品。然古今罕言之者，庾即《儀禮·聘禮》"十斗曰斛，十六斗曰籔，十籔曰秉"，鄭注"江淮之間量名，有爲籔者，今文籔爲逾"。《集韻》作匬，注云"匬器，受十六斗"。《小爾雅》云"一手之盛謂之溢，兩手謂之掬（一升），掬四謂之豆（四升），豆四謂之區（一斗六升），區四謂之釜（六斗四升），金二有半謂之籔（一斛六升），籔二有半謂之缶（四斛），缶二謂之鍾（八斛），鍾二謂之秉，秉十六斛"，古之所以爲量者多矣。

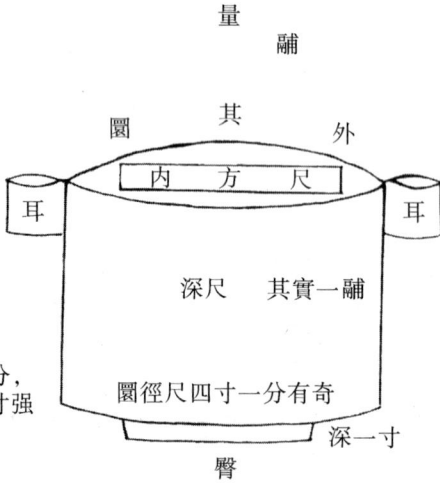

量

鬴

圜 其 外

内 方 尺

耳 耳

深尺 其實一鬴

其尺四，圜一分，
而徑一尺，故寸强
方外四厘

圜徑尺四寸一分有奇

深一寸

臀

（覆之）

臀徑九寸一分有奇

實四升

升實

耳徑二寸六分有奇

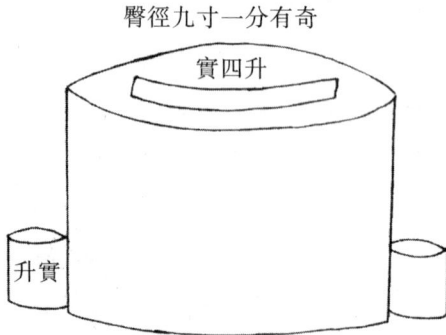

覆之臀以爲豆耳以爲升。
臀實豆，豆量爲鬴量十六
分之一，故徑一尺一寸一
分八厘强。

升量爲鬴量六十四分之一，
故徑三寸二分三厘强。

重

《楚辭》二十見，除重華、重陽、重泉、重日等爲專門名詞或術語別詳外，其餘十四見，皆由一義之變或引申。《説文》“重，厚也。從壬，東聲”，王者安土不遷之義。按此説恐非。重當爲種樹本字。上從𠂆者，末耟之屬，亦即乍字之省，下從土，中從東，東亦聲，東者日出而作之義，孳乳爲種。《詩·七月》、《閟宫》“黍稷種穋”，毛本皆用本字重。孳乳爲穜，從禾，童聲，取聲于童，謂其爲幼小之種子也。凡種植欲其穗實重累，故得厚重義。今俗言五穀滋熟者，尚曰厚重，許氏以厚釋重，尚存古語也。引申之，則曰輕重，曰重大，曰尊重，爲重複，爲增重，爲多，爲陪，爲深，自心理狀態言，則爲重累，爲愛重，凡此諸義亦皆古籍恒見之義訓，《楚辭》諸義無外此者矣。《九章·悲回風》“重任石之何益”，《惜誦》“故重著以自明”，此兩重字當讀如《史記·李斯傳》“面諛以重陛下過”，及《漢書·文帝紀》“是重吾不德也”之重，注謂“增益也”。《九辯》“雖重介之何益”，《九章·惜誦》“恐重患而離尤”，《九思·逢尤》“念靈閨兮隩重深”，此三重字，當讀如《禮記·内則》“重醴”之重，注“陪也”。《離騷》“又重之以修能”，此言又增加修飾之能。此亦增益之義，而以加釋之爲徑直矣。又《九章·涉江》“固將重昏而終身”，《七諫·哀命》“雖重追吾何及”，以兩重字讀如緟，《廣雅·釋言》“重，再也”。又《九章·懷沙》“重仁襲義兮”，王注“累也”，此即《詩·無將大車》“祇自重兮”，箋“猶累也”之義。《大招》“三圭重侯”，王逸注“子、男共一爵，故言重侯也”，此以三圭與重侯分爲二。洪補云“三圭比子、男爲重”，則重侯即三圭之侯，于義爲長。此重讀如今恒言尊重之重。《左傳》襄四年“武不可重”，服注“猶大也”。《禮記·祭統》“而又以重其國也”，注“猶尊也”。《惜誓》“非重軀以離難兮”，王注“重愛我身”。《七諫·沈江》“原咎雜而累重”，此言載物重也。《韓安國傳》“擊輜重”，注謂“載重物車曰輜重”，即取此義。又《卜居》云“蟬翼爲重”，以上句輕字對舉，此重即量名輕重之重，又古今之通詁也。又《九辯》四“重無怨而生離兮”，無重怨也，爲副詞提前式。別詳。

權衡

《哀時命》“釋管晏而任臧獲兮，何權衡之能稱？”王逸注“言君欲爲政，反置管仲、晏嬰，任用敗軍賤辱係獲之士，何能稱權衡、興至治乎？”《哀時命》“執權衡而無私兮，稱輕重而不差”，王逸注“言己如得執持權衡，能無私阿，稱量賢愚，必不過差，各如其理也”。《九歎·思古》“播規榘以背度兮，錯權衡而任意”，王逸注“錯，置也。衡，稱也，所以銓物輕重也。言君棄先王之法度而不奉循，猶置衡稱不以量物，更任其意而商輕重，必失道徑、違人情也”。又《惜誓》“同權榘而就衡”，王逸注“權、衡者皆稱也”。《補》曰“權，稱錘也。衡，平也”。《楚辭》用權衡只四見，皆漢賦中語，然其詞則戰國南北之士皆言之，《莊子·胠篋》“爲之權衡以稱之，則并與權衡而竊之”，《釋文》“權衡，李云‘權，稱錘。衡，稱衡也’”；又“并斗斛權衡符璽之利者”；《荀子·大略》“如權衡之於輕重也”；《韓非子·有度》“審得失有權衡之稱者”；《商君書·修權》“先王縣權衡，立尺寸而至今法之，其分明也”；《禮記·月令》“同度量，平權衡”，皆是。前乎此者，則《尚書》之“同律度量衡”。大約戰國以前，諸侯各自立度量之準，至戰國諸侯變法而各欲一之，故權衡之制，戰代乃益嚴密。而權衡之稱名，用之益繁，至此而以爲喻義之詞，自名物而轉爲狀詞，此漢語發展之一例也。《哀時命》、《九歎》三用皆然，叔師更引其喻義而申說之，其義益明白矣（參圖版長沙左家公山一五墓戰國天秤及其法碼圖）。權者，《論語》“慎權量”，包注“權，秤也”。《禮記·大傳》“立權度量”，注“權，稱也”。又《經解》“故衡誠縣，不可欺以輕重”，注“衡，稱也”。《荀子》“衡石稱縣者，所以爲平也”。權衡皆可言稱，故《哀時命》言“何權衡之能稱"也。餘詳稱字條下。

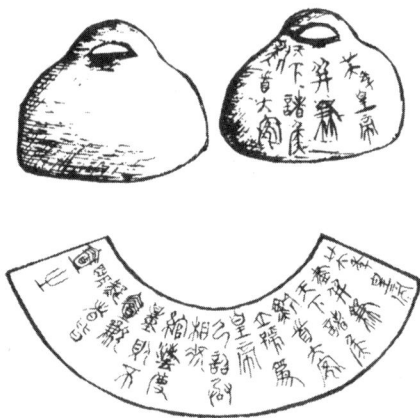

河北省圍場縣發現秦代鐵權

（重量分別爲 32.85 公斤和 32.6 公斤。權體通高 20.2 厘米，腹圍 74 厘米，底部中心有一直徑 12 厘米長的圓形鑄鐵錠，突出權底平面 2.2 厘米。另一件權體通高 20.5 厘米，腹圍 73 厘米，底部中心偏外也嵌有一直徑 11 厘米長、不大規整的圓形鑄鐵錠，突出權底平面 4 厘米）

衡

衡字《楚辭》凡六見，共有三義。

（一）車前橫木也。《遠遊》"祝融戒而還衡兮"，王逸注"南神止我，令北征也"。還衡猶言還轅，以衡代車也，楊雄賦所謂"廻軫還衡"是也。《莊子·馬蹄》"加之以衡扼"，《釋文》"轅前橫木也"。詳車衡兩條下。

（二）權衡字，度量衡之一種。《惜誓》"同權槩而就衡"，《哀時命》"何權衡之能稱"，皆是也。詳權衡一條下。《書·舜典》"同律度量衡"，鄭注"斤兩也"。《荀子·王制》"公平者職之衡也"，楊倞注"所以知輕重"。引申爲平，《詩·長發》"實維阿衡"，箋云"衡，平也"。又《曲禮下》"大夫衡視"，注"平也"。

（三）橫也。《九歎·離世》"身衡陷而下沈兮"，王逸注"衡，橫也"。《詩·衡門》"衡門之下"，《釋文》"衡，橫也"。毛傳"衡門，橫木爲門"。《左傳》桓九年"鬭廉衡陳其師於巴師之中"，杜注"衡，橫也"。《孟子·梁惠王下》"一人衡行於天下"趙岐注，皆是。

稱

《哀時命》"何權衡之能稱？"王逸注"言君欲爲政，反置管仲、晏嬰，任用敗軍賤辱係獲之士，何能稱權衡、興至治乎？或曰：臧，守藏者也。獲，生禽者也。皆卑賤無知之人"。按《説文·禾部》"稱，銓也。從禾，爯聲"。許氏又詳載中土以黍粟定量之一法曰"春分而禾生。日夏至，晷影可度，禾有秒，謂其時午有芒也。秋分而秒定。律數十二，十二謂六律六呂也。十二秒而當一分，十分而寸，《天文訓》作"十二粟而當一寸"。其以爲重，以衡輕重也。十二粟爲一分，禾粟。十二分爲一銖，百四十四粟也。故諸程品皆從禾"。謂科、程、稷、秭、秅、秭等，言各種度量之名稱也。段氏曰"度起于十二秒，權起于十二粟"。按段意謂度起于十二秒爲一分也。十二粟爲一分，謂權起于此也。桂氏《義證》言之詳矣。中土度量衡之制，皆以禾之大小積數與長短重量定之，此故吾先民自生産實踐中所發現之標準，又爲後世一切律曆之準繩。古凡權衡皆可曰稱。《舜典》曰"同律度量衡"，鄭注"稱上曰衡"；宣十一年《左傳》"稱畚築"，杜注"量輕重"；《禮記·大傳》"立權度量"，注云"權，稱也"；又《經解》"故衡誠縣，不可欺以輕重"，注云"衡，稱也"，是其證。又《惜誓》"苦稱量之不審兮，同權槩而就衡"，王逸注"稱所以知輕重，量所以別多少"，以權稱量。今言稱，即表權衡二義，故下句即承以同權槩而就衡也。

中土權衡之制亦起于上古之世，惟其法不止于黍粟，有以人體定之者，有以毛髮絲縷定之者，雖皆緣用自然物，而黍粟之説爲最詳（《漢書·律曆志》。此外有以玉器，《周禮·春官·典瑞》"璧羨以起度"、《玉人》"駔琮五寸宗石以爲權"，及貨幣所定之者，則益不周備矣）。尤以漢代人喜言之，其制雖不甚精密，而在太古時代農業初興之時，本不求精詳也。餘參權衡條圖板有長沙左家公山一五號墓出土戰國天秤及其法碼圖。又按稱字以從禾，故許以黍粟定量，及諸程品皆從禾統之，其説是也。古之製字者，宜起信于民習，此應爲中土民習之一事，然最初之法未必嚴整如是。考諸度量字，皆各有其最初之義，因而有最初之形。稱從再，再當即稱之本字。《説文》訓再爲并舉也。并舉者，謂舉其兩端之意，此求平一以定其量也，則立義與平全同。參"平"下自知。然再字上從"宀"，與平之上截同也。下從冉，許以爲從冓省，則未允。冉者略分爲土與冂，土即平下形丁之倒寫，一爲取其平之準也。中垂丨，即今時天秤中定量針也。冂者，以手引物之意，象符號，此指明用力所向之義。如爲之冂，牽之冂（古文字中以符號以表各種意象，如方向、運動、差別等，其例不一。別詳余《古文字中意象符號説》），皆其比也，許氏不明此義，必以實字説之。故多扞格不可通矣。故再當即平之別構，爲形雖小異，而立義則全同也。別參平字條。平、再兩字相同，故稱亦有均衡、齊一、相對當之義。

權槩

古器用名，複合言之，則猶言度量，引申義也。

《惜誓》"同權槩而就衡"，王逸注"槩，平也。權、衡，皆稱也。言患苦衆人稱物量穀，不知審其多少，同其稱平，以失情實，則使衆人怨也。以言君不稱量士之賢愚而同用之，則使智者恨也"。洪興祖《補注》"權，稱錘也。槩，平斗木也。衡，平也"。朱熹《集注》曰"衡，叶胡郎反。稱所以知輕重，量所以別多少。權，稱錘也。槩，平斗木也。衡，平也。權、槩皆所以取平也"。按權槩皆古量名：權，稱錘，所以爲重之量也；槩，平斛木，所以爲多少之量。引申之，則爲度量之義。《淮南·時則訓》"端權槩"，注"稱錘曰權。槩，平斗斛者也"。字亦作權概，《禮記·月令》"正權概"，注與《淮南·時則訓》同。《吕氏春秋·仲春紀》"正權概"注亦同。依《説文》則字作槩。叔師量士之言，則明借喻之旨。

貿易

《九思·傷時》"百貿易兮傅賣"，《補》引《淮南》云"伯里奚轉鬻"云云，即世傳秦以羊五易得百里而以爲相一事也。貿易者，《繫辭》曰"日中爲市，致天下之民，聚天下之貨，交易而退"。《公羊傳》宣十二年"交易爲言何"，注"交易猶往來也"。《説文》訓貿爲易財，其義狹矣，《詩》"抱布貿絲"，非僅于財也。《爾雅·釋言》訓賈市矣，市者交易之謂也。訓買則非，貿指買賣雙方互交物資之事言，不得單指買也。故貿易者，買賣市貨之義。又古支與歌麻合韻，買賣即貿之派生語，而買賣又同聲同韻，蓋一語之差，僅以聲調别其義者耳。此固爲反義詞發生之一例，如夫婦同聲同韻，而僅爲平去之差也。

禄

《天問》"易之以百兩，卒無禄"，按《説文》"禄，福也"。《詩·瞻彼洛矣》"福禄如茨"，《既醉》"天被爾禄"。此言无禄，猶《爾雅》言不禄。《釋詁》"不禄，死也"。《曲禮》"士曰不禄"，蓋短折也。《晋語》"又重之以寡君之不禄"。蓋古之成詞，蓋齊民則爲糧以供生，仕則有月俸以爲食。《周禮·大宰》"四曰禄位以馭其士"，注"若今月俸也"。又《禮記·王制》"王者之制禄爵"，疏"穀也"。此兩語故事，詳《重訂天問校注》。

辟

《楚辭》用七辟字，辟摽爲熟語，別詳，其餘六字，凡分六義，除訓法一義外，皆假借字也。

（一）法也。《九歎·思古》"絕《洪範》之辟紀"，辟與紀連文，義爲法也。法紀爲漢以後恒言。《説文》"辟，法也。從卩、辛，節制其辠也；從口，用法者也"。

（二）開也。《天問》"西北辟啟，何氣通焉？"王叔師注"言天西北之門，每常開啟。辟，一作闢，一作開"。按辟即闢之聲借字。《説文》"闢，開也"。小篆文作闢，形與開亦近。

（三）幽也。《離騷》"扈江離與辟芷兮"，王注"辟，幽也"。此亦當爲廦之借字。《説文》"廦，仄也"。《廣雅·釋器》"辟，幽"（當即采之叔師此注）。從辟之字，本有幽隱一義，如僻、避等。

（四）除也。《遠遊》"氛埃辟而清涼"，洪補"除也"。此言除去氛埃而得清涼也。《小爾雅·廣言》"辟，除也"。《周禮·掌交》"使咸知王之好惡辟行之"。按從辟之字，有避字、劈字、僻字，乃至于躄，或訓回，或訓避遠，或訓破，或訓不能行，皆與除義似，故可訓爲除。其字當爲僻、避等引申。

（五）辟，避也。《九歎·愍命》"回邪辟而不能入兮"，王釋云"淫辟之人，不能自入于己"。言回邪之人，避而不能入也。此當爲避之借字。《蒼頡篇》"避，去避也"。《説文》"回也"。

（六）辟也，即譬之借。《荀子·彊國》"辟稱比方則欲自並乎湯武"。《九章》"辟與此其無異"，王逸注"若乘船車，無轡櫂也"。"辟，一作譬"。洪興祖《補注》云"辟，喻也，與譬同"。

辟字六用，而義各別，細考古籍，辟之借爲他字者多至十餘種。考從辟之字，《説文》所録凡三十名，其義至廣博，且多相反爲訓者，其義約可得"分"、"合"、"匿"、"仄"、"辠"、"法"、"遠"、"圜"、

“缺”、“塞”、“粒”、“猝”，凡此等義，往往可互通，或得相引申，故其字遂紛然難理矣。

按徐文靖《管城碩記》云“辟即薜。《爾雅》‘薜，山蘄’。《説文》‘蘄，草也’。生山中者一名薜，辟芷猶言蘄蓝也。《爾雅》‘蘄蓝蘪蕪’。《説文》‘晉謂之䕲，齊謂之蓝，楚謂之蘺，又謂之藥’。《廣雅》‘白芷葉謂之藥’是也。楊雄《反騷》‘卷薜芷與若蕙兮’，即辟芷也，非以芷生於幽僻爲辟芷也”。按近世多有采徐氏説者，非也。辟芷與江離對舉，則辟字不得更爲別一草名，此屈文常例。

俓

《九思·遭厄》“俓娉婩兮直馳”。按俓即徑之省形。徑者，步道也，步道謂異于車行大道也。亦訓曰小道。言俓由娉婩小道而直馳也。參徑字條下。

百兩

《天問》“易之以百兩，卒無禄”，王逸注“言秦伯不肯與弟鍼犬，鍼以百兩金易之，又不聽，因逐鍼而奪其爵禄也”。洪興祖《補注》“《春秋》昭元年夏，秦伯之弟鍼出奔晉，傳曰‘罪秦伯也’。《晉語》曰‘秦后子來仕，其車千乘’。后子即鍼也。《天對注》云‘百兩蓋謂車也’，逸以爲百兩金，誤矣。兩，音亮，車數也”。按此故事，依洪補引《左傳》之説，足以申叔師之義是也。惟叔師以百兩爲黄金百兩，則不如洪義指百兩之車爲允。詳“兄有噬犬”二句注。《詩·召南·鵲巢》“百兩御之”，毛傳“百兩，百乘也”。按一車兩輪爲數，《管子·乘馬》篇云“一乘者四馬也”，百乘以四馬爲數也。惟《左傳》言千乘，此言百兩，傳聞異辭也。

千乘

《招魂》“青驪結駟兮齊千乘”，《離騷》“屯余車其千乘兮，齊玉軑而并馳”，王逸注“純黑爲驪。結，連也。四馬爲駟。齊，同也。言屈原嘗與君俱獵於此，官屬齊駕駟馬，或青或黑，連千乘，皆同服也”。按四馬駕一車謂之一乘，古乘車、田車、兵車皆然。千乘猶後世言千兩，謂車一千駕也。《孟子·梁惠王》“萬乘之國，弒其君者必千乘之家；千乘之國，弒其君者，必百乘之家”，注“千乘之家者，天子公卿采地方百里，出車千乘也。千乘之國，諸侯之國也”。按《説文·桀部》“乘，覆也。從入、桀。桀，黠也。軍法入桀曰乘”。大徐“食陵切”。“夆，古文乘，從几”。按今經典惟《爾雅》作椉，餘皆作乘或乗。《五經文字》云《説文》作案，隸省作乘，後遂因之。然《説文》説字形，不甚可解。金文《虢季子白盤》作𣎆，《格伯敦》作𣎆，從大在木上，𠆢象其兩足，則乘乃載在木上之形，引申爲凡載其上之義，乘車、乘馬、乘舟、乘城皆是。車，人所乘也，故車謂之乘車，車必四馬，故四馬曰乘馬。引而申之，則凡以四數者皆曰乘，乘矢、乘壺是也（自凡載其上之義至此，略本戴侗《六書故》）。因之凡憑陵人亦曰乘。《左傳》宣十二年“楚人乘我喪師無日矣”。《韓策》“公戰勝楚，遂與公乘楚”。又宣十二年《左傳》曰“車馳卒奔，乘晋軍”。《吕覽》“一鼓而士畢乘之”，注“陵也”。《晋語》“駕而乘材”，注“轢也”。《周語》中“乘人不義”，注“陵也”。《楚辭·涉江》“乘鄂渚而反顧兮”，謂登于鄂渚也。故乘亦有登義。許説字形蓋未得其朔，而椉乃𣎆形之譌，許據譌形説之，故不能允當也。車人所登而載之者也，故引申爲車乘，車駕四馬之駕也。千乘一則車千兩，得馬四千匹也。《離騷》“屯車千乘”，與《招魂》“結駟千乘”同義。《招魂》“青驪結駟兮齊千乘”，即本《離騷》兩語之合。惟《騷》“齊玉”以爲齊以玉爲車轄，而《招魂》以爲同服，兩説大異。其實兩齊字之釋皆誤。洪以“齊玉軑”爲齊驪，則《招魂》齊千乘亦宜作齊驅言也。

三閭大夫

　　《漁父》"屈原既放，遊于江潭，行吟澤畔，顏色憔悴，形容枯槁。漁父見而問之曰'子非三閭大夫歟？'"按《困學紀聞》王逸注《楚辭》自序。云，屈原爲三閭大夫，三閭之職，掌王族三姓，云蓋公族大夫之職。曰昭、屈、景，屈原序其譜屬，率其賢良，以厲國士。漢興，徙楚昭、屈、景於長陵，以强幹弱支，則三姓至漢初猶盛也。"《莊子》《庚桑楚》。曰'昭景也，著戴也，甲氏也'。說云昭景甲三者，皆楚同宗也"。此陸氏《莊子》釋文之文。甲氏其即屈氏歟？秦欲與楚懷王會武關，昭睢、屈平皆諫王無行。襄王自齊歸，齊求東地五百里，昭常請守之，景鯉請西索救於秦，東地復全。三閭之賢者，忠於宗國，所以長久。按《史記·項羽本紀》"楚南公曰'楚雖三户，亡秦必楚'"，三户一名，古今注家有兩說。一以爲地名，《史記索隱》引《左傳》哀四年"以畀楚師于三户"，杜注"今丹水縣北三户亭是也"。然《正義》引服虔云"三户，漳水津也"，孟康注"津，峽名也，在鄴西三十里。《括地志》云，濁漳水，又東經葛公亭北三户峽，爲三户津，在（相）州滏陽縣界"。是諸家說三户不一其地，或以爲項羽使蒲將軍引兵渡三户擊破秦兵，或又以爲南陽之内鄉縣有屈原岡。内鄉即析縣故地，因又謂屈原爲三閭大夫，正在丹析之三户。丹析三户之境，實楚人開國發祥之地，應有先王遺廟。王逸稱屈原放逐，徬徨山澤，見楚存先王之廟，因何壁爲天問云云，説最動人。地名之説，似亦當深考。其二則以三户即昭、屈、景三姓，此《索隱》引韋昭説也。李義山《楚宮詩》亦云"但使故鄉三户在，綵絲誰惜懼長蛟"。則唐人皆從三户即三閭矣。此説能融會史實，使無扞格。考春秋列國宗族，其見於《左氏内》、《外傳》者如魯有三桓，鄭有七桓，宋有戴桓之八族，晉有八姓見《左》昭三年傳。十一族（見《晉語》）及殷氏之族七族，懷姓九宗，見《左》四年傳。祝融八姓，即《鄭語》之類，以數字計，對宗姓者，不勝枚舉。楚之三户亦其例也。蓋南公意謂楚之公族雖祇三家，足以亡秦，不泛指民户言也。其後陳吳發難，亂者四起，皆重立六國後，楚以外，如魏豹、趙歇、韓城田市皆以故國舊族，其他一時將卒亦多往時大家名族之裔，雖云將相無種，而平民崛起以亡人國究是當時創局，雖陳嬰之母亦知驟貴不祥，欲倚名族，況南公遠在亂前，莫不以興滅繼絕，復國報仇之大任，期之誰何。三家之小民亦已明矣。

又按三閭之職，王逸以爲掌昭、屈、景三姓，則即列國之公族。程公説《春秋分紀·公族大夫條》曰"宣二年傳自驪姬之亂，晋無公族。成公即位，宦卿之適而爲之田，以爲公族。又宦其餘子，亦爲餘子。其庶子爲公行，趙盾使屏季以其故族爲公族大夫……使訓卿之子弟，共儉孝弟。公族大夫掌公族及卿大夫子弟之官，凡卿之適子屬焉。《晋語》云'欒伯請公族大夫，（悼）公曰"荀家惇惠，荀會文敏，黶也果敢，无忌慎靖，使兹四人者爲之"。夫膏粱之性難正也，故使惇惠者教之，使文敏者導之，使果敢者諗之，使慎靖者修之。'使兹四人者爲公族大夫，是公族專主教誨也。襄十六年傳'晋平公使祁奚、韓襄、欒盈、士鞅爲公族大夫'，説者謂奚去中軍尉而爲公族，去劇職就閒官"云云。舉屈子一生事蹟，教胄子固爲其最重之職，則與晋之公族大夫正相類矣。且晋之公族，皆晋之同姓（皆姬姓也），則與屈氏爲同姓之義亦合。